渡月无边

上

尤四姐 著

长江出版社
CHANGJIANGPRESS

图书在版编目（CIP）数据

波月无边 / 尤四姐著.
— 武汉：长江出版社，2019.7
ISBN 978-7-5492-6640-1
Ⅰ. ①波… Ⅱ. ①尤… Ⅲ. ①长篇小说 - 中国 - 当代 Ⅳ. ①I247.5

中国版本图书馆CIP数据核字(2019)第165753号

波月无边 / 尤四姐 著

出　　版	长江出版社 （武汉市解放大道1863号 邮政编码：430010）
选题策划	漫工厂产品部
市场发行	长江出版社发行部
网　　址	http://www.cjpress.com.cn
责任编辑	陈　辉
特约编辑	向雯雯
装帧设计	白砚川　张丁丁
印　　刷	武汉立信邦和彩色印刷有限公司
版　　次	2019年7月第1版
印　　次	2019年10月第1次印刷
开　　本	787mm × 1092mm　1/16
印　　张	38
字　　数	720千字
书　　号	ISBN 978-7-5492-6640-1
定　　价	65.80元（全两册）

电话：027-82926557（总编室）027-82926806（市场营销部）

目录

‖第一章‖

给他一个机会
我知道你不会怪我

前路已经被斩断，只有杀出重围才能活命。

夜垂八荒，朔风如刀，每一缕风划过脸畔，都是钻筋割骨的凌迟。

近在咫尺的城，再也回不去了。城墙上的灯太遥远，无法照亮脚下的路。先前绛年还在庆幸，“就快到了，咱们有救了。”

可是越平静，暗处蕴藏的风暴便越汹涌。

巨大的云翳飘散后，天上露出一弯月。有清辉洒落下来，旷野上隐约浮起微茫，连绵起伏，星罗棋布。

那是刀尖上的寒光。

刃余猛地勒住缰绳，拨转马头，向唯一的开阔处狂奔而去。几乎是一霎，身后响起嘶吼：“他娘的……快追，别让他们跑了！”

马驮着两个人，即便是名驹，此刻也疲惫不堪。他奋力扬鞭，希望快点，再快点。一手背过来，扶住妻子的腰，仿佛这样能减轻她的负担。

风声在耳边低回幽咽，他偏过头问：“绛年，坚持得住吗？”

月下的娇妻双眼灼灼，她说：“我没事，孩子也没事。”

是的，绛年临盆在即，如果不是父丧不得不出城，她现在应该在温暖的香闺里，执着于她的那点小细腻、小琐碎。可是一切早有预谋，从烟雨洲到长渊，一夜间似乎整个云浮大陆都在追杀他们。随行的扈从死光了，最后只剩他们夫妇俩。

苍梧城就在眼前，却有家不能回。

身后的双臂紧紧抱住他，“鸣镝[1]发出去了，城里接到消息会来救我们的。”

---

1 《匈奴列传》记载：鸣为响声，镝为箭头。鸣镝就是响箭，射出时箭头能发出响声。

这已经是最后的希望了。

追杀他们的两路人马汇合，战线越拉越长。绛年回头看了眼，那黑黝黝的马队如鹰张开的两翼，在暗夜下凶相毕露。

身后箭啸声四起，点燃的雁翎噗噗落在两侧，几次三番追赶上来，终还是差了一步。他嘱咐绛年放低身子，“你有没有受伤？”

她说没有。

他松了口气，“前面是雪域，到了那里就能想办法甩掉他们。”

绛年嗯了声，鼻腔里带着哭音。

他心头发沉，往日叱咤风云的岳家少主，今日竟落得亡命千里。可他来不及唏嘘这从天而降的凶险，全部的注意力都集中在了慢慢显现的银色山峦上。

绛年的十指对扣着，暖袖早就丢了，一双手暴露在冰天雪地里，冻得皮肉肿胀。他什么都做不了，唯有紧紧覆盖在那裸露的皮肤上，试图温暖她。

她的脸在他背上辗转，倚靠的力量越来越沉，隔一会儿就问他：“还要多久？”

他只说快了。她怀着孩子，在马背上这样颠簸，对她是怎样的伤害，他心里明白。

他微微哽咽，曾经许她的安定静好，都成了空谈。他说：“对不起，我害了你。”

马蹄溅起的雪沫子落在眼睫上，她眨了眨眼，用尽力气平稳气息：“自我跟你的那天起，就注定生死相依。”

他心头反倒平静下来，这些天经历过无数场战斗，他不是贪生怕死之辈。长渊岳家创立门派，至今已逾百年，三刀六洞的年代他经历过。以一己之力迎战追兵，不说退敌，替她争取时间总还是可以的。

他下意识地握了握她的手，“我拖住他们，你带上牟尼神璧先走。”

她颤抖着喘息：“我不会生火，就算先走，最后也是冻死，倒不如夫妻在一处。”

她确实什么也不会，万户侯府的大小姐，名满天下的不单是那张脸，还有这双柔嫩的手。从来十指不沾阳春水，她一个人进雪域，只有死路一条。

她贴着他，轻轻哭起来：“刃余，咱们一起走。”如果他现在下马，就真的一个都逃不掉了。

她恋恋不舍，他也没有办法，横下一条心来，至多不过死在一起，便再也不提让她先走的话了。

长渊以北的这片雪域没有名字，传说山里有凶兽，千百年来很少有人踏足。其实凶兽再凶，哪及人心黑暗，走投无路时，这里也许就是救命的地方。他策马奔进入口。常年不化的积雪填平道路，形成冰川，那弯弦月就挂在巍峨矗立的两山之间，映照蜿蜒的幽谷，极具诡异别致的风情。

身后追兵可能犹豫了下，并没有立刻冲进来。那些来路不明的乌合之众虽然贪婪，但更惜命。

他带着她一步步向前，她沉默了很久，无端让他害怕。

他唤她：“绛年，我们进来了。”

她动了动，嗯了一声。

“你困了吗？”他有些着急，“现在不能睡，睡了就醒不过来了。”

这回她说好，可是背上破了的口子呼呼地灌进冷风来，把她的魂魄都要冲散了。她控制不住手脚，不想下马的，却摔了下来。他大惊，一跃而下托起她，然而月色下隐约的箭羽，让他心擂鼓一样大跳起来。他失声：“绛年！”这才发现她背上的皮甲不见了，有箭射来，便是血肉相迎。

其实他的伤不比她轻，破损的锦衣下千疮百孔，只是她看不见罢了。

那一箭射在她背心，当时只觉被重拳击中，并不感到多疼。她甚至悄悄去拔，可是拔不下来，原来是被贯穿了，胸前能摸到箭尖。所以他说让她带着牟尼神璧先走，她不能答应。一起走也许他还能活，要是留下，必定全军覆没。

她听见他伤心欲绝的号啕，朦胧间看见雪域入口火光冲天，那些人追上来了。她想提醒他，却除了喘气，再也说不出话来。

生命在流失，孩子在肚子里痛苦挣扎，她的视线定格在刃余挥起长剑的一刹那，他赤红着双眼说：“就算毁了神璧，我也绝不交给你们！”

这场战斗空前惨烈，等不来援兵，无非生死相搏。他身手再好，以一敌百也难有胜算。数不清身上中了多少刀，他们问不出神璧的下落，当然不会真的下毒手，只想消磨他的战力，这恰好给了他喘息的机会。他退回绛年身边，用尽内力击向冰川。那裂缝迅速蔓延，冰层在他们脚下粉碎，众人忙于应对，待回过神来再追寻他们夫妇，发现人早就不见了。

雪域静悄悄的，没有风声，也没有枝头积雪落下的动静。平整如毡毯的地面上留下一串纷乱的脚印，伴随血滴砸出小小的深色的孔洞，一路蜿蜒进山脚突出的一块巨石下。

银钩样的月亮，逐渐变成了棕红色，照得满地迷茫。石下一角有蜷曲的身影，紧紧抱着怀里的人。抚抚她的脸，还是温暖的，像睡着了一样。他知道她已经死了，穷途末路之下，死也不是那么难以接受。

他背靠崖壁，想起初见她的时候，正是烟柳成阵的季节。那时少年侠气，鲜衣怒马，一日看遍长安花。刀光剑影里闯荡的长渊少主，自诩也是风流多情的人。可就是那天，她站在画桥上，一眼，便让他心如春燕，直到如今。

他们认识好多年，一直没有成婚。他在江湖上杀伐征战，每每路过烟雨洲，都会去看她。两地相思数十年，上年初夏终于把她娶回家。她风情又天真，需要最花团锦簇的背景来烘托。他以为自己有这个能力，结果竟连保护好她都做不到。那么娇脆的人，中了箭也一声不吭，就这样默默地死了。

刃余低下头，和她脸贴着脸，喉咙里泛起铁锈般腥咸的味道，他说："你走慢一点，黄泉路上等等我。"

只是可惜了孩子，眼看足月了，他母亲再也没法生下他了。

他伸手抚摩，作最后的道别。奇怪的是，掌心里凸起一块，接二连三地叩击，像在求救。他愣了下，看向绛年的脸，"他想活下去……"

绛年眼角流下一滴泪，在朦胧的月色下莹莹发亮。

刃余勉强支撑起来，握着手里的刀恸哭。剖腹取子，多残忍的事，可是孩子有活下去的权利。

"给他一个机会……我知道你不会怪我。"

他紧抿双唇，干裂的唇瓣上沟壑纵横，他咬紧牙关，把刀尖贴在绛年的肚子上。

满身的伤，流光了血，几次险些死过去，只有咬碎舌尖的痛才能让自己清醒。

孩子取出来了，是个女孩儿，那眉眼，隐约同绛年是一样的。

他脱下袍子裹住她，她那么乖巧，大概知道境遇危险，不哭也不闹。如果苍梧城里有人赶来救援，也许她能保住小命。如果不能……他的手覆盖住了她的眼睛，掌底两轮金芒没入她的双瞳。待光芒散尽，除了瞳仁的颜色相较别人更深一些，几乎和常人没有分别。

"这神璧，不是什么好东西。要是你能活下去，替爹爹守护它；要是活不成，丢了也不可惜。"他说完，长长地叹了一口气，挣扎着替绛年盖好衣衫，夫妇相拥，把孩子护在胸怀里。

时间不多，但愿她命大，待父母的尸身凉透了，就再也温暖不了她了。

刃余转过头看向长空，天是墨蓝的。

这个冬天真冷啊。

远处回荡起狼的嗥叫声，他抬起手臂横在孩子身前，等他僵硬了，至少也是一道小小的屏障——

爹爹能为你做的，只有这么多了。

‖第二章‖

狼 群

血的味道，最终引来了狼群。狼在距离岩石十步远的地方徘徊，这是种聪明又孤勇的生灵，无法判断危险性，不会贸然上前，通常成群结队，窥伺等待。

气候太恶劣，每一口食物都得来不易。凝固的血，即便不再流淌，也散发出诱人的气味。狼群饥肠辘辘，等了很久，不见它们的“食物”有任何动静。头狼发出号令，几只胆大的慢慢上前，嗅了嗅尸体的手指和衣袂。正想招呼同伴，一声啼哭迸发出来，小小的身体积蓄了所有的力量，哭得雪原都微微打战。

狼群似乎受到了惊吓，极速退开，但并不走远。那孩子哭声震天，对于平静了千万年的雪域来说过于喧闹了。群狼面面相觑，又是一轮盘桓。那哭声从高亢逐渐转为低微，最后哼唧着，发出类似狼群幼崽的嗫嚅。

头狼抖了抖耳朵，它身后走出一头母狼。母狼乳房饱满，奶水充足，失去幼崽后黯淡的眼睛在听见婴儿啼哭后陡放光芒。母性是相通的，即便不是同类，接纳需要时间，仍旧阻止不了母狼试图接近的欲望。

狼群摆出攻击的架势，几只年轻的公狼跃跃欲试，被它一一斥退了。它放矮了四肢一点点靠近，失去依靠的小婴孩，从袍子里露出来，冻得僵白，但依然顽强。

母狼过去嗅，嗅了半天犹豫着伸出舌头，舔了舔孩子的脸。这时山岗间充斥起隆隆的马蹄声，由远及近，恍如风雷。狼群顿时骚动起来，头狼扭头看了一眼，当机立断带领狼群奔向密林。母狼被落下了，它丢不下孩子，踟蹰呜咽良久，最后用前肢从尸体的怀里刨出襁褓，叼起便追赶狼群去了。

追击千里，如附骨之疽的杀手终于赶到，翻身下马查验，却只有两具冰冷的尸体。

波月阁的护法探了刃余夫妇颈间天容穴，向上回禀：“已经气绝了。”

马上戴着面罩的人居高临下地看着，语气里不无哀伤：“可惜了一代美人……搜他们的身，看看能不能找出神璧的下落。”

希望微渺，以岳刃余的脾气，纵死也不会便宜任何人。想从他身上搜出神璧，几乎是不可能的。做做样子吧，实在搜不到，也只能这样向整个武林交代。

有人的地方就有江湖，江湖的风向一直在变，今天你是英雄，明天可能就会沦为武林公敌。人活于世，离不开一个利字，当你太扎眼，又怀揣着令天下人趋之若鹜的宝藏，那么即便你一直积德行善，也照样人人得而诛之。

岳家手里掌握着一个天大的秘密——牟尼神璧是打开孤山鲛宫宝藏的钥匙，据说那里面的财富足够创建一百个金玉王朝。发财，发大财，谁不想？岳家不是名门正派吗，泼上几盆脏水，再以讹传讹，追杀岳刃余完全可以标榜为替武林除害。说到底为岳家挡煞的只有岳刃余，谁让他从他爹手里接管了这个秘密！

黑衣的杀手不住翻找，忽然有人惊呼：“柳绛年的肚子被剖开了！”

几大门派的领头人纷纷下马查看，血肉都已经冻住了，那肚子只剩个空空的血洞，里面的孩子不见了。

切口整齐，是用兵刃划开的，岳刃余只着袍衫，外面的罩衣不知所终，可见是他把孩子掏出了母体。

有人掩住了口鼻，嘴里啐道：“真下得去手！这厮对外人狠，对自己人也一样。”

这样的冰天雪地，一个刚出世的孩子，没奶喝没衣穿，活得下去才奇了。不过岳刃余既然把孩子接到世上，那么牟尼神璧也许已经转到了孩子身上。

雪域开始回旋山风，一个又一个风眼，掀起满目苍茫。随手夺过火把照看，地上留下很多脚印，都有手掌大小，这是雪域特有的雪狼。

障面后的人长舒了一口气，“看来小崽子遇上狼群了，恐怕凶多吉少。诸位，还要继续追吗？”

追上狼群，然后一只只剖开肚子查验？毕竟雪狼才是这里的王，谁也不知道它们有多少。狼这种东西记仇，万一惹恼了它们，到头来能不能全身而退都不一定。

乘兴而来，最后败兴而返，人人脸上写满了不甘。不甘也没办法，线索断了，牟尼神璧下落不明，也许江湖反倒可以风平浪静几年。

看看相拥的两具尸首，仿佛一群孩子恶作剧后遗弃的牺牲品，虽然遗憾，但没有人对此事负责。死了就死了，江湖上死个把人并不稀奇，过上三年五载，又有新鲜的血液填充进来，谁还记得长渊岳刃余。

他们中有人问：“要不要把尸体带回去？”

边上人调笑：“你不怕岳少主还魂，拿剑捅你的屁股？”

这么一说到底作罢了，岳刃余曾经太厉害，即便现在死了，也依旧让人心有余悸。

这件事一完，回到江湖上，大侠们还是大侠。出于道义，草草把对手掩埋了，谁也不会再提起烟雨洲的奇袭、苍梧城外的聚众伏击。也没有人唏嘘香消玉殒的柳绛年有多可怜——毕竟追杀一个孕妇，并不是多光彩的事。

散了，临时结盟的队伍瓦解，各回各家。多方人马头也不回地离开，唯独那戴着障面的人勒马驻足了很久，“岳刃余把孩子剖出来，是为了等岳家的救援。”

可惜永远等不来了，岳家内部此刻已是改天换日。神璧失踪，走马上任的新当家也不可能就此罢休。

左摄提[1]道是，“岳海潮已经接管了长渊。”略犹豫了下，问，“神璧的追查，真的到此为止了吗？岳刃余这些天马不停蹄，根本来不及转移神璧。”

障面后的人转过一双长而媚的眼睛，眼波流转，颇具日边桃花的蕴藉。

“你觉得那些人会轻易放弃？花了那么大的力气追到这里，空手而归，谁也不甘心。”他策马前行，一面拖着慵懒的长腔道，“改天吧，挑个好天气，再搜查一遍。毕竟孩子死不见尸，也许有意外之喜也未可知。”

果然，后来不止波月阁，武林各大门派都没有停止寻找牟尼神璧，只是各行其是，不那么招摇罢了。

人活着，总要有点追求。爱情啊，理想啊，是酒足饭饱后的衍生品，归根结底，最重要的还是钱。钱是世上最好用的武器，君子清且贵，不为金钱折腰。换成金银满车、珍珠满床呢？大概和“男儿有泪不轻弹，只是未到伤心处”是一个道理。

谁都不信牟尼神璧会凭空消失，岳刃余最后命丧雪域，那片人迹罕至的秘境，在江湖的驿马风尘里，成为武林人士经常光顾的地方。

所谓的凶兽，其实是讹传。不过雪狼倒确实存在，但行踪不定，除了一些足迹，并没有人发现它们的藏身之所。

世上的成功，大部分是为有恒心能恒定的人准备的，不论此人是正还是邪。时间像把筛子，六年的筛选筛完了所有浮躁的门派，最后只剩波月阁还和这片雪域保持联系。斗转星移，当初杀手弥城的兵戈之气早已消散。波月阁每年固定几次的寻访，多则三五人，少则单枪匹马，也使雪域霸主逐渐适应了不时来自外界的扰攘。戒心未除，但不似最初那么警敏了。狼群出没，甚至让人看见了它们捕猎的场景。

可能因为冰雪中等来一群黄羊不容易，所以狼群倾巢而出。那天恰好是左右摄提

1　摄提：天文学术语，在大角左右各三星，即所谓左摄提和右摄提。本文用作波月阁护法的称呼。

进入雪域不久，还没来得及例行排查，便听见隆隆的蹄踏声如同千军万马狂奔而至。两人俱是一惊，本以为和其他门派狭路相逢了，没想到出现的是慌不择路的羊群，后面追赶着身形如箭的雪狼。

可惊可骇，那些雪狼原来要比他们想象的大很多，躯干可抵两个成年男人，如果后腿落地直立起来，真会让人有巨石压顶之感。它们极有战术，三面包抄，围追堵截，只需十几头，就能把羊群惊得大溃。

两人旁观，庆幸有生之年能遇上这样罕见的奇景。可是很快，两人就被另一个景象惊得几乎大叫起来——一头体型略小的狼背上，背着个小小的孩子，褴褛的衣衫里透露出来的皮肤，几乎和这雪域的冰雪浑然一体。他应当是深谙这种姿势骑驾的，身体压得极低，一手抓着雪狼浓密的鬃鬣，一手握着笔直的树枝。忽然扬手一个投掷，羊群顿时骚乱，如一片缀满狼牙的旗帜，遇风急速抖动了下，又飞快向前。

几只黄羊失了前蹄，摔断了脖子。可狼群并不满足于这点成就，它们高高跃起跨越尸体，连视线都没半点转移，更快更团结地向两掖扩散。广阔无垠的平原是它们的战场，因为速度极快，几乎一闪而过。待左右摄提追出去时，早就不见了狼的踪迹。只看见踏碎的积雪上横陈着六七只黄羊，其中一只的后背上插着那根树枝，随着黄羊垂死前的痉挛，在雪地上画出规则的扇形。

“你看见了吗？”右摄提颤声道，“那孩子至多不过六七岁！”

岳刃余和柳绛年死的那个月夜，恰好是六年前的今天。

‖第三章‖

我叫兰战
是这波月阁的主人

也许阁主的坚持，并不是没有价值的。

上前看，惊讶于一个孩子天生的臂力。穿透黄羊的树枝是钝尖，不说健壮的奔跑中的活物，就是一摊死肉，拿把没开锋的钝刀去割、去刺，也需要一定的力量。那么小的孩子，却有成人一样的精准和技巧，这是何等令人难以置信的事。

果然生肉喂养的就是不一样！

右摄提狠狠看了眼树枝，复又转过头，眺望狼群消失的方向，“我一直以为那小崽子已经死了，没想到居然会被狼群养大。只要逮住他，带回波月阁，阁主面前就是大功一件。”

六年的出入查访，其实已经不单是立功那么简单了，更是心里的执念。发现岳家遗孤，简直和发现宝藏的入口没什么两样。二人翻身上马，顺着浩荡的脚印追出去。这片雪域太广袤，跑了很远，才在谷口之外的平原找到狼群的踪迹。当然雪狼的皮毛在这种环境下伪装得很成功，他们只看见高高而起又重重跌落的黄羊，原本是那样大的一个整体，现在被冲散，变得七零八落，只余半数。

不能再靠近了，右摄提比了个手势，在谷口的岩石后隐藏。向外探看，混乱中那孩子的头发黑得扎眼，很容易辨认。他参加了这场捕猎，所以有权分享猎物，从狼背上下来，像狼一样四肢落地加入盛宴——把头埋下去啃食。再抬起头来，那张脸上沾满了血，已经看不出本来面目。

左右摄提交换了眼色，来人间一场不易，这孩子正处在生命的荒年里，却锤炼出了适于生存的野性，不知九泉下的岳刃余作何感想。

狼的数量不少，他们现在出手没有胜算。只好再等一等，等到狼各自回巢，或者那孩子和母狼落了单，到时候不必惊天动地，就能把事办了。

群狼在那里大快朵颐，吃饱了，把剩下的整羊埋进雪里，作为食物储备。地面上的残羹也一并打扫干净，以免引来别的肉食者分抢。天气不错，晴空万里，日光下的狼群闲适地整理一下自己的皮毛，再嬉闹一番，这才不急不慢地收兵回转。

大概是太松懈了，谁也没有发现被跟踪，回到崖上的巢穴，也是各回各洞，倒头便睡。当初侥幸活下来的孩子，在这雪狼群里过得很滋润，虽然母狼后来又生过几窝，但那些小狼长大后便离开母亲自立门户去了。只有她，格外被厚爱。母狼一直把她带在身边，陪伴她，教她狩猎技巧。羸弱的孩子需要保护，连狼都知道这个道理。

六年前母狼从那块岩石下叼回她，那小小的身体冻得冰坨似的，找到了乳头，没命地吮吸。喝下头一口狼奶时，她就已经成为这狼群的一员。雪狼个头大，蜷起身子把她裹进怀里，可以很好地温暖她。她就这样，在狼妈妈的庇佑下长到了六岁。

六岁的狼是成狼，六岁的孩子却依旧还是孩子。她睡醒后闲不住，从洞穴里爬出来，眯着眼睛，蹲在悬崖边上晒太阳。身后有轻微的脚步声传来，她动了动耳朵回头看，忽然发现了生人，惊得一跃而起，摆出了攻击的架势。

身后是万丈深渊，不能后退，她着急起来，龇牙咧嘴地发出警告式的呜咽。左摄提举着两手，放矮了身子靠近，一面轻声安慰着：“不要乱动……我不会伤害你。”

可惜她听不懂，一双黑浓如墨的眼睛，紧紧盯着来人。

陌生人逼过来，她仓皇退缩，脚踩到崖边碎石，只听见簌簌的坠落声呼啸。她惊惧，弓起肩背发出更大声的警告，一双眼睛却不停向身后飞瞥，大有纵身而下的意思。

左摄提心头大跳起来，好不容易找到的，如果摔下去，那六年工夫就白费了。他手忙脚乱，一指抵在唇前，“嘘……嘘……跳下去会死的，你可别乱动……”

林子里传来大片枯枝折断的声响，伴随沉沉杀机和敲骨裂肉的闷响。忽然一个雪白的身影被抛掷出来，摔在崖前的空地上。那孩子见状，受伤般呜咽一声横扑过去，正好被左摄提截住了。毕竟六岁的孩子，空手难以抗衡，于是张嘴便咬。左摄提痛得大叫，待手从她嘴下挣脱，肉已经少了一大块。

他气极，照准后脖子就是一劈！先前没命挣扎的孩子瘫软下来，他啐了口：“果然是岳刃余的孽种！”

那厢护崽心切的母狼不好对付，他不得不放下孩子，和右摄提联手。波月阁在江湖上是排得上号的，阁中护法和长老也都不是等闲之辈，合两人之力，那狼就算再强悍，最终也被制服了。

制服的结果，无非是猎杀。倒地的孩子不能行动，只能眼睁睁地看着母狼被拧断了脖子。

从雪域带回一个孩子，那孩子恰好和岳刃余的遗腹子年纪相仿，如果这个消息走漏，那么波月阁就会成为下一个岳家。

左右摄提秘密将人带回了王舍洲。很奇怪，这一路上她不吵也不闹，对比之前的乖张，安静得竟像个正常的孩子。只是不能接近，一接近就龇牙，所以那身破衣烂衫无法更换，就这样穿进了波月阁金碧辉煌的大堂。

空荡荡的大堂里，坐着那个眉眼如画的男人，他偏头打量了很久，最后露出一个满意的笑来，“和她母亲长得很像，是女孩儿吗？”

左摄提说是，“属下等发现她时，她正骑在狼背上狩猎。这孩子有过人的臂力，一根树枝就能刺穿黄羊。”

大堂上的人“哦”了声，似乎很觉意外，“她才六岁而已。”

右摄提道：“若不是亲眼所见，属下也不敢相信。大概是狼的喂养和人不同吧，她自小喝的是狼奶，吃的是生肉，所以力量过人也就说得通了。”

那人慢慢点头，走近半步蹲下查看，见她两手被缚着，抬眉道：“解开。”

右摄提有些犹豫，“这孩子野性难驯，解开怕她对阁主不恭。”

波月阁主淡淡牵了下唇角，“我不怕。”转过视线看他，“难道你怕吗？”

右摄提涨红了脸，“属下并不……”也没有什么可多言的，上前拿刀尖一挑，割断了孩子手腕上的绳索。

可是变故来得猝不及防！就在绳子被解开的一刹那，那孩子凶相大现，如同狼一样，既快且准地咬住了右摄提的脖子。

常年狩猎的动物都知道，如何能将猎物一击毙命。她的牙齿穿透皮肉，咬断了动脉，无论右摄提怎么挣扎，她都如插进胸膛的利刃，纹丝不动。

滚烫的血四处激射，那血腥的场景，连波月阁主都感到错愕。然而小小的人有坚定的决心，她那双乌黑的眼瞳，像落在一泓清泉里的深碧，冷静又满含仇恨——悬崖上是右摄提拧断了母狼的脖子。她还不知道生命里更残酷的真相，但是眼下的睚眦必报，就已经很让人喜欢。

左摄提要出手相救，被主人阻止了，“连个孩子都斗不过，活着也没用。”他笑吟吟看着，啧啧赞许，“可造之才，十年之后又是一把利刃。”

右摄提死在了小儿之口。等他气绝，她才松开嘴，然后那双浓黑的眼眸，又转向了在场的左摄提。

可是这回并不需要她大动干戈，波月阁主只一扬手，左摄提便倒下了。这孩子要留在波月阁，来历不能有第二个人知道。世上什么人最能保守秘密？只有死人。

强与弱，一眼分明。小小的孩子没有见识过这样快捷的杀人手段，对他似乎有些畏惧，但天生不服管的叛逆，还是让她产生了攻击的念头。

她磨牙霍霍以作警告，可对方丝毫不放在眼里，仍旧一步步逼近。她怒不可遏，发出嘶吼，正欲出击，他屈起食指击中了她的肩井穴，顿时身子麻了半边，再也不能动弹了。

抱胸看她，这倔强的孩子依旧顽强地站着，他脸上浮起悲悯的神色，“衣衫褴褛，神璧无处可藏……也罢，已经等了六年，再等六年也无妨。”复又撑着两膝，同她高矮持平，温声宽慰道，“别怕，欺负你的人已经被我杀了，以后你就安全了。我叫兰战，是这波月阁的主人。你叫什么？”

孩子满脸戒备地瞪着他，他咕哝了声：“我忘了，狼没有名字。”想了想道，“我给你取一个吧，叫岳崖儿，如何？”

有了名字的孩子虽然照样对他不友善，但似乎听懂了他的话。透过一扇鎏金雕花的朱窗，一弯新月挂在天上，她悄悄瞥了月亮一眼，被他捉住了视线。

他说不，“不是天上的月牙儿。你姓岳，在山崖下出生，在山崖上被擒获，叫这个名字很应景，恰好又取高天小月的谐音，不那么棱角分明。”说罢笑了笑，负手长吟，“唉，我还是很敬重你父亲的，否则可不会让你认祖归宗。要是随便给你指个姓，你爹爹就算活过来也找不见你，你说是吗，崖儿？”

‖第四章‖

鸳鸯帐

当然兰战所谓的认祖归宗，不过是让她姓回岳姓罢了。天底下姓岳的那么多，谁敢断定她就是长渊岳家的后人？就算某一天引起了其他门派的怀疑，无能之人害怕成为众矢之的，波月阁胸有万古长刀，岳崖儿的存在只会助他号令群雄。到时候他也能登上众帝之台，尝一尝那武林盟主的滋味儿。

不过目前的当务之急，是如何调教这孩子。她在狼群里长大，狼群里的法则和人间世界是不一样的，但有一点共通，就是服从。他把她领进弱水门，交给苏画，“好好教导她，我要她身似杨柳，心怀利器。她不需要拥有太充沛的感情，但是必须懂得服从。”

苏画听后笑起来，“这却难倒我了，一个没有感情的女人，终究婀娜不起来的。”

兰战亲昵地捏了一下她的脸颊，“我知道你有办法。”

苏画眼里浮起荒寒，他转身要离开，她仓促地“嗳”了声，倚门调笑：“你轻易不肯上我门中来，这孩子不是你养在外头的私生女吧？”

兰战没有应她，轻轻瞥了她一眼，负手而去。

苏画这才把视线转移到这小小的孩子身上，仔细打量她，破衣烂衫，形同乞丐。不过五官倒是出奇地漂亮，尤其那双眼睛，沉沉如碧潭。还有这雪一样的皮肤，花瓣般轮廓饱满的嘴唇，将来要是调理好了，风采当旷世。

她很高兴，遇见个好苗子不容易。弱水门是波月阁中最温柔也最阴毒的构成部分，每年送进来的女孩子不少，但门中除她之外，永远只留四人。这四人是杀尽同伴才活下来的佼佼者，名额有限，人员更新替代永不休止，活着全凭实力。这孩子是兰战亲自送来的，留下的嘱托也和别个不同，想必来历不简单吧。

阁主的面子总得卖，看这孩子的头发丝都结成了绺儿，她牵起袖子拨弄，“你可真脏……”话音才落，那孩子龇起牙，发出愤怒的嘶吼，要不是她手缩得快，恐怕叫她咬着了。

妖娆的美人勃然大怒，出手击中了她的膻中穴，孩子旋即倒地，她才有空关心指尖粗粝的磨砂感。捻了捻，深褐色的粉末，是血？这么小的孩子，这么凶悍，又不会说话，野兽似的。她鄙弃地皱了皱眉，先洗洗吧，脏得都没人样了。

这一洗，换了三桶水才彻底洗干净。仆婢忙碌着，给她穿上新衣，绾起头发。苏画抱胸旁观，因为先前那一击，这孩子还提不起劲儿来，手脚虽老实了，眼神却杀气腾腾的。她倒没放在心上，只觉得这副皮囊确实够格进弱水门，但这份骁勇，也让人感到头疼——

事实证明确实如此，稍有行动能力她就不客气地下嘴，把那个给她系裙带的婢女咬了个血肉模糊。

裙子又脏了，苏画暴怒，骂道：“不知好歹的东西，你是属狗的吗？”她本就耐心欠佳，忽然觉得没意思了，吩咐左右，“把她关进暗室，先教她守规矩。”

于是岳崖儿被蛮横地拖进一道石门，关进了冰冷的屋子。

暗室是真的暗，伸手不见五指。但顶上有个小小的孔洞，当太阳升起的时候，一束光从那孔洞里直射进来，可以照亮极小的一片。

游走了一整夜，又冷又孤独，她轻声呜咽，声音里满是凄惶的味道。最后累极了，蜷曲在那丛光下，睡梦里见到了狼妈妈，就站在林子外面，可是无论她怎么奔跑都无法靠近它。最终筋疲力尽，抽搐着四肢，泪流满面。

苏画后来成了她的师父，其实说师父也不准确，确切来说是管理人。因此她的身手、战术及筹谋，都由波月阁中顶尖的高手传授，甚至兰战心情好时，也会手把手教她制敌的诀窍。

她很聪明，天生是习武的料，这可能有赖于武学世家的根骨和身体里某种不可捉摸的力量。十三岁那年，她对战弱水门四星宿，当时的毕月乌、心月狐、危月燕、张月鹿满员，只有杀了其中之一，她才能取而代之留在弱水门。最后那场厮杀，她一战成名，四星里排名第一的毕月乌死在她剑下，她轻而易举成了弱水门四星之首。

论武战，且难不倒她，最让她困惑的是苏画口中的兵不血刃。波月阁一向为江湖中人办事，只要出的钱够多，可以满足委托者所有要求。有时单纯的武力解决不了的买卖，则需要动用弱水门。这世上最危险的就是蛇蝎美人，她千方百计接近你，柔弱是她最好的掩护，一旦你疏于防范，下一刻她的刀就会割破你的咽喉。

苏画作为门主，言传身教，尽职尽责。上巳节前接了个任务，刺杀五阳的副帮主。

五阳在江湖上颇有根底，副帮主勇猛好战，一双铁臂铜环，在琅嬛洞天的神兵谱上排名第八。这样的人，正大光明对战不好应付。他不擅酒，不好色，唯一的毛病就是爱赌。波月阁的可怕之处在于擅长发掘人的软肋，并且从那创口潜入，刨骨三寸。这次的目标棘手，苏画决定亲自出马。此一战不单要完成任务，更是为给崖儿作示范。她之前几次出战，都是以武力取胜，关于如何运用女人的本钱，她实在一点都不明白。

“你知道女人最厉害的武器是什么？是身体。有的人据说不好色，其实是没有遇上合乎脾胃的美。世上男人不过那几种，逐鹿天下的英雄不会排斥侍剑的美人；酒池肉林的建造者，总要花心思弄几个绝色点缀油腻的背景，他们都缺不得女人。而你要做的，仅仅是投其所好。女人相较男人更容易行事，到了紧要关头，可以化作比男人更锋利的匕首，所以我们弱水门，创建至今一直是阁主的左膀右臂。”

崖儿抬起眼，“阁主是哪种男人？他喜欢哪种女人？”

“他？他野心勃勃，需要女人，却不爱女人。”苏画在梨花树下教她跳软舞，袒露的雪臂和纤腰，扭动起来灵蛇一样，边舞边道，“有些男人你可以接近，但走不进他心里，不过对于我们来说，这样已经足够了。三尺之内是我们的天下，靠得越近，胜算越大。你要记住，和男人周旋的时候，不能一心想着如何杀死他，你得学会享受，他快活，你也快活。只有临时起意的杀机，才能让人防不胜防。在杀他之前，你甚至应该让自己感觉爱上了他……我这么教你，违背了阁主的命令，不过管他呢，如果他只想把你锻造成利刃，当初就该送你进生死门。”

当天夜里，苏画就摇身一变，成了乌曹六博馆的荷官。江湖儿女，并不那么拘小节。赌桌上热情似火，正如她的“侍剑美人论”所说的，无论多不近女色的男人，这时候都会痴迷于那双摇动骰子的双手。

苏画的美，在骨相而不在皮肉。她可以蒙住面目，仅凭一双高擎的玉臂，就俘获大多数男人的视线。风情当然越露骨越好，易了容的崖儿混在人堆里，看她一脚踏在桌上，半露着酥胸和光致致的大腿，成为牌局上最引人注目的流光。

“买定离手”，吆喝声四起。五阳的副帮主就坐在苏画的裙裾下，飘拂的画帛时时撩拨过他的脸，那黑骰上的白点，此刻比性命更重要。他赤红着双眼，咬紧牙关，咬得下颌肌肉凸起。

十赌九输，可是今天运气颇佳，一连赢了四场。那位副帮主赌场得意，笑得声如洪钟，待赌局散了，一把抓住摇骰的荷官，把刚才暗暗接住的骰子塞进了她手里。

嗅嗅她鬓边的山茶花，常常一副讽世模样下撇的嘴角，此刻也扬了起来，“多谢美人相助。”

苏画没有说话，一双流光溢彩的眼睛划过他的脸，又辗转滑向别的赌桌。

这招欲拒还迎不是无用功，等到四更时分赌局暂止，苏画走出乌曹六博馆的时候，那位副帮主还在街口等她。然后顺理成章地，他进了苏画的鸳鸯帐。

苏画说，男人只有在欲仙欲死的时候，才会扔下兵器放松警惕。如果你有把握赶在他解开你的衣襟前宰了他，那就当机立断，免于吃亏。如果没有把握，便只能“他快活，你也快活”，然后再伺机下手。

凭苏画的身手，一旦近身就用不着兜圈子了。可她容忍那个副帮主轻薄她，放慢了动作，范本似的演示给梁上的人看。

十六岁的岳崖儿，对男欢女爱一窍不通。苏画的言传身教最初让她一头雾水，直到她从戒指上牵出天蚕丝，一场血腥杀戮真正拉开帷幕，她才品咂出其中的玄妙。

“他碰你的时候，师父不觉得恶心？”

苏画笑了笑，“习惯就好。”

“我永远不会为完成任务出卖色相。”倔强的孩子，面对将来不可测的变数也言之凿凿。

苏画“哦”了声，知道她轻视她的做法，冷笑一声道：“那是因为你没有遇见真正想杀却又杀不掉的人。等到那一天来临，你自然会明白我今天所说的话，不信咱们走着瞧。”

‖第五章‖

崖儿懂得
什么是人间极乐吗

太长远的事她不愿意去想，骨子里的野性和疏狂，促使她更喜欢直接的杀伐。她可以雪夜叩开江湖大盗的大门，也可以单刀赶赴边疆刺杀将军。

兰战说过，要把她锻造成波月阁最好的杀人武器。她多次出入江湖，一半是为别人消灾，另一半是为兰战肃清前路。当初一同追杀岳刃余夫妇的五大门派，到现在都没有完全放弃，坊间关于岳家遗孤的传闻也从来没有平息过。让崖儿手刃他们，像苗人养蛊那样，把竞争者全部杀光，于她算是报仇，于波月阁则是避免不必要的扰攘。

兰战的算盘打得响亮，崖儿的身世只有他一个人知道，不到万不得已，他不打算公之于众。可是再驯服的杀手也是人，只要她能听能看，早晚还是会有所察觉的。

那天是满月，她刚跑了趟参商的总舵，舵主儿子的脑袋还在她包袱里装着。事办完后路过夷水边的酒馆，她略顿了足，决定拐进去喝两杯。

这云浮大陆上，其实并不只有人，有时错身而过的，也可能是妖。不过人道和妖道谨守两界的规则，混杂在一处，也不作深交。通常人是无法分辨皮囊后的原形的，但崖儿八岁起就具备那项异能，她看得出酒馆的老板是只鹤，跑堂的酒保是狸猫。

大多数时候，妖比人更诚实。

酒馆里长年聘请说书人，不时从江湖恩怨讲到庙堂情仇。说书人需要素材，所以但凡有名有姓的人物，其生死都能引出醒木拍案后娓娓道来的故事。

岳崖儿要了壶酒，点了盘牛肉，对有人抱怨血腥气刺鼻充耳不闻。她是易了容出来的，不必动用美色惑人，永远是两根八字眉，两撇小胡子。

说书人可能是这江湖上感情最丰沛的一类人，说到雄壮处气吞山河，谈起儿女情长，也是缠绵悱恻当仁不让。今天故事的主角，是十六年前的长渊少主。直到今日，说起岳少侠的夫人，仍是艳名远播无人可及。万户侯府的娇小姐，曾经引无数英雄豪杰竞折腰，可惜她只对长渊少主一往情深，最后落得双双失踪的下场。至于生死，当初参与其中的五大门派讳莫如深，虽然江湖上众说纷纭，但更多人还是倾向于他们带着神璧隐居世外了。

英雄末路，美人枯骨，这是善良的听客不愿意听到的。说书人也在故事结尾留了白，因为牟尼神璧彻底消失，至少为他们夫妇尚在人间提供了一点微不足道的佐证。

可是崖儿听见酒保嘲讽地嗤笑了一声，她转头瞥他，却只看见那豆眼蒙眬，一副苦相。他经过她身边，她伸脚勾绊，酒保踉跄了下，吃惊地看她，她牵唇一笑，“我想知道他们的下落。”

酒保没有应她，偏头打量春凳下凝集的那摊血，面无表情道：“客官，您的油壶好像漏油了。”

想从妖口中套话，其实不难。尤其开着酒肆茶寮的，四面八方的消息都在此处汇集，听得太多了，心里装不下，只要有人打探，他们就愿意讲，反正他们不必遵守人道的那套规矩。

酒保的嘴咂得啧啧有声：“岳刃余和柳绛年早死啦，死在长渊以北的那片雪域里。当时柳绛年怀着身孕即将临盆，武林正道追杀他们，他们夫妇走投无路入了绝境。柳绛年死后，岳刃余剖腹取子，那孩子后来和神璧一起下落不明，但岳氏夫妇确实留在雪域，被那些人草草埋葬了。”

崖儿捻着花生衣，含笑问他：“你怎么知道这些内情？是你亲眼所见吗？”

酒保说是啊，“当初我就在长渊。可惜不能插手，远远看了会儿就离开了。”

“那牟尼神璧究竟是什么？”

酒保挠了挠头皮，“据说是日月之精所化，两璧相合，在琅嬛神兵谱上排名第三。当然最要紧的，是它可以打开孤山的宝藏，这也是武林人士不惜大开杀戒的原因。”

岳崖儿提着人头回到波月阁，她知道自己的一举一动都有人暗中监视，所以即便如鲠在喉，也得小心吞咽下去。

也许兰战并没有想要隐瞒她，也或者他低估了六岁孩子的记忆力，她到现在都清楚地记得，他为她取名时说过的那段话——“我还是很敬重你父亲的，否则不会让你认祖归宗。要是随便给你指个姓，你爹爹就算活过来也找不见你。”

她究竟是怎么来到这世上的？是她母亲惨死，他父亲亲手接生了她。以前她不懂，觉得自己就是雪狼的孩子，现在想来真是可笑。狼怎么能生出人来，必定是自己流落在雪域，狼妈妈收养了她。当初左右摄提闯上山崖杀了狼妈妈，她以为那时候的痛已经是极致了，可现在拼凑出身世，心上的伤口便无限扩大，在暗夜里汩汩流出血来。

她不知父母生前受了多大的罪，这些年她杀了那么多人，从未想过被杀是什么滋味。如今得知自己父母的遭遇，曾经的刀枪迸鸣都变成了罪罚。她找到自己的由来，然而真相那么残酷。必须有人为十六年前的杀戮负责，两条人命不能这么白白算了。

波月阁难逃干系，他们从雪域发现她，带回她，绝不是偶然。可兰战这人不好对付，她到此刻终于明白苏画的那句话，想杀但杀不掉的，兰战是第一人。

她把参商少舵主的脑袋扔在了大堂上，扑通一声，包袱散开了，一个脑袋骨碌碌滚出去丈余远。座上的人看了眼，“崖儿此行辛苦了。”一面挥手，屏退了左右。

她还是淡淡的样子，说不辛苦，“为阁主分忧，是崖儿的本分。”

兰战听后只是点头，他从上首缓步下来，黑色袍裾划过台阶，留下缠绵的弧度。

这是个复杂的人，慈眉善目，但心如蛇蝎，如果没有见识过他的两面三刀，也许会被他温柔的表象迷惑。他走到她面前，仔细端详她的脸，可能极不喜欢这张面皮，伸手把它揭了下来。

卸下平庸的伪装，背后的面孔惊为天人。虽然他知道岳刃余和柳绛年的女儿自然不俗，但十年前那个又脏又野的毛孩子，实在无法让他想象她今天的辉煌。

天生尤物，只可惜不够柔软。他垂眼一瞥，她左臂的衣袖上破了一道口子，有血渍隐约透过来。

他怅然叹了口气：“你在苏画门下这么多年，没有学到她的半分皮毛，到今天依旧只会肉搏。”

崖儿抬起头，不像以往那样，拿一句“只要达成任务，不计任何方法”回敬他。她的脸上甚至涌起一点羞涩的味道，低声说：“阁主没有查验过属下的课业，怎么知道属下未得门主真传？属下只是觉得对战更直接，与其费尽心机虚与委蛇，不如真刀真枪浴血沙场。”

这么说倒也没什么错处，就是想法太男性化了。兰战沉默，踱过去看那颗孤零零的人头。转身的一霎，她看见他眼里波光微微一漾，这位阁主终究还是有破绽的。

“回来的路上，去了阴阳楼？”他状似无意地问，“我记得那楼里有个了不起的说书先生，昨天讲了什么故事？”

崖儿说：“长渊岳家的故事，还有岳刃余和柳绛年的相识相恋。”

兰战颔首，“这说书人是江郎才尽了，这么老旧的事也拿来消遣。”言罢回头望了她一眼，“你方才说我没有检查你的课业，那现在咱们就来查一查。你知道阁中弟子安身立命的根本是什么？”

她轻轻吸了口气，“是服从。”

“很好。”他对掖着双袖，平静地看着她，“把衣服脱了。”

她吃了一惊，一双乌沉沉的眼睛里涌起仓皇，但没有任何异议，抬起手，把夜行衣脱了下来。

他好整以暇，看她只着中衣站在那里，启唇道：“再脱。”

她是一个合格的杀手，杀起人来毫不犹豫，脱起衣裳来也当如是。

中衣蛇蜕一样落在脚下，她忍怒忍得辛苦，鼻尖上浮起一层细密的汗，但依旧昂首而立，没有半点畏缩。

本以为这样已是极致了，可那两个字又一次从他口中溢出来，“再脱。”

她只觉脑子发涨，那点忍耐像一触便会断裂的弦丝，如果不是清楚没有胜算，她现在就想杀了他。眼中泪心上血，暂时只能囫囵咽下去，她扯去肚兜的决绝一如拔剑的姿势。兰战应当是很满意的，隐约的情欲在他眼底微漾，他哑声说：“脱光。”

少女无暇娇嫩的身体暴露在十一月的寒流里，然而这具身体是温热的，散发出氤氲的香气。她今天彻底了解了父母的生平，不知有何感想？他想看看她所谓的服从能够做到什么程度，如果她有半点异动，那么这辈子都别想再行走在光天化日之下了。

还好，她老老实实照做了。看来那对夫妇没有在她心上留下痕迹，狼养大的孩子，冷血在所难免。他放心之余开始寸寸查验，岳刃余究竟把牟尼神璧藏到哪里去了。

十六年了，下落成谜，这个遗孤身上没有任何地方和神璧有牵扯。但他不相信，孩提时期也许没有觉醒，如今她长大了，可以熟练操控这具身体，倘若有变化，也该是时候了。

只是看着看着，神志会受些影响。她很好地继承了她母亲的优点，当年弱柳扶风万人空巷，柳绛年几乎是所有男人心头的朱砂痣。如今她的女儿就在他面前，这样逼人的美貌更胜其母，多少可以弥补他最初的遗憾。

他把手覆上，“崖儿懂得什么是人间极乐吗？”

她双眼灼灼地看向他，“阁主想让属下服侍？”

他微怔了下，“你不愿意？”

她不说话，笑容里有种耐人寻味的冷嘲，似乎是嫌他过老了。

老吗？十六年前的阁主和十六年后的阁主，样貌上几乎没有任何差别。兰战忽然改了主意，舒口气轻轻微笑，“穿上吧，小心着凉。”目光复又流连一顾，转过身，往大堂深处去了。

‖第六章‖

牟尼神璧

如果是一般人，在得知父母的死因后必定会展开调查，可是崖儿没有。她只是站在暗处静静等待，六年的狼群生活教会她狩猎时需要耐心。兰战对她该是起疑了，他办事向来稳妥，既然不担心她会拔剑相向，那么一定是准备好了对付她的办法。

牟尼神璧，一切都是因它而起。她很好奇那东西究竟是什么样子，据说她父母殒命后，这件器物就消失了，但以兰战今天的举动来看，这神璧多多少少和她有关联。

也许就在她身体里，到了孤注一掷的时候，兰战可能会把她一截一截剁碎，来证明他的猜测。

她探过手摸了摸她的佩刀，暂时她只能赌，赌兰战没有十足的把握，不敢冒险杀她。因为她一死，这世上唯一能引出神璧下落的人就没了。找不到牟尼神璧，别说孤山鲛宫，连龙涎屿他都过不去。

彼此似乎都极有耐心，一番风雨一番秋，一等又是四年。

崖儿倒没有让兰战失望，她按照他多年前给她定下的目标快速成长，有时候莫名迸发出来的力量，连自己都觉得心惊。

波月阁中已经没有能教授她武艺的老师了，她把兰战身边的四大护法战了个遍，以一对一皆可战平。虽说四人联手她尚且不能敌，但假以时日，想做到也不是难事。

她这些年不声不响地精进，苏画都看在眼里。武学造诣还在其次，最可喜的是忽然开了窍，面对男人不再疾言厉色。必要的时候也能功深熔琢、媚无烟火地周旋。

一个女人，有顶尖的手段、执着的心性、清俊的身段，这些融合起来，早已无懈可击，连兰战看她的眼神都日益痴迷。一颦一笑可以千娇百媚，但她不风尘，且永远保持春阳般潋滟的天真。雨天坐在乌桕树下陪她制扇，洁白的皓腕随风引络，搅雨成丝。谁能想到这样的一双手，早就饮够了人血。

春雨织成的丝缎名叫冰纨，冰纨制扇，夏天能驱散暑气。这是机缘巧合下，崖儿跟一个方外人学来的。苏画的扇架子奢美，两人合作，制出来的扇子可谓一绝。

“苍灵墟的鱼夫人想要一把，托人传话，愿意拿云芝车来换，我还没答应。”她笑道，低头续上断裂的丝线，葱绿色的缭绫映衬纤长的脖颈，人像兰花一样干净纯粹。一面说，一面转头问她，“师父上次说想换一辆车，云芝车如何？”

所谓的云芝车，当然不是真拿云芝做车。云芝是一种比喻，烟云缭绕回旋，人在雾中端坐，那是苍灵墟上的半仙才用得上的好东西。

苏画倒不以为意，只是问崖儿：“你喜欢现在的生活吗？”

崖儿笑容更盛，眼睛里风烟俱静。她说：“喜欢啊，等我完成我想做的事，我会更加热爱这片红尘。其实波月阁里，很多人命运多舛，受的罪越大，越该好好享受世间的繁华。我是一个大俗人，所有的荣华富贵我都爱，所有能叫人快活的东西我也都喜欢。人活着不能自苦，师父当初不就是这么教我的吗？”

苏画听后慢慢微笑，“可我现在好像没有什么能够继续教你的了。”

她沉默下来，东方晨光熹微，蟹壳青逐渐散去，她呵了声，“天亮了。”

后来她找到兰战，直白地告诉他：“我不想留在弱水门了，那个地方不适合我。”

兰战似乎早料到会有这一天，平静地问她：“依你的意思呢？”

“我想进生死门，如果阁主恩准的话，愿伴阁主左右，为阁主效犬马之劳。”

兰战眯起了眼，“你不怕我要你服侍吗？”

她脸上露出迷离的笑来，“阁主在崖儿心里，就像父亲一样。”

说起她父亲，如同按在了机簧上，兰战自然提不起兴趣来。不过她既然有意留在总门，倒也不是不可以。牟尼神璧下落不明已经二十年了，没有人的热情经得起二十年的消耗。这时候似乎正合适，江湖上的人都淡忘了，他养兵千日，终不能无止境地等下去。但这样一个尤物，就此砸碎了未免暴殄天物。作为男人，总会有些别样的心思，她越是欲拒还迎，便越能勾得人火起。

他答应了，“护法之中给你添个席位，但位置越高责任便越重大，你可能胜任？”

她说能，“属下为阁主肝脑涂地。”

接下来的任务，确实比之前要棘手得多。她奉命刺杀白狄大将，那是个从兽演化而来的族群的首领，习惯倾巢出入，且战斗力惊人。她在军中潜伏了七天，终于等到白狄大将出营，带了一支较小的队伍，大约十七八个人。等他们离营五里，那儿恰好是一片三面环山的平原。天色绝佳，地形绝佳，就到了她大开杀戒的时候了。

关于战斗，她从来没有退却过。她不需要任何人的援助，照四大护法对她的评价，就是骁勇、嗜杀、自大。

因为自信，所以自大。她从来不给别人添麻烦，同样也不希望别人麻烦她。再生死一线的险境，死活都听天由命。遇不到好的搭档，情愿孤军奋战，也不愿意花费精力，去顾全另一个人的安危。

刀锋在旷野上纵横，身上还穿着潜伏时的铠甲。白狄人身形高大，血液充沛，一刀斩下去，闪躲不及就溅得满身满脸。

终于，最后那个难缠的将军也倒下了，她站在累累尸骨之间，血珠顺着甲片蜿蜒而下。一只雄鹰从头顶掠过，扇动健壮的双翅，直冲九霄，尖厉的呼啸回荡在残阳落下的一霎。她执剑四顾，一切逐渐隐没于黑暗。白狄大将的尸体仰天躺倒着，她弯下腰，把手悬在他的面门上。略一使力，他体内的藏灵子被震出来，一束三寸来高的光体，浮在半空中微微一晃，转而大放光明，是七夜鬼灯擎。

极少数白狄人死后能炼出藏灵子，而藏灵子又有六夜和七夜之分，七夜为佳，六夜次之。具体是什么，大概就是魂魄之类的东西。寻常人死后魂魄会散，白狄则是凝聚起来，只要你有能力锻造它，它可以变成引魂幡，甚至是有灵性的，最精纯的武器。

那只兰战用来监视她的鹰是个急性子，战斗一结束就忙于回去报信，白白错过这么重要的情报。她心满意足地把藏灵子收进掌心，正打算离开，忽然周身一阵奇怪的震动，眼灼烧起来，越来越烫，越来越烫……直到滚滚如岩浆。

她捂住眼睛，惊惶地跌坐下来，只觉那眼眶里有什么猛地一挣，直窜出去。等她定睛看，是两轮形如阴阳鱼[1]的玉璧，一为青碧，一为紫金。起先撒欢似的呼啸来去，等野够了才回到她身边，恋恋不舍地在她周身萦绕打转。

崖儿怔怔看着，仿佛陈年的创伤被猛地撕开，无所皈依的心终于有了安放处。

她紧抿嘴唇，泪眼蒙眬地望着暗夜中明灭不定的光轮，那是素未谋面的父母在和她委婉话别。她没有想到，藏灵子竟然能催逼出神璧。从今天起，爹爹的遗志由她继承，爹爹的遗物也由她接管。

白狄一战惊天动地，回到王舍洲，兰战对她的能力大加赞赏。她仍旧是波澜不兴的样子，在那片旷野上的所有经历，也如骤雨入海，半点没有显露出来。

“白狄的那个将军很难对付，属下伤了元气，恐怕要闭关养息一阵子。”她艰难地笑了笑，眼波里有羸弱的底色，“阁主能否容我休整几日？”

世上总没有那么不近人情的主人，兰战虽然多疑，终究不便多说什么，体谅地吩

1　阴阳鱼：指太极图中间的部分，其形状如阴阳两鱼互缠在一起，因而被习称为“阴阳鱼太极图”。

咐了几句，便容她告退了。

留在波月阁里，做什么都有第三只眼睛。所幸这些年她摸透了周围的地形，若水之渊有个不为人知的岩洞，穿过那重厚厚的水幕逆势而上，岩洞高于水面且只有水下一个入口，在那里炼藏灵子，可以放心不受人窥视。

七夜鬼灯擎，顾名思义需要七夜琢磨，成也是这七夜，败也是这七夜。一般人想炼造极难，但崖儿因为有神璧的佐助，显然事半功倍。

她到现在才明白，为什么自己会和常人不同，别人看不穿的妖魅她能看穿，别人提炼不出的精魄，她顺势就能吸纳，一切都有赖于这神璧。细想想，又觉得那么悲怆，神璧能识天地鬼神，却唯独对人心无可奈何。那些江湖门派全力抢夺，父亲带着怀孕的妻子，害怕顾全不上，始终隐匿神璧的下落。如果当时只有他一人，那些乌合之众还会是他的对手吗？

追击千里，侠客百余，她一点一滴了解父母的遭遇，多一分了解就多一分凿骨裂肉的痛。第七夜，她在愤恨里炼出一双剑灵，化了形的少男少女向她俯首时，她想，时候快要到了。只待一个万无一失的时机，她要杀光波月阁当初参与追杀的人，还她爹娘一个公道。

出关后，兰战似乎有意闲置她，他要杀众帝之台的左盟主，只打算派破军和贪狼出马。

当今的武林盟主分左右，左盟主稍弱，也是神兵谱上排第二的人物。两位护法硬着头皮接令，脸上多少有些为难之色。沉默良久的崖儿忽然开口：“关山越不是等闲之辈，一旦失手，波月阁就岌岌可危了。属下请命，和两位护法一同前往，或者属下一人独行，也可以。”

这话立刻引发了两位护法的不满，他们大皱其眉，叱道：“岳崖儿，你别太猖狂了！”

她眨眨眼，委屈地嘟囔：“我只是想帮忙而已。”

两位护法对她的扮猪吃虎嗤之以鼻，兰战却失笑，语气里颇有纵容的味道：“你才出关，身体不知恢复得怎么样。这次和贪狼、破军一同前往……也好，多个人多份保障。不过这是最后一次派你出战了，终究是个姑娘，这些年弄得满身伤，我心里也不忍。”

两位护法暗中交换了下眼色，只当阁主怜香惜玉的病又发作了。然而其中缘故只有崖儿知道，今次之后，兰战是下定决心在她头上动刀了。

‖第七章‖

再 见 你 一 面

对付关山越的这一战，当真杀得日月无光。

左盟主毕竟是左盟主，非寻常武林人士可比。他们制订计划，在鹊山九道口堵截他。当时他一人一马，正在去往俞元的路上，前方突兀地出现了两个信马由缰的人，穿一身黑衣，闲适地扛着重剑。日光正盛，黑衣上泛起细碎的光，待走近时才看清，黑袍上甲片密集，一层赶一层，每片鳞甲都只有指甲盖大小。

见多识广的左盟主很快辨清了他们的来历，“波月阁的人？”

贪狼说是，“关盟主行色匆匆，这是要去哪里呀？”

关山越道：“会一位旧友。二位阻我前路，不知有何贵干？”

破军懒得多作周旋，两眼阴鸷地望着他，“听说左盟主为人仗义大方，我们兄弟想借盟主一样东西使使。”

波月阁在江湖上的名声一向欠佳，他们的出现，势必是带着杀机的。关山越料定他们不怀好意，却也不想先挑起事端，只道：“只要关某力所能及，二位请讲。”

破军一笑：“现成的——项上人头！”

话音方落，两人便腾身而起，那两柄重剑的剑首聚气成芒，精准、势不可当地向关山越袭去。

崖儿并没有现身，那两位护法心气甚高，一向瞧不上女人，他们不欢迎她插手，只让她在边上歇着。她也乐得自在，摇着她的冰纨扇，坐在枝头冷眼旁观。

高手过招，一招一式都透着沉沉杀机。关山越的佩剑是茨山太阿，铁英的剑身因多年杀伐，磨炼得镜面般精光四溢，和重剑相击也丝毫不落下风。只见满眼剑气纵横，如惊雷劈空，树顶的崖儿卷起垂落的画帛，暗暗叹了声“好剑”。

只是关山越似乎有难言之隐，一味接招却不避让，这样下去再好的功夫也会被拖死。但于她，倒是有百利而无一害的，最好他们两败俱伤，也免得她多费手脚。

你来我往百余回合，关山越最终把背上包袱解下，小心翼翼地放在了路旁。他们打得不可开交的时候，崖儿悄悄潜过去看了眼，原来包袱里是个孩子，小鼻子小眼睛，精瓷做成的一样，正闭着眼睛沉沉好眠。

她怔了一下，想起自己的父母，多年前是否也像关山越一样，拼死保护她。谁知她这里正唏嘘，身后忽然传来一声暴喝："放开孩子！"然后一股剑气横扫过来，她拔起身形退开三丈远，才发现破军和贪狼已经陈尸在那里了。

左盟主果然名不虚传啊，普通的兵器怕辱没了他。她两袖一震，双剑在手，正好借此机会，试试她新炼的好东西。

七夜鬼灯擎，花开两朵。崖儿有时候颇具姑娘别致的心思，她给双剑取了花的名字，雄剑叫撞羽，雌剑叫朝颜。对手足够强大，才能激发出更深层的力量，撞羽朝颜是精魄化成的，茨山太阿就算再锋利，终究是凡品。关山越横剑迎接她凌厉的攻势，几个回合折损，最后一击，太阿被斩成了两截。

剑柄执在手里，剑身落进尘土，关山越兀自心惊，待回过神来，对方的剑已经抵上了咽喉。挫败感陡然而生，没想到英雄一世，最后败在了一个姑娘手上。他长吁了口气："阁下也是波月阁的人？"

年轻的姑娘莞尔一笑："波月阁护法，七杀。"

他忽然想起上回做寿时，那个算命的瞎子对他的批语，言道今年是他的凶年，没想到这么快就应验了。他恋恋不舍地看了路边的襁褓一眼，"关某不惧死，但求姑娘一件事，留孩子一条命，他才三个月。"

崖儿偏头思量，"等他长大，寻我报仇吗？"

关山越的脸色变得很难看，这样的英雄豪杰，临死前为孩子忍气吞声，也着实叫人惆怅。

她的话，其实不过调侃，转而正色道，"我也请教左盟主一件事，只要据实回答，我可以放你离开。"

关山越犹疑地看着她，"姑娘请指教。"

"二十年前追杀岳刃余夫妇，左盟主是否参与？现如今牟尼神璧的下落，左盟主知不知情？"

关山越几乎不假思索，接口道："岳刃余夫妇的死我知情，但并没有参与。牟尼神璧的下落我从来没有过问，姑娘恐怕是问错人了。"

她露出枯寂的笑，那笑容镶嵌在精致的脸孔上，说不出是怎样悲苦的味道。

忽然她扬手，一道剑气从他鬓边呼啸而过。关山越带着赴死之心，本以为就此千古，没想到那把剑贯穿了天上的飞禽，从高空坠下来，“噗”的一声落地，是一只尖爪利喙的鹰。

她收起剑，拢了拢朱红的衣襟，曼声道：“看在孩子的分上，就不杀你了。人情留一线，将来我不做波月门护法了，左盟主若在江湖上遇见我，请为我周全。”

关山越意外之余迟迟向她拱手，她妖俏一笑，跃上马背疾驰而去。那回眸的一瞥，竟让他生出似曾相识的感觉来。

这趟任务损兵折将，两死一伤，崖儿拖着千疮百孔的身体回到总门时，连兰战都大吃了一惊。

她从马上摔下来，挣扎着匍匐在他脚下，颤声说：“属下等追踪关山越至九道口，虽部署周详，仍旧不敌。破军及贪狼战死，属下侥幸逃脱，冒死回来禀报阁主，请阁主责罚。”

兰战立在那里，脸色铁青。波月阁创建至今，办事从来没出过岔子，这回派出三员猛将竟是这样结局，实在令人匪夷所思。

关山越身为左盟主，论手段，他承认他厉害，但厉害不到那种程度，毕竟他和右盟主厉无咎之间的差距不是一星半点。原本照兰战的设想，三人联手稳操胜券，而今一败涂地，恐怕真正原因不是关山越多战无不胜，而是有人刻意制造了这种局面。

他若有所思，垂眼看她，她身如柳絮，伏在地上瑟瑟发抖。他蹲踞下来，勾起她的下巴，然后手指顺着纤细的颈部线条滑下去，落在她胸前衣衫的裂口上。

捻了捻，濡湿黏腻，有血的味道。他嘴角微沉，指尖探进裂帛，从琵琶骨下的创口直入——他要看一看这伤口究竟有多深，是敌人的手笔，还是自伤的苦肉计。因为他想不明白，为什么行动失败，连鹰都回不来。如果一切都是天意，那未免太巧合了，而他从来不相信这种无缘无故的巧合。

手指在她的伤口里肆虐，皮开肉绽的声音如丝弦断裂。他看向她的脸，她咬牙忍着，脸色惨白，却不发一句告饶。

他说：“你知道错在哪里吗？你错在一个人活着回来，难以自证清白。”

冷汗浸湿她的头发，淋淋漓漓砸落下来，她始终垂着眼沉默不语。在他考虑是不是该趁她还有一口气，现在就把她投入炼化炉时，那蛾翅一样的眼睫轻轻颤动了下，他听见她艰难地说：“属下知道规矩，我本不该活着，可是我想……再见阁主一面。”

他怔了怔，竟有些不知所措。撇开君子好色，多年相处，就算养只猫狗还有感情，何况她是活色生香的人！

波月阁主铁石心肠，但对于美人恩，向来不忍拒绝。这份感情可能出于一个女人少时最素朴的思慕，加上他们之间原本相隔的血海深仇……一切那么禁忌又迷离，激发出他隐约的清梦来。

她把手盖在他的手背上，似是而非的味道，恍惚在他心上抓挠了一把。她眼神凄凄，虚弱而哀恳地说："现在我如愿见到了你，哪怕此刻就下阴曹也无憾了。"

她说完佯装昏死过去，天知道她是忍着怎样的恶心，演完了这场掏心挖肺的戏码。

兰战对她有意思，女人在这方面有惊人的洞察力，她能从他的一个眼神、一个细微的肢体动作中感受到。其实从某种程度上来说，他们是同一类人，同样的敢于冒险，同样的敢赌。她赌兰战贪图色相，尚未吃进嘴里之前舍不得放手；兰战赌她伤势的真假，在他得偿所愿前，有没有发动奇袭的能力。

硬碰硬，也许有胜算，但胜算不大。琅嬛洞天神兵谱上的排名，仅限于当初参与众帝之台盛会的各方豪杰，还有一部分没有出席的人，再高的造诣也不会记录在册，比如兰战。

没有明码标价，才最深不可测。倘若她技不如人，抑或恰好只够勉强应付他，引来波月阁弟子，对她不利。所以她必须保证万无一失，先摘下兰战的脑袋，再招安各门弟子——外面的世道太乱了，总得有个地方安身立命。她虽恨波月阁，但在此间生活了十几年，熟悉这里的一楼一台、一草一木。再讨厌的地方只要变成自己的，自然也就讨厌不起来了。

兰战是个解风情的人，她这一伤，并没有送她回她的下榻处，而是进了他的卧房。

大夫为她诊断，揭开衣裳伤痕累累，有些地方的皮肉都翻卷起来，一瞬让他有些疑惑，世上真的有人能对自己下这样的狠手吗？

询问她的伤势，大夫说："伤口深浅不一，浅者在肌理，深者入骨髓，短时间内恐怕不能随意行动了。阁主要想再驱使她，就得容她静养。"

一个狼群喂大的孩子，一度和小兽没什么两样。当时那些和她过招的同伴，没有人怜惜她年纪小，上了战台就是真刀真枪。经常一刀砍下去，白骨绽露，她能吃痛，伤得再重也挺身站着。为什么人越大，越不中用了？

兰战将他的疑惑直言，大夫听后挠了挠头皮，"可能因为女孩子在初潮之前是不败金身，初潮之后每月失血，身体就大不如前了吧。"

大夫的解答固然啼笑皆非，但说出了一个事实，无论如何，岳崖儿已经是个成熟的女人了。

‖第八章‖

你是我的药

成熟的女人好，令人着迷，让人欢喜。

其实对于岳崖儿的锤炼，他终究还是手下留情的。波月阁中的弱水门人，本来就为达目的，什么都豁得出去。收服那些女人，自有他们的一套。自尊这种东西，常常会成为杀手前进的绊脚石，要打碎自尊，最直接的，便是让她们没有执念可守。人一旦一无所有，就变得无敌。女人的底线是清白，所以弱水门里的女人，几乎每一个都接受过脱胎换骨的“洗礼”，包括苏画。

被陌生男人强暴，羞于启齿又无处可去，于是把一生献给波月阁，这是门派高层心照不宣的秘诀。原本身在其中的岳崖儿也免不了俗，但因她过于骁勇，恐怕能做成这事的人不多。曾经太阴和破军请愿前往，但最终没等来他的首肯，这事便搁置了。

现在想来，那时就有私心预备留给自己。毕竟如此美人，二十年前错过一次，二十年后不想再便宜别人了。

大夫奉命开方抓药去了，幽暗的卧房里只剩他独自站在那里。烛火跳动，隔着纱帐映照出曼妙的轮廓，他的视线停留在那截水蛇般的腰肢上。当年通天塔前，柳绛年一曲《绿腰》动九州，现在她女儿的时代到来了，只要愿意，崖儿的成就可以远超她母亲。

可惜恐怕没有这样的机会了，他等了二十年，没能等来牟尼神璧的下落，最坏的方法就是杀鸡取卵。如果一切尽如人意，也便罢了，但若是鸡腹空空，那就连最后的一丝希望都没有了。所以他在考虑，是否应该勉为其难，寻求长渊岳家的帮助。虽然现在的掌舵人不是嫡系，但终归是同出一门，也许岳海潮知道一些不为外人道的内幕也不一定。

千回百转，无非想鱼与熊掌兼得。男人在这种事上彷徨也是人之常情，毕竟千金易得，美人难得。

他站了很久，最终踏上寝台，在她身旁坐了下来。细细端详，脆而易折的东西都带着凉意，她的眉眼凉薄，可能连她自己都不自知。但这种凉，又是温暾的美无法比拟的，越锋芒毕现，越具致命的吸引力。他有些贪婪地审视她，那斑驳的血迹，在花一样的身体上绽放。他不由自主地伸出手，轻抚心衣下袒露的皮肤。

因为伤口牵痛，她微声长吟，他没有收回手，她睁开了眼睛。

过于亲昵，有狎戏的嫌疑，但他不以为意，她也没有生气。

“你醒了？感觉如何？”

她潦草应了声，低低嗫嚅：“是属下无能。”

无能不无能，现在再说已经多余了，他只问：“关山越此行共几人？出九道口往哪里去？”

崖儿艰难地撑身坐了起来，粗喘两口气道：“他去俞元，不是孤身前往，身上还背着个孩子。”

兰战“哦”了声，“那应当是他妹妹的孩子。赤白大战，鲜虞惨遭灭族，他想把孩子送回俞元老家，让他妻子代为抚养。”说罢想起来，如果他们此战成功，那这孩子的遭遇便和岳崖儿颇为相似。是否正因如此，她才有意手下留情？

她却怅然，很后悔的模样，“是属下等不够缜密，当时明知他是从中山国回云浮，因为没发现孩子的踪迹，错过了拿捏他软肋的机会。没想到那么小的孩子，可以藏在包袱里。破军和贪狼被他斩杀后，属下一人实在难敌……可是阁主，属下并不是贪生怕死……”

他点了点头，“不用多做解释，你的能力我知道。现在木已成舟，只能再想办法补救。”

案头巨烛的灯芯突地轻声炸开，然后熄灭，半间卧房陷入朦胧之中。影影绰绰的美色此时更显诱惑，他的手指也从心衣底下移上去，轻揉慢捻着，“崖儿，你觉得我老吗？”

她咻咻喘气，望他的眼惺忪含情，“阁主春秋鼎盛，从属下第一次见你至今，十四年了，阁主的样貌从来没有任何改变。”

如此良辰如此月夜，似乎最适合用来调情。他的逼近没有让她怯懦，反而勇敢地迎上去。“崖儿命苦，原本流浪在外，和野兽无异，是阁主把我带回人间，抚养我，给我名字。这些年承蒙阁主教诲，我对阁主的感激，终我一生都难以报答。”她慢慢靠过去，苏画传授她的媚功，到了最终检验的时候。她在他耳畔吐气如兰，花瓣样的粉腮若即若离地摩挲他的脸颊，“以前对阁主，崖儿满心的敬畏，生怕唐突辱没了阁主。可今天命悬一线时我细数平生，才知道心里最记挂的人，原来是你。”

没有人能拒绝美人如泣如诉的告白，她急促的呼吸掠过他鬓边，本来就无风三尺浪的一池春水，被搅得愈发澎湃。他闭上了眼睛，倒也沉浸，但所有感官集中到她身上，她的一举一动他都能察于微毫。

她的话语变得娇而软，红唇贴在他滚动的喉结上，“孟子说，人少则慕父母，知好色则慕少艾。于我来说，父母是阁主，少艾亦是阁主。”

她是个听话的徒弟，苏画有高论，杀人不能流露杀机，你须先骗过自己，才能骗过别人。假装自己爱他，情真意切到连自己都快相信了。高高在上的阁主并不了解这些技艺的法门，只要他将信将疑，她就成功了一半。

手从他的宽袍大袖里蜿蜒而上，攀到他的肩头，再蠕蠕向胸前汇合。松垮的交领禁锢不住骚动的心，他饶有兴致地看着她，享受那双柔荑的放肆和野蛮，纵容她把他弄得衣衫不整。

兰战是个雅致的人，虽然至今未娶，但生活中的任何细节都精益求精。他的领上有兰桂的香气，多少平息了她翻腾的脾胃。她和他贴肉厮磨，念咒般地说：“我曾经不止一次地幻想今日，可阁主离我太远了，我只配给你卖命，不敢奢望可以这样靠近你……”

兰战气息渐渐不稳，处子的幽香伴着血腥气，那种靡废又强烈的刺激俨然是催情药。她缠上来，他从善如流。这具身体像野生的青萝，甚至不需要他的引导，在悬崖峭壁上也能顽强生长。

他在一片晕眩中思绪纷乱，牟尼神璧必然和崖儿有关，而她长久以来的波澜不兴，也许就是缺少一个契机。裂变一下，或者会爆发出无数种可能。他很甘于充当那个引子，来见证一个女人惊人的蜕变。

男人的想法有多龌龊，她都知道。兰战只有一双手，可是这双手不知什么时候变成无数双，从上至下，无处不在。她忍住灭顶的屈辱感，等他沉迷，放松警惕。吃些亏在所难免，可是只要能替父母报仇，这点委屈根本不算什么。

他在上，撑身看她，身形的差距让她笃信徐徐图之并没有错。

他撩起她的裙裾，仿佛还有一点人性，“崖儿身上有伤……”

她的手在他尾椎部位鼓励似的点压了下，然后缓缓上移，“你是我的药。”

情欲这种东西，一旦被勾起就很难浇灭，尤其是男人。苏画教出了个好徒弟，她没有这方面的经验，但悟性极高，大有青出于蓝的势头。他欲沉身，忽然颈间一道凉意划过，有什么纷扬而下，染红了烟罗帐。

激射声随着脉动高低起伏。他下意识拿手去捂，却发现无论如何都捂不住了。

霍然望她，她提剑而起，身躯玲珑有致，脸上表情平静。剑首一划，把他捂伤的右手也斩落下来，笑着问他："疼吗？"

失血太多，又伴着割肉断骨的痛，他脸色惨白，说不出话来。可是这样的折磨远没有结束。

"阁主，当初你们有没有这样虐杀我的父母？告诉我，你现在害怕吗？"一面说，一面仔细盯着他的眼睛，啧啧惊叹，"原来人的眼神可以这么狠毒。你恨我，想杀我吧？可惜你没有手，连剑都握不了了。"

曾经绝世风流的波月阁主，五官因骤变扭曲，他咬牙切齿："岳崖儿，老子技不如人，居然上了你的套！"

她冷冷一哼："你好色，早该想到终有一天会栽在这上头。你不是一直对我垂涎三尺吗，临死前完成你的夙愿，也算对得起你了。不过说真的，你真叫我恶心！你的脸，你的嘴唇，你的手，还有……"她拔出撞羽，对准他脐下三寸。

兰战的表情变得惊惶。

他越在乎，她便越要毁灭。伴随他的一声惨叫，她媚声笑起来："这下糟了，阁主下辈子恐怕要做女人了。"

他奄奄一息，却还死不瞑目地望着。她想起来，"阁主这辈子最大的愿望，就是找到牟尼神璧吧？"她凑过去，双瞳里星芒乍起，然后两道光合二为一，在他上方炫耀似的凝聚旋转。她换了个轻快的语气，"你看，命运就是弄人，千方百计求而不得的东西，其实一直在你面前。"

临死之前的可望而不可即，才是最大的折磨。

兰战带着遗憾死了，她默默看了会儿，心上的伤口，终于在这个冬夜结上一层薄薄的痂。

不紧不慢地穿好衣服，她发出阁主号令，召来所有弟子。随手一扔，兰战的脑袋咕噜滚到了所有人面前。

众人呆若木鸡，骤然的变故惊坏了他们。冷血美人垂眼睥睨，寒声道："波月阁今日起姓岳了。前任阁主毙命，新旧更替本是天道，没什么可奇怪的。如果在场的各位有谁不服，可以同我一战，只要战赢我，这阁主的宝座就是他的。"

可惜，没有一个人敢上前半步。

‖第九章‖

最后的佳城

她见到苏画，淡然地对她笑了笑，“师父，我要做的事做完了，从今天起，我想过自己喜欢的生活。”

苏画点头，似乎对一切变故并不感到意外。养虎为患，可能这词用得不太妥当，但于兰战确实是如此。十四年前她就觉得那个不会说话的孩子的来历不简单，十四年后果然打了众人一个措手不及。这世上的因果报应向来只会迟到，从不缺席。该还给别人的命，隔着山海别人都会来取，何况像兰战这样，太过自信，试图枕刀入眠的。

反正大势已去，她率先臣服，“弱水门誓死效忠阁主，随时听候阁主号令。”

既然有人领头，余下各门只有顺应天意了。江湖人士间的情义有时比玄铁坚硬，有时却比琉璃更脆弱。门派里的新旧交替，就像皇权变更，胜者为王的定律放诸四海而皆准。战败的前任阁主人走茶凉，如果没有确切的利益牵连，谁也不会再想起他了。

岳崖儿长舒了口气，这么多年的蛰伏，到今天才雪耻。眼前的这帮人她都了解，欺软怕硬，你比他们强，他们就臣服你。她是瞧不上这些人的，但目前大势方定，暂且将就吧，等过段时间腾出手来，再另行处置。

她转过头看苏画，“师父，收殓兰战的事，就托付你了。”她知道，苏画当初被斩断后路，是兰战亲力亲为。女人对于自己的第一个男人，多少会有些感情，不论是爱还是恨。

苏画道好，弯腰拾起兰战的头，提裙进后寝。绕过屏风，看见床上散落的肢体，她皱了皱眉，怎么都想不起这人活着时是怎样的高高在上了。

长着一副好皮囊，做尽人间腌臜事。

原本的四大护法，死了破军和贪狼，只剩太阴和巨门。当年追杀岳氏夫妇，他们四个都有份，后来埋尸的地点也只有他们知道。

岳崖儿能够自由行动后的第一件事，就是带他们奔赴雪域。她没有别人那样承欢父母膝下的福气，每每午夜梦回，尝到的无非是令人窒息的痛苦。她唯一能做的就是带回双亲的遗骨，不让他们再曝尸荒野。她当了那么多年无主的孤儿，找到父母，以后便有亲人可以祭拜了。

三骑快马奔走在无边的雪域，崖儿在这里生活过六年，论地形，其实比任何人都熟悉。太阴和巨门带着她兜圈子，她心里有数。反正她也没打算放过他们，等找到爹娘的墓地，她会拿他们的血来祭奠亡灵。

半个时辰前标注的记号就在脚下，她勒住缰绳原地盘旋，似笑非笑地看了他们一眼，“二位护法是在考验我的耐心吗？”

太阴和巨门嘴上敷衍：“属下等不敢，只因多年未来此地了，一时有些找不准方向。”

她哦了声，“如此还是由我来为二位指路吧！”举起马鞭直指西北，“那里是雪域咽喉，两山高起，下有幽谷，长约百丈。当年我还小，跟着狼妈妈在此狩猎，外面的世界春暖花开时，成千上万的黄羊会向谷外迁徙，我们只要守住那里，就有吃不完的猎物。”

她的话让两人大吃了一惊，不由得慌张起来，“阁主怎么……会流落在狼群里？”

她乜斜他们，“这么多年了，兰战始终没有告诉你们真相。十四年前，也就是岳刃余夫妇遇害六年后，左右摄提将我带回王舍洲。兰战为我取名岳崖儿，据说是因为敬重我父亲的为人，有意让我认祖归宗。我知道二十年前的千里追击，你们参与其中，后来掩埋尸体，你们也经了手。我此来是为寻找父母的遗骸，你们只能助我，没有任何讨价还价的余地。”言罢轻吁了口气，“好了，现在告诉我，我父母究竟葬在哪里。同门一场，别逼我动干戈，伤了和气，大家面上都不好看！”

两位护法交换了眼色，突来的拨云见日简直令人狂喜。难怪兰战对她格外不同，岳刃余的女儿，一定知道牟尼神璧的下落！兰战死在她手里，大抵是因为好色轻敌，他们不一样，对女人再有兴趣，也不会到那样走火入魔的地步。这雪域一望无际，连半个鬼影都没有，现在下手，正是大好时机。

巨门的佩剑铮然出鞘，杀气腾腾地举在了头顶上，“岳崖儿，你自视过高了。当初我们能杀你父母，今天一样能杀你！”

平静了多年的大地上，终于又传出了兵戈碰击的鸣响。天上徐徐降落的雪，和剑气劈斩溅起的积雪相接，把这琉璃世界搅得混沌一片。

杉树林里有呼吸声，静静地停在那里观望的是雪狼群。人和人之间的战争它们不会参与，但不时飞溅的血却刺激了它们的神经。头狼抖了抖耳朵，向前迈了半步，清澈的眼底倒映出平原上的景象——缠斗的人几次错身，很快从三个变成了两个。

忽然一声长嗥传来，那是极其熟悉的，属于雪狼特有的邀请进食的信号。群狼如离弦之箭，纷纷冲出树林，奔向了战场。

然而那嗥叫不是狼发出的，狼群没有靠近，只在周围压身徘徊。之前草率拔剑的人已成伏尸在地，女人继而发出类似嘤嘤啜泣的声音，仿佛母狼温柔召唤狼崽离洞的鼓励。头狼微怔了怔，仔细看她的脸，终于辨认出来，猛然欢快地扑过去，低垂的尾巴左右摇摆刮蹭地面，扬起了漫天的雪沫子。

太阴几乎要被吓傻了，一则吃惊于岳崖儿惊人的精进，二则对忽然出现的狼群深怀畏惧。头狼和岳崖儿翻滚嬉戏的时候，那些狼兵狼将就围着他打转，利齿离他之近，腥臭的气息全喷在了他脸上。

十四年没见了，狼群的首领早已经更换。现在的头狼长了双白耳朵，崖儿一眼就认出来，那是狼妈妈亲生的孩子。当初和她在一个窝里待着，她天天抱着它睡觉。后来白耳朵被妈妈赶出去，很长一段时间它都会偷偷溜回来和她见面。那时候，彼此都不知道对方是异类，在他们心里，一个窝里住过的，就是世上最亲密的伙伴。

比起和人打交道，崖儿更喜欢狼，它们简单直接，爱憎分明。

巨门的尸首，白放着也是浪费，她示意狼群进食。白耳朵首肯之后，十几只狼一哄而上，转眼把尸首瓜分殆尽。

目睹了一切的太阴吓得呆若木鸡，崖儿说“走吧，带路”，他跌跌撞撞地把她带到崖石边，找到了三块碎石堆叠起的简易坟墓。

“是这里？”她面无表情地问他。

太阴说是，“当初为了日后便于辨认，特意垒了三块石头。”

她颤抖着吸了口气，雪域冰凉的空气激得她胸肺生疼。她慢慢点头，“你的任务完成了，上路吧。”话音才落，两弯旋转的神璧俯冲下来，一个交错又奔向天际。太阴扑倒在墓前，身下的雪很快被染红。崖儿摘下他的脑袋，恭恭敬敬地摆放在三块石头上，“我以仇雠之血告慰爹娘，二十年了，女儿来接你们离开这里。”

她磕了三个响头，怕惊动爹娘，开始徒手刨挖。那块山岩提供了极好的庇佑，雪域二十年的积雪，落到坟茔上只薄薄一层。她猩红着泪眼把土一捧一捧搬开，血泪和着泥沙，越往下却越情怯起来。这黄土下埋的不是别人，是她的生身父母。他们素未谋面，今天竟以这种方式相见。她一直在想，雪域天寒地冻，他们的尸身有没有可能保持完好？如果能，让她有幸见他们一面。可真要是那样，又是何等残忍的一件事！

结果奢望终究是奢望，他们落葬时没有棺木，多年下来早就成了嶙嶙白骨。回过头去想，六岁之前她曾不止一次从这里狂奔而过，如果那时爹娘在天有灵，会因无法相认感到难过吗？

她把尸骨捧进包袱里，跪得太久难以起身。白耳朵在一旁呜咽，撞羽和朝颜化成人形上来搀扶，嗫嚅着喊她："主人……"

她摇摇头，"我不要紧。"仔细系好包袱的对角，背在身上。趁着天还没黑，得走出这片雪域。

狼群送了他们好远，她只是挥手，让它们回去。

朝颜说："为什么不带白耳朵一起走？我看它很喜欢主人。"

崖儿笑了笑，"这里是它的家，它留在这里能称王，跟我回去只能当狗，将来它会恨我的。"朝颜初开灵窍，好些东西一知半解。她看了看撞羽，他的脸上一派肃穆，看来他是听懂了。

崖儿回到王舍洲，命人觅了一处吉地，作为父母最后的佳城。一切安排妥帖，她从正午站到次日清晨。

虽然结局悲伤，但同穴而眠，他们的爱情是圆满的。她原先不信世上有爱情，太多的薄幸男女游戏人间，最终不过一拍两散。但自己爹娘的不离不弃，又让她看见另一种希望。只是她不知道，自己是否能像她母亲一样幸运。天地间好男人终归是有的，但她恐怕没有那样的造化，得以遇上。

‖第十章‖

龙涎屿

兰战时期的波月阁，门下豢养了无数死士杀手，受人钱财与人消灾，所到之处腥风血雨，江湖上无人不知其大名。

习惯了用最直接的方式处理问题，要想变得委婉不太容易。但如崖儿曾经和苏画说的那样，尝遍了大悲大痛，她想去爱一爱喷薄朝阳，红尘万物。所以她清理门户，改阁为楼，大敞曾经神秘森严的楼门，迎向无边的乱世。

王舍洲的历史上，至此多了一座波月楼，给人说书，为人排忧，提供菜色，但从不留人住宿。起先江湖人士怵它的前身，知道楼里上至楼主下至跑堂的，都是杀人不眨眼的狠角色，不敢光顾。后来热海上来了位锦衣公子，一掷万金地领着八方妖魅夜宴十六洲，最终在王舍建起了连绵的滨水楼台，于是来往的人多了，肃杀之气渐渐冲淡。波月楼里美人妖娆，男鲜生猛，侠客们即便走遍千山万水，不来此间消磨，照样够不上江湖地位。

不过这世上没有不透风的墙，兰战何等人物，死得如此蹊跷，自然引发整个武林的兴趣。所以有些事不是你想回避，就可以不去面对的。岳家一辈子守着一个秘密，这秘密传到她这辈，变得如此渺茫，她必须探究一番。如果一切真实存在，牺牲尚且有意义。但假如仅仅是谣传，那么父辈所经历的硝烟，便是一场阴谋和闹剧。

崖儿这些年出入江湖，也听到一些传闻，据说宝藏位于孤山鲛宫。但那座鲛宫确切的位置没人说得清，只知道在罗伽大池上。所谓的大池，并不是字面上理解的湖泊或者池子，其实就是方外的海。探寻神璧的由来，只能一人独自前往，因此临行前随意交代了声，挑了个雨后急晴的下午，牵上一匹马就出门了。

大池在西边，以前她也远行过，但从没有走出云浮大陆。这次快马加鞭跑了半个月，终于看见云浮的界碑，也看见了大陆之外的浩渺无边和人烟绝迹。

她站在最后一块陆地上向远处眺望，水面平静得如同一面镜子，如果没有悬浮的云，根本分不清水天在哪里相接。背上的双剑嗡声一震，化成人形落在她身后，撞羽说："主人稍待，我去弄条船来。"

这两个炼化的精魄，身上有她的心血，朝颜天真又嗜杀，撞羽却稳重而老成。以前一个人走南闯北，寂寞的时候没人说话，现在有了他们，能做伴又能办事，比带着一大帮手下方便得多。

朝颜的脸明媚可爱，只有十三四岁模样，偎在崖儿身边，轻声问："主人，我们出海干什么？"

崖儿说："去找孤山鲛宫，我要看看岳家世代坚守的秘密，究竟存不存在。"

朝颜很高兴，"那找到宝藏，我们是不是就发财了？"

崖儿听得发笑，"你是一把剑，要钱有什么用？"说着把视线调向远方，喃喃道，"我只是不懂，究竟是多大的诱惑，才能让他们草菅人命？如果那个宝藏不存在，谁又该为我爹娘的死负责任？"

朝颜脸上露出哀伤的神情，摸了摸她的手道："反正我们已经把波月阁主杀了，主人算一算还有多少人逍遥法外，等回到王舍洲，属下替你杀光他们。"

她笑着揉了揉她的脑袋。这六年来杀的人已经够多了，兰战的刻意安排下，死在她手上的宿敌，在当年的事件中都排得上号。如果说杀光，恐怕这武林就不剩什么人了。明处暗处，参与和指使的，有几个是清白的？

临水站了会儿，撞羽回来了，撑着一条木船缓缓驶近。葛布麻衣的少年站在船头，春阳照着白净的脸，竹篙每次的划动都激起一串清响。

他招手，"碰巧遇上一只狐狸，和他借的船。主人上来吧！"

崖儿提起裙角正待一跃，见他跪在船头俯下身子，远远向她伸出手。她心下安然，深知这些剑灵永远不会背叛她，跋山涉水这么远的路途，庆幸不再踽踽独行了。

搭着撞羽的腕子跳上船，回身看朝颜，不知她什么时候到了船尾，笑嘻嘻地把着橹道："我力气大，我来摇船。"

木船在满目金芒里驶向那轮落日，罗伽大池上依旧半丝风也没有，只有船橹激起的涟漪，在平静的水面上留下蜿蜒的轨迹。

要找到孤山鲛宫，必先找到龙涎屿。她手上有一张罗伽大池的水域图，那些三三两两分布的岛屿，像局散后棋盘上来不及归拢的棋子，并没有什么规律可言。龙涎屿的位置很奇特，太岁和寄禄之间有个长而狭窄的入口，穿过那里再行半天可以抵达。但这地方实在太神秘了。传说岛上有龙，枕石一睡，涎沫浮水，日久年深堆积起来，就成了龙涎香，龙涎屿因此得名。至于为什么说想找到孤山鲛宫，必先找到龙涎屿，是因为鲛人以龙涎为至宝，有了鲛人的下落，鲛宫自然也就不远了。

只是这条航线漫长，离岸稍远后便张开了船帆，但因风平浪静，这帆的作用实在不大。好在剑灵不知疲倦，撞羽和朝颜日夜轮替，三个昼夜后终于远远地能看见太岁和寄禄两岛的轮廓了。

崖儿撑着身，懒散地坐在船篷顶上，一边玲珑的肩头从交领里滑出来，如头顶那轮明月般白洁圆润。今晚夜色不错，水面上银辉万点闪耀，抿一口酒，辛辣的味道蜿蜒而下，即便已经深入罗伽大池，也并不觉得冷。水上没有参照物，目测就在不远处的岛屿，足足航行了两个时辰才接近。更奇异的是前一刻还是晴好的天气，驶入海峡时陡然起雾，雾大，对面不相识。

朝颜站在船头观望，回身问主人："是开过去，还是等明天雾散？"

篷顶上微醺的人眯起了眼睛，看看天色，月亮不见了，迷迷茫茫的雾一阵阵拍打过来，眼睫上很快凝满了水汽。

迷雾来得蹊跷，等到明天也未必会散，况且能见度太低，停在两岛之间也不安全。她抬了抬下巴，"开过去。"

撞羽摇橹前进，穿过海峡时能听见嗖嗖的风声。崖儿凝神四顾，起风了，雾却不散，看来龙涎屿并不欢迎她的到来。

还好很顺利地穿过了那两座小岛，但撞羽觉得事态不对，喃喃自语着："像是进了一个阵，转不出去，总在里面打转。"

崖儿垂眼看罗盘，天池里的磁针一圈圈不停旋转，辨别方位已经靠不上它了。她把罗盘一扣，跃下船篷道："今晚走不出去了，把帆放下来，明天天亮再说。"

撞羽道是，让她们进舱休息，自己和衣靠着舱门在外守夜。

水天之间伸手不见五指，只有桅杆上吊着的一盏灯笼，在黑暗中如星火摇曳不灭。这样的环境，各自都不敢熟睡，只是闭着眼睛养神。海峡之内寸风皆无，海峡之外浪拍船舷。船底咕咚的水声来回荡漾，渐渐变得绵密起来。朝颜把耳朵贴紧船板，听了半晌，脸上浮起惧色，"主人，这是什么……"

崖儿闻言靠过去，侧耳细听，水底像面巨大的鼓，轻微的敲击也会激起无比的声浪。起先并没有什么，但一阵湍急的暗流过后，从很深的地方传来悠长的叫声，仿佛隔着宇宙洪荒，又似巨兽低昂的长吟，一声声，穿破胸腔，直达心脏。

如果换作寻常人，这种长啸是听不见的，但波月阁对杀手有专门的一套训练，加之她自身体质的殊异，因此能分辨出那种低而激昂的声波，心里隐隐不安，"是鲸。"

这片水域居然有鲸，照发声的方位判断，距离应该不会太远。这就有些危险了，小小的木船对于动辄十来丈的庞然巨物而言实在不堪一击。如果它转身，或者不小心摆了摆尾巴，那他们是否还能平安迎来天亮，就不一定了。

出舱查看，水面漆黑，什么都看不见。水上不像陆地，陆地上总有办法逃出生天，水里只有听天由命。还好运气不错，天色微明的时候，高低错落的长吟渐次远了。不散的浓雾依旧遮天蔽日，但罗盘上的指针和南北的海底线重合起来。于是张起帆，照着罗盘指引的方向一路向北，航行了有大半日，终于走出了那片迷雾。举目远眺，一座状似伏龙的岛屿闯进视野，至多再花上三五个时辰，必定能到。

然而大池的深处，风浪显然和出发头几天不一样，咫尺之遥，却费了极大的周章。

船靠上龙涎屿时，日已衔山了，苍瘦嶙峋的山体，在一片赤红的余晖下显出诡谲色彩。崖儿召回撞羽朝颜，持剑徘徊。这龙涎屿果然名不虚传，临水的部分岩石周围镶上了一圈已经凝固的深褐色的浮沫似的东西。她掰了一块在指尖研磨，这种“石头”质地很脆，有点像琥珀。凑近闻了闻，类似麝香的味道直冲脑门，初不甚浓郁，但可以盘桓半天不散，大概就是龙涎。

为了寻找神璧的秘密，她毅然闯进未知的世界，可她目前对神璧的了解，其实不比别人多。接下来该何去何从呢？是留在水边等候鲛人现身？还是向腹地探访？她犹豫了下，决定先熟悉地形。精美的绣鞋踩过一片泥泞的地面，她没有发现，身后低陷的足迹微微动了下，很快恢复了原来的样子。

走出去至多十来步，风乍起，飞沙走石迎面袭来，吹得人几乎站不住。崖儿抬手遮挡，忽然听见雷鸣般的咆哮从远处传来，她一惊，见落日下一片巨大的阴影翻滚俯冲过来。起初分辨不清，待接近后才看见峥嵘的头角和粗壮如巨蟒的身形，是龙！

龙一现身必定带着风雷，天上的残阳立刻不见了，随即大雨倾盆而下，水面骇浪滔天。

饶是再大的神通，也招架不住这样的来势汹汹，她来不及闪躲，只好抬剑相迎。它在她头顶上盘旋，利爪的进攻她勉强应付了，紧随其后的一记摆尾横扫过来，她定不住身形，轰然一声落进水里。龙涎屿周边没有浅滩，跌进去就是万丈深渊。崖儿识水性，但那一击让她措手不及，慌乱中呛了口水，后来就有些发蒙，被水底的暗涌一直带下去，耳朵里灌满了隆隆的声响。她想这回不大妙，恐怕要死在这里了。

‖第十一章‖
枞 言

再睁开眼时，看见的是蔚蓝的天、洁白的云，阳光从万里高空直射下来，一瞬让她感觉到灼痛。她下意识地拿手遮挡，脑子略清醒些后，才发现自己在水面上移动。

是船吗？她有些奇怪，剑灵随她的强弱而强弱，刚才跌进水里，她曾经短暂失去意识，照理来说撞羽和朝颜应当没有能力救她。她勉强支起身张望，一看之下内心惊动，没有船舷风帆，也没有半个人影，只有一些几近干涸的藻荇，在青灰色的“甲板”上与她做伴。她震惊于这样的奇遇，正茫然时，一声巨大的喷水声传来，“船头”迸发出丈余的水雾，在半空中遇见阳光，折射出小小的彩虹。她终于确定这是一条大鱼。在见识过真正的龙后，罗伽大池上再没有什么是不可能的了。

大鱼像一座小岛，平稳缓慢地向海岸游弋，已经能看见地平线了。崖儿尝试和它沟通：“是你救了我吗？”

大鱼发出幽幽的尖细的低鸣，看来它听得懂人话。她意外且惊喜，轻拍了它一下，“多谢你。”大鱼的尾鳍得意地击打水面，掀起了滔天的水浪。

然而越靠近海岸，水便越浅，再相送对大鱼来说太危险了，崖儿打算同它道别，自己游回岸上。可刚想开口，这鱼的体形突然锐减，她身下一空再次落进水里。但这次和上次不同，她很快被一只手捞了起来。

阳光下的少年浑身水光，脸上带着笑，眼睛里有温和的光。如果忽略未着寸缕的不足，他和普通人没什么两样，甚至比撞羽还年轻俊俏些。见她打量，少年露出腼腆的颜色，“我在龙涎屿外的水域捡到你，罗伽大池太危险，所以送你回陆地。”

她颔首，见他脖颈位置有和大鱼身上一样形状的两道划痕。她指了指他的伤口，“你就是那条大鱼？”

他嗯了声，“我叫枞言，是龙王鲸，半年前和母亲失散了，一直在大池里寻找她。

这大池上已经很久没有见过船只，所以从你们出太岁岛我就跟着了……你们去龙涎屿干什么？”她略显迟疑，他很快明白过来，“为了找到孤山鲛宫？”

也许从神璧面世的那天起，这罗伽大池就没有太平过吧。水里的生物见惯了外乡来客，早把他们的目的摸得一清二楚。既然如此，也不必再兜圈子了，崖儿含笑说是，“枞言，你知道鲛宫在哪里吗？”

这龙王鲸显然没有见识过美人的温情，那句“枞言”从她口中说出来，有种令人心潮澎湃的力量。他涨红了脸，强作镇定。她穿红衣，浸湿后的缭绫紧裹身躯，水下的裙裾荡漾成花瓣，而她的人便是花上的纤蕊……

不敢再看了，少年的眼神飘忽到了天上，嗫嚅着：“罗伽大池和焉渊之间有块界鱼石，这界鱼石分割两水，连水里的鱼都互不往来。我没有去过焉渊，但我觉得鲛宫应该在那里。不过孤山无根，相传每十年移动一次，要找到鲛宫，最好的办法就是找到《四海鱼鳞图》。那本册子上记载着九州海疆的分布，不管你要找什么岛屿，上面都有清楚的标注。”

《四海鱼鳞图》？她居然是第一次听说。虽然此去龙涎屿扑了个空，但从枞言这里得到这样的线索，此行也算不虚。只是她不明白，初次见面，为什么他会告诉她这些。长年的杀手生涯，让她无法轻易相信任何人，渐渐立起了防备，观察他的神色，“你常给人指路吗？”

枞言说不是，“我救了你，顺便替你完成心愿，凑个好事成双。”

海里的大鱼，没有被俗世的欲望浸染，所言所行全凭心情。他一双眼睛如星如月，清而澈地望着她，她这样多疑，似乎过于小人之心了。她轻舒了口气，巧笑颔首，“如此多谢你。那么《四海鱼鳞图》现在何处，你知道吗？”

“琅嬛洞天。”枞言道，“那是天帝设在人间的藏书楼，由紫府君掌管，姑娘可以去试一试。”

她心里暂时有了底，对这位特殊的恩人将锋芒隐藏，温言道：“别叫我姑娘，我姓岳，叫岳崖儿，从王舍洲来。”

枞言喃喃着，把这名字念叨了好几遍。后来日久年深，从最初的月牙，慢慢变成了月儿，只是不肯叫她姐姐。崖儿曾经向他抗议过，他的回答很简单：“龙王鲸八十岁成年，遇见你的时候我已经七十六了，你以为长得比我高，就能让我管你叫姐姐？”

自是不能的。

他从大池上捡到了水深火热的她，因为他无依无靠，她又把他带回了波月楼。有时候，缘分就是这么奇妙。

波月楼里有了妖族的加入，每天迎来送往的人里也会出现妖魅的面孔，只要相安无事，生意做遍天下，来者皆是客。

不过要上琅嬛洞天，还是让崖儿有些犹豫。琅嬛在东海方丈洲，那是不愿升天的修行者的聚集地，此间远超凡尘，她不过肉体凡胎，想进那个门槛，实在是太难太难了。以往和人打交道，她是不怵的，即便是妖，她也可以寻常应付，然而仙……唯和那个传授她冰纨织造术的方外散仙有过接触。对仙的理解也不够深刻，只知道连苍灵墟的鱼夫人那么大的排场，也不过是个半仙。所以要上方丈洲，不像去罗伽大池那样一拍脑门便能成行，她要细细斟酌。这一斟酌，便斟酌了两年，加上期间楼中杂事颇多，渐渐便放下了。

王舍洲夜夜笙歌，金鼓夹杂着丝弦之声，如一张繁华编织的大网，把云浮十六洲绵密地包裹了起来。外面的广场上架起了云芝围拱的露台，上铺锦绣，有纤巧艳丽的舞娘跳健舞，摆动长袖，摇起金铃，时而刚健明快，时而婀娜柔美。屋顶那个贪杯的人，就着舞姿下酒，也能把自己喝个半醉。

枞言又一次把她扛了下来，他这两年没怎么长个头，崖儿要是胡乱蹬两下腿，脚尖就能碰到地面。

真不明白，明明那么大的龙王鲸，化成人形怎么这么矮。她摸了摸他的脑袋，“枞言啊，是不是原形越大，化形就越小？”

枞言皱着眉避让闪躲，但并不对她时常瞧不起他的身板感到恼火，“个子要慢慢长，就像酒要慢慢喝。”

她醺醺然，眼神摄魂，瞪谁都像在暗送秋波，“我不喜欢听人劝。”

枞言叹了口气，“劝你是为你好。”

一条没有成年的大鱼，说起话来一副老气横秋的做派。

崖儿不理他，落地后歪歪斜斜地往观景台走，坐在栏杆上眺望远处，背崖的船楼、描金绘彩的亭台、浓烈红艳的乌桕，在霓虹的映照下，将这王舍洲夜景的奢靡演绎到了极致。

枞言立在她身旁，满台鱼龙舞尽收眼底，沉默良久道：“月儿是波月楼的主人，楼中事务再忙，有护法和门主他们支应，有些客人你不必亲自接待。”

崖儿知道他是看不惯她和那些男客们周旋，她自己倒不觉得有什么不妥，拍了拍他的肩道：“小兄弟，来人间一回不容易，不要虚度了光阴。我喜欢和各种各样的人打交道，你不觉得那些人心怀叵测的样子很有意思吗？我半生坎坷，可我喜欢这红尘。红尘里到处是人，我不能因为有男人，就把自己藏起来不问世事。”一面说，一面瞥了他一眼，“你还是公的呢。”

枞言张口结舌，顿时泄气。侧目看她，她撑着栏杆拱着肩，城池中的灯火倒映在她眼底，一泓清泉，三分笑意，那样不染尘埃的样子，无论如何没法把她和江湖人口中的“七杀”联系起来。

前尘往事不提也罢，枞言叹了口气，正色道：“今天楼里来了个客人，据说是长渊岳家的人。”

她听见这话，微怔了下，但也不显得有多意外，“王舍洲人来人往，出现个把岳家人不足为奇。”

“可他透露了一件事，岳家现任的家主正四处寻找牟尼神璧。当年岳大侠夫妇苍梧城外遇袭，城内是接到求救消息的，但恰逢老家主岳南星病危，岳家群龙无首，所以白白错过了救援的时机。”

崖儿冷笑了声，“错过？据我所知，岳家自始至终并未调动一兵一卒。我本以为他们不知情，原来竟接到过求救的消息。没人下令便见死不救，可老家主还未出殡，继任家主的人选却已经确定了。”

其实江湖门派和帝王家一样，权力地位是永远绕不开的话题。岳南星和岳刃余先后过世，大权旁落便宜了谁不言自明。神璧是证道的工具，没有神璧的家主则名不正言不顺，所以岳海潮开始打神璧的主意，区区一个长渊掌门，恐怕不是他最终所求。

真可惜，原本经历这么多的杀伐，她已经打算金盆洗手，如今看来言之过早了。孤山鲛宫究竟找不找，都不重要，重要的是必须把《四海鱼鳞图》拿到手。既然图册和神璧都是解开秘密的关键，那么两者不可缺其一。至于岳家……等从琅嬛回来后，再作计较不迟。

涯儿转过头去，看向半挂在天边的圆月，方丈洲就在月亮升起的地方，距此一万四千里。“紫府君其人，你有耳闻吗？”

枞言道：“他是仙，生于忘川，长于尸林。多年前真如大帝定鼎四海，孟门和兰毗妖孽成灾，紫府君开《万妖卷》以收服，那时起他的大名就传遍了九州。不过人道关于他的传闻不多，大概因为他千年不到人间行走的缘故吧。”

枞言对妖界的人物典故如数家珍，但崖儿于这些却是一头雾水。什么尸林、兰毗，她从没听说过，方丈洲和琅嬛更是隔着洪荒。但她决定要去的地方，刀山火海也不能阻止她。面见紫府君，直言求取图册，恐怕他未必会答应。如果改头换面一番，先设法进入琅嬛，也许还有几分机会。

‖第十二章‖

艳骨天成

然而一万四千里，相距实在遥远，如果仅靠骑马，不花上一年半载，很难抵达。此一去山长水阔，留下的摊子太大，不得不做个交代。

临行前，把四大护法召集到了观指堂，兰战的旧部早被新人替代，以前的太阴、巨门、破军、贪狼，变成了现在的明王、阿傍、魑魅、魍魉。新旧两代护法，同样的身世坎坷，同样的身手不凡，不同之处在于，她的四大护法有更明确的思辨力和觉悟，也比兰战那代的更具秀色和清气。

她告诉他们要出远门，“你们看好家，守好门户。”

魑魅哀婉地看着她，语气颇有夜莺啼啭的伤感：“楼主不会是想放弃属下等吧！有楼主才有四大护法，楼主不在了，属下等护谁的法？”

崖儿说不会，“只是暂别王舍洲，等我把事办完，还是会回来的。”

魑魅泫然欲泣，“属下跟随楼主一同前往，保护楼主安危。”

他一向是这样，常怀少年般的赤子之心，对她的依赖也有些病态。

招了招手，他像猫儿似的偎向她，崖儿将他揽在怀里安慰了一番：“江湖上关于我的传闻颇多，你们也不是第一天认识我，知道我从来不需要任何人保护。你们的职责是镇守波月楼，护的也是波月楼的法。我走后多听苏门主的话，至多两年，我一定回来。”

这位楼主经历过刀风剑雨，从离乱的年代里走来依旧全须全尾，如果因为表面的柔弱看轻了她，那就大错特错了。没有人敢违背她的决定，即便再得宠也是一样。魑魅万分不舍，但知道不该再多言了，只是牵着她的手不放。枞言在一旁看着，心里厌弃那个男生女相的怪物，鄙夷地转过头，把视线停在了大堂的雕梁画栋上。

明王在四大护法中排名第一，为人也比其余三位更审慎，他领着众人向上揖手：

“属下等誓死护卫波月楼，楼主去时什么样，回来也必定是原样。请楼主不必挂怀，安心上路吧。”

崖儿点头，再细细品咂，不由皱起了眉头。

这人真是不会说话！抬眼看他，他目光真挚，余下的魑魅和阿傍笑得分外好看，“楼主，属下等会想您的。您放心，这段时间楼中的生意属下等会照管，您不是想建望楼吗，属下等一定替您完成心愿。”

信誓旦旦，简直像在为她完成遗愿。

自从波月楼不再只限于做杀人买卖后，这帮与她一样热爱风花雪月的手下就活得比较随性了。大事上尽忠尽责，小事上没大没小。崖儿呢，只要不被触犯底线，也不计较。毕竟快活的时光那么稀有，把时间花在斟字酌句上，太不值得了。

她无言以对，枞言把魑魅从她怀里扒拉出来，推给了明王。枞言虽年轻，但在波月楼里是军师一样的存在，甚有威严。魑魅喜欢腻腻歪歪亲近崖儿，被他多次不留情面地制止后，对他一直敢怒不敢言。

“我有璃带车，可以送楼主一程。”枞言丝毫没把他的虎视眈眈放在心上，凝眸望着崖儿，“骑马赶路至少八个月，用璃带车，三五天就能到。”

崖儿说好，枞言有时候会给她一种深不可测的感觉，相识之初她只知道他是一条走失的幼鲸，虽然他会说人语，会化形，但还未成年，她总拿他当孩子看。可是两年过去了，这位少年不时展现的各种技艺，让她意识到人和妖到底有多大差别。

罗伽大池的龙王鲸是水中霸主，如果说有谁敢和龙涎屿上护岛的龙正面交锋，必然是龙王鲸无疑。她曾经问过他，“我是怎么从龙涎屿脱身的？”

枞言的回答很模糊：“趁龙不注意，被我捡回来的。”

锁定了目标的龙怎么会“不注意”？可见她的猜测没错，即便未成年，龙王鲸也能和龙一较高下。

有了这样厉害的追随者，千里良驹被换成了法宝。所谓的璃带车和鱼夫人的云芝车不同，没有任何浪漫的成分，满车风雷，满车水泽之气。人坐在车里，即便是盛夏，也感觉到隐隐的凉意。

她隔窗和四大护法道别，春衣之下抱腹柔旎，抬袖一挥，领下露出好大一片皮肤。她在穿着方面总显得豪放，枞言十分保守，常在她忘形之时给她添衣。今天又是这样，一件斗篷披上来，在领口打了个结，枞言寒着脸道：“车里冷，楼主保重身体。”

他管头管脚，所有不悦也都是为了她好，虽然她很少听他的，但这份情，她还是要领的。

她裹着斗篷，暂别经营了两年的波月楼，颇有帝王挥泪散宫娥的惆怅。四位护法拱手拜别她，她不舍地又看了眼才放下垂帘。

此行只有两人，枞言为她驾车，背靠车门问她：“你把波月楼托付给苏门主，不怕护法倒戈，回来时没有立足之地吗？”

崖儿斜倚着引枕凉笑：“你觉得有人敢反我吗？”

枞言当然知道她的手段，这两年他跟在她身边，多少见识过她铲除异己的铁腕。前任阁主的人几乎被她屠戮殆尽，现在留在楼里的，全是能为她办事的。

璃带车在云雾中风驰电掣，经过几昼夜的奔波后，在距离方丈洲五十里的地方停了下来。

崖儿踏出车门，向东海方向遥望，东方云霭深浓。蓬山集大道精醇之气而形成，即便未见山体，清华气象也笼罩了这片大地。

她撑着腰沉吟，回身对枞言道：“我想办法潜进紫府，你先回王舍洲。”

枞言面无表情，“紫府恐怕不是你想进就能进的。我在东海等你，万一出了纰漏，也好有个照应。”

崖儿听了失笑，“你也知道紫府不是等闲能进的，真出了纰漏谁都照应不了我。你还是回去吧，留在这里反倒让我操心。”

可惜枞言并不听，他的脾气有时候拧得很，也没和她多说什么，化作一道虹，自顾自扎进了东海里。

崖儿劝说无果，只能作罢。来前她曾考虑过，她肉体凡胎入琅嬛窃书，难度固然很大，但目标明确，成败也是一锤定音。可现在走出十六洲地界，她才发现自己想得太简单了。也许是福地洞天对人心天然的震慑，她惊叹于一重复一重的玄妙。这里和云浮完全不一样，还没近距离接触，自发就生出失败的预感来。

有灵气的地方，孕育出的生灵也有慧根。她掖袖四顾，往来的行人里有一半不是人。她伸手拦了个年轻的后生，顾盼浅笑，“这位公子且留步，奴是外乡客，初来贵宝地，欲上方丈洲拜会紫府君。听说紫府君为人最和气，但凡诚心求书者，必不会刁难。奴孤身一人，又人生地不熟，可否请公子为奴引路？奴有薄资酬谢公子，绝不白耽搁公子，公子意下如何？”

艳骨天成的人儿，做什么都事半功倍。年轻后生一见她便觉惊艳，“姑娘大约是从别处听来的传闻吧，琅嬛的藏书从不外借！紫府君执掌琅嬛，不与我等凡夫俗子为伍，说他最和气……此话从何说起？”一面搓着手，脸上堆起了个谦和的微笑，“姑娘想去方丈洲，小可愿为姑娘领路，但登岸后未必能顺利通过九重门，只怕要败兴而归的。”

崖儿本来就是为了探虚实，故作遗憾地呀了声，“那可怎么办？我想入紫府，就没别的办法了吗？”

那后生又贪婪地上下打量了她几眼，“姑娘先莫急，要进紫府并非没有办法，只看姑娘愿不愿意。我有个朋友在九源宫拜师学艺，前天偶然遇见他承办府务，挑选杂役……若姑娘一心前往，何妨屈尊，小可愿为姑娘引荐。”

做杂役吗？这倒是个好机缘，无论如何先进去再说。不过多年的江湖历练，知道天下没有白吃的午餐，但她始终抱有一点善意的念想，拱手重申：“公子真是个热心肠的人！此番偏劳你，事成之后我必不亏待于你。”

后生一味摆手，“我是看姑娘无亲可投，才略尽绵薄之力。酬谢就不必了，姑娘还是留着傍身吧！”顿了顿抬眼看天色，“今天时候不早了，引荐也不急在一时。姑娘何不随我回寒舍将就一夜，明早咱们再一同渡海托人？”

她抬袖掩住了口，“贸然登门，恐怕给公子家眷造成不便。”

后生说不碍的，“在下另有别业，姑娘只管放心。”

所以产业多就是好啊，可以悄无声息地藏人而不被发现。崖儿露出个遗憾的微笑，“公子如此盛情，那我就却之不恭了。”

她果真随他去，一路上旁敲侧击，知道神仙府邸缺人洒扫的消息确实可靠。如果这后生真愿助她，她当然谢他，然而狐性本淫，比起正事，他更喜欢在她的饮食里下迷药，夜半推她的窗扉。

她站在一片昏暗里，看着窗缝间探进薄薄的刀刃，刀尖挑了又挑，不知怎么总不得要领。她等得着急，索性替他转开了机栝。他推窗那一瞬，窗后出现一张笑脸，千娇百媚地揶揄：“公子月夜难眠，来找奴消磨时光吗？”后生大惊，没来得及说话就被拽了进去。

不久，屋里人拍拍裙角走出房门。这时月色正好，九州的月亮仿佛都比云浮的大，悠然挂在半空中，照得四周一片光亮。

她对月长啸，然后倚着廊下抱柱静待。没过半盏茶工夫，一个身影从檐顶落下来，似乎还在生气，蹙眉道：“我要是回了王舍洲，你现在还能召谁？”

崖儿搭上他的肩，“你不是还在吗。小小年纪，脾气别这么大。”

枞言格开她的手，“说吧，打算如何行事？”

她把自己的计划告诉他，他听后老大不痛快，“你了解龙王鲸吗？听过龙王鲸作恶的传闻吗？”

“世上有好人坏人，海里就没有好鱼坏鱼之分？方丈洲既然是灵地，里面修行的人肯定不会见死不救。只要进了蓬山，我就能想办法留下来。”她咧嘴笑了笑，“委屈你，追杀我一回，让我师出有名。”

道理是不错，但在那种地方胡来，恐怕得冒被人大卸八块的风险！枞言无奈地看着她，“我为什么要追杀你？”

她找了个合情合理的理由，“觊觎我的美色，想抢我做夫人。”

枞言脸上慢慢红起来，偏过头低声嗫嚅：“你把我当什么人了！”

小孩子脸皮就是嫩，她刮了下他的颊，拖着长腔道：“假的，做戏而已。你还没成年，这个时候犯点错，没谁会认真计较。只要看见有人出山门你就跑，别落进他们手里，坏不了事的。”

她考虑得倒满周全，枞言叹了一口气，她的主意他从来只有配合的份，还有什么可说的。

‖第十三章‖

大司命

于是巨大的原形在东海上掀起滔天巨浪，尾鳍拍击水面的声响，瞬间能传出几十里远。浑身濡湿的美人在长堤上飞跑，边跑边喊救命。声势制造够了，枞言变幻出个又丑又恶的模样，在山门开启的瞬间扑倒了她。

被压制的身体温暖柔软，可能她不知道，默默喜欢了很久，这样的亲近是种告慰，所以脚步声越来越近时，她的催促并未起什么作用。枞言贪恋，多一分都是好的。脑子当然也不糊涂，跑得太干脆，缺乏真实性，所以紫府弟子的长鞭挥来，他忍痛生受了两鞭。崖儿发急推他，他轻轻说了声“保重”，才跳进汤汤的海水里。

美人晕得恰到好处，来历不明却又不能弃之不顾，终于被带进了山门。

方丈洲上有蓬山，仙家的府邸绕山而建。崖儿微启了眼，云烟中宫室嵯峨，从眼帘遗留的细微一线里重重划过。这里没有十六洲的奢华，却有十六洲难以匹敌的壮阔，高堂大厦，巍然浮空。不知道这山有多深，只觉无穷尽的白，和勾勒着金边的翘角飞檐交错，轮转着撞进眼里来。

紫府弟子走得匆匆，最后把她带进一处僻静的院落，大概是平常用来接待访客的地方，却也布置得素雅别致。

山中生活相对无聊，忽然闯入的外人带着满身红尘气，简直像个西洋景。前来参观的人换了一拨又一拨，救她的人安静地在榻尾处站着，心平气和地重复介绍：“不知从哪里来了条没开蒙的龙王鲸，轻薄这位姑娘时被弟子遇上了。弟子打跑了那条怪鱼，怕这姑娘又落入虎口，不得不把人带了回来。”

琅嬛是做学问的地方，有学问的弟子修行却不够，又生了颗行侠仗义的心，通常比较好糊弄。

崖儿听见参观者们喁喁低语：“是个凡人啊……还是得呈禀大司命。”

就紫府人员的等级来说，和云浮一样，也是一级一级阶梯式的划分，紫府君下有大司命，大司命领三十五少司命。闻讯赶来的都是少司命，穿着褒衣，束着高冠，看人的时候对插着袖子，脸上的神情既好奇又谨慎。

崖儿动了动，装得差不多了，该醒转了。醒后第一件事就是抽抽搭搭地下地道谢："家逢骤变，来九州投靠亲戚，没想到亲人找不见，遇上了怪物。多谢诸位搭救，否则我恐怕要葬身鱼腹了。"

身世畸零，无亲无故，没有退路，打发不得。少司命们很为难，其中一位形貌高古的看上去最为年长，他掖着两袖说："琅嬛重地，向来不留生人。容这位姑娘休整一下，就送出山去吧。"

旁观者怅然若失，崖儿低下头，楚楚道："这妖怪跟了我一路，我怕离开这里他又会追来。仙君们慈悲为怀，还请收留我两日，我愿意做些杂活儿，换三餐一宿。"

少司命们交换眼色，很难定夺。想来想去，最后还是把难题交给了大司命。

大司命的官职，大概相当于人间宰相，他管俗物，也循天道。崖儿被带进司命殿，心里陡然忐忑起来。一步一步前行，眼角瞥见殿里的竹帘高低错落地悬挂着，帘下竹筒做成的古朴风铃，随气流回转发出沉闷低回的轻响。

前因后果已经有人回禀过了，大司命声线凉薄："姑娘尊姓大名？"

云浮的事，不确定这里有没有耳闻，妥善起见，她替自己换了个名字："叶鲤。"

在这些修行者眼里，名字不过是个符号，叫什么都不重要。一片暗纹涌动的袍角进入视野，那声音从头顶上飘下来："方丈洲在海中央，叶姑娘渡海是去哪里？"

单是听语气，倒还算和煦，但隐隐处也有探究的意思。好在崖儿预先有准备，她垂首说："如意洲。我无处可去，听说如意洲收留我这样的孤女，打算去碰碰运气。"

如意洲是什么样的地方，九州无人不知，那里是男人的乐土，销金的好去处。年轻有姿色的女孩子像牲口一样被挑拣、售卖，踏上那片土地，从此半人半鬼，再无天日。

苦苦的哀求，并非什么时候都有用，换个策略以退为进，或许事半功倍。波月阁里十几年的锤炼，让她深谙此道。果然大司命沉默下来，半晌未语。崖儿等不来他的表态，抬眼看他，视线恰好撞个正着，他也正打量她。

这位紫府的高级管理者，长了一张不苟言笑的脸，从那充满凉意的眉眼里，甚至可以品咂出斧钺加身岿然不动的偏执来。只是那眼神，有洞穿一切的犀利。她忽然庆幸自己留下了剑灵和神璧，孑然一身地来，否则只怕一眼就要被看穿了。

高高在上的大司命，终究还是悲天悯人的，他偏头吩咐弟子："带叶姑娘去碧梅，交给青娘子。”

崖儿暗暗松了口气，俯身长揖：“多谢仙君。”

其实在这类介乎仙与人之间的修行者面前，瞒天过海的伎俩未必那么成功，也许他们是懒得刨根问底，加上真的需要人做杂役吧。

崖儿被送到了专事洒扫的部门，见到青娘子前还在思量，谁会取个堕胎药的名字，结果看清了人形后那个青紫色的巨大光亮的虫体，她终于领会了方丈洲上众生皆有可为的含义。

青娘子谈笑自若，热络地迎接过后，替她分派了下榻处，圈定了洒扫的范围。

“每个人都有各自负责的地方，你只要做好自己分内的事，别的什么都不用管。”虫说人语，一字一句抑扬顿挫，“紫府有四类人，除了最上面的府君，还有司命、门众和杂役——”一手指指自己，另一手指指她，“就是我们。我们不算紫府的正式弟子，随时可以离开，所以很多地方我们不能去，比方推步堂，还有琅嬛洞天。”

崖儿点头领命，乘机打探：“我初来乍到，看这里的宫阙都一样……烦请娘子指点，究竟哪里是推步堂，哪里是琅嬛洞天。”

虫子没心眼，她挥舞着两手，隔着天堑向东指引，“高的是琅嬛，矮的是推步堂。再往南是紫府君道场，那里也不是你我能去的地方。”

崖儿对紫府君不感兴趣，只关心琅嬛所在。这山里云雾缭绕，即便艳阳在天也有恍惚之感。她眯起眼远望，一直以为所谓的琅嬛洞天应当是洞府，没想到居然是楼阙。依这形制看，恐怕还是照着三垣四象的排布建造的，这么一来想进里面，一时半会儿绝无可能了。

她蹙了蹙眉，转身向青娘子一笑，“没想到蓬山这么大。”

青娘子随口应了句：“仙山浩渺，你我都是微尘。”语气里颇有看破红尘的自矜。一面说，一面递过托盘来，“换上这个，到了山里就不图好看啦。”

仙家所在，不兴穿得花红柳绿的，门中人一应都是素纱袍，没有男女之分。

崖儿接过托盘，进房里换上，一手绾发，边拧过身子从半开的窗中向东方眺望。宫阙建在半空中，连绵的露台虽然有脚踏实地之感，但临空俯瞰，依然下视微茫。

其实若不眷恋红尘，慢悠悠地在山中度日，比在江湖上迎接血雨腥风要好。她之所以对鱼鳞图势在必得，究其原因是不知还有多少人像枞言一样了解内情。人活着，总要有一点自危的觉悟，万一慢了半步，图册落进别人手里，那她将来的下场怕是还不及爹娘。

杀手的耐心都极好，可以不骄不躁静静等待时机。空闲时坐在白玉栏杆上思量，与虫豸为伍的杂役，究竟距离琅嬛有多遥远。不过人的际遇很难一言蔽之，司命殿里负责打扫的杂役忽然决定回乡，青娘子找到她，问她是否愿意顶替入殿。

崖儿故作迟疑，“我手脚笨，怕不入大司命的法眼。”

青娘子说不怕，“本来就是大司命的意思，他不会有意刁难你，你只管去吧。”

是大司命的授意，这倒有点稀奇。她开始回忆，是否有什么地方露了马脚。已经够小心了，克制自己不趁着雾霭弥城的时候摸到琅嬛探路，这三个月甚至和枞言都断绝了联系，还有哪里做得不够吗？

谢过青娘子，她端着水盆进了司命殿。这里她来过，当初踏入殿门便步步留意，对这里的布局了然于心。大殿的主人不在，她垂首拧干布巾寸寸擦拭，每一件摆设、每一件器皿从她手下过去，连炉鼎上有几道凹槽，都刻进了脑子里。

这司命殿比她想象的要大，东西配殿都走过了，只剩后殿。抬眼望，正殿后有一架巨大的山水屏风，高可达殿顶。更可惊的是画面上的云竟会流动，想必后面大有乾坤。

她要去一探究竟，手里的巾帕拂拭过回文的框架，不慌不忙地移向边缘。转过去，岂料一脚踏空猛地向下坠落，她大惊，这屏风之后居然是万丈深渊！

人在遇见危险时，自救是本能，她触到了崖壁，只需一掌就能借力攀升。然而临时又改了主意，因为崖顶站着个人，正等着看她如何应对。

她仰面跌下去，不得要领地挥舞手臂，试图赌一赌修行者的善心。最后当然得救了。高举的手指没有扣住崖壁，但被上面的大司命一把拽住，轻轻一提，便将她提上了崖顶。

接下来该怎么表现，她自有一套，素袍下的身姿柔软，行云流水一般瘫伏在地上，气息急促。照理说男女避嫌那一套，在这里也管用，可她的手依旧被大司命紧紧握着，甚至带着强制性地，拇指在她的指腹和指根处游走了一遍。

她暗呼不妙，假作惊魂未定，说不出话来，只顾瑟瑟发抖。

大司命终于放开她，“叶姑娘掌心的茧子分布殊异，似乎是长年练剑所致？”

崖儿怔了怔，“仙君误会了，我不会武艺，这茧子是扫地扫出来的。”

可是持扫把和剑柄的着力点不同，大司命显然不信，“剑柄在食指处，竹竿在尾指处。你食指的茧子更厚，不可能是洒扫所致。”

崖儿静静听着，忽然笑起来，在他疑惑的目光中把左手塞进他手里，“大司命瞧，这只手正符合你的推断。”说罢在他掌心轻轻一抹，“我是个左撇子。”

‖第十四章‖

紫府君

这理由算合情合理吧，所幸那双剑灵一雌复一雄，执剑的手势也左右相反，否则真不好搪塞。

大司命顿时一惊，很快收回手，意外且尴尬。崖儿却很喜欢他这样的反应，修行者又如何，不过是远离凡尘的男人，七情六欲不灭，仅仅是隐藏得更好罢了。

她婉转而起，回身望山崖外渺茫的天地，惧怕地退开了两步，颇有些哀怨："司命殿为什么要建成这样呢，装个后门多好！"

大司命漠然道："这是通往府君道场的捷径，你一身凡骨，重逾百斤，所以对你来说仅仅是一道山崖。"

崖儿眨了眨眼，不太赞同："大司命别开玩笑了，我这身凡骨再怎么也没有百斤重，否则连皮带肉岂不吓煞人？"

大司命又不说话了，他并不是个健谈的人，有时候甚至简略到希望一个眼神众人就能领会。崖儿认真地看了又看，道行不够，解不出来。

不奢望能和他正常交谈，只关心自己感兴趣的。她含笑道："我也想舍弃这一身凡骨，请问大司命，紫府还收弟子吗？我想拜师学艺，可否拜你为师？"

大司命哂笑，"这才是你上方丈洲真正的目的吧？"

多稀奇，所有的揣测和试探，居然在他的自问自答中自行消化了。拜师的初衷总比盗图强，崖儿赧然不语，只是希冀地望着他。

大司命掉开了视线，"你根骨不错，但不适合修行。六根不净，心术不正，这是其一。"

这位说话比明王还直接，六根不净说对了，她还惦记着滚滚红尘三千男鲜呢！可是心术不正……是看穿了她此行的目的，还是单指她用计入山门？

她忍气吞声，“那第二呢？”

第二点就简单多了，“紫府只收年轻弟子自小培养，你年纪太大，灵识灵根都已经定型，来不及了。”

崖儿只觉一口气憋在嗓子里，堵得反酸。岁月不饶人啊！她在江湖上蛮横来去这些年，一个疏忽，郁郁葱葱的青春竟离她那么远了。

但青涩散尽，年华却正好。她很快放弃了，“我不过做做白日梦而已，仙君别当真。”边说边拾起巾帕，袅袅而行，“殿门还没擦呢，大司命容我先告退。”

所以现在知道了，司命殿只是个门脸，山水屏风后藏有玄机。大司命听令于紫府君，随传必须随到。那条捷径对修行者来说，也许跺跺脚的工夫就走完，但对于肉体凡胎，可说是玄之妙之了。

夜里吹灭蜡烛推窗眺望，天气极好，一轮巨大的圆月正吊在琅嬛背后。九州的星辰比其他任何地方都多，然而高就显得碎，只有十四主星大得出奇，能与月亮交相辉映。

入蓬山这么久，听说过紫府君的名号，但从来没有见过其人。无名小卒入不了府君道场，司命殿后的捷径她也走不成。紫府等级森严，想接近琅嬛，就必须同执掌它的人发生一点联系，否则永远不可能成功。

扭头看桌上的更漏，时候差不多了。终于一声清啸从天幕的这头划将过去，伴随扑簌簌的翅膀拍打的声音，猛地一个俯冲掠过碧梅，庭院里两丈高的紫荆大摇其身，抖落了一地花瓣。圆月的边缘准时出现了两个影子，拖着长而绚丽的尾羽缠绵飞过，那是紫府君养的一双比翼凤，据说雄的叫君野，雌的叫观讳。

她仰首看着那双凤凰在琅嬛上空盘旋，既然她进不了禁地，那就只有让紫府君出来了。

碧梅有数不尽的紫荆，紫荆花弱小，像昨晚，上空有凤飞过，翅膀带起的气流也会刮落大片。

晨曦里崖儿同青娘子一道清扫落英，青娘子对劳烦她做额外的工作感到很是过意不去。

“最近人手不太够，不知怎么一个接一个都回乡了，可能因为春天到了。”

春天万物复苏，过完冬的身体也复苏了。碧梅里半数的杂役由各类妖魅充当，虽说方丈洲四季如春，但身体还是要遵循天道，应时而动的。

青娘子说得不那么直白，但字里行间有隐喻，人手大量流失，想必是因为忙于繁育后代去了。

崖儿说不要紧，“司命殿里活儿不多，做完了也是闲坐，哪里用得上我，娘子尽管吩咐。”言罢掉转视线看向蓬山外的海域——那里蛰伏着枞言，一个习惯费尽心机的人，怎么能按兵不动！

“这两天夜里看见比翼凤频繁来去，是否也因为立春的缘故？”她状似无意地问，“它们不能化形吗？”

青娘子摇摇头，“说实在话，凤凰是瑞兽，哪有瑞兽化不了形的。它们是府君的爱宠，就算资质再差，只要府君替它们开了灵识，化形不过眨眼的工夫。可府君就是不给它们灌顶，宁愿它们像鸡一样每年春天下蛋孵蛋，实在太糟蹋了。”

崖儿不太明白，“这是为什么？”

青娘子两手抓着扫帚，挥不了手臂只能耸肩，“仙家讲究一切顺其自然，府君要它们自己修成正果。”

崖儿怅然，“这么说来府君是个不徇私情的人啊。”

青娘子尴尬地笑了笑，心道看《黄帝内经》都能看出性感的人，和不徇私情真挨不上边。人家的飘然出尘只是因为怕麻烦，随缘随缘……这两个字有时真如万金油般好用。

崖儿有她的打算，“凤凰不能化形，凤凰台也需要人打扫吧！负责那里的杂役还在吗？”青娘子说不在了，她脸上浮起了浅笑，“那怎么办？娘子亲自去吗？”

青娘子又是一顿摇头，面子使然不好坦诚自己的原形，只得含糊告诉她：“那对凤凰脑子不大好使，我和它们有点小隔阂，恐怕不方便前往……”

到底是怕被吃了，崖儿很体谅她，“那还是我去吧。”

青娘子向她拱手，“有劳！碧梅能用的人不多，你是中流砥柱。找机会我替你在大司命跟前美言几句，把你的名籍迁进蓬山，这样你就可以永远留在紫府了。”

留在这里就是天大的恩惠。但山里生活如同清粥小菜，偶然开胃还可以，她坚持不了一辈子，她更喜欢热辣呛口的人间烟火。

蓬山的高深，在此间厮混了几个月照旧难以参透。它不是独座的山，更像山脉，奇峰险峻，连绵不绝。紫府的宫阙覆盖了大半，剩下的便是远山远水，无穷无尽。

崖儿出碧梅西行，徒步走了两个时辰，越走越偏僻，渐渐人迹罕至了，才敢施展身法踏叶向前。

凤凰台在檀芽峰，她顺着曲折的小径攀登，原来的路几乎被野草覆盖，颇花费了一番力气，才顺利抵达峰顶。登顶之后豁然开朗，只看见巨大宽坦的平台，仿佛山体被横切。

这凤凰台果然地如其名!

崖儿本以为所有禽类都差不多，必定是满地粪便，露天一个窝。可登上这里才发现不同，地上除了零星散落的枯叶，没有别的秽物。不过窝倒的确是露天的，搭建得奇大，并且结构复杂。常听说凤凰极爱美，那枝枝蔓蔓交错生长的嫩绿间，不时点缀一些鲜焕耀眼的东西，在黄昏的阳光下发出灼灼的光来。

是什么？确定那对凤凰不在，她才慢慢靠近。细看之下大为惊叹，那么多的簪环宝石，甚至还有铜铃、拂尘、佛珠……但凡有光泽的，那对鸟儿都爱，日久年深密密镶嵌，岩壁上顺势攀爬的青藤一圈圈缠裹，那些叶子仿佛无根而生，凤凰的窝，从外部看来就是个百宝窝。

她有些想笑，这对凤凰的性情其实和她很像，既然活着，就要活得漂亮一点。纵身一跃跳进内部，拨开枯草找到了它们掩藏的蛋。叉腰看，这蛋不小，总有厨司摆宴的盘儿那么大。如果暂时把蛋藏起来，那对凤凰找不见孩子必定徘徊。爱宠不回去，紫府君还坐得住吗？大概会找来吧。

打定了主意，探手去抱那蛋，谁知劲风忽然狂卷而至，吹得她睁不开眼。她忘了，凤鸟夫妇除了例行回琅嬛，繁育时节总有一个会留下看守巢穴，即便一时不在，很快也会回转。

她暗呼不妙，抬臂抵挡。这时广袖下猛地探进个狂躁的凤首，尖利的喙，血红的眼，几乎和她脸贴着脸厉声咆哮。兽和人是一样的，护犊起来不惜一切代价。单只的凤，有极强的攻击力，它挥动双翅腾空而起，一双利爪如鹰般降落下来，若不是她眼疾手快跳出巢穴，恐怕就要被它刺穿臂膀了。

凤的本意也是要将她驱逐出去，毕竟在窝里打斗，一不小心会伤着蛋。到了空旷地就不一样了，她还没站定，凤口喷吐的烈焰便向她袭来。她阻挡不及挥动广袖，火势虽被阻断，可素纱却被烧出了恁大的两个窟窿。

凤见一击落空立刻重整旗鼓，锦羽覆盖的龙骨处鼓胀起来，撑开的皮肉下火焰翻滚。

这是积蓄了多大的力量，空手恐怕不行了。崖儿大喝一声“君野”，那凤分明顿了下，也许很少有人叫它的名字吧。等回过神来愈发恼羞成怒，较之先前威力更胜十倍的火焰，向这入侵者疾射而去。

好在它愣神的一瞬已经够用了，崖儿以最快的速度召回剑灵，那两柄剑穿云破雾飞至，震出两道呼啸的剑气。烈焰袭来时，左右相交筑起气墙，恰好化解了攻势。

莫名其妙的不速之客打破了宁静，而且又那么难对付，换了谁都会怒不可遏。君野晃动头顶的羽冠，残阳下迸发出无数碎芒扩散向天幕，眨眼山林间的飞鸟从四面八方汇聚到此，遮天蔽日地在檀芽峰上空盘旋。

撞羽和朝颜震动起来，对手强大，才能激发战斗的欲望。崖儿紧紧握着它们，浑身的血液开始浩荡奔涌。两年多了，除了虐杀兰战那晚曾有这样的感受，后来就再没体会过。她喜欢激战，拼尽全力，大汗淋漓。对手是人，赢了也没什么稀奇，但对战神兽，生擒驯化，对她来说有极大的吸引力。

在碧梅扫了三个月的地，拳脚尚未生疏，她足尖一点，身形上拔，将撞羽抛向半空护法，手执朝颜全力向君野刺去。朝颜的战斗力比起撞羽更为凌厉，破空时分裂成无数剑影，转瞬又归一。那赤凤毕竟是兽形，尾羽累赘，平衡力也不佳，待看清时，剑首已经近在眼前。

这一招应该可以定胜负了。崖儿没想伤害它，中途便下意识收敛，可一道惊雷忽然从天而降，打在她身旁三尺远的地方。仰首看，撞羽在她头顶旋转，鸿蒙色的剑身上方，是闻讯赶回来的凰。青蓝的光球在它口中不断吞吐，要不是有撞羽抵挡，先前那道雷应该劈在了她身上。

百鸟终于齐声鸣叫起来，或长或短，声势浩大。崖儿抬头的刹那，头鸟率众向下俯冲，隔断了她和撞羽的联系。她舔舔唇，双眸因兴奋而熠熠生辉，朝颜在她手里发光发烫，一人一剑陷入癫狂，谁也没有要休战的意思。

电光往来，火轮奔突，所幸檀芽峰和紫府相距甚远，否则恐怕要惊动所有人了。这场以一敌百的战斗，激发出了朝颜所有的潜力，打得痛快，当然也打得混乱。凤凰终究是鸟类，有时候攻击难免失了准头，忙乱中冲口而出，竟朝自己华丽的窝劈去。这么一来可就彻底覆巢了，崖儿要救急，发现鞭长莫及，只得掷出朝颜。脱手的剑灵，灵力会大打折扣，朝颜无法和撞羽汇合，击破雌凰的雷电后，便跌落在了地上。

可惜他们没法在蓬山现人形，这就是妖和灵的分别。妖有形质，灵却虚无缥缈，只能寄身在炼化的武器上。

崖儿要去捡回，匆忙之间落足没有算计，结果被什么套住了脚脖子。等发现时已经晚了，人像弹弓上扣住的石子，铮然被弹射出去。一片天旋地转后才意识到，自己被吊了起来，她上了那两只凤凰的当。

崖边的那棵乌桕树，不知生长了多少年，枝干粗壮，高有两三丈。乌桕在春秋的季节里叶是赤红色的，比枫树叶红得更好看，如果忽略她是被倒吊的，在这欹斜的枝丫上拴好秋千，“身轻裙薄易生力，回回若与高树齐”，倒也是很美的画面。

千年的老藤，拽也拽不断。她尝试去解开脚腕上的死扣，发现绑得那么紧，没有利器很难脱身。再看那两只凤凰，暗忖这时候它们要是想泄愤，她无力招架，只有做烤肉的分了。

还好，仁兽终究是仁兽，它们除了交颈互问安好之外，至多昂着头，在底下趾高气扬地溜达，边溜达，边以嘲笑的眼神望她。崖儿从来不知道，鸟类的面部表情也能这么丰富。她在它们的注视下长叹了口气，没想到行走多年的老江湖，最后居然败在了两只鸟手上。

又挣了挣，挣不开。半空中的撞羽躁怒，骤然发力，杀出一条血路冲向她。可在即将抵达时，被一道虹击中，重重跌落下来。

崖儿吃惊，这檀芽峰上除了她和那对比翼凤，还有第三个人在场？

人被倒吊着随意旋转，她控制不了自己的方向。只是转过一圈后，赫然发现凤凰台的边缘站着个人。她每转一圈他就走近一些，三圈过后，人已经到了她的正下方。

血都往脑子里流了，她艰难地求助："救命……"

底下人微微仰起脸，与她一个在上一个在下，彼此翻眼互视。五官都是颠倒的，只看见那人高挺的鼻梁，和眸底的一线波光，然后扭头问那双凤凰："改吃人了？"

崖儿气结，君野和观讳却很高兴，拍动翅膀雀跃不止。她心里知道，这人应当就是紫府君，否则那对鸟儿不可能同他这么亲近。然而他来得不是时候，剑灵没能顺利撤回，自己又是这样一副狼狈模样……

有点儿冷，光致致的大腿暴露在山岚渐起的黄昏，她才想起袍子底下只穿了条亵裤。奋力把袍裾压回腿上，至多也只能压住腿根。早知道今天会被倒吊起来，出门前就该加条长裤。

不过这紫府君不是修成正果了吗，怎么还能见死不救？她忍不住搭讪："仙君，凤凰是仁兽，您不该教唆它们吃人。我是奉青娘子之命，上凤凰台洒扫的杂役，我还穿着紫府的衣裳呢，都是自己人，你看！"

底下的人再度抬起头，随意瞥了她一眼，"看不出来。杂役怎么会和凤凰打起来？凤凰台上不能带兵戈，你不知道吗？"

话虽说得无情无绪，办事倒还算讲情面，抬指一挥，那藤蔓抽丝似的瞬间消失了。此刻还要装柔弱，就得再使使司命殿里的那套。转念一想，他来了不知多久了，现在补救，恐怕为时已晚。

她掉转身姿平稳地落在地上，收起双剑后向他拱手，"多谢仙君。"

夕阳缓缓沉下去，最后的光芒，为他勾勒出了金色的轮廓。

本以为紫府君应当是个蓄着胡须、精神奕奕的中年人，没想到全然错了。他至多二十出头，生得湖漾春波的清俊模样，一身素色禅衣立在晚风里，落发随衣衫轻摇，有种难以描述的、如药如酒的气息。这样的人，放进红尘必定孤独无匹，身处方外却能与天道完美契合。

崖儿没见过比他更别致的男人，即便抿嘴沉默，也照样占尽风流。她忽然蹦出个奇怪的念头，这念头来得汹涌，巨石也压它不住，于是望向他，“仙君刚才看见我的腿了？”

他转过眼，眼神清澈，如月落碧潭，“看见了。你穿成这样闯入凤凰台，难道是对君野有想法？”

‖第十五章‖

聂安澜

崖儿愣了一下，发现有点跟不上他的思维。可能在他眼里，那只雄凤俊美无双，但于她来说，不过是飞禽而已。

她怎么可能对一只鸟有想法，况且还是只有家室的鸟！

“仙君说笑了，碧梅人手不够，青娘子不便前来才托付我上凤凰台的。春天不是到了嘛，凤凰窝里要孵蛋，总得保持洁净……”她颇有些委屈，缠绵的语调和眼波幽幽回转，“可是那对凤凰好像误会我了，看见我就大打出手。我不敌它们，才被它们吊了起来。”

紫府等级最高的仙，有种可望而不可即的气度，即便是大司命，也难以和他相提并论。大司命其人，总有种杀气腾腾的暴怒感，仿佛随时可能将你手刃。而这位府君，更多的是俯瞰人间的平和淡然。也许活得太通透，看破了一切，没有什么能让他焦躁，也没有什么能令他不安。

他目光如水流淌过来，“能和凤凰交手的凡人，我还是第一次看到。你有这样的身手，却进紫府做杂役，大材小用了。”

她说不，“我是一介凡人，花拳绣腿哪里配入仙君的眼。不瞒您说，我进山是为拜师学艺，可昨日问过大司命，大司命嫌我年纪太大，不愿意收我。我不甘心就此下山，只好留下来继续做杂役。”

紫府君似乎有些意外，“年纪太大……大司命是这么说的？”

难道还有转机吗？崖儿心下蓦然一喜，“是，大司命确实是这样告诉我的。”

她当时就怀疑大司命是有意推脱，看来果不其然。眼前这位大人物，终究已经大有所成，比起手下的仙官来，应当有更加广博的胸怀，愿意帮助凡夫俗子超脱。

结果在她满含期待的目光里，紫府君平静地点了点头，“他说得对。”

所以呢？神仙就是这么说话的？是不是因为山中时光难以消磨，喜欢把一句话拆成两句来说？还好她这些年在波月阁受训，已经历练得水火不侵，否则大概要把一团怒气顶在脑门上了。

这个话题谈不下去，只好另辟蹊径。她探首看了他身后的凤凰一眼，“这对凤鸟的脾气真烈，刚才我还在想，要是没人搭救，我得在这儿吊上多久，可巧仙君就来了。檀芽峰离紫府有段路呢，仙君是特意来看凤凰蛋的？”

紫府君掖着两袖，不置可否。凤凰台上火光冲天，别人看不见，他那里可是瞧得分明。本以为是凤凰在捕猎邪祟，谁知一上凤凰台就看见这个挟裹了满身野性的人，头下脚上地被吊在乌桕树上。晚风摇曳，火红的叶片哗哗颤动，她也随之款摆。要不是他视力好，乍一见还真分辨不出那是什么。

终究鱼龙混杂，紫府虽然是福地洞天，但相对于正统的仙府，还是有区别的。既然立在红尘中，就难以跳出三界外，来往都是血肉之躯，入门的弟子是这样，自愿进碧梅的杂役也是这样。

只不过这次的杂役里，出现了个身手不凡的凡人，虽然有些稀奇，但还不足以令他诧异。

抬头看看，日与月完成了交替，月华下的凤凰台笼罩在一片稀薄的蓝里，他说：“时候太晚，不便打扫，你回去吧。”

他转身要走，却发现腰上的穗子被她牵住了，不得已站住脚，“做什么？”

崖儿扬眼微笑，“也没什么，只是想讨要个说法。”

难道是败在凤凰爪下不甘心？紫府君心平气和地告诉她：“要钱，去琼山馆找少司命；要下山，直接告知青娘子就可以；紫府百年内不收新门徒，这事大司命已经同你说了，求到我这里也没用；碧梅的杂役每年能得一颗灵珠，灵珠只对修行的妖有用，人吃了会坏事，你想要，也绝不会给你。”说罢轻轻抬了抬手，“好了，请讲。”

崖儿眨巴了两下眼，生平头一遭被人抄了后路，一时竟忘了自己要说什么了。只听见和悦的嗓音响在耳畔，他阐述自己的观点，一字一句不骄不躁。那平稳的语调、和缓的吐纳，即便是惊飙拂野的怒夜，也有令人镇定的力量。

不过太凉，叫人感觉疏离。可她喜欢这种味道，有些人对面不识，有些人却一见如故。奇怪吗，面对如此来历的人，居然没有半点敬畏之心？因为她从来不惧鬼神。在她眼里，人没有高低，只分男女，而府君也好，司命也好，统统都是男人。

她笑意盈盈，把先前扔下的话柄重新拾了起来，“我同凤凰打斗落败，这不要紧，要紧的是仙君来得巧，看见了我赤身裸体的样子。我是个还没出嫁的姑娘，就像画好的字画儿没人落款，既然仙君盖了印，不管是有心还是无意，总得给我个交代。”

果然是这样啊，紫府君不由叹气。早年他也行走天下，见得多了，对人之常情有先见之明。天下哪有白看的大腿，把君野拉来作挡箭牌没起作用，人家还是打算深究到底了。当然姑娘的清白是应当捍卫的，这是三途六道统一达成的共识，但有时候具体情况还需具体分析。

紫府君略作思量，“这是凤凰台，是本君豢养凤凰的地方，你以这种方式迎接本君，本君想捂眼睛都来不及，怎么能怪本君呢？”

崖儿自有她的说法，“可将我吊起来的，也正是你的凤凰。你是得道上仙，我本不该说这样的话，但若是你百般推脱，我就不得不怀疑，这双比翼凤是受人指使的了。”

对付男人的手法其实多种多样，譬如大夫对症下药，什么样的人用什么样的手段。目前看来以色惑人这套，在他身上暂且不好用。一本正经的人，先得一本正经地胡搅蛮缠，才能收到想要的效果。

紫府君觉得很棘手，他重申了一遍：“是本君救了你。”

崖儿说是，“我也可以以身相许。”

也许有生之年第一次遇见这样的女人吧，如此毫不做作，单刀直入，连见惯了大场面的人都有些措手不及。

他不过是来看一看发生了什么事，结果竟沾上了麻烦。这是个没有修行，但能驾驭剑灵的女人，说平常也平常，说复杂又有点复杂。如果她是同道，倒可以算一算究竟是什么来历，偏偏她是凡人，推步那套不能用在她身上，否则就坏了九州的规矩。

紫府君轻叹：“你想要什么说法？”

本以为她会问他能不能娶亲，毕竟男人对女人负责，无非就是那些。

但她没有，月光下一道清丽的剪影，极具妩媚，柔声道：“今天是我与仙君第一次见面，虽然发生了这样的事，但彼此终归还不熟悉，贸然说嫁娶，实在太儿戏了。我在未入紫府之前，听说过一些关于仙君的传闻，对仙君很是敬仰……仙君缺不缺杂役？贴身的婢女也可以。多一些相处的机会，也方便咱们多了解彼此，你看怎么样？”

她做杂役做得执着，这个不怎么样的提议，紫府君认为可以接受。

他慢慢盘弄手里的玉菩提，“琉璃宫里只有我一人，除了每天清理炉鼎、洒水除尘，没别的事可做，你愿意就来。”

那是再好不过的了，没有外人打搅，她可以专心完成她的目标，总比一直隔着山岳眺望琅嬛要好。琉璃宫和琅嬛同在九重门之上，只要进入那里，就再没有关隘可过，至多花点心思破解琅嬛入口的布局，距离成功便是一步之遥。

她心里称意，嘴上也说得动听："仙君一个人多冷清，我去了正好可以做伴。"

紫府君还是无可无不可的样子，反正没有人能在九重门之上久留，至多十天半个月，她就会被无边的寂寞逼走，所以他并不担心她有毅力坚持到最后。

他们这头摸黑说话，两只凤凰有点看不过去了，观讳叼来枯枝，君野点火，夜色里的凤凰台因那簇篝火亮起来，月光下影影绰绰的面目，才重新变得清晰。

他到这时方看清她的长相，美与不美不过是种表象，但她的眼睛生得很特别。很少有人能长出这样一双眼睛，可能浸泡过凶险，老辣下却依旧保有朴拙和天真。像一面棱镜，从每个不同的角度看，都会得出截然相反的观后感。所以当她专注地凝视你，如此精准锁定，会给人一种上天入地都无门的错觉。

他斟酌衡量，崖儿也落落大方，自信经得起推敲。待他打量完了，才换了弱水横波，含笑问："仙君是天上的仙，还是人间的仙？我小时候常听师父说起那些半仙，仙君执掌紫府，应该是天上的吧？"

他转身朝远处望，淡声道："方丈洲云集了很多不愿升天的修行者，既然不愿升天，那就不能称之为仙。天帝在蓬山设琅嬛，我不过是琅嬛的看门人，没什么神通，活得久些而已。"

越是来历不简单的人，越喜欢轻描淡写。虽然他把自己说得平常，但他多年前的功绩她还是有耳闻的。

据说历劫飞升之后，诸仙可以按照个人的喜好选择身体年龄，崖儿委婉刺探："仙君是在多大年纪受太玄生箓的？"

紫府君说："就在这个年纪，二十七。你是不是还要问至今多少年？不用问，记不清了。"

活到蜕壳，人还不及一棵树，树有年轮，人却什么都没有。所以这里没谁费心去记年龄，该生时生，该灭时灭，自有天道。

他嗓音清冷，篝火明灭间，半面脸颊在细碎的光芒中明灭不定，生出孤高的美感。崖儿倒不计较他究竟活了多久，反正现在这个年纪刚刚好，到了不得已时，发生点什么她也不吃亏。

她低头揉搓衣角，"说了半天，还没自报家门，我叫叶鲤，从烟雨洲来。仙君有俗家名字没有？叫什么？"

他似乎想了半天才想起来，启了启唇道："聂安澜。"

‖第十六章‖

一个没架子的地仙

安澜？是个可亲又令人心安的名字。

她想起两年前进入罗伽大池深处，隔着万千波涛远看龙涎屿，惊涛恶浪几欲灭顶。出发之初水平如镜，回想起来竟那么温和无害。

人的名字有时真和命运有捆绑，她从枞言那里听来《万妖卷》的故事，四海定鼎时如何的妖风大起，是他力挽狂澜建册安抚，所以他生来是个能定盘的人。

兰战有眼无珠，但唯一像样的，就是为她取了个贴切的名字。崖儿啊……面向绝壁，没有前路，她所有的路都是靠自己杀出来的。

苏画隐约知道她的身世，虽然不明说，却总以悲悯的眼神看她。这两年她执掌波月楼，权力、威望、钱财、美色都有了，可是并不真的快乐，身上萦绕着一种难以摆脱的、潮湿悲凄的腐臭味，需要烈日暴晒。

可她又害怕，怕烈日把她融化。现在遇上一片明月清风，虽然步步算计，但也不可谓没有吸引力。

这位仙君一生，大概没有看过其他女人的大腿，被她这么胡搅蛮缠一通，居然无可奈何地接受了。紫府君御风而行时，她一百二十个“怕”，就势挂在了他身上。

毕竟不像波月楼里的那群妖孽，你不去招惹他们，他们反倒会来招惹你。紫府君性情高洁，清心寡欲惯了，对她的纠缠十分抵触。

她欺近，他就抬手阻隔，要不是看他留着头发，她简直以为下一刻他便会双手合十，对她说一句“施主请自重”。

她怎么能轻易放过他，抱怨道：“就算我是去琉璃宫做杂役的，仙君也不能看着我摔死吧！”站在云头，脚下空空，没有坐璃带车的实质感，她确实有点怕，也放大了这种怕。

紫府君又一次不动声色地避开了她的勾缠，“叶姑娘不相信本君御风的能力吗？只要不乱动，你就摔不下去。可要是继续干扰我，那就两个人一起掉下云层，你愿意这样？”

她一副无赖相，“我干扰仙君了吗？仙君若是心如止水，何来干扰之说。”

言罢又换了个可怜的模样，楚楚地望着他，“我是凡人，凡人又不会飞，总得容我抓住点什么……我要是吓死了，仙君身上就背了条人命，恐怕对日后的修行无益。你别动，让我抱着，你不挣我就不乱动，这样对大家都好。”

这么半威胁半耍横，一番手忙脚乱，紫府君终于放弃了抵抗。

如同又一场战役的胜利，他每妥协一次，就让崖儿感受到一次胜利的喜悦。人和仙之间的抗衡，居然也能打出胶着的味道。抛却他一身仙骨，终究还是个男人。对付这样的人不能太矜持，看似温和，对谁都没有疾言厉色，其实最能拒人千里之外。反正要想从他这里得到些什么，你首先就得准备牺牲些什么。

弱水门出来的杀手，哪个也不是三贞九烈的。以前她为完成任务周旋游走，男人的味道各不相同，匆匆过客没有留下任何痕迹。现在和他靠得近，他身上有紫檀香气，这个味道倒不怎么让人讨厌。

抬眼看，只见一个紧绷的下颌，即便尴尬，也许还有些薄怒，却始终保持良好的修养。

她忽然发现有趣，促狭地摇了他一下，“仙君，你抱过女人吗？”

看得出他不喜欢这种话题，但还是勉强应她：“修行不近女色，我没抱过女人。”

崖儿哦了声，愈发箍紧了手臂，“仙君现在已经有果位了吧？天帝在人间建藏书楼，这是多久之前的事了？琅嬛建成多少年，仙君就在位多久，还需要修行吗？”

她几乎是自问自答，晃着脑袋说不需要，“况且现在是我抱着你，你只管放心。有人问罪我担着，反正我没家没口，要命一条。”

他听来觉得好笑，真有人问罪，一介凡人还不如齑粉，吹口气就挫骨扬灰了。不过照她的话头，身世似乎很坎坷，“你家里没人了吗？双亲呢？”

崖儿涩然笑了笑，“他们早不在了，我出生时应当见过我父亲一面，可惜那时候太小，一点印象都没有了。”

紫府君也有些怅然，于是挂在身上的人，似乎没那么让他感觉不舒服了。

他试着安慰她：“世上的缘分都是注定的，父母和子女缘浅，所以匆匆一面，再无后话。其实看淡了也没什么，我和你一样无父无母，孤苦的年月自己咬牙熬过来，现在回头看，并不觉得哪里不足。日子如常，习惯便好。”

可她听枞言说过，他生于忘川，长于尸林，既然仙根是天生的，那么他的父母必定不寻常。

“仙君的双亲，也是仙吧？”

从凤凰台驾云回紫府不过一刻，他按下云头带她落地，边走边道：“借个肚子临世而已。他们在天涯海角，我在人间看守藏书，缘分尽了谁也不惦记谁，一切随缘。”

他脚下从容，层叠的袍裾从白玉砖上逶迤曳过，翻卷如浪。崖儿跟在他身后，他负手前行，一道金边镶滚的袖襕覆住手腕，露出微微虚握的五指。那手指衬着垂落的乌发，显得尤其清瘦修长。

她心不在焉，“至少你知道他们活着……”

他连头都没回一下，“和死了没什么两样。”

随性的脾气，连安慰人的话都不惜自损三千。

崖儿一怔，坚硬的心霎时柔软。

没来方丈洲之前，确实忌惮这位紫府君的大名，以为他远离尘世，必定丧失了血性和人情味。可是现在看来，倒和那天面对狐时的胡诌不谋而合了，一个没有架子的地仙，很好相处。

“长廊尽头就是琉璃宫。”他偏头道，“我住一间，剩下的随你挑。”

所谓的琉璃宫，并不只限于一处宫阙，这样一大片都算在其内，但是没有具体命名。后来崖儿走过一遍才知道，每一处都编了号，欠缺些美感，但是精准直接。

九重门上的世界，要比碧梅那一片更洁净。九重门外弟子云集，充其量是带了点仙气的凡尘。九重门上云海浩渺，宫室更巍峨，画堂更高深，甚至连树，都是无根而生的。

她掖着袖子喟然长叹：“在这里住久了，不是仙也成仙了。”

紫府君回眸一顾，眼里星芒漫溢，微停留了会儿，又掉转开视线，凉声道：“可惜很少有人耐得住寂寞，宁愿少活几年，也要到红尘中去历练一番。”

所以他一个人守着九重门上的琅嬛，因为深知道，那些入门弟子甚至三十五位司命，到最后都可能成为过客。

这么一想，竟觉得做神仙也不容易。

“仙君没有离开过方丈洲吧？”她在身后亦步亦趋地追问。

他慢慢走过长街，宽坦的路面约有两三丈阔，只是两掖没有依傍，如同临水的长堤，直而孤单。长街的两侧悬浮着琅玕灯，纵向连接成阵。夜明珠透过打磨得极薄的珠石灯罩，散发出看得见丝缕的湛蓝色流光。

路过一盏略暗的灯，他止住步子伸手，那灯自发降落下来，停在他手上。揭了罩子没处安放，顺手递给她，自己卷起袖子细细擦拭明珠。珠玉蒙尘，擦擦就亮了。果然移开袖子又见明珠大放光明，崖儿忙把灯罩扣上去，他随意往上一抛，琅玕灯重新归位。这琉璃宫的一切，好像从来就是这么一成不变，有条不紊。

“离开过。”他到现在才抽空回答她，“很久以前去过孟门一带。那时候龙门未辟，吕梁未凿，河出孟门之上……荒凉，没什么好玩的。”

崖儿内心惊动，他说的，好像是上古时期吧！

“仙君……”

他嗯了声，转过身来，琅玕灯下的面孔白净剔透，脉脉一笑道：“什么都别说了，我今年二十七。”

真的活得忘了年纪？其实也不是，主要是年纪对他来说没有特别的意义，活得再久都是虚度光阴。所以遇见斤斤计较的人，他就不大喜欢。

崖儿经过了最初的惊讶，不再觉得有什么稀奇了。连枞言都是八十岁才成年，琅嬛存在了多久，根本不用去考证。

她换了个轻快的语调，“九州之外有个云浮大陆，大陆分十六洲，我是从其中一个洲来的。仙君很久没到人间行走，不知外面的情况，云浮现在很繁华，仙君要是有兴致，可以出蓬山看看。”

紫府君脸上露出迷茫之色来，“云浮？《九州鱼鳞册》上记载过，恶山恶水，不毛之地。”

说起鱼鳞册，崖儿心里便一沉。这世界很大，九州四海、六合八荒，每一片土地和水域都有明确的划分。丘段田亩、山岳河流，每天都在发生变化，她要的《四海鱼鳞图》也会跟随这些变化自行调整。可见这位府君虽然守着琅嬛，但不爱看书，记忆还停留在很多年之前。

他不去翻动，倒也好。她笑道：“早就已经不一样了，现在的云浮有诗歌美酒，也有快意江湖，再不是蛮荒之地了。”

紫府君点了点头，并非对那繁华世界不感兴趣，只是因为琅嬛重地，须臾不能离了他的看守。况且他们这类修行者，九州之上任意纵横，九州之外是生州，也就是凡人所在的红尘深处，进入之后诸多禁忌，对他来说太麻烦，情愿不去。

长街尽头是一片无边的平台，踏过台阶便直上琉璃宫。他行至廊下，回身嘱咐她：“琉璃宫各处都能打扫，唯独不能踏过那道结界。”他抬手指向琅嬛方向，“那是紫府重地，未经允许胆敢阑入，是不可饶恕的罪过，你要谨记。”

崖儿俯首道是，“青娘子也曾叮嘱过我，仙君放心。”

紫府君是个不愿意立太多规矩的人，难得来个姑娘愿意留下打扫，他也不拿人家当杂役看，简单晓以利害就可以了。

天色不早，熬夜不好。他说：“第六宫后有泉眼，子时之前你用，子时之后归我，算好时辰，千万别走错。如果饿了，敲击檐下的铜磬，自有司命给你送吃的来。”

崖儿才想起来，他一个人住在琉璃宫，这地方应该是不动烟火的，“仙君平时的饮食都靠司命送来吗？”

他迈进门槛，巨大的两扇雕花门，在他拂袖之间缓慢对阖起来，“修行者吃不吃都行，我通常不吃，你不必管我，一切自便。”

崖儿立在那里，看门缝越见窄小，露台上琅玕灯的亮光仿佛都汇聚起来，在他脸上照出寸余宽的一线，鼻若悬胆，唇若朱丹。

‖第十七章‖

决 一 死 战 吗

无论如何，不必通过九重门的筛查直入琉璃宫，算是走了一条绝对的捷径。

崖儿在主宫边上找了间屋子住下，行李细软全没有，只有剑灵随身携带，但对她来说足够了。

敲击铜磬会有人送需要的东西来，除了三餐不必要求别的。她有她的盘算，肚子不能饿着，至于换洗，无衣可换才好行事。

与虎谋皮，怎能穿得严严实实，又不是要日久生情。什么方法能够快速拉近男女之间的距离？唯有情欲。

只是设想虽好，也不知实行起来能否顺利，毕竟对手不是寻常人。

说起寻常人，十六洲纵横来去那么多年，江湖上顶尖的人物她见过半数，不过如此。女人嘛，一辈子总得有一次。她怀揣神璧，早晚有一天会成为武林公敌，成家无非拖累另一个人，交代在这里无所谓，将来断得干净。即便图册引出麻烦，也可以只谈恩怨不讲感情。

安稳睡上一夜，头天和凤凰打斗留下了烫伤，早上去泉台冲洗。那泉眼是无根水，凉得透骨，把手臂泡进泉水里，伤痕还在，疼痛却消减了大半。

直起身来，反复看广袖上烧出的窟窿，顺着丝缕一撕，去了大半。

这下好了，两截藕臂终见了天日。只是红痕扎眼，于是抱着胳膊跑进第一宫，紫府君正打坐冥想，她挨在他边上小声唤："仙君、仙君……"

座上的人岿然不动，那模样，真像一座雕像。

她咬着唇看了半晌，尤不死心，轻轻摇晃他，"蓬山不是你最大吗，早就功成名就了，为什么还要修行？"

崖儿不知道入定究竟是怎么回事，是不是魂魄脱离了躯壳，畅游五湖四海去了。

纠缠半天无果，索性在他对面坐下来，伸手触触他的眼睫，又捏捏他的腮帮子，二十出头错不了，手感绝佳。

她托腮笑起来，“你是装的吗？我以前在冥丘见过一个肉身菩萨，已经死了，身上被弟子漆了金漆，供在佛台上生受香火。你这样子和那个肉身菩萨很像，不过人家鹤发鸡皮，你比他年轻一点儿。”

结果他还是没什么反应，她自言自语，未免无趣，“难怪你一个人能活下来，究竟一天要打多久的坐？我是来陪你的，你不领情，现在倒好，变成我要你陪了。”

说完之后品咂一下，也许因为地方不同，面对的人也不同，这些挑挞的话居然如此得心应手。

不知波月楼中的她和琉璃宫中的她，哪个才是真实的自己。她明明心怀叵测，却并不讨厌眼前这个人，越是法相庄严，越有意思。

隔着云窗往外看，十万里晴空，天气很好。她放松靠在他肩头，喃喃道：“香炉倒完了，地也扫好了，我还擦了门窗和桌椅……”

说着呵欠连连，就势躺下来，枕着他的腿，闭上了眼睛，“小睡一会儿。”

衣袂上的紫檀香幽幽钻进鼻腔，她捻起他袍裾上的绡纱，盖在了自己脸上。

九重门上是个无人打扰的世界，除了窗外偶尔掠过的飞鸟，一切人间的喧闹都达不到这里。

她睡得很安稳，期间还翻个身，换了个姿势。禅定完的紫府君垂眼看着枕腿入眠的人，倒没什么大震动。推她两下她不醒，他重新合上眼皮，也跟着睡了一觉。

沉沉好眠，仿佛能一梦千年。

睡醒后的崖儿见他还是原来的样子，惺忪着眼坐了起来。看看更漏，申时已到了，奇怪打坐竟需要那么长的时间，他究竟是在修行，还是昏死过去了？

她握着他的双肩，用力摇了一下，“仙君，醒醒！”这回很有效，他直接睁开了眼睛。

刚睡醒的紫府君有种不知身在何处的迷茫表情，定睛之后看见一张放大的脸撞进视线里来，他往后仰了仰，话里充满禅机：“本君早说过，没人能忍受得了九重门上无边的寂寞。”

退却了吧？退却就下山去，拿看了大腿做借口，实在让人啼笑皆非。

谁知她并没有把他的话当回事，悠然在他眼前晃荡着，自得其乐道：“哪里寂寞？有仙君做伴，我一点都不寂寞。”

其实不得不承认，一个妖媚天真的女人，能为单调的人生增添浓墨重彩。琉璃宫一向是他一个人居住，天长日久难免枯燥。

有时候，他觉得自己像只织网的蜘蛛，大张开八卦阵迎接来客。遗憾的是不能像蜘蛛那样，用凶狠的手段执意挽留，即便有猎物上钩，只要不愿意，还是得眼睁睁地看着他离开。

毕竟不是佛啊，他只是个驻守人间、看护藏书的人。像所有凡夫俗子一样，闲暇时找三五好友畅饮一杯，也是他的人生梦想。多年前倒是在神州边缘的瓜棚里找到几个瓜农引为知己，后来那些瓜农挨个儿都死了。人间路断，便再也不想入那红尘中去了。

他慢腾腾起身，被枕了两个时辰的腿又麻又僵，还没站稳又坐了回去。

他没发现她是怎么贴上来的，一眨眼就到了面前，一抹轻柔的分量压在他膝头。

她两腿圈上他的腰，哀戚地举着手让他看，“我受伤了，仙君的凤凰昨晚烫伤了我。”

他没忘记她在凤凰台上是如何骁勇，凌厉的攻势出于凡人之手，很让他惊讶。那两柄剑的剑灵，不是经年累月磨砺而成，是某种灵力炼化的。剑灵一成，至死追随主人。她连剑灵都炼得出来，还来喊疼？

他掉开了眼，“日落时候，本君要去看看比翼凤。”

崖儿很不满意，“仙君不先看看我的伤势？”

这点小痛，就别无病呻吟了吧！

他把她放下来，搁在一旁，站起身道：“不知君野和观讳有没有受伤，它们不会说话，也不会告状，本君更担心它们。”

崖儿气鼓鼓地抱怨：“我是奉命去凤凰台洒扫的，被仙君的灵宠所伤，仙君难道不该先安抚我一下吗？”

紫府君终于还是拗不过她，她委屈地擎着小臂递到他面前，只见那皓腕纤细脆弱，皮下青色的血管蜿蜒交错，乍看上去皮肤半透明似的。至于伤痕，他找了又找，“在哪里？”

崖儿努力地指给他看，“喏，这里！”

睡了一觉好像愈发淡了，但细看还是可以分辨出来的。

就那么一片，几乎还原成了原来的肤色，还算得上伤痕吗？他抬起眼，拉长的脸和空洞的眼神，充分表示了他的漠不关心。

崖儿看他的表情，觉得受到了侮辱，“仙君，决一死战吗？”

紫府君摇摇头，“我是读书人。”

"那我这伤……"

他说"我给你治"，把手盖上去，不需要折损任何修为，甚至只是做做样子。

这下她终于称意了，在他还没移开之前，缠绵地把自己的手覆在了他的手背上。立起手指，尖尖的一点嫣红如樱桃，在他手背上缓慢游移。

做得再风情，眼睛却是怯怯的。她说："仙君真好，我胡搅蛮缠，你也不生气。"

紫府君心平气和地抽回手，"琉璃宫里没有太多规矩，一切皆随心意，但你不能太过分，过分了我也还是会生气的。"

她愣了一下，"我过分了吗？"举起手晃了晃，戏谑道，"仙君先摸我，我才摸回来的。再说你我这样的交情，太较真了多伤感情。"

紫府君好像被她说蒙了。

交情？似乎也没有什么交情，感情当然更谈不上。女人指鹿为马的本事太神奇了，他觉得有理说不清，干脆不理会她了。

转身朝殿外走，外面不知何时风起云涌，露台上烟气萦绕着，他一身素衣站在那里，缺一古琴、一香炉，就能入画了。

崖儿跟在他身后踮足看，"好像要下雨了……"

春天本来就多雨水，加上将至惊蛰，雷电来去总带着水泽。紫府君看了半天，得出一个结论："夜里要关好门窗，早点睡觉。"

崖儿侧目看他，面孔不苍老，眼睛也是鲜活的，可话里总带着生无可恋的意思，也许这就是神仙的味道。

"仙君。"她拽了拽他的衣袖，"活得太久，是不是了无生趣？"

紫府君长长嗯了声，崖儿以为他会说是，岂知这只是他长篇大论的前奏。

"我的人生，从二十七岁谷雨那天开始循环往复，至今不知多少年了。这些年会遇见一些人，有一些新奇的经历，了无生趣倒不至于，毕竟每段经历都不一样，每一个人也各不相同。但不管走过多少路，最后都要回到这里，回来后面对浩大的琉璃宫，一个人独处也很有趣。我春天看蚯蚓，夏天看繁花，秋天看落叶，冬天看雪景，一年一年就这样过。只要你有一双发现美好的眼睛，哪里都有快乐。比如雷声，低沉时像人走过蒹葭弥望的河泽，脚底下有气泡，一踩就蹦起来老高；比如细雨，篦子梳理头发的时候，也能听见差不多的声音……"

崖儿头昏脑涨，很佩服他这种时时能找到乐子的态度，"可是仙君很寂寞，因为越寂寞，解释得越多。"

她笑盈盈地望着他，紫府君有种被戳穿的尴尬，但他拒不承认，横眉冷眼道："谬论！”

崖儿却并不在意，靠得更近一点，温言说：“仙君以后不用害怕寂寞，我来了，可以一直陪着你。”

他不说话了，脸上露出冷嘲的神气。也不过一刹那，又恢复了惯常风流自赏的样子，甚至没有接她的话，负手回殿里去了。

他说打雷，果然入夜后雷声大作起来。可不是光脚踩泥潭的响动，大概因为九重门上地势颇高，离天也更近的缘故，一道道闪电在云层边缘飞快蔓延，陡然沉寂下来，然后天上地下共鸣成一片。人就像笸箩里的豆子，随手一拍，震得一蹦三尺高。

波月阁以前对他们的训练严苛，冬夜凫水，雷暴天里伏击，这些都是家常便饭。可是女孩子太过铁骨铮铮，缺少妩媚，会丧失很多好时机。

她不怕恶劣天气，却懂得善加利用。沏上一壶茶，端着茶盘深夜到了紫府君殿门上，也不进去，只是迟疑徘徊，一双愁肠百结的眼睛，欲说还休地隔窗望着他。

‖第十八章‖

不甜不要钱

这样狂风骤雨的夜，总不能让一个姑娘站在门外太久。紫府君是个良善人，他说进来吧，听着细碎的脚步声慢慢接近，视线仍旧定格在打开的书页上。

案几前燃着线香，游丝般脆弱的身姿，亭亭立在篾片做成的扁舟上。香已经燃了过半，青灰的余烬截截断落，一缕轻烟扶摇直上。顶端的微芒在褪尽负累后粲然猩红，隔着几步错眼望去，像落在他眼角的朱砂痣。

她托着竹盘清浅微笑，低声道："仙君还没休息？这样的怒夜参禅，心里静得下来吗？"

倒没有放肆地去阖他的书页，她把竹盘放在案头上，提起袍裾，赤足踏上了重席。

重席经纬纵横，酥麻地印在脚心，她缩了缩脚趾，趾甲上涌出了嫣红的半圆，像五个红色的月亮。一步步行来，从他眼尾划过，然后斜身倚坐。袍裾盖不住玉足，把自己拗成个弯弯的更大的月亮。

指尖如兰花几瓣，掂着茶则量茶，青碧的松萝[1]和乌木的茶器衬得手指白洁赛玉。皓腕一转，将茶投进壶里，注入的热水沸起带着茶香的白烟，隔烟相望的脸散发出妖冶迷离的气息。

如此夜里，风情露骨。

"仙君……"她又轻声唤他，低吟恍在耳畔，"喝茶。"

精瓷杯里盛着翠绿通透的茶汤，伴着杯盏移动的沙沙声，推到他手边。今夜的紫府君不知怎么，像个不近女色的佛，眼睫低垂着，从侧面看上去一本正经得慌。

就是慌！崖儿知道，男人这模样时，心里正经受惊涛骇浪。她本以为脱离红尘的

1　松萝：松萝茶，属绿茶类，历史名茶。

人，会有时刻清醒的姿态，看来好像错了。大司命口中六根不净的人，应当是他。

她笑得愈发柔媚，托着腮，幽声说："仙君让我早点儿睡，我听你的话了。大雨之前去了第六宫，那眼泉水真凉，浇在胸口，把心火都浇灭了。起先天上还有月亮，月华也是凉的，真冻得人打战。后来起风了，又伴着雷雨，我没处可躲，差点就想叫你救命哩。"

如泣如诉的语调，交织出一幅香艳的画面。

冷硬的泉台，屈腿而坐的姑娘，掬起一捧清泉，泉水从高耸的胸脯滑落，分裂成无数细小的水珠向脐下奔流。是个男人，都想成为那水珠吧！天上惊雷乍现，青蓝的闪电青蓝的光，白腻的皮肤也白得发凉，颤抖着，惊惶着……

"我怕雷，小时候就害怕。"她的手慢慢移过来，轻轻落在他臂上，"天上打雷时想找爹娘，可是他们早不在了，我只有裹紧被子蜷缩在床上。我觉得我可能要蜷缩一辈子，不知道将来有谁能做伴。现在遇见了仙君，您慈悲为怀，会救我于苦难，会度化我吧？"

崖儿一面说一面小心翼翼地盯紧他。见他的喉结滚动，那惴惴的模样，叫她心里抓挠起来。他仍旧不说话，她轻摇他，"怎么不理我？我来投奔你，你就这样待客？"等了等，复又幽幽长叹，无限怅惘地说也罢，"不想说话就不说吧，只要让我留在这里，让我在你身边……"

肢体上的接触，有一就会有二，既然他没有把她推开，想必也不反感这种感觉。她靠过去，像他入定时那样，温顺地偎在他肩头。

她没有心甘情愿地这样接近过一个人，以前领命杀人，不管对手多强大，即便战得只剩一口气，她也宁愿用性命相搏，绝不动用苏画传授她的那套。后来杀兰战，自知不足，屈辱和恨都刻骨铭心，以至于过了好久还会梦见那天的情景，几乎把自己活活恶心死。现在这个不同，至少顺眼，不好也是好的。虽然谈不上爱，但她这样的人，谈爱太奢侈了。

江湖上叱咤来去的女人毕竟不多，除了做皮肉买卖的，剩下的都是规规矩矩的好姑娘。紫府君到底没经历过类似的热情如火，无措了，迷惘了。

想拒绝，可她说起小时候的无助那么可怜，仿佛推开她，就是把她推进深渊。既然不忍心，那就只有生受。眼观鼻，鼻观心……可是关不住呼吸，她身上的味道无孔不入，说不上是种什么香，超出一切他理解的范围。

甜腻的分量压在肩头，外面雷声大作，这个夜却是温柔的。她额前的头发隐约撩拨他的耳垂，有些东西来得太快，让他来不及理清头绪。

崖儿依偎着他，两眼却冷静地看着案上的檀香。起先那轻烟是一线，笔直向上升腾，但渐渐地，轨迹有了起伏，摇曳着一颤，终于散了。她笑起来，眼睛里盛满得逞后的快意。她转过头来，嘴唇离他的脸颊只有两指宽的距离，吐气如兰地问他："安澜，你喜欢我吗？"

这两个字在舌尖上揉搓，轻巧地抵住牙齿，略一用力再瘫软下来，那就是他的名字。名字对于这种人，更像遥远的记忆和牵绊。没有名字，他是紫府君，是琅嬛的守护者，是百千弟子仰望的师尊。有了名字，他就是个普通的男人，有血有肉，与佛无缘。

他的眉头到底皱起来，"叶姑娘……"

"我叫叶鲤。"不等他抗议，她就截断了他的话，道："你没有剃度，应当不是和尚吧？非僧非道，还是可以尝尝人间烟火的，我就是那烟火。"她自说自话，咯咯发笑，探过身，把脸送到他面前，"要尝尝吗？不甜不要钱。"

嘬起的红唇，饱满得像他以前吃过的桃花毕罗。她两眼圆睁，就那样近距离地看着他，一双瞳仁又黑又亮，眸中泛起琥珀光来。他气短地后退，退一分她进两分，他有些恼怒了，"叶鲤！"

结果她甜甜地嗳了一声，"安澜。"活生生地，把一位道骨仙风的府君，叫成了高楼上的二公子。

蜜糖漫过头顶，挣不开逃不脱。这感觉并不只一人有，彼此都暗暗体会到了。可是各自都在坚持，意乱情迷是因为夜太深，毕竟越是到夜里，人心便越柔软。

忽然一道惊雷，震得这神仙府邸都摇晃起来。白中带赤的光像一道剑气从窗外门前斜劈过去。那雷声太响，简直像炸在耳边。崖儿猛地一颤，倒不是刻意为之，自发就往他怀里钻。紫府君僵硬地抬着手，抱也不好，推也不好，实在进退两难。

"吓死了我，可没人和你做伴了。"嗡哝的嗓音回荡在他颈间，她吐字的习惯在放慢时变得很奇怪，半吞半含，每个字节都拖得老长，颇有一唱三叹的幽怨。

紫府君闭上了眼睛，只觉自己的万年道行恐怕有朝一日会毁于一旦了。

他漫游在这人世间，见过急景凋年，也见过鲜花着景。万事万物从心头流过，他只是个旁观者，从没想过自己会跌进尘寰。因为有了牵挂即是负担。神佛历劫，首当其冲的便是情，可知这情控制不当，是会把人挫骨扬灰的，比任何邪祟魔障都凶险。

她说得对，他确实非僧非道，不肯上天也不愿入地，避免了很多不近人情的规定，却也有无可奈何的地方。他可以和女人亲近，但无法同寿。如果只是两两消遣倒也罢了，倘若生情，灵根具毁万劫不复，到那时可就坏事了。

天地间的惊雷大概是对他的提醒吧，他听在耳里，神思却难以清明。奇怪，这个得寸进尺的女人竟有这样的手段，能叫人只愿沉醉不愿醒。

一片暖流从锁骨覆盖下来，慢慢向上蔓延。他心里惊动，莫名僵直了身子，所有感觉都汇聚起来，集中到了那一点。如蛇、如练、如丝弦，一圈圈一层层，所到之处引发烈火燎原，然后划过去，遗落满地冰凉。

他续不上气来，恰如被一只无形的手扼住了脖颈，胸肺里储存的空气越来越稀薄，不到灭顶绝不让你超脱。

"叶……"他咬牙挣扎，一根带着茶香的手指点住了他的唇，未说的话被迫咽回了肚子里。若即若离的舔舐在他颈间留下蜿蜒的痕迹，一路上移，抵达颌下。

呼吸骤然停住了，搁在膝头的手紧紧抓住袍裾，这种无措，说出来简直可笑。

崖儿拉开一点距离，把视线停在他的嘴唇上，再三地看，然后望住他的眼睛，"仙君，你被人亲过吗？"

紫府君不敢摇头，仿佛害怕一晃脑袋眼前的一切就消散了。他居然眷恋这种带着浊世气的接触。他说没有，但听来这么羸弱，气若游丝。

她似乎很苦恼，皱着眉头说："我也没有。"然后把吻印在他了唇角。只差了那么一点点，带着书卷般清幽的气息，从他唇角徐徐降落，回到了他的肩上。

刚才烽火漫天，两个人都像经历了一场恶仗，打完后还要相依为命。

以为终会发生的事最后没有发生，本该庆幸的，却不知为什么会隐隐感到失望。可是不能说，更不能表现出来。奔突的心逐渐平静下来，紫府君还是那个紫府君。他身形如松竹，坐得笔直，电闪雷鸣下的脸冷漠得不可亲近，看来是后悔了。

不过对崖儿来说这就够了，试探过，知道底线，至少他并不排斥。有了这次，接下来会是个新开始。一个和你暧昧不明的男人，伪装的正经像薄冰，稍稍一触就碎了。

她退回重席上，把散落的茶具重放回竹盘里，带着一点腼腆的笑意，脉脉看了他一眼，"夜里喝茶不好，会睡不着的，还是让我带走吧。"她提着袍裾退下来，再不停留，转身往门上去了。

有点落荒而逃的意思，走到外面才松了口气。天地间弥漫的潮气迎面撞来，有风吹过，背上冰凉，这才发现衣衫洇湿了。

转过头看琅嬛，暴风雨里依旧不灭的琅玕灯照亮了它的轮廓。

近在咫尺了，拿到图册就回王舍洲去！

不知为什么，她今天格外想家，算算时候，走进蓬山竟然已经那么久了。

‖第十九章‖

不问前程，只问风月

后来的几天，九重门外送食物已经不需要她敲铜磬了，每天定时定点，除了运送的少司命偶尔会换人以外，几乎没什么变化。

崖儿拎着洒扫的匣子，把十二重琉璃宫都走了一遍。很奇怪这里只住着紫府君一个人，为什么会有那么多空屋子？她不知道紫府创立至今的悠悠长河里，经历过多少变迁，她卖弄着她的小聪明，“仙君可以娶很多夫人，生很多孩子吧？要不然建这么多宫阙干什么？”

自从发生了那晚的事，紫府君就不怎么待见她了。好像有些埋怨，怨从何来呢，八成是觉得自己被她这个俗人玷污了，说话的时候视线看向远方，脸上的神情十分傲慢，“千年之前紫府弟子都居住在琉璃宫，后来发生了一些不好的事，九重门上便由我一人看守了。”

任何人都不可信，只信得过自己，这点他们倒很像。崖儿试探着问：“是有人对琅嬛不利吗？其实我一直不明白，既然藏书楼设在人间，为什么不容许人借阅。我们烟雨洲有个小琅嬛，它的主人就很大方，但凡有读书雅好的，上至王孙公子，下至贩夫走卒，都可以光顾。”

紫府君脸上的神情更不屑了，一副“你懂什么”的嫌弃模样，“天界藏书和人间的大不一样，你以为只是诗歌书画、医药史籍吗？天界的藏书是天机。人在世间行走，今日不知明日事，所以生出许多惶恐来。可是在上界的人眼里，一切早有定数，这些定数一件不差地记载在册，如果琅嬛能够自由来去，天道岂不大乱？”

崖儿曾经想过据实告诉他此来的目的，现在这念头终于在他的回应里全数打消了。不可能，他不会去做违背天道的事。监守自盗是什么样的罪过，比单纯的失职严重得多。况且她并不认为那天半吊子的男欢女爱，足以让他网开一面，如果她有异动，照样法不容情。

“那么仙君知道自己的命途吗？算过自己的姻缘吗？”她站在艳阳下笑着问他，“里面有没有我？”

她的热情和直接从来不顾别人死活，紫府君眼里的波光微微一漾，垂下眼睫，纤长浓密的阴影歇在白若春雪的颊上，依旧不肯面对她，只说：“天道尚且无常，何况是命盘。当局者迷，何必白费功夫。”

她却不依不饶，“算不尽自己的，那替我算算吧。我不修行，一辈子应当是注定的，都写在书里了。我不问前程，只问风月。你替我看看，我今生可能遇上有缘人，能不能安稳成家，生几个孩子。”

他皱眉，左躲右闪避不开她的手，到底还是急了，“我又不是算命的！”拂袖走向长街尽头，临空而起，直下琅嬛去了。

崖儿抱着扫把站了会儿，轻轻哂笑，又继续干她的活。青玉砖铺排起来无穷无尽。无根树垂下的丝绦上结满了细小的粉色蓓蕾，有些辗转纷飞，深深嵌进了砖缝里。

扫不出来，她蹲在地上，拔了檀木簪子去拨。山上岁月无惊，返璞归真到了极致，发髻只用一根簪子固定。簪子拔了便落得青丝满肩，遇见一阵微风，纷纷扬扬飘拂起来，迷乱人的眼睛。

有苍色袍裾走进视线，袍角云纹涌动，在她面前停了下来。她仰头看，阳光正被那个身影遮挡住，来人的脸在逆光下显得有些阴沉。

她起身行礼，“大司命。”

大司命颔首，垂眼打量她，把手里的包袱递过来，“换上吧。府君跟前不要过于随意，他不计较，不表示你可以废了礼数。”到底是紫府一人之下，半点不留情面。

崖儿伸手去接，那骨节分明的手指扣着包袱，分外用力，她使劲拽了一下，他才松开。一个人对你是善意还是敌意，可以从一些微小的细节里品咂出来。她抱着包袱牵起唇角，“多谢提醒，我人在琉璃宫还要劳大司命费心，真是过意不去。”

那一字一句，分明有针尖对麦芒的犀利，连笑也不达眼底。大司命眯眼审视她，散落的长发，堪称褴褛的素袍，这些汇集在她身上倒不显得狼狈，反而有种落拓不羁的美，只因她长了张颠倒众生的脸。

其实从第一次见到她，他就有些怀疑，这样的女人势必不俗，情愿留在紫府做杂役，分明是屈就。倘若真的老老实实谨守本分倒也罢了，结果士别三日而已，她就进了琉璃宫，直上九重门。究竟是不是存着什么目的？他也试图深挖她的来历，结果查来查去她孑然一身，就连出现在方丈洲也是没有前情，从天而降的。要不是九州修行者有严苛的规定，不许对普通人使用术数，他早就让她无所遁形了。眼下是没办法，只好小心留意着，如果她能知难而退，也是皆大欢喜的事。

大司命那张严峻的脸稍有缓和，他掖着袖子问她：“叶姑娘来蓬山也有几月了，当初那条大鱼想必已不在东海了，姑娘打算何时离开紫府？这里是仙家府邸，你一个凡人既不修行也不拜师，留在这里不合时宜，还是早早下山去吧。”

她的脸在日光下玲珑剔透，笑道：“我当初告诉过大司命，走投无路时打算去如意洲，大司命可怜我，才让我留在紫府。现在又让我走，我依旧无处可去，难道大司命愿意眼睁睁看我羊入虎口吗？”

大司命神色寒冷，漠然道：“每个人都有各自的命数，救也只能救一时，不能救一世。如果叶姑娘有意下山，我可以赠姑娘些银两，足够你找个地方安稳度日，姑娘意下如何？”

她还是笑吟吟地望着他，亦不反驳，“大司命的好意我心领了，是府君带我进琉璃宫，命我在此处打扫的。大司命要是想让我下山，不必知会我，只要府君答应了就成。”

两人斗智斗勇，结果难题踢到了紫府君那里。大司命的面色愈发阴郁，嘴上不说，心里认定她是个妖女，便不再和她纠缠，拔起身形向琅嬛飞去。

崖儿看着他腾云离开，脸上残存的笑意才慢慢消失。他去见紫府君了，这种明察秋毫的人真是讨厌得很。现在要赌一赌了，看紫府君会不会认同他的提议。她是不信世上能有男人舍得下温柔乡的，绮梦做了一半被勒令醒来，庸碌的人会不甘，不凡的人不以为然，加上她一双不能被白看的大腿，大司命这回的谏言注定是空谈。

她很有兴致旁观，在第三殿的露台边缘坐了下来。琉璃宫都是浮空的，第三殿的一角距离琅嬛很近，崖儿的视力又超乎常人，从这里看过去，能清楚地看见紫府君的脸。

她双手撑着青玉砖，闲适地踢踏着两腿，脚下是百丈悬崖也浑然不怕。大司命找到紫府君了，她仔细读他们的唇语，读出了大司命的忧心——

“这个人间女子来历不明，进入紫府也许是别有用心，还请君上提防。”

紫府君听后似乎略有思量，但态度在她预料之中，“既然只是人间女子，大司命也不必草木皆兵。”

大司命有些焦急了，“世上唯有人心最难测，君上睿智，应当比属下更明白其中利害。或许是属下杞人忧天了，属下总觉得这女子不简单。君上……君上莫忘了驻守人间的要务，还有自身灵根……”

崖儿顿时直起了身子，想看清他的回答。然而紫府君抬抬手，截住了大司命的话。有风吹过，扬起零落的长发，他微微偏过头，看不见他的口形，他说了些什么，便也无从知晓了。

崖儿不由怅然，但大司命的忠告如她推测的那样不受采纳，正合了她的意。山间空气很好，带着露水的清冽冲刷五脏六腑，她掉开视线望向远方，松快地吐纳了两口。再转回目光时，见琅嬛前的两人都回头看她，她咧嘴笑，大方地向他们挥了挥手。

譬如奸妃乱政，良臣的忠言毫无用武之地。当个奸妃真是令人快乐和满足的成就。

她拍拍袍子站起身，扛着她的扫帚进了第一殿。殿里洁净如往常，紫府君是个淡泊的人，连行动的轨迹都如烟似的。即便他长时间在此消磨，那些动过的东西还是会各归各位。不依赖别人，也许是一个人独活太久的缘故吧。

她拿掸子去掸案上的灰，拂过那方竹篾香托时，不由停了下来。一时五味涌上眉头，她跽坐在案前，伸手去抚那扁舟瘦削的轮廓，仿佛面前正站着他。

隔窗的眼始终看着殿里人的动静，她的手指从香托划过，从文房和书案划过，指尖每移动毫厘，都让人想起电闪雷鸣的那夜，彼此间离乱的气息。

细回忆，不敢回忆，怕那种不堪的感觉再次灭顶。终究不能沉迷，浅尝辄止的一场梦，不必太认真，权作寻开心。

他走进殿里，窗屉上勾绕的雕花纹路，斜照在柳色的禅衣上。他身材颀长，那泓翠绿飞流直下，嵌上了铁画银钩，愈发有种生人勿近的况味。

她抬眼看见他，似乎羞于刚才的忘我，扭捏了下，转瞬又神色如常。笑还是纯质的笑，有些故作轻松地说："先前大司命来找我，说要给我钱，让我下山。这人真是奇怪，我在这里做杂役，又没有偷懒。他很讨厌我，还去琅嬛找你告状。要不是看他人模人样，我简直要怀疑他是不是暗中喜欢你，才不让我靠近你。"

起先说得还算像话，到后面就开始不着调了。紫府君大皱其眉，"大司命不是这个意思，他只是觉得你不该把青春耗费在这个地方。毕竟山里都是修行者，你该回红尘中去，那里才是你的归宿。"

她却不以为然，"遇见一个人，他在哪里我就在哪里，这就是我的归宿。"见他还要开口，她拿手一挡，"什么都别说了，不就是嫌我干得少吗，我多干点儿总可以了吧！琉璃十二宫我已经都打扫过了，还有哪里需要洒扫？"他好像有点词穷气短，她大手一挥，"算了，我自己看着办。"

这一看，便看到了琅嬛洞天。

‖第二十章‖

它 想 吃 了 我

就是这里，《四海鱼鳞图》隔着玄妙的结界，就在这扇大门之后。

崖儿是第一次近距离接触琅嬛，先前在琉璃宫上只是看个大概。这巍然矗立的楼阙，从远处看去有些像寺庙里的玲珑塔，但比塔更庞大繁复，每一层有九道翘角儿，角上各挂篆满梵文的铁马。那晚风雨大作时，隔着隆隆的雷电，也能听见悠然传来的叮当声，此为大音。至于大相，没有见识过仙邸奥妙的人，大约很难想象。以琅嬛为圆心，在中上的部位有个峥嵘奇石组建成的天环，方圆约有百丈，无依无傍地悬空笼罩着楼体。不论是远观还是仰望，都会让人心里升起巨石压顶的恐慌。

琅嬛和琉璃宫一样，都是浮空的，建在恍如被连根拔起的山体上。许是因为藏书重地，不敢有丝毫怠慢，山体四角以合抱的粗壮铁链牵引，深深扎根在大地上。通往琅嬛只有一条索道可走，木板铺排的桥面，麻绳编织的栏杆，踩上去晃悠悠的。如果胆子不够大，中途上不及天下不着地时，会吓出一身冷汗来。

崖儿选在黄昏时分来这里，天上云翳渐浓，像泡煮过的茶叶，成簇地沉淀在天幕四垂。晚霞从厚重的云层之上照射向天顶，那天顶是橙红的，在分界处勾勒出一圈金边来。云便愈发暗了，乌沉沉的，颇似道士常拿来做文章的异象。

她拄着扫帚站在中路上观望，露台由古朴的石砖铺地，并没有什么异常。往上看，琅嬛正中的石碑上刻着巨大的两仪图，隔离阴阳的那条曲线下溢出青色的流光，在阵法前筑起一道肉眼可见的类似气墙的圆形屏障。那屏障是她以前从没见过的图形，小环外套着大环，一圈一圈旋转。两环之间有比甲骨文更古老神秘的文字，跟随光环的速度逆向而行。但无论经过多长时间，最后都会回到原点，然后又是新一轮的开始，永无止境。

如果穿过去会怎样？会让人死无全尸，天崩地裂吗？看来要进那道门，就如她先前预估的一样，没有诀窍很难做到。

结界后台阶上的布局也十分耐人寻味，极有规律的阵法，和那道屏障对应起来，应当是以六爻结合天干地支组成的。这样阵仗，摸不准法门恐怕还会触动什么。她的本意仅仅是拿到图册逃之夭夭，可不想捅出娄子来。五行八卦她略知皮毛，但天干地支的复杂，实在让她太阳穴发涨。

解不开。眼花缭乱的布排，不是她这个凡人的脑子能参透的。她不由泄气，心不在焉地挥动扫把。再回头看一眼，忽然打算试一试，伸出手去触那结界。手指所到之处起先是冰凉的，像点击水面，甚至扩散出一圈带着荧光的涟漪。然而紧接着骤然起了变化，她整个人被定住，一股巨大的吸力开始运转，吸住她的指尖，像机关的拖拽，穷凶极恶地试图吞噬她。

她大惊，任凭怎么抵挡都无济于事，一条手臂淹没进去，热辣地席卷起剧痛。周围的风也咆哮起来，那圆形的屏障变成一个黑洞，不单吸人，也吞咽天地间的狂风。

这下子糟了！没有什么能让她借力，连召唤剑灵都做不到。她扎稳步子奋力定住身形，慌乱四顾。忽然看见天顶明亮的那片光带里出现个庞大的身影，尾鳍一甩，仰首奋鳞俯冲下来——是化出了原形的枞言！

其实他一直在远望着她，一有风吹草动就现身了。只是他的营救向来不顾一切，如果这结界非要吸进东西，他必定会挡在她面前，替她制造逃跑的机会。

崖儿发急，挥手让他走开，要死也不能拖累他。恰在这时，吃人的屏障竟然化作一道光，忽然消失了。

这场惊心动魄来得快，去得也快。将要抵达的大鱼见她安全了，身形逐渐淡化，最后微微一漾迸散成碎芒，匿去了痕迹。她粗喘了口气，回身才看见露台边缘站着个人，柳色的禅衣，白玉的发冠，眉间有隐隐的愁色。可是那愁色点缀在皎若明月的脸上，竟有种落花流水似的风流蕴藉。

心头顿时一松，她蹒跚着步子走过去，在他还没来得及责问前，抢先大哭起来。

于是紫府君的愁色变成了无奈，皱着眉头把“你到底想干什么”改成了“你到底在哭什么”。

刚才的生死一线回想起来还是后怕的，她大肆哽咽，“这是个什么鬼东西，它想吃了我！”

紫府君的眉头拧得更紧了，“这是六爻盾，专门用来防备你这种不速之客的。你不碰它，它也不会惹你，你鬼叫什么？”

她根本不听他的，跺着脚说：“我又不是故意的！它和那两只凤凰一样蛮不讲理！”然后又是更大一轮的号哭。

真是稀奇得很，崖儿不知道自己什么时候有了这样的急泪。二十二年来她只哭过两回，一回是在雪域寻找爹娘的骨骸，一回是迁葬后的静守，她在坟前吹笛，吹出了一把辛酸，两行热泪。

本以为这辈子再没有什么能让她哭的了，没想到胡乱的号啕也可以上佳发挥。她居然像个娇生惯养的女孩子一样无理取闹，一面哭一面内心惊讶，自觉该收敛时复又看他一眼，又控制不住了。

紫府君饱尝其毒，没有办法只好堵起耳朵。女人实在是太强大了，明明做错了事，她能硬铮铮哭出道理来。六爻盾大乱惊动了他，如果晚来半步她可能就不复存在了。正常来说她应该让他训斥两句才对，结果她的哭声让他插不上嘴。等到哭声停止时，他已经忘了自己刚才的愤怒了。

她撸起袖子让他看，红红的鼻子，潋滟的泪眼，痛苦地呻吟："我的胳膊要废了。"

胳膊废掉已经算轻的了，要不是他来得快，她可能连渣滓都不剩。紫府君赏脸打量了一眼，那手臂充血得厉害，彻底变成了酱紫色。从她一高一矮的肩膀看得出还伤了筋骨，大抵脱臼了。

他叹了口气，"你是我见过的最麻烦的女人。"说罢抬手去捏她肩头的关节，另一手抓住手肘往上托，只听"咔"的一声，错位的榫头重接了回去。

能动后的第一件事自然是去抱他，崖儿把脸埋进他怀里，什么都没说，只是一动不动地紧贴着。虽然一切示好都在算计，但算计之余也有倦足后的懒散，人总有累的时候。

动辄亲昵的举动真是叫人防不胜防，其实认识不过才几天而已，拿姑娘的行为准则来衡量，妇德方面她是大大缺失的。但紫府君的性情向来随意，相遇是缘分，离开也没关系，全看她的。只要不动情，一切好说。

不过他还是有些好奇，"刚才的龙王鲸，就是对你图谋不轨的那条？"

崖儿愣了下，既然已经被发现了，再狡辩就没意思了。她尴尬地笑了笑，"他是我拜把子的兄弟，为了助我顺利进入紫府，陪我一起做了一场戏。"

紫府君倒也不意外，龙王鲸大善，要是能做出强抢民女的事来，除非是受了什么大刺激。

崖儿知道这是非之地不能再待下去了，吵着说自己胳膊痛，要回琉璃宫。临走之前悄悄瞥了眼，六爻盾撤走之后，琅嬛失去了防御，大门变得和普通门禁没什么两样。原来一切玄妙就在紫府君的袖中，这六爻盾大概像撞羽朝颜一样，是他炼出来的法器。

他在前面走，她扛着扫帚跟在他身后。颠荡的索桥上行至一半时再回头，那结界又高高筑起来，双环旋转着，咒印发出幽幽的蓝光，先前的一切仿佛从来没有发生过似的。

崖儿收回视线追上他，“如果被吸进六爻盾，还能活着回来吗？”

紫府君负手前行，淡声道：“不能震慑阑入者，立在那里有什么用，当装饰吗？吸入盾里有去无回，神仙也救不了。下次离它远点儿，琅嬛不必打扫，本来就没人敢接近。”

她喏喏称是，抱起胳膊暗暗吸气。回到屋里查看，青紫的皮肉下有液体涌动，这条胳膊已经肿得两倍粗了。

实在是好大的威力，她暗自咋舌，凡人和修行者之间的差距比天堑还深，所以她这样的人在紫府门众看来，如同蝼蚁般不值一提。从头至尾没人提防她，除了那个明察秋毫的大司命。他应当是发现她把主意打到紫府君身上去了，才开始怒不可遏。毕竟没有脱离凡尘和肉身的仙，再高的修为也还算人。是人就有弱点，大司命怕他跌进罗网，被她这样的蝼蚁算计。看来当个称职的臂膀，真是不容易。

嘶地又吸口凉气，她抱着胳膊蜷缩在床上。以前奉命东奔西跑，遇见过各式各样的危险，也受过各式各样的伤，这次的照样算不了什么，忍一忍就过去了。

紫府君来看她的时候，她正昏昏欲睡，朦胧中睁开眼发现他，勉强坐了起来。

“能治吗？”她把胳膊伸到他面前，“没多会儿就成这样了。”

紫府君负在身后的手终于亮了相，指尖捏着一枚银针，约有四五寸长。

崖儿愕然，“还有血光之灾？”

紫府君怜悯地看着她，“原本像你这种误闯琅嬛的人是不该管的，看在你办事还算勤勉的分上，勉强施救一回。这些囤积在皮肉里的都是淤血，不排出的话两个月内难以痊愈，时间久了还会腐烂。究竟是治还是不治，你自己看着办。”

既然都这么说了，哪有不治的道理。崖儿看着那明晃晃的银针，心头瑟缩了一下，怯怯伸出手，“会很痛吗？”

紫府君瞥了她一眼，“我说不痛你信吗？但比起剁手剁脚，扎针根本不值一提。”

她长长吁了口气，“那就来吧，但要轻点儿。”说着靠过去，偎进他怀里，拧过脖子咬住他颈边衣衫，含含糊糊道，“仙君大恩，无以为报。等我好了……嗯……重重答谢你。”

‖第二十一章‖

仙君真是个正经的仙君

也不知是她的话过于赤裸，还是那一靠一喘间声色撩人，她看见紫府君的耳郭慢慢红起来。所以这个人的心终究是肉做的，身在三界内，即便无送无迎，道心也不能恒定了。

崖儿无声地哑笑，脸颊贴着他温暖的脖颈，腻声说："仙君，那一夜的事，总在我脑子里。你夜里做梦的时候，会不会梦见我？"

他手上一顿，"没有。也不要问我这种奇怪的问题。"

她噫了声，"仙君真是个正经的仙君。"一面说一面吃吃发笑，忘了手上的痛。

他替她疗伤，带给她的踏实和安心同与枞言相处时一样。他们的心都是向善的，即便生变故，错也肯定在她。人家在蓬山好好的，她心怀叵测胡乱地撩拨一气，倘若他知道她的用心，大概会气得眉毛倒竖吧！不过这人的性情有点飘忽，事成之后她一走了之，万一三五个月后才发现图册失窃，那时候再问起她，说不定他已经记不起来了。

细细的针落在指尖，顶破皮肤，贯穿五指，酥麻之下痒中带痛。她长声吟哦，急促的喘息落在他颈窝里，慢慢转变成哽泣，让他想起人间那种皮薄身娇的面点，不敢下箸，一捅就汁水横流。

紫府君说："忍着点，马上就好了。"

她呜呜咽咽，"你不是有神通吗，吹口仙气就化解的事，偏要拿针扎我。你说，是不是故意的？"

真是天地良心，看看白玉砖上滴落的一摊乌黑血迹，他是从容自重的仙，谁愿意沾染这种污血？她还在自作多情，絮絮叨叨仿佛他有多在乎她。

他好脾气是一桩，接不接受她的曲解是另一桩。终于皮肉下的血毒都清理干净了，他扔下一句话，“早知道你不领情，刚才就该让六爻盾吸了你。”

她翻着眼睛看他，满脸的怨怼和不情愿，“仙君这话说得太不中听了，让结界吸了我，那你怎么办？没有人雨夜探你，也没有人和你如胶似漆了。”

如胶似漆？乍听这词有些不可思议，但细一思量，连日来的种种，真有如胶似漆之感。

他不想接她的话，抬了抬下巴，“试着活动一下。”

崖儿举起手，看着症候快速消退，从先前紫得发黑，褪变成淡淡的紫藤花的颜色。她松了口气，“好多了，已经不疼了，多谢仙君。”

他收起银针盥手，转身打算离开，她却堵住他的去路，“琉璃十二宫那么多屋子，仙君怎么知道我住在这里？是不是早就悄悄留意了？看来你还是很关心我的。”

紫府君平心静气地看着她，她在女孩子里算高挑的，但在他面前还是显得娇小。他得俯视她，又不能显得盛气凌人，这样会破坏他仙君的形象。尽量眼带笑意，虽然这笑看上去要骂人似的，“本君当然关心你，毕竟像你这样不要工钱的杂役可遇不可求。连碧梅的虫豸都知道每年换取聚魂丹，你到底图什么？”

崖儿心头一紧，才发现自己的别无所求确实说不过去。不过她很快调整了态度，笑道：“图你。我一人吃饱全家不饿，钱财于我是身外物。不图财，当然是图色，仙君做了这么多年的男人，连这点都不明白？”

紫府君退后半步，“本君……不出卖色相。”

不知为什么，那样骄傲自矜的脸上出现惶恐的颜色，看上去别样有趣。崖儿歪着脑袋故作迟疑，“扫地、除尘、倒香炉还不够换一个你吗？那我连仙君的衣裳也一并洗了吧！说起衣裳……来琉璃宫这么多天，仙君也换衣裳，怎么不见晾晒？难道脏衣服不洗，放上两天接着再穿？”

好好的仙，被她三言两语埋汰成那样，紫府君脸都绿了，“谁说不洗？本君有洁净法，不用下水照样干干净净。”

她颇有些遗憾的样子，“什么都有捷径可走，做神仙真的很无趣啊。”嘴里说着，视线悄悄转到他右手的广袖上，“仙君大概不知道，姑娘愿意给你洗衣裳，是心悦你……先前那六爻盾，好厉害的法器。仙君被它吸过没有？”

相处了这几天，他对她多少有些了解，这人眼睛一眨便是一个主意，看似莫名其妙的话，最终都是有目的的。

紫府君有了防备，但却按捺不住心生涟漪，“你的那双剑灵攻击过你吗？”

她扭捏说没有，“那仙君想尝尝被吸的感受吗？”在他的凝视里，她含羞牵起他的手，那双眼如同生了钩似的望向他，摇摇曳曳地，把他的食指送进了饱满的唇瓣里。

轰然一声，仿佛闪电击中了脊柱，那晚的迷乱又漫溢过了头顶。所有的感官汇集在指尖的一点，看见她馥郁的唇在指节上辗转，柔软的舌带着毁天灭地的姿态纠缠包裹。饶是天上的神佛，恐怕也抵挡不了这人间尤物！

色相这种东西，是生而为人，为美人，自身携带的最好利器。他不谈情，但不妨碍他欣赏这种风景。他的手指在她唇齿间吐纳，那样奇异的感受，充满了新鲜和刺激。他承认心慌，另一只袖笼下的手甚至轻轻颤抖。但是一个从天而降的女人，如此大胆又不遗余力地诱惑你，不管是九州还是云浮，都没有这样的风气。

她见他望着，并不收敛，反倒愈发放肆了。放开他的手，藤蔓一样缠绕上来，捆缚住了他所有的思想。

花窗半开着，窗外琅玕灯的光水银一样流淌了满地，她咻咻的气息在他耳边徘徊，一递一声地喊他的名字："安澜……安澜……"

这时候不管是入定还是念《清静经》，都没有用了。他哑声说："叶鲤，你究竟想怎样？"

她的手落在他右手的手腕上，缓缓上移，踮起足尖，几乎和他唇贴着唇，蛇一般轻柔扭动身体，"做什么问我想怎样，你应该说'随你'。"

她摸透了他的脾气，君子清贵，随性随缘，没有十天众佛的顽固和执着，不贪，但解风情。他大概想不明白，为什么会招惹上她。凡人身上禁用术数，让她有恃无恐，他必须靠自己的定力抵抗她。漫漫人生中早就孤寂成了一口旱井的男人，真的能对这样的投怀送抱心念不动吗？

他又不是和尚！

她满怀目的，缱绻里的摸索不那么引人注意。终于触到了什么，拿手背感知，应当是个匣子。任何法器都不是嵌在炼化者骨血里生长的，比如撞羽朝颜寄生在剑里，六爻盾既然有形无质，那么收放就必须有个载体。只要拿到这寄灵的盒子，就有机会安全进入琅嬛，而不引起任何人的注意。

"我自小行走江湖，又无父无母，没有人管束我，我也不要听任何人的大道理。人活一世，不过几十年的光阴，得快乐时且快乐，何必守那些狗脚规矩……"唇与唇只有半分之遥，却总贴不上去，她款摆呢喃，"仙君和我一样，一样没有家人，一样孤独无依。我遇见你，是我的机缘，你遇见我，何尝不是你的福气……"

他的气息乱了，夜凉如水，一蓬蓬的热气翻卷上来，他扣住她不安分的腰，"你这样做总有目的，说吧，想要什么？"

她眨了眨眼，“我想……”美在半吐半露之间，忽而一笑，“要你。”

空气越来越稀薄，他的定力也奄奄如萤火。也许一切都有预谋，可是他又轻敌，不相信一介凡人有能力搅乱乾坤。

温柔乡，英雄冢。双手触到那一捻柳腰，便像生了根。奇怪世上怎么会有这样的身子，和男人一样习武，有男人一样的身手，但该娇柔处依然娇柔，暗香浮动下浓烈如毒。

两条臂膀交错起来，伶仃挑在他颈后，她难耐地吐纳：“是不是快入夏了……身上黏腻……真热。”

紫府君向来有问必答，认真计算后告诉她：“刚过惊蛰而已，离立夏还有六十多天。”

崖儿原本一心沉浸在春色里，喊热也不过是为了引发更多的可能。没想到他答得突兀，突兀到她不知怎么接口了。她愣了下，一个没忍住，嗤地笑起来。

那张脸看上去不明所以，她却笑不可遏，“我说热，仙君不是应当脱了我的衣裳，带我去泉眼清洗吗，谁真问你节气了！”

两次暧昧难断，纠缠的身体意外契合。紫府君张口结舌时，她幽幽叹了口气，在他耳垂上一含，方恋恋不舍地放开他。

看窗外，月亮还悬在东天，热是真的热。崖儿缩了缩肩，抬手解衣带，在他震惊的注视里脱了身上的素纱袍。

年轻女孩子的肉体洁净芬芳，抱腹和亵裤只挡住些微部分，那玲珑的肩、柔软的腰、匀称修长的腿，毫无遮挡地暴露在他的视线里。她慵懒地笑了笑，“子时还未到，泉台归我用。仙君要一起吗？”

紫府君有些慌，匆促掉开视线说不。

她促狭起来，他越是闪躲，她越要戳在他眼窝子里，“有什么好害羞的，前几天在凤凰台上不是才见过吗。”

他绕不开她的纠缠，蹙眉道：“那天你头下脚上，袍裾盖住了脸，远看像个吊死鬼，其实本君并没有看清。”

崖儿的笑僵在了脸上，居然说她像吊死鬼？刚才的浓情蜜意，顿时有种所托非人的感觉。她咂了咂嘴，“仙君，我很欣赏你这种翻脸不认账的勇气。”

紫府君正色整了整自己的禅衣，摆正了歪斜到一边的佩玉，“哪里，我只是实话实说而已。”见她虎着脸要发作，忙道，“刚疗完伤，多多休息，胳膊不宜沾水。如果硬要洗漱，留神避开伤口。”在她眈眈的瞪视下夺路而逃，走了两步又折返回来，捡起地上的袍子给她披上，“小心隔山有眼，还是到了那里再脱的好。”

他就那样姿态潇洒地走了，崖儿气得直咬牙，但那点不快转瞬又散了。

在窗前静静站了会儿，拿起手巾出门。走在回廊下，明月星子闪着寒光。先前屋里的混乱和燥热逐渐都散了，她披着袍子信步游走，夜风穿过两袖，周身徜徉在一片清凉里。行至泉台上，凌空悬着的灯笼发出温暖的光。她在那片光带下褪了衣衫走进池子，泉池很浅，泉水堪堪漫过胸乳，因为长流不断，永远都是彻骨的冰凉。头一回来确实不大能适应，多洗两回就好了，她现在头脑发涨，正需要好好冷却一下。

想起今天的险境，枞言露了面，让她心有余悸到现在。如果紫府君不出现，他大概会去堵那个窟窿。庞大的龙王鲸，自信身围和六爻盾一样粗壮。

她叹了口气，这里终不是久留之地，红尘之中虽谈不上如鱼得水，至少安危是可控的。不像这福地洞天，神圣却不友善，不能再让枞言陪她赴险了。

只是如何才能从紫府君手里拿到寄灵盒呢……枕着石壁的头转过来，视线落在岸边的酒盘上。

男人最痴迷的是什么？无非酒色而已。

‖第二十二章‖

子 时 已 过 ， 我 也 归 你

喜欢黑夜，黑夜是隐藏一切罪恶的遮羞布，所有的贪婪和欲望，都能在这块遮羞布下找到妥善安放的地方。

月亮在中天静静高挂着，带着凉意的光洒下来，落在池中人慵懒的肩背上。泡得够久了，最初的设想经过步步丰满，基本已经成形。她松快地呼出一口气，扭动身子，人如白练飘向池边。泉水距离泉台有一点距离，抬起两臂挂在台沿上，给自己斟了杯酒。惬意地品咂，耐心地等候，子时快到了。他每晚都在这个时候来此沐浴，不出意外的话，至多再等两炷香的工夫。

坚守琅嬛洞天，是他留在这里的重任，结界的密钥必须时刻携带，连吃睡都不离身。什么情况下才能让寄灵盒脱离他的掌控呢，只有在他沐浴的时候。

就选今夜好了，打铁要趁热。崖儿仰起脖子灌了口酒，液体从食道滑下去，带起一片辛辣的快感。这是她打扫第九宫时翻找出来的陈酿，大概是多年前居住在这里的弟子留下的，藏得很隐秘，所以乍然发现，让她好一顿惊喜。她嗜酒，也尝遍了云浮的各种美酒。这坛算不上多名贵，但年代久远的缘故，口感浓醇出了厚重的高度。果然陈年的东西就是好，陈年的字画值钱，陈年的清酒回甘，那么陈年的人呢……她眼前浮起那张淡漠的脸，越老越俏，虽然不如他养的那两只凤凰花里胡哨，但君野化形之后绝对不及他好看，这是肯定的。

她笑了笑，放下酒盏。最近不再一门心思地想着图册，偶尔也会想起他来。不过这紫府里的一切都太虚幻，她身在其中，依旧觉得遥远。这里的人啊，山水楼台啊，都承载不了凡人的野心，还是早早离开的好，别压垮了这纯白的仙境。

两手撑着石壁，借助水的浮力一跃，坐上了泉台的边缘。未着寸缕的身体带着水光，坦然暴露在月色下，连月亮都羞于看，扯过一片云絮遮住脸，半晌不肯再露面。

她仰起头，笑着摇动胳膊，“看看吧，身材还是不错的。”

可惜月亮不想搭理她，这片云飘过，又飘来了更大的一片。

“不识货！”她嘟嘟囔囔，扯过明衣穿上。水迹斑斑浸湿绉纱，不依不饶地贴在身上，反正不久会蒸发的，也懒得管。就着铺地的袍子斜倚下来，枕在蜷曲的手臂上，惺忪着两眼，一阵阵困意上来了。

先合合眼，养足了精神才好周旋。可是心里终归有事，眼睛闭着，脑子却不停运转。最后有些不耐烦了，索性又斟一杯，也不起身，就势趴着啜，然后半拢着打盹儿，只等他来。

轻而缓的脚步声由远及近，她在臂弯里睁开了眼睛。明明计划好的，可不知怎么，胸口跳得隆隆作响。她不动声色，听那脚步声到了身侧，暗忖他一定在看她，她甚至感觉得到背后的每一道目光。她又紧张又期待，以前是纸上谈兵，这次恐怕要实战了。也罢，自己年纪不小了，借他一枝春开个张，人生算画了半圆。

薄薄的明衣覆盖在身上，起不了什么遮挡，只能增添朦胧的美感。紫府君从先前的惶惑里才挣脱出来，没想到转瞬又坠进新一轮的燃烧。对于上了年纪的仙君来说，实在有点为难。

当然年纪只是符号，没有确实的意义，不过证明经历过沧桑而已。可是以往的沧桑里缺乏这一项，他看见她低陷的腰肢，高起的臀，连那两个玲珑的腰窝都刻进了眼眶里。

魔障……他丧气地想，视线却恋恋徘徊。忽然感觉羞惭，他是有道的仙君啊，不能这样。他移开目光，清了清嗓子，“叶姑娘，睡在这里会着凉的。”

明衣下的身体轻轻蠕动了下，她回过头来，像肉色的蛇，长了张姣好的人面。她长长唔了声，莞尔道：“我没有睡，在等你。”

眼睛无处安放，他难堪地望向粼粼的水面，“子时已过了，泉眼现在归我。”

她起身向他走来，每一步都摇曳生姿，“子时已过，我也归你。”

乱于色相，其实这种乱是有瘾的，明知高筑的城墙会垮，到了无力自救的时候，垮就垮吧，一切随他。

她的手从他的交领里探了进去，又软又温暖，“我替你洗，好吗？”

他的喉头被什么堵住了，说不出话来。

“仙君和人间的火居道士是一样的吧，可以饮酒吃肉，甚至可以娶妻。”她的舌尖在他唇上挑逗地一舔，滑腻的手在他怀里横行无忌，“江湖儿女，不拘小节……我们那里有这样一句话，喜欢就做，管他成仙还是入魔。”

他的心脏开始狂跳，她的手覆在上方，笑得有些得意。

结实的躯干从柳色禅衣里挣脱出来，连带中衣一起，堆叠在腰带束缚的地方。永远二十七岁的肌肉和骨架，正是最成熟精壮的态势，隔着明衣纠缠上去，各自都微微打了个突。

她颊上嫣红，眼睛里有迷幻的色彩，什么也没说，抽了他腰上的绑缚，轻柔地将他推进泉池里。他有一头长而黑的发，漂浮在身后的水面上，除去了衣冠，人像莲花一样纯质自然。岸上的人无骨似的倚在池边，拿手撩水慢慢替他擦洗，只是这种擦洗有一搭没一搭的，愈发令人心痒难搔。

“仙君会喝酒吗？”她又斟满，自饮了半杯，余下的旋转杯口，递到他唇边。月下的仙君唇瓣饱满，泛出盈盈的光来。这样的唇，要是生在女人脸上，恐怕会引发武林动荡吧！

他似乎不大善于饮酒，可是这种时刻推辞又太败兴，便就着她的唇痕一饮而尽了。崖儿很高兴，复添一杯递过去，“你喝醉过吗？晕沉沉的，不知今夕是何夕，一切的伤心难过就都忘了。”说着又唉了声，“神仙不会伤心难过，你们讲究无喜亦无怖。”

水里的紫府君垂着眼，脸上神情即便在这种时候也依旧高洁，“无喜亦无怖的是神佛。我非神非佛，懂得凡人的喜怒哀乐。”

她听了微怔，转瞬又释然了。确实是啊，如果他断了七情六欲，还有她今天的诸多试探吗？

杯里的酒添了一次又一次，半劝半灌，极有章法。到后来他上岸，她坐在他怀里，自己含了，嘴对嘴地喂。他喝下去不少，前后总有半壶。

崖儿平时酒量奇好，是在波月阁里练出来的本事。苏画的宗旨是，天下人皆可醉，唯独弱水门四星宿不能醉；酒是穿肠毒，能为刀剑提供最好的佐助，你可以利用它，但绝不能被它支配。她还记得门中有酒池，盛满了天下最烈的酒。每个历练的杀手最终都会被关进那间屋子，没有食物果腹，只有酒。所以后来喝酒对她来说像饮水，各色不同的酒，不过带着各种不一样的香味而已。

紫府君却不同，这个方面他显然技不如人，但也只是微醺，还不及醉的地步。然而就是这半醉半醒，让人越陷越深。她离他这么近，带着一股奇异的香气，摄走人的魂魄。有时候他甚至怀疑自己做了一个冗长的梦，从凤凰台上相遇开始，一波连着一波的绮丽，开出靡废又充满致命诱惑的花。

她的手在他肩背上漫游，亲昵地捧住他的脸，十指深深插入他发间。他忽然明白上界的堕仙是如何万劫不复的，坏了道体，乱了心神，并非定力不够，只是走投无路时心甘情愿地沉沦。好在他不同，他庆幸地想，不愿升天也是有好处的，至少没有那么严苛的律条，不许犯任何一点人之常情的错误。

她的身体化作一摊水，在他身下流淌。一切终于糊里糊涂地发生了，来得莫名，带着毁天灭地的力量狂卷而至。可怕的极乐体验，让他沉溺且慌乱。他听见她低低的啜泣，可能他把她弄疼了。强迫自己停下来。停不住，身体根本不受自己控制。脑子里的那根弦铮然断裂——谁让她蓄意招惹的！他恶狠狠地，像报复，动作粗鲁，毫无仙君风范可言。她却温柔地包容，经受他的横冲直撞，眼里含着泪，依然吻他，鼓励他再来。

酒上了头，自律的人也终于不管不顾了。他还记得自己是谁吗？汗水包裹全身，热了又凉，凉了又热。崖儿的手在昏暗处摸索，找到寄灵盒，悄悄藏在了自己的袍衫底下。

露水姻缘来去随意，但终究有点可惜。她忍受他在身上杀人放火，一片混乱里摩挲他的腰臀。也许这种动作有安抚的力量，慢慢地，狂躁渐次平息，他变得温柔起来，月下朦胧的脸，从未这样让她感觉亲昵。高洁的仙君，这回怕是要沾染风尘了。她对他满怀歉意，临走的时候轻轻为他盖上了衣衫。

站起身，腿上凉意阵阵。拿手抹了下，有干涸的血痂，星星点点散落在掌心里。她心里空空的，略怔了下。扬袍穿上，素纱刮到背上引发一阵刺痛，才发现背后蹭脱了巴掌大的一层皮。她皱了皱眉，小心避让开，系好衣带再回头看他一眼，这一眼是最后一眼了吧，但愿永世不要相见。

她握紧手里的盒子，很快绕过石屏向琅嬛方向奔跑。时间不多，再有两个时辰天就要亮了，她必须赶在紫府君清醒之前做成这件事。

撞羽和朝颜在等着她，她动念召唤他们，黑暗下两道金芒从宫阙间一闪而过，停在她身后待命。牟尼神璧这段时间一直交给枞言保管，现在到了重启的时候，它们和她连着血脉，即便相隔千万里都会回到她的身边。

她进山之前同枞言有过约定，只要神璧一动，他就在琅嬛之外伺机接应她，现在他应当接到消息了。

天边一轮青紫色的亮点横空出现，流星一般飞速赶来。及到面前时嗡声震颤，旋转着，自发分裂成两弯，瞬间匿进她眼里。她不再停顿，拔起身形踏上索道，沿着那细细的一线围栏几个起落，很快便到了琅嬛塔前。

‖第二十三章‖

天底下我谁都不信

六爻盾无懈可击一如往常，不紧不慢地轮回，高高在上傲视一切。感知有人站在面前时，甚至警告似的嗡鸣一声，盾面骤然迸发出一段异彩，那目空一切的样子，真和它的主人有几分相像。

崖儿望着它，挑衅地微笑。

果然什么人炼什么法器，这六爻盾应当是人间最厉害的结界了吧！只可惜紫府君百密一疏，现在寄灵盒在她手上。宿体对法器，就如同钥匙和锁的关系，无论多精巧的锁，只要对上钥匙的齿纹，就得乖乖听命。

她低头看手里的匣子，不过掌心大小，制成了金刚杵的形状。盒身四围缀满梵文，六角以铜环相扣，顶上一个两仪形状的钮，正和楼体上绿光流转的巨大两仪方位重合。

她按住那个钮，一手高擎起来。只听盒子发出清脆的一声响，如机簧受到了触动，然后盒身的六面像花瓣一样展开，中心有寸芒萤萤然。

六爻盾的光同盒中寸芒遥相呼应，结界霎时摇摇欲坠，猛地一晃，化作一道流光冲进盒里，六壁“咔”的一声阖上。现在再看琅嬛，没有了那层阻挡，清晰得如同雨水洗刷过一样。

崖儿长出一口气，这时才觉得心又落回了肚子里。先前也害怕，万一这寄灵盒不好控制，引发出什么惊天动地的动静来，紫府君恐怕会把她大卸八块的！好在六爻盾虽然认主，寄灵盒却只是普通的容器。

她把盒子收进袖袋，就着天上的月光仔细观察门前罗列的阵法，三组阴阳的符号被打乱了，但依稀可以辨出水、火、风的方位。

坎卦居正北，坤卦居西南……要谢谢兰战当初对她的栽培，天时地象多少懂些皮毛，到了紧要关头能排出个序列来，避免盲目落脚丢了小命。

很顺利，结界破除后的阵法尚且能解，虽然踏雷还是踏泽让她颇费了一番思量，但最后有惊无险，也算运气。

站在大门前向上仰望，琅嬛的正门是真的高，矗立在那里，像众帝之台上摩天的神像。门的材质是木加石料的组成，她试着去推，实在太重了，花了好大的力气，推出了一身汗，结果还是纹丝不动。

大概这难以开启的重量，也是阻止人偷偷潜入的手段。身旁适时多出一双手来，崖儿吓了一跳，猛转过头，看见一张略显稚气的脸。

是枞言，她松了口气，“你怎么来了？不是让你找个地方等我的吗？”

枞言脸上的傲慢，简直和面对魑魅时一样。他连看都没看她一眼，赌气似的说：“我不来，你一个人能打开吗？”

龙王鲸的身形摆在那里，即便幻化成人，也力量非凡。崖儿咬碎银牙都推不开的门，他轻轻一点就打开了。

“快进去！”他转身殿后，黑暗中一双眼熠熠发光，天上地下八方打量，横剑站在门前，为她坚守退路。

任何时候他都是靠得住的。对崖儿来说，枞言就像家人，所以她做了亏心事，面对他时会感觉很难堪。不知刚才她和紫府君的事，他有没有洞察，眼下也不便多说，闪身从门缝间挤了进去。

琅嬛洞天，果然是离天界最近的地方。这里云雾缭绕，八根金漆的巨大抱柱穿破云层，直达天顶——是的，直达天顶。奇怪，这藏书楼上空居然没有瓦片梁椽，可以看见墨蓝的天，有星子，甚至有月亮。

盘古开天地后，大地分成了很多块，每一块土地都有鱼鳞图，不单四海，诸如九州和生州，甚至是佛魔混杂的四大部洲，及一些从没听过名字的地方，也都有详细记载。那大金柱就像书签，异常醒目地立在那里，分门别类地划分区域。

她找见了那根以钟鼎文刻写“地政”两字的柱子，穿过层层云雾往上看，原来琅嬛藏书根本不用书架，所有卷轴整齐地悬浮在半空，不能腾云的来者，即便蹦得再高也够不着它的边缘。

防来防去，防的其实只是凡人。

她牵着唇角哂笑了下，召来剑灵御剑而上。俯瞰所有卷轴时才发现书海有多浩瀚，那密密匝匝的堆叠，还没伸手就让人感到绝望。

她开始理解紫府君，为什么守着这些藏书却千百年不去翻动，光看这庞大的数量，想必就要吐了吧。

从哪里下手，她一时没有方向，随便抽取了几卷，都不是她要的。从头开始查找肯定行不通，她定下神仔细观察这些封轴，发现每一卷的轴杆上都有小小的刻字，天圆地方地刻着山、岳、湖、泽。

罗伽大池究竟是海还是湖，说不清楚。她只好从地域入手，先找到生州。生州又分六大州，云浮大陆只是其中一州。四海分大小四海，罗伽大池在云浮边缘，应该算小四海……

找到了，《四海鱼鳞图》！

解开丝带舒展卷轴，那卷上的工笔画是活的，海水浩渺，连翻卷的水纹都看得一清二楚。

“罗伽大池……”她急切浏览，查阅了大半张画卷，终于在一片静止的水域发现了那四个字。

她笑起来，笑里混杂着说不清的喜悦和悲凉，一阵阵冲得她鼻子发酸。为了这座孤山鲛宫，岳家人付出了多惨痛的代价啊！

当初牟尼神璧为什么要栖身在长渊呢，也许她的祖辈曾经因它辉煌，可今天看来，掌握这个秘密是天大的不幸。

仿佛一个诅咒，岳家人注定为它家破人亡。现在轮到她了，她同样无法解脱，还要继续捆绑着，直到坠进地狱最深处。

天顶的夜色投在画卷上，渐渐开始变淡，她忙收起卷轴揣进了怀里。

离开前不经意瞥见一封名册，是生州的神兵谱。以前常听说某某人在琅嬛神兵谱上排名第几，她有些好奇，随手翻了翻，头一页便是一柄玉具剑，边上草书苍劲有力地记录着一个名字——厉无咎。

厉无咎，众帝之台的右盟主。

这人的名号她有耳闻，天下第一的高手，整个江湖都在他的掌控之下。可惜神龙见首不见尾，她没见过他，更没有机会和他交手。兰战那样自负的人，敢动关山越，却从来没有兴起刺杀厉无咎的念头，可见这人定然十分厉害。

来不及细究，匆匆一顾，把书页阖了起来。

落地后奔出去，门外的枞言早就等得发急了，“怎么用了这么久？”

“你以为琅嬛是对门的醍醐书局？光找生州我就费了好大功夫。”她嘟囔了下，同他一起把大门关上。走出阵法后又退了几步，把盒子里的六爻盾重新放了出来。

枞言有种逃出生天的感慨，“终于结束了。”

是啊，结束了。

崖儿把寄灵盒放在结界前的空地上，紫府君找来，一眼就能发现它。心里浮起一点怅惘，自十四岁领命办事至今，这次的蓬山之行用时最多，几乎耗尽了元气。现在目的达到了，该回去了，可是她总觉得好像有什么东西落下了，想不起来是什么，反正很要紧。

仔细回忆，她是孤身一人来的，随身携带的无非是撞羽和朝颜。他们都在，还有什么？

枞言的璃带车停在了露台边缘，见她裹足不前，他看了眼天色，“天快亮了，两刻后九源宫的弟子在蓬山之巅做早课，你要是想和他们道个别，就再等等。”

崖儿听了无可奈何，也不去计较到底落下了什么，很快坐进了璃带车里。

水中来的法宝，和天上云气相交，转瞬便隐匿，只余淡淡的一个剪影。枞言驾车跑动起来，窗外风声嗖嗖，她靠在窗口往下看，琉璃宫远了……蓬山远了……方丈洲也远了……作下的一切恶和孽无从清算，拍拍屁股走人到底最干脆。

她长长叹息：“枞言，回到波月楼我要好好地睡一觉。这阵子老是睡不好……”抽出铜镜照了照，“眼睛底下都发青了。”

枞言下意识地摸摸自己的眼袋，她在紫府冒险，其实他比她还难受。要不是碍于山里都是修道的人，他的原形一眼就能被他们看穿，他倒真想和她一起进山门，至少同进同退，彼此有个照应。

他回头望了眼，“鱼鳞图到手了，接下去你有什么打算？孤山鲛宫找不找？”

崖儿摇了摇头，“我找图册并不是为了打开宝藏，只是因为这么重要的东西不握在自己手里，觉得不安心。天底下我谁都不信，只信自己。那些觊觎宝藏的人对我群起而攻之，我不怕，怕只怕他们先我一步找到鲛宫。万一我守不住神璧，愧对先父的嘱托。”

枞言听完她的话，心里有些难过。她谁都不信，应该也包括他吧！一个幼年起就经历无数挫折的人，你很难像要求正常人那样去要求她。

他只有顺着她的意，低声道：“也好，世上没有不透风的墙，兰战死后未必没有人盯着波月楼，行动越多，越惹人注目。图册尽量藏得隐蔽些……”

她忽然截住了他的话，“我在想，该不该烧了它。”

枞言讶然望向她，“千辛万苦拿到的，烧了？”

她撑着脸颊，意兴阑珊的样子，“最万无一失的做法，不就是毁了它吗。牟尼神璧已经是个累赘，再多一张图，死得更快。”

可是真的烧了吗？点把火再简单没有，但付之一炬容易，要复原就难了。她不得不考虑以后的事，将来的不确定太多，如果哪天必须物归原主……

“算了。”她怏怏道，想起傍晚的情形，叫了声枞言，“那面六爻盾能吞尽万物，你冒冒失失冲过来，打算去填窟窿？”

他答得轻飘飘，仿佛根本不算什么大事，“把你撞开，你就能活命。反正我个头大，多少可以招架一阵子。”

他曾经救过她一回，这回再救就得赌上性命了。她心里感激，嘴上却揶揄，“说得是啊！你的原形这么胖，脑袋也大，杵进去正好把六爻盾外圈的大环填满。”

枞言见她取笑，倒也不生气，只是落寞地喃喃：“紫府君来得是时候……”说着顿下来，迟疑叫她，“月儿……”

崖儿嗯了声，“怎么了？”

“你和他……”

崖儿料想那事他必定已经知道了，难堪过后便也不再避讳，大方承认：“有私情，我把神仙给睡了。”

枞言讶然望着她，慢慢浮起苦笑，一双眼暗淡下来。

‖第二十四章‖

长大了便来找我，可好

睡了神仙，可她进琉璃宫不过区区十来日而已。

永远不要低估杀手的决心，他们常为达到一个目的，不计一切后果。尤其是女人，弱水门里受过最专业的训练，贞操这种东西对她们来说，不过是随时可以用来作为辅助的工具……可他一直以为她不一样，杀了前任阁主取而代之，至少不必再出卖灵魂，结果到头来，不变的观念和急功近利的心，还是深植在她灵魂深处。

枞言感觉失望，并不因为她失节，而是恨她太轻易。还有那位紫府君，不入尘寰，却喜欢尘寰中的女人。那么轻易就跌下神坛，究竟该说岳崖儿手段高，还是他紫府君枉为仙师，实际只是个六根不净的老不修？他心头郁结，狂奔在天际，然而天是窄的，压得人喘不上气。他几次回头想同她谈一谈，可是瞥见她的裙角，所有话都咽了回去。无从说起，只是觉得心疼。以前受的苦还不够吗，还要继续往身上垒石头？

崖儿知道他不高兴，这条大鱼的思想太陈旧，大概觉得就这么把自己交代了，简直对不起天下苍生。起先她也有些纠结，女人的头一次，即便洒脱如苏画，也耿耿于怀了这么多年。身处那个环境，会不断让她自省自责，但离开蓬山，琉璃宫在她视线里越来越远，聂安澜也离她越来越远时，她反倒放下了。

反正今生不会再见，有过和没有过几乎没什么区别。譬如一根玉杵、一串缅玲，谁会和这些东西计较？紫府君对于她……大概也就是如此吧！所以枞言吞吞吐吐，她觉得少年人就是太死脑筋了，“你有什么话，不妨直说。”

他沉默了下才道：“值得吗？”

值不值得，得看结果如何。她抚了抚身旁的图册，靠着车围低语：“我是冲《四海鱼鳞图》去的，现在图在我手上，一切就都值得。我明白你的意思，不愿意见我这样，可你不得不承认，这是最快最有效的办法。我不喜欢蓬山，那地方没什么烟火气，讨厌在那里久留。早些完成目标，早些回去，有什么不好？”

“可是那紫府君……”枞言涨红了脸，想回头又忍住了，讷讷道，“你坏了人家道体，恐怕人家不放过你。”

崖儿愣了下，“我偷了他的图，他不放过我还有一说。至于道体……我又没得他什么好处，有什么可不依不饶的？”

枞言想和她争辩，忽又放弃了，长叹一声道：“他虽是仙，可你还是吃亏了。”

吃亏一说，用在她们这类人身上终究不合适。她知道他不赞同，甚至对她的做法有些不屑，但那又如何，她从来不是什么冰清玉洁的人。

“我这种出身，水里来火里去的，又不是高楼上的小姐，没那么看重贞洁。只要能达成目的，别说对方是仙，就是鬼是魔，又如何？人一辈子总得有一次，开了个头，以后做什么都没有顾忌了。”这话可能愈发惹恼他了，从背后看上去他两肩起伏得厉害。崖儿苦笑了下，他不知道有句话叫故作潇洒，看他单纯得可笑，就想戏弄他。于是从身后抱住他，将下巴抵在他肩上，换了个发腻的声音，贴着他的耳朵说，“你不必气恼，如果要我报救命之恩，也可以人约黄昏后。可惜你还小，过早做那事不好。等你长大吧，长大了便来找我，可好？”

结果这话彻底触怒了他，他猛地格开她的手，愤然道：“你这算什么？难道今后打算破罐子破摔了吗？”

被怒斥后的崖儿有些蒙，毕竟枞言从来没有发过这样的脾气。她意识到自己可能真的说错话了，嗫嚅着想去道歉，又觉得不好开口，犹豫了下，便两两沉默下来。

一路无话，到达瀛洲的时候打尖住店，隐约听说东海方向有异象，也是收拾好行李不发一语，说走就走。

崖儿平时喜欢热闹，他闷葫芦一样，她原本还想哄哄他，到后来自己也生起气来。她自己的人生，好与不好都由自己负责，几时轮到别人来操心？感情这东西，适量时是种依托，一旦过量就会变成负担。她总是在说服自己，这件事上她是占了便宜的，起码那个人是神仙。可在枞言眼里，神仙也是男人，有所有男人一样的孽根性，她不是为爱把自己交出去，就是自甘堕落。

随便吧，堕落就堕落了。回到王舍洲后人多，分散了注意力，她顾不上周全他的感受，但每每歌舞升平的间隙里，于那无人驻足的角落，还是会感受到他的目光，忧郁而又愤世嫉俗地向她射来。

不过对于她的回归，那些准备好她三五年内不会回来的手下们还是很高兴的。魑魅简直要赖在她身上了。他紧紧靠着她，一双桃花眼肆无忌惮地释放万种风情，“楼主果然神功盖世！能令您亲自出马的事必定是大事，没想到才花了四个月就办完了。属下本以为要见您，至少得等到明年开春呢。”

她笑着端起酒杯抿了一口，“在外漂泊，怎及在家里痛快。我这几个月过得不舒坦，没有一天不想着要回来。现在好了，看见这王舍洲的景致，连月的乏累就消解了一半……这阵子楼里太平吗？可发生了什么怪事？”

摇着团扇的苏画说没有，“就是上月，城里来了个康居国的驼队，带了不少演杂耍的人。其中有几个年轻的姑娘会跳胡腾，也扮观音，收了不少信徒。前几天，这四人队里的一人死了，据说是驼队首领的女儿，死状蹊跷——光剩个脑袋，找不见尸体。驼队首领报了官，也花钱请江湖各路人马缉拿凶手，可惜一直没有任何进展。昨天找上门来，求波月楼出手相帮，我看酬金丰厚就应下了，已经派明王出去查办。”

崖儿点了点头，以前波月阁接的都是生死买卖，佣金相当不菲。现如今无端的杀戮已经不再承办了，但江湖上的难解之事没人能做到时，波月楼依旧当仁不让。

“我刚回来，这些事暂不过问，请门主主持到底。”她看着远处台榭上高高踢腿的波斯舞女，一片柔艳的光下旋转得陀螺一样，涩然闭了闭眼睛，“江湖上呢？各大门派可有异动？”

苏画摇动团扇的速度渐渐慢了下来，略踟蹰了下，才小心翼翼地道：“江湖上又掀起了牟尼神璧的传闻，据说神璧惊现烟雨洲。烟雨洲是岳少主夫人的娘家，不管这消息是真是假，万户侯府，恐怕都要遭受当年长渊岳家同样的打击了。”

万户侯府……崖儿轻轻蹙了蹙眉，这个名字她听过，遥远的外家，如同在生命的另一端。当年她父母遭遇横祸，就是因她母亲赶赴烟雨洲奔父丧，在回苍梧城的途中迎来了全武林的追杀。万户侯府现在由她母亲的兄弟掌管。新一轮抢夺牟尼神璧的狂潮将至，无中生有，矛头直指烟雨洲，正邪两道趋之若鹜，这江湖又要不太平了。

一旁的枞言忧心忡忡地盯紧了她，不知情的魑魅打趣道：“听说岳家的宝藏数量惊人，楼主，咱们要不要也凑个热闹……”

话没说完，被枞言厉声喝断了，“花乔木！两眼只有孔方兄，人和厉鬼有什么分别？那么多的侠客英雄倾巢而出，肆意抢夺毫无风度可言，你大约觉得法不责众是场狂欢吧！波月楼早年劣迹斑斑，但如今已经归了正途，你却在这里妖言惑众，鼓动楼主与豺狼为伍，究竟是何居心！”

魑魅被他没来由的怒斥骂傻了，新仇旧恨涌上来，一跃而起，拔剑就要较量。崖儿却知道枞言的意思，他怕她一时冲动顾念骨肉亲情，跑去为万户侯府出头。其实他多虑了，她明白其中利害，怎么可能做出那种蠢事来。

她摆了摆手，“纵言是为大家好，武林正道最会粉饰太平，波月楼参与进去，将来所有的恶名都是咱们背。吃不着羊肉反惹一身骚，不值得。”魑魅在她的注视下乖乖收起了剑，她这才一笑，抬袖打了个呵欠，“时候不早了，该上床歇着了……”

她起身走出观指堂，余下众人呆滞地看向更漏——亥时还没到呢。其实并不是真打算早睡，只是想随意走走罢了。外面空气清冽，站在楼外的露台上看夜景，王舍洲的穷奢极欲一如往常。连绵十里的花灯从头顶上方横跨过去，几乎布满城池的每一片夜空。星月如何与霓虹争辉？身处此地，平常人家夜里连灯都不用点，一推窗，便是满目辉煌。倾前身子，将两臂搁在围栏上，靡废的辉煌倒映在眼底，她眺望着远方，喃喃道：“神璧不可能在烟雨洲现身，这个消息不过是为了引出当年失踪的孩子。想想我爹娘出事后，苍梧城和万户侯府的反应，我有什么道理去管他们的死活？”

夜风飒飒，她身后的人应了一声，“你恨他们吧？”

她嘲讪地扯了下唇角，“岳海潮和那六位长老最好别犯在我手里，否则我能叫他们求死不得！至于万户侯府，老侯爷死后易了家主，为明哲保身弃我母亲于不顾。他们安稳了二十多年，现在风水轮流转，让他们也尝尝那种滋味，这才是天道。”

“你不会去烟雨洲？”

她说是，“我不会上当。”

“那就好。”他长叹一口气，“现在你鱼鳞图在手，也平安回到了王舍洲，是我该功成身退的时候了。”夜色下的白衣少年平静地向她微笑，“我要继续找我母亲去了，即便她已经死了，我也要找到她的尸骨，就像当初你寻找你的父母一样。”

‖第二十五章‖

公子面生得很
不是王舍人吧

缘分这东西就是这样，有聚就会有散，没有人能陪谁一辈子，哪怕是父母，或者夫妻。

有的缘分长一点，有的缘分短一点，但遇见过，终究是一段经历，来时不要欢喜，去时也不要留恋。大道理谁都懂，崖儿也懂。可当他真的要走时，她还是觉得难过和不舍。

然而不能勉强，他原本就不属于这里。他在罗伽大池游走，到处寻找他的母亲，意外间救了她，已经陪她耗费了那么长时间，再要强留他，崖儿也觉得过意不去。

她怅然地叹了口气，慢慢点头，“应该的，你要走，我也不虚留你，或许你母亲正在哪里等着你……我不能像你一样在水下生活，否则我应该陪你一起去的。这两年多来你一直在我身边，可是你要去完成你的心愿时，我却半点也帮不上你。”

枞言听后只是轻笑，“当初我救你，从来没有想过要你回报。这两年我在波月楼，吃你的住你的，你也不算一毛不拔，用不着觉得亏欠了我。”

就是这样清如水的关系，明明牵绊很深，可又仿佛三言两语就能说清。

然而越是淡淡的，才越伤人。

崖儿心里发沉，两年的相处，一走就全断了。

她晦然看他一眼，“还会回来吗？”

枞言的笑容干净而透明，这些年他随她出入红尘，到如今却还是当初为她涉水采花时的模样。

回不回来……很难有个准话。他心里是留恋的，同样没有了家人，灵魂深处的某些痛，只有她能明白。他隐隐觉得可能再也找不见母亲了，毕竟失散了将近六十年。当时他还很幼小，不会说话，也不会化形，母子两个从北向南迁徙，经过鼠白鲸的领地，遭受了一场八天八夜的围追堵截。

适者生存的世界，总逃不开弱肉强食，水里也一样。鼠白鲸个头比龙王鲸小得多，但又奸猾又难缠，成群结队围攻大鱼的架势，大约和武林各道围攻崖儿的父母时是一样的。

那时母亲把他护在身下，横跨了整个大池。鼠白鲸每天发起四五次的奇袭，最终目标都是幼鲸。玩笑似的猎杀，只是为了舌头和下巴那一点点的甜头，它们可以长途跋涉尾随千里，韧性简直可怕。

最后母亲筋疲力尽，母子被分隔开，他怕极了，闭着眼睛亡命逃窜，后来就再也没见过母亲。

母亲还在不在世，他不知道。几十年里他游过了最远的湖海，翻遍每一架鲸落，那些腐败的被鱼虾吞食得面目全非的尸体悬浮在水里，肉屑荡漾如同海藻。很多已经无法辨认，连他自己都弄不清，那里面究竟有没有他的母亲。

只有不停寻找，在途中就有希望。也许他的一辈子要在寻找中度过，所以还会不会回来，他也说不清。

他模棱两可地回答："如果有缘的话，以后还会见面的。或者将来你决定寻找孤山鲛宫，我可以为你护航。"

他这么说，崖儿鼻子蓦地一酸，"你……是不是因为生我的气，才决定回去的？"

他微微顿了下，还是摇头，"我不会生你的气，只是觉得你太执着，不懂得珍重自己。以后别再这样了，你经历那么多的苦难，不是为了继续在这个深渊里打滚。如果有可能，我希望你离开波月楼，去过普通人的日子。"

过普通人的日子，她也想，可是真要做到何其难！只要牟尼神璧还在，她就逃不脱。还有往日的那些仇家，波月楼归她了，兰战结下的梁子当然也归她。只需要一个契机，身世的秘密被泄露，那么成为武林公敌为期不远。

她笑得有些凄惨，背靠栏杆轻声说："人在江湖，身不由己。就算找个世外隐居，只要有心人想找你，一样可以把你挖出来。这世上，哪里能供我安居？我唯有日夜举着刀，锋刃向前斩尽浮屠，才有一线生机。"

言罢如梦初醒似的，直愣愣望着他，"你要走，也好。将来如果还回来，波月楼就在这里，随时欢迎你。"

她是想到了，怕纷争再起时连累他吧！他反而犹豫了，"我走后，谁护你周全？"

可是留下他，对他来说未必是好事。崖儿这刻倒希望他快走，敷衍着："以前没有遇见你，我也活得好好的。现在楼里弟子众多，个个都是高手，就算那些武林人士寻衅，杀进波月楼也不是易事……”这种道别实在让她讨厌，她胡乱摆了两下手，“你不用管我，人各有命，谁也救不得谁。天色不早了，你早些休息吧。走的时候我就不去送你了，你自己多保重。”

她转过身往露台另一头去了，绯色的一席春衣，裙角被夜风吹得高高扬起。

风势微歇，层叠的裙裾如瓦上轻霜降落下来，绕过石做的望柱，踏上了长廊，渐渐走远了。

像有什么遗落了，一颗心不停下沉，落进了地底。枞言在仲春的夜幕下站了很久，低头思量自己究竟该何去何从。母亲要找，那是生命本能的牵绊，活要见人死要见尸。月儿的安危呢，好像又比自己的生命更重要。

满腔赤子之心，不受任何世俗的浸淫，他只希望她平平安安活过耳顺之年，不要等他某一天回来，看见她父母的墓旁多了个小小的坟茔。

不忍心相送，间关千里陪她来去，难道是为了最后道别吗？早知如此，还不如不遇。

崖儿整夜辗转，将近天亮才闭了会儿眼。再醒时天光已经大亮了，慌忙起身出门，院里两个婢女正蹲在花圃前浇水培土，魍魉和阿傍抱着胸，靠在抱柱旁说笑。

她怔怔地站了会儿，披上罩衣下楼。

两位护法见了她便迎上来，她朝外望了眼，“少游，枞言走了吗？”

魍魉迟疑了下说是，“属下等送他登舟的，他说要回故乡……楼主，他为什么忽然决定离开？是不是因为昨日魑魅的话……”

崖儿摇摇头。既然走了，她也可以放下了，转身又上楼，边走边道：“他和我们不一样，家乡还有母亲等他回去奉养。”

逶迤的身影消失在门后，阿傍收回视线皱了皱眉，“难道是预见江湖又有腥风血雨吗？楼主不愿说，我看事情倒分明得很。昨天花乔木提议去烟雨洲，他发了好大的脾气，平时看这人不声不响的，胸中自有乾坤，后来必定和楼主详谈过。话不投机不欢而散，所以一个人独善其身去了。”

魍魉被他说得一愣一愣的，乍听很有道理，转念一想又不对，“楼主明明不同意去烟雨洲，何来的话不投机？”

阿傍卡住了，“呃……”

魍魉啧了一声，“你这种人啊，要是敢上台说书，肯定被人咂得满头臭鸡蛋。不通懂吗？倒不如说他情场失意，黯然离去，我看还靠谱些。”

阿傍哈哈一笑，“你满脑子情不情的，是被花乔木灌足了迷魂汤吧！他那样子，至多十七八岁，毛都没长全，楼主能看上他？”

魍魉耸耸肩，“所以失意，走了。”

这么说来还真是令人惆怅。少年的爱慕多纯净，过来人深有体会。可惜天下女子都爱得，唯独楼主这样的女子难以驾驭。你看她艳若桃李，明明万里挑一，你却只能管好你的眼睛和脑子，臣服于她，听命于她。美丽的面孔和坚韧的心性原来可以共存，愈是美丽愈有毒。那些栽在她手上的各路豪杰，要是再活一回，恐怕也能明白这个道理了吧！

这厢两人正为莫须有的失恋唏嘘到伤筋动骨，大门外明王引着一位锦衣公子进来。魍魉和阿傍对视一眼，不动声色地拦住了来人的去路，“这位公子面生得很，不是王舍人吧？”

明王看看来人脸上的面具，哑然失笑，道：“这位是热海卢公子，来波月楼拜会楼主。”

卢照夜，热海上来的公子？就是那个建起无数亭台，一掷千金夜宴十六洲的人？

阿傍拿眼询问明王，来历是否可靠？明王点了点头。

锦衣公子的随从也是锦衣随从，一派轻裘黑甲的打扮。为首的递上名刺，拱手道：“烦请代为通传。”

魍魉接过来看了眼，名牌倒像那么回事，但波月楼和热海向来没什么往来，也不知这位登门究竟是什么目的，于是拱手回了一礼，“楼主见不见客尚不得而知，还请稍待。”

戴着面具的人轻轻颔首，虽看不见面目，但那举手投足间从容的气派，也让人觉得不俗。

魑魅撩起袍裾上楼，穿过一重又一重的雕花门，停在廊下压声回禀外面情形。里间的人沉吟了片刻，“卢照夜？他来干什么……”转而吩咐，“带到品藻亭去吧，好生款待，我随后就来。”

魑魅领命去了，崖儿换了身衣裳，拿烟纱障了面，才姗姗穿过天桥，往待客的地方去了。

以前这位热海公子是只闻其名不见其人的。崖儿夜夜坐在高楼上蹭他家的歌舞看，虽没打过交道，但在她这里起码混了个耳熟。江湖上行走的人，没有一个是简单角色，今天的突然造访，恐怕来者不善。

她心里怀着三分戒备，从临水的长廊上缓缓走过。品藻亭的四面帷幔低垂，鲛纱轻如云，隐约透出一个身影，穿轻罗袍子，戴珠玑冠。朱红的组缨映衬出白皙的耳郭，不见江湖人的匪气和愚顽，反倒有种末世王孙的金贵做派。

只可惜，白银的面具把整张脸遮得纹丝不露。她提裙入亭的时候，他转过头来，面具平板得如同一张白纸上划了两刀，仅仅雕刻出眼睛的形状，乍看之下枯寂惊人。

见主人现身，他站起来相迎。崖儿拱了拱手，“贵客到访，怠慢了。卢公子不必客气，请坐。”

这锦衣公子的声线清雅，回了一礼道：“贸然拜会，还请楼主恕我造次。早就听说楼主大名，上月便想登门叨扰，无奈楼主外出，未能成行。昨日得知楼主返城了，今日便匆匆前来，来前也未派人投拜帖，楼主千万海涵才好。”

崖儿说哪里，面纱外一双含笑的眼，情真意切地恭维着：“热海来的卢公子，云浮十六洲无人不知，我也是慕名已久，不过近来琐事颇多，未来得及拜会公子。”暗中却惙惙起来，她的行踪想必他早就留意了，连她什么时候回来都一清二楚，看来是有备而来。

她弯弯的一双眼睛，连眼角都满含妩媚，亦嗔亦怨地望住谁，即便你来我往诸多试探，也含情脉脉似的。这样的女人最是惑人，谁又能将她的凶狠和这双眼联系起来？卢照夜复又客套了两句，便单刀直入道：“楼主大约很好奇，我今日为何会来拜访吧？”

崖儿倚着引枕，掉转过视线，“愿听公子指教。”

“波月楼的消息一向灵通，不知楼主可听说过牟尼神璧？”他的语速放得很慢，仔细留意着她的表情，一字一句道，“二十多年前，长渊少主与其妻携神璧失踪，这神璧最近重在烟雨洲现身了，不知是否引发楼主的兴趣？”

他说他的，崖儿却将视线锁定在了他颈间的红线上，细细的一缕，比头发丝略粗一些。中单的领褖有意做高，可那一线红痕还是若有似无地，随着他不经意的动作显露出来。

怎样的一种机缘，才能促成这伤痕？她托着腮，微微眯着眼，“神璧的传闻我听说过，波月楼的前任主人当初也参与过此事，公子手眼通天，想必不需我多言。不过我本人对神璧倒没什么兴致，所以它在哪里现身，我并不关心。公子此番来，难道只是为了和我谈论神璧？”

那张面具后的表情她看不见，但却听清了他的目的，“波月楼不是为人排忧解难吗，在下想委托楼主，为我寻找神璧。”

崖儿笑起来，“公子富甲天下，难道也对那批宝藏有兴趣？关于牟尼神璧的传说，一向有鼻子有眼，可谁也没有真正见过那批宝藏，甚至连宝藏的入口，都没有人发现过。公子走了那么多地方，见多识广，为什么会相信那种语焉不详的传闻？”

面具后发出一声短促的笑，“楼主误会了，我并不为孤山宝藏。钱财于我乃身外之物，我要神璧另有他用，恕我暂且不便相告。只要楼主为我找到神璧，我愿以重金酬谢。楼主是聪明人，江湖风云际会，各路人马皆蠢蠢欲动，恕我直言，波月楼并非名门正派，此刻置身事外，恐怕反而引人注目。”

他略微顿了顿，复又道，“人的立场，并不需要泾渭分明，你的心意或是你愿意呈现在别人眼前的，一切的一切，不过取决于一个态度罢了。依我愚见，楼主接下这笔买卖，有百利而无一害。这世上浊流太多，清流想要独善其身，只会成为众矢之的。况且楼主不好奇吗，当初岳刃余夫妇的悲剧，到底是谁一手促成的。你我做笔交易，只要楼主为我找到神璧，我愿出资百万，另加幕后真凶的消息作为佣金，楼主以为如何？”

崖儿脸上的神情渐渐趋于平淡，这人似乎笃定她对岳氏夫妇的死耿耿于怀，看来即便不确定神璧的下落，至少也知道部分内情。

与虎谋皮，真是个胆大的人呵！

崖儿看他的眼神多了几分玩味，“公子诚意相邀，却藏头露尾。波月楼从来不接来历不明的生意，若是方便，还请公子摘下面具，咱们再作详谈，如何？”

‖第二十六章‖

这 美 人 生 得 妖 俏

热海来的卢公子似乎很为难，花钱请人办事，还要显露真容，天下怕只有波月楼有这规矩。

崖儿呢，原本就不想接这个生意，他要是不答应，正好给了她推脱的借口。其实有种很奇怪的感应，不听他说话，单看他坐在那里，会产生似曾相识的错觉。仿佛有过这样一个人，长久地享受着温软的生活，举手投足自带流动的气韵，曾经引发过她的惊艳，后来深深凿进脑子里，偶然间蹦出来，依然引发一阵心悸。

有些怕，芒刺在背。其实知道不可能是那个人，但还是要求他摘了面具。面对鲜活的脸，总比不停猜测假面背后几个鼻子几只眼好。

见他为难，她故作不在意，消遣似的理了理广袖，“我大概强人所难了，公子若觉得不便，可以不必勉强。只是楼中的规矩，从老阁主开始就没有改变过。波月楼的前身公子也知道，刀头舐血赚点辛苦钱，谁也不会要钱不要命。委托波月楼办事必须事主亲来，且签字画押一样都不能少。我们只收钱办事，至于会引发什么后果，譬如将来有血债追讨等，一概与波月楼无关。”一面说，一面倒了杯茶让新罗婢送过去，“这是波月楼的血茶，市面上买不着的，公子试试？”

戴着面具终究连茶都不好饮，锦衣公子静坐了片刻，还是抬起手解开了绑缚面具的丝带。

崖儿捏着蓝白琉璃荷叶盏，背靠四月的春光，望向这位出手阔绰的豪客。古怪得很，他的手竟不似他耳畔的皮肤，对比之下肤色略暗，也不及其他露在衣衫外的皮肤细腻。一位饱尝荣华的富贵闲人，怎么会有一双看上去多艰的手，实在叫人想不通。再看他的脸，徐徐展露出英挺的眉宇和乌浓的眼眸。面具后是一个相貌不俗的男人，单以世人的眼光来看，算得上芝兰玉树。

紧绷的肩背终于放松下来，果然不是他。崖儿漾了漾杯里的茶，无甚波澜地说："百闻不如一见，卢公子令人见之忘俗。"

卢照夜轻笑，只说"过奖了"。端起茶盏看，盏里茶汤鲜红，像兑了水的血。抿上一口，茶香混着微微一丝腥甜，在唇齿间回转。他有些讶异，"血茶？不知有什么典故？"

垂帘下的美人一身纨绮绯衣，慵懒地撑颊而坐，浑身鲜有饰物，除了发间一支竹钗，便是腕上的珊瑚手串。那珠串红得刺眼，衬得她的肤色白如春雪。隔着轻薄的烟纱，半张脸也似有欲说还羞之感，倒让人对她的面貌愈发心向往起来。

她懂得享受春日的美好，清嘉的眉眼中有细腻的小情调，嗓音不见烟火，字字句句摇漾如线，"波月楼后的若水之渊上有一片茶园，每年春季茶香弥漫山谷，血茶就产自那里。当年我师从弱水门，同样年纪的女孩子有几十人，可是后来人数慢慢变少，最后只余四人。那些女孩子死不见尸，究竟去了哪里……原来都被运到后山茶园当肥料了。公子现在喝的茶，就是从她们身上生根发芽的茶树上采摘下来的。都是上好的女孩子，茶也是上好的茶，公子别见外，多饮两杯吧。"

卢照夜眼神一晃，但转瞬如常，又呷了一口细细品咂，"果然好茶。楼主不说，我还在揣测，说破之后便能品出女血的香来。波月楼真是个神秘的地方，似乎总有光怪陆离的传奇。关于楼主的故事我也听说了，很是佩服楼主的雷厉风行。不瞒你说，拜访之前我一度以为楼主应当颇具男子的英气，没想到……"他报以歉意的微笑，"果真人不可貌相，是我迂浅了。"

听说了茶的来历，还能喝得如此淡定，看来确实见过大场面。崖儿轻笑，"我的传闻，无非是那几句罢了。江湖上没有新鲜事，各门各派里取而代之的争夺每天都在发生，终究谁也不愿长久屈居于人下。"

卢照夜附和了两句，复又望着她的眼睛道："卢某已经遵循规矩，以真面目相见了，楼主是否也当一现金面，以表诚意呢？"

结果那双眼睛里的笑意更盛了，"公子可能有所误解，规矩向来是为客人定的，可不是用来约束自己的。你出钱，我办事，公子认的是波月楼，不是我个人，所以我摘不摘面纱，都不重要。"

果然是女子，狡黠的小聪明从来不加掩饰。他一笑，笑容里有甘拜下风的无奈，也不计较，摆手说罢了，"那你我就来好好议一议牟尼神璧的事。"

崖儿道："没什么好议的，公子想要神璧，波月楼尽全力为公子找到便是了。办事之前先立契约，事成之后向公子讨要佣金，如果不成则分文不取。"

静静倾听的锦衣公子却摇头，“契约不能这么立，早年间波月楼接的都是人命交易，不管成与不成，托付本身已经是一场赌注。身家性命都压在波月楼，若楼主临时改了主意，消息大白于天下时，事主身败名裂同谁去喊冤？契约对波月楼应当也起约束，这样双方才能放心合作，不生嫌隙。”

生意人的算盘就是打得精，崖儿脆声发笑，“公子别忘了，是公子自己找上门来的。既然登门，就应当信得过波月楼，波月楼虽然不是什么名门正派，但江湖道义还是讲的。公子若是放心，就请立下字据；若是不放心，只管自便，今日来访我绝不向外人提起。”

所以这女楼主还是不好相与的，谈起交易来毫厘不让，倒也难得。最终卢照夜还是退了一步，“我信不过波月楼，但我信得过楼主。立定字据后先差人送三成订金来，余下的就托付楼主了，请务必为在下找到神璧，千万千万。”

崖儿道好，当场令明王草拟。双方都钤印后，卢照夜拱手道别，崖儿命人相送，自己依旧坐在帘幔下，摘了烟纱慢慢品茶。

苏画摇扇而来，进了品藻亭垂眼看桌上字据，“这热海公子想找牟尼神璧？”

崖儿点了点头，“江湖上谁不想找到神璧？伪君子羞于启齿，于是掩人耳目亲自出马。只有这位卢公子是真小人，宁愿花钱托付波月楼。”

苏画不解，“你不是不想参与的吗，为什么又接下了？”

“因为酬金丰厚。”她说着，有些解嘲地发笑。最要紧的是，他知道二十二年前那起惨案的始作俑者是谁。那些沾染过她父母鲜血的双手，清洗过后又能若无其事地舞刀弄剑了。虾兵蟹将固然可恨，发号施令者更该杀！她必须找到这个人，亲手结果了他，才能告慰父母在天之灵。

人人想要牟尼神璧，没有人惧怕它可能带来的灾难。拥有的人日夜如坐针毡，够不着的人却抢得头破血流，世上的事实在可笑。

苏画伸出两根葱段似的手指，将那契约阖了起来，“你不必亲自去，我替你跑一趟烟雨洲吧。”

崖儿唔了声，“师父已经两年没有行走江湖了。”

亭畔的一株垂杨正绿，纤长的柳条随风款摆着，每每探进亭下来。苏画摘了两片叶，拿在手里盘弄，“歇得太久，手脚都快生锈了，这次就算我重出江湖吧。”一脚踩在栏杆上，趄身在亭台边缘坐下，孔雀罗裙如张开的折扇，轻俏拂动她的尘香履。她将两片叶子对阖起来，悠悠吹起她家乡的清商曲。春色洒满半边脸颊，耳上满绿的水滴坠子被光穿透，在脖颈间投下了泪一样的光点。

优哉的时光，已经很久没有这样心无尘埃地闲坐了。苏画吹叶子歌吹得高兴，崖儿踢了鞋起身相和。高抬的手臂，婉转的眼眸，如今她跳软舞跳得比苏画还好，旋转百圈不在话下。转完之后依旧身轻如燕，一步一步足点莲花，纹丝不乱。

让新罗婢拿酒来，好舞当然要配好酒。两个人坐在春光里畅饮，苏画道："神璧的行藏未必真的能找到，现在江湖人士一窝蜂地往烟雨洲挤，就像当年倾巢追杀岳刃余夫妇一样。你应下了卢照夜，万一找不到，又如何向他交代？"

崖儿眯着眼看枝顶的两只黄鹂，喃喃道："牟尼神璧不是神兵谱上的武器吗，可是有谁真正见过它？届时还不是你说它是它就是！我应下那位热海公子，自有我的用意。江湖各派虎视眈眈，就像卢照夜说的，你独善其身，最终会成为众矢之的。二十多年前的长渊岳氏父子，曾经那么好的名声，还不是说抹黑就抹黑了。既然卢照夜那么想要牟尼神璧，那就让他成为下一个武林公敌吧。"她冷冷一笑，"反正打神璧主意的，都不是什么好东西。"

苏画沉默下来，慢慢点头。崖儿看了她一眼，如同当年兰战交代执行任务的她一样，和声细语道："师父此去辛苦，千里之遥，一时半会儿且回不来。到了烟雨洲先按兵不动，我知道当初的五大门派又结了盟，倘若他们踏平了万户侯府，到那时候咱们再趁乱掺一脚。不管找没找见神璧，即刻回来。我派生死门的人和你同行，助你一臂之力。"

苏画站起身道是，眼前的女子，早就不是当初那个又脏又哑的孩子了。她心思之深，不比兰战逊色。兰战掌权时谁也信不过，她何尝不是这样？

入了夜的波月楼，如常的歌舞升平。两个穿着短衣咬着短刀的舞姬在台上跳剑器舞，柔媚的面孔却带着一身狂放的舞姿，一张一弛间，刀在脖颈腰腹间穿梭。两具柔软的身体，不管如何扳转都像一个圆。台下看客云集，阵阵声浪里铜钱满堂飞舞。绝色的男人和女人托着酒菜含笑穿行，间或引发一段娇嗔。惹毛时也有雷霆震怒，抽出刀剑便砍。然后在嘈杂的劝解里各退一步，和气生财。这就是波月楼的夜景。

崖儿喜欢这种热闹，至少在热闹里，才觉得自己是活着的。她叼着长长的鱼干，像老者叼着烟杆，面纱半撩起来搭在鱼干上，坐在角落里听南北消息。

人多，就像当初夷水边的酒馆一样，汇聚了各洲最新的传闻。康居驼队的那件案子，官府到现在还没有头绪，一个脑袋后面缀着红穗的红狄汉子眉飞色舞地描述："康居人死无全尸不能下葬，剩下的那部分必须每晚搬出去晒月亮。他们信月神，据说这样能够通报月神，使灵魂得到皈依。所以近来那个康居首领连驼队都不管了，天天日落把脑袋捧出来，按在柱子上吸收月华。我原本想去看看有没有表演，结果撞个正着，差点没吓死我。”

大家爆发出一阵笑，“就你这胆子，还敢上驼队摸姑娘大腿？”

红狄汉子洋洋自得，“不瞒你们说，死了的那个我也摸过。”

听客发出下流又粗鲁的调侃，“滋味如何？”

“活着的时候自然满手鲜滑，康居女人生得漂亮极了。现在死了，光溜溜一个人头立在那里，瞅一眼心里七上八下。”

于是从一桩惨案发展出了各色荤味笑话，红狄汉子还在嚼舌，却听见邻桌背向而坐的年轻人不屑地哼了声。

这一哼，引起了大家的注意，红狄汉子拍桌，“这位兄弟，看来有话要说？”

戴着纶巾的年轻人慢吞吞喝了一口酒，并不回头，一副世外高人模样，“真正的美人，你见过吗？别把略有姿色的夸上天，这样显得没见过市面。我就见过一绝色美人，这美人生得妖俏，还有好手段，不光把凡人弄得五迷三道，连琅嬛洞天的紫府君都着了她的道……”

角落里的崖儿微怔了怔，抬眼看过去，只见那年轻人楚楚的衣冠下露出一截狐狸尾巴，于春凳的幽暗处摇动着。尾巴尖上断痕分明，即便已经痊愈了，还是让她一眼认了出来。

‖第二十七章‖

人生何处不相逢

居然是他?

崖儿眯着眼睛笑起来，真是冤家路窄，当初半夜扒她窗户的家伙，兜了一大圈竟又送到她面前来了。痛揍之后被斩掉了一截尾巴，还是没让他长记性。

他打算把这段灰溜溜的人生际遇当成功绩来传唱吗？大概忘了当时尾巴流了多少血，躺在地上奄奄一息的痛了，说起美人来，那股没来由的骄傲，仿佛美人是他家的。

不过紫府君着了道的消息连他都知道了，想必已经东窗事发。她有些心惊，沉住气继续听他吹牛。

这种故事里势必要增添一点个人色彩的，后生摇头摆尾，喟然长叹：“美人都住到我家里去了，原本应当是一段好姻缘。可惜可惜，可惜我府里还有几房小妾，美人见我不得专一，黯然离去，后来就上了蓬山……你们知道蓬山吗？方丈洲的腹地，上面住了一大帮修行的弟子。每回到剑仙选拔的日子，漫天乌泱泱全是御剑的白袍子，嗖嗖从头顶上飞过去，比射出去的箭还快……”

生州之外的九州，对于大多数人来说是陌生的。两州之间虽然也有往来，但走动的基本都是客商和少数修行的精怪。云浮很少有人会去方丈洲，因为实在是太远了，跋山涉水多少寒暑，一来一往几乎耗去半条命。何况那未知的地界上人妖混杂，处处充满陷阱。普通人，即便是有武艺傍身，也应付不了那些理解之外的危机。

大家听他侃侃而谈，连两个酷爱打岔的混混都安静下来。神仙的世界他们难以捉摸，但对仙山上的人充满好奇。

“看守天书的紫府君？神仙也能动凡心？”

后生在这里可算是大半个内行了，他摸着鼻子嘿嘿两声，“神仙不是男人吗？你们连母猪都能当绝色，人家见了真绝色动动凡心，碍着你们半根腿毛了吗？”

神仙的艳闻，说起来就带着禁忌色彩，越禁忌越叫人心潮澎湃。反正不管对“绝色”的评估精不精准，听客在乎的只是故事本身。

于是一帮人又吆五喝六：“就说睡了没有！前两天好大的雷啊，不会是紫府君渡劫吧？”

后生被众人包围，十分享受众星拱月的快感。狐狸最爱出风头，但脸上的表情高高在上，仿佛永远不会和这帮恶俗的凡人同流合污。他拖着长音道：“这个嘛——”

忽然一颗花生“咚”的一声砸在他额头上，后生吃痛大叫：“谁下黑手？”左顾右盼在人群中寻找。

结果芸芸众生中发现了身穿金缕裙的姑娘。姑娘云髻高绾，耳中明珰璀璨，飞扬的柳眉和挑尾的媚眼，一击便击中了他的心脏。

后生顿时口干舌燥，起身向她走去，“小娘儿，是你打的我？”

坐姿豪迈的姑娘一手搁在膝头上，偏过头来看他，轻俏一瞥，烟波欲滴。

后生被勾飞了魂儿，觉得这块大陆上别的都没什么了不起，就是姑娘长得稀罕死人儿。

他高一脚低一脚地到了姑娘面前，弯下腰示好，“小娘儿……”结果后面不知谁往他腿弯子里踹了一脚，他扑通一声就跪下了。

跪便跪，向美色低头不是罪。

他仰脸笑得献媚，围观的人拍手叫好，“好后生，胆儿够肥！来呀，亲呀，这是我们云浮的美人，你配亲她的脚……”

色字头上一把刀，性淫的狐狸果然去捧踏着春凳的那只玉足，结果手还没够到，就被她一脚拍在了头顶。

只觉一股异香袭来，毫无防备的狐狸五体投地趴在地上，再仰起头时，上方的美人低俯下来，美色像笊篱一样把他笼罩住。

他云里雾里晕乎乎的，听见美人对他娇声笑：“狐公子，人生何处不相逢啊！”

后生眨巴一下眼睛，思忖着什么时候见过这美人。他刚来云浮不久，还没来得及四处留情，不存在什么风流账吧！

美人的面纱像个梦，轻柔地低垂下来，遮挡住上方的灯火。那双眼越压越低，美到极致，反而像吃人的妖鬼，不由令他心生怯意。

后生转动眼珠子，只看见成簇的脑袋林立，个个脸上都带着看好戏的神情。

这云浮女人调戏男人，跟吃果子似的？

他一头雾水，上面的人终于摘了半边烟纱，桃花面刹那一现，很快又覆盖回去，语带哀怨地嗔怪着：“相别不过五个月而已，公子这么快就忘了故人了？”

后生的表情堪称精彩，从期待到惊慌，从陶醉到崩溃，最后瞠大了两眼，颤手指向她，“你……你……”

崖儿格开他的手指，一把揪住他的衣领。反正这是她的地盘，别说带走一个人，就算当着众人把他大卸八块，也没谁敢说半个不字！

被斩下尾巴尖的恐惧重新控制了他，后生浑身僵直，没想到一个女人能有这么大的劲儿。

他搓手哀求着，“小姐……大姐……大娘……姑奶奶，刚才都是我信口胡说的，你大人不计小人过，放了我吧！”

拎着他走过长廊的人像个女罗刹，身条笔直，目不斜视。一间间屋子里透出的灯光，穿过直棂门上的绡纱，一重一重交替着映照在她脸上，她的脸在明暗中交替，阴晴不定。

后生瑟瑟发抖，没想到会在同一个人身上栽倒两次，觉得大概天要亡他了。

这世界不是很大吗，为什么转了一圈发现竟这么小？还有这女人到底是什么来历，他都跑到王舍洲来了，为什么还会遇上她？

他哀号连连，半截呻吟还没出口，她踢开一间屋子，把他扔了进去。

后生滚了两圈瑟缩在昏暗的墙角，抓着衣襟嗫嚅：“我不知道是你。”

她摘了面纱乜斜他一眼，“你叫什么名字？”

后生咽了口吐沫，“胡不言，江湖人称隔河仙。”

她嗤地一笑，“隔河仙，有毒。不过花名再毒，也不及你的嘴毒。你不该叫胡不言，该叫胡言，一派胡言！”

她骤然提高了嗓音，吓得胡不言一阵哆嗦，尖叫着：“女侠饶命，旧怨过去了就翻篇好吗？你都已经砍下我半截尾巴了，还要怎样？至于新仇……窈窕淑女，我逑一逑也不犯罪吧？你把我带到这里来，究竟想要干什么？”

他聒噪得要命，她被吵得心烦，抬起拳头比画了一下，“闭嘴！再吵，割的就不是尾巴了！”

无论是脖子还是其他不可说的部分，都不能再生，胡不言识相地收了声，老老实实说：“姑娘有何指教，小可知无不言。”

见他俯首帖耳的模样，崖儿厌弃地掉开了视线，“你先前在大堂里说的那些话，究竟是从哪里听来的？”

胡不言呆滞地望着她，“你指的是哪一句？”

她被他的明知故问勾得火起，拧眉道："紫府君着了道，是谁告诉你的？"

胡不言啊了声，"紫府正在缉拿那个叫叶鲤的姑娘……就是你。具体为什么缉拿，并没有放出话来。我不是同你说过吗，我有个朋友在九源宫学艺，他悄悄同我说，你上了九重门，到紫府君身边去了。九重门是什么地方？差不多就是分隔人界和仙界的地方！进琉璃宫是多少人梦寐以求的事，结果你才进紫府几个月而已，就办到了好些少司命都办不到的事，多招人恨！倘若一切如常，倒也罢了，现在九州都在缉拿你，说明你闯了大祸。紫府君是个不问世事的人，能把他逼得亲自出马，女侠，你捅了大娄子了！"

说到底竟是一副幸灾乐祸的嘴脸，看得崖儿一阵牙痒。

逼得他亲自出马，这话听在她耳里，颇有晴天霹雳的感觉，心头大大震动起来，琅嬛藏书千千万，这么快就发现了吗？是这《四海鱼鳞图》对琅嬛来说缺之不可，还是她在泉台闯下的祸触怒了他，把佛前的一炷香硬逼成了二踢脚[1]？

她心虚得很，定了定神才又看向胡不言，"他亲自出马，你确定吗？"

胡不言说确定，"紫府的弟子在九州巡视，天上地下全是穿白袍的人。在我渡海之前他们就已经到了玄洲边缘，用不了多久便会往生州来，女侠你自求多福吧。"

崖儿存了三分侥幸，好在当初留的是化名，生州那么大，云浮只是其中一部分罢了。只不过回想起来还是有懊悔的地方，不该提起烟雨洲的，干脆说远一些，就说精舍圣地，也比局限在云浮强。

"修行者只能在九州大地上使用术数，出了九州地界必须遵循人间的规矩。"她喃喃自语，忽然回头狠狠盯住他，"是不是这样？"

胡不言往后缩了缩，惧怕地点头，"是有这规矩，不过遵不遵守得看个人，条律也不是对所有人都管用。"

她皱起了眉，印象中紫府君应当是个墨守成规的人，他自己管着方丈洲那一大片，总得给那些不愿升天的地仙做个表率吧？

胡不言多嘴多舌，看她一脸凝重，不知死活地插了句嘴："女侠，你是偷了他的书还是偷了他的心，搞得人家天涯追缉？"

她冷冷地看了他一眼，"你是嫌自己命长吗？再啰唆把你舌头割下来！"

胡不言忙捂住了自己的嘴，他的舌头可是第二金贵，要是没了，人生就丧失了一半意义。

1　二踢脚：炮仗。

怎么办？她思量了很久，最后无非兵来将挡。实在不行还可以放弃波月楼，找个地方暂避。但愿烟雨洲假神璧的事早些尘埃落定，万一紫府的人马赶到烟雨洲，和苏画一伙狭路相逢就不妙了。

追缉必定会有画像吧？他还记得她的长相吗？

心思慢慢沉淀下来，崖儿回头打量胡不言。

充满算计的眼神，很快让那只狐狸察觉到不妙。他颤着声，往后又缩了缩，“女侠，你不会是想杀人灭口吧？”

她脸上露出吊诡的笑，“世上只有你一人知道我在王舍洲，如果你回到九州，向紫府君泄露我的行踪，那我就真要亡命天涯了。早知道会有今日，当初就该杀了你，也好避免不必要的麻烦。”

胡不言惊恐万状，连连摆手说不，“我没干什么伤天害理的事，那次潜进你房里，就是看看你睡了没有，顺便你要是愿意，共度春宵也可以……我从来不喜欢用强。”

她一哼，“是吗？可你往我碗里下迷药了。”

胡不言顿时白了脸，发现没有狡赖的余地了，低下头一把鼻涕一把泪地说：“我这辈子就干过这么一件坏事，还没干成，可见我有多失败。女侠，要不然咱们商量一下，看看有什么折中的办法，既能让你相信我不会出卖你，又能留我一条小命。”

狐狸向来诡计多端，却也滑头有趣，崖儿倒并不是非杀他不可，这是逼不得已时的下策。

她抱胸审视他，“但愿你有妙计，能说服我刀下留人。”

胡不言想了想，雀跃地拊掌，“这样吧，咱们成亲，如此一来你的秘密就是我的秘密了，你看怎么样？反正我不怕被连累，就算紫府君追来，我跑得快，可以带着你一起跑。”

他跑得快，这点她倒相信。从她离开蓬山到现在，才半个月而已，他已经从方丈洲到了王舍洲。枞言的璃带车能追风，也得花上四五天。这么算来，这狐狸的脚程快得惊人。

她围着他转了一圈，她的双眼能看穿他的原形，除了尾巴坏了品相，其余地方看上去上佳。

她露出满意的笑，那笑容多少有了亲和的味道。胡不言心里开出花来，如此双赢的提议，想必她是答应了。

他搓着手，激动不已，最初的惊吓都化成了一蓬烟，完全沉浸在即将娶亲的快乐里。他转了个圈，让她更清楚地看清未来的夫君，而后扬起笑脸说：“女侠……啊不，娘子，你到底叫什么名字？叶鲤不是你的真名吧？”

她慢慢捻动两指，“岳崖儿。”

胡不言点了点头，“月牙儿，这名字很配你……”忽然顿下来，仓皇地看向她，“岳崖儿？波月楼的主人？”

她说是啊，张开五指，掌心雷纹隐现。当初吸纳白狄大将的藏灵子，用的就是这个手印。

胡不言是识货的，他惊慌失措地尖叫起来，“洗髓印？你要收我？”

她嗯了声，“我正好缺只坐骑，看来看去觉得你最合适。”

胡不言知道这回是在劫难逃了，哆嗦着两腿淌眼抹泪。最后心一横，扑通一声跪下了，“我想了又想，还是不和你成亲了吧！当坐骑挺好的，毕竟我喜欢奔跑。旺季我可以背你走南闯北，淡季还能看家护院，如此一专多能，留下我绝对不吃亏！至于印，就别加了吧？会限制我的发挥。我胡不言向来一言九鼎，答应的事从不反悔……你看咋样？”

‖第二十八章‖

岳崖儿人在哪里

交易达成，崖儿一方觉得很满意，胡不言一方觉得无话可说。隔河仙，这下是再也仙不起来，注定要被人永远骑在胯下了。

不过类似的“胯下之辱”，如果放在男对男的情况下，胡不言会感觉很吃亏。但骑他的是个女人，他自我安慰再三，这女人还曾令他一见倾心，虽然最后性质发生了一点改变，但体位还可以接受。于是这只深目阔嘴，不那么精美的狐狸留在了波月楼。除了每天五六个时辰的例行暴躁、饭量有点大、废话有点多，剩下的几乎全是优点。

崖儿之前还曾担心，波月楼里女人多，怕他半夜去撬同门的窗户。还好这厮这方面老实了，大概因为吃了女人的亏，不敢再随意造次。某一天见他瘸着一条腿下楼，看谁都是一脸雷声加雨点。观指堂里开会的时候崖儿随口问了一句，结果爆发出一场动荡，魍魉举起弯刀就要砍他，被明王和阿傍死死抱住了腰。结果犹不罢休，从人堆上跳起来叫骂：“骚狐狸！兔子还不吃窝边草呢，你连兔子都不如，你这只败类！”

魑魅一脸坚冰地站在堂下，再看胡不言那张臊眉耷眼的脸，崖儿知道他没去撬女人的窗户，改去松魑魅的土了。魍魉一向脾气很好，从来不发火，魑魅是他的底线。胡不言这次作死没挑好时候，被魍魉打断了腿，是他活该。

这世上的人，怎么好像都成双成对的？胡不言有些委屈地回头看崖儿，“我要申请病假养伤。”

上面的人说：“不许。”

个人操守问题造成的伤亡，哪来的脸要求病假！不过楼主还算讲情面，准许每顿给他加个猪蹄，助他快速复原。

接下来他开始承办一些顾客的委托，毕竟跑腿的活儿很少，楼里不能白养闲人。有个顾客给了很高的报酬要求插队，明王先为他排忧解难去了，于是康居美人头的单子就转交给了他。

狐狸上天入地能通鬼神，他去看了脖子上的创口，切面参差，有撕咬的痕迹。回来告诉崖儿，说那姑娘的身子被人吃了，肉是找不回来了，但可以找到骨架。领着驼队首领打开了厨司后面的瓮，瓮里有咸菜泡人骨，洗一洗就可以下葬了。

“城里怎么会有妖怪吃人？”阿傍想不明白，“这些年来一直相安无事，难道九州的律法改了？”

胡不言哂笑了声，“谁说吃人的一定是妖怪，说不定是人呢？”

像他这种妖，多少对人抱有偏见，大家都没有理他。

只不过康居姑娘出事的那个地方，后来陆续又发生了两起类似的案子。捉拿嫌犯虽然不是波月楼的职责，胡不言还是抽空去看了一眼。

“可怜。”他说，“边儿上埋了一个孩子，有人以为是他作怪，在他的坟上钉满了钉子。”

这世上总有一些无辜的人，要为别人的私心无端受牵连。胡不言发表他的看法时，崖儿正隔窗听着细乐，坐在灯下看苏画的飞鸽传书。

烟雨洲很乱，但万户侯府仗着有皇恩，江湖上的人暂且不好动他。城里的熟面孔越来越多，五大门派的汇合已经完成，只等最终的一声令下。然而这两天出现了一队陌生的人马，似乎不是冲着万户侯府来的，究竟是什么来历，还需详查。

烟雨洲的几家客栈人满为患，较大的被各门派包下后，晚到的外乡人只好屈居于鱼龙混杂的小店。不过入住的还是江湖客居多，大家谨守着非常时期少说话、少结交的江湖规矩，寂静地穿梭在卧房、马厩和堂室之间。

窗外人来人往，但几乎听不见脚步声，只看见剪影来去，高矮胖瘦各不相同，伴随着檐下灯笼的摇曳，一闪而过。

苏画斜倚在榻头上看烟雨洲布防图，生死门门主带人出去窃听各大门派的动向。估计也就是明天了，江湖上终要发起一场围剿。大难过后万户侯府还有没有人剩下，谁知道呢。

夜渐渐深了，外面开始下起了雨。雨点打在窗外的芭蕉树上，动静扩大了好几分。笃笃，门上传来一片敲击声，和着雨声，听得不太分明。她抬眼看，桃花纸上映出一个挺拔的身形，束着发，定定站着，一遍一遍不厌其烦地叩击。

她带来的人，她自然都熟悉，照轮廓分辨不是自己人。她转了转手上戒指，牵起面纱走到门前问是谁，结果门外仅回答了句“是我”，便再没有下文了。

是我？是谁？她气笑了，隔着门扉懒散地说：“时候不早了，恕不见客，请明日再来。”

门外的人依旧站在那里，清冷的声线，逐字逐句道：“在下有要事相问，请姑娘开开门。”

其实干他们这行的，最知道薄薄的一扇门只防君子不防小人。如果对方要杀你，破门而入比多费口舌省事得多。既然有事相问，保不定是和神璧有关。天蚕丝的一端捻在指尖，她伸手拔了门闩。门外的人长着一张不苟言笑的脸，冷眼打量她，直言问：“姑娘可认识叶鲤？”

不是为牟尼神璧，苏画显得意兴阑珊，“对不住，不认识。”

她打算关门谢客，门扉阖上前被对方一掌撑住了，“那姑娘可是波月楼楼主？”

苏画来烟雨洲，是和崖儿对换了身份的。有些事不必明说，十几年的师徒，朝夕相处，赴险的事当然由她来做。这生人提起楼主，苏画心里微跳了下，也没有明确应他，只道：“公子有何贵干，请直说。”

下一刻，她就落进了这人的手心，“我家主人要见楼主，还请随我跑一趟。”

苏画的身手在江湖上也算排得上号，然而这来历不明的人掌下仿佛带着钩子，落掌便能穿过人的琵琶骨，把人狠狠固定住。她挣扎不开，头一次发现自己居然没有半点还手之力。戍守她的人不知都去了哪里，没有一个发现这里的异常，她毫无办法，只能任由人押解进了一处僻静的院落。

烟雨洲除了多雨，还多芭蕉，多蓼蓝草。那院子里立着一支高高的竿，墨蓝的天光下，穿过细碎的雨幕一眼看去，有种深山古刹般的深幽之感。前途未卜，她怯怯不肯前行。押她的人有些不耐烦了，一把扛起她大步往院里去。庐舍的门吱呀一声打开，进门后这人毫不懂得怜香惜玉，随手把她抛下肩头。绯红的藕丝裙在半空中划出绮丽的弧度，亏她软舞功底扎实，这才落地不显得狼狈。

江湖上行走，太多的危险和不确定，时刻要做好应付突变的准备。既来之则安之吧。苏画四下打量，屋里焚香，墙上有画。回身看见偏厅里站着两个黑衣人，一个和这掳人的一样，仿佛谁欠了他八百吊钱的愤世模样；另一个却生了一张难以形容的脸，长眉下的眼如落入深碧的月亮，如雨后急晴照在海外孤悬的岛屿上的一丛光，分明温暖，却又彻骨寒凉。

她心里打了个突，不必交手便知对方不简单。稍稍退后半步，语气里带着诘问的味道，“我同二位没什么过结吧，请人登门可不该是这样做法。二位究竟是什么人？深更半夜强抢民女，是英雄所为吗？”

拉着脸的那位看了边上人一眼，“君上，不是她。”

被称作君上的男人略皱了皱眉，什么都没说，抬指一挥便扯去了她面上的烟纱。烟纱后的脸并不是他要找的那张，他眼里分明有失望，启了启唇，嗓音如锵金鸣玉，无情无绪地问她：“岳崖儿人在哪里？你为什么要冒充她？”

苏画鲜少有底气不足的时候，可是面对这个人，却无端感到心慌。

兰战在时，岳崖儿奉命出去办事，大多时候戴着人皮面具，八字眉、小胡子，看上去像个油滑的胡商。后来兰战被杀，她接掌了波月楼，但江湖人只知“七杀”不知岳崖儿。她在楼里走动，也以轻纱覆面，从来没有显露过本来面目，这两个人何来笃定的口气？

苏画笑了，“公子好像弄错了，我就是波月楼主，绝无冒充一说。你们大半夜的把人掳来，却连真正要找的人是谁都没搞清，岂不是笑话？”

是不是笑话，其实都不重要。对面的人转过头，沉沉的眼睫投下扇形的阴影，盖住了满目波光，他淡声吩咐：“晋乘，把她关起来，等着她的主人自投罗网。”

苏画内心惊跳起来，猛然想起白天在集市上看见的那群黑衣人，虽没有看清他们的长相，但听见为首的人唤了“别通、晋乘”两个名字。现在回忆一番，居然就是这些人。她也派了手下人去查他们的来路，结果查无果。偌大的江湖无人知道他们的底细，实在匪夷所思。现在他们找上门来了，还指名道姓地要找岳崖儿，所以他们来烟雨洲的目的不是万户侯府，也不是牟尼神璧，而是波月楼！

怎么办？她飞鸽传书发回去的消息上只寥寥提到这帮人，遣词造句还不足以让崖儿引起重视。烟雨洲出了变故，如果她行动受限，势必会令楼主亲自出马，到时候场面恐怕要失控。

不能束手就擒，她抽出了腰上软剑。门外斜风细雨一阵拍拂，吹得烛台上灯火摇曳。她执剑而立，剑首寒光四溢，一声清喝，挽起剑花便向为首的人攻去。

然而根本不敌，他甚至不需要动用招式，不过轻描淡写地抬起手，五指微曲，筑起一道旋转的气墙，她的剑顿时像深深卡进了石壁，竟无法再移动分毫。

似乎是懒得周旋，也可能积攒了怨气，那张漂亮得非人的脸，此刻隐隐起了戾气。广袖霍然一挥，她来不及反应，连人带剑被甩飞出去，重重撞在墙上。这一撞震动了心肺，她按住胸口，吐出好大一口血来。

那个叫晋乘的连眉毛都没动一下，拽起她便将她拖了出去。屋子里又恢复了静谧，香烟依旧缭绕，烛火也依旧跳动。沙沙的春雨打在青石台阶上，泛起一层粼粼的水光。

“君上，既然这里的岳崖儿是冒名的，何不直取王舍洲？波月楼就在那里，跑得了和尚跑不了庙。”

紫府君转过视线来，“你能保证和尚一定在庙里？”

大司命窒了一下，“琅嬛藏书失窃，君上一人要背负所有罪责。属下是为君上着急，早早拿回图册，对君上有百利而无一害。”

紫府君低下头，漠然道：“我走累了，想休息休息。”

大司命憋了一口气，想起那三道焦雷，到现在依然心有余悸。法不容情，天界的条例永远不得破坏，看守失职就必须接受惩处。鱼鳞图失窃的当晚，紫府君光着膀子跪在蓬山最高的山巅，生受了那三道天雷。

可以说是一场悲剧了，府君看守琅嬛上万年，从来没有犯过这样低级的错误。这次的盗贼是个凡人，还是个女人，何以拿到六爻盾的寄灵盒，实在让人百思不得其解。是一时大意了吗？可他追随府君多年，知道他小事上不计较，大事上从未疏忽。自从《万妖卷》成册，府君在九州几乎立于不败神坛，如今阴沟里翻了船，让他愈发对那妖女深恶痛绝。然而府君似乎并不着急，大约性情如此，就算再恨，也不达极致。

大司命不由叹息：“君上，三个月期限转眼就到，多延误一天就要多担一分风险。眼下图册下落不明，万一有个闪失，或破损或遭毁，后果都不堪设想。只有尽快找回，君上才好向上界交代。至于那妖女，在琅嬛犯下这么大的罪过，死不足惜。属下曾劝诫过君上，可惜……君上这次千万不能起怜悯之心，务必要将她绳之以法才好。”

紫府君脸上浮起倦色来，“图册要追回，罪罚也会追究，其他的无需多言。你不必开口闭口妖女不离嘴，骂得再狠图册也回不来，反倒让人觉得你老婆子嘴碎。”

大司命愕然，这位府君在某些方面的宽宏简直令人称奇，这么长时间了，回过头来想，确实从没有从他口中听到过半句埋怨或是咒骂。这点同他比起来，自己确实落了下乘。大司命感到无力和无奈，反省一下，终究是因为自己修为不够。像府君这样的，经历了漫长的岁月洗礼，一切看得很淡，万事万物自然就都不在心上了。

他俯首道是，“属下过于急躁了，应当学一学君上的风度。错了就错了，尽量挽回局面，绝不在背后做无用的数落。但属下一切都是为君上着想，那岳崖儿将整个紫府玩弄于股掌之间，实在可恨……”觑他面色更不佳了，只得悻悻停顿下来，拱手一揖道，“时候不早了，君上休息，属下告退。”

大司命一步一步退了出去，紫府君依旧站在那里，待他走远之后才蹙眉叹息。玩弄于股掌之间……可不是吗，不单如此，还被骗财骗色。可这种事不能让手下人知道，他是有苦难言，大司命却以为他有风度，这风度，实在维持得太辛酸了。

‖第二十九章‖

每每重忆，心有余悸

和她的纠葛，原本以为只是漫漫人生中一场可圈可点的风花雪月，来时甘之如饴，去时当断则断。

如果说爱，应当还不能称之为爱，至多是欲罢不能。毕竟这样奇异的姑娘，一辈子难以遇见一次。受她垂青，他欢喜，甚至受宠若惊。她的感情浓烈得如同那晚的酒，轻易就能灌醉他。

他的寿命是凡人的千倍万倍，他和琅嬛一样永垂不朽。某个乏味的雨夜，他也回看前尘，最初千年无尽悟道，后来经历过妖鬼之乱，也遭受过挚友背叛。说丰满很丰满，说简单又很简单。有段时间他痴迷于旁观人间的爱恨情仇，但到最后发现不过如此。万事万物化为尘土，那些复杂的感情终会消失在岁月这面巨大的磨盘里，还剩什么？

作为仙，他总在否认这个身份，心里却知道事实就是如此。他不过比上界那些墨守成规的人多了一点自由，但归根结底他还是个老实的仙。漫长的孤单无边无涯，他有时爱花草，有时爱飞鸟，却从来没有经历过那样层次丰富的女人。她诱惑他，他坚持了两天就放弃抵抗了，因为心猿意马掩盖在一层薄薄的表皮下，他挣不脱这红尘浸泡过的身体，心仍是男人的心。只要跺跺脚，她还没把他怎么样，他自己就先融化了。

冤孽啊，怪自己。

原本以他的能力，至少可以抹掉这段不光彩的回忆，但他没有这么做。他想也许这是修行中注定的磨难，让他悔恨反省，让他引以为戒。于是他反复咀嚼，每每重忆当天的情景，不堪和耻辱如噩梦般挥之不散，到现在依旧令他心有余悸。

那壶酒，不知到底有多大的劲儿，平常他破晓必定要下九重门巡视，结果那天竟然一觉睡到了辰时。温度适宜，耳边响泉淙淙，要不是朗日高照，他甚至不愿意睁开眼睛。

怎么会睡在这里……他起身后有一瞬脑子空白，坐着想了一会儿，才想起昨天晚上的事。子时过后她还在这里，太多的欲望像巨轮碾压他，那点微不足道的自制力转眼就瓦解了。她在他身下别样妩媚，那种忍痛轻笑的样子，像针一样扎进他心里。

他定了定神左右观望，她不在了。泉台石板上有斑驳的印记，一簇嫣红，让他有点心惊。

他愣了会儿，大概知道是怎么回事了——看上去经验老到，其实她也是第一次。他穿上衣袍急于找到她，站起身时膝头骤痛，垂首一看，实在不大好意思面对那些破损的油皮，匆匆拿袍裾遮了起来。

他在苍茫广袤的琉璃宫前奔跑，不敢喊她的名字，怕惊动九重天上的人。于是一处一处寻找，从第一宫找到第十二宫，可是到处不见她的踪影。一种莫名的恐惧逐渐升起来，越变越大，几乎把人撑破。他至今没有忘记那种感觉，对于习惯了安稳度日的他来说，无异于晴天霹雳。

他站在空旷的天街上，袖袋空空没了分量。赶到琅嬛前查看，六爻盾依然在，顶天立地地笼罩整座楼体。距离它几步远的正前方放着那只寄灵盒，无声地嘲笑他的愚蠢和大意。

他暴怒，一掌击碎了琅嬛前的望柱。轰然的巨响传遍蓬山，大司命带少司命们闻讯赶来，他颤着声下令："琅嬛失窃，发动紫府弟子，全力捉拿叶鲤！"

有些内情不足为外人道，尤其是对大司命。当初大司命确实告诫过他，结果他被色相冲昏了头，觉得一介凡人女子，根本没有那么大的能力。事实证明他小瞧了她，偷了他的书，还让他对事情的经过羞于启齿，盗贼做到这个份上，能当开山鼻祖了。

大司命痛心疾首，"早知今日，当初就不该收留她。"千言万语化作一声叹息，"既然有备而来，恐怕连名字都是假的。"

什么线索都没留下，即便现在推步，人不在面前也推不出个所以然来。

琅嬛失窃的消息传到上面，他自愿受罚，领了三道天雷。只是这无穷尽的恨，如果能够着这女人，不需大司命说，他也要将她碎尸万段。

外面的雨似乎停了，他推开窗看，月亮半挂在天上，乌浓的流云大片飘过，遮住就是天昏地暗。再续上一线香，静坐片刻打算就寝。脱衣的时候牵扯了背上的伤，三道焦黑的疤像巨兽留下的抓痕，从肩头斜劈下来，即便已经愈合了，也还是隐隐作痛。

人间来去不能动用法力，否则去波月楼看看也就是一弹指的工夫。岳氏遗孤，牟尼神璧——他本以为她只是个会炼剑灵的寻常姑娘，没想到她在神兵谱上早有了排名。

既然如此，棋逢对手，再相见就不必手下留情了。

王舍洲，望江楼。

连绵的亭台楼阁和灯火交织起来，如同一张流丽的画。远处也好，近处也罢，处处都是胭脂香味，处处都有打情骂俏。比起波月楼，卢照夜创建的销金窟没有那么多的规矩准则。英雄无处可歇？歇在美人的酥胸上吧！只要有钱，享之不尽的快乐任你受用，只怕你不敢来。

所以他说钱财对他并不重要，这点崖儿相信。一个人不爱财，却执着于找到神璧，那么他除了钱财之外，总有什么要紧的地方是和神璧息息相关的。

据说这位热海公子有位娇妻，但没有人见过她。公子爱之甚甚，不管十六洲的生意做得多大，每夜必要回到娇妻身边交颈而眠，从无一日例外。

崖儿夜探了一回望江楼。她行走于房梁屋顶如履平地，找到卢夫人绣房后，揭了房顶上的一片青瓦窥视房里动静。

月是朗月，天气一天天热起来，日子也一寸寸变得有意思，可是这样的晴夜，这深闺却没有开窗。屋里燃着三两盏灯，帘幔重重一片朦胧。卢夫人喜欢熏香，不知炉子里点的什么香，只觉香气馥郁直冲天灵。然而厚重的掩盖下，偶尔却有极细的臭味游丝般飘过，如果不细嗅，轻易就会忽略。

一串轻俏的脚步声，几个袒肩露乳的婢女挑着行灯进来，后面是风流俊雅的卢公子。卢公子进门便寻找爱妻，一声声“小情”唤得热切。

婢女都识趣地退出去了，歪在美人榻上的卢夫人才坐起来。可惜始终背对这里，崖儿只能看见那婀娜的体态和鸦黑的云鬓，单从背影望过去，应当是个绝色美人。

美人的嗓音也娇滴滴的，几乎拧得出蜜来。她靠在丈夫怀里，有些孩子气地抱怨着：“额角又红了一块，大约是房里的花粉闹的。”

热海公子仔细打量她的脸，满眼尽是缱绻爱意，笑着开解她：“极小的一块，没什么要紧的，睡过一夜明天自然就好了。”轻轻把她的垂发绾到耳后，温声问，“今天的药吃过没有？我看外面的炉子上还蒸着呢，让她们给你拿进来？”

美人来了小脾气，冲他撒娇：“我不吃，天天吃药，见了就想吐。”

他说不成，抱在怀里温柔摇晃着，“就算为了我，勉为其难吧。等将来找到合适的，这份罪就受完了。”言罢回身向外吩咐，“把夫人的药端进来。”

婢女应个是，不久拿描金漆盘端着一盏白玉盅进来。经过底下时崖儿细看了一眼，那盅里盛着类似豆腐脑一样的东西，顶上点缀三粒枸杞，乍看更像消遣的甜食，不像所谓的药。

美人吃药吃得艰难，一面吃一面发出似哭似笑的呜咽，他没办法，只得亲自喂。

虽然崖儿对这热海公子满怀戒心，但看他善待自己的妻子，觉得他至少还是有可取之处的。他很有耐心，一口口喂完了药，又绞了手巾给妻子掖嘴，然后就是些私房夜话，贴耳软语。

很快屋里响起了急促的喘息。那卢夫人看着娇脆柔弱，到了床上似乎就不大一样了。只听她吃吃地笑，“好用虽好用……终究有些腻了。唉……唉……我的卢郎，应当更魁伟才是……”

梁上的崖儿听得尴尬，心道难怪这热海公子看遍繁花，最后还是要回到她身边。

一只玉臂迷乱中揪住了帐幔，拽得用力，一把将影纱拽了下来。这回她看清了卢夫人的脸，和她想象中的完全不一样。她称不上美，甚至可说是面目狰狞——鸭蹼状分布的肉红色疤痕爬满了她的整张脸，就像皮下纵横交错的血管都长在了表皮上。饶是崖儿这样见多识广的，也不由毛骨悚然。

这位卢夫人应当经受过什么坎坷，看样子是烧伤，且伤得十分严重，连卢照夜这样的财力都无法替她挽回容貌。于情理上来说，糟糠之妻不下堂，热海公子的人品足以令人称道。可不知为什么，偏偏又给人一种奇怪的感觉，倒不是俊夫丑妻不相配，只因这卢照夜身上也有许多未解的谜团。

闺房里莺声燕语不断，崖儿把瓦片轻轻按回去，腾起身形跃下楼顶，很快没入了森森的凤尾竹林。

波月楼里依旧热闹着，王舍洲几年来都是白天黑夜颠倒着过，不到丑时，这些浪客绝不尽兴。

窗户开着，她拔身跳进去，回房换了身衣裳才出门，倚着栏杆垂眼看下面的热闹。

王舍洲的繁华，在十六洲内数上游。各地的商队都会聚集在城里，有的安营扎寨自己搭个帐篷揽客，有的则是寻找现成的场地租用。波月楼有好场子，晚上歌舞不断，傍晚还有说书先生开场。但总是歌舞，难免有落入俗套之嫌。因此场地也租给那些商队，他们带来罕见的外邦表演，热辣花哨的，调剂着八方看客的口味。

今晚有狻猊舞，人驱赶着狮子，做出各种只有狗才会做的动作，比如钻环、叼绳、打滚。看客们兴致高昂，表演者把脑袋伸进大张的狮口时，台下便爆发出一阵叫好声，碎银也漫天飞舞起来。

崖儿看着那狮子，百兽之王的脸上露出深深的无奈。原本有多强大，现在就有多绝望。

“楼主。”边上人叫了声，她转头看，是明王和魑魅。

“楼主此行顺利吗？有没有什么新的发现？”

崖儿点了点头，“卢照夜似乎是个很痴情的人。我夜探望江楼，看见了他的妻子，卢夫人的容貌尽毁，几乎看不出本来面目了，但卢照夜对她很是体贴，体贴得让人感觉……有异。”

魑魅很惊讶，“卢照夜腰缠万贯，要什么样的女人没有，怎会对一个毁了容的女人一往情深？要我看，如果不是两人之间有某种契约，那就是卢照夜本人也不正常。”

感情方面魑魅是很有发言权的，他男女通吃，对于男人的心理摸得极准。明王信他的邪，“哪里不寻常？”

魑魅黑眼珠望天，“说不定他恋丑，越丑他越喜欢。”

明王啐了一声，“胡说八道，这世上怎么会有恋丑的人！男人的心思我也知道，就算自己长得歪瓜裂枣，也盼着娶个天仙样的老婆。”

魑魅说那可不一定，“有眼高于顶的，当然也不缺有自知之明的。夫妻嘛，总要配得过去才好。瞎子能娶瘸子，你配他个聋哑，你看过不过得下去！卢照夜若不是自己喜欢，就说明他一定有问题，我可不相信世上有什么无缘无故的爱。”转头问崖儿，“楼主信吗？”

崖儿笑了笑，摸着下巴说不知道，“或许就差点缘分，缘分到了什么都好说。”言罢吩咐魑魅，“望江楼你派人给我盯着，卢照夜的行踪也要摸透，他去过什么地方，见过什么人……最要紧的一点，派人去热海查一查他的底细，越详尽越好。”

魑魅道是，忽然想起了胡不言，“那狐狸精脚程快，要不然让他跑一趟？”话音方落，胡不言从廊子那头过来，揶揄着：“花乔木，你一时一刻都不忘记我，难怪你家魍魉要吃醋。热海我就不去了，我怕热，烟雨洲倒是可以跑一趟。”说着把手里的纸条递给崖儿，“我刚才在院子里抓了只鸽子，发现了这个。生死门孔门主的飞鸽传书，说苏门主昨晚彻夜未归，到现在都没有回来。”

‖第三十章‖

不光身手非凡
连小曲儿都唱得响亮

崖儿接过纸条看，三言两语的阐述，没有详尽说明情况。王舍洲距离烟雨洲很遥远，那里的消息只能透过片语只字传递，越是鞭长莫及越叫人心急。

她看了胡不言一眼，“什么时候发现的？”

胡不言道：“就在楼主回来之前。厉害的狐狸一般不屑于抓鸡，我们更喜欢鸽子……”

所以波月楼的信鸽逐日减少是有原因的。崖儿冷冷地望着他，他发现自己说漏嘴了，嗓音逐渐低了下来，讪讪地摸了摸鼻子道：“楼主，你不要这么看着我，我有点害怕。吃你几只鸽子而已，你不是也没付我工钱吗……”

崖儿觉得留下这只狐狸就是个错误，“你都快把波月楼吃穷了，还敢说工钱？普通的鸽子随你怎么吃，可你吃信鸽，万一耽误了消息传递，你担待得起吗？”

胡不言说这点楼主放心，“我吃前都会检查鸽子腿，绝不会错过任何重要消息，我保证。”

崖儿狠狠瞪他，“鸽子吃光后，送信的任务就交给你了，反正你整日无所事事，留在城里也是闹得左邻右舍不得安宁。”

魑魅和明王发出赞同的笑，胡不言看了心里很不是滋味，拿足尖搓着地，讷讷道：“我已经为波月楼鞠躬尽瘁了，连人生大事都暂放一旁，楼主竟然没看见？”一面说一面幽怨地瞥了魑魅一眼。

魑魅对他的欲说还休充耳不闻，转过身道：“苏门主是楼里的元老，绝不会不告而别。失联一天一夜，大概是遇上什么麻烦了。”

袖里的手用力紧握了下，崖儿转头望外面夜色，“看来我得亲自去一趟了。”

五大门派联手寻找牟尼神璧，他们在烟雨洲的动向都骗不过生死门的人。是谁能控制苏画？如果不是那些江湖正道，必然另有高人。

神璧下落成谜，也许去向没有人知道，但她是岳家遗孤的事实，早晚会泄露出去。只是不知道一切是否比预料的来得更快，有人想对她下手，所以才找到了冒名的苏画。这倒也罢了，最让她忐忑的是，苏画之前的书信里提到过一帮来历不明的人，她不得不揣测她的失踪是不是和这帮人有关。江湖中人，彼此交锋各凭手段，倒也光明磊落，可要是那些人不是跑江湖的，又该怎么办？

她心里一阵疾跳，脸色也有些发白。明王和魑魅面面相觑，“楼主怎么了？”

胡不言当然知道她在担忧什么，当即豪迈地一拍胸脯，“有我！楼主可以迟点出马，老胡我先去打头阵。从九州到生州，我什么没见过？虽然修行多年没能位列仙班，但我坚决认为离仙仅为一河之隔。”

在他看来，那片东海和门前的河没什么两样，所以他的绰号叫隔河仙。当然在别人眼里，隔河仙的修为够不够给真仙提鞋，那就说不清了，毕竟银河也是河。

一顿豪迈的宣言，终于换来了两大护法赞许的目光。他们向崖儿抱拳，“为防有诈，还是属下等先行前往，楼主等属下传回消息，再决定是否亲自出马。”

崖儿抬了下手，表示不必。如果对方确实是冲着她来的，那么躲在波月楼无济于事。她是个习惯主动出击的人，与其等对方杀到来个瓮中捉鳖，还不如披挂上阵大战三百回合。无论如何先去会一会，到时候再视情况调整战略。打得过就打，打不过就跑……她无奈地想，和胡不言在一起混久了，发现他的处世道理居然很值得借鉴，果然智慧都是从经验中汲取的。

“何时能动身？”她问。

胡不言眨了眨眼，“随时。”

这是他身为坐骑后的第一次出征，新磨的刀初试锋芒，想想真有点激动。

丑时波月楼笙歌渐歇，化出了原形的狐狸傲然地站在院子里，月华如练，在他赤红的皮毛上洒下一层银光。这是一只巨大的金狐，比普通火狐大上几十倍，直耳尖嘴，背毛锃亮。尾巴尖上一截虽有残疾，不过不要紧，他为自己打造了一截纯金的狐尾，金光闪闪，瑞气千条，看上去比原来的值钱得多。夜风吹拂过来，它昂首挺胸，胸毛涌动如同麦浪，一看这身狐皮就价值万两。

崖儿在护法的簇拥下走出了观指堂，她华服不改，手上双剑在鞘，也不需要坐骑跪地等她骑上来，纵身一跃便稳稳坐在了狐狸背上。

魑魅和魍魉也一同前往烟雨洲，但他们骑马，脚程可能要略慢一些。崖儿回望时，黑衣黑甲的护法已经勒缰待命。她说“先走一步”，两腿夹了夹狐腹，狐狸箭矢般冲了出去。

寂静的夜，星垂四野。草原上的蛇鼠在洞穴附近游走，忽然看见一道红色的闪电从墨色大地上疾驰而过，带起的劲风压低了茂盛生长的茅草，如果眼珠子转得不够快，简直看不清那是个什么。

狐狸的速度确实很惊人，它伸展开四肢，几乎能把自己拉成一条直线。崖儿善于骑行，从小就在狼窝里生存，即便没有辔头可控，她也能随着狐狸的起落顶风前行。

多好多协调，胡不言心想，她天生就是个骑狐狸的人啊！如果不那么强势，简直合乎完美情人的一切标准。不过见识过紫府君其人的那双眼睛，再看别人是看不上了吧！关于她和紫府君的纠葛，其实他一直怀疑不单只是偷书那么简单。美人和英雄同吃同住那么多天，不发生点什么，怎么说得过去？想当初他也在碧梅当过五年杂役，有幸远观过紫府君。人家的身价在那里摆着，杂役想接近他，不如做梦比较实际。

他是只浪漫而充满奇思妙想的狐狸，由此得出他们之间肯定不简单。那天初到波月楼，那些江湖浪客问的问题很好，他也想知道答案。所以他咧开嘴，就算灌了满喉的风，也还是坚持打探："现在只有我们两个人，你回答我个问题，你和紫府君睡过没有？"

"啪"的一声，头顶上结结实实挨了一记。上面飘下来的嗓音比冰雪还冷，她哼笑："胡不言，看来该给你准备个嚼子了，你话太多。"

胡不言呜咽了声，因为真的被打得很痛。没睡过直接说没有就好了，为什么她总是避重就轻？他笑起来，"楼主，你做人不厚道哦，偷了人家的书，还睡了人家，劫财又劫色啊！这些都不是最重要的，重要的是你睡完就跑，你的皮囊下该不是住着个男人吧？紫府君醒来发现独守空床，琅嬛还被偷了，换了谁都受不了。所以他满世界通缉你，你真是一点儿都不冤枉。"

崖儿忍受着他的聒噪，要不是现在留他有用，早就一把勒死他了。没错，她是睡了紫府君，又怎么样？偷了他的书，和偷了他的人是两码事，一桩归一桩。偷书是她理亏，让他抓到她认罚。但就两人之间的事来说，你情我愿的，她也没有逼迫他。要是为这个不依不饶，那这神仙也未免太不上道了。

只是老天保佑，她还是祈愿掳走苏画的不是他。她长到这么大，刀山火海都经历过，从来没有任何事令她感觉惧怕。这次却不一样，她拽着胡不言的颈毛，满手都是汗。越是紧张，越想快点赶到，一不留神蹦出一句"驾"。胯下的胡不言顿时僵了一下，她想不妙，这狐狸又要闹脾气了。果不其然，胡不言大肆嗔怪起来，"你当人家是马？我是金狐狸，比马高级多了！"

她想扶额，可是腾不出手来，只好紧抿着嘴不回答他。

胡不言更不痛快了，换了腹语哀号连连：“原来我在你心里就是一匹马……啊，我不干，我不能接受！天底下的马化成人形都面目可憎，我好歹风流倜傥，英俊潇洒……”

崖儿很爽快，“猪蹄继续供应，每顿再加半只烧鸡、两个馒头。”

“成交！”胡不言立刻喜滋滋应了，所以适时矫情一下还是有好处的。感觉到她垂手在他前颈拍了一下，他明白吃人的手短这个道理，于是撒开四蹄，加快了奔跑的速度。

从王舍洲到烟雨洲，仅仅用了两个时辰。朝阳从东方的一片混沌中破壳而出时，他们站在了烟雨洲的城墙上。崖儿的衣裙在风中猎猎飞扬，绯红的，如同一簇炙热的火。她微乜着眼扫视这片城池，看见小桥流水，也看见望楼上悬挂的虎头旗。她长出一口气，自言自语：“这是我母亲的家乡……”

胡不言听后，使劲看了脚下的大地两眼，“你母亲一定是位素雅的美人，烟雨洲是水煮蛋的蛋白，王舍洲就是流心的蛋黄。蛋白里长不出罂粟花，看见烟雨洲的景致，就大概知道你母亲长什么样了。”

阅人无数，又酷爱美食，所以能把两者结合起来，得出个这么古怪的结论。崖儿瞥他，狐狸精总是不走寻常路，公狐母狐都一样。不过说得应当不错，她听过她母亲的故事，故事里的柳家小姐是绝代的佳人，当初众帝之台上一舞成名，多少英雄豪杰拜倒在她的石榴裙下。她没有选择那些已经功成名就的大人物，反而爱上了苍梧城里儒雅的少主。也许本性就是恬淡的，对比她的野性猖狂，她母亲一定是画堂高阁上的一枝兰，生活越平静，内心越饱满。

“我也想像我母亲那样。”她沉了沉嘴角，“可是我不能。我不去奔命，就会死在安逸里。”

胡不言并不了解她的身世，只是浅浅地知道她自小被训练成杀手，二十岁的时候杀阁主而代之。但光是如此，就已经感觉她活得峥嵘了。

峥嵘的岁月他不懂，他以前一直致力于创造花团锦簇的生活，后来到了王舍洲，领略了比如意洲更文雅、比方丈洲更复杂的红尘，才知道三千世界里的人有多不易。

能言善道的狐狸有些词穷，他努力安慰她：“没关系，你有剑胆琴心，大多数男人会喜欢这样的你。”

她听了，终于绽出一个笑容，“走吧，去找楼里人。”把剑别在背后，舒袖跳下了城墙。

苏画一行人在烟雨洲的行动，每天都向楼里回禀。她知道他们投宿在哪家客栈，但没有直接上门，不过在一些隐蔽的地方做上记号，但凡楼里的人，一眼就明白意思。傍晚时分，孔随风带着两个门众找到了约定汇合的地点。

“楼主怎么来得这么快？”孔随风道，“属下前脚刚发出飞鸽传书，后脚便发现了楼主留下的记号。”

覆着面纱的楼主颔首，神情木木的，“我新得了个膀臂，他脚程快，眨眼就能赶到这里。”

一旁的胡不言立刻拔出小扇一顿猛摇，“不才胡不言，幸会幸会。”

孔随风和弟子向他回礼，但听楼主问：“你们来时避人耳目了吗？”

孔随风忙道是，“属下一路留意，并没有走漏风声。只是楼主，属下今早接到了一封密信，是扣押苏门主的人送来的，要楼主上城东的独坐禅院以人易人。”

“以人易人……”楼主低头沉吟，“知道这帮人的底细吗？”

孔随风摇头，“是忽然出现在城里的，和哪帮哪派都不往来，恐怕不是云浮人。”

楼主沉默下来，低着头，一动不动地站了很久。久到孔随风觉得有异，但又不敢多言，只是拿眼神询问身边的人。然而众人都是一脸茫然，谁也不知道今天的楼主是怎么回事，平时遇见再大的难题，都从未这样彷徨过。

孔随风憋不住，小心翼翼地唤楼主，“属下等听楼主吩咐。”

她终于抬起眼来，翦水双瞳，波光潋滟，慢慢长吸了口气。孔随风料她要下令，忙抱拳俯身。只听她拖着长音道：“岳……岳……岳崖儿……”孔随风心头一凛，把身子压得更低，立起一双耳朵待命。谁知越听越觉得古怪，那转承启合里有了戏腔的味道，最后抑扬顿挫地唱起来，“月牙儿在中天，笑倚粉郎前。薄衫罩海棠呀，一半儿大敞一半儿掩……”

众人顿时一副被雷劈了的模样，站在那里连气都忘了喘。

荒凉的破庙里传出歌声，唱的还是这种淫词艳曲，山门外的人脸色铁青。

“好，唱得好！”有人拍扇加鼓掌，“楼主真是文武双全，不光身手非凡，连小曲儿都唱得响亮！”

夜色如墨，晚风拍打在颊畔，凉飕飕的。大司命忍耐了半日，趋身叫了声君上，“人就在里面，即刻捉拿吧！”

紫府君抿唇不语，哗地撩起袍裾，举步迈进了山门。

‖第三十一章‖

难道你忘了 咱们之间的情义了

一伙来历不明的人如神兵天降，很快包围了小小的破庙。

夜阑如水，门前窗外人影攒动，在里面的人还未反应过来之前，快速包围了这方寸之地。

胡不言拿扇子掩住脸，躲进角落低声惊呼："坏事啦！"

孔门主噌地抽出佩刀，紧紧盯着这些不速之客，压低声音道："楼主先走，属下等断后。"

站在槛外的人冷冷说晚了，月光晕染他的眉目，不怒自威的压迫感如江海壁立，银墙倾倒。连生死门这些提着脑袋闯江湖的，都忍不住一阵悸栗。

庙里没有光，一切都掩映在昏暗的夜色下，看不清人面，只见隐隐的轮廓。然而那轮廓，即便化成灰烬，他也能一眼辨认出来。太多复杂的情绪，扭曲了他的音调，紫府君启了启唇，声音仿佛不是他发出的，"图册在哪里，交出来。"

什么图册？生死门的人一脸茫然，但只要是和楼主有关的，必定无条件护短。他们横刀挡在楼主身前，不必等她开口，孔随风厉声责问："你们是哪门哪派的？没有自报家门就擅自扣人，手段下作令人不齿，你娃到底懂不懂江湖规矩？"

然而他口中的江湖规矩，根本没有人在意。

大司命迈前一步，面色比他的皂衫更黑，嗓音里有山雨欲来的威逼，"别再作无谓的抗争，既已找上门，就应当知道自己无路可退。把图册交出来，留你全尸。"

孔随风一听这话，喘气声都增大了不少，吭哧吭哧地啐了声放屁，"交不交都是死，还交你个狗脚，当人傻子吧？"

一向有威仪的大司命被这凡人的出言不逊惹怒了，正欲出手擒拿，却听见被他护在身后的女子叫了声"仙君"。声音当然还是熟悉的声音，终于可以确定岳崖儿就是叶鲤无疑，但她接下来的话让人很无措，也让君上下不来台了。她说："安澜，难道你忘了咱们之间的情义了？"

此话一出，小庙里顿时鸦雀无声。孔门主和手下的人很纳闷，究竟楼主什么时候和野人头头有了私情？紫府弟子集体僵化，不知道至高无上的师尊怎么会和一个偷书贼纠缠不清。

气氛很尴尬，紫府君沉默着，身板依旧挺拔，可袖子微微颤抖起来。大约压抑已久的怒火将要被引爆了，黑暗里的声音有穿云破石之感，一字一句满蓄风雷，"你我之间没有任何情义。把图册交出来，不要顾左右而言他。"

没有人知道他现在的心情，那种被愚弄的感觉简直令他狂躁。一场以偷盗为目标的邂逅，谈情实在太可笑了。他们之间的事，最好不要让任何人知道。彼此都别提起，狭路相逢后一切公事公办，谁让她技不如人！

面纱后的人小声啜泣起来，"也是，咱们江湖儿女聚散随缘，谈情就俗了。"哭完握拳摆出格斗架势，"不谈情，那就只好打架。图册在我怀里，有本事你来取。"

楼主的话充分说明这场仗非打不可了，生死门的汉子是可以为楼主抛头颅洒热血的真汉子，孔门主一声暴喝，带领手下攻向对手。

胡不言化作一道烟，哧溜一声钻进了墙脚。原本是可以逃之夭夭的，但他还是贴着墙，留下来听了会儿动静。

仙就是太死板了，在人间果真恪守九州那套规矩，这就给了他这种不怎么老实的妖以可乘之机。胡不言这回把压箱底的本事都拿了出来，他在老家时结交过一位驭鼠人，据说有的老鼠吃了人的指甲，能照着那人的模样幻化人形，其形似程度，连亲妈都分辨不出来。于是他跑遍了烟雨洲的大街小巷，从千千万万只老鼠中挑选出其中一只，喂它吃了崖儿的指甲。

不知紫府君看见岳崖儿变成老鼠后会作何感想？老鼠也是血肉之躯，不是拿那些乱七八糟的东西随便使的障眼法，只要不走近，够糊弄一阵子的。当然不能交手，一交手就露馅儿了，一只老鼠还不够人家弹弹手指头的。所以他得趁乱跑，紫府君不会真的对凡人大开杀戒，但对妖，那可就不一定了。

果然没过多久，破庙里传出了大司命气急败坏的声音："老鼠！是那只狐狸精干的好事！"

被点名的胡不言背上一凉，心里哀叹完了，他这回真在那些神仙面前露脸了。义气这种东西害人不浅啊，本来他过着无忧无虑的日子，却掺和进这团乱麻里，究竟图什么？难道真的图那半只烧鸡两个馒头吗？

他晃晃脑袋，随风一摇，赤红的皮毛在月下流光四溢。跑动起来，得和岳崖儿碰头去了，也不知她救出苏画没有。这招调虎离山用得实在是太妙了，一切暗中进行，连生死门的人都被蒙在鼓里。

紫府的人既然劫持了苏画，肯定会暗中监视客栈里的动向。只是他们没想到，画画儿看画儿，自己也成了画中人。扣押苏画的地方已经被崖儿摸清，所以说读书人真不适合跑江湖，遇上老奸巨猾的波月楼主，连紫府君都不够瞧。

胡不言跑得直甩舌头，赶到会合地点时，院子外奉命留守的四名紫府弟子已经被放倒了。胡不言哗了一声，“楼主手脚够麻利的！”

崖儿打开铁链救出了苏画，搀她出门来，边走边问：“城外的情况怎么样？紫府君发现没有？”

胡不言说：“我走的时候老鼠已经现形了，估摸用不了一炷香时间，紫府君就会赶回来。”说着盯上了苏画，这女人柳眉杏眼，长得可真好看。虽然比起崖儿来略显成熟，但风韵这种东西各花入各眼，有的人喜欢豆蔻少女，有的人喜欢半老徐娘，而他两者都喜欢。

胡不言往前蹭了两步，很热情地架住了苏画的胳膊，“苏门主，我有句话想对你说。”

胡不言是苏画来烟雨洲后才进波月楼的，她没见过他，但知道楼里有这么一只狐狸，是楼主的坐骑。兽形的时候可以不当人看，人形的时候还是要赏三分薄面的，于是她颔首，“请讲。”

胡不言腼腆地搅动手指，“苏门主你长得真好看。”

苏画本以为他有什么正经话要说，结果居然是这个。她翻了个白眼，“后生，我能当你妈了。”

胡不言眨了眨眼睛，“我三百多了，敢问门主芳龄？”

苏画完全不想搭理他，连正眼都不瞧他。崖儿蹙眉喊了声胡不言，“你要聊天也等先离开了这里，万一紫府君现在赶回来，咱们谁也别想跑。”

胡不言这才回过神来，连声应着对对对，摆尾现出了原形。

无论如何走出烟雨洲再说，一而再再而三地遭算计，就算人家是神仙也该发火了。唉，好好的仙君万一给逼疯，那是多大的罪过啊！和这始作俑者混在一起，将来不知道会不会遭天谴。

担心归担心，他还是背着她们在野外疾驰。走了得有半个时辰，才在一片不知名的草原上把她们放了下来。

苏画踉踉跄跄，差不多就是滚下来的，坐在地上直摇头，“这狐狸，实在是太难骑了。”

没有缰绳，没有辔头，也没有脚蹬，这一路她僵直着身子，颠得骨头几乎散架，再不停下来，恐怕就要吐了。

崖儿倒一切如常，拔了塞子把水囊递给她，“师父受苦了，要不是代我来烟雨洲，也不会被他们抓起来。”

苏画摆了摆手，表示这些都不重要，“我听那些人说什么图册，楼主之前一去四五个月，就是为了这个？”

崖儿点头说是，“不过好像捅了娄子，债主来得比我想象的要快。”

苏画看着她，大概一时找不到适合的措辞，半晌叹了口气，“你的胆子也太大了，上琅嬛洞天偷书。明知道那里负责看守的是仙，你怎么也敢下手？”

崖儿苦笑了下，有些事不能告诉她，单从她偷书的举动来看，确实是不可思议。她低下头说：“那卷图册对我很重要，我怕它落进别人手里，所以先下手为强了。反正现在这件事做都做了，再后悔也晚了，还是商量一下怎么应付吧。”

旁听的胡不言觉得很棘手，“来势汹汹啊，肯定已经震动三界了。楼主，你到底偷了人家什么图？该不会是春宫图吧？要是看完了就还给人家吧，你没看见大司命那个样子，要吃人似的。我也替你试探了紫府君，看看他有没有可能对你网开一面，结果你猜人家怎么说？”

网开一面肯定是不可能的了，但她倒有兴趣听一听紫府君的态度，“怎么说？”

胡不言怜悯地看着她，“人家说‘你我之间没有任何情义’，让你把图还给他。”

她微怔了一下，但转瞬又失笑，“我和他确实没有什么情义可言，人家是仙，我隐姓埋名给他扫了几天屋子，能有什么情义？”

胡不言耸耸肩，发现这女人要不是口是心非，就是铁石心肠。不过照目前来看，后者的可能性更大一些。搅得蓬山大乱，她倒拍拍屁股走人了，紫府君的便宜是那么容易占的吗？除了追她还书以外，恐怕还得讨要一个说法。

神仙和凡人的爱恨纠葛，想起来就叫妖头大。胡不言又把注意力集中到了苏画身上，“苏门主，你属什么的？不会那么巧，正好属鸡吧？”

苏画定眼看着他，那眼神简直要活吞了他。在他还在考虑接下去该怎么搭讪时，匕首冷硬的锋芒压在了他脖子上，“如果你还想喘气，就离我远点儿。”

胡不言咽了口唾沫，发现波月楼里不管男人女人都不好惹。他颤着两指去捏那薄薄的刀刃，赔笑道：“都是自己人，苏门主太见外了。”

苏画收起匕首坐回原地不再搭理他，转头问崖儿：“孔门主他们会不会有危险？”

崖儿说不会，“他们和这件事无关，紫府的人不会滥杀无辜，否则仙魔就没分别了。”

苏画慢慢点头，“那他们扣押我，也只是做做样子，你其实不必冒这个险。”

照理说确实如此，但她的身份不同，不单是楼里元老，还是她师父。波月楼虽然只是个江湖门派，每行一事也都有讲究。下智者驭人，上智者驭心，那么多人关注着她的一举一动，如果不救苏画，那么自此人人都要自危了。

崖儿温暾一笑，“我还要师父为我主持大局呢，波月楼里的一切都托付师父，紫府那头追得紧，我得出门暂避风头。”

胡不言一听来劲了，“老板打算和我一起亡命天涯吗？”结果招来两记眼神杀，他顿时有些委屈，需要他时骑着他，不需要时要他安静做壁花，连嘴都不许他插。

苏画有些忧心，“东躲西藏终归不是办法，倘若招惹的是武林中的门派，那还好应付，可你这回都惹到紫府去了，那帮人活得没个头，你得躲到什么时候？”

崖儿沉默下来，一时也难以作答。仰头看向浩渺星空，不知枞言现在在干什么，找到他母亲没有。遇见这种麻烦，没有人能商量，就特别怀念他在身边的日子。

苏画犹豫着建议，“或者像胡不言说的那样，把图册还回去吧，先打发了那些人再说。”

可是还了真的能打发他们吗？错已经铸成了，私自打开琅嬛的大门，她就算被碾成酱也不够抵罪的。孤山的位置每年都在变化，没有鱼鳞图，再过两年又难以找到了。她虽不去开启那些宝藏，但必须知道准确的位置。琅嬛果然如传说中那样防守严密，生人勿近吗？她嘲讽地笑，自己略施小计就进去了，怎么保证别人进不去？

有些路，一旦踏上就难以回头，必须一条道走到黑。她长叹了口气，“图册还回去那天就是我的忌日，师父记好日子给我上坟烧纸。不过我暂且还不想还，能留一日是一日吧！你回波月楼，如果紫府君找上门，告诉他不要轻举妄动。图册在我手上，他敢对波月楼不利，我就毁了图册，让他永远没法向上交代。”

胡不言听了半天，蚊呐似的发表意见：“有必要做得这么绝吗，毕竟不是外人。”

不是外人当然是内人了，苏画惊觉，诧异地望向她。

崖儿恍若未闻，舒展一下身腰问：“师父休息好了吗？好了就继续上路吧，我先送师父回波月楼。”

苏画道好，起身走了两步回身问她：“接下来你有什么打算？”

那双眼睛里笑意盈然，“当然是跑啊，要是被他抓到肯定饶不了我，我也害怕。”

第三十二章

相思成狂

距离王舍洲已经不远了，送苏画回去也没耗费多长时间。

路上胡不言叫楼主，“我有个问题想问你。”

他应该也没什么好话，崖儿皱了皱眉，“你要是又来插科打诨，当心我宰了你。”

胡不言桀了声，“楼主你这么威严，紫府君知道吗？”料到背后的老拳抬起来了，他识相地服了软，“哎呀！被你打了一回岔，差点把要紧话给忘了！我是想说，你一次又一次愚弄他，你猜会不会逼得他动用法力？万一人家豁出去了，到时候别说你，就是波月楼，弹指间也能给你化成齑粉……我事先说明，我只能跑过陆地上的活物，跑不过天上的仙，毕竟地上有沟坎，天上一马平川。万一逮住咱们，你好汉做事好汉当，千万别连累我，就说我是被你奴役的，和他一样都是受害者，记住啦？”

这只贪生怕死、薄情寡恩的狐狸，果然只能同富贵，不能共患难。

崖儿哼了一声，“腿是你跑的，老鼠是你变的，你以为自己还能置身事外？你现在只有一条路可走，就是和我并肩作战。只要我安全，你可以继续吃香的喝辣的。要是让我落进他手里，那我就说图册是你让我偷的，叫你跳进黄河也洗不清。”

这下气得胡不言说不出话来了，憋了半天由衷发出一声感慨：“渣，实在是渣！”

崖儿哂笑，“承让，你也不差。”

可是说句心里话，她还是很感激他的，只不过习惯了张牙舞爪的生活，让她忘了怎么同别人示弱。

老天爷终究善待她，当初最难的时候炼化了撞羽和朝颜，后来罗伽大池上遇见了枞言。去方丈洲惹上一身麻烦，枞言走了又来了胡不言，至少在陷入窘境的时候都不是孤单一个人，也许这是对她幼年孤苦的补偿吧。

因为无依无靠，所以抓住一个就像抓住了救命稻草。她一直不肯承认，但心里知道究竟是怎么回事。其实不必他说，紧要关头她也不会连累他，江湖人嘛，那点担当还是有的。

她在他背上拍了拍，“放心吧，图不在我身上，就算他抓到我，也拿我没办法。”

胡不言白眼乱翻，“但愿如此。你还是求老天保佑别让他抓到你吧，否则你一介凡人，承受不了仙君的怒气。”

唉，仙君也是男人，万一想不开，把她关起来又奸又杀，然后再同归于尽怎么办？所以做人不能太绝，惹到女人最多伤情，惹到男人可是会要命的，她不会不知道吧？

可惜崖儿是个见了棺材也不掉泪的人，她把苏画送回波月楼，自己倒也没走远，在王舍洲另找了个地方安顿下来，继续追查卢照夜的底细。

王舍隔三岔五就有丢了身体的人头出现，且都是女人，年龄在十六岁到二十岁之间。案子一直不能破，弄得满城人心惶惶，年轻的女孩子天一黑就不敢出门了。可饶是如此，该死还是得死。

那凶手不挑，不论出身如何，只有一点要求，肤白貌美。据说一家农户早早地关上了大门避祸，天将暗时女儿在院子里打水，只听见水桶“哐”的一声落地，追出去看时人已经没了踪影。隔几日在田垄上发现尸体，脑袋是完整的，脖子以下惨不忍睹。

胡不言看得牙酸，“楼主，你要保重啊，别忘了你也是个女的。”

崖儿瞥了他一眼，“我觉得这些姑娘的死，和卢氏夫妇有关。”

胡不言摸了摸光秃秃的下巴，“所以牟尼神璧到底是什么东西？能杀人？是刀？热海公子要它，是为片肉的时候用起来趁手吗？”

狐狸满脑子奇思妙想，虽然大多时候都是废话，但也有歪打正着的时候。全武林为牟尼神璧争得头破血流，但在卢照夜眼里，也许它只是一把能杀人于无形的刀。

城郭边上有个小院子，院里种着一棵合抱粗的高山榕，树冠很大很茂盛，遮住了头顶的一片天，底下的空地正好可以用来纳凉吃饭。

崖儿捧着馒头看胡不言大嚼鸡腿，说得有点食不知味，“五大门派还没对万户侯府下手，毕竟柳家有屯兵，他们不敢公然挑衅。不过我想用不了多久了，逼不出岳氏遗孤，他们也会借机把柳家抄个底朝天。只要烟雨洲一有变故，立刻放出消息，就说牟尼神璧为热海公子所得，让卢照夜疲于应付，看看城里的命案会不会就此减少。”

胡不言唔唔点头。狐狸吃鸡，吃相真的很难看，鸡油抹得满脸都是。她掉开了视线，“我要再去一趟望江楼，后来回想起卢夫人吃的药，总觉得有些不对劲。”

胡不言抽空问：“哪里不对劲？”

她蹙眉回忆，“卢照夜当时说了一句‘你的药还在外面炉子上蒸着’，正常情况下不是该说‘煎着’吗？谁的药是蒸着吃的？”

胡不言咀嚼的速度慢了下来，“难道你怀疑那些尸肉都进了卢夫人的胃里？”

她不说话，只是盯着他手里的腿骨看。胡不言的脸都白了，手里的骨头扑通一声落在桌上，“别这样好吗，我只吃禽类，不爱吃人肉。虽然我之前也做了人吃人的猜测，但你在我吃肉的时候有意提起，到底是何居心？”

是何居心？就是希望他少吃一点。现在是逃难时期，每天对坐着看他大鱼大肉，实在让人糟心。

她笑了笑，“不言，你是留下看家，还是跟我一起去？”

胡不言因为出身非人的缘故，对看家等一干词汇比较敏感，总觉得她有时候拿他当猫狗养。让他留下，他肯定不干，既然和她成了一根绳上的蚂蚱，必须时刻准备好带她逃命。

仰头看天色，黄昏已至，离天黑至多还有半个时辰。然而南天起了一片霞霭，没有雨水，自然也不是阳光反射的。他回头看了她一眼，“楼主，仇家找上门来了，我看你今晚还是别轻举妄动了。”

崖儿顺着他的视线仰望，“紫府君到了？”

胡不言嗯了声，“烟雨洲到王舍洲花了两天，可能是半飞半走来的。”

“为什么要半飞半走？”这位仙君总是迟来半步，叫人摸不着头脑。

胡不言抱着胸揣度，“紫府君一定是觉得这女人太可恨了，始乱终弃又再三戏弄本君，必须尽快将她绳之以法，于是驾云跑了一段。但是半道上又开始反省，本君是得道仙君，方丈洲众地仙表率，不能带头坏了规矩，于是又落地，靠骑马赶路。”

崖儿脸上露出怀疑的表情，“胡不言，你就会满嘴跑骆驼。”

胡不言说：“我冤枉死了，除了这么算，还有什么算法能解释他明明半炷香时间能到，却花了两天？要是单靠地上行走，烟雨洲到王舍洲起码半个多月，还得日夜兼程，不是连飞带跑，两天又怎么赶得到？”说罢想起什么来，半带调侃地笑道，“你们生州不是有个词吗，叫近乡情怯。紫府君对你终归是不同的，人家万年没见过女人，可能你是第一个……”结果话没说完，在她的瞪视里讪讪住了口。

崖儿望着那片瑞霭，心里一片空白，怔忡站了很久，才叹着气回屋里去了。

胡不言追过来，浅淡的影子铺陈在门槛上，捏着嗓子问：“老板，仇家追来了，你到底躲不躲？”

她坐在暗处，木然道：“王舍洲这么大，他找不到我。”

“你确定？”胡不言吸了口气，“性命攸关，可不能开玩笑，你得记住了，你身边还有我。”

她瞥了他一眼，“我还以为你会说同我患难与共。”

胡不言支吾了下，“既然你主动提起了……你看这么艰难的时期我都对你不离不弃，可见我这个人有多长情，你真的不打算和我谈谈情吗？我也是男人，你需要的我都能提供，还可以一辈子让你骑，你都不用觉得欠了我交情，多实惠！”

她嘴角抽搐了下，“我不喜欢狐狸。”

胡不言愣住了，深受打击，“为什么？狐狸哪里不好，你这么歧视狐狸？”

她的回答很简单，直捅胡不言的心窝，“狐狸用情不专，而且有味道，这些我都不喜欢。”

胡不言当即石化了，缓了半天才续上气，撑起两臂气急败坏地猛嗅腋下，“有味道？哪里有味道？你可以不喜欢，但是不能污蔑我！好歹咱们现在在同一条船上，多少给我留点面子。”

她果然沉默下来，过了会儿才道：“不言，我这次可能真的要连累你了。”

她一向强势，忽然说出这句，纵然没有含情脉脉，也不是温言絮语，但给胡不言造成了不小的震动。

不正经的时候可以很不正经，一旦正经起来，狐狸就是天底下最正经的人。他吸了吸鼻子，靠着门框说：“算了，我不怪你说我臭了，我知道你不是真的嫌弃我，只是不懂得怎么拒绝。至于连累这种话，以后就不要再说了，就当我还你的情，感谢你在我爬窗户的时候只斩断了我的尾巴，让我现在还有机会活蹦乱跳地站在这里。”

崖儿慢慢仰起了唇角，笑也笑得有些凄凉，略迟疑了下道：“我不太放心波月楼，不知紫府君会不会为难苏画他们，打算回去看看。”

胡不言吃了一惊，“你不怕被他逮住？”

她说不怕，“我易了容去。”

胡不言觉得她大概是疯了，“老板，你是不是相思成狂了？他风尘满袖不是来和你谈情说爱的，他是来执法的！私闯琅嬛是多大的罪，你知道吗？”见她一脸茫然，他咬牙切齿地告诉她，“轻者见阎王，重者囚禁八寒极地，受永世冰刑之苦，你还想去吗？”

她说去，“我只是不放心苏画他们，一旦确定他们安全，我即刻离开。”

胡不言见说服不了她，唯有作罢，转过身往外走，边走边嘟囔，“你去就去，反正我不陪你发疯。你让他们捉住才好呢，省得整天驱使我……”说罢又回头瞧了她一眼，终归还是硬不下心肠，垂着脑袋嘱咐，“见势不妙赶紧逃，我在青石门边第二个窗户底下等着你。”

崖儿说好，阖门换了衣裳，戴上人皮面具，再出门时，就是个八字眉八字胡的少年模样。这是她以前惯用的装扮，楼里人见了甚至不需要询问，一眼就知道是她。

王舍洲迎的是八方客，生意人一般不会主动闭门谢客。所以要判断一个地方是不是出了什么要事，只需看大门。大门日夜大敞，就表示天下太平；大门虚掩上，那就可以揣测这里是不是遭了难，要出人命了。

波月楼今天就不祥，巨大的楼门闭得严丝合缝，门外站哨的也换成了一身皂袍的司命，看来紫府君已经到了。

还好，她在这地方生活了二十多年，每一处暗道都了然于心，几次迂回穿行，人就进了楼里。不过从梁上翻身下来时，还是吓了送茶的门徒一跳。她眼疾手快地捂住他的嘴，做了个噤声的动作，那门徒看清了她的脸才大松一口气。不需多言，她接过他手里的茶盘闪身进观指堂，进来后发现气氛是真的凝重，苏画坐在上首，脸上极力保持微笑，但那笑容多少有虚张声势的味道。不动声色地看了进门的她一眼，对访客道：“仙君，小女子先前有眼不识泰山，多有得罪了。但仙君是上仙，不分青红皂白随意扣人，实在有失风度。我无罪，无罪就应当容许我跑。眼下仙君又追到王舍洲来，如此不依不饶，也太不讲道理了吧！”

崖儿屏息凝神，把视线掉转向了那个熟悉的身影。一个月未见，他依旧是微风漾水的清正模样，只是禅衣外罩了皂纱，衬得脸色有些苍白。她不敢看他的正脸，即便自己有面具，也害怕被他识破，只是半藏在柱子后面听他说话。他说：“把岳崖儿交出来，否则本君拆了这波月楼。”

她踉跄了下，没想到他会说这种话，看来这回真是恨极了她了。胡不言猜得没错，谁也不能忍受再三的戏弄。破庙里的那只老鼠彻底惹怒了他，她现在要敢露面，他八成会活撕了她。

小心翼翼往后缩了缩，她向苏画递眼色，苏画会意，莞尔一笑道：“仙君有话好说，楼主既然知道你们正缉拿她，又怎会留在楼里？我们呢，不过是些无家可归的可怜人，借波月楼的片瓦遮身而已。仙君慈悲为怀，怎么忍心毁了这楼！况且……”她勉强硬起头皮周旋，“况且我们楼主有句话，命我转告仙君……”

她说半句又吞半句，紫府君倒没什么表示，静静等待下文，大司命却很不耐烦，愠声道：“别玩花样，有话就请直说。”

苏画早看这判官脸的人不顺眼了，颇不屑地乜斜着他，“我们楼主说了，图册现在在她手里，请仙君不要轻举妄动。如果波月楼有个闪失，那么图册便也会有闪失，还望仙君三思。”

结果这些话引发了他的冷嘲，他笑起来，蔚然的眉眼，却迸发出一种别样阴冷的味道。甚至连手指都没有动一下，这庞然的楼体便开始微微震颤，他在一片惊涛骇浪里凉声道：“转告你家楼主，本君最讨厌受人威胁。如果图册被毁，那么楼中众人都是同谋，谁也难逃干系。”

神仙发起疯来果然吓人，他完全不吃这一套。

楼体越震越厉害了，房梁上粉尘簌簌落下来。苏画终究有点慌，惊恐的眼神刹那划过右侧的殿柱。

只这一眼，便够了。

他顺着她的视线转头，见帷幔之下站着个手托茶盘的少年，一双碧清的妙目，两撇菱角般翘起的小胡子，五官虽不熟悉，身形却有似曾相识之感。

他目光微沉，一步一步向他走了过去。

‖第三十三章‖
叶 鲤

被识破了？崖儿心里有点慌，这个说不熟悉但又熟悉到骨头缝里的人向她走来，脸上带着探究的神色，每近一步都带着雷霆万钧的气势。那双眼，那张脸，无一不令她感到恐慌。

这就是做了亏心事的感觉。其实以前她做的亏心事也不少，奉命去杀那些兰战需要她杀的人，作为杀手，再见仇家也能气定神闲。然而这唯一一次不以杀人为目的的行动，居然会让她如此心慌气短。双手紧紧扣住茶盘，到了走投无路时只好背水一战了，虽然这一战绝无胜算。眼尾留意胡不言之前说好的那扇窗，她开始计算到那里需要耗时多久，如果现在纵身而下，以胡不言的速度，能不能赶在他出手之前逃离。

面具终究是面具，制作再精良，都有掩盖不了的破绽。不能往后退，只要退一步，下一刻就会落进他手心里。她只得微微低下头，尽量避免和他视线相交。

人活得久了，生命中过客不断，大多不会留下痕迹，但唯一有过亲密接触的则不同，不论爱恨都刻骨铭心。他还记得她的肩，她的腰，甚至她的脖子和双手，即便于万人之中，也能一眼认出她。留着小胡子，胡人的面貌，五官虽有变化，着装也大不一样。但她好像忘了，人的身高和骨架是不能随意转变的，她换装的时候，至少应当垫一下肩，增粗一下腰。

这回不会又变成老鼠吧！他试图平静，就像以前建《万妖卷》时一样，可不知为什么，根本办不到。他气涌如山，过去的千年万载里，从未对谁有过这样强烈的恨意。这种恨不单源于琅嬛失窃引发的罪罚，更多的是自暴自弃，和急于找到宣泄的迫切。这妖女……大司命说得没错，她的确是个妖女。看看这纸醉金迷的世界，她坐拥波月楼，混得如鱼得水，原来从未想过留在蓬山。她眷恋红尘，爱慕荣华，满嘴情话，可气的是他居然曾试图相信她。现在梦做完了，春风一度后她开启琅嬛，让他背负骂名。

赔上一身清白只为偷一卷画，她到底把他当什么了？

也许清白对她这种人来说并不重要，他盯着那张人面步步逼近。抬起手，即将见分晓时，身后忽然传来苏画的喊声：“楼主，你怎么回来了！”

他下意识回头，结果竟疏忽了近在眼前的人。几乎是一眨眼的工夫，人影一晃，自窗口凌空而下。他暗道不好，伸手抓了个空，待奔到窗前时，只见一道红色的身影一闪而过，哪里还有她的踪迹！

“叶鲤！”身后响起他的暴喝，胡不言背上的崖儿缩了缩脖子，心里怦怦急跳，抓着鬃鬣的手忍不住颤抖。

天上有狂风呼啸，到这时才后悔，为什么会脑子发热要回波月楼。回头望，紫府弟子呈包抄之势，在王舍洲连绵的亭台画阁上起落，一个腾跃便激射如箭。她粗喘了两口气，“不言，他们追上来了。”

胡不言不说话，他对于逃跑还是很在行的，压低了身子在坊院间穿梭。临水的楼都是骑楼，上面作赏景看花之用，下面专供人穿行。于是紫府弟子奔走于高楼林立之上，他们便从冗长的廊子底下穿梭。

夜晚的狂欢刚刚拉开帷幕，四周都是酒酣耳热的人，胡不言有意引发骚乱，人群之中一通胡窜，所到之处惊起一片哗然。于是大家都出来看神仙了，毕竟这样激烈的追逐场面，比看外邦客吞刀子有意思得多。紫府的人呢，终究不愿意乱了红尘，见人越聚越多，只得中途袖手，消失在茫茫的夜色里。

一处墙根下，胡不言背靠冷壁大喘粗气，拍着胸口说：“差点被你害死！这下看见你那情郎了，他有没有说想你？”

她置若罔闻，握着剑隐蔽身形，探出头去观察街面上的情况，发现追兵确实都撤走了，才敢松懈下来。

骨头都散架了，她拽下面具瘫坐在地上，居然还有兴致和他调侃：“他自然想我，我知道他每日每夜都在想我——想杀了我。”

“不尽然。”胡不言抹了把汗，“你刚才听见他喊你什么？不是岳崖儿是叶鲤！这说明什么？说明你在他记忆里很重要，他认定你是叶鲤，而不是什么波月楼主。”

崖儿对他的长篇大论不感兴趣，只庆幸这次运气好。胡不言看她一眼，托着腮叹息：“纯情的男人就是麻烦。给你个建议，下次就算落进他手里也不用怕，跟他谈情，对他撒娇，你还有希望让他对你网开一面。”

那微挑的眼梢下顿时飞出来一个媚眼，胡不言当然不认为她是对他有意思，长成这样没办法，微微流转都像暗送秋波。

果然她的话还是硬邦邦的，站起身拍了拍衣摆的尘土，“别啰唆了，走吧。”

去哪里？似乎无处可去。这趟赴险唯一的好处就是让他亲眼看见她跑了，不会再逼着苏画交人，波月楼暂时可以免于一难。

胡不言站起来，扣着十指挂在后脖子上，正想建议她干脆跟他回方丈洲去，朦胧的小径上走来一个挑灯的男人。这男人穿一身锦衣，袍裾上金银丝勾勒的云纹，在橘黄的灯光下泛起温柔的浪。灯笼圈口的小簇余晖照亮他的眉眼，没有棱角，温润如玉，对他们友善地浅笑着，“岳楼主离城好几日，别来无恙吧！”

油头粉面，来者不善。胡不言眯觑起眼，不动声色地把她拨到了身后，“热海公子？”

卢照夜含笑说是，“先前宴上正在表演幻术，外面忽然震动起来，我还以为是术士的花样，没想到竟然是楼主。楼主是遇上什么难题了吗？刚才那些黑衣人，正追杀楼主？”

一个从未见过真面的人，居然轻易就认出她来，看来这位热海公子花在波月楼的力气确实不小。崖儿抿唇笑了笑，“遇上一点小麻烦，不值一提。卢公子月夜挑灯独游，真是好兴致。”

卢照夜说不，“我是特意来请楼主的，既然路过我望江楼，没有过门不入的道理。寒舍就在不远，楼主若不嫌弃，请入我寒舍小坐，我有好酒款待贵客，如何？”

崖儿想了想，倒也好，反正本来就想去探探究竟，他既然相请，就顺水推舟了。她拱手作揖，“深夜叨扰卢公子，恐怕对尊夫人造成不便。”

卢照夜却一笑，“哪里，楼主是请也请不动的贵客。内子早就听说过楼主大名，也知我委托波月楼办事，常说要去拜会楼主。今日正好凑了个巧，我命人请她出来侍酒，还望楼主赏光。”

崖儿含笑点头，想起卢夫人那张脸，心底不禁一阵恶寒。奇怪得很，照理说这样的面貌是绝不愿轻易见人的，这位热海公子竟还热络地打算请他夫人出来相见，也不知葫芦里卖的是什么药。

胡不言对喝酒还是很感兴趣的，他大声笑道：“正好我跑得口干舌燥，那就借公子宝地，以酒代茶。”

卢照夜笑得温雅，比了比手，“二位请。”

不得不说，这位贵公子是个充满诗情的人，那种精致到骨子里的情调，真不是什么人都能仿效的。

小径铺满落花，那花瓣大约是桃树的，随他袍角翩翩，绕足掀起轻柔的回转。王舍洲处处奢靡，但这条通往望江楼的路，却如幽冥中的无底安逸，淡霭凄林中的一线希望般，那样扎根尘世，又远离尘世。

崖儿同胡不言交换了下眼色，胡不言眨了眨眼，“你瞧我干什么，怕我喝醉？”

这只狐狸十分欠调教，但又一点即通。她负手佯佯而行，“没错，贪杯可是要受罚的。”

卢照夜回头轻轻一笑，倒也没说什么。走了大约五十步，抬手指了指，“就在前面，望江楼前楼用作宴客，后面是我们夫妇日常起居之用。前面过于喧闹，人多眼杂，还是后楼好，那里安静些，可以叙话。”

崖儿抬头望过去，所站的地点不同，所见的景致也大不同。上次她飞檐走壁，并没有留心周围的布局，现在是带着游兴而来，当然得好好欣赏一番。

当初热海公子在王舍斥巨资兴建亭台，望江楼是重中之重。楼有四层，翘角飞檐制式繁复，青瓦白墙朱窗，宫灯处处高悬。最新奇的倒还不是那楼，而是遮挡住半边楼体的巨大桃树。她从未见过这么大的树，照树龄来看大约逾千年了，枝叶纷披，满树繁花。原来小径上的花瓣就出自它。沉沉的，厚重的粉白映衬着画楼，于是那楼也像这迷影重重的热海公子一样，变得优雅而深不可测起来。

崖儿嗟叹：“卢公子是风流雅士，这府邸果然也别具一格。”

卢照夜甚谦虚，“万丈红尘，处处都是精致的俗人。我不过是个俗人罢了，照着喜好点缀人生，楼主见笑了。”一面说，一面将人引上了漫坡。

一处露台的边缘，传出晚风吹动衣裙的声响，然后便是浓郁的香气铺天盖地席卷而来。这香气崖儿记得，正是卢夫人闺房里用的熏香。她仰头望，却只看见织锦的画帛随风飞舞，楼上人欲上九天似的，半双云头履几乎临空而踏。

不知胡不言见了那位夫人，会不会迸发出鲜花牛粪之感。他们有意慢行半步，听见卢照夜温柔又满怀喜悦地招呼：“小情，看看我请了什么人来。”

崖儿做好了接受视觉冲击的准备，可绕过雕花栏杆，出现的竟然是一张娟秀的脸。五官不说美，至少端正。皮肤极好，吹弹可破的细腻，和那晚的狰狞相去霄壤。

崖儿暗暗纳罕，但疑惑不做在脸上。只见卢夫人踩着莲步姗姗而来，听卢照夜介绍完，立刻露出满脸惊艳来。

“这位就是岳楼主吗？哎呀，我对楼主仰慕已久，今日一见果然不同凡响。”边说边往亭台内引，“楼主贵人事忙，我早前便想让外子下拜帖宴请，可又怕楼主不得闲，便一直拖着没办。没想到今日竟有这机缘，楼主屈尊驾临，实在让我们夫妻受宠若惊。”

如果说卢照夜的态度单纯是客套，那么他夫人便有些热情过头了。崖儿寸寸留心，卢夫人的几次三番表亲近，都被她不着痕迹地婉拒了，但挡得住手脚，却挡不住视线。

卢夫人的目光肆无忌惮，与其说是仰慕，倒不如说是贪婪。仿佛狼遇见了猎物，利齿在唇下呼之欲出，稍不留神就会扑上来，一口穿透你的皮肉。

热海公子对牟尼神璧的消息更为关心，儒雅的人，推杯换盏也没有匪气，敬过了一轮酒，便矜持询问有关神璧的消息。

崖儿没有作答，胡不言抢先插了嘴，“卢大公子不知道其中凶险，江湖上抢夺神璧由来已久，我们楼主因受公子所托，亲自去了烟雨洲，也因这神璧的缘故，惹下了一身麻烦。我们楼主是讲江湖规矩的，即便自己为难，也要为公子达成心愿，公子在酬劳方面可务必不能怠慢。”

卢照夜说那是一定的，就算不耐烦胡不言的多嘴，也还是保持良好的修养，顿了顿又问：“那么眼下进展如何？依楼主之见，在下还需等多久？”

崖儿只是一笑，“卢公子未免太性急了，江湖上诸多门派追踪了二十多年，没有任何头绪，公子托付波月楼不过短短数十日，如果十日之内我将神璧交给你，你能相信这神璧是真的吗？”

卢照夜露出赧然的神情来，“楼主言之有理，确实是我唐突了，实在是要它急用，所以不到之处，还请楼主海涵。”

胡不言乘机又问了一句：“卢公子，你既然不求财，那到底要神璧干什么用？这神璧本来是神兵谱上的武器，一个杀人用的玩意儿，又不能拿来当传国玉玺，难道你想拿它垫床脚？”

卢照夜似乎懒得同他周旋，连笑容都不见了，“公子说笑，卢某另有他用，恕我暂且不便相告。我与波月楼立了契约，波月楼为我办事，事成之后我兑现一切承诺。楼主就算不在乎酬金，也应当在乎那个真相吧！”

他双眼如炬，有洞穿一切的犀利。崖儿在卢夫人的凝视下缓缓点头，“请卢公子放心，波月楼允诺的事一定会办到。请再容我几日，我定然给公子一个满意的答复。”

他们告辞离开了，卢氏夫妇起身相送，一直送到漫坡上。

“如何？”卢照夜低下头，吻了吻妻子的额头。

小情倚着他，笑得心满意足，“很好。”

“这次定下就不变了吧？”他有些拿她没办法，可话里依旧满是宠溺的味道。

小情踮足搂住了他的脖子，一声“卢郎”叫得缠绵悱恻，“得了最好的，做什么还要变？自此之后再不变了，我说话算话。”

‖第三十四章‖
老 妖 精

人就在眼前，然而追缉还是失败了。大司命听了回禀进来传话，向上一觑，神情有些犹豫，“君上……”

紫府君坐上了观指堂的正座，奢华的背景映衬着俯仰从容的面目，像金碧上落下一点浓墨，不散不扩，不可忽视。

边上波月楼的那群人只好惨然望着他，这是打算占山为王了吧，追讨不成就霸占人家的产业，自己做起了老大，这神仙当得有点俗气啊。

紫府君脸上毫无意外之色，早料到会是这样的结局。如果她能轻易让他们抓住，那他就该怀疑她的能力了。

他垂下眼，慢慢点了点头，“我本以为她不在波月楼，没想到居然撞了个正着，看来她确实舍不下这地方。”一面说，一面四下打量，撑着额问大司命，“下榻的地方找到了吗？”

苏画和留守的阿傍顿时一喜，瘟神要走，看来还有希望，于是满怀期待地看向大司命。结果那大司命瞥了他们一眼，沉声道：“王舍洲处处乌烟瘴气，根本没有个清净地方。”

紫府君思量了下，“既然如此，一动不如一静。吩咐少司命们，带门下弟子找地方安置，我们就在这里等她回来。”

这可算是今年最坏的消息了，阿傍嗫嚅着举了举手，“仙君，这波月楼里声色犬马，俗到了极致，修行之人混迹在红尘泥沼，终归不好吧！况且我们楼主这回已经成了惊弓之鸟，你们就是守得再久，她也不会回来了。”

神仙的目光透着清冷，即便是淡淡看向你，也让你有无所适从之感。

“她胆大包天，什么事干不出来？惊弓之鸟……你太小看她了。”

阿傍噎了下，发现这位仙君还挺了解他家楼主的。人赶不走，那他们怎么办呢，总不能活在这样的夹缝中吧？于是瞅瞅苏画，希望苏门主说句话。

苏画酝酿再三才道：“仙君，我们波月楼是开门做买卖的，就算楼主不在，我们也得吃饭。断人财路等于杀人父母，诸位仙君借住在此，我们不能迎客做生意，断了上下几十口的生计，不是修道之人所为吧？”

真是说得有理有据，阿傍对苏门主的敬意又上了一层。料想这些不速之客总该知难而退了，没想到上首的紫府君发了话：“你们照样做你们的买卖，我们接着捉拿你们的楼主，各不相干。我知道她不会离开王舍洲，这洲界不过这么大，她能躲到哪里去？她不是无亲无故吗，波月楼是她的家，你们是她的家人，她就算去了天边，最后也还是会回来的。”

苏画和阿傍对视了一眼，心道神仙眼里果然岁月静好，什么家啊家人啊，这些太缥缈了，楼主对他们来说是主人，不是家人，反之他们在她眼里也没那么重要。

可大司命却听出了满心的不安来，觉得君上大概是真的被那女人刺激到了，一向天高云淡的处世态度，终于开始变得古怪刁钻起来。

以他往常的习惯，即便是找个草庐，也绝不会住在这种物欲横流的地方。况且要抓人，不是应当先埋伏起来，让她以为他们已经走了，再来个瓮中捉鳖吗。他这样堂而皇之霸占了波月楼，岳崖儿究竟长了几个脑袋，还敢露面？

波月楼的这些人满脸不忿，想来是极不情愿的。大司命原本还想劝君上三思，但看见他们这样，反而换了口风，向上拱手道是，“属下这就肃清后楼，安排众弟子入住。”

紫府君微微颔首，示意他去办，目光在苏画脸上一转，“带本君去你们楼主的住处，本君要例行搜查。”

苏画张了张嘴，但领教过这位仙君的厉害，到底没敢触怒他。刚才她的那声打岔给楼主争取了逃跑的机会，奇怪他居然没有对她出手。如果这次再敢违逆，说不定真要上演株连的戏码了。

她只得垂首说是，“请仙君随我来。”

他在廊庑下的重重光影中穿行，这穷奢极欲的地方，每一处都弥漫着铜臭味。她的住处很深，不知过了几道门，最后随苏画进入一处房舍。屋子很大，处处红幔低垂，一层复一层的鲛纱轻得像梦，有人走过便荡漾飘拂，仿佛一切都是流动的，活的。

苏画捺着嘴角站在门前，“这就是楼主的卧房，但她之前一直在外奔波，很少留宿。这次仙君恐怕要白来一趟了，那么重要的东西，她绝不会放在楼里的。”

紫府君面无表情地看了她一眼，“你在外等候。”

苏画没办法，负气退到了走廊里。

前楼的大门应当打开了吧，她听见人潮涌动的声音，先前的静谧刹那便被嘈杂的人声掩盖了。波月楼的生意一向很好，只要迎客，用不了半炷香便会座无虚席。

旖旎的细乐响起来，宾客的说笑声和铜钱撞击舞台的脆响交织出一片狂欢的海洋。她望着屋顶叹了口气，不知楼主现在在哪里。先前的枞言是靠得住的，天涯海角有他陪伴，总不会出什么纰漏。可如今换成了胡不言，那只骚狐狸又蠢又好色，也不知能不能护她周全。

正唏嘘着，忽然一串骨碌碌的响动滚过来，停在她裙角前。垂眼看，是一截青竹做的信筒，古朴苍健地刻着“紫府”二字。

她抬眼往来路看，走廊尽头站着那个判官脸的人，想必是一时不查，信件落地了，那么巧，正好滚到了她面前。

不说话，也不让步，她就那么看着他。

仇人见面分外眼红，那天烟雨洲头回碰面，她就对这个吆五喝六的大司命印象很不好。互不相干也罢了，结果犯到了她手里，那就别怪她不客气了。

大司命是见过大场面的，疏忽出错也依旧脸不红气不喘。看看那竹筒，再看看斜倚粉墙，把自己打扮成一朵虞美人的苏画，步履不减，到了她面前。

“失礼了。”他弯下腰，垂手去捡。

苏画笑了笑，提起裙裾，把竹筒盖在了裙下。

这下他顿住了，自然不能去掀她的裙子，便直起身，蹙眉望着她。

苏画气定神闲，那弯弯的眼极具风情地婉转一瞥，娇声道：“我有一事向大司命请教。”

要不是信件在她裙下，大司命是不屑于理睬她的，现在情非得已，只得颔首，“门主请讲。”

苏画关心的是他们究竟什么时候离开，波月楼来来往往那么多暗线交易，有外人在，终究行动不便。

她仰着唇道：“我们楼里年轻女孩子很多，不管是门众也好，婢女也好，人数大大超出府君带来的弟子。大司命知道男人混在女人堆里的下场吗？好好的清修，恐怕要被打断了，说不定从此落入红尘，永世不得超生，这样子多不好！”她眨了眨眼，“你们什么时候走？”

大司命的脸结满严霜，刀劈斧砍都化不开的样子，“无可奉告。”

看来是不想好好谈话啊，苏画有些怨怼，“我是为诸位仙君好，我们楼里的姑娘很热情，最爱送个点心，慰问慰问。倘若仙君们有旁的需要，姑娘们也善解人意得很，这么一来二去，当真不会出事吗？”

这算赤裸裸的威胁了吧！大司命看她的眼神像在看一只害虫，“苏门主，那就请你管好手下人，不要给紫府弟子造成困扰。”

苏画哈哈笑起来，“那我可管不了，脚长在她们身上，她们爱去哪里，爱见什么人，都不由我做主。”一时语速放慢下来，娇俏的眼波在他身上打转，“紫府的仙君们个个好相貌，到底是仙山上来的。我瞧大司命也是，有人夸过你俊吗？”

大司命因她挑挞的语气，眉头皱得更紧了，“苏门主若没有别的话要说，还请行个方便。”

她只当没听见，“大司命不会笑一笑吗？笑起来应当更俊。”

然后大司命干脆不说话了，眼风如刀地望住她。

苏画是什么人，十六岁便任弱水门门主，手下四星，包括岳崖儿都是她调理出来的，道行不可谓不深。对付男人嘛，脸皮薄怎么行，尤其这种已经把女人从生命里戒除的男人。他不动如山，那便要你去就山，不说其他，诱仙本身就是件有意思的事。

她提着隐花裙，水般漾了漾，冲他巧笑倩兮，“怎么了？我说错了？仙君这样的态度，像是求人的吗？”

求人这个词似乎用得太不委婉了，大司命冷冷一哂道：“既然苏门主这么闲，那在下便舍命陪君子了。”

言下之意是打算拼耐力？苏画怔怔，没想到天底下竟会有这样宁折不弯的汉子。他果然不急着拿回他的信件，就这样面面相觑和她对站着，一副打算站到地老天荒的样子。

苏画有些憋屈，修行者静坐静站如同一日三餐，对于她这种凡人来说，要想拼过简直是痴人说梦。她咬着唇，翻着眼看他，大司命表情倨傲，脱离了七情六欲的人，呼吸却干净爽朗。

这个时候骑虎难下，竹筒在她裙底，脚尖移动就能踢到。可她不能走，更不能捡，只好和他比运气，看谁先让步。

两个人大眼瞪小眼，空旷的走廊下，像两座石雕一样分毫不让。站了半天，苏画说：“我腿疼。”

大司命不屑地掉开了视线。

“你笑一笑，我就把信还给你。”

大司命完全不为所动。

逼不得已，她只好拿出撒手锏来，轻呼一声头晕，顺势便扑向他怀里。

本以为世上的男人没有一个会拒绝暖玉温香，也没有一个会那样铁石心肠，不说搀扶，至少不退让。结果这个不解风情的大司命倒好，见势不妙往后退了一步，于是苏画踉跄了下，在她迈步保持平衡的时候，竹筒不知何时已经到了他手里。

胜利者满脸轻蔑，转身便走，临走似乎说了句什么，苏画一时没听清。等稳住了身形回过神来，才惊觉那三个字居然是老妖精!

老妖精？老……妖精？她几乎气得要发疯，咬着槽牙狠狠瞪着他离开的方向，心里暗暗立誓，早晚要叫这一把年纪还顶着个年轻皮囊的玩意儿付出代价!

那头的大司命甚是得意，这红尘里的女子大概动不动就喜欢投怀送抱，他实在不齿这种行为。刚才的小风波没有在他心上留下任何痕迹，他进了波月楼主的闺房，找到了站在窗前的君上。

夜很深了，满城灯火璀璨，被映照得发紫的天幕上，孤零零挂着一轮硕大的月亮。如果撇开人间的浊世气，这王舍洲的夜景算得上不俗。

其实人人都喜欢盛世，越是辉煌，才越能免于庸常。然而君上的背影看上去有些忧伤，和孤月为邻，难免形影相吊，他有一刻竟不知该不该去打搅他，但他发现他进来，自己便回过身来。

大司命上前，把竹筒里的书函呈上，“下月琅嬛藏书重整，廿一俱信回禀君上。”

紫府君连看都没看一眼，“没有说更换府君人选？”

大司命愣了一下，“君上怎么会有这念头？琅嬛自建成起就一直是君上在看守，怎么可能说换就换？”

紫府君轻牵了下唇角，视线复又投向远处的山峦，“一万年了，除了看守琅嬛，我一无是处。有时候想，如果我不当这琅嬛君，还能做什么……看守琅嬛是我的使命，行差踏错就得认罚。”一面说一面轻笑，抬了抬衣袖道，“缁衣戴罪，连累你们同我一样，穿得乌鸦似的。”

君上莫名其妙的感伤总是来得很突然，过去的岁月里常有，归根结底他还是个心思细腻的仙啊。

大司命很善于安慰，他垂着眼说：“紫府的弟子一向都是素纱白袍，偶尔穿一回缁衣，属下觉得很有味道。君上不必难过，这次是着了小人的道，老虎都有打盹的时候，些微疏忽，和以往的功绩相比简直微不足道。”

紫府君听后闭了闭眼，喟然长叹：“确实着了小人的道，所以本君一定要亲手捉拿她，让她为她的不知天高地厚付出代价。”

大司命很乐意听到他这样的表态，毕竟要让一位生性散漫的仙保持疾恶如仇的态度是很难的。他环顾了一圈，“君上可发现什么有用的线索？”

紫府君摇了摇头，“这地方只是个落脚点，本来就没打算从这里得到什么线索。”

大司命纳罕地望着他，心道既然如此，为什么还要多此一举？不过他倒没想去问，问了得到的答复大有可能是“闲着无聊，四处逛逛”。

“那么君上接下来打算如何行事？”他迟疑道，“紫府这么多人留在波月楼，恐怕打草惊蛇。”

他复又望向窗外，微眯着眼道：“就是要打草惊蛇，以其人之道还治其人之身。她不是喜欢当赏画人吗，本君这次也叫她当一回画中人。”

〖第三十五章〗

给你看样东西

牟尼神璧居然现身了，这惊天的秘闻几乎一瞬传遍云浮大陆，连蜗居在荒野的崖儿和胡不言都得到了消息。

外面下着雨，万千银丝悬针一样簌簌落进湖里，激起一串又一串涟漪。两个人并肩坐在山洞前，胡不言叼着长长的茅草剔牙，崖儿正盘腿吃龙葵，两双无神的大眼，俱呆呆地望着远处的山水。

“落到大食鬼蜮的手里了，哪儿来的呀……”崖儿喃喃。

胡不言说：“万户侯府完啦，据说就是从那里掏出来的。五大门派人脑子打出狗脑子来，结果居然便宜了大食人。”

大食洲，云浮十六洲之一，地处偏僻，和其他几洲来往不多，以施毒炼蛊著称。这些倒都不重要，重要的是有人想引蛇出洞。江湖上人人凑这个热闹，起先还都是将信将疑，现在实物出现了，武林里的正邪两道便都疯了。人的脑子一热，就容易丧失判断力。崖儿和胡不言镇守在王舍洲进出的关隘，不下雨的那几天，峡谷之下烟尘弥漫，全是马蹄扬起来的浮土。

胡不言说：“别等了，干不干？”

她又丢了颗龙葵进嘴里，拿牙轻轻一磕，顿时一股新鲜的酸味在舌尖爆炸，她吸了口气，“不干。”

“为啥？”胡不言不明白，“卢照夜那里总得交差，你不是想拿神璧换那个要紧的消息吗，现在正是动手的好时机。”

崖儿看了他一眼，他跟在她身边那么久，其实一直不知道她的身世，更不知道神璧一直由她保管。原本她是想弄个假货来糊弄卢照夜的，结果别人快了一步。她知道这是个圈套，所以显得意兴阑珊，但胡不言不知内情，就觉得十分难以理解。

她垂下眼，把散落满地的小蒂归拢，捋成尖尖的一堆，慢吞吞问他：“不言，你喜欢钱吗？”

胡不言想都不想就说喜欢，“有了钱可以锦衣玉食，可以让女人趋之若鹭。”

她撇了下嘴，“是趋之若鹜，你该多读点书。”

胡不言嘿然一笑，“我没读过书都这么聪明，要是做上学问，你家澜儿就该退位让贤了。”

崖儿听得一怔，起先没反应过来他说的澜儿是谁，待想明白了，横眉立眼的就要揍他。

胡不言抱住了脑袋，“紫府君是不是有受虐的癖好？否则像你这么有钢火的女人，他怎么看得上！”

崖儿改拳为指，在他额头上崩了一下，“因为我长得漂亮。”

于是换来胡不言的讥讽，“肤浅！”

她闲闲掉开了视线，偶尔回想起那时的事，自己也会觉得惊讶，哪里来那么多的甜言蜜语，灌足了紫府君迷魂汤。她觉得自己也许已经把一辈子的温柔都用尽了，对别人再也不会花那样的心思。一个人能否吊起另一个人的胃口，也得讲缘分。就像卤水点豆腐，她看见那个人，自然而然便想亲近，想纠缠。拿到图册虽是最终目的，但过程并不令她别扭和痛苦，更像是心甘情愿。

可惜，闯下大祸了。区区数十日的耳鬓厮磨，其实说到底彼此还是陌生人。

胡不言仍旧纠结于钱的问题，反复问了自己好几遍，最后总算得出结论，“说到根上，我喜欢的是女人，不是钱。我的这点追求……”他悲凉地望着崖儿，“是不是很没出息？”

崖儿不是临水照影的闺阁女子，对于这种实在话没有任何大惊小怪的反应。她点了点头，“狐狸精喜欢女人是天性，这点可以理解。”说罢轻声道，“我给你看样东西。”然后在胡不言糊涂的一声“唔”里，那对神璧飞驰而出，回旋在朦胧的雨幕下，幽幽发出青紫色的流光。

胡不言睁大了眼睛，“这是什么？”

崖儿淡然笑了笑，“牟尼神璧。”

胡不言看她的神情像见着了鬼似的，“兜了这么大的圈子，神璧在你身上？”

她嗯了声，“见不得光，我爹娘就是因它而死的。”于是把身世和盘托出，还有这些年的心路和遭遇，一五一十都告诉他了，真是说得闻者伤心，听者落泪。

胡不言全程半张着嘴，像在听一个古怪的笑话。等她全说完，他礼貌性地感慨了一下，“果然坏人都有很可怜的身世啊！”为防挨揍，眼疾手快地跳开了。

雨哗哗地下，天地间一片雾霭。他的总结陈词很有良心，八字大开站在山洞前，拍着胸脯说：“你把这么重要的秘密告诉我，说明很信得过我，我老胡感念你这片情义。起先我不太明白你的做法，现在知道你为什么那么看重热海公子提供的消息了。假神璧在大食人手上，反正这个消息人尽皆知，咱们不如将计就计。我去把那个假货弄回来，让你名正言顺地交给卢照夜。这样既能换回消息，又把火引到望江楼，一举两得，你看怎么样？”

崖儿似笑非笑地看着他，“你去？就凭你那三脚猫功夫？”

胡不言说怎么，“你别小看人，单打独斗我不行，钻空子抖机灵，那可是我的强项。”

可惜现在和波月楼失去了联系，否则应当传话给四大护法，让他们出马才对。反正神璧现身，她不能亲自去，胡不言愿意代劳正合她意。于是召唤了撞羽，让他陪胡不言一同前往。胡不言上下打量这相交不多的少年，“他？”

撞羽向涯儿揖手，“主人放心，属下一定全力办好此事。”然后对胡不言一笑，“胡公子，请吧。”

胡不言拽下嘴里的茅草，狠狠掼在了地上，“若行动失败……”拿脚尖踩了几下，两指一比，“就如此草！”

一狐一剑潇洒离去，崖儿定神坐了良久，复又把剩下的龙葵一颗一颗都吃完，这才站起身来。

入夏的雨，来去都很快，将到傍晚时差不多停了，只余零星的几点，似是而非地拍打在脸上。崖儿带上朝颜离开了山谷，要不是为了换取卢照夜的内幕消息，她应该早就离开王舍洲了。可气的是波月楼竟然被紫府君占用了，这神仙大概经过多次打击，已经到了发疯的边缘。

紫府的人乔装之后，依旧在城内巡视。当初她在碧梅扫了三个月的地，有些面孔还是很熟悉的。小心躲过他们的视线，她换上金缕裙，覆上了金珠镶边的面纱。望江楼里吸纳了很多异邦来的舞姬，个个都是这样的打扮，如果不细看，没人认得出她。

阔别繁华多日，果然还是这灯火如织的市井最适合她。先前藏身在荒郊野外，日子几乎淡出鸟来。她像一只蛰伏千年的妖，吸不着阳气就快枯萎了，一旦重回人间，便每个关节每个细胞都活跃起来，一猛子扎进了酒池肉林里。

望江楼的前罩楼是作筵宴宾客之用的，和后面的画楼只隔五六丈距离，以悬空的三条便道串联。虽说相距不远，但两楼的景象却大不相同，前楼如同寻欢作乐的荡妇，后楼仿佛遗世独立的处子。崖儿跟随几个换装的舞姬上了便道，往长廊那头去，走到拐角时身形一闪，便隐入了厢房里。

那天卢氏夫妇在露台上设宴，她并没有进这画楼内部，等身在其中后，才发现这楼的诡异。所有屋子都不设门，一间套着一间，层层叠叠，形制像交错生长的花瓣。避开来往的仆妇和婢女，再往深处去，走了一段站定回头看，发现这楼的架构原来像个巨型的蚁穴，身在其中的自己活脱脱成了蝼蚁。

没有人会这么建屋子，看来这热海公子真是个怪胎。她贴着墙根按序查看每一间屋子，忽然听见有两个人声慢慢接近。左右观望，四通八达无处可躲，于是勾手攀上了横梁。才刚隐藏好，下面便走过两个女子，照这袒胸露乳的打扮推测，应当是卢夫人身边伺候的婢女。

一个唉声叹气，“夫人又发火了，把药泼得满地都是。公子给屋里加了冰，说夫人怕热，结果那层油花儿落到地上都凝结起来，真难擦洗。”

另一个很无奈，“打盆热水化一化吧，夫人的脾气也着实大。”一面说，一面走到廊庑尽头，吩咐里面的人，“这回的药不好，夫人不喜欢。上头说药渣子不必留着了，都烧了吧！”

她们款款去远，崖儿确定周围没人才落地。挨在门边往那间屋子里看，那是个巨大的厨司，锅灶、砧板，十八般刀刃一应俱全。屋子的正中央摆着一条冰做的长案，案上整齐地扣着五个竹篾的盖子，从那漏孔参差的缝隙里，丝丝冒出寒气来。

听令的是个四十来岁的伙夫，眇一目，腿脚似乎不太方便，半间屋子的距离腾挪了好半天。终于走到长案前了，伸出两手来扣把手，一个接着一个把盖子掀了起来。

厨司里灯火晦暗，但还算看得清。她眯起眼睛仔细辨认，冰上放置的居然全是肉，一块一块，切割得整齐，并且排列精美。那肉似乎不是一般的肉。

这样的食材，需要最轻柔的手法来抚慰它，可是崖儿胃里升起一阵酸涩来，辣辣地直顶嗓子。她想之前的猜测应当没错了，王舍洲那些惨死的女孩子们，身上丢失的肉都到了别人的案板上。

药啊，那就是所谓的药！胡不言虽然满嘴胡说八道，但好多事都被他猜了个八九不离十。卢照夜的夫人需要以人肉为食，难怪闺房里总有隐隐的臭味。

她目瞪口呆，这时身后忽然探出一只手来捂住了她的嘴。她的反应极快，反手便是一记肘击，身后人闷哼一声，龇牙咧嘴轻呼：“楼主，是我。”

崖儿回头瞪视他，是阿傍。打了个手势，责问他为什么吓唬她。阿傍一脸正气道：“属下不是成心的，就是不希望那种东西污了楼主的眼。”

崖儿翻了翻眼，只觉一阵恶心，和阿傍退进了另一间房。

进来容易出去难，再看这楼就如同迷宫一样，崖儿一向自诩的好记性，到这里全然派不上用场了。还好阿傍有备而来，他冲她挑了一下手指，指尖的天蚕丝在朦胧的光线下隐现。一路走一路牵引，没费什么力气，就顺利走出了那栋画楼。出来后不敢耽搁，两人迅速跃入了潇潇的密林里。

先前的见闻现在回想起来，还是让人感觉很不适。并非没见过杀人，但这种割肉做药的手法真是头一次见识。崖儿蹙眉道："卢照夜的夫人果然食尸。之前只听说她吃药，不知道究竟患了什么病，竟要拿人肉当药引子。"顿了顿问，"派去热海的人有消息了吗？"

阿傍说有，"明王传了书信回来，说热海王府富甲天下是事实，府中有两位公子，长子卢照恒，次子卢照夜。"

"确有其人……"崖儿沉吟，但又觉得总有地方不妥。

阿傍道："确有其人，不过据明王的描述，似乎和现在的热海公子并非同一人。"

她嗯了声，"怎么说？"

"热海世子卢照恒，生得相貌丑陋，才学也一般。他的胞弟卢照夜满腹经纶，长了张貌比潘安的脸，可惜却是个侏儒，身量还不足三尺。上回卢照夜来楼里谈买卖，属下和魍魉都在，当时看他并没有什么异样，所以这人必定不是热海公子，大有可能是冒名顶替的。"

阿傍说完，觉得自己的分析很在理，结果他家楼主另有高见，喃喃自语着："未必。身子不好，换一个就是了。我以前听说过一种方术，能令身首分离。只是换头之后，接口的痕迹难以消除……我留意过，卢照夜的脖子就是如此。"

‖第三十六章‖

你 会 不 会 生 宝 宝

阿傍眨巴了两下眼，看那一头雾水的样子，就知道从来没有留意过卢照夜的脖子。

“楼主的观察真是细致入微。”他啧啧道，“属下光以为他是冒名顶替的，没往邪路子上想。经您这么一说，再回过头来思量，确实能一一对应上。这位热海公子五月里都穿得结结实实，又不是姑娘，还怕人看吗？这么谨小慎微只能说明一点，他脖子上藏着秘密。且这秘密性命攸关，绝不能落了外人的眼……既然掩藏得这么好，楼主是怎么发现的？”他的神情像揭开了了不起的秘辛，看她的眼神也变得古怪起来。

崖儿知道那颗榆木脑袋里究竟在琢磨什么，白了他一眼，“他头回登门，我让他等了半炷香。果然他久候放松，那根红线不小心从领褖露了出来，正巧被我看见。”

阿傍忙哦了声，“属下也是这么认为。楼主办事一向缜密，属下等自叹不如。不过说起卢照夜的长相，男人里确实算得上上乘，属下还没见过比他更俊的男人。”

崖儿听了冷笑，“是吗？我以为你走南闯北见多识广，没想到眼皮子还是太浅。当真没见过比他更俊的？”

阿傍呆呆思量，惭愧地低下了头，“属下很少关心男人的长相，要么……咱家魑魅能和他一较高下？”

崖儿愈发觉得他笨了，大概在他眼里，只有王舍洲的男人算男人，别的外乡客，不论来头大小概不算数。算了，懒得和他争辩，她理了理裙裾问：“明王何时回来？”

阿傍说：“照脚程推算，应该已经在路上了。原本想弄张画像回来比对的，可惜这位二公子长相殊异，翻遍了热海王府也没找见半张。想必是自惭形秽吧，长得不好看，还画什么像。将来作古上墙，画张大头像挂着得了。”说完觉得自己很风趣，得意地乐起来。

貌比潘安，却是五短身材，这样的组合，比从头至尾没有一处可取更悲惨。崖儿倒有些同情他，如果自己处在他的位置，会怎么办？大概日日煎熬，至死方休吧。

密林里枝叶扶疏，月光透过错落的间隙倾斜而下，青蓝的一簇光打在她高翘翻卷的鞋首上。她试着重新整理现有的线索，问阿傍：“卢照恒的动向呢？他人是否还在热海？”

阿傍说：“卢照恒死了，死于一场大火。那时热海王府正准备为他娶亲，一个工匠半夜起来解手，不小心踢翻了油灯，于是半个王府都点着了。结果所有人都逃了出来，唯独他睡得太熟，被烧死在床榻上了。”

这就奇怪了，一个王府世子，难道就没有上夜的小厮或者亲近的随从？热海那头说不通的地方太多，整合起来，也是云里雾里看不真切。可惜明王还没回来，书信上的交代毕竟有限，所有疑问得当面询问才有确凿的解答。她看了阿傍一眼，到这时才想起问他：“你怎么来了？”

阿傍说：“属下闲来无事，想进望江楼探探，没想到正遇上了楼主。楼主这两天流浪在外，日子不好过吧？”

说起流浪在外……想想满嘴的龙葵味，确实是不太好过。只不过在手下人面前，再难也不能表现出来，便道：“还行。现在楼里情况怎么样？”

阿傍垂头丧气的样子，“还能怎么样，紫府的人占了半壁江山，好些生意都不方便接了。苏门主和他们交涉多次，无果，现在大家各占山头，自立为王。”

崖儿皱起眉，“那你出来，没人盯你的梢吗？”

阿傍说没有吧，“我原本想，就算被他们盯上也没什么，正好把他们的注意力转移到望江楼去。没想到您也在……”语速越说越慢，也越想越不对劲。仓皇四顾，林子里只有飒飒的风声，还有树顶投下的一簇又一簇光柱，乍看像牢房里林立的栅栏。

崖儿叹了口气，四大护法里，只有阿傍的智商忽上忽下，说他傻，精明起来比谁都精；说他机灵，聪明人一般摸不准他的路数。真是空长了一张漂亮脸蛋，除了赏心悦目，必要的时候就剩给人添堵了。

她退后半步，“牟尼神璧现在大食人手里，安排人手，务必夺回来。”

阿傍道是，“魑魅和魍魉中途已经往大食洲去了，请门主……”放心两个字还没说完，就见她腰上金银穗子拂弦般一闪，消失在了凄迷的夜色里。

“我做了一个梦。”枕边人耳语，嗓音里带着初醒时的沙哑。

他自然地伸出手臂，如往常一样把她搂进怀里，“梦见了什么？”

“梦见我们在热海时的岁月，梦见家里人，还梦见后院里我常用的那架纺车。一晃这么多年了……”她轻声说，“我们离开热海这么多年，在这里成家立业，也许还要在这里老死入土。”

每每说起以前的事，都仿佛前世今生般，总有无法摆脱的乡愁萦绕心头。他知道她不如意，抬手抚她光秃的后脑，吻她伤痕斑斓的额头，“小情，我一直觉得愧对你，是我害你背井离乡。”

怀里的人紧紧依偎他，脸颊贴在他滚烫的胸膛上，“别这么说，错不在你一人。离开热海，终究是好的，如果留在那里，我们一辈子都不能在一起。像现在这样，醒来就看见你，以前怎么敢奢望……”

头顶上发出长长叹息，人的命运就是如此，那么多的坎坷和不完整，谁也不是生来完美的。可是一千个人有一千种处世态度，有的人安于现状苟且度日，有的人却宁愿打碎一切，把不完整拼凑出个完整来，即便那完整细看下伤痕累累。

直到今日，他还是感念她曾经的一片情。他从来没想过，自己这样的人，还有机会遭遇爱情。然而有些东西，该来的时候呈万马奔腾之势，迎头把他撞了个趔趄。最初见到她，是在一场家宴上，她那么娴静美好，望向他时，眼眸纯净明亮。仁慈的人，对谁都没有偏见，不像那些流俗的愚夫乡妇，憋着笑，看猴子一样赏玩他。他尽量装得大方，反正二十多年来习以为常，他不在乎别人的目光。可是他从那双眼睛里看见自己的倒影，头一次那么清晰地，看清自己的粗蠢和矮小。心里的堡垒一瞬垮塌了！原来再多的赞誉，都抵不过实实在在的一句“侏儒”。

他的兄长，热海王府的世子，人头猪脑，资质平庸，可他四肢健全，坐享一切荣耀，他要迎娶身为花魁的她。她对未婚夫基本谈不上感情，必要的寒暄和笑脸，仅此而已。但同他在一起时，却有说不完的话。他们在精神上是契合的，他为她画画像，他听她低吟浅唱，春花秋月娓娓道来。不知过了多少个日子，有一天同席而坐，她捧住他的脸，吻了他的唇，叫他“卢郎”。

破空一击，直射心脏！他狼狈又慌张，然而不敢逃跑，怕她看见自己陀螺样迈不开的双腿，怕她热情消减，自己成为她茶余饭后的笑谈。他翕动嘴唇，想唤她一声“阿嫂”，她把细细的食指抵在他唇上，然后抚摸他的脸颊，叹息着：“如果你是他多好，如果你能同我并肩看落日多好。”

再后来，用以大婚的新房烧了，照恒也死了，他开始寻求完美的偏方，直到今天。

一切顺理成章，一切非同凡响。唯一遗憾的是计算失误，大火烧毁了她的容貌，连带那头如云的长发也不见了。不过没关系，这世上对他来说没有什么是不能补救的。

她总是悲伤地问他：“我的脸成了这样，你还爱我吗？”

他说爱，很爱。视线投向帽筒上的假发，浓烈妩媚，倾泻而下，曾经那也是别人的真发。他安慰她："只要找到神璧，你就会变得和以前一样美，我保证。"

那疤痕阡陌的嘴角漾起一个姑且能称之为笑的笑。她在幻想着自己换上那张脸后的辉煌，而他却萌生了一个念头，希望把她的整颗头都换了。

当不完美发生在自己身上时，大概一切都能变得情有可原。

他的人生是缝缝补补的人生，她需索无度，依着她的喜好，他的身体换了一次又一次，如同换一件衣裳。她热爱的是他的这颗头颅，这张脸。他还记得第一次冒险，脑子里有残存的意识，半开半阖的眼睛看见她欣喜地捧起他的头颅，对他那具幼儿般的身体不屑一顾。甚至因为妨碍她通行，还被踢了一脚……

他微笑，温柔地抚摸她疤痕虬结的后脑，"我们都在等，都在期待。只要找到合适的脸，就不用再吃那些肮脏的人肉了，从此安安静静变老。"

可她却并不赞同他的话，"风华正茂，为什么要变老？"

只要有了牟尼神璧，以它杀人无形的锋利，可以让一切天衣无缝。他们再也不怕耳后会留下难堪的蚯蚓线，不怕脖子上昭然若揭的接口。从别处夺来的部件都能合情合理地成为他们自己的，什么都能换，为什么还要变老？

他含笑看她，一贯纵容的态度，"好，你说不老就不老。"

她埋在他胸口的笑，混合着狰狞的面目，有种讥讽的味道。再三回忆那天看见的那张脸，云浮第一美人的女儿，果然无可挑剔。不见倒还好，见了便心心念念，像女人看中了簪环华服，几乎一刻也等不及了，最好伸手就能够到。

她摇撼他，"卢郎，还要多久？"

他说用不了几天了，"等她把神璧送来，咱们就留下她，永远留下她。"

想想那光洁的脸孔，鲜嫩的肉体，两人俱是一阵激荡。她纠缠上来，只要一欢喜，就爱做那事。缺了新鲜感，便吵着要他换身子。他在挥汗如雨的时候想，也确实到了该换的时候了。等到那一天，万象更新，一切回到原点，他要带着她离开这是非之地，找个世外桃源避世隐居。不一样的头脑，想法也会不一样，那时她会赞同的，他终究更喜欢原来平静的日子。

崖儿开始考虑大隐于市的可行性。

胡不言不在，她带着朝颜回到城郭边上那间屋子。前后左右查看了一圈，没有任何异常，安心住了下来。

朝颜和撞羽是同时炼化的剑灵，就像双生子，即便隔得再远，也有彼此感知的能力。

八仙桌上燃着一支蜡烛，小小的灯火摇曳着，很有农家的气氛。崖儿坐在对面看着她，“怎么样？他们现在到了哪里？”

朝颜像个占卦的算命人，闭着两眼，眼皮底下的瞳仁因追踪往来如梭，不住惊叹着：“胡哥哥好快的脚程啊！过了两界山……啊呀，已经到大食洲了！”

崖儿放下心来，这胡不言要紧时候还是靠得住的。当初在方丈洲彼岸遇见他，他油嘴滑舌不安好心，她斩了他的尾巴，还狠狠揍了他一顿，那时没想到他能这样助她。现在外面世道多变，他云天高义令人刮目，这朋友交得值得，真应了不打不相识了。

她站起身，在屋子里慢慢转了两圈，“如果进展顺利，明晚他们就能回来。”

朝颜嗯了声，小小的脸偎在臂弯里，透过窗户看外面的夜，嘟囔着：“真可惜，今天是端午，本来可以去看赛舟的，都怪那个神仙追来了。”

崖儿回身望，波月楼建得很高，从城边也能看见楼顶飞檐。无家可归，因为楼被占了，但也不能怪人家，是自己先偷了他的藏书。

朝颜话又说回来，“胡哥哥告诉我，因为主人欠了风流债。”

崖儿呛了下，这个胡不言，大嘴叉子一张，喊得满世界都知道了。这种事终究是私事，连私情都算不上，提上裤子就做了了断，何必一再重提呢。于是她语重心长地告诉朝颜：“你还小，不能听胡不言乱说，他会教坏你的。他是狐狸精，眼里只有男女那点事，不懂得什么是大义。”

朝颜懵懂地点头，“那我们还去罗伽大池吗？主人，你想枞言吗？反正现在被神仙追得到处躲，等这里的事办完，咱们就去大池找他吧！那个图册拿来用一用，让他带咱们找鲛宫。打开了宝藏，咱们躺在钱堆上睡觉，你说好不好？”

崖儿有点不知如何作答了。藏灵子是从白狄大将身上提取的，原主的某些性情会保留下来，像朝颜爱财，简直爱得一往情深，所以那白狄大将活着的时候，应该是个很贪的人吧！

不过说起枞言，倒确实很令她牵挂。他一去两个月，一点消息都没有。大鱼嘛，入了海便不再惦念陆上的事了。她还盼他有朝一日会回来，可惜大抵是不能了。

朝颜见她沉默，便噘了噘嘴不再说话。忍了半天，忽然又蹦出个问题来，“胡哥哥说，男人和女人睡了觉就会有宝宝。主人和神仙也睡了，你会不会生宝宝？”

此话一出，崖儿头皮一阵发麻。尴尬地替自己把了把脉，还好没有，否则万一不小心被他擒获，可就连美人计都使不成了。

‖第三十七章‖

妖女近在咫尺

朝颜对小宝宝的事很感兴趣，她发现了主人的小动作，立刻追过来，眼巴巴地望着她，“有没有？”

崖儿气恼地回了句没有，她满脸失望的样子，“看来这神仙差点儿意思。”

崖儿很惊讶，朝颜心智未开，看上去十四五岁模样，其实只抵得上寻常人七八岁光景。她根本不懂男女之间的那套，所以说出这句来，她就知道又是胡不言搞的鬼，“是你胡哥哥告诉你的？”

朝颜点了点头，“厉害的神仙会种豆得瓜，瓜还是沙瓤的，有脑袋那么大。如果这神仙忙活了半宿，庄稼还歉收，那就说明他不行——这是胡哥哥的原话。”

崖儿气得火冒三丈，“以后不许你再和他说话！你看撞羽多好，他就从来不理他。狐狸精满嘴胡话，最会骗姑娘。等他回来，看我不收拾他！”

可当胡不言真的回来，还顶着一张乌眉灶眼的脸，她就有些下不去手了。

“好险啊。”胡不言拍着胸脯说，“大食人睁着眼睛睡觉，就像马。起先我还提防，摸了几个帐篷后胆子就大了，也没分辨人家到底是醒着还是睡着，直接就上手了。我掏了大食首领的衣裳，在怀里一通摸，什么都没摸着。后来不死心，摸了裤裆，结果被人逮住了。”

逮住了还能有什么好处，难怪被揍了个满脸花。她问：“神璧呢？找到了吗？”

胡不言摇摇头，“大食人说他们被栽赃了，哪里有什么神璧。”

胡不言欲哭无泪，“还好我跑得快。现在我有理由相信，有人一手制造了关于牟尼神璧的传闻，这个人很有可能就是卢照夜想告诉你的那一个。江湖上的那些门派，不管名头多响，都成了人家手上的棋子。云浮十六洲就是个棋盘，你们自相残杀的时候，有人正笑着作壁上观呢。”

崖儿坐在那里沉默良久，自言自语道："也许卢照夜知道神璧在我手上，他所了解的内幕，远比我想象的多得多。但他不确定神璧被我藏在了哪里，就像当年的兰战一样，日日相见，日日都在寻找。至于他为什么没有直接对我下手，恐怕还是碍于紫府君。琅嬛的人是一定会追来的，他不想搅进这场是非里，所以等我自愿交出来，紫府那头的账也与他无关了。"

这么一推测，大家都惊出了一身冷汗。卢照夜虽然是个凡人，但他一掷千金大宴十六洲，和三教九流都有往来。世上消息最灵通的就是这类人，只要他动了心思，没有办不到的事。

胡不言茫然问："那怎么办？先前打算用假神璧的路子也走不通了？"

崖儿叹了口气，"要想换他手上掌握的秘密，恐怕最后不得不拿真神璧去冒险。其实我考虑过，只是一直心存侥幸。现在外面的局势越来越严峻，这把火不知什么时候就要烧到身上来了，幕后的人必须尽快挖出来。当年的追杀震动整个武林，不能就这么算了。"说起父母的遇害，她变得很激动，咬着牙，握着拳道，"主谋逍遥法外，我不为爹娘报仇，枉为人子！"

心里的波澜狂躁地涌动，恍惚回到了二十二年前的那个雪夜。她是怎么降生的？是爹爹剖腹取子把她迎到了这世上，每每想起，心头便像刀割一样剧痛。她知道这辈子要被神璧牵引控制，每一个岳家的传人都是这样。但既然命运已经注定了，那就安然接受，然后尽职尽责扮演好自己的角色吧。

她看了朝颜一眼，"这件事后，咱们去大池找枞言。"

朝颜听了很高兴，胡不言却怪叫起来："你到底有几个相好？我差点被人撕劈叉了，你都不来关心关心我吗？"

遇上了穷凶极恶的大食人，确实很难为胡不言。她说了两句安慰的话，表示带伤狂奔千里实在辛苦，接下来就好好养伤，她去集市上买两只烧鸡给他滋补滋补。

仍旧是昨天舞姬的打扮，反正街市上外邦人一大把，穿着波月楼的男装反而引人注目。趁着这晴好的天气，上外面转上一圈，顺便探探紫府的虚实。

走在斜阳下的王舍街头，终于感觉重回了人间，到这刻才觉得活着很好。像他们这类人，习惯了刀头舐血，没有人会因为面临追缉而心甘情愿与世隔绝。不停地较量，甚至与缉拿的人错身而过，这才是快意江湖最刺激的部分。她抬起头，让阳光覆盖在脸上。再过两天吧，两天之后去和卢照夜谈判。秘密必须套出来，神璧也不能拱手，她从来不做带本的买卖，就是这样猖狂的秉性。

晚间的王舍洲很旖旎，白天的街市，却有种返璞归真的平实和朴素，也许是白天行走的都是烟火百姓，日落后妖魅才横行的缘故吧。

她走在临水的长廊下，听小贩招揽生意的唱叹，看外邦客耍刀含酒喷火。一阵笑闹中她从人群里挤身而过，然后像普通女子一样流连在售卖耳坠的小摊，试用免费的胭脂水粉，一层一层薄薄地拍打在手背上。

那妖俏的身影像一株杨柳，在画意幽深的长廊里自在漫步。穿着不端不正的春衣，腰上断开一大截，雪白的皮肤暴露在众目睽睽之下，引得周围男人垂涎三尺。但她似乎没什么忌讳，别人有意无意的碰触，并不引发她的怒火，至多不过转头别一眼对方，然后又垂首挑拣她的东西。

他驻足看了很久，檐外日光打在粼粼的水面，水波折射出琥珀一样的流光，倾泻在她的面纱上。从侧面看去，只见一个朦胧而风流的轮廓，也许对于陌生人来讲可以引发一阵惊叹，但对于他，却是凿在心上的痛。

狠狠盯着她，盯得两眼酸涩，如果眼神能幻化成刀，现在她大概已经只剩一副骨架了。他不由想笑，东躲西藏了这么久，到底还是到人间来吸阳气了。他本以为她借助黑暗就能生长，毕竟黑了心肝的人，是不需要阳光的。

他也不急。立刻上去捉拿，谁知她会使出什么花招来，或骑狐狸或骑鲸，她有的是逃跑的手段。之前她行踪不定，确实让他苦恼过一阵子，但如今就在五丈开外，他反倒可以压制住毁灭她的冲动，甚至布上一个局，让她自投罗网。

大司命带领着几个弟子匆匆赶来，顺着他的视线发现了她，正要冲过去拿人，被他抬手制止了。

大司命不解地低呼："那妖女近在咫尺！"

他蹙眉瞥他，"图册必然不在她身上，你去拿她，她的同伙会给你传话，楼主有个好歹，立刻毁了图册，你打算怎么应付？"

大司命的气性煞了一半，但依旧不忿，"万一又被她溜了怎么办？"

他笑了笑，"她跑不了，王舍洲有她割舍不下的东西。人多眼杂，你们先回波月楼，不许轻举妄动，等我的消息。"

大司命犹豫了下，"让他们先撤回去，属下随侍听命，紧要关头也好助君上一臂之力。"

紫府君倒也没拒绝，只是长叹："以前那《万妖卷》啊，不是本君的功绩，是那些妖怪自己愿意归顺，自己钻进神卷里去的……"

大司命脸上顿时五颜六色，他知道他的意思，即便不问世事千万年，那个收妖建册的紫府君也依然健在，捉拿区区一个女子，还用不上假他人之手。

他诺诺称是，抬手挥袖，领着一干弟子悄然退下。临走时回身看了眼，君上负手站在一处拐角，凝视那个偷书贼的眼神里装满冷冽和专注。他知道这种眼神，多次的棋差一招，已经把君上的好耐心都耗尽了。如果一件事不能令他放在心上，多半很难成功。但若是他决定严办，那么岳崖儿便在劫难逃。

画中人嘛……大抵就是这样。在烟雨洲时，她金蝉脱壳把他玩得团团转，用的不就是这招吗。不动声色设局，对手入局后，她却抽身断人后路，老江湖的手段果然不一般。现在轮到他做东了，他饶有兴趣地看着这只秋后的蚂蚱。输赢天定，栽了别叫痛，就像他当初一样。

水榭的那头，爆发出了一阵热烈的鼓掌声，原来是几个野生的舞姬，正在碟盏上跳胡腾。那些姑娘不像望江楼里有主的，打扮上比商队伎乐更奔放。五颜六色的布条拼接成了上衣和长裤，然而只是首尾相连，中间是中空的。一旦旋转起来，布条鼓胀如同灯笼，里面是红绸紧勒的束胸和亵裤，在光天化日之下极具狂荡的性感。

崖儿驻足看了片刻，舞姬们快速旋转，脚尖的位置分毫不移，要不是底下有碟盏，恐怕地面都要被她们钻出洞来了。那些男人看得浑身火起，观之不足便把视线转移到了她身上。是一伙的吧？不老实的手去撩她的面纱。面纱之上的眼睛笑意盈盈，但转瞬，男人的手便不能动弹了。

结果这个举动没能化干戈为无形，男人们同仇敌忾起来，舞姬本系玩物，一个玩物凭什么择客？

眼看战火一触即发了，忽然长廊那头迸发出高声的号哭，一个老妇在人群间奔走，一面走一面惊慌失措地央求："我的女儿不见了，就在刚才，不见了……求求你……求求你……"可是求告却无门，连下跪都没人肯受。那老妇眼见无望，掩面跌坐在地上，"天啊……我的孩子，我的女儿……"

崖儿轻舒了口气，看看天色，离太阳下山还有一会儿。这次卢照夜出手竟然比往常早了，难道是"药"都付之一炬，不得不匆忙补给吗？只是可怜那女孩子，不知有没有命活到晚上。自己一辈子没做过什么好事，这次看见这老妇，莫名动了恻隐之心。望江楼的那间厨司应该是个屠宰场，虽然回忆起前天晚上的场景，还是让人不寒而栗，但再跑一趟，顺便一探别的屋子，似乎也可以勉为其难。

她沉默着退出围观的人群，蛰伏在画楼外的竹林一角，静静等待天黑。当最后一道霞光消失在穹窿边缘，她故技重施，再一次跟随那些换装的舞姬走过天桥，闪身进了雕花精美的偏门里。

还是老样子，千门万户错落而开，像个结构复杂的蚁穴。那些墙都粉刷得雪白，白到分不清到底是石灰还是净皮宣，仿佛一眨眼墙壁就会移动，只要改变一处布局，这辈子都别想走出去。

她抬手卸下戒指边缘的环扣，勾住雕花挡板的一角。这天蚕丝若不借助灯火是无法看清的，害怕迷失方向只有这个办法最可靠，所以说阿傍有时候也不算笨。只是用线牵引，遇见有人的时候比较麻烦，好在蚕丝极细，有足够的长度和韧性拖拽。绕过此间行走的婢女仆妇，她按照之前的记忆摸到厨司，但昨晚那个伙夫不在，空气里依旧残留着皮肉烧焦的臭味。她掩住口鼻潜进去查看，奇怪那张冰做的案台也不见了，原来摆放的位置空出来，便显得这屋子无比的空旷。

难道走错了吗？这画楼里到底有几处厨司？白天失踪的姑娘总要处理的，不在这里，难道被关在了别的地方？

确定这间屋子目前闲置了，崖儿抽身退了出来。天蚕丝在她指尖悠悠摇曳，跑得再远都有一根线牵引着，自己颇像个风筝。可惜找了好几处，那些屋子的作用大多无关紧要，别说一个姑娘，连根头发丝都没找到。

奇得很，她停在梁上思量了片刻，如果不在这里，那便在卢夫人的闺房里吧！小情出来见人时是有脸的，那面皮必定是假面。卢照夜掳走那么多漂亮的女孩子，想必把人都带到他夫人面前供其挑选了，选得上的留下面孔，选不上的把头扔了，身子入药。这样想来一切便都通了，但真相果然如此，也实在让人毛骨悚然。

朗朗乾坤……其实从来就没有什么朗朗乾坤，这世上的妖魔鬼怪多了，谁也不知道貌岸然的皮囊下，长了一副什么样的心肝。楼内一阵人来人往，她悬在高处旁观，等人渐渐散尽，才牵起天蚕丝往回走。

去路似乎和来路不太一样，她盯着微光下的蚕丝看，来路是沿着左侧墙根布排的，结果现在换到了右侧，如果不是墙体移动了，就是有人做了手脚。

该不该继续走，她不太确定，但留在楼里终不是好事，只得且退且看。楼很深，越近入口光线会越亮，眼睛能够感受得到。她沿着丝线的路径撤离，终于听得见前楼狂客聒噪的呼声了，檐下灯笼也跃入视线。她大松一口气，出来了！

可这丝线将到门口时又发生了偏移，因门扉被打开，金钩没入了门后的黑暗里。

纤细的丝线飞快收入指环，发出嘶嘶的声响。逐渐行至门前，她猛然站住脚，恍如一道惊雷劈在心上，她不可置信地瞠大了眼睛——

丝线尽头的阴影里站着个人，黑色的衣袍与夜融为一体，只有灯笼的光穿过雕花挡板，在他脸颊上投下一片精巧的光，光带里的皮肤白得发凉。

‖第三十八章‖

聂安澜
你不过如此

人生逼仄，命途多舛，似乎没有其他什么词来形容她现在的处境了。

怎么会这样？她见了他，简直比见了吃人的恶鬼更觉得可怕。千方百计躲避，结果竟在这种情况下相见了。线的一头在自己手里，另一头居然连着他，所以任她跑得多远，他只要守株待兔就能逮住她。这神仙原来比她想象的聪明，叫她有种插翅难飞的挫败感。

他从阴影里走出来，寒冷的眼，寒冷的注视，那一刻的目光简直要洞穿她！知道落进他手里就完了，她心存侥幸，摘下指环想逃，结果被他一把抓住了胳膊，狠狠的力道，捏得她几乎觉得这只胳膊要废了。

他也不说话，就那样盯着她。崖儿觉得无地自容，亏心！实在太亏心了！她面红耳赤，脑子转得飞快，之前做过无数次最坏的打算，到这刻才知道都是无用功。她一句柔情蜜意的话都掏不出来，只能闪躲着，哪怕别让他看见脸也好。

所以这就是曾经纠缠不清，再见也无法立地成佛的绝望。紫府君已经从天上摔下来了，摔得满身泥泞，毫无体面可言，所以才有不死不休的恨。

她哀哀喊了声疼，“放开我！”

结果他手上的力道更大了，“还想逃？”然后不等她反应，抓着她跃下栏杆，足尖一点，便在夜空下疾奔而去。

崖儿心里咚咚急跳，不知道他会怎么处置她。胡不言说过窃取琅嬛藏书的下场，也许找到了图册，他就打算杀了她吧！

她畏缩着，悄悄抬眼看他，还记得初见他时，他是何等光风霁月的样子。时隔两月她落网，他脸上再也没有那种从容自得的神情了，有的只是山雨欲来的愤怒，仿佛下一刻就会拧碎她。

也罢，输了就得认罚。好在图册另在他处，他找不见他要的东西，暂时还不会拿她怎么样。

他把她带进一处偏僻的屋舍，两间小草庐，远离城郭，谁也无法发现。她忽然冷静下来，想必他是怕之前的奸情败露，有损他紫府仙君的威严吧！她笑起来，直到他不留情面地把她推倒在地，她也还在笑。

烛火下的脸玲珑剔透，她撑着身子回眸望他，却是万种风情，娇柔不改，“仙君不是应当押我回波月楼受审吗，怎么把我带到这里来了？月黑风高，四下无人，你想做什么？”

她还有心思调侃，笑容也刺痛了他的眼，他恨不得把那副表情从她脸上扒下来，狠狠摔在地上。就是这惑人的模样，像毒蛇，用毒液一点一滴腐蚀他的戒备。他活了这么多年，从未发现凡人有这么可恨！她和他以前的认知完全背道而驰，她是披着人皮的恶狼！

“图册在哪里？”他嗓音沙哑，花了半天时间尾随静待，现在她落进他手里了，他却发现自己心空万里，只能说出这句话来。

她站起身，舔了舔唇，“仙君没有别的话想同我说吗？毕竟相识一场，见面便讨债，不合情理吧！”

他的脸色很难看，不知是不是缁衣的缘故，衬得脸上没有半点血色。很不耐烦的语气，厉声对她道：“别再兜圈子了，我不远万里从方丈洲追捕你至此，不拿回图册，绝不会善罢甘休！你既然有胆子开启琅嬛，就该有胆子承担后果。把图册交出来，可以让你走得痛快些。”

那双灼灼的眼望着他，“你要杀我吗？就为了那册鱼鳞图？”

他说是，“你触犯了天条，杀你已经是最轻的刑罚了。”

结果她却不急，莞尔道：“做什么要用最轻的呢，明明可以投入八寒极地，享无尽冰刑的……仙君终究对我手下留情了，要是让大司命和座下弟子知道，不知会怎么看待你。”

他愠怒地望着她，咬牙道：“岳崖儿，本君的耐心很有限，不要再试图玩什么花样了，没用的。”

她脸上升起一点悲伤来，歪着脑袋说：“我知道，到了这个地步，再说什么都多余了。我也想把图册还给你，只可惜不在我身上，仙君要是不信，大可以来搜一搜。”

她又在用她惯用的伎俩，这些天他留在波月楼，见到太多卖弄色相的女人。在他看来，种种举动皆有损尊严，波月楼的人丢弃这尊严来却得心应手。他原本以为她至少和她们不一样，但她的可恶可恨又岂止她们的千倍万倍。

他用力闭了闭眼，双拳紧握，遇到这种人，再好的修养都难以维持。只怪当初瞎了眼，怎么会和她纠缠不清！她是贼，是匪，是千刀万剐都不足以泄愤的妖孽。可是这妖孽的声音却近在耳畔，温热的气息泼洒在他颈项，亦嗔亦怨地说：“安澜，你不会对我那么无情的，我知道。”

她的指尖在他脸颊上游走，鲜红的，涂着蔻丹，仿佛鬼魅。那种熟悉的配方又开始发挥作用了，一样的圈套，换汤不换药。

他冷笑，格开了她的手，“你可以试试，看我究竟能不能那么无情。”

她站在灯下，扬眼微笑，“仙君胸怀坦荡，何须闪躲？你是害怕吗？怕我靠近，毁了你的道行？”

他恼羞成怒，那天的一切从头到尾都是错误，甚至连提起都觉得羞耻，她却偏要揭这个伤疤。也许这就是她的策略，让他羞于启齿，让他的追缉变成一场不光彩的情杀。

他低下头，呼吸隐隐颤抖。忽然抬手一挥，袖中的捆索把她两手绑缚起来，高高悬在了房梁上。

崖儿大惊，奋力挣扎，“仙君可是上仙，难道打算滥用私刑？”

他站在底下仰视她，“我不是什么上仙，只是个看守藏书的人。你窃了我的书，抓不住你算我技不如人，现在抓住了，既然好言相劝你不肯就范，那就怨不得我了。”他挑起春凳坐在一旁，抱着胸道，“你就在上面吊着吧，什么时候把图册交出来，什么时候放你下来。”

她气得直瞪眼，“紫府君就这么点手段，真叫我小看了你。”

他哂笑了声，“你先受住这份罪，再来同我嘴硬吧。”

人啊，有时候真是不自量力。留着她的小命，她来跟你叫骂，但若是稍稍一使劲，恐怕转眼就灰飞烟灭了。他在人间行走，谨遵九州的规矩，细想想，当初那条规矩还是他定下的，怕生州变成仙妖的乐园，普通的凡人会没有立足之地。自己的规矩，自己破坏了，往后还有什么颜面说话？于是他在处置她时，居然想不到其他手段，只有用这最老套但最有效的方法。

崖儿经历过无数次生死存亡，只要不是脖子悬梁，两条胳膊没什么大不了的。

他不理会她，手法优雅地倒了杯茶，坐在桌旁静静等她告饶。

她笑得更婉媚了，“你不依不饶，一直追查到波月楼来，想必已经知道我的底细了吧，难道以为这样的刑罚就能让我开口？”

他说没关系，“我可以慢慢等，用不了几个时辰你就会招供的。”

崖儿的额上浮起了一层冷汗，人也有些恍惚了，但依旧是笑，“聂安澜，你不过如此。”

可就是这句话，彻底触发了他的怒火。他霍地站起来，咬着牙道：“是啊，我不过如此！就是如此！你又是怎样？”

能把八风不动的紫府君惹得火冒三丈，她可能也是古往今来第一人了。她努力扬了扬头，缎子样的长发在灯火下划出一道柔绮的光，语气很无辜，“我怎么了？发乎情的，没有什么见不得光的，仙君何必一副受了委屈的模样？男欢女爱人之常情，我又没有逼迫你。当时你不是半推半就，乐在其中吗？”

于是他的脸色更白了，颤抖着嘴唇道：“你……”

“我也是，我也享受。”她吸了口气，汗水顺着脸颊往下流淌，在下颌汇聚成川，淋淋漓漓滴落进高耸的胸乳间。她垂眼看他，满是挑衅的意味，“你真是毫不念旧情啊，总算有过那么一段……”

结果被他无情地喝断了：“住口！”

小臂仿佛遭受巨轮碾压，肩头的关节也要脱开了似的，她在他的呵斥里咝咝吸着凉气，又换了个哀婉的声调央告：“安澜，你先把我放下来好吗？有话我们好好说，用不着这样剑拔弩张。”

他的脑子全乱了，胸中的郁结汇聚成盾，左奔右突无法纾解。拿住她之前心沉似铁，咬着槽牙恨不得把她碎尸万段，可拿住她之后好像有些事又不由他说了算了。恨是真的恨，她一再提起那件让他羞于启齿的事，他不能回避，因为都是实情。他确实半推半就，也确实乐在其中。原本以为只是人伦，彼此心甘情愿的，没想到最后会成为巨大的枷锁，把他压得抬不起头来。

她悬在梁上一声声唤他，他烦躁不安，只得一再重复，“说出鱼鳞图的下落，我即刻放你下来。”

崖儿轻声哽咽，说他好狠的心，他充耳不闻，只是木然站着。起先她还巧舌如簧，到后来竟没有了声息。他抬眼看，那张面孔上覆了一层水光，大概无力招架，昏死过去了。

好得很！他愤然想，真是个硬骨头，宁愿断送两条臂膀，也不肯说出图册的去向。当真要让她变成残废吗？他到底是个慈悲的人，对蝼蚁尚且有恻隐之心，她可以死在罪罚上，不能死在私刑上。

犹豫了下，他还是收回了缚妖索。梁上的人落在地上，发出一声悠长的呻吟，急促喘了几口气，望向他的双眼雾霭蒙蒙，说不清那泪是什么泪。

“我以为你不管我的死活了。”她嘴上说着，心里万分庆幸，还好他不绝情，否则这回真的要交代在这里了。

坐起身来，一个时辰的煎熬实在让她苦不堪言，全身的骨头都要散架了，有一刻几乎痛到作呕。她想缓解肩头的麻痹，可是做不到，于是哀声叫他：“仙君，你替我揉揉好吗？”

他站在那里，依旧眼波如刀。可是他不知道自己该何去何从，既然铁了心要追讨画册，又为什么不逼到她说出实话为止？

她等不来他，垂首坐了良久。渐渐感觉手臂能活动了，才勉强抬起来搭上肩头。平时轻易能做到的动作，现在却那么困难，动一动便又是一层冷汗。索性不管了，她仰天躺在地上，一副破罐子破摔的模样。望江楼舞姬的衣裳本来就风情露骨，自乳下到肚脐这片无遮无挡，那雪白的皮肤对比踩踏得发乌的青砖，有种诡异妖艳的美。

她知道怎样才能叫他尴尬，怎样才能叫他慌张。抛开那本鱼鳞图，毕竟有过一次欢好，也算半个情人了。

一呼一吸，波涛惊人，她轻轻扭动一下，“其实图册对我来说并不是必需的，毕竟我没有想过要去开启宝藏，偷它只是为了更好地守护我爹爹的遗愿，所以还给你也可以。”她看见他匆促转过头，脸上冰雪逐渐有消融的迹象，不知为什么，心里隐约感觉欢喜，“只是我有一个要求，这要求不难办到，仙君可要听听看？”

这件事越快了结越好，如果不必伤筋动骨，对彼此都有益处。他望着窗外凄迷的夜道：“你原本是不配提什么要求的，但本君不愿大动干戈，你姑且说来听听。”

结果那双手像蛇，触到他的袍裾，从他小腿蠕蠕而上，“昨天我的剑灵问了我一个奇怪的问题，她问我会不会生小宝宝，我起先觉得可笑，但后来又觉得难过……”她一面说，一面仰头渴慕地望着他，那张脸在灯下焕发出迷离的光彩。柔软的身子如菟丝花，攀上岩壁扶摇伸展，然后一双玉臂从他腋下穿过去，驯服地贴紧他的胸膛，“你抱抱我好吗？终归一日夫妻百日恩啊，你不想我吗？不爱我吗？”

‖第三十九章‖

你叫我快活了
我自然告诉你

爱？这个词听起来太遥远，也太离奇了。

她缠着他，同他紧紧依偎，他并不喜欢这样的做法。彼此间确实有过那层关系，但琅嬛失窃后，他就再也无法心无芥蒂地看待她了。

她所做的一切都是有目的的，一个女人，为什么会有那么强的企图心，为了完成计划什么都豁得出去。她说一夜夫妻，对，说得对，的确曾经共度春宵，那一夜让他脱胎换骨，尝到世间最美好的滋味。可是她走了，走了便什么都不剩下了，再见也只能丁是丁，卯是卯。

他推开了她，“以前没有爱，将来更不会爱。我以为岳楼主是个爽快人，不会拿那种不值一提的事来讨人情。”

她怔了一下，“不值一提……在你眼里不值一提吗？”

除了不值一提，还能怎么样？他无法爱人，爱了下场凄惨，抽仙筋断仙骨，灵根尽毁，那是怎样切身的一种伤害，为她不值得。

他慢慢摇头，“我奔走那么多路，不是来同你谈论值不值的。我只想找到《四海鱼鳞图》，那是天帝管辖海域的依据，你不知轻重偷了那画册，万死不足以赎其罪。”

她静静听完，脸色惨然，“或许……那是我的命。可是临死前能遇见你，此生无憾了。虽说我最初接近你的确动机不纯，但后来的一点一滴都是出自真心。”她说得掏心挖肺，这是她最擅长的。苏画教过她，要打动对方，就得先打动自己。这刻她觉得自己真是爱他的，既然爱他，那必定也要得到他的响应。

然而这仙君不好对付，吃了一次亏，恐怕没那么容易上钩了。他避她如瘟神，但这瘟神偏偏要上身。她把十八般武艺都拿出来，绕着他转圈，他避到哪里她就追到哪里，语气甚至有些咄咄逼人。

“你那天为什么要叫我叶鲤？明知道那是化名，你还是叫了那个名字，因为你心里终究认定叶鲤是你的女人，是不是？”

紫府君说不是，“只是一时脱口而出，没你想得那么复杂。”

她嘲讽地笑，“当真吗？你两天之内从烟雨洲赶到王舍洲，是腾云了吗？府君忘了自己立下的誓，凡九州地仙和妖，一概不得在生州地界动用仙术，你违背了誓言。”

他有些气恼，“我身负重责，必须尽快捉拿你归案！”

她哼了声，“我才不信，你是急于见我。在烟雨洲时离得那么近，却还是让我跑了，你不甘心。”

他说是，“我确实不甘心，不甘心被一个红尘来客如此愚弄，你分明是草芥子一样的人。”他说到最后，那两句话是从牙缝中挤出来的，不过是为了表现对她的不屑，好让她知难而退。

可惜，崖儿的人生中从来没有知难而退这个词。她更喜欢迎难而上，否则也活不到今日。“你有没有发现，这半天你不曾自称‘本君’。”她狡黠地眨眨眼，“你说‘我’，没有高高在上，在你心里我不是你的弟子，更不是蝼蚁，是你的女人。”

你的女人这四个字让他极其尴尬，他忍不住想扶额，世上为什么会有这么厚脸皮的人！他吸了口气，“你究竟要东拉西扯到什么时候？我问你图册在哪里，别再同我说那些私事了！”

他站在那里，虽然气急败坏，道骨仙风的模样与草庐茅舍也格格不入，但在她看来就是养眼的，不论何时何地都能调动她的胃口。

一样东西过于美好，会引发人的破坏欲。不论是不是因爱而起，发展到极致后，也许就剩下刻骨的残忍。她咬着唇，脉脉望着他，“天色很晚了，我今日不想谈论图册，就要同你谈一谈私情。你猜猜我为什么如此有恃无恐？因为我知道你喜欢我。即便现在不爱，将来也会爱，要不要来打个赌？有些东西一旦开了头，就再也收势不住了，比如感情。府君食髓知味吗？你忘得了那天的一切吗？”她咯咯发笑，“我最欣赏你这种道貌岸然的人，表面上一本正经，其实满肚子男盗女娼。”

紫府君果然变了脸色，他的愤怒排山倒海般汹涌而至，一把扣住了她的脖子，困兽般低吼：“你给我住口！”

崖儿逞够了口舌之快，顺便也把他拉回了触手可及的距离。他确实很生气，所以虎口收紧，不给她喘息的间隙。她抬起两手，伶仃挂在他腕上，轻轻的分量，吹口气就会散了似的，“要我死还不简单吗……”她用力助他掐紧她的脖颈，“就这样！”

可他却退缩了，她越不惧死，他反倒越有顾虑。

脖子上的手松开了，她终于重新喘上一口气，然后把那只手移下来，移到了心脏炽热跳动的地方。“感觉到了吗，这里……”那弯弯的一双眼，沉沉似墨影，“你要是喜欢，都给你。”

她的情话似乎永远不会有枯竭的一天，他心里又慌起来，掌下的柔软像张巨大的网，将他密密捆缚，让他灭顶。他想抽手，可是被她压制住了。她不答应！其实还是自己难过色欲这一关，否则凭她，怎么压得住他！

她欺过来，脚上的云头履不知什么时候被蹬到一旁，莹莹的一双玉足，轻巧地踩在他的足尖上。

仿佛蝴蝶被针钉起了翅膀，他试图求生，可是她千丝万缕将他缠绕，他连行动都受阻了，“岳……”

“叫我崖儿，或者叶鲤也行。”心头隆隆地跳，她有些面红气短。两手相扣，搂住他的脖子，贴着他的耳郭道，“和你在一起真好，这时候才知道自己是个女人。我这些年一直漂泊在江湖上，也希望有个人让我依靠，容我倦足。”

灵魂和肉体的撕扯又开始拉锯，不能否认她的美丽，即便知道她心如蛇蝎，当她这样靠近他，他还是会感到迷茫。他觉得自己可能要下阿鼻地狱了，为什么这种时候还会心猿意马？一面憎恶，一面又难以抗拒，难道这辈子都逃不出她的手掌心了吗？

“安澜……澜儿……”她叫得极尽暧昧。这胡不言还真是嘴贱，居然给他取了这样的昵称。

紫府君愈发难堪了，“你在胡说什么！”

不胡说，那嘴闲着做什么？就亲他吧！

她在他唇上舔舐，呢喃着：“多久了……都快忘了这种滋味。”他想别开脸，她又追了过来，嗔怪着，“死都不让我做饱死鬼吗？”

热的火，又熊熊拍打上来。先前的心像渐凉的炭盆中残留的一星微茫，掩埋在惨白的灰烬里，他本以为已经不会再燃烧了，可他似乎低估了自己。她是天生的爱匠，世上只有她能撩拨他沉寂万年的欲望。他不知道是什么原因，就像是命中注定的克星，不到玉石俱焚，绝不回头。

她捧住他的脸，专心致志地吻他，然后拉开一点距离，直望进他眼底，“这里只有我们俩，你把我带到这里来，其实是想一续前缘，是吗？”

他说不是，眼神闪躲着，“我只是不愿内情公开，既然是你我之间的事，那么你我两人私下解决了最好。”

她煞有介事地点头，“说得也是，不过这私下解决……恐怕不如仙君设想的那样了。”热辣地含了含他的耳垂，调笑着，“仙君的味道，还如之前一样。”

孤男寡女，干柴烈火，有了第一次，第二次便发生得毫无意外。也许在彼此看来，依旧是露水姻缘，但在经历这段假姻缘的过程中，终归还是走了心。

头一次他莽撞，只图自己高兴，忘了她的感受。事后他曾经自责，甚至觉得她盗走图册是为了惩罚他。只是这自欺欺人，他从来不敢表露出来，直到现在他才迟疑着问她，“上次……疼吗？”

她从他身上开出妖娆的花，迷蒙着眼，猩红的唇，一捻杨柳款款摇曳着。听见他的话，她微微一怔，脸上浮起羞赧之色，低头嗯了声，“有一点儿，可我不怕疼。”

他心里痉挛了下，说不清是种什么感觉。那双纤细的手压在他袒露的胸膛，她慈悲地俯视他。她的肩、她的胸、她的腰，全都笼罩在一片昏黄的灯光下，镀满了金色，像个菩萨。可这菩萨渐渐又幻化出另一张面孔来，魅惑嗜血，仿佛下一刻便会咬穿他的脖子。可悲的是他什么都管不上了，脑子无法思考，什么正邪对错都显得虚无缥缈，此刻眼里只有她。

如同一场极致的交锋，谁也不肯认输，双方寸土必争。

他在迷乱里听见她说话，“你是……爱我的，你是我的……”

他有些难过，哪里来的爱，谁又属于谁。他本该拿住她后就将她正法，结果自己竟又折进去了。该恨她，可更恨自己。

他掐住她的腰，十指几乎抠进她的肉里，到这时还在质问她：“鱼鳞图在哪里？”

她的笑容锋利如刀，“你叫我快活了，我自然告诉你。”

无异于又一场羞辱。他赤红着眼，恨恨地，不顾一切地迎头撞击，撞得粉身碎骨也在所不惜。

崖儿轻轻吸了口气，很快那口气又被撞散了，她只好伏下身来，穿过冰冷的汗水，感觉他的温度。

伸手想去抱他，他却压住了她的两臂。背上的伤痕还没有完全复原，他不想让她发现。她无力地挣扎了两下，最终放弃了，一双腿却像蛇，灵活地缠上去。

她还在笑，“仙君果然骁勇。”

他眼里阴霾深重，有一瞬不知是认不得她了，还是想再三确定是她，只是定眼看着她。她被看得火起，便一口咬在他肩头，牙齿穿透皮肉，有轻微的脆响，一股甜腻的芬芳在唇齿间蔓延。她绷紧身子，听见他低声呜咽，长出一口气，满足地闭上了眼睛。

冷硬的床板，没有被褥也没有茅草，夜深的时候还是有些冷的。身上氤氲的热气没过多久就散了，她翻了个身，躲进他怀里。

谁也不打算重提刚才的事，屋子里静悄悄的，蜡烛燃尽前，迸发出一段回光返照的璀璨，然后灯芯一跳，终于熄灭了。月光像纱一样覆盖住窗下一片，她听见他不含感情的声音，“现在能说出图册的下落了吗？”

她绵长地唔了声，阖着眼睛昏昏欲睡，“我累坏了，容我先睡一会儿，等睡醒了再带你去寻它，可好？”

他却异常清醒，“你是不是又想借机逃跑？”

她说不会，“我骨头都快散架了，跑不动。况且我说了，那图册对我其实没什么用，我不过是想自己保管，以防落入别人手里。”她打了个呵欠，温热的呼吸拂在他肩头，小声嗡哝着，“两回了……仙君对我来说也算信得过的人，让你带回去，我知道你会妥善保管它。”

崖儿觉得这话说得合情合理，他暂时应当会放松警惕，可是腕子上蓦地一紧，她叹息：“仙君这就小人之心了。”

两个人的手被绑在了一起，这样她还怎么开溜？他倒是踏实了，也不回她的话。她在黑暗里使劲想看清他的脸，看了半天，无用功。

他启了启唇道：“别白费力气，缚妖索水火不侵，除非你把自己的手砍下来，否则永远别想挣脱。”

她气得鼓起了腮帮子，“你绑人有瘾吗？刚才把我吊在梁上，现在又是如此。”

“你心中没鬼，还怕我绑你？”

她无言以对，只得沉默下来。细细思量，自己刚才用来说服他的那番话，倒也不是全无道理。她犹豫了下问他：“如果我把鱼鳞图还回去，能否既往不咎？”

他在黑暗里睁开了眼睛，说不能，“琅嬛开启，你的罪就定下了，天条不可逆转，永远无法既往不咎。”

可是两回……恐怕再也不能理清了。他不懂为什么见面就变成这样，当真只是因为她的引诱？难道他心中没有一丝渴望吗？一再犯错，罪孽深重，他开始考虑，如果舍下一切为她顶罪，不知结局会怎么样。也许她能免于一死，也许会因为诱仙罪加一等，都是未知的，他也不敢保证，更无法开口同她说。

崖儿唇角绽开一个潮湿的冷笑，所以把图册还回去的意义何在？倒不如设法逃了，至少能多活两年。

‖第四十章‖

这么脆弱的地方
经不得那些蠢物摧残

只是这缚妖索难解，先前挂在梁上，她用内力挣了好久都没能挣开。现在同他绑在一起，一有风吹草动他那里就会察觉，她只能睁着眼，心事重重地盘算，如何才能走得神不知鬼不觉。

真是防贼似的防她，刚才不知谁情热至极，把脸枕在她颈窝里，喃喃叫她的名字。她拿脚轻轻蹭了他一下，男人的腿上毛发比女人旺盛，贴上去便有种痒痒的感觉。蹭了好几下，他不为所动，她也不说话，只是将膝盖抬起来，嵌进他两腿间。

他皱了皱眉，“你又想怎么样？”

她嗤地一笑，“仙君说话真是见外，咱们这样子，想怎么样还用得着说？”

他果然沉默了，心里只觉重压。他追缉万里，从方丈洲到王舍洲，其实归根结底只是为了再见她一面。他活了这么久，什么事看不透想不透？不过大多时候宁愿糊涂罢了。他是不屈，他在九州万众敬仰，结果到了她面前，成了个可以丢弃的玩物。原来感情里面根本没有什么身份尊荣可用以定价，谁心软谁输，就这么简单。既然知道错在哪里，就不应该再犯同样的错误，可是……

看看身旁的人，第二次栽在她手里了，原来自己这样经不起诱惑。几千年前的那只狐狸明明比她手段更高明，他却把她收进了《万妖卷》，现在面对的仅仅是个凡人，他竟毫无招架之力，难道渡劫的时候到了吗？

另一只自由的手冷而滑，从他胸膛蜿蜒向下。他不由瑟缩，脑子里架起了风车，嗡嗡地转动呼啸。她迂回逗弄，看他从无声抗拒，看他无可奈何，看他喘息着，像个无所适从的少年。

崖儿心底涌起一片柔软，毕竟是亲近过的人，虽然他追着喊着要杀她，但只有在他身边，和他肌肤相亲时，她才能感受到少有的安心。有一刻忽然倦懒，想靠在他身边好好睡一觉，可惜这个愿望这辈子恐怕也不能实现了。他们是夜晚的伴侣，白天或是人前，必须互相憎恨，躲闪追杀。还好这执法者对她终有私心，否则人与仙斗，绝无可能。

她要利用这仅剩的一点优势，离天亮大概还有两个时辰，这两个时辰内必须设法逃离这里。她亲吻他，然后嘴唇跟随手指的轨迹，甜蜜地包裹住他。

他狠狠抽气，黑暗里像条跃上岸的鱼。她技巧纯熟，极尽挑逗之能事，她能感觉到他真气大乱。那根随他心意变幻的缚妖索不知什么时候悄然松了，蛇蜕一样，无声地落到了地上。

她还是走了，如果说第一次欢爱后他还有力气看守她，第二次他已经陷入昏聩，不知今夕何夕了。

远处的鸡啼鸣过了三遍，第一簇晨光穿透虚掩的门，打在古朴的青砖上，他平静地穿好衣裳，开启门扉走了出去。

四下不得见，他当然不能奢望她早早起身在厨房忙碌，甚至昨晚自己究竟有没有抓住她，都有些说不清了。也许是个梦，他想。就像他走进她的卧房，明明是去侦察，最后变成睹物思人一样，现实和想象总是背道而驰。奇怪这次他居然一点都不生气。回到波月楼，大司命问他追踪的情况，他淡然地看了他一眼，“她有多狡猾，你不是不知道。又跑了，下落不明。”

大司命愕然张了张嘴，终究无法说什么，只问：“君上，那接下去怎么办？”

“怎么办……”他垂眼站在那里，微微挑了下唇角，“继续追查。图册是必须归还琅嬛的，至于她犯下的罪，留着本君和她慢慢清算。”

鼻青脸肿的胡不言在高山榕树下等了很久，面向南坐着，只要门上有动静，第一时间就能发现。

日头升得老高时，终于看见崖儿提着两只烧鸡回来，他站起身，不知是该哭还是该笑。“你不会跑到麒麟洲买鸡去了吧？一去就是一天一夜，吓得我以为你被紫府君抓了，正打算上波月楼联系苏画他们，和那老神仙决一死战呢。”他一面说一面走过来，上下打量她，“楼主，你还好吗？”

崖儿潦草地笑了笑，“能有什么不好？你不是爱吃鸡吗，刚出炉的，吃吧。”

她把纸包的烧鸡递过来，那鸡很肥美，油水透过竹叶纸，把粗厚的纸张染得几近透明。胡不言呆呆捧着。这时候烧鸡对他来说并不重要，他还是盯着她不放，“你究竟去哪里了？是不是遇上什么事了？”

崖儿嫌他聒噪，翻着白眼道：“吃的还堵不住你的嘴？我昨晚夜探了望江楼，今天打算去会一会卢照夜。不管怎么样，先套出他口中的那个主谋，然后趁着我还有一口气，手刃了仇人。”

胡不言却从她的话里听出了细微的端倪，什么叫还有一口气？说得像刚死里逃生一样……他怔了下，“你被紫府君拿住了？昨晚？”

狐狸天生聪明，有时候难免惹人心烦。她不想和他啰唆，又把烧鸡夺了过去，“我也饿了，你不吃我吃。”然后迈着大步到了榕树下的石桌前，撩起裙裾分腿坐下，自顾自开始拆鸡架子。

胡不言不说话，凑过去在她对面挨着。她忙她的，他却细细地嗅，终于嗅出一丝咸腥来，他嗷地大叫：“你昨晚又去睡人了！”

崖儿吓了一跳，“魑魅骂得没错，你真是只骚狐狸！哪只眼睛看见我睡人去了，又在这里妖言惑众！”

胡不言摇头晃脑道：“你忘了我是干什么吃的。你老实说，究竟是密会了紫府君，还是去见了那个叫枞言的老相好？如果两者都不是……难道是卢照夜？你着了他的道，让他玷污了？”

他越说越不像话，她差点又忍不住揍他。伸出一只油腻的手，狠狠拽了他的耳朵一把，“你是思春了吗？要是想找母狐狸就去吧，我不拦着你。什么密会紫府君……他恨不得我死，还会同我做那事？”说罢扔下鸡架子，匆匆进屋去了。

矮小的砖房，即便是白天，光线也很暗。她坐在床上缓了缓。

换做平时，她是不太在意胡不言揣测她的私事的。他极力套她的话，上次琅嬛闯下的祸，她也含含糊糊默认了。可这次她不想让任何人知道，毕竟上次的错在她一人，这次要是追究起来，难免各打五十大板。人家是要面子的神仙，不像她。她盗亦有道，毕竟对手强大，保全了紫府君的好名声，自己脸上也有光。

打了盆水，好好梳洗一下，睡到傍晚起身，绾了高髻出门，对蹲在院里的胡不言抬了抬下巴，“走，会会热海公子去。”

胡不言蹦起来跟她出门，她一身绛红的缭绫行走在天地间，清风一动便烟云般飘拂，颇有人不胜衣之感。他在后面追问，不通知四大护法吗？她微一回头，发间步摇发出簌簌的轻响，“一大帮人去，你怕紫府弟子发现不了我们？”

胡不言哦了声，“那就小心些吧，他虽然是凡人，但我看这人邪得很，只怕《百鬼卷》里的鬼都没他这么厉害。”

崖儿笑了笑，以往对战江湖上的门派，从来不惧对方是何方神圣。在她看来只要是人，那她便能打败，就算是妖鬼，也敢讨教一二。

胡不言化出原形来，背上她，踏着最后一丝霞光向城内疾奔。妖人的住处也透着诡异，怕走错道，他们依旧从那条铺满落花的小径过去。巨大的金狐漫步起来一摇三摆，简直像沙洲里的骆驼。狐背上的人挑着一盏橘灯，纤细的身影随他的步伐款摆。那拳头大的光团优哉起落如幽冥鬼火，如果半道上遇见人，怕是会吓破那人的胆。

渐渐行至画楼前，那株掩盖半边楼体的桃树依旧开得灼灼。树下站着锦衣公子，眉眼缱绻，笑容温暖，轻轻道一声来了，“在下已等候多时。”

崖儿跳下狐背，“公子久等。我本想到时请人代为通传，没想到公子会亲至。”

他微微一颔首，望她的神情透着期盼，温言道：“楼主与别人不同，自接到楼主密函起，卢某就在盼着天黑。这一整日心不在焉，连楼里大事都押后处置了，只为等楼主大驾光临。”

崖儿笑起来，“卢公子如此盛情，小女子实不敢当。”一个杀人不眨眼的魔头自称小女子，听上去有种混乱又和谐的味道。卢照夜复又看她两眼，眼神之专注，让她有些不适。但也没有再作停留，转身一比手，请她入内。

这次倒不在露台上设宴了，沿着楼梯上去，后楼建得高且庞大，经过旋转的廊庑，能将整个王舍洲奢靡的夜景尽收眼底。崖儿曾两次探访这座画楼，然而她所看见的，又与卢照夜领她参观的大不相同。他将她引进厅堂，雕刻精美的落地罩上，悬挂海崖鲛蛛丝织成的画帛。透过那层薄薄的垂帘，看得见前楼跳舞的姑娘和往来的宾客，也许嗓门大一点儿，前楼就能听见你的呼声。

密闭的环境使人心生疑窦，这样半开放的便好得多。崖儿对面谈的地点还算满意，卢照夜仿佛洞悉一切，笑道：“楼主不必担心，卢某并没有什么坏心思。你我是交易往来，你一手交货，我一手交钱。在下虽不算江湖中人，但江湖上的规矩还是懂一些的，绝不会叫楼主为难，也绝不白占楼主便宜。”他略顿了下，复看向胡不言，“只是在下有个要求，除你我二人，不能有第三人在场。所以还请狐公子亭内小坐，我为公子准备了美酒和美人，请狐公子享用。”

胡不言听说要打发他，颇为不满，什么美酒美人都不在他眼里，扯着大嗓门道：“卢公子的交易难道还需要避人吗？追查神璧下落也有我老胡一份功劳，卢公子眼下要让老胡避嫌？”

卢照夜依旧笑意盈盈，“公子别误会我的意思，只因为我和楼主进行的不单是财物交易，还有关于二十多年前那场惨案的始末真相，有外人在场，终归不便。”转而又对她摊了摊手，“卢某是个生意人，只会打算盘，不会舞刀弄剑。楼主这些年叱咤江湖，应当不会对我有所忌惮吧！”

他把自己说得无害，但城里失踪姑娘的死却都与他有关。只是这人说来奇怪，身上既无真气也无内力，站在那里无法让人感到半分威胁，或许这就是他的厉害之处。

崖儿点了点头，他的手段先不谈，钱财也是小事，她在乎的只有那个幕后真凶。便对胡不言示意，“你先去喝酒抱美人，一炷香后我来找你。”

言下之意只有一炷香时间，如果一炷香后她没有音讯，那必定是出了意外，他就可以杀进去了。

胡不言说好，“老胡就抱她一炷香的。”摆着衣袖扬长而去。

花厅里只剩下两人，卢照夜请她入座，自己在上首慢条斯理地沏茶。案头的红烛燃得璀璨，崖儿乘着灯火打量他，奇怪他今天并没有刻意遮挡，仿佛不惧她审视的目光。一头黑发披拂在身后，挑出浓厚的两绺垂在胸前，虚虚掩盖了两侧颈项。但颌下的那根红线，却在黑发的映衬下愈发昭彰。她看清了，整齐的切口，应当环绕到后颈，正常人要是遇上这样的伤，早就一命呜呼了。

笑容爬上他的唇角，他笑得十分宽容，“楼主很好奇吧，为什么会有这根红线。”一面说，一面抬眼望向她，“楼主把神璧带来了吗？”

崖儿将手边的锦盒推了过去。她用血肉温养了神璧二十二年，它们早就成为她身体的一部分。放在盒子里是为应付卢照夜，毕竟外人不知道它们的归处，更不知道她仅凭意念就能灵活操控它们。

卢照夜打开盒盖，江湖人为之争得头破血流的宝物就在里面。果然是上佳的杀人利器，一青一紫，两片刀身上各雕有星宿运行和日月精像。那流丽的芒如清水漫过池塘，雍容而清冽，和一指宽的白刃交辉，散发出寒光。

他取出半面神璧，拿在手里把玩。随意拔了根头发轻轻一吹，神璧发出“嗡”的一声回响，那发丝甚至还没有贴上刀刃，便被音波削成了两段。

“好刀，杀气凛冽！”卢照夜脸上露出满意的神色，抬手温柔地抚了抚自己的脖子，“这么脆弱的地方，经不得那些蠢物摧残。以后有了神璧，这条线就可以永远消失了。”

崖儿暗暗吃了一惊，才知道他是为了借助神璧的锋利，让自己换头于无形。

他说完，忽然又腼腆地笑了，“吓着楼主了吗？别怕，其实和换件衣裳没什么两样。”将沏好的茶顺手推了过去，“楼主上次请我喝血茶，我请楼主品肉香。”复又牵起袖子，拿银钩拨了拨铜炉里的熏香，“楼主听说过龙涎吗？世人都说龙涎是异香，腥气能催发众香。其实不然，龙涎的妙处在于使翠烟浮空，聚而不散。今日得闲，我给楼主示范一回，如何？”

‖第四十一章‖

爱杀

通常一些听似无厘头的话，最后会引出惊天的内情。崖儿对他下一步的打算很好奇，也许在得到她想要的答案后，顺便能解开他们夫妇身上的谜团。

她说没有，“我对香品没什么研究。卢公子是知道的，诗情画意对我这种人来说太奢侈了，我情愿去探究哪种招式能克敌制胜，什么样的刀锋可以杀人于无形。”

卢照夜听后，唇角的笑容又扩大了几分，“我明白楼主的意思，但你终归是姑娘，有些东西该放开，就不要过于执着。”

透着禅意的话，让他听上去像个看破红尘的修道者。可就是这样的人，自己执念那么深，竟还去相劝别人。崖儿有些好笑，看他打开白玉盒的盖子，取出一块墨黑的龙涎。龙涎本身是有味道的，传说每年春天，群龙聚集大食西海，枕石一睡，涎沫浮水，久而久之凝结成香料。两年前她踏上龙涎屿，就曾闻见那种强烈的气味，和他取出来的小块一样，倒也不害怕他动什么手脚。

他打开博山炉的炉顶，把龙涎投了进去。崖儿道：“每个人都有执念，只看这人心性坚不坚定罢了。公子是聪明人，明人跟前不说暗话，我已经将神璧双手奉上，公子现在可以告诉我真相了。”

卢照夜慢慢点头，“二十二年前的那场追杀，整个武林都有份，这你知道。但一切的起因，还在于万户侯府的小姐。当初柳绛年艳动天下，若论相貌……”他看了她一眼，“楼主和她非常像。可惜一个女人只能嫁一个丈夫，有人欢喜就必定有人生恨。那个人派出多路杀手刺杀万户侯，牛虻一样的细针沾着剧毒，只要擦伤点皮就会令人毙命。然后又策反岳家旁支，也就是岳刃余的堂兄岳海潮，趁岳刃余携妻奔父丧时，打断了长渊掌门岳南星的脊梁。后来的事，楼主大致都有耳闻了，百余顶尖高手追击千里，逼迫岳少主交出神璧，均未成功。岳刃余夫妇在离苍梧城一里远时遭遇伏击，返城无门，只得仓皇逃入雪域。”

他说完，停下来看她神色，崖儿静静坐在那里，案下的手脚变得冰冷。

她知道爹娘的遭遇，结局如此，过程必定惨烈。他的叙述增添了一部分她不知道的细节，助她重新整理和回忆。人的思维陷进痛苦里，每一次心跳，每一段血液的流动，都带着难以言表的凄凉。她缓缓吸了口气，“然后呢？公子现在可以直接告诉我，那个人究竟是谁了。”

然而他却沉默下来，眼神专注，盯着博山炉顶缓缓凝聚的翠烟。那烟真如他先前说的那样，升到半空便凝结不散。他探手取过一面神璧，牵着袖子小心分割，烟雾被分成了丝缕，在他指尖悠悠绕了一圈，缓慢向她游去。

他含笑望着她，“楼主身在江湖，应当听说过那人，众帝之台的右盟主厉无咎。也许你会觉得奇怪，厉无咎口碑颇佳，且不问世事多年，又有传言说他身患痼疾，这样的人，是不应该成为这起阴谋的幕后黑手的。”

崖儿看着那缕烟雾转腾而来，带着馥郁的兰花香，停在她面前。她仍旧在考虑他说的话，“不，世上没有什么事是不可能的。”

他露出欣慰的笑，“楼主果然世事洞明。”

“我唯一不解的是，公子怎么会如此了解内情。”她凝眉看他，“难道公子也参与了此事？”

卢照夜轻轻叹了口气，“若说参与……不能说我参与了。当初我与厉无咎有一些钱财上的往来，他需要钱建造他的乐土，我恰好有财力解他燃眉之急。”

“那么厉无咎许了公子什么好处？一个无利不起早的商人，不可能无条件为他提供金钱上的资助。”

这个有些不好回答，他微微犹豫了下，“小情……我的夫人，以前曾是与柳绛年齐名的美人，但两者的命运天壤之别。柳绛年出身高贵，小情却身为下贱。那年热海王府大火，让她容貌尽毁，我答应过她，一定要让她完美如初……”

“所以厉无咎以柳绛年的面皮作为交换，是吗？”她的唇角带着一丝冰冷的笑，挥袖驱散了那团翠烟，“可惜厉无咎最终没能达成你们夫妻的愿望，柳绛年进入雪域后就死了，血脉凉透，再也无法移植，这个约定最后只能不了了之。”

他的眼里微微流露出一丝惊讶，“楼主果然冰雪聪明，很懂得举一反三。”口中说着，袖底的五指慢慢搅动。她没有察觉，那缕被驱散的烟雾，在她看不见的地方重新聚集了起来。

“其实我也不愿如此，谁喜欢过着非人非鬼的日子？我所做的一切，不过是为完成心底的一个梦，和心爱的人，像普通人那样生活。”他不无哀伤地说，“可是平常人看来最简单不过的事，于我却是万万分的难。但我不会放弃，在我力所能及的范围内，我要为自己创造最好的条件。人不为己天诛地灭，这话楼主认同吧？”

崖儿笑得轻蔑，她绝不能容忍一个曾经图谋她母亲面孔的人继续活着。她驱动神璧，那两尾阴阳鱼正欲向卢照夜冲去，忽然滑如丝弦的烟缕钻进她的鼻腔，一瞬脑子顿住了，眼前影像也变得重叠。她听见卢照夜唏嘘：“楼主手段太高，卢某要是不使些小聪明，也不敢贸然和楼主见面。龙涎不单能聚烟，同蜃壳同燃，还能催发蜃气。”他在她晕厥前一刻走到她面前，悲天悯人般俯视她，“所以你看见的一切都是假的，前楼的灯火和宾客，还有那些吵吵嚷嚷的叫好声，都是假的。可能你不知道，神璧于我虽然重要，但最重要的还是你。”他的手抚上她的脸颊，温柔得如同对待最珍贵的瓷器，“你和你母亲长得很像，这张脸要是行走在光天化日之下，所有人都会知道你是柳绛年的女儿，包括厉无咎。所以……留在我身边吧，人生短短几十年而已，我们一起生老病死，比孤独行走在人世间强百倍。”

她想说不，可是说不出来，她发不出任何声音。脑子像被重拳击中，只觉得昏昏的，不知道时间，也辨不清方向。勉强睁开眼，看见雪白的屋顶，这屋子没有窗，也没有半点自然的光，只有烛火跳动着。她明白过来，应当是困在蚁巢中的某一个房间里了。

动了动手脚，发现动不了，四肢被捆绑在一张铺着白布的门板上，生生扯成了大字形。她的浑身上下，只有眼珠还能活动，转过去便看见那个无脸的卢夫人，就躺在她身边的长榻上。

此刻连狰狞都不足以形容她的相貌，她的面皮早就没有了，只剩一个模糊的骷髅。额头是青白色的，骨骼的颜色。两只硕大的眼窝里装着鸡蛋般的眼球，因为没有眼睑，直愣愣地盯着她。

崖儿一惊，奋力挣扎起来，可是那点挣扎微不足道。

卢照夜走过来，手里举着一把锋利的刀，遗憾地说：“暂时还不能动用神璧，因为你有思想，我怕控制不了，被它反噬。”

小情有些急不可待，两排牙阴森森暴露着，磕得咔咔作响，暴躁地催促：“她已经醒了，你还在等什么！”

卢照夜却没有立刻动手，只是望着那张血肉模糊的脸，问她：“小情，你疼吗？”

小情怔了下，觉得他的问题简直白痴，“疼又怎么样？我等了那么久，愿望马上就能实现了，这点疼算得了什么！”

她没有了嘴唇，所以每句话都漏风，听上去有些可笑。卢照夜垂着眼看她，“脖子切开，切面远比整个头颅小得多。如果我一时疏忽，把头发和脸皮的位置装反了，你可能永远要前后颠倒着生活了。”他俯下来一点，轻轻对她说，“娘子，不如把头换了吧，这样会省很多麻烦。”

小情先是一愣，然后便暴跳如雷，“卢照夜，你疯了吗？你究竟知不知道自己在说什么？”

他当然知道，人以头为首，头是一切的中心，只要头在，脑子在，其他的一切都是可以拼装的。但如果把头换了，那么她就不再是原来的她，而是彻底变成另一个人。变成了岳崖儿，花魁小情便再也不存在了。

惊惶的眼珠子瞪着那把闪着寒光的刀，到这刻她才意识到，这个每天和她同床共枕的人早已经受够了她。在她满心欢喜地期待得到天下第一的面孔时，他却在盘算如何抛弃她。

她的手足为准备即将到来的换脸被固定住了，她只能哀声乞求他，“卢郎，看在咱们往日的情分上……以前咱们多好，你说会爱我一辈子的。”

情意绵绵的话，却搭配这样血淋淋的面孔，往昔的爱从她嘴里说出，再也不能令他动容了。他甚至看见带着血沫的唾液从她的嘴角涌了出来。他错愕了，不知他的小情什么时候变成了这样，顿时一阵反胃，匆忙别过了头。

“卢郎，我那么爱你呀……”她似哭似笑地唤他。

一个女人到了这种关头，还期望用缠绵的声调唤醒男人的良知。明知是徒劳，但总不能死心。

卢照夜深深叹了口气，“你爱的只是我的脸，你厌恶我的身体，你只喜欢雄壮的男人。这些年来，我不停依照你多变的胃口转换身体，你知道每一次我得忍受多大的痛楚，冒多大的风险吗？”他把脸凑到她眼前，“你看，我的眼角已经开始有皱纹了，过不了多久，你会要求我像你一样换脸——然后不停换身体、换脸……我厌烦了这样的生活，就到今天为止，你我都解脱，这样对大家都好。”

小情尖叫，喉中发出笔直的嘶吼，大概是想说“不”，但没有唇，无法表述。

卢照夜向她作最后的道别，吻在她的脸颊上，像印章蘸满了印泥，嘴唇沾血，红得诡异。然后把刀刃抵在她的脖子上，喃喃说：“别怕，忍一忍就过去了，很快的，我保证。”

这对见鬼的夫妻！崖儿用力试图挣脱，可蜃气依旧在她身体里盘旋，她的蹬腿连身下的木板都无法震动。

她见惯了杀人，摘下敌人的首级交差，以前也经常做，但那是在她能够控制一切的情况下。现在她行动不便，没脸的女人躺在她身旁，换了身体的男人打算让她们对换头颅，这种可怕的境遇像场噩梦，却无论如何都无法醒来。

卢照夜的脸苍白麻木，他把刀刃抵在小情的脖子上，正打算用力按下去，忽然看见银光一闪，他被高高抛起，然后重重落地。

后脑撞得生疼，来不及考虑别的，他打算站起来，可是手不见了——原来身首分离的人是他！

小情从长榻上下来，手里举着同样锋利的刀，一步步向他走去，“卢郎，我给了你机会，你为什么不懂得珍惜？二十年的夫妻，最后竟然这样收场，真是没想到！”那丝缕纵横的肌肉微微向上提拉，她露出个笑容，弯腰把他的头颅捧起来，轻声道，“你说我厌恶你原来的身体，其实你错了，我把它保存起来，以便让你死有全尸。”

卢照夜的脸上露出恐惧的神情，嘴唇不停开阖着，但身首分离后没有肺的供给，他发不出声音。

小情说“嘘”，“你不用感激我，我是个念旧情的人。”走到墙角去触动那烛台，墙面上凹下去方正的一块，像活字印刷版上顶出来一枚胶泥似的。露出全部面目后，才看清是口精美的棺材。

她推开棺盖，转过他的头，让他看里面那具矮小丑陋的无头尸身，“这么多年来，热海公子长身玉立，风度翩翩，你已经忘了你原来的样子。现在再看看，到底还是这具身体最适合你。”

不愿回首的往事就像一个疤，你费尽心机丢弃它，忘记它，结果转了一大圈又被打回原形，这种绝望才是最可怕的。一个活着的头，一具死了的身体，组合在一起古怪又恶心。他眼里涌出泪，无法正视自己，悲愤地闭上了眼睛。

小情的笑声又尖又利，“卢照夜，你就是个侏儒，到死还是短手短脚，不足我腰高！”她入木三分地讥讽了一番，终于从袖中抽出一块黑布，随手一抛盖住了他的脸，冷冷道，“死吧，带着你肮脏的身体永堕无间地狱。这辈子、下辈子……永生永世，不要再相见了。”

棺盖合起，重新收回墙内，小情静静站了会儿，转身向崖儿走去。这次再没有什么能令她不快乐了，每一步都袅娜风流，边走边道：“男人这东西真是靠不住，让岳楼主见笑了。你来了半日，不能一直冷落你，现在就把你我都关心的事办了吧。”

‖第四十二章‖

他是个傻子

真是一张喜人的脸啊，皮肤剔透，毫无瑕疵。还有那头长发，在灯下回旋出油青的光，缎子似的……不不，最上乘的缎子也不及它分毫。

小情蹲下来，蹲在那张木板旁，离她很近，便于更清楚地观察她的脸。看啊看，最终看出了满心哀伤。想当年她也有过这样的风华正茂，也有过这样光洁的皮肤和油亮的头发。可惜那把火……和卢照夜恩爱的那几年，倒不觉得有多痛苦。

后来渐渐起了隔阂，直到发生刚才的一切，难过也不至于，就是很有些失望。

男人果然靠不住，还是得靠自己啊，只要有了美丽的脸，何愁找不到真心待你的男人。

皮囊实在重要，爱情首先通过外表奠定，最初的心动就是源于那张脸。没有美貌，再有趣的灵魂也无人问津。现在这脸马上就是她的了，她快乐到几乎发狂。

伸出手轻轻摸了一下，脸的主人明显很抗拒，重重把头偏向一边。遭受冷遇让她感到落寞，但即将功德圆满的充实又让她重新振奋起来。

“别怕。”她说，一滴带血的唾沫不小心溅到这位楼主的脸上，她慌忙替她擦拭了，“岳楼主美了二十多年，从来没想过有朝一日会失去这张脸吧！你知道毁容后的感觉吗？就像扒光了衣服被推到大街上，你找不到任何东西掩盖自己的慌张。你痛苦、自悲，在别人鄙夷的目光里发现自己成了活鬼，这一刻情愿去死……没关系，一切我都理解。你放心，我会帮你，不让他们看见你丑陋的样子。”

这没脸的女人自言自语，大约是在悼念往昔的辛酸，和苦难做最后的道别吧！

崖儿的手脚一点点恢复知觉，内力也一点点凝聚。要谢谢他们刚才的那场大戏，如果卢照夜和小情仍旧是一条心，她现在可能已经死了。

曾经相爱的人，到最后你死我活，他们忙于解决彼此间的恩怨，恰好给了她转圜的时间。

蜃气开始消散，她平稳地吐纳，渐渐发现可以说话了。她试图转移她的注意力，闲话家常似的同她搭讪，“先前他说了关于你的过去，据说你曾与我母亲齐名？”

那张无法精准展现表情的脸上，露出了对那段辉煌岁月的眷恋，“确实……我曾经是云浮大陆最负盛名的花魁，那时花车所经之地，万人空巷。我与你母亲分属南北，你母亲是簪缨出身，虽尊贵无双，但要论容貌，我也不遑多让。可是女人呐，年华总会消逝，到了一定的年纪，就得找一个归宿。我虽是脂粉堆里的皇帝，豪绅恩客相聚时万般怜爱，但提及婚姻，并没有人肯真心对待。楼里放出我要从良的消息，最后只有一人投了名帖，就是热海王府的世子。照理说有个世子愿意娶我，我应当满足了，可是那个世子……”

她嗬嗬笑起来，“他是个傻子！第一次见面他就说漏了嘴，原来他只是想给他的侏儒弟弟找个能睡的女人。”

手腕上的麻绳有了松动的迹象，崖儿一面暗暗挣脱，一面随口虚应她，“竟是为了他弟弟？”

小情像兽一样在室内游走，忽而仰头，忽而垂首，“可不是嘛，就是为他弟弟。那个傻子，被自己的手足情深感动得泗泪横流，还嘱咐我千万不能告诉他兄弟，大婚那天要给他一个惊喜。可是凭什么！给傻子当世子妃也就罢了，给侏儒当小老婆，连个名号都没有。所以我想了个办法，先勾引卢照夜，然后杀死卢照恒。只要傻子一死，老二便是世子，我仍旧是世子妃。可惜我算漏了，不慎弄伤了脸，彻底被热海王府抛弃了。还好卢照夜他爱我，以为我所做的一切都是为了我和他的将来。事已至此，那些实话只能跟着卢照恒一起埋进地底下。谁不喜欢魁伟的男子？谁又愿意和三寸丁做一辈子夫妻？楼主听说过落头氏吗？落头氏有飞头要诀，可以为自己或为他人换头。所以我留下了卢照夜，因为他长了张漂亮的脸，倒也勉强可以将就。遗憾的是，今时今日他开始厌倦我，若不是为了把你变成和他一样的怪物，恐怕他早就对我下手了。这个无情无义的畜生！”

崖儿平静地笑了笑，“把我也变成怪物，因为世上只有同类才能理解同类。其实你们早已经相看两相厌了，你换上了我的脸，难道还会要他吗？”

小情果真不说话了，沉默了半天发笑，“对，你说得对。我恢复了容貌，为什么还要和一个换头的妖怪在一起？不过最后还是他先动的手，是他先负我，我问心无愧。”她深深叹了口气，“这些内情压在我心里这么多年，我没有告诉过别人。现在告诉楼主，楼主是不是觉得我这样的女人，永远无法和你母亲相提并论？”

崖儿不答，只是含笑看着她。

她有些懊恼，别过头说随便吧，“你母亲确实义薄云天，可那又怎么样，还不是无声无息地死了？女人为男人舍生忘死，到底有什么意义，何不如活得尽兴些？”她顿了下，又喃喃道，“可惜，你没有机会体会我的话了。时候差不多了，岳楼主该上路了。”

她说完，举起了手里的刀。刀刃上的寒光一闪，刺花了崖儿的眼，她不由哀叹，来不及了，恐怕要折在这里了。胡不言那个笨蛋，说好了一炷香时间汇合的，如今人呢？死到哪里去了？

应该会有点痛吧，痛在皮肉上，也许比钻心好过一些。她想起紫府君来，人走到最后，应当回顾一下前尘，和割舍不下的人道个别。她在这人间无亲无故，父族母族都凋敝，没有她值得惦念的人。想一想波月楼里那些手下，他们大多屈服于她的手段，真正归心的也不知有几个。枞言呢，回大池去了，胡不言这会儿可能还搂着姑娘……想来想去只有那个人，恨她彻骨，但又拿她没办法。

她心头萧索，如果她死了，不知道他能不能顺利找回鱼鳞图。她觉得自己应该是爱他的，这么长时间一直不愿意承认，其实终归是爱他。

冰凉的刀刃抵在她耳后，有刺痛传来，她仔细感受刀尖的移动，料想大约割出了寸来长的口子。倦怠的神经必须有剧痛刺激，才能重新催发力量。那种痛直达身体最深处，她猛一激灵，开始集中精力召唤神璧。

忽然一声巨响传来，整个世界都震颤了，昏昏的暗室顶上出现了星光。她本以为是神璧击破屏障冲进来了，可待看清了，才发现是有人掀了半边屋顶，所有的罪恶都暴露在了满天繁星下。

外面传来尖叫，寻欢作乐的人们被突如其来的动静惊坏了。小情握着刀有些仓皇，狂卷而至的一股掌风将她劈飞出去，她像一只失了线的风筝，跌宕着被抛上了半空。

胡不言出现得很及时，飞快拿刀割了她手上的麻绳，“老板，你崴泥啦？还好我老胡来得快……”

崖儿顾不上搭理他，忙撑起身看，半空中的小情定住了身形，一声怪叫，脖子骤然伸出丈余长。那脖子左右扭动，像一条血红的触手，顶端仍旧连着她丢了面皮的脑袋，看上去恐怖异常。

怪物向下嘶吼，皓月银辉里的人立在峭壁上，夜风呼啸，长发临空。

崖儿终于看清那个人了，熟悉的侧影让她鼻子蓦地发酸。他结印筑起一面降妖网，青蓝的光照亮他的脸，眉间寒色逼人。扬手抛掷长空，将上方的怪物罩住。夜幕下的紫府弟子如箭离弦，执剑激射出去，那面巨大的月亮便成为发光的背景，映照出了众多矫健的黑色身形。

那边降妖混战，胡不言看准时机背起她，“嗖”的一声便脚底抹油了，边跑边喊：“妈呀，落头氏！没给吃了算你命大……”

崖儿趴在狐背上，耳边风声飕飕，打起精神匆忙召回神璧。临走回头望了眼，胡不言跳下墙头的刹那，恰好他也正向她这里看。视线短暂相交，他却没有要追赶的意思，只是静静伫立，深邃的眼眸平静如海。她在落地的那一刻还在揣测，那双眼睛里有没有悲伤，对她的所作所为，他是否感到失望。

一个落头氏，其实并不难对付，只不过他们善于制造幻象，喜欢把自己的屋子建得很大很复杂。如果说妖，他们算不上妖，充其量是个神秘邪恶的古老部族。所以俘获后不能收入《万妖卷》，也没法归进《百鬼卷》。

别通来请示：“主上，怎么处置这飞头蛮？”

别通和晋乘是《万妖卷》上下册的书灵，诸如收纳妖鬼等事，都由他们出马。

紫府君看了一眼被死死压住的落头氏，慈悲为怀没有打算用在这里，“非妖非鬼，丧尽天良。火烧了吧，别再让她害人了。”

别通道是，领着紫府弟子行刑去了。

大司命找了一圈没找见崖儿，明白这是又让她跑了。要问君上吗？问了也是自讨没趣。大司命一向耿直，办事习惯铁面无私，可自从琅嬛失窃以来，君上的诸多做法常令他无法理解。

渐渐地，他似乎察觉到了一丝不寻常，君上和岳崖儿之间，总有种欲说还休的况味。要是照他以前收妖建册的手段，多少个岳崖儿都如指尖尘沙，掸一掸就消失了，找回鱼鳞图更是易如反掌。可现在呢，几经坎坷，简直像经历九九八十一难。这说明什么？说明君上不停网开一面。包括这次，又让她从眼皮子底下溜走，不是因为她太狡猾，仅仅是因为君上不想抓她。

意识到这点，大司命有点慌，他看着君上欲言又止，最后连紫府君都察觉了。

“又让岳崖儿跑了，唉！”他加重了最后那声叹息，“这么多双眼睛，竟无一人察觉吗？”

大司命发现话都让他说完了，只得支吾着应了句是，“属下等一时疏忽，请君上恕罪。”

紫府君倒没有再追究，流露出惋惜的样子，“大好的机会……”一面说一面摇头。

大司命张口结舌，愣了半天才道：“君上，三个月的期限转眼即至……”

他嗯了声，“你也看见了，她弄了只擅长逃跑的狐狸，捉拿本来就有难度。”

这些其实都是借口吧！大司命怔怔道：“还剩四十日，时间比较充裕，下次一定能拿住她。”

这回紫府君什么都没说，转身跃下残楼走了。

冷风里吹了半天，蜃气基本都消散了。回到城郭边上的小屋，进门时胡不言还在嘟囔：“你的那双剑灵到底有什么用？这么危险都不知道救人，还不如柴火棍呢。”

他并不懂得剑灵的玄妙，她吹了火折子点燃蜡烛，“我先前中了蜃气，连命都快没了，哪里有力道驱策剑灵！那对卢氏夫妇真可怕，一个想要我的脑袋，一个想要我的脸皮。”

胡不言盯着她的脸连看好几眼，“要你的脸皮干啥，怪厚的……”

她很生气，冲他扬了扬拳，“论厚度谁也比不上你！约好了一炷香时间汇合，你去哪儿了？”

胡不言说：“我冤枉！一炷香燃尽我就去找你了，可是根本找不到先前那间花厅。聪明如我，立刻想到了肯定是鬼打墙。不过你得体谅我，我只有三百年道行，哪里看得穿这些怪物的伎俩。于是我灵机一动，回波月楼找到了紫府君，告诉他望江楼的怪物要吃你。你猜怎么着？人家连话都没听完就跑出去了，那些紫府弟子为了追赶他，连鞋都没来得及穿。”

没捅破窗户纸的感情，必须得到周围人的渲染才能升华。胡不言边说边盯着她，只见那张脸上渐渐浮起笑意，最后连眼睛里都盈满了，翠翠的眼波，一转便入了盛夏。

胡不言看了直叹气，还有什么可说的，想必是爱上了吧。也对，这世上没有一个女人能抗拒救你于危难，地位又高，长得还好看的男人。岳楼主再盖世无双，到底还是女人，是个女人总会怀春。

他坐在门槛上，垂头丧气，“既然早有私情，你还跑什么呀，干脆跟他回蓬山去得了。如果能让天帝赦免你的罪，你跟着他一块儿看守琅嬛，再生一窝小仙君玩玩，好过做丧家之犬。”

崖儿听了，好半天没说出话来。

他说得都对，早知道会有今日，她当初就不该去偷鱼鳞图。可是有些事发生便发生了，没有后悔药可吃。再想一想，蓬山寂寞无边，时候久了，会不会像卢照夜和小情那样变成你死我活的怨偶，谁知道呢。

其实现在这样倒也很好，彼此都不要说破，遇上便抵死缠绵一番，天亮互不相干。她已经是贼了，反正罪名无法消除，一人做事一人当，至多一死。将来他还要回仙山上去，继续当他不着浮华的琅嬛君，不能让她这块污渍弄脏了他。

她放下火折子，转身走到窗前，望着满院的月华说："我打听到了我父母被杀的幕后真凶，是众帝之台的厉无咎。以前我也曾怀疑过他，但因为他淡出江湖多年，我多方打探，并没有查到任何他与此事有关的证据。既然现在卢照夜指认了他，我宁可错杀，也绝不错漏。还有五大门派的掌门、长渊的岳海潮……我要杀光他们，一个不剩。"

胡不言讶然，"那些都是顶尖的高手……"

她笑了笑，"逐个击破，你信不过我的手艺吗？"

胡不言说信不过，"你今晚差点让人割了脑袋。"

这狐狸总喜欢揭别人的短，实在不可爱。

她尴尬地摸了摸耳后的伤口，"今晚是个意外，怪我轻敌了，本以为卢照夜手无缚鸡之力……以后不会了，我会加倍小心的。"然后气壮山河地挥了挥衣袖，"不言，明天天亮咱们就往苍梧城去。是我的东西我要收回来，不是我的，我也要让它变成我的。我要让这云浮十六洲谈我色变，我要让这生州大地成为我的乐土……"

"你当紫府君是死人吗？"她说得正兴起，胡不言幽幽冒出来一句，结果不出所料，太阳穴上挨了一记揍，半个脑袋都疼起来。

‖第四十三章‖

半生悠悠困风尘

有时候正邪对垒，你会发现正派的消息来源，通常没有反派的来得迅速可靠。

王舍的城墙上，常年蹲守着两个波月楼的弟子，专门监视底下的人来人往。今天他们得了最新的消息，回来禀报苏门主，说天蒙蒙亮的时候，看见城郭边上闪过一道红光，好像是楼主骑着金狐狸往北边去了。

苏画沉吟了下，“往北……看来是去苍梧洲了。”

明王问何以见得，“北边有的是好山好水，也许楼主想引开紫府的人，故意使的障眼法。”

苏画却不答他，楼里四大护法毕竟都年轻，当年震动全武林的那件惨案他们虽有耳闻，但绝不会将崖儿和岳家遗孤联系起来。这波月楼里，曾经跟随兰战打天下的老人们全都被她杀尽了，现在见过她真面目的又都没见过柳绛年。楼中弟子至多觉得楼主太神秘，很多事习惯自己解决，把他们这些人当成了摆设。

崖儿从来没有向她坦诚过自己的身世，她到底谁也不信任。但她从她六岁起就开始为她授业，朝夕相处，旁敲侧击，再加上从兰战那里打探来的零星线索，大致拼凑出了真相。上次热海公子的委托，除了许以酬金，隐约还有别的。什么能够让她忘了避嫌直面牟尼神璧，必然是和她父母的死有关。

苍梧城，长渊，岳南星一支被抢占了二十多年的家。她一路向北，除了那里只有去雪域。苏画对明王道：“她单枪匹马我不放心，你看守波月楼，我带人追上去。”

从廊子那头走来的魑魅和魍魉接了口，“我们去。反正这阵子一直在路上，已经跑惯了，再多跑两天也无妨。”

魑魅娇嫩的脸已经不像两个月前那样吹弹可破了，变黑了点儿，少了些女气，但更结实了。自从上次生死门传回消息说苏画失踪起，他们就不停奔波在路上。骑马不像楼主骑狐狸，千里路眨眼就到，他们日夜兼程赶到烟雨洲，没赶上营救苏门主，但赶上了万户侯府被武林正道掀了个底朝天的大戏。神璧据说落入了大食人手里，他们立刻挥鞭直指大食洲，结果又是一场空。颠沛了近一个月，昨晚子时才回到王舍洲。

明王让他们好好休息，“楼里也需要人打理，你们看家，我同苏门主一道去。”

魑魅说不，“我和魍魉很需要一场修行。”

明王顿时一阵反胃，别过头嘟囔了句：“随你们。”

苏画倚着雕花栏杆，看楼下杂役打扫满地残骸。精美的地毯经不得那些狂客的践踏，上面斑斑驳驳满是污渍。杂役们小心卷起，运送出门，光洁的玉石地面映照出往来人影，虽然华美，但看上去冷硬。等重新换上崭新的毛毡，一切才又变得柔软且充满诗意，就像钢刀上佩了红花，连杀气都能焕发出旖旎。

她抽出手绢无意识地绕在指尖，片刻后转身往后楼去了。明王叫了声门主，她扭头一笑，“别辜负了楼主的心意。那帮神仙还打算长久霸占波月楼不成？他们也该还这里清静了。”

她跳软舞，腰胯扭转起来像水波，一浪又一浪地赶赴，看上去柔若无骨。如果忽略她的年纪，其实单从外表上看，至多比楼主稍稍年长一些。有的女人就是这样，岁月在她们身上不会留下痕迹，她们的年华定格在最好的时候，一年复一年地保持下去，难怪大司命会管她叫老妖精。

她已经三十四了，十六岁杀死前任门主接管了弱水门，十八岁第一次见到像个野孩子的崖儿。当年的波月阁，太崇尚弱肉强食，每个人的上位都要靠血，靠命。她曾经以为自己的命运会和历任门主一样，活不到三十必定死在自己一手调教的孩子的刀下，结果也说不上是她教育失败，还是狼养大的孩子目的性太强，崖儿从四星之首一跃成为楼主，完美跳过了弱水门主那一步，因此她才得以苟活至今。

每一个门众都不容易，都有悲惨的曾经。这些年混迹于风花雪月，她几乎要忘记自己的出身了。她是妓女接客后自保不得当的产物，从小被母亲藏在房间里，不能看外面的花草飞鸟，不能像别的孩子一样奔跑吵闹。只要有人点了她母亲的名牌，她就必须躲进螺钿小柜，把身体整个浸泡进黑暗里。后来她母亲死了，妓院的人终于发现了饿得皮包骨的她，把她扔了出去。她以为自己必死无疑，没想到却被一对好心的老夫妇收养，过了八年正常人的日子。

可惜……她边走边叹，十三岁那年养父母也死了，大概是死于兰战的安排吧，谁知道呢。反正她被人强暴完，又被人救了，救她的人和施暴者其实是同一个人，当时她懵懂无知，居然还对那人感激了很久。

一转身已是沧海桑田啊，就算受尽了苦难，人生也总该有一些值得守卫的东西。

她从飞渡的廊桥上过去，两个紫府弟子恰好从外面回来，看见她便一脸戒备，仿佛她真是个妖精。她撇了撇嘴，一帮莫名其妙的牛鼻子，反客为主起来真是丝毫不加掩饰。她说：“小仙君们，你家老仙君人在何处呀？”

那两名弟子有点蒙，仔细掂量了她所谓的“老仙君”到底是谁，最后还是打听，“门主指的是……”

苏画掩唇一笑，“难道是你家紫府君吗？”见他们神色大变，忙改了口，“自然是大司命。”

紫府仙君在这帮弟子心中，是和天帝并驾齐驱的上仙，虽然他驻守人间，但他的辉煌至今无人能及，他们绝不答应任何人对他出言不逊。至于大司命嘛，可敬的程度稍弱一些，因此他们尚且没有那样义愤填膺。

“苏门主找大司命何事？”其中一个语气不佳。

苏画眉眼弯弯地看着这年轻人，“我是来告密的，若小仙君能做主，那我便不找你家老仙君了，只和你谈，如何？”

区区弟子，自然无法代替大司命，他们只得应了声：“请苏门主随我们来。”

引路人在前面走，苏画跟在其后烟视媚行。到了大司命门前，紫府弟子请她少待，自己叩击门扉，低声道：“回禀大司命，波月楼苏门主求见。”

苏画对“求见”这个词很不满意，转过头去，凉凉地哼笑了声。

屋子里的人含糊地应了声，半晌没有动静，天晓得他在里面干什么。耐心等了良久，他终于开门了，站在槛内拒人于千里的模样，生怕她一下子会扑上去似的，拱了拱手，“苏门主一大清早造访，不知有何贵干？”

三双眼睛直直盯着她，苏画眼波一转，冲那两个弟子微笑，“事关紧要，我要与大司命密谈，请二位回避。”

大司命那张判官脸上依旧没有表情，两个弟子只是拿眼睛询问他的意思。他点了点头，“你们先下去。”苏画要进门，却被他拦住了，“瓜田李下，还请门主海涵。”

文绉绉的人最不讨人喜欢，苏画白了他一眼，“我是粗人，转学问的那套听不懂。不让进便不进吧，我倚门同仙君说话，也是一样。”言罢娇声一笑，侧身斜靠，抬起一条腿，踩住了对面的门框。

行不端坐不正的女人，张开的裙摆像门帘，遮住了房门的下半截。大司命退后半步，皱眉望着她，“苏门主是来展示身段的？”

苏画讶然一呼，“仙君竟然看出来了？果然在波月楼住了几日，眼界开阔多了。”

大司命愈发反感，寒声道："苏门主要是没有要紧事，就请回吧。在下忙得很，恕不奉陪。"

她欸了声，"你这人，真是半点情面都不讲，好歹抬头不见低头见，寒暄两句总可以吧。"见他还是油盐不进，她长叹了口气，"我问你，你们万里迢迢来王舍洲，不会是为了换个地方参禅吧！你们要找的人已经离开了，你们还睡大头觉呢！果然仙山上下来的修行者与世无争啊。"然后以一串大笑结尾，让大司命十分下不来台。

他急起来，看样子打算派人出去查访，却听见苏画无关痛痒地调侃："何必多费手脚，王舍洲这么大，要是能轻易让你们找到，你们也不会等到今日了。"一面说一面眨眼，"我有她的消息，仙君想听吗？"

大司命看不上她的风流做派，但又想从她口中探听消息，便一副不耻下问的样子，请她告知楼主的去向。

苏画脸上挂上了历久弥新的诘笑，"大司命不是手眼通天吗，这么一点小事还需要问我？掐指一算就什么都知道了。"

大司命那两道浓眉皱得愈发紧了，"那么苏门主特意来找在下，就是想看在下算卦吗？"

她耸了耸肩，"我好心提点你罢了，还要吃你一顿排揎。算了，告辞。"

这下他终于服软了，很憋屈的模样，向她作揖，"还请苏门主指点迷津。你不是一心希望我等离开波月楼吗，只要你指明方向，我等即刻就走。"

苏画唔了声，花摇柳颤地逼近两步，一条无骨的玉臂借机搭在了他肩头，"仙君这是有求于我吗？"

大司命尴尬地后退，"门主请自重。"

"我听说过肉粽、红豆粽，自重是个什么？"她浑身的每一块骨骼都摇曳起来，上次他的那句"老妖精"让她耿耿于怀到今天。老妖精？老妖精偏要让他难堪！于是她得寸进尺，入了他的房门，让他不住后退。她脸上的笑蘸了剧毒，口中的声调却很哀怨，"小女子半生悠悠困风尘，若不是命途不济，也不会走到今天这步。我以为仙君眼里众生平等，谁知并非如此……"她一直将他欺到桌前，他退无可退时，她把半个身子都压了上去，"仙君济世度人，今日何不来度一度我？"

大司命慌起来，要不是因为她是女人，早就把她一掌毙命了。然而不能杀生，他必须守住这底线。在他想着如何脱身时，更糟糕的情况发生了，君上竟然就站在门前，很坦然地看着他们不雅的姿势。这下子他更急了，一把推开了苏画，结结巴巴道："君……君上，属下……"

紫府君抬了抬手，示意他不必解释，“本君明白。”

他唇角浮起淡薄的一点笑意，转身离开了。大司命愣在那里，一时百口莫辩，他明白什么了？苏画却很觉称意，到底是过来人，一点即通。

她追出去，远远叫了声仙君，“我家楼主已经离开王舍洲了，仙君再在这里守候毫无意义。”

紫府君略偏过头，曼声道：“你们应当贴身保护她才是，否则要你们何用？”

他佯佯走远了，苏画长出了一口气。昨夜胡不言跑进波月楼一通大呼小叫，等她和护法赶到望江楼时，事态早已经平息了。紫府君并没有借机抓住崖儿，原本是个绝佳的契机，可以将她一举擒获不是吗？看来男人同女人一样，有了私情便再也不能秉公了。法度虽严明，能奈人心何？

崖儿和胡不言走进苍梧城的大门时，天上正下着雨。街道上有往来的行人，撑着大大小小的油纸伞，像满河漂游的浮萍。

雨很大，砸在伞面上噼啪作响。一把朱红色的油绸伞随波逐流，停在了高门大户前的长街上。

微微抬起伞沿，看见长街尽头那座巍峨的府邸，匾额上豪情万丈地写着“长渊”二字。她沉了眼眸，那扇门里是她父母曾生活过的地方。二十二年前，长渊还是武林中首屈一指的名门正派，后来岳南星父子相继离世，未及多久门庭便开始败落，现在成了乌合之众狂欢的乐园。

她喃喃说：“岳海潮，为人阴狠，急功近利。如果将他分成五份，野心占其三，拳脚占其一，剩下的一份是治毒和养兽……据说他有一个密室，室内养着他最凶狠的杀人武器。”

胡不言不大明白，“什么武器要养着？难道那武器是某种奇兽？”说到兽他就熟稔了，“九州什么妖物没有，我还见过棒槌成精呢，异兽算什么。不管是穷奇还是肥遗，遇上了都能聊两句，这就是本事。”

崖儿慢慢摇头，“见过兽的人都死了，所以没人说得清究竟是什么。”

胡不言咋舌不已，“这么说来不能贸然登门，得先安顿下来，再见机行事。”

距离长渊府不远的地方，有个很别致的客栈，那客栈黛瓦粉墙，推开后窗，隐约能看见岳家的后院。崖儿和胡不言要了两间屋子住下，客栈里生意很清淡，连掌柜带跑堂的，统共只有两个人。

“想当年啊，我们这里很热闹，众帝之台还没组建时，几场武林大会都在苍梧洲举办。可惜后来没落了，来去的客人不多，养活不了那么多张嘴，我就带着哑巴侄儿经营，勉强混口饭吃。”年过半百的店主送饭菜进客房，小心叮嘱着，“夜里要是听见什么声音，千万别出来，也别开窗看，只管睡觉就是了。”

他越是这么说，越是引发人的好奇心。崖儿扣着那张胡人面具笑问：“莫非你这店闹鬼？”

店主忙摆手说不，“我们店子干干净净的，这世上也没有那么多的鬼。江湖嘛，各形各色的人都有，大侠们难免有怪癖。客官记住老朽的话，事不关己佛跳墙，多管闲事断头饭。”说罢退了出去。

胡不言听了大笑不止，“这鬼地方，开客栈的都是半个江湖人。”

崖儿笑了笑，拿银针试完毒，便揭下面具和胡不言一同用饭。

不过那店主的嘱咐倒确实是应验了，子时前后，城中回荡起凄惨的叫声，分不清是男是女，只知道是个人。那嗓音是不带拐弯的，像直着喉咙的长号，满含痛苦，又蓄着一腔怨恨，半夜里听来异常瘆人。

‖第四十四章‖

我 来 收 账

门上发出轻微的响动，注意力都集中在别处时，难免被吓一跳。

一个佝偻的黑影伴着客栈厅堂下值夜的油灯，斜斜地铺陈在窗纸上，像个吊脚的无常鬼。崖儿噌地抽出剑闪到了门前，厉声喝问："是谁？"

门外传来胡不言的声音，抖抖索索地说："老板，是我。"

她松了口气，打开门，"你鬼鬼祟祟的，想干什么？"

锋利的剑首指着他的鼻尖，他小心翼翼地让开一点，压着嗓子说："我就是来问问，你有没有听见哭声？这苍梧城里有冤鬼吧，我害怕。"

门外的残光照亮他青白的面皮，狐狸怕鬼，可真有出息！崖儿鄙夷地瞥了他一眼，自己闪身到窗前，拿剑柄去挑窗栓。

胡不言大惊，"不能开窗户，你忘了那个店主的忠告了？"

崖儿更加鄙视他了。她来苍梧城可不是为了会亲，而是打算一举断了岳海潮的后路！这叫声分明和长渊府有关，关紧了窗户保平安，那还不如早早回王舍洲，搂着仙君睡觉。

他见她不死心，还打算出言制止，被她一个瞪眼吓得噤了声。于是她在前面推窗，胆小的狐狸躲在她身后，切切叮嘱着"小心啊、当心鬼跳进来"。她嫌他聒噪，往后踹了一脚，直接把他踹开了。

先前的雨已经停了，但月色凄迷，连星子都显得有气无力。苍梧不像王舍，这里没有无边的穷奢极欲，也没有彻夜不灭的灯火。

入了夜的城池陷进一片死寂，连一声狗吠都不闻。她在支窗开启的缝隙里谨慎观望，奇怪那绵长的号叫忽然中断了，四周静悄悄，只有风吹过树叶，带起一片沙沙的轻响。

她皱了皱眉，没有声源就不好追查。静候半天，那声音如滴水入海，消失得干干净净。没有办法，看来今晚只好放弃了。

她欲阖窗，就在准备松手的那一瞬，看见对面楼顶上蹲着个影子，身形像人又像猿。照着轮廓来看有丰泽的毛发，被风一吹，甚至翻卷起一片涌动的浪。难辨身份还是其次，最奇异的是那东西有双大眼睛，随着眨眼的频率，间断发出幽幽的蓝光。

崖儿心头一跳，觉得那东西也在向她这里张望。隔着那么远的距离，目光依旧给人一种毛骨悚然之感。

她开始考虑，要不要追出去，可惜那怪物并未久留，蹲了一会儿便懒懒转身离开了。但动作又奇快，在连绵的屋顶上极速起落，转眼便消失在了茫茫夜色里。

崖儿轻舒一口气，关上了窗，转身便看见胡不言那张大脸杵在面前，呆滞着两眼问："你怎么不追？"

崖儿绕过他，点上蜡烛，"没摸清底细贸然出手，万一打不过它怎么办？"

安全沐浴在灯火下的胡不言又活过来了，猖狂地拍胸，"有我，打不过咱们就逃，保证它追不上你。"复又不住琢磨，"到底是个什么怪物，长得那么奇怪……"

崖儿撇了撇嘴，"你连棒槌成精都见过，不知道那怪物是什么？"

胡不言有点尴尬，为了挽回颜面，摸着光溜溜的下巴开始高深地揣测："没准是个猴子精，也可能是个猩猩精。"

崖儿十分不给面子地嗤笑了声，"如你所言倒也罢了，就怕是岳海潮造出来的。到时候派你出马，和它大战三百回合吧。"

胡不言立刻说不，"降妖伏魔找紫府君，我只能跑跑腿，打仗我可不行。"

说起那位仙君，也不知他现在动身没有。波月楼设在王舍城的各处据点她都了然于心，挑在天亮有意让探子看见，也是为了传话给苏画。苏画是明白人，她必定已经通知紫府君了。他们老是霸占波月楼，难免影响暗线的交易，毕竟那么多人要吃饭呢，况且……她也有些想他。即便他依旧以抓她为己任，但只要得知他在不远，她就觉得安心。

胡不言看见她那个样子，拈酸地哼了声，"别笑了，简直像个花痴！没见过被人追缉还那么开心的，果然睡多了就变傻。不过这紫府君也是够可以，一本正经地滥用职权，这么没原则的人，保不定将来还会借着追捕之名，为你保驾护航。"说着频频摇头，"老房子着火没救了，不烧个精光不会灭，真可怕。"

崖儿没去和他讨论老房子新房子的问题，看了看更漏道："明天去长渊府试试，看能不能混进去。刚才的叫声也许就是那怪物发出的，苍梧城里不知有几处豢养场，如果猜得没错，它最后会回到长渊。”

胡不言说简单，“用不着乔装混进去，等夜深人静的时候看我的，我带上蒙汗药，把整个门派都药倒。到时候你大大方方进门，宰了那群王八蛋，自己做长渊的掌门。”

崖儿牵了下唇角，“掌门就算了，反正我祖父和爹爹都不在了，长渊这几年也被糟蹋得不成样子，这门派存不存在都不重要。我还有我的事要做，杀尽欺负我至亲的狗，接下来就是五大门派，直至攻上众帝之台。”

她的双眼在灯下熠熠生辉，也许是因为自信，也许是因为仇恨。反正她怎么决定，胡不言就怎么支持，他举了举拳，“好！那我们就攻上众帝之台，干翻厉无咎，当上武林盟主，迎娶琅嬛仙君！”

崖儿被他一通胡说逗得发笑，笑过之后愈发坚定了，当初推举岳海潮的那几位长老，一个都不能放过，明天开始逐个击破。爹娘赶赴烟雨洲之后，时任掌门的祖父被他们暗算围攻，那位使着化骨掌的家老，在掌门中毒后打碎他的脊椎，封了他的穴道。

曾经的生死兄弟，最后为什么变成这样？仅仅因为掌门过于正直，损害了大家的利益？

头一个，便从这位家老开始。

过惯了安逸生活的男人，中年之后便开始发福。崖儿第一次见到他时，他刚办完事回来，那架宽敞的马车相对于他庞大的身躯而言，居然显得有些娇小。

人到了这个年纪，脸上的线条开始软化。她静静地看了良久，忽然失去了游戏的兴趣，同一个上了年纪的人玩虐杀，实在太浪费时间了。

她没有等到晚上，趁着他午睡的当口，潜进了他的卧房。外面阳光正好，窗下一张榻，榻上躺着悠闲度日的老人，隔窗一池碧莲，开得分外妖娆。

习武之人到了老年，那身功夫大概只能用来强身健体了，连有人到了榻前都没有察觉。

崖儿在鼾声震天里屈起两手的食指，狠狠对击他的太阳穴，只一下，人的大半机能便都丧失了。但他还可以睁眼，仓皇看向她，却说不出话。

崖儿把脸上的面具摘下来，他一见便圆睁了两眼，甚至连瞳孔都骤然紧缩。

她弯下腰，笑吟吟道：“认出来了？二十二年了，我来收账。”她语气很温柔，在他的注视下击碎他的脊梁，封住了他的气门。

无法挣扎，窒息而亡。因为肥胖，表面看不出伤痕，就连验尸都摸不出损伤。他的家人也好，长渊那些首脑也好，没人知道他的真实死因，只会以为他太胖，得了某种发作便要命的疾病。

她戴回面具，看那双眼睛里的光逐渐熄灭，瞳仁最终扩散，然后从窗口跳出去，大摇大摆地走上了苍梧城的街头。

临近傍晚的时候，和胡不言找了个馆子吃饭。

长渊长老的死讯到现在才传出，他们坐在楼上往下看，人来人往，大多数人觉得没什么大不了，反正老了总要死的。

胡不言冲她举了举杯，“老板，来干一个！”

崖儿同他碰杯，一饮而尽。

原本说好了，晚上由他进长渊府打探，顺便来个药倒满门，想杀谁就杀谁的，结果他兜了一圈回来，说岳海潮并不在门中。

“我把上房每间屋子都查看了一遍，根本没人，想去找岳海潮的小妾使使撒手锏，可他连个女人都没有，这厮除了养兽，就没有点高雅爱好？”

养妾玩女人难道是高雅爱好？崖儿掉开了视线，“既然人不在，就别轻举妄动。”

“所以我回来了，算白跑一趟。”

那么人究竟去哪里了？如果不在长渊，应当是另搬了个僻静的地方。

她想起昨天晚上那个怪物，如果当时追上去，也许能查到他的落脚点。所以客栈掌柜上来送热水时，她便有意打听，“半夜也不知是什么，一声声叫得那么凄厉。原来你这店子不是闹鬼，而是闹妖啊！”

掌柜望了她一眼，“同我这小店不相干。老朽是好意提醒，还是那句话，客官吃好睡好，其他的不用管。”

“每晚都如此吗？”她笑了笑，“只有你这店子听得见，还是满城都听得见？这么闹法，我怕是要换客栈了，夜里实在睡不好。”

掌柜是个有脾气的人，拉着脸转身道：“客官既然要换客栈，那就请下楼结账。不过就算你换了客栈，也还是如此，别家掌柜嘱咐的照例是这几句，恐怕还要加上一句，‘若出了什么意外，皆与本店无关’！”

掌柜大踏步去了，大概是觉得他们不识好人心，愤然把楼梯跺得震山响。

崖儿和胡不言交换了眼色，都有些悻悻然。崖儿道：“再等等，看今晚那怪物还会不会出现。长渊死了长老，岳海潮无论如何会现身的。就算今天不在，总有一天会在。”

她打发胡不言回房睡觉，自己在窗前等到三更，竟一夜太平。

接下来的两天，长渊开始治丧，灵堂设在议事的正堂，据说这是早前的规矩，是给德高望重的长老最后的哀荣。

崖儿听了冷笑，她的父母都没能回到这个地方来举办丧事，一个篡权的宵小，居然堂而皇之地成了功臣，岳海潮的功臣吗？

不过岳海潮似乎对这些功臣没什么兴趣，也或者他已经对这个门派丧失了兴趣，丧礼期间他也并没有现身，只是派了左右来敬香祭奠。

崖儿也不急，还剩三位长老，她抽了个空，把其中一位连人带马执行了腰斩。

两位长老接连出事，长渊弟子开始陷入恐慌。城里风声鹤唳，一队队人马在大街小巷穿行巡逻，还有闯进客栈，公然叫嚣盘问住客的。

几个客商破口大骂："他奶奶的，官府都没他们嚣张！岳家一代不如一代，眼看要完了！"

有人接口："早完了，岳家父子一死，门庭都塌了。现在这个就算篡了位，也是肚脐眼成精，成不了大器。"

"话又说回来，连死两位长老，究竟是谁做下的？难道岳家还有后？我曾听当初追进雪域的人说起，柳绛年把孩子生下来了，要是没冻死在雪域，现在也二十多了吧……"

崖儿关上房门，从窗口跃了下去。

长渊府的厅堂里，坐着幸存的两位长老和门派骨干，因为查了四五天没有半点头绪，正拍桌砸凳的，火冒三丈。

"一定是那孽种回来了！"瘦高的长老说，生来愁眉苦脸的面相，想起自己也将吉凶未卜，越发的悲观。

另一个除了熬红了双眼，倒还算坦荡。修剪文细的胡须，恰到好处地覆盖在唇上，摇着纸扇的样子颇有几分读书人的底色。听见他的丧气话，立刻表现得很反感，高声道："别自己吓唬自己，当年那个孩子早就死了。这些年长渊做的买卖得罪了不少人，谁知道究竟是哪路人马寻仇！就算是岳刃余的小崽子，年纪轻轻能有多大能耐，看把你吓的，都快尿裤子了！"说着粗喘了两口气，平息一下心情后才又道，"先别慌，我已经俱信通知五大门派，海潮那里也有对策。这两天自己先小心些，等人聚齐了，挖地三尺，把苍梧城翻个遍！倘若真是岳刃余的孽种，二十年前五大门派能杀他爹娘，二十年后也一样能宰了他！"

蛰伏在檐下的人轻巧一个翻身，跃进了墙外的黑暗里。

议完事的长老出门，前呼后拥自不必说。辗转于乱世而活到今日，哪个没有经历过血淋淋的现实？到了晚年虽然奢望安度，但生于江湖死于江湖，这是所有人的宿命。

深深吸一口烟，让那团厚重的辛辣在肺里打个滚，再吐出来时，四肢百骸有了短暂的放松。车轮滚滚，他坐在车里沉思，忽然想起一件事来，隔着垂帘喊：“隐元，先去一趟城南。”

可是影子一样寸步不离的随从这次没有应他，他心里骤跳起来。

马车还在继续前行，但他到这刻才发现，外面的脚步声不知何时都消失了。他开始后悔，不应该乘车的。又唤了声隐元，抬手摘下了长剑。

车轮碾过一块石头，猛地一颠，他慌忙撑住身，车终于停下了，可腰间别着的折扇也滚到了车外。

垂帘下的缝隙恰好能看见那把扇子，他瞪着眼，一片绛红的裙角翩然而至，云头绣鞋踩在扇子上，他听见扇骨发出折断的声音，还有自己颤抖的语调，“外面是谁！”

‖第四十五章‖

猎

外面的人自然没有答他的话，红色的裙，红色的绣鞋，在昏黄的灯火映照下，有种阴森的美。

亥时到了，天上一钩残月，即便是五月的节令，也仿佛散发着寒气。这是通往自家府邸的竹林小道，他有个诨名，叫精舍书生，他是整个长渊读书最多、学问最高、最深不可测的人，所以他的住处必须既含蓄又典雅。君子如竹，这些萧萧的凤尾是他彰显清贵的道具。以前他也有些喜欢它带来的内心平静，但今天却前所未有地讨厌风过竹林的喧哗。

哗哗哗——还有虫豸吊着嗓子的绵长的鸣叫。这条小径又长又深，如果坐车前行，连自己都搞不清离家还有多远。

裙和鞋依旧不动，他的呼吸渐渐变得粗重，开始怀疑车外的究竟是人是鬼。夜深了，难道是艳鬼夜行？如果换作平时，他可能愿意在那洁白的身躯上提一行小字，然后在肥腻的圆臀上再落个款。可今天不行，他连半点旖旎的心潮都没有。他死死地盯着那双鞋，对方不动，他也不动，仿佛这样便能一直僵持下去，僵持到日出东方。

忽然，车外的人发出一声笑，那笑声如果放在深闺绣窗前，可能是极撩人的，然而出现在这诡夜，于万籁俱寂时，便令人心头栗栗打战。

他咽了口唾沫，瞬间笑声又转换成了哀叹。那双鞋动起来，仅仅向前搓了一小步，翻卷的鞋首看不见了，裙片占据了帘下的方寸间隙。

人在极度恐惧时会有两种反应，要不是尖叫逃跑甚至晕厥，那就是勃然大怒干翻他娘。

他咒骂一声拔剑便刺，车外的人一晃消失了。车厢里回荡起急促的喘息，奇怪他行走江湖多年，在途经了千万次的回家的路上竟会怕得不敢下车。惊恐地等了一会儿，外面一片宁静，那鬼好像真的走了。可能是这把剑杀过太多人，杀气重，连鬼也怕了。他刚要松懈下来，门上软帘轻轻一颤，被一只手缓慢打了起来。那是只什么样的手呢，皮肤细腻，骨节修长，形状美好的指甲覆在指尖，像清溪上覆着一层薄脆的春冰。若不是白得惨然，这双手游走在身上，能让天底下最洁身自好的男人欲仙欲死。

他大惊，试图再刺第二剑。这回她秀腕一翻，把剑夹在了两指间，任他怎么抽搅，那只手岿然不动。

另一只手终于彻底掀起了门帘，帘后露出一张桃花面，煞白的脸色和血红的唇，轻声道："还记得我吗？"

他难以自抑地倒抽一口凉气，"柳……柳绛年？你不是死了吗？"

她不说话，两指一绞，把他的青竹剑绞成了三段。

他手里还茫然攥着剑柄，魔怔似的喃喃："不……不……你分明死了，我亲眼所见，毙命于雪域的那块山崖下……"

这么说来，当初苍梧城外的伏击，还有长渊的人参与其中。

离城那么近，近在咫尺，如果城里还有家，进去便安全了。可是家没了，他们被赶进雪域，死在了冰天雪地里。

那双眼里涌出两行清泪，透过水的帘幕，眼风比刀锋更锐利。一掌击碎车围，一步一步逼近他，"发现了尸体，你很高兴吧？为了一己私欲害人满门，好个仁人君子！"

他到这时才惊醒过来，这人不是柳绛年，也许真的是那个失踪的棺材子。先前的确糊涂了，这世上哪来的鬼！他运掌便要劈过去，可是胸前蓦地一凉，衣袍不知何时被划开了，红色的液体快速染透了天青的绸缎。他愣了下，难道是哪里被割伤了吗？

他捧住黏腻的肚子跌坐在地上，冷汗涔涔而下，流进眼睛里，视线开始变得模糊。

面前的人残忍地笑着，"让你也尝一尝剖腹之痛究竟是种什么感觉。"

他已经痛得无法叫喊了，只觉身体被牵拽……

她进门时，胡不言立刻掩住了口鼻，"这么重的味道，有血腥气，还有屎味儿。"

有个嗅觉灵敏的手下，唯一的好处就是能督促你多洗澡。她看着他跑到廊子上喊掌柜，"那个那个……让小二送桶热水来。"然后拿春凳横在门前，等她慢条斯理地换衣裳。

"又解决了一个？"

她嗯了声，"篡权的发起者，我让他死得很不好看。"

胡不言点了点头，"有冤报冤，有仇报仇，仗剑江湖当如是。杀了三个，现在舒坦多了吧？”

她想了想，心里空空的，并没有什么特别的感受。推窗把水泼了出去，再看之前怪物出现的那片屋脊，凄迷的月色下空无一物。那怪东西就此消失了，仿佛从来没有出现过。

她把窗阖了起来，索然道：“从弱水门四星之战到现在，我前后一共杀了百余人。可能是手上沾了太多的血，杀人的时候没有任何感觉，包括这次也一样。”

胡不言难得有转学问的时候，他把从说书先生那里听来的开场白说了一遍，“我知道，刺客之道，在于不顾生死，杀身成仁。”

崖儿听了一哂，“错了，刺客之道是侠义之道。我不是刺客，我就是个杀手，为了钱也好，看谁不顺眼也好，都可以拔剑。”

这个说法有点自暴自弃啊，胡不言还是尽量安慰她，“老胡眼里坏人的仇人就是好人，反正你是好人，你说什么都对。”

这只狐狸不油滑的时候，还是很单纯的。崖儿卷起换下的衣裳塞进床底，展开被褥道：“四大长老还剩一个，那边必然加强了戒备，下手没那么容易了，姑且让他再多活两天。我在议事堂外隐约听见，说五大门派不日就会赶赴苍梧城，岳海潮也会有对策，所以干脆按兵不动，等他们先落子。”

胡不言说好，“来这里这么长时间，还没好好出去逛过。听说苍梧的美酒很出名，明天我去扛几坛回来。”被自己的计划逗得很高兴，剥了两粒花生扔进嘴里大嚼，一脚把春凳踹回原来的地方，摆了摆手道，“累了半夜，好好歇着吧……我得多买两坛，算算时候，紫府的人应该快到了……”

胡不言总是有意无意地提到紫府君，一提便催发她的相思。其实她心里很感激那人，他知道神璧的存在，也知道她的身世，姗姗来迟不是真的因为他脚程慢，是为了留出时间，让她去做想做的事。盗书的罪终究不能赦免，但可以让她在伏法前不留遗憾。通常报仇的过程中不能一举歼灭所有仇人，那么越到后面办起事来就越难。他在她最难的时候来，借追缉之职行保护之实，倘若真像胡不言说的那样，那她此生大约没有别的可求，只要这一人心，便尽够了吧！

可惜不是同路人，她终究不擅长儿女情长，有些感情心里明白就罢了，对方根本不需要知道。

她翻了个身，闭上眼睛打盹，快到子时了，今晚要是没什么消息，就踏实睡一夜。迷迷糊糊正要入梦，那撕心的号哭又传来了。她一个激灵蹦起来，挨在窗后往外看，倒并没有看见前几天的那个怪物，但绵长的哭声比之前更清晰。

她有些犹豫，其实明白现在追出去，有可能会落入圈套。但机会太难得，如果错过今晚，谁知下次会在什么时候。岳海潮连长老的丧事都不出面，大约已经料定当年的遗腹子寻上门来了。趁着五大门派暂且还没汇聚，有三天时间，供她查出他养兽的地点。

夜行衣是早就换好的，她推开窗，放低身子潜行在鳞次栉比的黑瓦上。当年在波月阁受训，一片瓦当上转腾起落千万次，必须保证瓦片完好，所以现在奔跑在屋顶，连猫都不会惊动。

黑暗下身形如线，如果不是夜视能力极强的人，很难发现她的行踪。那似人似兽的长嚎在寂静的夜里分外鲜明，她听声辨位，果然应了精舍书生的那句“去城南”。

苍梧城的城南地形有些复杂，半座城属于丘陵，但又奇异地出现了风蚀脊[1]。她追踪到那里，凄厉的号叫开始变得时断时续，仔细辨别了良久，才最终准确地找到那个地方。

周围很黑，住户稀疏，暗夜下守门的灯笼像巨兽的一双眼睛，点缀着这片建在石坝上的屋舍。如果猜得没错，上面是用来居住的寝居，下面是关押野兽的牢舍。传闻中岳海潮的那件杀人武器，应当就寄生在这里。

其实她很好奇，养兽很寻常，一些武林中人都有这个癖好，比如兰战。当年他养豹子，各门中竞技失败者，有的会成为豹子的点心。养的兽杀伤力越强，饲养者便越有面子。但像岳海潮这样“造兽”便有些耐人寻味了，什么样的兽是能创造出来的？并且通过痛苦的驯化，还要听号令、通人性……

又是一阵万箭穿心般的呻吟，是一种想哭但无泪可流的绝望。她似乎能够体会到这种痛苦，但又远远不能了解，于是借着夜色的掩护，接近了那处神秘的建筑。

外墙光滑，窗户建得离地面很远，约莫有四人高。窗棂上装满了铁制的栏杆，一根根牢不可破。她观察了一会儿，起先以为只是底楼有意没开窗，但似乎错了，那窗下显然搭有栈道，室内火光熊熊，窗口上不时有人往来巡视。那些人穿着轻甲，戴着兜鍪，对窗外的情况倒不甚在意，所有的注意力都集中在室内，并且一直保持下视的动作。

崖儿慢慢潜到墙角，向上看，距离窗口很远的地方，有个作加固楼体之用的粗木椽头。她高高跃起借了一把力，然后扬手把跳脱[2]上的鹰爪抛出去。那鹰爪是暗器的一

1　风蚀脊：雅丹地貌，又称风蚀垄槽。

2　跳脱：臂环，如弹簧状，盘拢成圈，少则三圈，多则十几圈，两端用金银丝编成环套，用于调节松紧。可戴于手臂部，也可戴于手腕部。

种，平时看着不过是镶嵌宝石的浪纹，但紧要关头能承载千斤重量。

腕上可以固定高度，脚下便能操控位置。她轻轻踏过墙皮，悄然靠近窗口，头一眼探看，先是观察室内的巡防。正如她预料的，有栈道，上层的栈道用来监视底下每一处的细微变化。等交错巡视的人走向两边，她又借机看了第二眼。这一眼有些心惊，原来这建筑不能称作楼，它是一个空心的高屋子，像某个王朝用来储存全国存粮的粮囤，其大和深，简直令人咋舌。

脚步声嗒嗒，又有人过来了，她慌忙紧贴墙壁让到一旁，等人错开了，才得以看上第三眼。

一个习惯了刀山火海，也创造过血流成河的人，世上没有什么意外能让她震动。然而第三眼，居然叫她毕生难忘。这囤子一样的直筒楼下层，装着巨大的铁栅栏，每根栅栏的间隙很小，足以供人在上面行走，也足以让人对底部的情况一目了然。仿佛是地狱的最深处，关押着十来个人，有男也有女，每一个都被扒光了衣裳。这些人的神志应当不太清楚了，各自蜷缩在一角，脸上的神情麻木而空洞。笼子的另一边，一个浑身发青的男人仰天躺在那里，若说不正常，除了皮肤的颜色，就是过于庞大的体型。他的身量本来就很高，肢体也膨胀得异常，仿佛溺死的人出现了巨人观[3]。但他是活的，起码胸腔还有起伏，四肢还有微微的震颤。

“掌门，时候到了。”

崖儿把视线掉向那个背对着她的瘦高身影，他负手站着，身上的鳞甲在火把下发出乌沉沉的光，那就是岳海潮。

他点头示意，笼中执行的人拔了木塞，把一个竹筒探到那人鼻前。躺着的人是有呼吸的，吸入竹筒中的气体后开始抽搐，很剧烈地抽搐。巡视的人这刻也都忙于向下俯视，给了她继续探看的机会，只见那个乌青的人体逐渐转黑，周身浮起了一层水光。

原来是炼人蛊吗？那药人是母体，炼出来的叫猾。猾没有皮肤，必须后天合成，如果你给它人皮，它就是人，给它兽皮，它自然就是兽。

崖儿缓了缓，试图平复紧张的情绪。这是她第一次目睹炼蛊，邪门歪道的蛊术在江湖上是为人所不齿的，没想到岳海潮会疯狂到这种地步。既然地点和内幕都探清了，也算不虚此行。她离开窗，打算先回客栈从长计议，可是一转头，一张古怪的人脸冲进视线。这怪物脑袋小得像花生仁，双眼却又大得像核桃，慢慢向她掀起嘴唇，仿佛是要笑，但转眼又发出可怕的号哭，因为近在眼前，所以声势惊人。

3　巨人观：尸体腐败后产生大量气体，进而膨胀。

第四十六章

尘埃里的我

怪物喷出的恶臭简直令人窒息，崖儿知道目前的境况对自己很不利，咆哮很快会引来楼里人的关注，于是顺手掏了块碎银弹进它大张的嘴里。

那怪物没想到她会使这招，“咕”的一声把银子咽下去了。她趁着它吞咽的间隙收回跳脱，纵身上了屋顶，然后照着来时的路径腾身起落，向远处疾奔开去。

耳边风声一片，她还回头望了一眼。窗口果然有人来查看，扒着窗棂左右观望，但因怪物的叫声中断了，似乎没有引起多大重视。她呼了口气，暗道胡不言是个鬼才，居然会往她夜行衣的袖袋里塞银子，大概是怕她半道上饿了，好让她停下买饼吃吧！

不过也有不好的消息，楼里的人虽暂时没动静，那怪物却没有放弃。刚才的碎银子吞得猝不及防，惹得它暴跳如雷，便舒展开比人长得多的四肢，在后面紧追不舍。

不大妙，崖儿心里嘀咕，要是回客栈，必定会弄出不小的动静，这么一来就全暴露了。得引这怪物去无人的地方解决，城外那片开阔地，曾经是她父母血战的沙场，去那里也好，于是掉转方向向城郭边缘飞奔。她在连绵的房檐上腾身借力，那怪物长得蠢笨，但身轻如燕，几个起落后几乎要追上她了。她只得抛出撞羽，为自己争取拉开距离的时间。

撞羽的剑身蓝光萤然，每一次击向它时，都能清楚地照亮那张怪脸。它挥舞着镰刀一样的爪子回击，那爪子不像血肉之躯，倒像钢铁浇筑的，每每发出钝重的回响。崖儿笑了笑，发现越来越有意思了。二十二年前的武林各道再贪婪恶毒，也不会使用这种下三烂的手段，现在江河日下，妖魔鬼怪都开始大肆出没。果然岳海潮这种人当了道，世上就没有任何道义底线可言了。

苍梧城外一里，曾经是爹娘遭遇伏击的地方。她停下来，拔出朝颜准备迎战。不远处的风灯在城楼上高悬着，荒寒的夜色下倍显凄凉。她忽然能够体会父母当时的心境了，这熟悉的灯火让人燃起希望，但回家路断，绝望更扩大千万倍。

夜风飒飒吹动她的袍角，她一手执剑，像战场上无畏的勇士。蓝光越来越近，撞羽的缠斗让这怪物气急败坏，它嗷嗷怪叫着，鞭子一样的长尾在空中挥舞。忽然一个回旋击中了撞羽，眼见撞羽要被击落，崖儿拔身接应。一瞬双剑在手挽出无数剑影，在那怪物还没来得及反应前，发起了一轮眼花缭乱的奇袭。

人和人过招，至少还有招数可循，和这类怪物交手，以力量肯定不敌，只能依靠巧劲。她当初受训，兰战曾经命生死门的前任门主教授她制敌要诀，快准狠缺一不可。任你花式再多，最后的目标只有两个，或是命门，或是中枢。这怪物的体形和人近似，不过手脚更长，还长着带有倒钩的尾巴，乍一看真像只猴子。鏖战于她不利，必须尽快解决它，遂换了持剑的手势打算近搏。就在剑锋即将划到它的咽喉时，冷不防一记尾鞭击来，“啪”的一声，抽烂了她背部的衣裳，也抽得她皮开肉绽。

她吃痛退开几步，脊椎上仿佛被打下了一枚钢钉，半边身子几乎都没了知觉。可这个时候没工夫品咂，她屈起手臂绷直跳脱，搭出个弓形。发上的簪子也是杀人的暗器，轻轻一触，瞬间舒展成箭身一般长短。银针搭弦，拉满长弓，暗夜下一道流光，嗖地向怪物激射过去！

她的箭是快箭，但它的尾也毫不逊色，她听见破空的呼啸自上而下纵贯，料想这一击恐怕半边肩膀要不保了。然而就在尾鞭近身的前一刻，一把乾坤扇挡在她上方！带着倒钩的蝎尾，在撞击扇面时发出轰然巨响。紧接着便是沙沙的，孩子扬沙般的一阵嘈切之声。

崖儿急促喘息，看前额插着银针的怪物直挺挺倒下去，这时才回身看那个助她一臂之力的人。本以为是胡不言，毕竟这家伙在紧要关头还是有些急智的，可万万没想到，站在她身后的人竟然是他！

她怔了下，“仙君……”

他眼眸深邃，暗夜之下难以分辨，但周身至少没有剑拔弩张的气势。

“你一人和这怪物对战？”他语气淡漠，又似乎不满，“我晚来半步，你的右手以后就别想握剑了。”

她还是怔怔的，“就你一个人……吗？”

他没有答她，向城郭方向眺望，黑黝黝的城门终于开启了个拱形的橙黄色的洞，看来长渊的人追出来了。城暂且不能入，她身上还有伤，得先离开这里，找个地方替她把伤口处理好。苍梧往东一带地势复杂，长渊的人也不会追到那里，应当可以带她过去暂避。于是抱起她驾风腾云，结果不知怎么，一不留神就飞出了千里。等停下来的时候，发现这是个三面环山的盆地，虽然没有山洞，但有一株很漂亮的月桂树。那树生得高壮，枝叶茂盛，花簇丛生，人还没走近，便闻见一蓬浓郁的芬芳。

怀里的人叹了口气，“你是太高兴了吗，一下子带我跑得那么远？”

紫府君有些尴尬，“这是哪里？”

守着天下最大的藏书库，却不爱看书的人，难怪连云浮这小小的地界都摸不清。崖儿说：“这是白狄的疆土，赤白大战爆发在东五十里，我还在这里杀过人，吸纳过藏灵子。”

他似乎很意外，呆呆站着，虽然风雅依旧，但还是让她觉得有点好笑。

她果然笑了，一笑牵痛背上的伤，狠狠抽了一口凉气。吊在他脖子上的手摇了摇，“把我放在树下。”

他照她说的，放她倚树而坐。不像前几次怒目金刚似的，这次连抽出手臂的动作都显得小心翼翼。

人生真是处处充满变数，前一刻她还对决于惊涛骇浪，他一来，便晴空万里了。只是背上很疼，伤口摸不着看不见，却明白伤得不轻。时间久了，隐约要虚脱，为了不至于晕过去，只好狠狠咬自己的舌尖。咬破了又疼得打激灵，眼泪汪汪地看他捡回柴火生起火。

火光带来一点安慰，也看清了他的脸，依旧是眉眼蔚然，风流辞章。

多好，他似乎没有先前那么恨她了，她想也许已经被她睡服了吧！

她满意地闭上眼睛，“我可以瞑目了。”

可惜他煞风景地应了一句，“死前把图册的下落告诉我。”

这人真是，偏要在她感受幸福的时候泼她冷水！她睁开了半双眼，“你回答我一个问题，在你心里，现在究竟是我重要，还是图册重要？”

他沉默了下，本该很简单的答案，居然让他有些为难。但为了死守颜面，他冷着脸说：“自然是图册。我救你，不过是为了让你活着招供图册的去向，没有别的。”

崖儿听了也不恼，牵着唇懒散地一笑。她分辨得出什么是真话，什么是口是心非，这点小事上不依不饶，可白费了这几天的相思了。她嘟囔了句，“等我伤好了，带你去取。”

他看了她一眼，反而不说话了。靠过去一些，想碰她又不由迟疑。其实身体已经相熟了，可是在神志尚未游离的时候，还是会感觉忐忑。他们是最陌生的情人，最亲密的死敌，路走到这步，总有一种山穷水尽的无奈。他看着她的脸，火光下美丽柔软，穿一身冷硬的夜行衣，没有人告诉她，她不适合这样的打扮吗？

“叶鲤……”他还是这么叫她，因为除了这个名字，他不习惯用别的来称呼她。

崖儿睁开眼，心念大动。他半撑着身子在她面前，那鲜红的嘴唇，很让她有啃咬一番的冲动。

血气上涌，不行了。她立刻又闭上了眼睛，“怎么了？”

“你趴在我腿上好吗？”

她的身子猛地抖了一下，心里嘀咕，可这个时候……

他原本不是那个意思，甚至连想都没想到，结果她忽然提及，他一下就红了脸，“你……能不能别再提那事？”

她说不能，“边上没有外人，我见了你就会想那事。”

大概她说的都是实话，但这实话还是让他恼羞成怒。回顾前几次，每一次她都用这招，可恨的是居然每次都奏效。她不说倒罢了，他也尽量去忽略。可她偏要说，一说便提醒他，道骨天成的所谓仙君究竟有多纵欲。他实在没有脸面对这样的自己，情急生恨，高声斥道：“你究竟把我当什么？”他气涌如山。

崖儿愣住了，连背上的痛都差点忘了，半张着嘴看他满脸悲愤，猜测他下一刻会不会哭出来。

所以他们之间的矛盾已经从鱼鳞图转化成房事了吗？她强撑着伤体安慰他：“不是这样的，你不要多心。只是凑巧而已，我想做那事，你又秀色可餐……”话没说完，又疼得发虚起来，呻吟着，“这怪物可能是个蝎子精，尾巴尖上有毒。”

紫府君叹了口气，伸手架起她的两臂，让她伏在自己腿上。“那不过是只蛊猴，没有成精，但确实有毒。”一面说，一面揭开她背上褴褛的布料。夜行衣已经被血染透了，蛊猴的尾上有数不清的尖刺，击中敌人后随即扎进皮肉里。那些刺细如牛毛，会随血液游走，如果不及时处理，再过半个时辰她就该凉了。

他撕开了她的中衣，血肉模糊，翻卷的伤口衬着她皮肤的底色，看上去触目惊心。他探手，把一柄精巧的弯刀放在火上烤，刀尖逐渐转红，他的视线却静静落在那纤细伶仃的背脊上。不带任何情色的念头，只是单纯有些难过。像这样的坏女人不应该去了解，了解到最后，会生出一些不该有的感情来。他蹙了蹙眉，转过头看那柄刀，低声道：“我要划开伤口，把刺逼出来。应该有点疼，你要忍住。”

崖儿枕着他的腿，他身上幽幽的沉香味，能镇定人的心神。她说割吧，这些年受过的伤，流过的血，已经多到无法计算了，这点痛其实没什么了不起。更何况有他在身边，他这样的人，即便不是情人，是对手或仇人，仅凭心性和人品，紧要关头也比盟友可靠。

她的身子绵软无力，辗转依偎着他。在他落下第一刀时，她轻吟了声，窄窄的脊背艰难地拱起，皮肤上渗出了一层细密的汗。

他心头瑟缩了下，刀尖微颤，“很疼吗？”明知道问了也是白问，可还是忍不住。关心则乱，不过如此。

被豁开的皮肉一阵反射性地痉挛，她仰起脸，脸色惨白，却还是笑，“不要紧，我受得住。”决绝地牵过一绺头发，狠狠咬在口中。

需要平静的竟成了他，他勉强定住神，将薄刃抵在针孔参差的皮肤上。轻轻划开它，皮肉向两边收缩，底下是一排极细的刺，在篝火下不显得狰狞，反倒折射出奇异的光彩。几处相同的病灶都处理完，她差不多成了一条松鼠鱼，看上去可怜至极。他卷起袖子，快速用真气把它们震出来，边上那株月桂树离得近，受了牵连，一阵沙沙声后，扎得刺猬一样。

“叶鲤。”他唤她，之前她还颤动，后来就没有声息了。他有些着急，探手去试她的呼吸，却听见她调侃，“活着呢，死了你就成鳏夫了。”

只是声气弱，他知道她嘴硬，也不引她说话，把那身破损的夜行衣撕成长条替她包扎。她的心衣也被蛊猴的尾鞭抽烂了，所以绑带绕到胸前时难免尴尬。

崖儿是有意的，人虽萎靡了，气还能喘。某一口吸得充足些，便隐约碰到了他的手指。他僵了一下，匆忙避让，崖儿却恶作剧似的笑了。等他包扎完，她慢慢歪过去，贴着他的脖颈，有气无力地说：“我想靠着你睡，这么长时间来，只有这一个愿望。”

有过几次肌肤之亲，可是很快便各分东西。永远在追赶，永远不能正大光明追上，这就是他的悲哀。他没好说，其实这个愿望他也有，而且还有另一种奇怪的渴望。明明凡人的生命不过短短几十年，相较于他，她脆弱得如同蝉翼。然而某一刻他会产生依赖她的感觉，并不是遇上难事后想借她之力，仅仅是想起她就会变得更坚定。反正自己是无可无不可的，一切锱铢必较都为她。

她靠在他怀里，伤口很痛，气息急促，却仍旧去摸他的手，也不说话，只是紧紧攥住他。他心里五味杂陈，脱下自己的禅衣给她穿上，把那五指包在掌心里，轻声说：“你好好休息，这里没有外人，什么都不用怕……”

可是这话究竟是对她说的，还是对自己？以前的缠绵，加起来竟都没有此刻来得扣人心弦。他们像一对逃到天边、相依为命的恋人，她疲倦入睡了，他在颤抖的呼吸里吻她的额头，嗫嚅着，“爱一个人，可以爱到尘埃里。可是我怕……你不会喜欢尘埃里的我。”

‖第四十七章‖

我 终 于 有 主 了

如果天不要亮多好，就一直这样下去，没有杀戮，掩人耳目。

所有的感情都不用伪装，我伴着你，让你免受流离之苦。只要头顶有遮挡，哪怕只是一片树冠，你也可以把这里当成家。

然而……心非木石岂无感，吞声踯躅不敢言。他只能在她睡着的时候轻轻碰触她的头发，哪怕情潮来时毁天灭地，哪怕曾经不分你我，但只要彼此独立着，他依旧懂得尊重她，并且开始欣赏她。

她对他有没有感情，他不知道，也许更多的是鱼鳞图的牵绊。至于他自己，她因何在他心里留下痕迹……可能仅仅是玉石长街上那串清越的足音，也可能是试探六爻盾失败后恐惧的两行泪。

恨得不够深，爱情便来了，就这么简单。

她在睡梦里轻轻皱眉，不停调整姿势。这次伤得确实重，要不是蛊毒必须靠自己痊愈，他倒想助她一把。伤口无法那么快就愈合，但疼痛可以略微转移。他把手掌覆在她脊背上，掌中金轮回转，吸纳了她的痛苦。别人身上的伤，不施加在自身便不会明白有多严重。他的道体万年来已经弱化了感知疼痛的能力，但这蛊猴造成的损伤委实惊人，像电走筋脉，激得他心头一颤。

他握紧拳头，消化这种痛。再低头看她的脸，眉心舒展，大约是感觉舒服多了。他悄悄仰起唇角，又害怕落了天地的眼，把笑容藏进她的发里。

先前对战蛊猴时，她拔了发簪充作武器，到现在头发还披散着。他暗暗想，等天亮了，她醒了，就折一支月桂的枝丫修剪好，给她绾发用。

她忽然动了下，他的手臂不由一紧，“怎么了？还疼吗？”

她摇摇头，玲珑素面，万分可爱地在他胸前滚动了两下。

这一滚，便滚进他心里去，仿佛今夜半空的胸腔中爱意暴涨，被她一震便要漫出来。

有时候他也拿自己没办法，紫府君是位很感性的仙君，早年他蹲在地上看蚂蚁搬家，明明只是普通的运输，也会让他联想到轩辕帝出殡，看出满心的悲凉。

寂寞万年，情感无处宣泄，最后变成这样。这个设下圈套让他钻的人，第一个让他体会到男欢女爱的人，莫名成了他的非卿不可，真是奇怪。

她的嗓音微微沙哑，“什么时辰了？”

他望向天际，“月亮早就沉下去了，应当还有半个时辰天亮。”

她仰起脸来，“你没有合眼吗？”

他不便说怕她有变，一直守到现在，潦草应了，“我也是刚醒。”

她撑起一点身子，脸上有腼腆之色，“是不是我压得你不能动弹，身子都僵了？”

他说不，看她坐起来，竟还有些怅然若失，“你不再睡一会儿吗？”

她还是摇头，“天快亮了，睡觉有的是时间，我们共处却只有这半个时辰。”一边说，一边静静打量他。

他的禅衣让给她蔽体了，自己身上只着中衣，雪白的素纱和清冷的脸，在篝火葳蕤下如一株天然纯质的兰。

仙君的美，是不落俗套的美，无论是第一眼还是现在，她依旧能感觉到不一样的怦然心动。

有一种人有毒，即便坚定信念浅尝辄止，也还是会无法自拔地上瘾。之前的相处，她几乎使出了全部手段，拿女人最大的本钱去引诱。那时的她，和提剑执行猎杀没什么两样。现在呢，纯纯粹粹的她，或许还带着姑娘的羞赧，紧紧裹着那件袍子，望他一眼，脸上便红晕浅生。

“你……”几乎是同一时刻开口，崖儿笑了笑，“你先说。”

他也不大自在的样子，想说什么好像一瞬都忘记了，只得含糊应对，“你渴吗？我去给你找水喝。”

心里有脉脉的温情涌动，她莞尔道：“不渴，你别走，哪儿都别去。”

他本想起身的，又坐下了。她还是挨过来，驯服地靠在他怀里，两条细细的臂膀从男人宽大的广袖里伸出来，紧紧搂住他的脖子，“天亮了你还要追缉我，天亮之前你是我的人。”

他分不清她的话是真情还是假意，听上去蘸了蜜，只怕又是她脱身的手段。

他苦笑，“你放心，我今日不抓你，你身上有伤，我胜之不武。”

她微怔了一下，“你觉得我又在给你灌迷魂汤吗？其实你不用怀疑，你现在对我是什么感觉，我对你亦相同。我们江湖儿女，不兴扭扭捏捏那一套。我喜欢你，抛开‘你是官，我是贼’那一套，你喜不喜欢我？”

这个问题问得太直接，让他一时难以招架。其实不管她是不是贼，他都没有选择的余地了。可他又怕，万一她套出他的真心话，会更加有恃无恐。然而有恃无恐又怎么样呢，最坏的后果不就是如此了吗。

她的眼中有流动的光，只是看着你，便有蛊惑人心的力量。彼此离得很近，她咻咻的气息几乎与他对接。

他垂下眼，浓重的眼睫盖住那扇窗，“我……这段日子很想你。”

崖儿听他这样说，心里不由阵阵酸起来，沉默半晌，把额头抵在他颈窝里，“是真的想我，还是想抓我归案？”

他叹息，“抓你归案，易如反掌，你只是个凡人而已。”

是啊，这个问题问得太傻了，他要想对付她，还用得着等到今天吗。他始终是对她留情的，她没羞没臊地感慨：“好在咱们睡过啊。我到现在还在庆幸，要不是有这层关系，我可能早就被你用雷劈死了。”

他的额角蹦了一下，话糙理不糙，关于这点，他确实是认可的。但他也有身不由己的地方，“那么多双眼睛看着，不要让自己落进我手里，要想方设法地逃跑。”

他这样嘱咐她，猛然发现自己都不像自己了。他在教唆她如何逃避惩处，只要抓不到她，他就还能逗留人间一个月，能多同她见上几面。

她仰头同他打商量，“你再容我些时间，等我杀光了那些害我父母的凶手，我就跟你回去受罚。”

他轻轻皱起眉，“可能会魂飞魄散，你不怕吗？”

崖儿咧嘴一笑，“我这一生，三刀六洞都经历过。除了和你的相遇，还有幼时狼妈妈的照顾，其他没有一样是美好的。魂飞魄散也没关系，我不怕，我只想报仇，不惜一切代价。我知道时间有限，最后不管能不能完成心愿，我都不会让你为难。”

可是那罪罚她领不起，他也不可能不为难。不过暂且都不能告诉她，只说好，“在这之前妥善保管鱼鳞图，图在你手里，你才有机会逃跑。”

她心里有种说不出的滋味，发现自己好像真的把他拉下水了。他有他的职责，看守琅嬛不力，就算将图册追回，不知能否全身而退。

她忡忡地问他：“如果我伏法，他们会看在你劳苦功高的分上，对你的失职不予追究吗？”

他颔首，“我从琅嬛建成起便驻守蓬山，众仙之中我也算老资历了，没人会把我怎么样。”

她听了终于长出一口气，“那就好，当初我盗走图册，并没有考虑你的处境，我终究是个自私的人。既然图册还回去，你可以安然无恙，那我也放心了。”说罢忽然噤了口，向上看看，压着声问，“咱们悄悄碰面，上头会知道吗？倘若知道咱们私通，会不会让你连坐？”

有时候她的用词确实让他感到苦恼，什么叫私通，现在分明是两情相悦了。

他说不会，“生州之内不用仙术、不开天眼，是三道必须遵守的条律，就算上界也不得违反。还有一桩……”他的语速逐渐慢下来，犹豫道，“今天咱们的事算说定了吗？可还会反悔？”

他指的是彼此私下的关系吗？她有些不好意思，低着头说：“我这样的人，蒙你不弃……这事只有你我两个人知道，将来不管结局如何，我都不会对第三个人承认，你放心。”

这样就好，尘埃落定前不要让任何人知道，这也是对她的保护。

可是他好像忘了她是个多会撩人的妖精，背上的痛一淡，人便活泛起来。和他面面相觑着，不蔓不枝，素面朝天，却有摄魂的眼睛。紧紧盯着他，嘴唇同他只相距一指宽，颈后的双手攀上来，固定住他的后脑，妖俏地说：“让我亲一口。”

他噎了下，“什么？”

她笑，露出编贝一样的牙齿，“都好了那么多回了，亲一口怎么了？做什么一副受惊的样子？”

他不是受惊，不过心里紧张罢了。

他的禅衣宽坦，对她来说过大了，衣摆如裙摆，层叠铺蔓。那双白洁的腿从袍裾下探出来，弯曲出一个诱人的弧度，微微一点伸缩，都抓挠在他心上。他掉开视线，瞥见树底下一摊黑色的布料，“你什么时候把裤子脱了？”

“同你在一起，还穿什么裤子！”她嘻嘻一笑，在他唇上啄了一下，“好甜。”

他没头没脑地脸红起来，方寸大乱，“你……身上有伤。”

她唔了声，“知道。”和他唇齿相依，带着隐约的哭腔，细声说，“真高兴……我终于有主了。”

是啊，她一直是无主的孤女，像野地里的蒲公英，不知何时吹来一阵狂风，就会把她吹得飘零天涯。她渴望有主，灵魂有个安放的地方，在迷惘的时候有那么一个人，张开大大的口袋，愿意对她说“进来”。有时候觉得自己就像一粒苍耳，浑身长刺，每次出现都被当成图谋不轨，没有人知道黏附也可能是因为寂寞。以前她总以为自己很强大，强大到顶天立地不用任何人做伴，现在才明白，分明是因为缺乏。她太好面子了，缺乏的时候扬言不稀罕，等那人来了，她便急不可待地跑过去，紧紧抱住不放，食言也无所谓了。

她泪盈于睫，他觉得心疼，再三吻她，因为郑重其事，反而显得笨手笨脚。她耐心等他，情窦初开的仙君，即便有过几次纵情的体验，细节部分处理起来还是不够瞧。他甚至不知道应当怎么准确亲吻她，这对于受过良好训练的崖儿来说，实在是很煎熬。

他莽撞，舌头运用也不得当，亲着亲着，她吃吃笑起来，“你这样子，舌头不会抽筋吗？”反客为主地捧住他的脸，软软一吮，含住他的下唇，再用牙轻啮。这种欲说还休的挑逗最当不得，他果真追过来，然后便是抵死的碾压和研磨。

气喘吁吁，两两都情动，可是不行，这回有伤在身，只能中途鸣金。

其实真称意这样的相处，她二十二岁了，不再是不谙世事的小姑娘。换作平常人家，已经是几个孩子的娘了，还有什么不好意思的?

喜欢便做，爱了也做，没有那些忸怩作态。也正是因为这样纹理深刻的人生，才能把不染尘埃的仙君搞到手吧!

腻腻地同他缠在一起，恨不得天永远不要亮。然而东方有晨光浅露，两个人回身看，都有些失望。

崖儿指了指身旁的月桂树，“记住这棵树，我们在底下定了情。”

他说好，但看见树干上密密麻麻的钢针，觉得对媒人似乎有些不友善，于是起身，一支支拔了下来。撅根筷子长短的枝丫，拿弯刀细细削了递给她，“赠你绾发。”

微光下的脸带着娇憨的神情，也不伸手来接，摇了摇脑袋，长发在身后款摆，“我背上有伤，动不了了，你替我绾吧。”

他听了也不推辞，果然跽坐下来，专心致志以指当梳，把那满头青丝拢到掌心里。崖儿心头一时涌起说不清的许多感受，她没有父母兄弟，没有人珍视她。杀伐太多，也没有人敢接近她，更没有人替她绾发。今天是个丰收的日子啊，一下子似乎全有了。即便剩下的人生很短暂，曾经感受过，便不枉此生了。

那温软的手指穿行在她发间，她闭上了眼睛。他不会别的发式，只能松松绾个髻儿，但因她的脸生得太好，无论如何都是美的。

整理停当了，牵她起身，小心抱起来，踏着最后一丝夜色返回苍梧城。

长渊的人一夜搜查无果，这个时间必然已经放弃了。他知道她住在哪间客栈里，正门不能走，幸好她那间屋子的窗是开着的。

送她回卧房，刚安顿在床上便听见门外胡不言轻叩门扉，“老板，开开门。”

他脸色不豫，觉得这狐狸很讨厌，但也不好说什么，匆忙隐去了身形。

崖儿想提醒他罩衣的事，谁知还没来得及开口，他人就不见了。

那厢紫府君回到临时的住处，一个独立院落，景致很好，环境也清幽，包圆后可以免于俗世的打扰。本以为天才蒙蒙亮，随行的人应当还没起，可没想到一推门，院里居然站了好几个。

相顾无言，惊讶的惊讶，尴尬的尴尬。

大司命看见一向高洁的府君成了这样，简直不敢相信自己的眼睛。这一夜干什么去了？怎么连衣裳都被扒了？他顿时感到心酸，默默掏出个钱袋放进他手里。

想了想，到底得谏言，垂着眼说：“君上，往后还是带些钱在身上吧。万一遇上亟须的花销……好歹保住衣裳。”

‖第四十八章‖
讲 道 理 的 人

胡不言看见她满身的伤，在她边上唉声叹气，“你要去抓怪物怎么不叫上我呀，我陪你一道去。看看现在弄成这样，叫老胡心里不好过啊。好歹我是你的坐骑，半点责也没尽到……不过我觉得你可能也不太需要我，昨晚有别人让你骑吧？我记得夜行衣的款式不是这样的。”仔细看看领褖，“哎呀，还有云纹织金，这是男人的衣裳！”

崖儿气息奄奄地看着他，“你闭上嘴可以吗？”

胡不言笑着点头，一手捂住了嘴，用腹语问：“打一架，把人家的衣裳都穿回来了，是脱光了打的吧？”

她不想理这只满脑子龌龊思想的狐狸了，转过头阖上了眼睛。

闭眼之后，心里想的立刻全是他。才懂相思便害相思，感情这东西，真是世上最厉害的毒。以前看紫府君，无非是高高在上不可冒犯。现在呢，不单冒犯了，还亵渎了，当然后果很严重，必须对人家负责。只是没想到，陷在爱里的男人那么可亲可爱，他看着你的时候，你会感知他对你的依恋，虽不言说，但彼此心照不宣。

她趴在被褥上，心里一丝丝甜起来。昨夜之前她还觉得自己存在与否不重要，今天却不再那么想了。有个人牵挂着，必须活好每一天，等命数走完了，也不会留下遗憾。

“不言，快去给我抓治伤的药。”她挥了挥手，“恐怕长渊的人在药铺有伏守，确定无虞了再开方子。”

胡不言道好，起身往门上去，走了两步又折回来，蹲着身子问：“要不要顺便再买点别的？比如逍遥散、快活丹什么的？”

崖儿抬起头，狠狠瞪了他一眼，“你等着，等我能下地了，给你把剩下的尾巴全剁了。”

胡不言下意识摸了摸尾椎部位，“别这样，我也是为你好。反正跑一趟，买回来以备不时之需，以后总会用得上的……”

她大翻白眼，“快去！”

胡不言吓了一跳，这回不敢再说废话了，立刻转身出门。崖儿见他走了，打算撑起来把衣裳换了，又听见那只狐狸惊喜的嗓音，“嗳，诸位都来了？”

崖儿心头一紧，料想可能是波月楼的人到了，但依旧探手拉过了佩剑。还好，门上进来的确实是苏画，她身后还跟着魑魅和魍魉。

他们向她行礼，压声叫楼主。看她的模样不必询问，就知道是受了伤，两大护法随即退出去关上了门。到底都是办事的人，比那个胡不言有眼力多了。

苏画身上常年带着金疮药，知道崖儿不会让胡不言给她上药，便过来掀起她的衣裳，为她疗伤。那些刀伤虽然纵横交错，可喜的是控制得当，已经有愈合的趋势。她把药粉均匀地撒在开放的伤口上，一面问：“怎么伤成了这样？是紫府君下的手？”

也许在她看来，世上除了紫府君，没人有这个能力让她吃这暗亏了吧。崖儿说不是，“我夜探了岳海潮造兽的地方，被他的蛊猴发现了，引到城外打了一仗。”

“蛊猴？”苏画很意外，拿干净的白布为她重新缠好伤口，喃喃道，“云浮地界上，只有大食人炼蛊。蛊是邪门歪道，江湖人向来不齿，这岳海潮究竟想干什么？”

崖儿道：“大概是为了巩固地位吧。那只蛊猴很难对付，单为杀它就让我自损八百。更可怕的是他另有撒手锏，他在城南的养兽场里炼人蛊，我昨夜亲眼看见了整个过程，实在是阴毒至极。”一面说，一面嘶地吸了口气，“等伤好些，得想办法把那座楼毁了。如此魔窟，不该存在于这世上。”

苏画道是，“这两日你好好养着，余下的事我们去办。”

她话未说尽，但崖儿明白她的意思。苏画对她的底细大致是了解的，自己自然也防她一着，如果她不可靠，早就和当年兰战手下的那些元老一起赴黄泉了。十几年的师徒，伪装三五年还可以，十六年……没有人等得了那么久，也没有一个阴谋能筹划那么长时间。

她缓缓匀了口气，“长渊府还剩一位长老，让魑魅抽个空，解决了他。”

苏画应了，这才注意她的衣裳，看来看去觉得眼熟，“紫府的人马比我们快一步赶到苍梧城，据说包了龙息寺后面的院子，想必楼主已经知道了吧……昨晚上见了府君？”

崖儿简直想扶额，为什么他们对她的私情都那么好奇。她有些力不从心，哀哀叫了声师父。这一叫倒让苏画吃了一惊，这位楼主是不屑于表露小女儿情态的，这次不知是身体虚弱还是别的什么原因，连师父都叫得分外缠绵。

苏画有些尴尬，自然不好再说什么了，便虚应了两句，“好好……你先歇着，我找掌柜把订银缴了。”

她退出来，关上房门正欲下楼，看见那只狐狸居然摆了个十分撩人的姿势，倚在楼口挡住了去路。苏画皱了皱眉，却仍是袅袅走过去，上下打量他，“胡公子闪了腰吗？这段时间伺候楼主，辛苦了。”

胡不言自觉自己的身姿十分风流倜傥，苏画是风月场中的老手，要撩拨她，得拿出道行来。结果他辛苦拗了半天，她居然说他闪了腰？！他不大高兴，但又不能发作，毕竟男人大度很重要，便咧嘴一笑道：“我和楼主怎么谈得上伺候呢，明明是陪伴。苏门主旅途劳顿，比我辛苦多了。我老胡向来善解人衣……意，你不必下楼，我已经替你们办好了。”

魑魅和魍魉都不在，想必是出去探访城中情况了。天热起来，她抽出汗巾掖了掖颈间的汗，露出个懒洋洋的笑，“那就多谢胡公子了。”

胡不言嘿嘿两声，“大家都是同门，这点小事还说谢，实在太见外了。”语毕殷勤指引，“我带门主认认屋子，咱们是一伙的，住得近些，彼此也好有个照应。门主请看，楼主住的是玄字最后一号，隔壁黄字第一号是我的，第二号就是门主的。再边上，魑魅和魍魉住第三号，反正他俩不清不楚，住在一起方便。”

苏画瞥了他一眼，这狐狸的小九九她还不知道吗，左右逢源，把他夹在中间，他美都要美死了。

她抱着胸，因为生得高挑，看胡不言时一副睥睨的神态。那双玉臂往胸前一横，薄薄的缭绫包裹酥胸，呼之欲出的美好形状，令胡不言咕咕猛咽唾沫。

她说：“后生，你是不是很羡慕当皇帝？”

胡不言满脸呆滞，“没啊，为啥这么说？”

她高深地微笑，颊上精巧的梨涡像盛了蜜，“做皇帝多好，三宫六院围着你住，你想去哪间就哪间，不是正合你意吗？”说罢扭着蜂腰进房去了。

胡不言愣在那里，居然开始认真考虑她的话。其实当皇帝挺好的，这云浮大陆上有好几个国，好几个皇帝，等将来有空了，必须迷住个把，先体验体验再说。

头天晚上崖儿做下的案子，第二天终于在苍梧城里造成了轰动。主要是死者死状太凄惨。

曾经风度翩翩的精舍书生啊，前半夜还在议事堂慷慨激昂呢，没想到后半夜就成了这样。不是说能整死岳刃余，也能整死他的孽种吗，结果三位长老短短七八天全死了。剩下的那位感觉刀被架在了脖子上，一蹦三尺高地叫骂："当初我们四兄弟联手保举他岳海潮，现在门中出了这么大的事，他缩在王八壳里不出来了，算什么掌门！"

长渊乱成了一团，不过那位神龙见首不见尾的掌门，到底还是露面了。

掌门一露面，人心立刻重新凝聚。城中继续展开搜查，捉拿凶手还是其次，最重要的是找到夜闯南城的人。在岳海潮眼里，三条人命其实还不如一只蛊猴来得重要。

春夏相交的日照，总是特别好。两天之后崖儿的伤已经愈合了大半，虽然绷带没有拆除，但痛感已经完全消失了。她坐在画楼上乘凉，挑了个临窗的位置俯瞰。算准岳海潮会从底下经过，一臂搭在栏杆上，手里摆弄着她的妆刀，等得兴致盎然。

高头大马笃笃而来，从这里望去，铜驼街上一览无余。人到了底下，崖儿变换了姿势，一手垫颌，看上去颇有柳困桃慵之感。

练武的人，习惯耳听六路眼观八方。这熟悉的街市，哪个地方有暗门，哪个地方加了酒幌，他都了然于心。因此高处凭空出现的曼妙风景，自然也一点不差地落进了他的眼底。

皎皎天光下，雕梁画栋中，有个穿绯衣的姑娘临街而坐。红色的鲛纱覆盖了她的半张脸，鲛纱边缘金珠勾勒的点缀，像眸底的流光，也像岁月的罡风，看似旖旎，却棱角毕现。

他勒住了马缰，也不搭话，只是驻足观望。

崖儿探出了一点身子，栏杆下的手紧紧握了起来。

听人说，岳海潮和她父亲长得有点像。她没见过爹爹的样貌，但在说书人嘴里，长渊少主气度宏雅，五官俊美，否则也不能娶得云浮第一美人。她仔细审视这原本沾亲，如今仇深似海的人。论长相，岳海潮确实不错，人到中年了，眉眼间依旧残存着一丝清贵。但心术不正的人，眼神飘忽，唇角歪斜，即便他正色看你，也像在打坏主意。这样一张面相，不去细心分析，倒也能在所谓的侠客中蒙混。然而常年与蛊为伍，不见天日，他的脸色已经开始泛青，仿佛身体里养着一只食人的怪物，随时可能破皮而出，横行于街头。

两两对望，她眼里笑意盈盈。岳海潮终于还是搭话了，"阁下可是波月楼主？"

苍梧城早就加强了戒严，苏画和魑魅魍魉进城时，恰在她杀了精舍书生和蛊猴之后。这样倒歪打正着了，江湖人通常分不清她和苏画，只要两人不同时出现，波月楼就能与此事撇清关系。

崖儿说正是，嗓音和风细雨，毫无锋棱，"尊驾可是长渊岳掌门？"

同在江湖中闯荡，浊世滔滔，是非黑白早已模糊了界限。这世道尚武、尚狠、尚力量，所以即便是波月楼这样臭名昭著、以杀人为业的门派，在武林中也占据不容小觑的一隅。

坐在马上的人拱手，“在下岳海潮，幸会。”

突出楼体的鹅颈椅弯曲如美人的肩颈，倚肩而坐的妖娆佳人很是热络，“我与掌门同姓岳，颇有一见如故之感，岳掌门何不上楼小坐，我请掌门品茗呀。”

那柔软的，甚至带着戏腔的语调，简直像暗夜里勾魂的红袖，定力不够些，恐怕真要上套了。可岳海潮毕竟是老江湖，他笑着婉拒了，“岳楼主的茶，岂是人人能喝的？楼主此来苍梧洲，不知所为何事？”

楼上的人长长嗯了声，像个城府不深的小姑娘，“受人所托办点小事，恰好经过苍梧城，进来打个尖，歇歇脚。岳掌门想喝我的茶，也不是难事，苍梧城这么大，总有我波月楼帮得上忙的地方，掌门不妨仔细想想？”

岳海潮略带嘲讪地牵了牵嘴角，“楼主的好意，岳某人记下了，如有需要，一定前来叨扰。”

简短的几句对话后，他拱手别过，果然是个谨慎的人。魑魅在一旁小声问：“如果他真的敢上来，楼主打算如何？”

崖儿说：“杀了他。可惜他戒心太强，这种人满身弱点，只有远离所有危险，才能活得长久。”

“倘若他上门委托办事，咱们可以来个瓮中捉鳖。可他显然没有这个打算，毕竟五大门派不日就会汇聚苍梧城，人手一旦够用了，他就有恃无恐。”魍魉看了她一眼，“楼主接下去如何打算？”

崖儿的计划并不复杂，此行苍梧的目的就是铲除岳海潮，绝不因为仇敌齐聚便恋战。她到现在依旧坚守着当年的信条——贪多嚼不烂，事要一桩桩办。杀手性急是大忌，求稳不求快。求快，离鬼门关就不远了。

“还如烟雨洲一样，让苏门主扮成我，吸引岳海潮的注意，我在暗处见机行事。”

魑魅却忧心忡忡，“可行吗？长渊倒还是小事，要紧的是紫府的人也追来了。”

“紫府……”她如梦初醒般哦了声，“紫府君是讲道理的人，江湖恩怨与他无关，他不会插手。”

街角的别通和晋乘已经摩拳擦掌了很久，要缉拿的人就在不远处，只要一个箭步就能抓住，可就是不明白，为什么仙君还不下令。

“主上……”别通郁闷不已，“属下现在就去吧。”

紫府君漠然地看了他一眼，“上哪儿去？”

别通噎了下，支吾着，“那不就是……那个妖……”在他寒冷的注视下，声调渐渐矮了下去。

大司命已经认命了，他心灰意懒，拉着脸背书似的说：“苍梧城里蛊毒遍地，长渊掌门是始作俑者，他该死。江湖上的事，江湖人解决，我们是方外人，不便参与，所以暂且不抓岳崖儿。等她解决了岳海潮，我等再黄雀在后，如此皆大欢喜。”

别通和晋乘面面相觑，不明白一向激进的大司命，怎么忽然变得这么懈怠。

可紫府君却觉得仙心甚慰，他眉舒目展，一派繁荣景象，认同地点着头，“本君可是个讲道理的人啊！”

‖第四十九章‖

先发制人

有的时候讲道理是好事，但大司命活了几千岁，还没见过这类罪犯近在咫尺，却容她先办私事的缉捕态度。

大司命看了仙君很久，“君上，卑职有些问题，想向君上讨教一二。”

紫府君知道他要说什么，抬了抬手道：“这里不是叙话的好地方，先回去，泡一壶茶慢慢聊。”

大司命最开始满腔的不平，但紫府君再三再四轻描淡写地搪塞，他已经逐渐变得没有钢火了。他说好，“今年的明前，我让弟子准备。”

于是空手而归。回到暂居的那个院子，院门大开着，门外湖畔是笑闹的年轻弟子们。他们坐在草亭下，沏一壶茶，听着龙息寺的暮鼓，打算畅谈大司命关心的话题。

原本想好的开场白，正色而谈时竟发现开不了口。大司命盯着眼前的荷叶盏，闷声道：“君上，您怀念蓬山的日子吗？”

紫府君歪着脑袋仔细琢磨了一下，“为什么要想？我在蓬山驻守了一万年，这万年间除了偶尔找瓜农聊天，几乎没离开过那里。”

“因为住得太久，久而生厌吗？”

他说不是，“并非生厌，只是倦懒。同样的山水，同样的景象，包括同样的人……单说你这辈，我已经看了三千年了，毫无新意，看久了想吐。”

府君说话一向很直接，他是个不愿意苛求的人，除非抱着某种目的，否则长话短说，短话不说，是他平时的生活习惯。可是他说想吐，令大司命有点伤心，“属下就这么讨君上的嫌，以至于看见我就想吐吗？”

今天的大司命似乎有些多愁善感，紫府君摇头，“我就是这么一比，你别多心。”

大司命从肺底呼出一口浊气来，“咱们离开方丈洲，今天正满两个月。随行的弟子们修为不够，在这花花世界浸淫久了，人心恐怕要涣散。”

忧国忧民的大司命，是蓬山真正的主心骨。如果说紫府君是撑天的紫金梁，那他就是连通天地的脚手架。他在他的职位上燃尽一身薪火，发光发热。有时候紫府君觉得，其实他比自己更适合看守琅嬛。唯一一点不好的，就是脑筋死板，不懂得变通。这世上的机缘和因果，每天都在发生变化，人力所不能控时，就要学会适应它。

“世人都说蓬山是仙山，入了山门就能羽化成仙，可是蓬山创建至今，出了多少位地仙，你算过吗？本君对门下弟子向来没什么要求，一切随缘就好。清修最苦，耐得住寂寞的留下，耐不住了回红尘中去，也没什么丢人的。”他曼声说着，伸出一指，在茶盏描金的杯口上摩挲，“大司命，你觉得这纸醉金迷的红尘好吗？”

大司命不知道他的想法，犹豫着，不敢立刻回答。但见他还在等，只得硬着头皮说出自己的想法：“红尘中太多污秽，也太复杂，属下并不认为有什么好。”

然而他却一笑，“可是本君觉得很有意思。波月楼里的那些歌舞，还有变戏法的胡人，都很好，很热闹。我当初悟道，有一阵子和你一样厌世，立在云端往下看，三千世界皆尘土，不屑和满身铜臭的凡人为伍。可你不知道，骄傲是因为无知，一旦你灵窍大开，万事万物反而变得有味道了，懂吗？”

大司命脸上的神情有些呆滞，仙君传授心得当然是好的，但他隐约感觉到了一丝不安。作为仙，眷恋红尘可没什么值得称道的，因为通常并非是这红尘有多吸引人，而是红尘中的那个人，为这浊世增添了浓墨重彩的一笔。仙君道心恒定上万年，虽然很多时候善于自得其乐，但凡心大动还是第一次。究竟是什么时候引发的？大约是从波月楼的妖女混进琉璃宫开始。

作为一个敢于直谏的良臣，大司命明白一针见血固然痛快，但也存在较高的风险。仙君这人吃软不吃硬，他们认识了几千年，他的脾气，自己还是了解一些的。他斟酌了又斟酌，“君上，人的世界比妖魔的世界更乱。依属下之见，君上何不先回蓬山？寻回鱼鳞图的事，交由属下等来办就可以了。”

结果紫府君似笑非笑地看着他，“大司命是觉得本君瞻前顾后，行事不果断吧？”

大司命吃了一惊，忙站起身连声说不，“属下绝没有这个意思，只是觉得君上道体尊贵，徘徊在这污浊之地，实在辱没了君上。”

紫府君活得很通透，大司命的言下之意他当然能理解，如果不是碍于自己多次作梗，区区一个凡人，早就手到擒来。可是怎么办呢，他现在就想讲私情，半点没有秉公的念头。他是个不合格的琅嬛君，他甚至觉得那册鱼鳞图其实也没那么重要……

他眼波平平地望向大司命，唇角的笑意变得有些促狭，“如果本君没有料错，大司命有话不便说出口吧！”

大司命愣了愣，但并不否认，沉默着，将视线落在了足尖上。

紫府君长长叹息，“本君明白，情不知所起，一往而深。本君不是个古板的人，不大愿意干涉弟子们的私事，但本君希望你谨记，琅嬛藏书不知去向，此非小事。”

大司命听得一头雾水，不过终于要直面现实了，也好，现实是残酷的，说开了反倒痛快。

仙君的语调变得哀婉，“你跟了本君三千年，本君没有拿你当弟子看待，你更像我的心腹和膀臂。我一直觉得你生性耿直，人也中正，可是你现在……变了。”

大司命“啊”了声，越听越糊涂了。

紫府君眼里有无边的失望，怅然道：“你何必急于支开本君？难道本君一走，你就打算同苏门主公开了吗？大司命，你别忘了，你和那些少司命不一样，你是受了太玄生箓的。”

这下大司命彻底慌了，他急于澄清，结结巴巴说：“君……君上，属下和……那个苏门主，并不是您想的那样。那天在波月楼，不是属下，是她……”

紫府君蹙起眉，“是她先挑逗你，大司命是迫于无奈？”

大司命嗫嚅了下，想说是，但这样似乎太没担当了。他有些凄凉地望向紫府君，居然找不到任何借口为自己开脱，最后只好垂下头，把委屈都咽回肚子里。

紫府君嫁祸成功，心满意足地在他肩头拍了拍，“人非草木，本君也不希望身边的人，个个都成为毫无感情的怪物。这事本君不怪你，你不要有负担。”

那一瞬大司命竟然很感动，差点说出感激涕零的话来。但转念一想又不对，再想辩白，可惜仙君已经没有继续聊下去的兴趣了。他的脸上又显出那种清冷的拒人千里的淡漠，转过身，凉凉道：“你去吧，本君该做晚课了。”

大司命只得蔫头耷脑地走了，走出门，走到弟子稀少的地方，坐在河边上捧着脸反省去了。

草庐下的紫府君终于松了一口气，有个严苛的手下，日子不太好过，必要先发制人点住他的死穴，剩下的这一个月才能过得自在。

抬头看，天将要黑了，她的伤也不知怎么样了。之前只有一只狐狸陪着她，确实让他很不放心，现在波月楼的人赶到了，她应当有照应了吧！

四大护法直接听命于楼主，当初波月楼还是波月阁时，他们便多次执行刺杀任务。

四人之中又数魑魅最甚。他领了楼主之命，从住处出来。俊俏的少年郎，挑着一盏精美的行灯，穿月白的鹤氅。头发只拿一根宝带束着，有风吹来，发丝扬起黑色的轻纱。领褖大敞着，凉风透体而过，领下空荡荡，露出一片精致的春光。于是黑的发，白的皮肉，两相对照，煞是好看。

他在空无一人的长街上行走，今夜没有月亮，甚至下起了蒙蒙的细雨。他走得不紧不慢，云头履在青石路上踏出细微的一点声响。隐约听见吵嚷的调笑声了，他抬起柳色的绸伞往远处看，长街尽头是男人寻欢作乐的地方，烛火透过灯罩，洒了满地水红的光。

走近一些，丝弦雅乐弥漫的楼台上，有人在追逐嬉闹。魑魅无聊地转开视线，抬脚踏上台阶。没人上来招呼他，大家各玩各的，只有少数一两个堂子里的人瞥了他一眼，但因为这里的客人常有“外交”带来同游，惊叹他的容貌之余，也不会主动搭讪。

他在灯光昏暗的长廊下缓行，最终停在一间厢房前。抬手推门，门扉应声而开，里面两个人正打得火热，看见有人闯进来，一时都顿住了。

他慢条斯理地把门关了起来，气急败坏的小倌冲过来理论，然而他哪里是他的对手，“咚”的一声倒地，再也起不来了。

血很快染红了地面，剩下的那个此刻才惊觉，三大长老恐怕已经在那边等得不耐烦了。

要找剑，刚才寻欢的时候嫌剑碍事，远远扔到了墙角；要喊人，还没来得及张嘴，就被点了哑穴。来人的招式太快，只看见飘飘的一片衣袖拂过，几处大穴瞬间被扎进了银针。那些针的尾部都有丝线连着，随他指尖勾挑，他的四肢不受控制地舞动起来。

长老大惊，牛高马大的汉子被随意操控，如同悬丝傀儡。要调动这样一具沉重的身体，需要极强的内力。千缕银丝在灯下发出铮铮的光，每一根都蕴含着可怕的力量，那个控线的年轻人却不显得吃力，还笑得十分惬意。

“现在，我来问你几个问题，答得好，放你一条生路；答得不好，银针入体，筋脉尽断。你只需摇头或点头，记住了？”他坐在长几上，手指轻挑如同拨弦，“岳海潮只有城南一处养兽场？”

长老喉结滚动，摇了摇头。

“当日武林各派围剿万户侯府，长渊也参与其中了，那么牟尼神璧的下落，岳海潮知不知道？”

他还是摇头。

“据我所知，人蛊是三十六蛊中最难炼的，岳海潮至今练成了几个？一个？”

满眼猩红的长老摇头，喉中发出咕咕的声响。

魑魅迟疑了下，“两个？”

狼狈的长老依旧摇头。他心里不悦，觉得他不见棺材不掉泪，便催他起舞，结结实实来了一段《春莺啭》。武与舞是不同的，扭胯送腰的长老疼出了两行眼泪，连喘气声都大了不少。这下魑魅认为差不多了，又问他：“难道是三个……四个？”

结果加一个，他便摇一次头。数到二十的时候魑魅怒了，弹指将一根针送进了他的气海穴。长老破气，四肢抽搐不止，魑魅到这时才明白过来，问他他只顾摇头，也许并不是否认，只是因为不知道。闹了这半天，全是浪费时间。也对，岳海潮根本不拿这四位长老的性命当回事，更不可能将炼蛊的内情告诉他们。他顿时意兴阑珊，快速结果了他。

好了，做完可以收工了，他拾起他的绸伞，推开窗户往外看。夜色浓重，南风馆花灯的残光里站着个人，抱着一把重剑，正等他一同回转。

‖第五十章‖

共赏盛景

四大长老都死光了，长渊本门内的仇便报了一半。只是有些事到底瞒不住，关于岳刃余遗孤还活着的消息，一夜之间几乎传遍了云浮大陆。这次不同于烟雨洲的空穴来风，实实在在地死了人，死的又是当初截断岳刃余后路的内鬼，其死状之凄惨，非深仇大恨不能解释。世上有谁会恨这些人入骨？只有那个侥幸存活的孩子。

所有人都在议论，街头巷尾，甚至客栈内、饭桌上。苏画和魑魅魍魉坐一桌，流言滔滔从鬓边滑过，他们充耳不闻，照样气定神闲地喝他们的小酒。这个世界里满是弱肉强食，对他们来说，楼主是什么出身并不重要，重要的是她的手段在他们之上。有一群人，在泥沼里生根发芽，永远难见天日，藏污纳垢的波月楼恰好可以容他们栖身。所以江湖人心头的波澜，对他们来说只是小溪里的涟漪，没有激荡，和他们无关。

至于崖儿，她要在最短的时间里完成她的计划，两者兼顾有点困难。她听着邻桌的住客交头接耳，在一迭声的“寻仇”里，倒了杯酒和胡不言碰杯。传言甚嚣尘上，最坏不过公开身份。江湖正派联手屠杀也不是第一回，日头之下还有新鲜事吗？

她找苏画商谈，长风悠悠穿过客房，她摘了脸上的面具，托在手里仔细为它上油保养，一面道：“波月楼的经营，这几年一直是师父在操持。江湖路难，有了负累，就无法轻松前行。你是知道我的，我这人最怕麻烦，如果你愿意，我希望你能接手波月楼，这样对大家都有好处。”

苏画没什么反应，她牵着袖子为她调试油膏，连眼皮都没抬一下。

“我不行。”她只有这一句。

崖儿问：“为什么？”

她屈起小指，用那染着蔻丹的长而薄的指甲挑起一撮膏子，放在手里捂热揉搓，然后探手抹在那张面皮上，“波月楼里全是亡命之徒，没有你，我镇不住。”

她这话说得坦然，也没有硬撑面子的执拗。两个人私语时，她一贯是这样的嗓音，很低沉，掺着历经磨难的沧桑。愈是无心，愈显得性感。

江湖中事，件件关乎生死，没有绝对的手段，很难掌控大局。当初崖儿杀兰战，在整个门派中掀起一场腥风血雨，那些不服管的人，最终全都死在了她的剑下。她是喝狼奶长大的，铲除异己的残忍手段，幸存的人都见识过。波月楼主的宝座，不是随便指定一个人就能坐的。没了震慑，那上位人很快就会被吞噬取代。现在看似并肩而战的伙伴，转眼就是黑吃黑的饿狼。聪明人不会去接这个烫手的山芋，更何况这山芋还有可能仅仅是个试探。

半张面皮抹好了，皮肤剔透，除了缺一只眼睛，和真人没什么两样。

苏画搭手，帮她撑起了另外半张，“我可以替你守楼，但不能为你执掌。行走江湖，身后空空最危险，那些独来独往的人，没几个能有好下场。波月楼在，你就有后盾，一声令下万箭齐发。如果就剩你一个……双拳难敌四手这句话，你还记得吗？”

崖儿笑了笑，“我是怕终有一场苦战，不想把无关的人牵扯进来。”

苏画却说不，“没有无关的人，入了波月楼，到死都得听从调遣，这是门规。”

门规是死的，触犯门规的人当然也得死。当初兰战身边的一位摄提想脱离门派，和心爱的人过平常的日子，结果导致阁内最严酷的追杀。不光他，最后连那个怀着孕的女子也一并杀了。江湖规矩，上船容易下船难，谁和你讲情面？当权者可以不把人命当回事，否则也不会有那么多人想坐上头把交椅了。

崖儿不再多言，接过膏子，一点点舀在掌心里。纤长的双手对阖起来，轻拢慢捻极有耐心，为那面皮上妆的手法，仿佛在对待一张真脸。等那面皮焕发出鲜活的光彩，她把剩下的膏子仔细地涂抹在自己手上，按揉之间，伸展在天光下的十指，如同托起净瓶的佛手，颇有普渡慈航的况味。

“五大门派已经过了鹊山，正往苍梧洲来。我原想派魑魅和魍魉去截杀，但人数太悬殊，只能作罢。”她垂着眼，“长渊既然发了英雄帖，岳海潮就不能视若无睹。他暂且不敢开罪五大门派，因此必定会在长渊府设宴接风。”

苏画迟疑了下，“楼主打算趁这个当口，再探城南？”

她说不，“蛊猴战死，已经引起他的戒备，城南的兽场恐怕不会继续使用了。我在《大食志》上看过有关猾的记载，据说那东西出壳后要养在正常的人体里，等吸够了精元，披上战甲，就会变成攻无不克的怪物。”

苏画对于这种异闻般的手段一向不感兴趣，沉吟道：“养尸也好，吸精元也好，这些倒都说得通，只是这披上战甲……究竟是什么战甲？”

这就要看岳海潮的阴毒程度了，猾就像块海绵，所有和它发生接触的人，功力都会被它吸收。她查过那个用以养蛊的母体，茯苓山上的神猿，两百岁的躯体，避死延生，得之可令刀枪不入。至于其他，岳海潮做得滴水不漏，究竟会给猾一张什么样的皮，谁知道呢。

恰在这时，魍魉轻叩门扉，压声道：“楼主，岳海潮人在楼下，请楼主一见。”

苏画看向她，仇家送上门来了，不知她作何打算，“动手吗？”

崖儿摇了摇头，转头对魍魉道：“请岳掌门少待，说我即刻下去。”

在客栈动手，整个江湖都会知道波月楼主就是岳家遗孤了。没到山穷水尽时，她还不想不打自招。岳海潮此来是有目的的，她若在明处，事情不好办，但若是在暗，就多了很多机会。

她让苏画代她出面，鲛纱覆盖住半张脸，他根本分不清谁是谁。

苏画换上她的行头开门走出去，她戴起面具，沿着楼上长廊慢慢调整位置，以便读清所有人的唇语。

波月楼主绛红的衣裙翩然扫过雕花栏杆时，大堂中央的人站了起来。

苏画娇笑，“不愧是岳掌门，把客栈都给清了场。”

岳海潮自谦地一笑，“让楼主歇在这破旧的小客栈里，实在是屈就了。怪在下这两日太忙，没能尽地主之谊，不周之处，还请楼主海涵。”

苏画也不兜圈子，只说：“路过歇脚而已，不日就要走的，将就两天也无妨。岳掌门今日前来，是想起我波月楼可用之处了吗？岳掌门别客气，但说无妨，只要酬劳合适，一切都好商量。”真是活脱脱崖儿的口气，把她做买卖时三句不离钱的铜臭贪婪，揣摩得像模像样。

岳海潮笑得爽朗，“楼主真是快人快语，这样好，省了许多麻烦。不瞒楼主，近来苍梧城中不太平，长渊的长老一个接一个遭到暗杀，闹得军心不定，人心惶惶。这凶手一直未抓到，岳某夜不能寐。波月楼是专为人排忧解难的，岳某此番前来，就是想委托楼主，为我查一查，这凶手到底是何方神圣。”

苏画听后，摇着纨扇啧啧而叹：“江湖上有传言，说杀死四大长老的，正是岳少主的遗孤。既然凶手的身份已定了，长渊竟不能将人抓获吗？只是我有些闹不明白，真要是岳家遗孤，认祖归宗就是了，怎么会把族中长老都杀了？这里面是不是有什么误会？”

她回身，有意和侍立一旁的护法们调侃，弄得岳海潮满脸尴尬，悻悻道：“家门不幸，让楼主见笑了。”

究竟是谁的不幸，自然是岳南星一派的不幸。这种争权夺势、残杀同门的行径，毕竟是令人不齿的丑事，即便成了赢家，也一辈子抬不起头来。

不过岳海潮并不在这件事上过多纠结，那点尴尬很快转化成了倨傲，“长渊遭受重创，江湖同道不能坐视不理，后日就将赶赴苍梧城。岳某此番拜会楼主，其实不单为长老遇刺这件事，更是为了给波月楼和武林各道搭个桥，牵个线。当初兰战阁主在时，与江湖各派貌合神离，波月阁一度是众人眼中的异类。如今楼主接掌波月楼，可想过加入盟会，效命众帝之台？”

这倒是个极大的诱惑，入了盟会，离众帝之台的盟主就近了几分。远远观望的崖儿紧握起拳，苏画不知道她心里所思所想，但还是不假思索便应下了。

她道好，“岳掌门盛情，若能如掌门所言，那么波月楼愿与长渊结为盟友，日后长渊的事，便是我波月楼的事。”

岳海潮见目的达成了，含笑站起身，拱手道：“既然楼主有意，那么岳某愿与楼主推心置腹。五大门派抵达苍梧城之前，在下邀楼主共赏盛景。”

障面上的眼波溜溜一转，“共赏盛景？我们从王舍洲来，掌门应当知道。既然如此，这盛景必不是寻常的盛景，掌门卖个关子，可要叫我心里痒痒一整夜了。”

客栈里的灯笼高悬着，岳海潮看着那张半明半寐中的脸，笑得有些暧昧，“楼主的痒，岳某暂且止不了。明日吧，明日夜里，我带楼主看个稀罕物，届时还请楼主一定赏光。”然后在众人的注视下整整衣衫，扬长而去。

苏画带着众护法上楼，和崖儿汇合，魑魅轻声问：“要不要属下跟上去，结果了他？”

崖儿摇了摇头，“杀他太容易了，我好奇的是他说的稀罕物，如果没有料错，应当是那个猬。”

魍魉盘弄着手上的扳指，淡声道：“干脆弄包火药，先炸了南城的蛊楼。”

崖儿叹了口气，“你怎么知道他养蛊的地方只有城南一处？”

几个人都不说话了，苏画还在思量他先前的那番话，“他说引荐波月楼入盟会……”

崖儿哼笑了声，“只怕这岳海潮已经开始怀疑波月楼了。五大门派后天才能入城，他却邀你明天去看稀罕物……”

想来是还不死心啊，长老擅自发出英雄帖，并没有得到他的首肯。现在劝退五大门派是不可能了，个个都怀抱目的杀气腾腾而来，哪个是好鸟？如今只有赶在五大门派入城之前，擒获当年的漏网之鱼，那么牟尼神璧他就能独吞。这世上，还有人嫌钱多的吗？

“究竟是去，还是不去？”苏画听她的意思。

崖儿说去，“你在明处，我在暗处。不管他耍什么花招，明晚一定要解决他。”

众人领命，各自回去筹备。

本以为夜半回荡满城的哭声是蛊猴发出的，毕竟蛊猴死后，那个声音确实再没出现过。但崖儿今夜却又被这叫声吵醒，迷蒙中只觉调门比之前更高亢，更凄凉，仿佛所有的痛苦已经到了一个临界点，只需再添一根稻草，便如弦断弓毁一般。

她心疾跳起来，不知怎么，像凭空多出一只手，死死掐住她的脖子，让她心慌，喘不上气来。这号叫声，初次听见至多令人惊惶不安，然而就像俚人歌，长长短短的荒腔走板里，却能听出无比的悲伤和绝望。没有愤怒，只有痛苦，甚至但求一死。她定定坐在床上，忽然没有勇气推窗观望。就这样听了很久，直到那声音渐渐低了下去，抽丝一样涣散在夜色里，她才发现手心发凉，松开五指，掌心攥了满把汗。

夏日多阴雨，第二天天色又不佳，及到傍晚时分，开始淅淅沥沥下起了雨。

一辆黑围的马车停在了客栈门前，门徒打着伞，车里人提袍下来，站在台阶下静待。不多会儿，客栈里的人出来了，很不耐烦的样子，“天儿太坏了，非得今晚去吗？明天五大门派齐聚，届时再为我引荐，大家一块儿看戏法，不好吗？”

岳海潮微微眯起眼，眼里含着刀锋一样的光，笑道：“人多不便，这件东西和楼主有关，楼主当真一点都不好奇吗？况且有岳某作陪，楼主难道不愿同往？”

各自都在打着小算盘，岳海潮深知道自己是最佳的诱饵，因此把自己都赌上了。苏画当然要勉为其难，她看了眼残余的天光，扶了扶鬓边的发簪，卖弄风情说想与岳掌门同乘，结果当然被婉拒了。岳海潮怕死，他要和所有会造成危险的东西保持距离，“岳某是粗人，万一不慎唐突了楼主，就是我的不应当了。我为楼主准备了车驾，天上正下雨，还是坐车方便。”

苏画拿纨扇掩面而笑，“岳掌门不会为我准备了囚车吧！我波月楼是武林公敌，万一岳掌门打算为武林除害，那我可怎么办呢。”

到最后自然是各乘各的私车，袅袅向西而行。

雨势渐大，雨点噼啪打在斗笠上，魑魅和魍魉身上墨黑的鳞甲也披染了一层水光。拿剑柄顶了顶帽檐，天快暗了，大路两旁的树丛愈加茂密起来，眼梢一道红光一闪，没入了潇潇雨夜。

‖第五十一章‖

你是霉运的开始 也是我幸福的终结者

岳海潮没有把人往城南引，那个地方已经暴露，便不会再用了。

崖儿知道他狡兔三窟，可惜和蛊猴那一战她受了伤，接下来便无法再追踪了。想必长渊满城搜查入侵者时，就已经悄悄把人蛊转移了地方，现在城南的那座囤楼基本废弃了。胡不言去暗访过，除了几个守门的门徒，里面空无一物。只有地上残留有蛊毒腐蚀的液体留下的印迹，能够证明这个地方确实曾经作为兽场，豢养甚至创造过那些所谓的“兽”。

本来说要毁了那楼，现在看来是用不着了。崖儿紧紧贴在金狐狸的背上，风雨里穿行，他的速度能快到雨点都赶不上。

胡不言忙里偷闲赞叹：“老板你的身材真好！”

崖儿两手勒了一把他的脖子，“这个时候正经一点。”

胡不言嘟囔：“开开玩笑，缓解一下气氛嘛。一个岳海潮而已，区区凡人，武功还不高强，放着让我来，我能咬死他，你信不信？”

崖儿叹了口气，“昨晚让苏门主打出来了吧？苏画也是凡人，你怎么被她揍得鼻青脸肿？”

胡不言想起昨晚的事，腮帮子就隐隐生疼。他一直觉得男人和女人之间的相处是很玄妙的，只要对上眼，一切语言表述都显得苍白。一道眼波，一抹笑靥，胜过千言万语。

苏画表面不羁，其实是个内秀的人。胡不言看遍了姹紫嫣红，自认为很懂得欣赏这样深邃的女人。能让她说出口的，必定都是表面文章，越是深植心底，越是有口难言。于是他很留意她的一举一动，试图从她的千娇百媚里觅得哪怕一丝真情实感。

成功了吗？胡不言认为成功了。比如她正笑得花枝乱颤，忽然和他的目光接上，她便不笑了，唇角扭曲出一抹深重的类似哀怨的弧度，看得他心头打战。他觉得这样一个有故事的女人，值得去细细品味。就像喝茶，新泡的茶虽然清香，但那股劲儿没有发散，必要放一会儿，乃至放酽了，才能咂出其中的浓厚。人的经历不一样，表达爱的方式也不一样。比如苏画，面对越不在乎的人，她越狂放；越在乎的人，反而静水深流不愿多言——真是复杂的人性啊！

看吧，看吧，她又对他做出那种表情了！

胡不言呆呆地望着她，她转身走开，但临走又转头看了他一眼。于是千言万语都在回眸的一瞥里，胡不言立刻接收到，这是人约黄昏后的信号。

他欢喜至极，回房换上最花哨的衣裳，点了一支熏香，跳到烟缕的正上方，解开衣带熏一熏，务必把自己弄得香喷喷的。苏门主可是个精致的人啊，别事到临头让她嫌他不雅。

时间差不多时，香也熏完了，他抖抖衣袍整理一下仪容，然后把耳朵贴在墙上，听一墙之隔的苏画那边有没有什么动静。结果听了半天，连床板的吱呀声都没有。看来她不在床上，可能正在苦苦等着他。他心里急切起来，忙开启一道门缝左右观望，很好，客栈的过道里一个人也没有。闪身出门，伸出一根手指去推苏画的门，果然一推就开，他顿时心花怒放。

嘴上说着不要，暗里心悦他已久了吧，毕竟这样体贴又撩人的男人世间罕有。他嘿嘿笑着，咧着大嘴进门，准备给苏门主一个苦尽甘来的拥抱。谁知迎面飞来斗大的拳头，“咚”的一声砸在他脸上，砸得他眼冒金星，心说怎么？难道又进魑魅的房间了？不会呀，没走错……定睛一看，苏门主的脸好似罗刹，她两眼泛着仇恨的光，再次老拳相向。又是砰的一记勾拳，直接把他打倒在地。

躺在地上，胡不言还在感叹，世风日下啊，欲拒还迎玩到这种程度，苏门主不愧是矫情界的鼻祖。

所以今天出任务时满脸伤，起先他还有些羞于见人，没想到大家都见怪不怪，尤其是苏门主，谈笑自若毫不尴尬，多少顾全了一点他的颜面。于是他释然了，谁还没点个人爱好呢，不耽误正事，他还是栋梁之材。

本来他已经忘了这件事了，谁知不上道的楼主这个时候提起来，顿时在他心上插了一把刀——原来他们什么都知道！

胡不言觉得身上的雨水全是他的泪，但他依旧顽强，“苏画是女人啊，老胡怜香惜玉，从来不打女人。”

可他的不打女人，不知怎么，最后转变成了被女人打。

胡不言不胜唏嘘，“老板，你是我的劫。”

崖儿两眼紧紧盯着前方，因为他速度过快，岳海潮的马车根本赶不上他。所以只好勒令他放慢速度，他在枝头穿梭，她便严密观察车队的动向。

不过阴雨天的胡不言总是有点小小的忧伤，她抽空应了句，“为什么？”

他齉着鼻子说：“因为自从方丈洲外遇见你，我就一直出师不利。你是霉运的开始，也是我幸福的终结者。”

崖儿捺着嘴角，“一派胡言，我来告诉你，到底是为什么。因为你以前只能引诱不谙世事的小狐狸，现在你胃口太大，妄图勾引人。你才三百年道行而已，骗骗普通姑娘就罢了，你不该在波月楼里卖弄你的媚术，论手段，苏画是你爷爷。”

胡不言简直惊呆了，“三百年，说得轻飘飘，你们凡人只能活区区几十年。”

崖儿说：“账不能这么算，人一生下来就是人，你们狐狸修成人形，还得花几百年呢。”

这么一说，又勾起了胡不言不堪回首的往事。想当初他最后一关总冲不过，没计奈何上蓬山做了杂役。你知道人的身体狐狸的脑袋，穿着褒衣，扛着扫帚，这种生活有多难熬吗？蓬山四季如春，因此中午的时候就比较热，没毛的身体很凉快，有毛的脑袋对比之下恍如塞进了火炉。

没有过半兽经历的人，永远无法体会这种痛。

“所以，我觉得自己不能这么荒唐下去了，我应该找个地方继续清修，老板你说呢？”

崖儿哼笑，“我是个自私的人，你现在正为我效力，难道我会支持你回去清修，让我无狐可骑？”

胡不言嗳了声，“果然啊，我还是欣赏你这种不加掩饰的人渣本性，直爽，不带拐弯……”

可是背上的人却揪住了他的右耳，像拉缰控马一样，“拐弯！拐弯！”

他被一拽，立刻集中了精神，原来不知何时已经出了苍梧城。

前面两山对起，中间有个宽约三丈的缝隙，被人见缝插针地造了一座楼，不细看，以为那就是山体。

宏伟、壮观，这岳海潮简直是个建筑奇才！

胡不言放矮了身子，小声道：“二十多年掌门不是白做的，有权之后就可以炼蛊造楼了，坏人的人生也是一步一个脚印。”

崖儿没理会他的插科打诨，只是眯着眼看那山体，岩壁上凿出了参差的洞，每个洞里都燃着蓝色的火。大概因为猬要成形时，不能接触太高的热量，所以照明一应只用冷翠烛。

所谓的冷翠烛，燃烧起来如同磷火，只见其光，触之不温。崖儿开始考虑，一旦这位掌门的所作所为大白于天下，不知所谓的名门正派还能不能继续标榜。

苏画从马车上下来时，岳海潮已经站在了临空的浮桥上。果真是出了名的谨小慎微，他始终同外人保持一定距离，只是拱手相引，“楼主请随我来。”

苏画摇着扇子，莲步姗姗，也不说话，只是同魑魅魍魉交换了个眼色。反正他们此行的目的只有一个，就是杀了岳海潮。至于和楼主有关的“戏法”，不是他们应当考虑的，重不重要，楼主自会判断。

然而这山间的楼，走进去就像进了一个魔窟，实在深不可测。苏画站住了脚，凝眉道：“岳掌门，你领我来这里，别不是有什么后招吧！你我不相熟，我凭什么相信你？”

岳海潮回身望，蓝光下的脸阴森如同鬼魅，“不知楼主有没有听说过长渊开山掌门？”

苏画愣了下，“岳南星？”

他说是，“岳刃余的父亲，曾经的东夷三秀之首。”

提起这个名字，苏画心头便咯噔一下。难怪他说和崖儿有关，恐怕他是在赌，波月楼主就是岳刃余和柳绛年的女儿。不管是与不是，波月楼声名狼藉，铲除波月楼主本来就是替天行道，对他有百利而无一害。

可要是岳南星真的在他手上，那事情就大不妙了。父母双亡后，如果祖父还活着，便是仅剩的亲人，谁能够置之不理？苏画只得稳住岳海潮，先尽可能地验证真实性。

“岳掌门真是爱开玩笑，岳南星早在二十多年前就死了，当时整个江湖都为之震动，我可记得一清二楚。”

岳海潮哂笑，“楼主记错了，长渊虽对外公布了岳南星的死讯，也发了丧，可是没有一个人见过他的尸体。死不见尸，楼主行走江湖多年，难道不怀疑真伪吗？我以为楼主对岳南星的现状会感兴趣，看来是我料错了。也是，楼主从未见过他，他的死活和楼主又有什么相干呢。”

所以他才有恃无恐地登门吧，倘若没有岳南星在手，凭他武林中排不上号的身手，怎么敢和波月楼打擂台！

苏画沉默了下，魑魅和魍魉的剑柄都向前直指，看来他们是准备一战了。

她舒了口气，“也罢，既然都到了这里，那就去看一眼吧！只是岳掌门别叫我失望才好，如果只是一具尸首，那我可是要生气的。”

他们在跳动的磷火里继续前行，身后五十步，是一茬接一茬被割了喉的守卫。

崖儿脸色发青，如果岳海潮说的都是真的，那么半夜每每传出的凄厉号叫，也许就找到了出处。

手里的双剑在颤抖，她有些控制不住自己的情绪，穿梭在纵横的房梁上，总觉心神不宁，几次三番险些跌下去。

脚下一挫，发出一声轻响。

底下站班的抬起头，看见一张错愕的脸，当然还没来得及发声，一道蓝光闪过，就再也开不了口了。

尾随而来的胡不言对她做手势，让她冷静。谁知道这是不是岳海潮的把戏，现在自乱阵脚，那当也上得太没含金量了。

崖儿深深吐纳两口，发现自己确实太感情用事了，便定下神，远远尾随他们。

也许因山体被打通，进深实在了得。终于到了一个类似南城囤楼那样的圆形场地，依旧有铁栅，有刑架。一个女人在地上痛苦地蠕动，不时大张开嘴，可是除了喷涌的胆汁，发不出任何声音。

苏画厌恶地掩住了鼻，“岳掌门，你让我看这个？”

岳海潮的目光却充满了骄傲，“这是我练的蛊，今日破茧出关，请楼主共赏。”

猲终于不情不愿地钻了出来。这时已经同崖儿上次看见的大不相同了，它长出了血红的眼睛，身体也有了人的模样。只是还不算健全，它依旧没有皮肤，肌肉和筋骨都暴露着。

“楼主，你不觉得它很漂亮吗？”岳海潮的笑容近乎癫狂，“我培育这人蛊，花了二十年，期间失败了多少次，已经难以计算了。还好功夫不负苦心人，这次终于成功了！只要让他和我最得意的死士合二为一，我就能踏平武林，让这天下向我俯首称臣！”

野心膨胀到一定程度，这人终究是要疯了。岳海潮在仰天大笑时，那只猲摇摇晃晃站起来，伸长脖子，发出了示威般的嘶吼。

‖第五十二章‖

岳南星

愤怒的咆哮，也许掺杂了被强行带到这世上的不满。波月楼出生入死多少回，对战的从来只有人，没有见过这样丑陋的怪物。

大家都有些心惊，看那怪物隔着铁笼向这里怒吼，一双血色的眼睛里没有瞳仁，却带着水润的光，眼底倒映出在场的众人，那种极具攻击性的神情，连肌肉根根紧绷的形态，都看得一清二楚。

苏画转头问岳海潮，“岳掌门不是带我来见岳南星的吗，难道这怪物就是？”

岳海潮笑了笑，“不，这只是一只人蛊，还不完整。”

他说罢，将贪婪的目光移到她身上，“我有个问题想问楼主，也许略显唐突了……楼主可是完璧之身？”

魑魅和魍魉顿时动怒，气盛之余就要拔剑。苏画却压了压手，让他们少安毋躁，像她这样经历过风浪的人，谁还拿这种问题当回事。虽说这贼人确实是冒犯了，但在岳南星还未现身之前，一切仍需忍耐。

她哂笑，“原来岳掌门邀我同来，是想拿我喂你的蛊虫。”

岳海潮说不，“楼主误会我了，我只是想确定一下，这猬对处子血有极敏锐的嗅觉，万一它暴走失控，怕会对楼主不利。”

苏画长长哦了一声，“这点请掌门放心，我打狗从不看主人。要是它真来攻击我，我便代掌门好好教训它。”

岳海潮牵着唇角冷笑了声，“楼主的胆识，很令在下佩服。这猬已经吞吃了那两条血虫，只差最后一步，就可大功告成了。待五大门派汇合……”

他的笑容渐渐变得狰狞起来，仿佛看到了最合心意的场景，梦呓似的说，“各路高手汇合，犹如一场盛宴……我的猬，便可尽情美餐一顿了。”

看来长渊的掌门之位，根本满足不了他饕餮一样的胃口。虽然给五大门派广发英雄帖不是他的本意，但事有凑巧，正逢人蛊练成，那些江湖高手的齐聚，恰好给他养成的怪物提供了丰富的食物资源。一旦吸取了所有人的内力，那众帝之台上高坐的主宰，还会是令人仰望的存在吗？盟主一位被占据了那么多年，是时候换人来坐了。所以区区的长渊，只是他上位的踏脚石，他的志向是整个云浮、整个生州，乃至整个天下。

不节制的梦想，控制不当便使人错乱。蓝色的冷翠烛，把他的眼窝染成了深黑色，乍看上去真像一具走火入魔的行尸。

他痴痴地看着那猾，“楼主不是想见岳南星吗，那就如楼主所愿，让你们见上一面。”

他一边说，一边抬手示意。沉重的巨石被慢慢升起，后面是一间石室，里面没有半丝光亮，伸手不见五指。

漆黑的山洞，像巨兽大张的口，随时会把人吞噬似的。众人屏吸静待，可暗处只有铁链移动发出的短促的一点声响，并不见有人出来。

忽然“轰”的一声，一道铁栅从天而降。

岳海潮事先设下的陷阱，自己只需退后一步，便站到笼外去了。他隔着栅栏，脸上露出无耻的笑，“我做件好事，让你们祖孙团聚。可惜岳南星恐怕并不认识你，别说你，他连自己是谁都记不清了。岳楼主，你现在还有一个机会，只要你说出牟尼神璧的下落，我可以饶你一命。但若是你顽抗到底，你这具漂亮的皮囊，就真要变成猾的居所了。”

魑魅和魍魉一直近身保护苏画，这道铁栅栏将三人全数关进了笼里，虽然反应及时，但两双手也顶不起千斤的重量。

栅栏落地，再想撼动，比登天还难。

苏画见逃脱无望，也不着急，她抽出龙骨鞭摆出格斗架势，向岳海潮笑道：“岳掌门只怕是要失望了，我不是岳家遗孤，也不知道牟尼神璧的下落。你用不着装神弄鬼，里面的人若真是长渊前任掌门，只管让他出来，我等奉陪到底。”

岳海潮的额角蹦了下，不管她是不是岳家的余孽，逼不出神璧，活着都是多余。神璧失踪了二十多年，其实早就不存幻想，能得到固然是好，得不到，反正也不会便宜了别人，所以这妖女，留着竟一点用处都没有。

他一声“好”，说得气吞山河。扬手挥袖，升起了隔断山洞和三人的栅栏。

铁链拖动的声音越来越响，连绵不绝，仿佛那锁链有无穷长。一个身影慢慢走近洞口，踏入冷翠烛照耀的寒光里。先是一双斑驳沧桑的脚，脚上穿草鞋，已经破旧得不成样子。他站住了，略顿了会儿，才继续向前。渐渐露出了小腿，腿上千疮百孔，有数不清的伤疤。锁链依旧琅琅作响，随着他每一步沉重的迈进，拖拽的声音像是从地狱深处传上来的。

停在梁柱上的崖儿咬紧了牙关，单是看见他的半副残躯，她就已经心潮激涌难以自持。胡不言让她冷静，她哪里冷静得下来！就算脑子清醒，也管得住手脚，却管不住自己的眼睛。那双眼睛下起了雨，然而那个人完全走出山洞后，她竟又惊讶得忘记了哭。

岳海潮的手段，或许连当年的兰战都要自愧不如。那人的每一根肋骨上都锁着铁链，铁链快有儿臂粗，一头还缀着碗大的铁球。当初上刑的时候必定流了很多血，伤口凝结的血疤脱落后，皮肉和铁链粘连，二十年间从未愈合，似乎一直在溃烂，一直求死无门。

他的头发和胡须已经蓄得很长，看不清面目了。当初长渊遭逢骤变，他还没满五十，如果真的是他，今年应当正逢古稀。

岳海潮带着炫耀的成分，叫了声“岳南星”。拖拽着锁链的人像野兽一样，迸出沉闷的吼声。那吼声不是喉中发出的，更像肺底里的推动，加上内力相佐，脚下的楼体都震颤起来。

“二十二年了，其实连我都不知道，他是否还活着。好在我让他服了僵蚕蛊，就算死了，也还是听命于我。”岳海潮摇了摇手里的铜铃，“你们祖孙尽管切磋，看看是祖父宝刀不老，还是孙女技高一筹。”

笼里的十三对铁链应声舞动起来，分明那么笨重，此刻却轻巧得像衣裳上的一截线头，像落在长案上的一根羽毛。支配这些铁索的人完全不知道痛，发狂般攻向苏画他们。多年的苦难仿佛找到了一个发泄的途径，要向命运的不公做最极端的挑战。

岳南星当年的江湖排名，与左盟主关山越并驾齐驱，一双流星锤战遍各路英豪，长渊因此而生。现在双手虽被废了，可是周身的每一处，都对这种兵器的运用驾轻就熟，因此十三对铁索就像十三双手，攻击之快，之凶猛，让笼中的三人难以招架。

岳海潮很得意，曾经让他又惧又怕的人，现在像条狗一样供他随意差遣。岳南星成了他的死士，每一次被铜铃驱使着杀人，听见目击的人大叫“怪物”，他就有种大仇得报的畅快感。

有什么比让看不起你的人，对你俯首称臣更叫人快活？岳南星以他的儿子为傲，对他百般践踏，现在又如何？最在乎的留不住，自己也成了没有思想的毒物！解恨，当真解恨！

老东西上了年纪，战斗力却不弱，那三人联手也制他不住。岳海潮定睛看其中的那个女人，想看她到了生死关头，会不会动用神璧。

一栏之隔的猾叫得很凶悍，它被血腥吊起了胃口，狠狠摇撼栅栏。这人蛊力量奇大，可能用不了一炷香，就能成功突围了。

一炷香，不知岳南星能不能解决波月楼的人，要是不能，等猾加入，便是一场乱仗。到时候恐怕没有一块好肉剩下，还得另外给猾找皮。他摸着下巴思量，看那些人为活命拼尽全力，真是人间百态，实在太有意思了。

正在他嗟叹的时候，冷不防一记重击横扫过来，身子猛地下坠，跌倒在地上。他有些不明所以，疼痛直到这刻才精准地传达上大脑，他惊骇地发现，自己的一双腿被人削去了，就落在两步远的地方。

他号起来，惶然往上看，一片衣摆落进他的视线，高高在上的人蹲下身子，扯掉了脸上的黑巾。

"听说你在找岳刃余的女儿？"她的唇角含着一丝讥讽的味道，"你看我像吗？"

断腿的横截面血流如注，岳海潮在昏花的视线里，看见她点了他止血的穴道。然后一把揪住他的后脖子，按住他的头，迫使他向下看。滴答的血液从栅栏顶部落下去，底下是大张着嘴承接的猾。

她说你看，"你养出来的人蛊，原来根本不会认主。你有什么把握让它听从你的号令，助你一统江湖？咱们来打个赌，看它会不会对你口下留情。"

岳海潮大惊失色，他认出来了，这个才是柳绛年的女儿！

她将蚕丝一头绑好，垂眼看这个蜷曲的人，他竟还有脸哀求！朝颜削铁如泥，她劈下了一根栅栏，然后冷笑着，一脚把他从缺口踹了下去。

那厢胡不言已经抄了岳海潮的后路，摸到开启机关的法门，撤掉了苏画他们身后的栅栏。可是岳南星身上的铁链势如破竹，招招夺命！魍魅和魍魉疲于应对，击退了左右，却不防一个铁球从上方砸下来。

眼看无法闪躲了，魍魉踅身护住魍魅。但铁球的撞击并未如期来临，"当"的一声响，铁球被斩落，击出去两三丈远。

魍魉回头看，楼主持着双剑立在他们身前，却是煞白着脸，喃喃追问那个没有意识的行尸，是不是岳南星。

长渊的弟子如潮般涌进格斗场，看见笼子里被吞吃的掌门，都惊得怯步不前。魍魉正在考虑，要不要把岳南星还活着的消息抬出来震慑全场，杀红了眼的魍魅却已经挥着长剑冲进人群里，所到之处如狂风扫落叶。长渊门众疏于拳脚多年，根本没有一个能经得住他的一招半式。

苏画甩动龙骨鞭，牵扯住岳南星琵琶骨上的铁链。按常理来说，琵琶骨被穿透，这人的武功基本就废了，可他似乎丝毫未受影响，若非身体的构造和常人不同，那就是人已经死了，没有了知觉。

“楼主！”

岳南星的力量奇大，苏画控制不住，厉声叫醒发呆的崖儿。她这才反应过来，忙用冷金练缠住那几条铁索，固定在了两旁的石柱上。

颤着两腿，几乎不敢走近。

暂时被限制了行动的人凄厉号叫，一张脸隐藏在乱发之后。崖儿鼓足了勇气才去把他的脸扒出来，一看之下呆住了，双膝一软，跪了下来。

岳南星，一目重瞳，弓兵之首也。她没有见过祖父，但听说过他的传闻。

这世上人有千万种长相，而重瞳之人古来不过两三位，她的祖父就是其中之一。

难以形容此刻的心情，过去所有体会过的痛苦，都没有现在来得深刻。

她觉得心脏被狠狠抓住了，再用点力，也许就要死在当场。当初得知父母的经历，她虽痛，但尚能接受，很快把精力都集中在了报仇上。现在呢，唯一的亲人被弄得不人不鬼，她除了大哭，没有别的办法。

他谁也不认得，她试图唤醒他的记忆，可惜毫无作用。他只看见活动的东西近在眼前，唯一的本能就是攻击。

她们用来禁锢他的骨鞭和冷金练支撑不了多久，苏画眼见石柱裂开细小的缝，匆匆道：“他已经不是你的祖父了！他是被蛊操控的行尸，不杀了他，谁也别想活！”

然而崖儿下不了手，她连站都站不起来，“你让我怎么办……我不能……”

苏画气急败坏，一把撕开了他褴褛的衣裳，“你看！”

苍老的皮肤下，布满了星星点点的蓝光，有蛊虫从铁链穿体的破损处路过，留下一个若无其事的黑影，没入了他的腹腔。

〖第五十三章〗

别让人看见

可即便如此，她还是无法对他下手。不管他变成了什么样，终究是至亲中唯一一个还留有躯壳的，不像她的父母，早成了枯骨。她还能看见他的脸，看见他的眼睛，对她来说他会动，他是活的。

“也许这蛊毒能解。”她颤着唇说，“他明明知道疼，你没有听见他的呐喊吗？”

可是苏画无情地打破了她的幻想，“他身上穿着二十六道铁链，哪个正常人能经受这种痛？就算他曾经武艺高强，这样的重创也不可能活下来！”

崖儿急得躁怒，锐声说：“我知道！可我不能杀他！总有办法替他解蛊的，我想试一试。”

杀伐决断的人，到了这种时候也会变得优柔寡断。她在世上踽踽独行，好不容易找到一个亲人，怎么忍心不做努力，就那样置他于死地？她没有享过一日天伦之乐，她也渴望有至亲疼爱，有人能亲热地叫她一声“孩子”。

她膝行到祖父面前，抬起两手，想要去触摸他。可是僵蚕蛊遍布他全身，她不敢造次，只能隔空描摹他的轮廓，颤声哀求：“别让我刚见到亲人，转眼就又失去，求求你……”

但无论她说什么，他挣扎的力道半点都没有减弱。

石柱上的碎石簌簌落下来，眼看就要被他挣脱了，苏画抽出软剑直指他，“你下不去手，让我来。”

可是崖儿不让，她转过眼看她，“没有我的令，你敢！”

苏画闻言只得放下剑，失望道好，“那就让大家都死在他手上吧！行尸不知道累，可以永无止境地战斗下去，让他杀光我们，然后屠城，如此成全你的孝道，你大概就满意了。”

她的话不留情面，但如醍醐灌顶，狠狠将她砸了个趔趄。这种后果自然不是她愿意看到的，她陷入两难，望望他，又望望手里的剑，不知如何是好。

“轰”的一声巨响，冷金练被拽落。她眼疾手快扽住练首，但他的力量大得惊人，几乎要把她甩飞出去。

现在应该怎么办？她憋得脸色发青，一边忍泪，一边倔强坚持。那模样让苏画想起她小的时候，六七岁的孩子和大她许多的人对战，即便被打断了骨头，她也绝不退让。

苏画手里握着剑，却举棋不定，不知当不当向岳南星刺过去。蛊毒横行已成事实，那重瞳中有蛊虫缓缓爬过，她终于看见崖儿眼中涌上无边的失望。

这是常识，连眼球都不能幸免，那么这蛊便再也无法可解了。

另一端的龙骨鞭也开始松动，一旦被他挣脱，筋疲力尽的众人只有引颈待戮的份儿。到了这个关头，她的决定关乎所有人的生死。她忽然冷静下来，留不住的人，强行留下，也许他会恨她。如果他真的有知觉，每天承受这样的痛苦，活着难道真比死了好吗？

他挣扎的力气越来越大，又是“砰”的一声，石柱碎裂，连龙骨鞭都断成了几截。她知道来不及了，再不下狠心，就再也走不出这座楼了。

无数复杂的感情，最终交织出一声悲愤的低吼，在数十个铁球齐向她砸来的前一刻，她驱动了神璧。

这神璧曾经也属于他，岳家几代精心保管它，虽然它本是一件杀人的利器，可他们从来不让它公之于众。

现在是最后一程了，岳家男儿因它而生，又因它而死，死在神璧上，也算为这惨痛的人生画上了完整的句点。

两轮阴阳鱼，以光一般的速度交错而过，劈开了距离她咫尺的铁球，也斩断了行尸的咽喉。

崖儿泪眼猩红，看着祖父身首分离，看着那躯体如山岳般倒地。她尚未来得及自责忏悔，却见从断头的切口处喷涌出无数的虫卵，那声势，委实令人头皮发麻。

几乎在同一时刻，亿万的幼虫破壳而出，以肉眼能见的速度长出了斑纹和两翅。僵蚕蛊遇见空气即成蜂蛊，只有觅到新的人体寄居，才能还原成爬虫的状态。

人体有伤口，便是最大的危险。

众人对这种蛊的习性其实了解不多，但看见它们集结起来，地面、空中越聚越多，都慌了手脚。

蛊虫开始发起进攻，数量庞大，毫无章法。防御欠佳的长渊弟子，成了它们首先吞噬的对象。波月楼的人勉强还能抵挡，但再快的剑术，也无法彻底阻断蜂蛊的入侵。绝望的预感慢慢爬上了脊梁，这次恐怕走不出这魔窟了。

偏偏祸不单行，猸摇摇晃晃地从笼中爬了出来。铺天盖地的蛊虫，还有被蜂蛊穿透结合的猸，在冷翠烛的蓝光映照下愈见壮大。

人间何尝有过这样的景象，伴随着长渊门徒凄厉的惨叫，一种恍如闯进异世的恐怖感，巨轮般碾压过众人。

波月楼的人聚集到一起，胡不言说完啦，“这回咱们要同年同月同日死了，真有缘。”

五个人关系交错，苏门主和老板都是他的心头好，有她们伴着共赴黄泉，胡不言悲伤之余，居然还觉得很安慰。

可惜他左拥右抱的梦想最终没能实现，在他们无路可退时，有人出手，一掌击起了地火。

满眼跳跃的金芒悬浮在半空中，和冷翠烛的光相互辉映，交织出一幅色彩浓烈的画卷。气流回旋，卷起了那人的广袖和长发，剑眉鹰眼尚有当年收服万妖的气势。结印驱策地火，暴喝一声：“疾！”火光从四面八方汇聚，迸发出滔天的焰，“轰”的一声燃尽天地间的污秽，将空中的蜂蛊烧了个一干二净。

孤军奋战的猸，被烧得灰头土脸。岳南星体内的蛊虫吸尽了他的内力，又全数转嫁给它，地火不能奈它何，它成了万蛊之王。它站在满地残骸间，暴露出满嘴獠牙，向敌人咆哮。

格斗场上弥漫起它散布的瘴气，紫府的弟子纷纷迎战，只听一阵剑击的声响，这猸刀枪不入，十几人围攻，居然不能伤它分毫。

一片带着紫檀气的衣袖捂住了崖儿的口鼻，将她拖到身后。猸的战斗力很惊人，波月楼的人也加入了这场混战，崖儿从他身后探出来，“我去帮忙。”可又被他拽了回来。

站在一旁的大司命，最终无奈地叹了口气，弟子们道行不够，君上又不打算出手，现在闲着的只有他了，他还能稳坐钓鱼台，戳在他们眼窝子里讨人嫌吗?

区区的一个人蛊，对大司命来说并不难对付。只是这蛊的形态发生了变化，长如藤条的触手乱舞，甩飞了一众弟子。最后一击，“啪”的一声击中了苏画的大腿，她捂住伤口跌坐下来，大骂这猸“下流”。

崖儿见苏画受了伤，又跃跃欲试，他蹙眉道：“她有大司命呢，不碍事的。倒是你……”仔细打量她，“刚才有没有受伤？”

她说没有，但想起祖父，垂首道：“我亲手杀了我爷爷。”

他和她一样，也没有体会过何谓亲情，但见她难过，心里便也跟着难过。抬了抬手，想替她擦泪，但碍于人多眼杂，还是忍住了。

“你不必自责，有时候眼见未必属实。这里蛊虫漫天，你祖父早就不是原来的他了。如果活着只剩痛苦，还不如助他解脱，他会感激你的。”

她抬起头，婆娑的泪眼，满脸惨然。

经历了一场恶战，消耗的不单是体力，更是心神。她到现在手脚还在打战，弯下腰，两手撑在膝头缓了缓，也没有想去依靠他。他有些怅然，她的独立常让他有英雄无用之感。可惜无法当众抱她，只得偏过身问她：“怎么了？很累吗？”

她粗喘了两口气，摇了摇头。可她越是这样，越让他心疼。他也不说话，匆匆拉她到转角处，这里尚且有些遮挡，不怕人看见。趁着里面正乱战，把她压在墙上，狠狠吻了她一下，然后抱紧她。

她犹豫着搂他的腰，把脸埋在他胸口，这时还在忧心，“别让人看见。”

忍字头上一把刀，忍住相思，才是最难熬的。

他沉默着，恨不能把她嵌进身体里。复仇的路不那么好走，他帮不了她什么，想劝她放弃，又觉得这么做太自私了。满心的话只能融入一个拥抱，可悲的是还必须偷偷摸摸，不能让任何人发现。

兵戈终于散了，猸的身体四分五裂。众人点火焚烧，掀起的恶臭令人窒息。

大司命率众退出来，远远看见仙君半遮半掩在一片凸出的崖壁后。他怔了下，忙抬手示意众人止步。作为蓬山上掌管一切事物的人，照顾紫府君也有三千年了，一向和君上很有默契。

人有三急，方便的时候大军杀到，难免会让高洁的仙君难堪。

指挥众弟子转过身去，自己当然也要身体力行。可是那个受了伤的苏画骑着狐狸，带着两位护法姗姗来迟，并不理会他的号令，反倒越过他的肩头看向仙君的方向。他出言阻止，她也充耳不闻，气愤之余，狠狠骂了句“无耻”。

苏画白了他一眼，心说这大司命怕不是个傻子。她眼睁睁看着紫府君抽身而退，身前还藏着他们的楼主，原来是小情人正私会。这个场面要是被死板的大司命看见，不知作何感想？可惜她受了猸的一鞭，已经无力同他拌嘴了，只是狠狠抽着气道：“老仙君，我伤得不轻，恐怕也中蛊了，还请救命。”

紫府追缉的偷书贼已经抓到了，自然是押回龙息寺旁的小院。弟子们也有损伤，但毕竟都有些道行，治蛊可以自行处理。令人为难的是凡人，苏画的伤没人能医，最后只得大司命出马。他看着躺在床上面色潮红的人，头一次产生了见死不救的想法。

她的眼神因蛊毒入侵变得迷离，人在床上蠕动，像一条被扔在火炉上的蛇。见他迟疑，虚弱地喃喃："上天有好生之德，你不愿救我？"

大司命握紧了拳，其实也不是不愿，实在是因为她伤的地方太隐秘了。正进退两难，她撩起裙裾，露出一条大腿，把腿一撇，腿根的伤便暴露在他眼前。

"我也很尴尬。"她喘了两口气道，"可我要活命，顾不上害羞。吸毒是不是要用嘴？你放心，我不会让你负责的。"

大司命的脸愈发苍白了，"你在想什么？谁说要用嘴？"

不用吗？她露出了失望的神情，"用手也行。"

屋子里传出暧昧的低吟，时而高亢，时而细若游丝，听壁角的人听出了满面红光。

魑魅看看魍魉，"没想到苏门主也有招架不住的时候。"

魍魉啧啧点头，"这大司命到底是神仙，看来手段很不一般。"

胡不言很生气，抓着一根枯枝在地上乱划，"神仙了不起啊？神仙不守清规，到底有没有人管？"说完更绝望了，连紫府君都带头破戒了，可不是没人管了吗。

苏门主的呻吟持续了有半炷香，从屋里出来的大司命高一脚低一脚，走路都有点打飘。

雨早停了，天上露出一轮圆月，月光下的人负手而立，听见脚步声，微微转过头瞥了一眼。

大司命忽然觉得心虚，但为什么心虚，连自己也说不上来。他快步走到府君面前，拱手道："君上，苏门主的蛊毒已解，但她坚称自己还没痊愈，不肯离开。"

紫府君点了点头，"你不必解释，本君明白。"

又是这样！大司命感觉跳进黄河都洗不清了。

反正解释也是多余，他稳了稳气息道："人犯已经拿住了，君上可以逼她说出鱼鳞图的下落，属下等即刻去取，还来得及赶回去将图册归位。"

紫府君对插着袖子，面色凝重，"她口风太紧，本君软硬兼施，才套出她两句话，也不知是否属实。"

大司命心头一喜，"她说图册在哪里？"

紫府君缓缓摇头，"她说要本君亲自去取。"

这却有些不寻常了。

大司命是个耿直的人，想了想道："岳崖儿诡计多端，属下怕君上着了她的道。

实在不行，唯有逼供了，反正波月楼的人现在都在咱们手上……”

紫府君说好啊，“你看拿谁开刀比较合适？苏画是她师父，她必定看重她，可以先打五十鞭，再剁手脚，只是大司命舍得吗？”

大司命张口结舌，从一开始的委屈，到后来的气恼，直到现在的泰然处之，鬼知道他经过了怎样屈打成招式的心路历程。他垂头丧气，“那君上有什么好主意？”

紫府君伸出一只洁白的手来，不沾阳春水的五指，骨节纤长，一截一截移动掐算，“还有……二十五天。”

大司命说是，“时间不多了。”

他微微一笑，“二十五天，可以做很多事啊。”

言下之意，不到最后期限，他并不打算解决这件事。大司命低着头，本来一直难以启齿，今天也不知怎么忽然来了勇气，冲口道：“君上，您是不是喜欢岳崖儿？”

他愣了一下，似乎没想到他会这么问，在他求证的目光里沉默，良久才道：“所以你看，将来你受罚，我可以陪你一起。上司做到这份上，总算仁至义尽了吧？”

‖第五十四章‖

你有病

大司命验证了长久以来的猜测，虽然答案和他暗中认定的不差毫厘，但真正从仙君口中说出来，还是让他措手不及。

怎么会这样呢，他痛心疾首，“君上别忘了自己的身份，您虽然驻守人间，但您是上仙。人仙本就殊途，和凡人发生感情，将来她撒手西去，苦的是您自己。难道您还打算上穷碧落下黄泉吗？把自己弄得仙不仙鬼不鬼才肯罢休？”

紫府君歪着脑袋听他长篇大论，最后告诉他：“我不在乎。有个词叫殊途同归，大司命应该多读书。你也不用如临大敌，你我现在在一条船上，与其劝我，不如好好想想自己的路应当怎么走。”

大司命垂死挣扎，“君上，我和苏画之间是清白的，您要相信我。”

紫府君说少来，“我明明看见了。”

可是他看见什么了？仅仅看见她咄咄逼人，把他压在桌上而已，这能证明什么？大司命艰难地比了个手势，“我们都穿着衣裳，姿势虽然不雅，但没有更进一步的接触。”

紫府君啊了声，满脸被愚弄的表情，“可本君是因为看见你和苏门主纠缠不清，才动了凡心的。现在你告诉我，你和她没什么？”

大司命一副五雷轰顶的样子，“君上，您……难道不是在蓬山时，就……属下还曾经劝诫过您。”

他说没有的事，“也可能就是因为你的不断暗示，才在本君心里种下了思凡的种子。大司命这么做，不会是觊觎本君的位置吧？”

大司命脸都白了，“绝对没有，君上千万不要误会。”

“所以你和苏门主究竟有没有那事？如果没有，为什么自告奋勇为她治腿伤？”

为她治伤还不是因为没人肯动手吗！至于反面教材和觊觎高位，哪项罪名更重……大司命权衡再三，只得垂首，“君上说有就有吧。”

紫府君这才满意，拍了拍他的肩道：“别一脸委屈，高兴点儿。你我现在也算有个伴，要互相周全才好。将来……这琅嬛君恐怕还是得由你来当。”

大司命惶惶不安，“君上，您这是什么意思？”

他笑了笑，没有回答他。

这时守门的弟子传出呼声，说波月楼主骑着金狐狸逃跑了，他做出一个无奈的笑，“哎呀，又让她跑了。”

大司命这回再也不闹着去抓人了，他点了点头，“那只狐狸的脚程太快了，跑了就跑了吧。今天天色不早了，明天再追也不迟。”

紫府君对他的知情识趣很是赞许，仰头一笑，背着手回房去了。

不知怎么，大司命不由自主又去了苏画所在的那间厢房。床上人的大腿还袒露着，他伸手扯过被子，替她盖了起来。

静静看那张脸，她是个目的明确的人，醒着的时候风尘味太重，睡着了倒显出沉静的美来。如果他心思活络些，可能经她三番四次的挑逗，早就忘记立场了。扪心自问，对她有没有半点心动？可惜半分也没有，他并不喜欢她。人说日久生情，他不赞同这种说法。真正的爱应当是于千万人中一眼即中，而不是退而求其次的两相凑合。日久生情是什么？是平庸之中刻意发掘闪光点，欠缺了激情，算什么爱！他虽不向往那种不顾生死的冲动，但更不愿意被动接受恩赐。可能他就是个强势的人，宁愿粉身碎骨为心中执念，也不愿委曲求全完成人人当有的爱情梦。

蛊毒缠身，比一般病痛来得凶猛，但苏画依旧保有杀手的警觉。从他进门那一刻她就已经醒了，合着眼感觉他替她盖上了被子，静待良久却又不见他有别的动作，这才不情不愿睁开了眼。朦胧的光线下，他凝眉站着，似乎很困扰的样子。她一向快人快语，便支起脑袋含笑问他：“大司命是在苦恼，不知应当怎么对待我吗？”

她一出声，倒把他的神思拉了回来。他掖着袖子说：“你们楼主已经跑了，苏门主也可以功成身退了。”

苏画对紫府君会放过崖儿毫不意外，但看大司命的反应，却有些奇怪。她缓缓坐起身，将裙裾端正摆好，仰着脸问他：“你不去追吗？”

他摇头，反正抓回来还是会放走，就不做这无用功了。

既然崖儿已经离开，自己的蛊毒也清除了，确实没有再流连的必要了。苏画慢条斯理地穿好鞋，正想出门找魑魅和魍魉，刚迈了一步，便听见他在背后叫了她一声。

还好不是“老妖精”，他叫她苏门主，“你对我可是有意思？”

苏画噎了下，不可思议地回头望他。这老神仙孤寂了几千年，难道真的枯木逢春，打算来一场人仙恋吗？真要是如此，她也不在乎陪他玩一玩，就当可怜他年老，全当救助了。

她抱着胸，笑得意味深长，“看来大司命有话同我说啊，我今日得闲，有空听你诉诉衷肠。”

谁知大司命的话兜头给她浇了一盆冷水，他说：“我不会喜欢你的，你就死了这条心吧。这世上我谁都不爱，更不愿堕入红尘永受轮回之苦，你别再对我有非分之想了，以后也请门主自重。”

苏画愣住了，听完他的话，从起先的火冒三丈，到后来的怒极反笑，自牙缝里挤出三个字来，“你有病！”然后抖抖披帛，昂首走出了门。

原来世上真有这种自作多情又爱立牌坊的人，她在归途上依旧气闷不止。森森的月夜，时不时蹦出一声哼笑，把魑魅魍魉吓得面面相觑。

魑魅道：“门主，你怎么了？鼻子不舒服？”

魍魉见她不回答，怕魑魅一人冷场，便自言自语着分析：“肯定是蛊毒的后遗症，门主骑马腿疼。”

苏画看着那两个傻子唱双簧，忍了半天还是忍不住，把心里的郁闷一吐为快了，“我从没见过比那个大司命更自以为是的人了！他居然说我看上他了，真是笑话！果然年纪越大，越是厚颜无耻，他凭什么觉得我喜欢他？”

这下魑魅和魍魉都不说话了，感情这种东西最难定性，如果当真不在乎，以苏门主的阅历，至多一笑而过，断不会郑重其事地拿出来抱怨吧！

魍魉安慰她：“可能是老糊涂了，门主千万别动怒。”

魑魅连声附和，“人太自信了，就会产生天下女人都爱他的错觉。大司命没机会接触别的女人，门主就委屈点，当敬老吧。”

他们虽极力开解，但对苏画来说作用不大，她这样洒脱的人，居然钻进牛角尖里出不来了。魑魅便换了话题，和魍魉议论：“你说刚才用来结果岳南星的武器，是不是牟尼神璧？”

魍魉说不知道，“楼主连剑灵都炼得出来，说不定又是别的什么法器。”

魑魅点了点头，“不过楼主当真是岳家遗孤啊，兰战早知道这个内情，所以才把她带回波月阁收养。现在长渊发生了这么大的变故，当初参与追杀的人都心知肚明，江湖上恐怕又要不太平了。”

魍魉的观点很直接，“不太平就杀，岳南星父子死在心慈手软上，咱们楼主可不一样。”

说起楼主，他们字里行间还是带着些许崇敬的。杀手无情嘛，世上没有人愿意试图了解一个杀手的想法。但他们自己知道，除了不折不扣地完成任务，他们也有自己的人格和信仰。波月楼已经不是当年的波月阁了，楼里多了莺歌燕语，也慢慢变得有人情味。人毕竟不是机器，人是讲感情的，紧要关头楼主没有弃他们于不顾，那么他们也要以忠诚来捍卫这份情义。

苏画却有意试探他们，“如果刚才那东西就是牟尼神璧……孤山宝藏据说十辈子都花不完呢。”

魑魅转过头冷冷看她，“苏门主这是什么意思？你缺吃还是少喝？难道打算拿着钱，创办一个胭脂帝国吗？”

关于钱，有的人很看重，但也有人视之如粪土，主要取决于所处的环境。钱财对野心家来说不可或缺，但对于杀手却不然。杀手是不需要遵守什么道德底线的，缺钱了就跑一趟，来钱如探囊取物，所以为什么还要纠结于数量的多少？十辈子花不完？天知道他们今生造了那么多杀孽，还有没有机会谈来生。

“江湖上的人全像你们一样，大概就没有杀戮了。”苏画听出他们的意兴阑珊，暗暗松了口气。

魍魉哈哈一笑，“我等以杀人为业，居然还有平反的一天！不过说句实在话，那些名门正派未必有我们仗义。小人物也有小人物的骄傲，咱们的影子是斜的，可人站得比谁都直。”

皎月下，两个年轻男人扛着重剑谈笑风生。苏画微错后一些，竟看不出这些吃刀头饭的汉子有冷血之处。他们的血是热的，也有云天高义，心似碧海。

长渊这个门派，二十二年后还是凋零了。不可能重振，也没有必要留给任何人，最好的结局就是付之一炬，让熊熊火光涤荡所有罪恶。

崖儿看着火舌吞吐在天地间，那高门大户曾经是父辈的心血，如今随着他们的离世，都化作了飞灰。她心里有些难受，恍惚看见父亲含笑迎娶母亲进门的场景，虽然他们都面目模糊，但那时候一定是极高兴的。少年得志，又有如花美眷，人生还欠缺什么呢。可惜善良的人，永远无法看透人性的黑暗，最后人不在了，家也被霸占了，落得两手空空，还不如从来没有拥有过。

长渊府大火漫天，火起时是三更时分，满城都在睡梦里。等到有人发现，火势早就无法控制了，整个府邸被吞没，热浪滚滚蔓延了半座城池。走上街头的人们，无非感叹岳家开山掌门的苦心经营化为乌有，对于现任的掌门，却很少有人愿意提及，仿佛这个门派的荣与辱，从来和这个篡权者没什么关系。

火舌燎得人面皮生疼，崖儿静静看了会儿，返回客栈。客栈的掌柜正支着脸，在柜台后长吁短叹："人生真是一场空啊！眼看他起朱楼，高朋满座占尽风流，不过三十年而已，楼就塌了，还烧得一干二净，什么都没留下。"

他的哑巴侄儿蹲在柜脚，昂着脑袋望住他，他遗憾地说："你瞅我干啥？苍梧城完了，往后客人只会越来越少，咱们的温饱都成问题了。这长渊掌门也是，得罪谁不好……"一面说，一面飞快地瞥了涯儿一眼，"早知道变卖了产业多好，捞几个现银子，也好回乡养老。"

崖儿在他们叔侄的自怨自艾里上楼，推窗往外看，街道上仍旧聚满了看热闹的人。她回身嘱咐苏画，"收拾收拾，这就出城。"

其实也没什么可收拾的，孤身来，孤身去，说走就能走。可是外面回来的魑魅却带了个不好的消息，"属下刚才上城楼打探，城东五里扬沙，想必是有大队人马赶到了。"

崖儿轻舒一口气，"五大门派入城了，脚程比我预计的快了半天。"好在长渊府被焚毁了，也不至于落进别人手中。唯一遗憾的是没能赶在五大门派抵达前出城，现在要走，只怕会撞个正着。

她思量了下道，"客栈不安全，他们要追查岳海潮下落，头一个便会找到这里。无论如何先找个地方暂待，等天色晚些再动身。"说完看了魑魅一眼，他会意，抽身退出客房，下楼去了。

于是暂避到一处废弃的屋舍，眼看着日头一点点西沉，魍魉探回了消息，说五大门派正满城搜索，唯一突围的机会，是戌时三刻城门换岗，可以不费力气轻松过关。对于他们这帮有路不走，偏喜欢飞檐走壁的人来说，过个城门简直小菜一碟。只不过天光大亮行动不便，必要等到人少才好行事。

戌时三刻，关隘上果然开始换驻防，一应杂色的袍子，看样子是五路人马组成的盟军。

解决个把人，是小之又小的事，替换下来的剑客没走多远，身后的换防就被悄悄抹了脖子。

五人潜出城，城外不远的枫亭驿，有魍魉预先准备的快马，只要赶到那里，就能顺利离开苍梧洲。

月色之下，四人一狐发足狂奔。胡不言这时候懊丧得很，只怪自己个头不够大，要是再长大两圈，就可以背上他们四个一块跑，还用什么千里马。虽然他怨怪魑魅，憎恨魍魉，但生死关头，大义和小我还是分得清的。

枫亭驿就在不远，桅杆上高悬的风灯，在夜色下发出闪烁的一星红光。

人的速度对他来说实在太慢，在他考虑要不要先行一步替他们把马牵过来时，猛然发现地平线上升起了错落的灯阵，一盏连着一盏，并且快速收拢，把他们团团包围了起来。

魑魅咒骂一声，“他娘的，中埋伏了。”

仿佛历史重演，她的父母，当年就是遭遇了这样的窘境。崖儿铮地拔出了双剑，撞羽和朝颜在她手里挽出了流丽的剑花。

她咬着牙阴森一笑，火光下的双眼杀气凛冽，“新仇旧恨一并报了，也好。”

‖第五十五章‖

把你的手给我

长空浩瀚，夜色浓重。一轮明月停在半空俯视众生，有闪烁的流星从天际划过，呼啸着，坠向苍穹的尽头。

熊熊的火把高擎，坐在马上的盟军蒙着面，马蹄在他们周围小步地踢踏，圈子越缩越小，粗略估算一下，人数有五十左右。

当然这只是第一层，大概受了先前失败的启示，这次的围剿再也不会网开一面了。这些武林正道煞有介事地将全部人马分作了五重，每一里便是一重，不求第一重便克敌制胜，只要挫伤他们的锐气，就已经足够了。

两相比较，他们共有五人，胡不言除了会跑，战斗力几乎为零。剩下的四人各战一方，每人解决十二个，应当不成问题。

五人背靠着背，紧紧团结在一起，崖儿道："还是老规矩，突围出去别回头，能跑一个是一个。"

这是他们当初受训于波月阁时的战斗规则。吃他们这行饭的，不要讲什么全身而退，只要保证自己不成为同伴的负担即可。打群架的时候最忌讳拖泥带水，很多时候全军覆没都是因为互相丢舍不下导致的。他们不是第一次面临这样的困境，彼此都心知肚明。

魍魉说："楼主骑上狐狸先走，属下等断后。"

崖儿并未理会，这样的境况，把手下人当成弃子，那她和兰战就没什么分别了。

盟军为首的人，骑着高头大马发话了，"交出牟尼神璧，饶你们不死。"

崖儿咬着槽牙哼笑，遇上了就打，没什么可说的。于是一柄利剑脱手而出，那人闪避虽及时，也被斩脱了发髻。崖儿清喝，拔身而起，四人如离弦的箭，向四个方向疾射出去，剩下的胡不言举着刀，晕头转向不知该往哪里捅。

以前他一直觉得老板很厉害，这厉害的定义，是从她斩断他尾巴尖的那次下的。后来她每次出手，基本都是一对一的战斗，不像今天这样场面宏大。反正愣站着的胡不言，这次彻底被她掀起的血雨腥风惊呆了。

这么能打的女人，不愧是波月阁顶尖的高手啊！其杀人不眨眼的程度，实在让人叹为观止。那两柄剑灵在她手里得到了最充分的发挥，他甚至能够听见朝颜饮血时，喉咙因吞咽发出的声响。杀红了眼的人，就像他以前吃炒豆子磨热的牙，所到之处碾压一片。

可是五大门派这回是有备而来，第一重的断杀不见效果，第二重便顶替上来。这一拨是江湖上有些名气的剑客，对战起来不像第一重那么不经打了。

胡不言晃了两下刀把，铜环上的流苏像模像样地舞动起来。这些人杀得兴起，好像全世界都把他给忘了。他看准了，魑魅和魍魉是男人，用不着他帮，他就在楼主和苏门主之间选一个，助她一臂之力好了。他最后选了楼主，毕竟他们的交情更深。结果他冲过去，横扫而来的剑气差点削了他的脑袋，还好楼主回手一击替他挡了煞。

她简直像看败类一样看了他一眼，“没用！蹲下！”

胡不言抱着脑袋就地蹲下了，看楼主为了击退伸向他的剑，和人打作一团。

要说没用，他确实很没用，他不是一只战斗型的狐狸。连当初想对她下手都要借助迷药，除了跑得快的技能，只剩会变幻人形。可悲的是，连变幻人形这项，也是借助蓬山灵珠才达到的。总体来说，他基本是一只废狐。

楼主这边看来是不需要他了，他转而看向苏画。这一看大惊失色，苏画腿上刚受了伤，行动还不是很灵便，大战三百回合之后，体力明显跟不上了。忽然遭受一记重击，人被高高抛起来，还好他反应灵敏，一下接住了她。

敢打他家苏画？胡不言怒不可遏，抄起大刀就砍向对方，“噗”的一声，居然被他砍中了！他一阵欢喜，可是等人倒下才发现，原来背后站着楼主，她的剑早穿透那人的胸膛了。

“带她先走！”崖儿匆匆吩咐一句，复又投入一场乱战。

胡不言左右两难，“那你怎么办？”

其实他是可以带着她俩一块儿走的，崖儿嘴里说能跑一个是一个，可终究扔不下魑魅和魍魉。他等了等，等不来她的答复，她忙于应对，已经越战越远了。胡不言回身看看重伤的苏画，发狠跺了跺脚，摇身化出原形，一口叼起她甩到背上，左奔右突冲出了人群。

迎面便是一阵箭雨，他不能止步，只得硬着头皮冲过去。还好速度够快，只有一支箭射中了他的前肢，坚持一下，还是成功突围了。

第二重的剑客越来越少，在崖儿的掩护下，魑魅和魍魉成功劫到了马。策马的两人大喊楼主，十步开外还有一骑，然而当她伸手去够时，第三重的剑客杀到了。她来不及细想，高声道："走！"

马上的两人却徘徊，魑魅红着眼，咬牙切齿地大吼："老子和你们拼了！"

穷途末路时，总会生出这样的悲壮来。崖儿不是孤军奋战，尚且难以应付这麦子样一茬一茬割不尽的剑客，当年爹爹带着不会武功的娘，又是怎样的疲于奔命呢？

她喊得几乎破声："走！快走！回波月楼去！"

覆巢之下焉有完卵，波月楼的处境也不容乐观。楼里的人没有防备，万一众帝之台下令围剿，他们恐怕难以应对。

又是一阵刀光剑影，四柄长剑齐刺向她时，撞羽横扫，将那些剑斩成两截。蹦开的断剑击中她的手臂，夜行衣上划开了好大的口子。恰在这时，一骑快马伴着星辉狂奔而至，从众人头顶高高跃过，那精壮的马腹，仿佛遮住了半边天。马上的人不过伸手一捞，便将人捞上了马背。待剑客们反应过来时，那两匹马已经一南一北跑远了。

"砰"的一声，红色的光球冲上半空，几里开外的人得到信号，立刻拉弓上马。眼看人来了，箭弩齐发。还是被他们逃脱了，于是便千里追击，就像当初对付岳刃余一样。

马在疾驰，马背上的人压低了身子。崖儿回头望了眼，"安澜……"

他扣着马缰紧盯前方，"我不认识路，你看该往哪里跑。"

人和异类的对战他可以光明正大地参与，但人和人的江湖纷争，他却没有立场干涉。他只能只身前来，在不打破人间规则的前提下，尽他所能地帮助她。那些伤了她的人，他不得以牙还牙，唯一能做的就是带她逃离险境。

不过这样倒也好，总算找到和她独处的机会，他心里头也有暗暗的窃喜。但这种欢喜，在他能力受限时显得有些不合时宜。

凡人是真的渺小，简直蝼蚁一样，三界之内最不堪一击，却又最好勇斗狠。

他听见身后不远处传来的马蹄声，隆隆的，踏碎乾坤一样。不时有箭啸从鬓边划过，他将她密密地护在怀里。

崖儿抬眼看，他们逃亡的方向竟是正北，就像宿命的轮回，父母走过的路，她要再走一遍。以前无法想象那种兵荒马乱，直到现在，和她在乎的人一起，才有了切身的体会。

她心头发凉，一迭声嘱咐："你要小心背后。"

他唔了声，没去细数，总有两三支命中吧。反正他不会死，现在只庆幸把她护在怀里是正确的。他曾经在天行镜里看过她父母的遭遇，慌不择路时，细枝末节都关乎生死。虽然最后的结局无非如此，但如果她母亲能活到生下她，也就没有后来悲凉的剖腹取子了。

熟悉的雪域，曾经是她幼年的天堂。奔进入口时，倒没有她父母当初的恐慌。她知道哪里能甩掉这些人，只是她的引人闯入，可能要让这雪域不太平了。还有狼群，扰乱它们的生活，她心里也觉得过意不去。

策马奔向悬崖边缘，猛地勒住缰绳，白马发出高昂的嘶鸣，惊起了雪杉顶上栖息的群鸟，于是漫天都是扑簌簌的翅膀拍打的声响，一片嘈杂之声之后，于蓝夜下散尽。树丛中开始有身影穿梭，崖儿知道，狼群已经被惊动了。如今的白耳朵，风采远胜从前。它一直记得她，多年的老友不需要多言，它知道怎么保护她。狼王回头看了她一眼，待他们登上栈道，狼群聚集在崖边，截断了那些追兵的去路。

雪狼的个头很大，立起来足有两人高，数量又多，一群约莫有四五十头。五大门派追至这里尤不死心，有人试图闯入狼群圈定的禁地，刚迈前一步，便被撕成了两截。血洒了一地，狼群摆出攻击的架势，发出了警告式的低吟。那种整齐的声浪像闷雷滚过地面，如果现在有一人敢妄动，那么狼群便会群起而攻之，没有将雪狼一击毙命的身手，还是不要冒这个险。

五大门派的人被迫后退。退三五步，并不能令狼王满意。它压着脊梁一步步逼近不速之客，猛然一声咆哮，震慑住了盟军的首脑。他们慌忙下令全员撤离，在狼群的驱赶下，退到了雪域入口的两界山外。

“该死的畜生！”几个汉子愤然大骂，然而又无可奈何。

岳刃余的女儿还活着，这是等待二十二年后才重现的希望，绝不能再错过了。众人商议一番，达成共识，“就地驻扎，不信他们能一辈子不出雪域！”

外面乱哄哄地搭建营地时，早就找到山洞栖身的人已经生起了火。

崖儿看着紫府君背上插着的三支箭纳罕，“都快成刺猬了，你不觉得疼吗？”

痛感对他来说，可能只有凡人的一两成，但为了配合她的惊讶，紫府君很应景地跌坐下来，连咳了好几声，气喘吁吁道：“可能伤了肺……”

这下崖儿慌了，她一手撑腰，一手抚额，转了两圈才想起来扒他的衣裳。结果一看之下几乎崩溃，一支箭从他的左肋透体而过，箭尖上满布红色的血渍，果真伤得厉害。她顿时白了脸，跪下抱住他，“你不是神仙吗？神仙应该不会死吧！”

他虚弱地合着眼，“我驻守人间，当然是人的躯壳，伤得太重了也会死的。”

他也会死，在她失去父母和祖父后，还要失去他。崖儿心头颤抖起来，扶他靠着石壁，小心翼翼道："我替你把箭拔出来。你不会死的，你还有很多事没做，没拿回鱼鳞图，没抓我归案。还有，我们同房好几次，我的肚子半点动静也没有，你想过吗，是不是你不行？"

这下死人都要被气活过来了，紫府君诧异地瞪大了眼睛，他一向缜密，怎么从未想过这个问题?

"很久了吗？"他脑子都空了，暗忖难道修道万年，真的修空了身子？

崖儿点头，趁他发呆的当口，撅断了刺穿他的箭首。他无知无觉，只是满脸深重的阴霾，那双天宇静阔的眼睛里，逐渐弥漫起了哀伤。他低着头思量，"第一次，是壬辰月辛未日……"然后一本正经推算，"其实到今天不过两个多月而已。"

崖儿揪住了他背后的箭羽，"可是两个多月，已经能够把出脉来了。"猛地一使劲，拔出了顶深的那一支。

他轻轻啊了一声，倒也没有太大的反应，扭头看她，温声道："叶鲤，把你的手给我。"

崖儿只得把右手递过去，"我自己也瞧过，没有。"

他有些不好意思，"我想再确认一下。"

男人对于这方面还是很看重的，到了什么阶段操什么心，似乎是种本能。崖儿在他把脉的时候又拽出了一支，忙看他神情，他不过皱了皱眉，琉璃般的手指覆在她腕上，微侧着脑袋，仿佛在做什么学问。

确实是没有，他一手挡在唇前，尴尬地笑了笑，"也好，不耽误你闯荡江湖。"

在他说话的间隙，她把第三支箭也拔了出来。可是那三个箭孔血流不止，嵌在斑驳的后背上，显得有些狰狞。她来不及问他背上的那些伤疤是怎么回事，随身带的手绢堵不住那些窟窿，情急之下解开夜行衣，把里面的小衣脱了下来。

他吃了一惊，忙掉开视线，也不知是箭伤的缘故，还是受了她的刺激，忍不住轻轻咳嗽了两声。她揭开他的鹤氅，把小衣压在他伤口上为他止血，然后一手环过来，紧紧扣住他肩头，什么也不说，却能感觉到她的双手在颤抖。

好像吓着她了，他有点后悔，抚了抚她的手臂道："我不会死，刚才只是和你开玩笑。"

可是那玩笑，却让她有魂不附体之感。她倒没抱怨，温顺地将脸颊贴在他颈间，"我母亲当年就是中箭身故的，所以我很害怕。"

他明白她的心思，开解道："你忘了我是什么人？就算真的死了，也是个鬼仙，可以保佑你。”

她被他说笑了，鲜有的小女儿情态，怨怼地剜了他一眼，让他不许胡诌。

这雪域和外界是截然不同的两个世界，外面正是初夏时节，这里却依旧风雪漫天。其实远离了喧嚣和杀伐，这份纯净更令人愉悦。山洞外的雪静静地下，山洞里燃着火，火光照出一双璧人，一室温暖，心也难得的从容和熨帖。

他望向洞外，“我们在这里住上一阵子好吗？就我们两个。我怕时限一到，就要天各一方了。”

崖儿沉默了下，说好。她也怕，因为知道缘分短暂，愈发觉得在一起的机会弥足珍贵。如果剩下的时间不够她报仇雪恨了，那还是同爱的人耳鬓厮磨更重要。况且《四海鱼鳞图》就藏在雪域，需要的时候便去取，大约这是老天为她安排的最后的圆满吧。

‖第五十六章‖

这个时候该亲我了

崖儿在这片雪域生活了六年，虽然时隔太久，某些方面已经不太适应了，但如何在恶劣的环境下让自己活得舒适，她依旧驾轻就熟。

要安家，先得解决吃睡问题。他们的小家缺一床被子，必须立刻置办起来。冰天雪地里的动物都长着极厚的皮毛，皮可以用来铺床，肉正好祭五脏庙。

“你在家等我回来。”她笑着说，起身前温柔地替他拢了拢衣领，“这里很安全，你可以先打个盹儿，等睡醒了，就有褥子了。”

其实她很擅长照顾人，这么多年行走在刀尖，没有让她的血变凉。或许在别人面前她是杀人如麻的凶神，但对于他，她不过是情窦初开的姑娘。只是这份大包大揽的架势，几乎要让两人的性别颠倒过来，他失笑，“这不是我该做的吗？”

他要起身，却被她压住了，“你先好好养伤，外面的事有我。”她系紧了腰带，回身莞尔道，“雪域是我的娘家，我比谁都熟悉这里。”言罢提起朝颜，出门去了。

暴雪里独行，和以往不一样，以前身后是空的，生死都由她一人。现在知道家里有个人在等她，这种滋味真好。她总算明白为什么男人到了年纪都想娶老婆了，大概就是因为这个吧！

仰头看天，这地方的天象很奇怪，即便明月朗朗，也照样风雪肆虐。月在中天，不知道走散的人是否都安然无恙。如果胡不言和苏画能够顺利回到波月楼，应当很快就会下令门众自保。

她脑子里乱哄哄的，想得有点多。风雪迷了她的眼，也会迷了那些走兽的眼，她在一丛矮树林里静待。她四岁起随狼妈妈狩猎，当初一根枯枝便能杀死一头黄羊，这些年只顾杀人，不知捕猎的技巧退化没有。等了许久，等得身上有些发寒了，风雪也停了。月色愈发皎洁，那些隐蔽的动物也开始活动，她看准机会猎了两头狍子，两只猞猁。扒下它们的皮，切了几块肉穿在剑上，匆忙返回山洞。

山洞里火光依旧亮着，从远处看上去，像白面山上烫出了一个橘黄色的疤。她在雪地里奔跑，跑得有点急，忽然害怕回去之后山洞里空空，他不在了。还好，尚未赶到时，已经看见有人倚门而立，身姿固然风流，但也像个等候夫君回转的小媳妇。

她笑起来，心里莫名安定。快步回到山洞前，见他枯着眉，说："你再不回来，我就要出去找你了。"

她只是笑，"这不是回来了吗。你站起来做什么？身上还疼吗？"一面说，一面把兽皮铺好，再拿手按了下，很软很温暖，便招呼他来躺着，"这样的环境，没法成全你不杀生的善念了。没关系，杀业我来造，反正我一身的债，不怕。"

可是她这么说，让他心头抽痛。蓬山上的紫府君虽然很好说话，但细节方面也考究，不杀生，不碰沾血的东西，是修行者最起码的准则。然而现在还去在乎那些吗？他连抽筋断骨都不怕，怎么会忌惮她为他准备的床。

他顺从地躺下来，她还用包袱给他做了个小小的枕头，"恐怕有些味道，只好将就了。"

他说有办法，拿袖一扫，扫出了满室的紫檀香。

崖儿啊了声，"这是仙术啊！"

他抿唇笑，抬起一手招了招，"过来。"

她很快蹬了鞋上去。黑色的衣裳，被雪浸湿了也看不出来，用手摸过之后才知道。他又不悦，"你不怕受寒吗？"

她说："我心口是暖和的，心里暖着，身上就不冷。"

他叹了口气，替她解开腰带，掀起半面衣袍。忽然想起她没穿小衣，一时尴尬地停住了动作，讪讪掉开视线。他解了自己的鹤氅，低声道："我来暖着你。"

崖儿觉得好笑，褪下衣裳，钻进他怀里，仰头看他的脸，"怎么了？咱们这样又不是头一回，你还害臊？"

他说没有，舌头也不太利索的样子，"有些……些紧张。"

她吃吃笑，"紧张什么？现在才紧张，是不是晚了？"

她身上很凉，身材倒是玲珑有致，靠在身上，便如一块雕工精细的玉，贴上心窝的一刹那，让他忍不住激灵了一下。他只能尽量环住她，张开五指罩住那窄窄的背脊，试图温暖她。

她紧紧依偎他，探过手臂搂住他的腰，害怕碰触他的伤口，只敢在小小的范围内抚摸他。可是触到了满指的疤，像火烧留下的创伤。想起那白净的皮肤上三道兽爪划过般的狰狞痕迹，当时给她的震惊，比箭伤更大。

“你背上的伤是怎么回事？”她小声问，“头一次的时候还没有……”刚说完，心里隐约有了根底。

他含含糊糊说没什么，“暖和一点没有？”

她沉默下来，隔了很久才道：“是为我吧？我闯下了祸，连累你受罚。”

他见瞒不住，便痛快招了，“我看守琅嬛不力，受罚是应该的。还好我上头有人，三道天雷对我来说根本不算什么。”

他说得轻巧，照伤痕的现状推算，当时伤得应当不轻。她发出小兽一样的咕噜声，“我做错了很多事，现在想想，如果不去偷图册，就不会害你变成这样。”

他说变成哪样，“难道因为我毁了背，你就不要我了吗？”

崖儿忙说不，“我怎么舍得不要你！”

他仰起一边唇角，笑得有些痞气，“如果你不来盗图，我怎么认识你？谢谢你来，让我有机会见识不一样的生灵，让我有理由踏出蓬山。我一直以为自己命中没有姻缘，独活了万年，原本已经不再期待了，没想到遇见了你。”

“我是灾星。”她懊丧地说。

他摇摇头，“你是我的救星，把我从淡而无味的日子里解救出来，让我知道什么是爱，还有……人间极乐。”

仙君是位腼腆的青年，两个人独处时，他脸红的次数要比崖儿多。一旦他眼神闪烁，不敢正眼看她，就引发她促狭的心思。

她这才发现不知什么时候，他悄悄治愈了自己的箭伤，这样两厢都便利了。她牵起他的手，一双璨如星辰的眼睛望着他。他傻傻点头，她嗤地一笑，一手落在他浅浅的腰窝上，再往下，捏了捏，“仙君这阵子跑了很多路，都跑结实了。”

他指尖揉搓，气短地反驳，“以前也很结实。”

她扬了扬眉，“是吗？”收紧手臂将他压向自己，细声问，“仙君在人间不是不能动用法力吗，为什么可以为自己治伤？把自己收拾得身强体健，你想做什么？”

她的嗓音低低的，像一缕游丝，从耳畔转个弯，游进他耳朵里。他在她指尖战栗，几乎连话都说不完整，“和自身……有关的，可以。”

她唔了声，“反正规矩都是自己定的，说改也就改了。”她手下缠绵，往来如潮，仰起头，噘起嘴，“这个时候该亲我了。”

他神思混沌，她说什么都依言而行。但一心两用的时候，总集中不了注意力。他在稀薄的空气里艰难续命，感受那种流动的，如花开般一瓣一瓣舒展的青春。深夜的心悸不为寒冷，为她舞得利剑，拨得丝弦。

嘶地吸口气，睁开迷蒙的眼看她，她让他想起多年前山中午睡时，在他指间缠绕游走的竹叶青。女人和蛇很像，一样魅艳又清丽，一样冷情又惑人。他没了那身执着，宁愿倒头不起，夜夜张生，常住西厢。只要和她在一起，永生永世也不会腻。

她支着身子，果然像蛇般游弋，越升越高，将他的头搂进怀里。有些事是无师自通的，他听见她惊喜地抽气。女人都有母性，她看他的眼神充满爱怜，温柔地整理他的发，然后蜷曲身子，把脸贴在他额头上。

闭着唇，绵长的鼻音里满是旖旎，他像一块烧红的炭，烙在哪里，哪里便是一个烙印。前几次都太性急，也有恨掺杂，每一次都不纯粹。这次有的是时间，也不怕人来打搅，总能让她欢喜了。

还好，她圆融周旋，微声说："背上好冷。"像水里的鱼，灵活一记摆尾，将脊背靠进他怀里，拉他的手抱紧自己，"你要捂着我啊。"他顺着她的曲线调整，山川丘壑都随她，严丝合缝贴在了一起。

游龙扶摇，穿破云层，直达天顶。她蹙眉轻吟，回过头，媚眼如丝瞥了他一眼。拢起他的右手，千珍万重压在心头。不知道为什么，这个时候依旧觉得难过，只有他的万古长刀横行肆虐，才能让她忘记身在乱世的彷徨。

"叶鲤……"他撑起身，与她交颈，瓮声说，"如果能永远山居在此多好，外面的桃花开时，我采来为你做胭脂……"

她鼻子一酸，转回身，一手抚上他的脊背。三道伤痕纵贯下来，害得她无瑕的仙君坏了品相。贼老天不留情面固然可恨，更可恨的是她自己。她不说，肠子都悔青了，只能紧紧抱住他。一片惊涛骇浪里亲吻那精巧的喉结，舌尖一舔，卷进了唇齿间。

仙君到底是仙君，万年的热情取之不尽。大概被她先前关于肚子的话题刺激到了，他闷声不响，却心沉似铁。她又窃笑，可一遭又一遭的碾压击碎了她的笑，到最后连脚趾都蜷缩起来。

累极，却睡意全无，仿佛醒着的每一刻都是赚来的。

他看向她，有些不好意思，"我这次……"

她慵懒地嗯了声，感觉鳞鬣依旧奋张，惊讶之余大加赞许："你从来没有让我失望过。"

他听了才放心，细想又后悔，"先前苍梧城外大战，现在又……"

她不以为意，"我没那么娇贵。打狍子的时候觉得很冷，现在已经暖和起来了，多好。"抬起眼，长长的眼睫刮在他的下颌上，"你睡吗？"

他说："我看着你睡。"展开皱成了一团的鹤氅，替她披盖上。

她抿唇而笑，笑容里依旧有少女般甘甜的味道，娇声道："又不是只有这一夜。咱们在这里长久住下去，住到不得不离开时，说不定出去的时候是三个人。"

他听了半是欢喜半是忧伤，他从来没有告诉她，他只有三个月期限，期限一到就要复命，无法再逗留人间了。现在是子夜时分，等到天亮，就只剩二十四天了。在他漫长的生命里，不知多少个二十四天如水一样无声流过，这次的二十四天却要细细品咂，连合上眼都觉得奢侈。

"你的仇，不报了吗？"

她轻捺了下嘴角，"我不甘心就此放过那些人，可惜来不及了，也只能作罢。"顿了顿问他，"你一个人跑出来，门下的人怎么办？"

紫府君到这时候才想起大司命和那帮弟子，愣了半天道："等不到我回去，应该会上王舍洲吧，毕竟苏画回波月楼了。"

崖儿哦了声，"我先前还在想，苏画和魑魅魍魉他们不知现在怎么样了，五大门派拿不住我，只怕要对波月楼不利。"

她在人世间的牵绊，终究比他多得多。他沉默了下道："若是你不放心，我天亮就带你回波月楼。"

崖儿见他这么说，倒愣了一下，"你不必事事为我考虑，你应当由着自己的心意，和我在山里厮混。"说着翻身骑上来，"波月楼注定有此大劫，我回去不过带着他们厮杀。但若是我不在，他们可以各奔东西，自谋生路，反而比跟着我要好。我呢，就在这里避世，陪着我的心上人，过几天安稳日子。"

她在高处，春盎双峰，芙蓉缀顶，令他感到目眩。昏沉间他什么都没听清，只听清了三个字，"我是你的心上人……"

她俯视他，像救苦救难的菩萨，"你是我的心上人，从凤凰台上初见，你就已经是了。"

她还记得无根的长街上，抬袖拂拭琅玕灯的仙人，眉目鲜荧，月华都逊其一段磊落。曾经那样神圣高洁，可望不可攀，如今却落得和她这个满身血腥的人在一起。崖儿有些自惭形秽，其实她是配不上他的，全因自己先下了手，才让他没有选择的余地。

他听后微笑，笑容里有意气风发的味道。撑身坐起来，沉沉的长发纹丝不乱，依旧飞流般垂在胸前。双手扣住那一捻柳腰，温柔地摇曳着，"我在蓬山太多年，不通人情世故。听闻楼主治家有方，以后的日子，便劳请楼主千万分地爱我、惜我、调理我吧。"

‖第五十七章‖

波 月 洞 天

融融的情话，抚平岁月罡风吹出的裂隙。

外面不知是怎样一番斧钺横飞的乱景，但在雪域，却能体会到一种岁月静好的温软。红日悬在天边，满地的银雪折射出耀眼的光。这里远比外面的世界来得明亮，一切的颜色映衬着素白的背景，便显得格外浓重端庄。远处有高耸半空的雪杉和松树，虽不如乌桕浓艳，但有大气豪放的美态。如果这里搭个小屋，那里再置办个灶头，可以一边看日出东方，一边在柴米油盐中消磨时光。

紫府君摸了摸刚捡回来的几根枯枝，念个诀，把它们变成了桌椅。随手捡起一片叶，当风一摇就是一架香案。起初他还在犹豫，不知究竟该不该坏了自己定下的规矩，可想起里面的人，夜半之后到底当不得那种冷，她终究只是个凡人。这满身的修为，再不用早晚要过期，反正已经这样了，剩下的日子还是过得洒脱些吧。他起了个早，把山洞装点了一番。家徒四壁怎么能称之为家呢，他将两张猞猁皮变作香软的褥子，还给她准备了一顶素纱大帐。打起帐幔，昨夜太辛苦，她正沉沉好眠。他抽身退出来，摆弄些杂草树根，把过日子必需的东西都准备妥当了。

崖儿睁开眼时，满目飘拂的鲛纱，让她误以为回到波月楼了。怔忡地盯着帐顶看了良久，隔着朦胧的经纬，看见山洞嶙峋的石壁，才确定自己身在哪里。床头有一套新衣，是蓬山统一的式样，月白的袍子镶嵌蓝色绲边，穿上很觉得温暖。她咂了咂嘴，发现做神仙就是好，危急关头总有让自己过得舒服的手段。他是个墨守成规的人，以前一直一丝不苟地遵循九州的规则，可是落进这红尘里，便开始一次又一次破戒。她有些担心，不知这些逾越积攒起来，最后会不会一并清算？

从洞里走出来，日光之下，雪原之上，一个素衣银袍的人正以枝为笔，在平整的积雪上练字。她痴痴看着，恍惚蓬山的岁月里，那个圣洁的紫府君又回来了。他运笔如龙蛇，最后一个轻云蔽日的立刀作为收势，长风浩瀚，白玉簪头的锦带被吹得飞扬起来，那道清澈的眼波穿过繁复的纹理落在她脸上。她心头一阵怦然，仿佛自己还是碧梅扛着扫把清扫落叶的杂役，见了天人之姿的府君，自发生出云泥之别的自卑感。

“你醒了？”他丢了树枝过来，看她拘谨，觉得奇怪，“怎么了？”

她笑了笑，“这阵子你一直奔走在云浮，我都快忘记你原来的样子了。看你练字，忽然想起琉璃宫，你真的不属于这浊世，刚才的你才是原来的你。我在想，就算我将来投胎转世，每一世见到你，必定都会一眼惊鸿，不管我那世是女人还是男人。”

紫府君眨眨眼，侧着头思量，“前面说得不错，我很喜欢，可最后那句是什么意思？”

她大笑调侃：“意思是就算我哪一世错投了男儿身，也还是不会放过你。”

他的一双眼在天光下愈发明亮，眸中是深浓的笑意，趋身拉近她，怅然的语调回荡在她头顶，“如果你真的变成男人，那我也认了。一世祸害不完，还可以留到下一世一并结算。”

她紧紧抓住他的手臂，希冀地望他，“说定了，你要记住我，永远不能忘记。”

他垂眼看她，“这话应当我对你说，你要记住我，不能忘记我。如果忘记了……偶尔午夜梦回，想不出我是谁，至少要对这张脸有似曾相识之感。”

彼此都知道好景不长久，所以字里行间总有一股悲凉的味道。崖儿从来不是黏糊的脾气，生死也看得很淡。她从落地起就受尽苦难，人生最后能有这样一段辉煌，已经是意料之外的惊喜了。万一有幸缘分不断，那时间绝不能浪费在兜转彷徨上，“我想不起来你就提醒我，做什么似曾相识？你告诉我，我们相爱过，曾经是最亲密的人。你长得好看，说什么我都会相信的。”

他简直要发笑，她的贪财好色倒是从不掩饰。许多人都惧怕她冷血无情，其实是他们无福消受这世间最可爱的姑娘。

她回头看他们栖身的山洞，他给洞府做了个门楣，中间郑重地落了款，叫“波月洞天”。她眼里浮起一片凄凉，“和我娘比起来，我幸运得多。如果当年他们能逃过追杀，也像我们一样找个山洞安家，再也不问江湖事，那该多好！”

他负手回望，淡声道：“人之生死都有定数，他们的故事结束了，你的故事才能开始。”

她转头看他，“那么我的故事结束时，会成就另一个人故事的开始吗？”

他微笑，“你的故事不会结束，我不会让它结束。”怕她再追问，忙岔开了话题，“你带我去那片山崖看看吧，离这里远吗？”

崖儿说不远，那片山崖，是她爹娘最后一程的归宿。骨骸虽然移走了，但他们的魂魄不知是否还停留在那里。

他们在广袤的雪域上行走，从这里过去，沿着小树林走上二里就到了。积雪被踩踏，发出咯吱的声响。经常一脚深陷，需要身旁的人来扶持。远远看见那片凸起的山岩了，白天很寻常，但那个月夜，却是她父母头顶唯一的遮挡。

时隔多年再站在这里，心里依旧感到凄惶。仙君的手紧紧握着她，温暖坚定，给她力量。她看着岩下的三块石头，缓声说："我的母亲在别人口中，似乎除了容貌就没有别的了。他们提起柳绛年，无非是万户侯府的大小姐，一曲《绿腰》令天下男人无不艳羡。可是他们不知道，我母亲才是真正的女中豪杰。她一生娇养，没受过半点苦，最后却随我父亲亡命天涯。酒馆里的狸猫告诉我，她中箭后一声不吭，到死都没有对我父亲抱怨一句疼……"

他哀戚地望着她，"所以你和你母亲很像，有坚韧的心性。"

她赧然一笑，替他把话补全，"也同样遇见了值得托付的男人。两年前我来替他们拾骨，那时候我以为自己这辈子不可能拥有爱情，我活着，就是为了替父母报仇。也许是爹娘看我太可怜，把我推到了你面前。真是没想到，我居然会有这样的成就，现在想起来都觉得不可思议。"

她所谓的成就，很大一部分是指睡了神仙吧。其实也是这神仙道心不定，才最终上了她的钩。两个人的姻缘，是万万年前就注定的，不管以怎样的机缘巧合开始，是中规中矩还是剑走偏锋，最终都是一样的结果。

一缕发丝在她颊畔飞舞，他伸手替她绕到耳后，"我等了一万年，等来的是你，这何尝不是我的成就？"

她在阳光下轻笑，红唇贝齿，说得娇俏，"我只怕引你破了戒，你就无所顾忌了。你这人太随缘，会不会再去喜欢别的姑娘？"

白雪映照他的眉眼，他做出苦恼的神情来，上下左右端详她，"你这么胖，往我面前一站，我眼里哪还塞得下别的姑娘！"

这下子她不乐意了，一蹦三尺高，"我哪里胖？聂安澜，你给我说清楚！"

他只顾笑，被她摇得讨饶，"我说错了，说错了……"低下头，换了个暧昧的语调在她耳边低语，"一个你便让我丢了大半条命，我已经没有力气再去应付别的姑娘了。"

两个人之间的私房话，慢慢也变得不那么难以启齿了。他能发现自己的改变，往日的蓬山之主不问世事，但千万年风平浪静的生活，早已令他感到厌倦。他生来是个情感丰沛的人，有一颗眷恋红尘的心，却被迫枯守琅嬛。万年的水滴石穿，棱角渐渐被打磨，但于不为人知处，依旧保有残留的锋芒。愈深入红尘，愈爱上这片泥沼，即便有灭顶的危险，他也深深坠下去，不愿起身了。

笑闹间，有浅灰色的点移动，起先尚远，转眼就近了。他驻足四顾，周围狼群聚集，这种生灵有极强的戒心，在没有确定你对它们也是友善的之前，不会轻易接近你。

它们保持一定的距离，发出呜咽般的低鸣，围着两人打转。直到狼王现身，立刻汇聚起来，在它身后站定待命。仿佛一场正经八百的交涉，人和狼对面而立。

有风吹过，吹动狼王胸前厚重的皮毛，那宽坦的胸怀，简直和一个成年壮汉一般大小。

白耳朵满脸肃穆，雪域上的狼群部落原本不止一处，这两年它到处征伐，已经一统天下，如今是真正的王者了。王者就要有王者的气派。它看看这个漂亮的男人，又看看老友，表示她应该引荐一下。

崖儿也很郑重，她向紫府君比了比手，告诉白耳朵，“这是我的男人，他从方丈洲来，是镇守九州的琅嬛仙君。”然后又向白耳朵比了比手，告诉紫府君，“这是小白，雪域的狼王。我和它在一个狼窝里长大，是生死之交的好兄弟。”

介绍完了，居然发现自己的来头很了不得，男人是神仙，兄弟是狼王，这样的身家拿出去，足以成为说书先生的新素材了。

那厢的一人一狼呢，也十分庄重的样子，彼此点头示意，就算认过亲了。

接下来例行的联络感情还是需要的，白耳朵照旧横扑上来，舌头在她脸上狂舔一通，以狼的方式表达了对她重返雪域的欢迎。他们在雪地里滚作一团，狼群也很快乐的样子，大家集体四脚朝天大肆磨蹭，然后起身抖落皮毛上的雪。一时雪沫子四射，紫府君闪躲不及时，被射了个满头满脸。

抹了把脸，无可奈何。但是雪狼很讲义气，带他们去狼群藏匿食物的地方。那是一片盆地，大雪覆盖了周围的痕迹，乍看上去并没有什么特别。但小白做了示范，鼻子在地上细嗅，嗅到一处，开始用前爪刨挖，很快拽出一只黄羊，扔到了他们面前。

崖儿笑道：“这是把你当自己人了。雪域气候太坏，食物很少，每年开春的时候守在入口狩猎，猎到的黄羊都埋起来作为储备，等断炊的时候再拿出来果腹。狼能和你分享食物，是天大的面子。”

紫府君看着四脚蹬得笔直，冻得冰块一样的黄羊，向狼王拱了拱手。

崖儿退下腕上的跳脱，一头绑住黄羊的脚，另一端系在腰上。白耳朵又带她上了一处坡顶，这里地势绝佳，可以清楚地看到五大门派的动向。那些江湖剑客三三两两聚在一处饮酒烤肉，精神松散，没有作任何防范。如果自己是孤身一人，也许天黑之后会潜进敌营，杀他们个措手不及。然而现在……杀不尽也是不痛不痒，她答应了要过两天安稳日子的，就不能再恋战。

她慢慢退回来，说走吧，“时候不早了，回家做饭。”

他顺着她眺望的方向看了眼，担心她会动心思，可她却先给他吃了定心丸，“他们人太多了，我单枪匹马涉险，万一被困住了，还得让你来救我。刀剑不长眼，那帮人冠着正派之名，行的却是龌龊之事，要是害你破戒杀生，那我就真的连累你了。”她拉着他的手在雪地里费力跋涉，身后拖着黄羊，不时还要回头望他，“仙君在我眼里，是世上最高洁的人，别让那些畜生的血弄脏了你，你只能被我一个人玷污。”

他又红了脸，停下步子把她拽回来，也用不着她一步一个脚印了，抱起她腾身飞越山谷。他们在半空中驾云，底下是欢快奔跑的狼群，雪域里清冽的空气扑面而来，涤荡了心头的阴霾。

“你一直没有告诉我，什么时候要向上界复命。”这事一直在她心里，落地后处理了黄羊，把肉挂在草棚底下，转过头看了他一眼，“鱼鳞图就藏在雪域，托小白代我看管。回头我带你去取，将来要走时，也不必多费手脚。”

他没有应，只说不急，“图册既然安全，暂且就不要动它。”暗中却在考虑，如果图册对她很重要，是否索性留给她。反正罪过的轻与重，对他已经没有多大分别，如果数罪并罚，削了他的仙籍，直接打入凡尘，那简直是求之不得了。

崖儿不知道他的所思所想，见他从容，也就不急在一时了。

烤了昨天的狍子肉，问他吃吗，他笑着缓缓摇头。她嘟囔了句：“你一定是世上最好养活的男人。”自己胃口也不见得多好，随意吃了一块就扔下了，只觉鼻子里呼出的气滚烫，扶着额头说，“我又困了，得进去补个觉，你要一起吗？”

一起好是好，但只怕又让她休息不了。忍耐再三还是摇头，推说要打坐，让她一个人好好休息。

崖儿倒恋恋不舍的样子，“不要走远。”

“我哪儿都不去。”他送她上床，替她盖好了褥子，回身又去翻那火堆，往里面投了新柴。火光下一双眼清嘉坦荡，见她还望着他，宽抚地一笑，“我就在这里，你睁眼就能看见我。”

她这才安稳地闭上了眼睛，只是还不放心，隔一会儿便会掀起一道细缝来看。后来脑子愈发沉重了，支撑不住，落进了昏昏的梦里。

波月无边

下

尤四姐 著

长江出版社
CHANGJIANGPRESS

目录

‖第五十八章‖

可惜没有早点遇见你

已经记不清多久没有病过了，大约是在十三岁那年吧，她跟随弱水门四星，隆冬的雨夜伏击一个商队。商队来得比预计的晚，她藏匿在草丛里，一个时辰连动都没有动一下。雨势稠密，浸湿的衣裳包裹住身体，像落进了沼泽里，无法挣脱。她从未那么期盼目标快快出现，至少挥舞起刀剑的时候，能够让冻僵的四肢和血脉重新活过来。

商队来了，十几匹快马飒踏而过，她第一个蹦起来砍断了首领的马腿。后来混战，她的刺杀近乎疯狂，事后危月燕向上回禀，对她最大的控诉是不服管教，至于任务的完成，她得了个中肯的评价——嗜杀。

其实她们不知道，她只是想尽快暖和起来，因为敌人的血是温热的。嗜杀在波月阁里也不是缺点，虽然很多人因为她的残忍和目中无人退避三舍，但兰战却对她的表现大加赞赏。

从观指堂退出来后她就病了，生病对杀手来说太奢侈，如果你未立寸功，你就连卧床休息的资格都没有。她在床上翻滚，一会儿热得烧心，一会儿冷得哆嗦。几碗药灌下去也不见起色，苏画对药师说："三天了，恐怕烧坏脑子。"

阁里的药师无关痛痒，"禀报阁主一声，不行了就移到山洞里去吧。"

波月阁旗下那么多女孩子，死了个把根本不算什么，如果她不是兰战亲自过问的，死活根本不必惊动阁主。崖儿听着，那些对话忽近忽远，弄不清到底是谁说的。真把她送到山洞里等死，她也无法反抗，因为实在连眼睛都睁不开了。

苏画把她的病情如实呈禀了，兰战来看她，不胜唏嘘道："雪域里光着身子都能活六年，现在淋了一场雨竟就要死了？人啊，果然娇惯不得。"

如果还笑得动的话，崖儿也许真的会笑出来。这些年她在弱水门吃尽了苦，原来有衣蔽体，有屋可住，就够得上"娇惯"了。这位阁主指鹿为马还一脸中肯的样子，常叫她觉得恶心。铺板上伸张的手指无意识地屈成了爪状，可惜握不动，她除了喘气，什么都做不了。

厌烦至极，不是不爱热闹，是因为来这里的人都是为看她的热闹。她宁愿这些人不要出现，就算死，也让她一个人安安静静地死。

兰战当然并不愿意就此放弃她，毕竟神璧依旧下落不明。他观望一阵子，吩咐继续治，转身出去了。崖儿别过头，又陷入了一片混沌。

外面开始下雨，她听得见雨滴打在廊檐上的声响，有轻轻的脚步声，镶嵌进飒飒的春雨里。她勉强睁开眼，有个身影立在她床前，天色昏暗，逆光相向，她看不清他的脸。起先以为是兰战，因为身形很像，但那人身上的熏香和兰战并不相同，兰战常用龙鳞，而这人的衣袂，散发的是刀圭第一香。

她以前受训，分辨过上百种香料，对刀圭第一的印象很深刻。这种冷香，寒中带辛，一旦燃起来，绕梁不散，可以持续三日。兰战刚走没多久，不可能这么快换了香，阁里其他的男人和她没有交集，她想不出会有什么人来探望她。

努力眯起眼，试图看清他，但没有成功。窗外雨声更加绵密了，一阵风吹过来，那人的衣袖在她手背上留下若有似无的触感。她没有力气问他是谁了，恍惚着，在疑惑里睡了过去。

时隔这么多年，几乎从记忆里消散的一段经历，居然又莫名跳了出来，真稀奇。她到现在都没弄清那个人到底是谁，也没有和别人提起。从梦里醒来，恍惚间有一只手落在她额头上，她听见仙君的声音，“你病了。”

崖儿睁开眼，眼眶发热，要喷出火来似的。勾着头想起身，又倒了回去，嗡哝着：“精神头一松懈就要得病，没关系，明天会好的。”

她向他伸出两臂，紫府君俯身来抱她，“怪我迂腐，要是早点动用法术，你也不必出去打猎。”

他身上带着凉意，正好用来平息她身上的火。她闭着眼吸了口气，“吃还是要吃的，那些枝枝叶叶又不能填饱肚子。”

她烫得像火炉似的，他在她的脊背上轻轻摩挲，“雪域没有草药，小白带来了羚羊角，我磨成粉末了，过会儿你服下去，出一身汗就好了。”一面说，一面看她面色，“冷吗？我把火烧得旺些。”

她却无赖地笑，“火堆烧得再旺也没有用，仙君何不直接在我身上放火？”

人热得两眼满布血丝，还不忘口头上占便宜，紫府君哼笑一声，“现在放火，只怕你生受不住。”将她压回去，又温声道，“我去给你熬碗肉汤，热热地喝下去，寒气就散了。”

他提袍走出山洞，姿态娴雅，依旧一派清正文人的神韵。可站在灶头前，却开始犯难，仙人辟谷，自己早就不食烟火了，应该怎么把肉炖出汤汁来，甚至怎么使用自己变幻的所谓灶头，他都一窍不通。

反正无论如何，先试试再说。于是紫府君开始尝试洗手做羹汤，在熏出了满脸涕泪，熏得山间狼烟直上后，终于还是让他做成了。

人生来聪明，就算略走弯路，最后也不会空手而返。他把肉汤端到她面前，催促她喝了。崖儿接过肉汤捧在手里，喉头微微哽咽。她想落泪，但又觉得很难为情，便解嘲似的笑了笑，“唉，这是头一回有人给我开小灶。”滋味不提，满口烟熏火燎的气息，还伴着羚羊角的一点腥膻，可她却喝得满心欢喜。他问怎么样，她只管点头，“比波月楼的厨子做得好，要是搁点儿盐巴，那就更妙了。”

他忙了半晌，得她一声赞，觉得很满足。鬓角的头发汗湿，柔顺地贴在脸颊上，她抬手替他捋了捋，“仙君落入尘寰，被我连累得不成样子了。”

他把她的手合在掌中搓了搓，“照顾心爱的人，怎么能说是连累！你到现在依旧觉得我高高在上，是你还没有拿我当最亲的人。”

崖儿愣了一下，“你是我最亲的人……”复又赧然垂下眼，“只是我习惯了独来独往，也没有受过任何人的照顾，得人恩惠就浑身不自在。”

他微笑，“我已经不是当初的紫府君，也回不到当初了。你不必高看我，我如今就是个缠绵内闱的男人，就像你说的，不问前程，只问风月。”

所以贫瘠石室里，两张狍子皮也能成为风月台。他揽她入睡，江湖人口中的妖女，杀人不眨眼的女魔头，停在他怀里的时候，柔软得像一片云，像一块织工精细的上等丝绸。她几乎连半点棱角都没有，只是带着软糯的语调，一递一声地叫他的名字：“安澜……安澜……”

长发纠缠，他想过为两个人结发，但最终没有做。琅嬛失窃必须有人担责，他换她百岁无忧，接下来的路无法陪她一起走。人生说短也不短，几十年里，会发生很多意外很多事，如果她将来遇见另一个适合的人……还是留待那个人，来替她结发吧！

一夜过来，她的热退了一些，不过还是不宜走动。外面太冷，在山洞里养息更好，可是又牵挂，喃喃说：“图册放在雪域后，我就没有再见过，也不知现在怎么样了。让小白带你去看看吧，五大门派虎视眈眈，万一图册出了差池就了不得了。”

他说好，出门吹了狼哨。不久白耳朵从密林里走来，昂首向他示意。他随它走了很长一段路，进入一个岩洞。那洞很深，钟乳峥嵘，从上面滴落的水滴，砸在石头凹陷形成的水洼上，声音居然被放大了百倍。白耳朵独自在前面带路，走过长长的石道，尽头是一片石笋，最高的笋尖上供着精美的画轴，在无边的晦暗中，发出炫目的光彩。

他驻足，隔着一汪碧水悬望，白耳朵坐在他腿旁，目不转睛地盯着他。他垂首看了一眼，“小白兄，你好奇这卷轴上画的是什么吗？”

白耳朵呜了声，转过头看那个金光闪闪的物件。

紫府君抬起手，分花拂柳般一划，画卷便浮于半空，然后徐徐展开来。画卷上的图案是流动的，极细的线条勾勒，柔软得如同吹口气便会揉作一团。画中的一切都是有形的，云层聚散，水流洄转。还有海中的山川和岛屿，有的亘古不变，恍如天柱，有的则时隐时现，倏忽之间飘出万里之远。

“看见了吧？不过就是一幅会动的画儿，小孩子可能会喜欢。”他负着手道，“据说这画上有座山，山里藏着无穷的财富。财富多到什么程度呢，金子熔化后，可以给你的雪域套上一层金壳。你不知道，千年之前就有人打过这座孤山的主意。如果这批宝藏注定有人开启，我希望那个人是崖儿，这样才对得起岳家人的牺牲，血也不至于白流。”

白耳朵沉默着，眼睛里露出哀伤的神色。它是听得懂人话的，二十多年的雪狼已经能炼化金丹。“明心”后便是“见性”，假以时日，可以像那条龙王鲸一样化形。

紫府君叹了口气，“过几天我就要走了，这一去，琅嬛恐怕再也不由我管辖，万一她哪天需要这图册……我得防微杜渐，不能让她故技重施，再去勾引大司命。五大门派不会放弃围堵她，神璧和图册在一起，太不安全。原本我该给这里设个结界，可我又怕连她都防住了……所以还是得继续托付你，替她守住这图册。”他一本正经地问它，“小白兄，你可以吗？”

白耳朵站起来，昂首挺胸，直视前方。图册从离开琅嬛后，就一直存放在这个岩洞里。旧友托付不敢相忘，它每天都会来巡视两圈，不是无惊无险到今日了吗，因此它很有把握，表示绝不有负所托。

紫府君赞叹：“小白兄义薄云天，是真汉子。我这个人和飞禽走兽一向有缘，如果他日有幸再见，那时候你应当修成人形了，我请你喝酒。”

白耳朵点头，一人一狼退出来，紫府君虚虚设了个障眼法将洞口隐去，才回到他们暂居的洞府。

崖儿见他空手回来，心头一紧，“图册呢？”

他说还在那里，也很安全，“咱们暂且不走，放在身边不方便，等走时再去取。”

崖儿虽然不明白他为什么这么决定，但相信他总有他的道理。

后来的相处，足可成为她一生咀嚼再三的回忆。如果说曾经的快意江湖是萧萧的青叶，那么这几天的耳鬓厮磨，就是缀在枝头的繁花。刀尖上行走的人，连生病都得看准时机，哪里懂得和相爱的人携手虚度光阴，是多么惬意的一件事。

山中岁月精巧又从容地流过，他们每天揉着蒙眬的睡眼，坐在冰天雪地里看日出。晚间用罢了饭，他带她徒步跋涉，踏雪寻梅。原来她不在的十几年里，后山上竟然玄妙地长出了两株骨里红[1]。艳如朱砂的花朵点缀苍茫的夜景，她在树下看了很久，看出一身雪野孤雁般的残痛来。

他折了花枝，簪在她发间，就着月色看她，“可惜没有早点遇见你。”

她轻笑，“别人花上三年五载才圆满的事，我们三个月就完成了。不要你苦苦追寻，我自己来了，多好。”

只是太快，他没有说出口，捧住那张绣面，密密吻了上去。

一个人不用自己顶天立地，好像会变得倦懒。起先崖儿还不时去山坡上观察五大门派的行踪，后来竟全抛到脑后了。也不知日升日落了多少次，懈怠到连自己都觉得说不过去时，才打算象征性地往山头上去一趟。

平常都是焦不离孟，今天他却没有同行的打算，“快去快回，我给你烤獐子肉。”

崖儿倒也没想那么多，扎起裤腿说好。待要出门，他忽然叫住她，眉眼含笑，为她理了理头发，“我有没有告诉你，你今天格外好看？”

她听了便撒娇，“我哪天不好看？不好看，怎么引你上钩？”

他笑意更浓，两手从她肩头缓缓滑下去，滑过双臂，在她指尖缱绻一握，然后轻轻推她，“去吧，小心些。”

崖儿心头徒然升起一阵凄惶，但每次短暂分离都是这样，怕惹他笑话，勉强压住了那份不安。

走出山洞，腾身向山谷而去，几个起落后还回头望他。那道傲岸的身影立在皑皑白雪间，身侧林涛如怒，头顶日光正盛。他就那样无欲无求，不诽不忿，还原成了远古最初的模样。

1　骨里红：朱砂梅的一个品种，喜温暖和充足的光照，耐 -10℃低温。这里让它长在雪域纯属创作需要，请勿考究。

‖第五十九章‖

厉无咎

山坡上有一处高高的凸起，恰巧可作隐蔽之用。崖儿潜过去，匍匐在巨石上。

这么多天了，狼群一直轮换驻守两界山，如果五大门派的人还在，连她都要惊叹他们这次的耐力了。

名门正派嘛，到哪里都是高床软枕，美酒佳酿。在这荒山之外枯守，时间一久不必她做什么，他们的军心自发就散了。

果然，先前驻扎的营帐少了一半，但依旧有人不肯放弃。她凉声哼笑，“继续等下去吧，牟尼神璧永远消失了，你们也就没有指望了。”

她退下来，远处的狼群还在戒守，看见她的身影，纷纷回头瞻望。她挥了挥手同它们打招呼，回去的途中猎了只兔子挂在腰间。

归色匆匆，直到临近山洞才放缓步子。茅草屋下挂着的肉干，在朔风里悠悠摇晃，她把兔子放在灶台上，回身叫了声安澜，“我回来了。”一面拿匕首割个口子，将整张兔皮剥下来，自顾自道，“外面的人少了很多，想必是坚持不住，另想办法去了。”

等了等，不见山洞里有动静，她仰脖又唤了声，“安澜？”

这寂静忽然令她恐惧，她慌忙扔下兔肉跑进山洞，洞府是空的，他人并不在里面。

她抚着额头，感觉心在胸腔里狂跳。单打独斗惯了，倒没什么牵挂，可后来他来了，在她适应了两个人相依为命后，他一时不在自己视线范围内，她都会惊恐不安。

这大雪封山的气候，他又不会外出打猎，能到哪里去？

崖儿定了定神，想起藏图的那个岩洞，也许是时候到了，他打算把鱼鳞图取回来，好向天帝复命吧。

她又匆忙跑向那个岩洞，心里总带着一份希望，希望他在那里，只要见了人，一切都好说。她从来没有过这样的感受，当初父母双亡时她还太小，什么都不知道。现在竟体会到了那时该有的痛苦，仿佛彻底被抛弃了，满心都是凄凉，满眼都是张皇。

她深一脚浅一脚，在茫茫的雪域上狂奔，冰冷的空气填塞进肺里，整个心口都痛起来。

渐渐近了，过了前面的林子就是。她在雪杉林里穿梭，不时震动树顶的积雪，在她身后大片砸落。

穿过林立的树干，看见那个冰凌为帘的岩洞，刚想过去，发现山洞前的平原上似乎有个侧卧的狼影。她觉得有些不对，犹豫了下，脚程也慢下来。

这时岩洞中走出三个人，为首的锦衣轻裘，外罩乌金斗篷，一身富贵打扮。可惜看不清他的五官，只看见眉眼之下罩着铸造精巧的面具，与白玉冠上的金博山遥相呼应。扬袖一抛，画册落进身后随从的怀里。那袖风高起，几绺垂腰的长发也随之飞扬起来，竟有种半正半邪、亦仙亦妖的味道。

崖儿暗道不好，图册落进这帮来历不明的人手里了。她心里焦急，虽然衡量不出他们的实力，但也打算伺机突袭，把图册抢回来。

这时有人踏雪回禀："主上，未见岳崖儿踪影。"

崖儿怔了怔，探出去的身子又缩了回来。

一个黑衣人请命："属下带人扫荡雪域，挖地三尺，将岳崖儿找出来。"

为首的那人却抬抬手，长风将他的声音隐约地带过来，低沉但深刻，"万一紫府君去而复返那就麻烦了。还是带着图册先回去吧，一个女人而已，不愁拿不住她。"

那些人的速度极快，几乎是一晃眼的工夫，身形便飘出去十几丈远。

崖儿在树林间静待了一炷香，如她所料，果真一个剑客又折返了，确定她没有出现过，才放心地离开。

她隐藏在草丛间，心里渐渐凉下来。他不在了，没有带走图册，结果这图册落进了别人手里。

这究竟是怎么回事？她脑子里乱作一团。他为什么不带上她，不带上图册？他就这样回去了，然后呢？打算怎么向上交代？

她踉踉跄跄跑出林子，心里有不好的预感。那个卧在雪地里的究竟是谁？她害怕印证猜测，越接近时，反倒越不敢靠近。

一点一点转过去，她的心都紧缩起来，浅灰的皮毛，耳郭一周是白色的……白耳朵口鼻里涌出的血，染红了身下的积雪。它仅剩微弱的一缕气息，听到脚步声，耳朵轻微地抖动了一下。

手脚顿时发麻，崖儿爬过去，把它的脑袋搂进怀里。它靠着她，琥珀色的眼睛涌出哀伤，愧疚地呜咽了声。她知道，它在为没有替她看好图册，觉得对不起她。

“没关系，图丢了可以再找回来，我知道那个人是谁，早晚要找他报仇的。”她一遍遍捋它的皮毛，低头紧贴它，“你怎么这么傻呢，打不过就跑，为什么要死战。”

她的眼泪滔滔落下来，这么多年了，所有的磨难堆积起来重重砸落，快要把她压垮了。先是爹娘，后是狼妈妈，接下来是祖父。在她泰然准备服罪时，她爱的人放弃追缉她，独自回去领罚了。现在呢，她的老友为了信守承诺弄成了这样，她已经不知道这一切究竟是为了什么。她前世是怎样的十恶不赦，才换来今世一次又一次的痛失所爱！

暮色渐起，她在昏沉的天光下悲鸣。狼群聚集在周围，静静看着。一头年轻的公狼上来嗅，拿鼻子顶了顶父亲，无法催促它起身，急得团团转。死亡的气息终于笼罩住狼群，它眼里涌出泪，然后蹲坐下来，对着升起的圆月发出凄厉的嗥叫。

整个雪域回荡起狼的夜哭，一个山头又一个山头，无尽绵延。崖儿抱着白耳朵的尸体枯坐了很久，直到新的狼王过来舔了舔她的手，她才抬起头来。

雪狼群是存在契约关系的，这样的示好，表示新的狼王会继承父亲的遗志统治狼群，同样也会传续父辈建立的友谊。

崖儿在新狼王的头顶抚了抚，它有一双海般深蓝的眼睛，身形还没有那么强壮，但已有其父的气势和威望。

狼群把白耳朵的尸体带到狼冢，这里有无数的坟茔，是狼群世世代代葬身的地方。新狼王亲自刨坑掩埋父亲，狼爪下的泥土混着积雪漫天扬起。它在混乱里无助地低吟，失怙的孩子实在可怜。

白耳朵下葬了，它到那个世界做王去了。崖儿站在它的坟前，握着拳道：“我会替你报仇的，绝不让你白白牺牲。”

雪域其实并不是只有一个出口，另一个远而且隐蔽，以前的几代狼王怕约束不了狼群，刻意把那里掩藏起来。现在她要用了，两界山外有伏守，不能冒这个险，只有从那里悄无声息地离开。

新的狼王亲自把她送进那个洞窟，那是连通雪域和外界最直接的通道。不过不那么平顺，要费点周折，但绝对安全。

洞窟很深，约莫有两三里光景，路上布满湿滑的青苔，必须扶着崖壁，才能勉强保持平衡。雪域的寒冷，在洞窟的前半截被放大了数倍，湿冷直往筋骨里钻，比手捧积雪凌厉得多。但到后半截时有所改善，再往前一程，逐渐听得见海浪拍击礁石的声响了，她垂首看了新狼王一眼，“小三，你回去吧，后面的路我自己走。”

是啊，接下来的路还是得由她一人走完，不单要报仇，要夺回图册，更要找回她的安澜。也许她的一生都要在这种颠踬和拷问里度过，但只要还活着，还有一口气在，她至死都不会放弃。

小三停下步子，仰头看她，眼神有些依依不舍。崖儿蹲下来，在它脖子上搂了一下，“我很对不起你，如果不是因为我，你父亲不会死。”它发出凄鸣，舔舔她的脸，悲而不怨。

崖儿挥手和它作别，一个人擎着火把向洞穴深处行进。

涛声愈发激昂了，迎面的空气中夹带着咸湿的气息。她灭了火把，夜的微光从石缝里照进来，一掌击碎堵住洞口的巨石，只听碎石落下去，略隔了一会儿才得到遥远的反馈。

洞口狂风呼啸，她扶着崖壁迈前一步，无垠水域闯入眼帘。猩红的一轮月亮堪堪悬在水面上，底下是恣肆的汪洋，水波层层赶赴着，掀起惊涛骇浪。

这洞口镶嵌在临水的悬崖上，离水面约莫有二十来丈。往下看，壁面垂直，连个落脚的地方都没有。她腕上的跳脱至多悬挂到一半高度，再往下，就只能靠她见机行事了。

鹰爪稳稳勾住山崖，她顺着丝线慢慢往下。长风从鬓边呼啸而过，垂眼一顾，正下方有礁石也有海水。必须找准水域才能跳下去，否则连命都保不住。跳脱内部的线轴和外壳摩擦，发出呲呲的声响，她不敢造次，勉强找到聊以借力的凸起，一点点下到了能供她挂靠的最低高度。

月色下的海水折射出粼粼波光，有水的地方便有反光。估量再三找准了跳落的位置，毅然收回鹰爪。她要离开这里，离开这里才有活动的余地，才能找回图册，再上琅嬛。

轰地坠入大海，还好她水性尚可，又是做好了准备的，虽然呛了一口，但不至于让她陷入昏聩。隆隆的水流冲击耳膜，有恐怖的回响，她不知自己下坠到多深，等定住身形后奋力拍水，漫长的上浮，几乎耗光肺里的空气。

终于一挣，出了水面，她没命地喘气。手脚已经绵软无力，便仰着头，随波漂荡，像具浮尸。

无泪可流，这冷透的人生，把她锻造成了一块生铁，每次给她希望，都是为了成全接踵而至的更大的绝望。她漠然地看着深蓝色的天空，等到力量逐渐恢复，才翻转过身，拼尽全力游上岸。

这里是水木洲的地界，离王舍洲千里之遥，没了胡不言，全靠骑马跋涉。

找马代步是件很容易的事，云浮十六洲处处遍布对神璧感兴趣的人，杀了一个，马就空出来了。水木城外废弃的伽蓝寺里，两个夜行的剑客停下来歇脚。天气很热，连火都懒得生，长虫一样瘫在残垣断壁上，就着月光喝酒。

“傻子才死盯着雪域不放，人那么好抓，也等不到二十二年之后了。”其中一个说，咕咚咕咚连闷好几口。

“事都坏在兰战手里，那小子想独吞，没想到死在上头了，连个全尸都没剩下。当初传出他的死讯，只当是波月阁里狗咬狗，谁知道养了一头狼。”另一个说，“如今的波月楼，难攻得很，什么狗屁阵法，解了二十多天也没能解开，也不知道是谁布下的。”

头一个人的声音在徐徐的清风里变得模糊，口齿不清道：“有高人指点吧……咱们再不去，连口汤都喝不上……”

“咚”的一声，人摔到墙根底下去了，另一个发笑，“你小子喝多了？当这断墙是床，只欠给你配个女人……”说着顿下来，等了等，等不来同伴的回话，迟疑地叫了声，“诸葛暗？睡着了还是摔死了？”

对面的人不说话，在他准备过去查看时，墙后的人终于站了起来。

活着的这个长出一口气，“浑小子，让你少喝两口，跟要了你命似的，早晚醉死……”

墙后人轻轻一跃，越过了残垣。

困意袭人，打算睡觉。随意瞥了眼，一个人影走过来，月色下的轮廓竟是陌生的。这下寒毛都根根竖立起来，大喝：“什么人！”然而还没来得及拔剑，银光一闪便被削了半边脑袋。脑子落在脚背上，双眼死不瞑目地悬望，看见来人噌地将剑入鞘，跃上一匹马，把另一匹也牵走了。

乱世如麻，谁会在意死了两名剑客。他们在盛夏里腐烂的时候，崖儿正狂奔在旷野上。

听那两人的对话，波月楼还在，据说是被什么阵法护着，让那些门派难以破解。楼里每个人的特点她都知道，并没有擅长奇门遁甲的，如果料得没错，应当是紫府的人助了一臂之力。

说起紫府，她心头就一阵抽搐。那个傻子是为了护着她，让她活下去。可就算如此，他也应当将图册归位。结果他大概误会她了，以为她想打开孤山，想要那无边的宝藏，所以才把鱼鳞图留给她。可惜现在她辜负了他的一片心，图册落进厉无咎手里了。她虽没有真正见过众帝之台的右盟主，但直觉太强烈，岩洞前的那个人一定是他。

紫府君前脚刚走，后脚他便赶到了，这究竟是个什么样的人，能有那样的手段！她不敢细想，只觉毛骨悚然。现在只想赶快回到波月楼，但愿还能见到大司命，好向他讨主意，怎么劝阻紫府君。

快马加鞭，两匹马轮番骑驾，赶到飞鹰涧的时候，其中一匹口吐白沫，倒地就死了。她看着马的尸体，心头一片空白，稍歇了一阵重新上路。几个昼夜不眠不休，她觉得自己就快变成一棵花椒树，浑身上下长满了眼睛，每一双都困意全无。

终于回到王舍境内了，江湖人很多，擦身而过的基本都是仇家。崖儿换了衣裳，小心掩藏好身份，入城之后直去望江楼。那楼自从卢照夜夫妇死后，就彻底废弃了。夜夜鱼龙舞已经去远，只有雕梁画栋，还依稀记录着往日的辉煌。

望江楼上看波月，可将一切尽收眼底。她以前不知道，自己的地盘竟一直在卢照夜的眼皮子底下。只是无法登上最高处，那里被那些武林正道占着，她只有找个隐蔽的方位眺望。

天气不佳，云层厚重，波月楼却被罩在一片如织的金芒下。细看那一环套着一环的经纬，每一层都旋转着极简而古老的文字，和琅嬛洞天前的六爻盾，有一脉相承之感。

‖第六十章‖

叫我胡门主

六爻盾前的试探，仿佛是很久以前的事了。那时的紫府君对她还是冷眉冷眼的，不过这人的一团火热全在肚子里，看着人淡如水，其实尝一尝，那水何尝是水，分明是烈酒啊。

他没有说过，自己从何时起开始喜欢她，但崖儿觉得应当也是一见钟情，毕竟她的大腿长得很好看。先爱上腿再爱上人，没什么毛病。

想起他来，心里一半是甜的，一半却火急火燎。仙的世界她不理解，原先她以为总有宽大的机会，没想到动辄必要以命相抵。其实她肉体凡胎，死了也没什么，如果因为一条小命毁了他的元功，那这抵偿未免过头了。

有两人向她走来，边走边议论："听说清静宗的宗主有破阵之法，选在明日午时开坛。"

"为什么是午时？大热的天，要热死人吗？"

"午时是至阳之时，天地间阳气大盛。你道为什么开刀问斩全在午时三刻？就是要叫人犯连鬼都没得做，是不是够狠？"一个笑道，"波月楼里聚集了一帮牛鬼蛇神，这阵法肯定是个邪阵，选在至阳的时候破阵，对我们正道大大有益。"

崖儿扶了扶斗笠，微微侧过身，暗道这帮人真是瞎了狗眼，这样瑞气千条的阵法都当作邪阵，大概他们眼里只有黄金是最正派的吧！

"明日不知哪家拔得头筹？"他们一边说一边从她身后漫步而过，"昨晚梨花宫和烈火堡的人也来了，参与的门派越来越多，将来就是找到孤山，也是僧多粥少。"

"凭什么咱们累死累活，他们一来就坐收渔翁之利……"声音渐渐远去，转过一处拐角，不见了踪迹。

崖儿叹了口气，这吃人的世道，没有一个门派是干净的。如今波月楼就是砧板上的肉，个个都想来分一杯羹。鱼鳞图落进了厉无咎手里，到了万不得已的时候，可以放出风声去。这些武林正道就像一架庞大的机器，挥剑直指众帝之台只需须臾。如果能挑起他们内斗，那就给了波月楼喘息的机会，接下来可以将他们逐个击破，直至全部歼灭。

她悄然从望江楼退了下来，想回波月楼不容易，只好暂且屈居在城郭边的小屋。等到夜里驱动撞羽朝颜，让他们去阵法上空对战，如果楼里有人看见，自然就知道她回来了。

那厢的波月楼，确实因为和楼主断了联系，陷入一片愁云惨雾。人都还安全，但一直被困也不是办法。群龙无首，实在难熬，厅堂里没了细乐和宾客，偌大的舞台上，有人坐着，有人站立。彼此相顾无言，只有几个新罗婢掐着时辰给众人送饭菜，到了一人面前，便唤一声门主或护法。

每到这个时候，胡不言最不高兴，每个人都有名号，只有他，至多一声胡公子，分明差别待遇！

今天这个长相文细的婢女又来了，长眉下一双小眼，抬都没抬一下，“胡公子，请用饭。”

胡不言咳嗽一声，“下次叫我胡门主。”

新罗婢终于抬起眼来，讶然望着他。

“瞧我干吗？”他没好气地说，“等楼主回来，我要申请立个新门类，名字我都想好了，就叫千里一瞬门。”

几个护法转头呸他，“你何德何能！”

本来就是，他们四个出生入死，也不过是护法，他一只坐骑居然想自立门派，想得倒美！

胡不言白眼乱翻，“因为只有我，能时时刻刻陪在楼主身边，只要她想出门，就一定会想到我。”说着低头看碗里的烧鸡，忽然悲从中来，无限忧伤地说，“可是紧要关头我却没有陪在她身边，不知她当时有多无助，有多失望……都是我的错，我不是人！”

魑魅喊了一声，“你本来就不是人，而且你也没有自己想象得那么重要。你留在那里，只有拖楼主的后腿，把你支走了，楼主肯定大呼谢天谢地。”反正想起那天的情景，这只狐狸举着刀跑到东又跑到西的样子，实在让人觉得窝火。他的速度很快，想起来就移动一下，以至于他老觉得眼尾有东西横扫过去。次数多了，竟让他想当然，后来险些被敌人砍中。要不是魍魉的剑够快，他的半条胳膊都没了。

胡不言对没有空间发展感情的人，一向缺乏耐心，他龇牙咧嘴地看着魑魅，“你这是在指责本门主吗？我奉楼主之命带我家苏画先撤，难道你想让我抗命？倒是你，你和你那个对眼，怎么保护楼主的？”

魍魉拍案而起，“你说谁是对眼？”

魍魉的脾气暴躁，闹得不好就要起内讧。魑魅忙拦阻，无聊的时候斗斗嘴可以解闷，打起来就不妙了，便道：“我们保护楼主到最后，已经尽了我们所能。后来有人相救，我等自然要功成身退。”

说起那个救人的，原来楼主的那一位居然是这样来头。虽然他们之间的关系到现在都没公开，但不妨碍大家心领神会。

这回胡不言倒没那么不忿了，人得知足，楼主名花有主了，但苏画还在。这次他带着受伤的苏画逃命，途中也有患难与共的水乳交融。至少现在苏门主对他不那么疾言厉色了，所以他急于弄个名头，好配得上身为门主的苏画。

千里一瞬门，多么绘声绘色，多么恰如其分，胡不言觉得很合适。但那些护法对他嗤之以鼻，敢说不是嫉妒他，乃至排挤他？

临空的走廊上走过一群人，缁衣翩翩，眉目森然，是大司命领着他的徒子徒孙们。半道上停下来，向下喊话：“这两日你家楼主该回来了，诸位多加留意。”

楼下门众站了起来，唯有苏画凉凉掉开了视线。胡不言心头暗喜，看苏画的态度，对那人是完全丧失兴趣了。

大司命说罢，目光不由自主地扫向华服的女人。她却是目中无人的样子，站起身吩咐明王：“派几个人仔细留意，现在杀手弥城，外面太危险，尽快发现，尽快接应。”说罢抿了抿头，“你们聊着吧，我进去小憩，回头来换你们的班。”

她迈着袅娜的步子，款款回房去了，大司命收回视线，走向了画廊的另一头。

魑魅眨着眼睛看魍魉，明王和阿傍不明所以，“他们这阵子生死对头一样，无论如何，紫府的人替我们设了阵法……”

魑魅说你不懂，“有些事三两句话说不清楚，等你爱上一个人，你就明白了。”

胡不言乘机又插嘴，“你们四大护法有什么讲究没有？魑魅、魍魉是一对，要不然明王和阿傍也凑一对算了。我看你们俩挺相配的，就是名号差点意思。阿傍不就是牛头吗，要不明王改叫马面吧，或者叫阎王……”结果话还没说完，被怒起的两大护法追得窜出了大堂。

他们是自己人，他终究是个外人，胡不言坐在台阶上腹诽。举头仰望，苍穹隔着一层金色的芒，不时飘来巨大的符字，看上去颇有诗意。忽然一道紫色的光划过，流星吗？胡不言托着大脸呆望。然后又来了一道青蓝色的，两道光聚到一起，开始在阵法上方做出一些拼杀的招式来。

干啥？练本事练到这里来了？胡不言嗤笑了一声。等等……脑子里忽然炸开了，蹦起来对着空中大喊：“撞羽、朝颜，是不是你们？”

那两柄剑快速旋转，转得陀螺一样，这就表示他说对了。

胡不言的喊声引出了楼里的人，众人一阵雀跃，“楼主回来了！”

这时的胡不言终于有了用武之地，他一头扎出结界，跟随剑灵的指示跑向城郭边上的小屋。小屋里的人正坐在桌前喝茶，他砰地撞开了门，又惊又喜地喊了声“老板”！崖儿向他颔首，他定眼看她，发现她精神虽好，但瘦了很多。他哗然，“你是不是怀孕了？”

崖儿一口水没来得及咽下去，猛地喷了出来。抚胸大咳，咳了半晌道：“我要是真怀孕了，这么咳法，孩子都咳出来了！你一见面没别的话，就关心这个？”

胡不言说是啊，“你和紫府君在一起二十几天，怎么说都该有了。仙根生得快，只要怀上就能把出脉。”

崖儿摇摇头，“没有。”他连鱼鳞图都没带走，怎么会给她孩子。这个人，大约决定永生永世不和她相见了。

胡不言不知道内情，大剌剌地调侃：“我就说吧，人不能向道太久，也不能长时间打坐，对男人不好……”忽然意识到言多必失，担心被紫府君收进《万妖卷》里，忙顿下来四下观望，“那个……仙君人呢？我该给他老人家请个安……”

崖儿还是摇头，不愿多言，起身问：“大司命人还在吗？”

胡不言说在，“大约是在等他家仙君吧，天天顶着一张牌位脸，看着真瘆人。”

她说走，“快回波月楼，我有急事找他。”

胡不言想不通他家老板和大司命能有什么共同话题可聊，但作为忠实的手下，他还是背起她冲回了波月楼。

众人已经聚在院子里等候他们，见她现身，纷纷拱手行礼。可是大司命没等到他家仙君，脸上露出狐疑的神色。崖儿一把抓住了他的手腕，“大司命，他把我扔下，一个人回蓬山去了！”

大司命吃了一惊，“什么？！”

崖儿哽咽了下，碍于人多无法说透彻，拽着他匆匆进了楼里。直到此刻她才敢哭出来，颤声道：“我们原先说好了的，时候一到我就跟他回去领罪，可没想到他悄悄走了，连鱼鳞图都没带。我到处找他，找不到，必然是回方丈洲了。他为什么要这么做？为什么要一个人走？之前同你透露过他的想法吗？”

灯火照着大司命苍白的脸，他怔怔站着，良久才摇头，“君上从来没有和我说起。三个月的期限一到，不管图册寻未寻回，必须有个交代。”僵硬的视线掉转过来，落在她脸上，“图册和人都没有带回去，他是打算替你顶罪了。”

这一路上她想了很多，自然明白他的意思，现在关心的是还有没有办法补救。她垂下眼，愧怍道：“他把图册留给了我，可是这图现在落进别人手里了。我去晚了一步，那些人先我赶到藏图的山洞，杀了狼王抢走了图册……我把图册弄丢了。我会竭尽所能找回来，然后再去领罪，这样行吗？来得及吗？”

大司命惨然地望着她，“如果来得及，便没有三个月的期限了。”

原本满心愤怒，真想好好质问她，为什么不看好仙君！一切的错都是因她而起，如果没有她的从天而降，君上还在蓬山春花秋月，养凤凰看蚂蚁，过着他宠辱不惊的生活。后来她来了，搅乱一池春水，闯下那么大的祸，却要那个爱她的人去承担后果。他一直以为君上性情凉薄，对谁都和蔼，对谁都没有太深的感情，可是他错了。现在闹到这步，让人措手不及，他没有处理这种变故的经验，他也慌了手脚。

难怪在龙息寺旁的小院，君上说以后要他看守琅嬛。当时他没想到，到今天才顿悟，原来君上早就做了决定。该骂岳崖儿吗？不能。仙君钟爱的，为之付出一切的人，轮不到他去责难。他看了她一眼，她白着脸，红着眼，心里的煎熬比谁都大。他叹了口气，“楼主赶回王舍洲，用了几天？”

崖儿垂下眼，双唇哆嗦，“十天。”

千里之遥，花了十天，应当是日夜兼程，不眠不休的。然而再快，十天时间多少事不能发生……

大司命转身向外，高声道：“众弟子集结，即刻回蓬山！”

崖儿茫然追了出去，“大司命……”

他回身道：“仙君现在境况如何，我也不得而知，所以我要立刻赶回方丈洲，但愿能助他渡过难关。鱼鳞图你一定要夺回来，至少将功补过。但我不赞同你在未知会任何人的情况下贸然再上蓬山，以免火上浇油。上界的事……不是你一介凡人能插手的。遵照仙君的希望，好好活着吧。等这事尘埃落定，仙君究竟何去何从，我再想办法通知你。这期间，请楼主好自为之，千万不要做无谓的牺牲，不要辜负仙君的一片苦心。”

崖儿木呆呆地听着他的嘱托，只得点头。

紫府弟子从八方汇集过来，齐聚在院中，大司命又道：“这阵法只要无人破解，就会长久存在下去。进出的口诀我写下了，压在里间的桌上，熟读熟背，否则只能出不能进。”一面说，视线又转向苏画。临走了，忽然有些话想对她说，可是……也许在她有生之年，他不会再踏上这生州地界，所以说不说，又如何呢。

他有些惆怅，结果她却无动于衷，甚至没有等他离开，便转身进楼去了。

紫府的人终于走光了，崖儿呆站了很久，直到魑魅劝她进去，她才举步回到卧房。看看房里的陈设，想起了雪域洞府，胸口像破了个大洞，六月的天气，冷风依旧猎猎灌进来。略定了定神，把包袱放在桌上，解开对角，里面装着蓬山式样的褒衣，上面压着那枝他为她簪发用的骨里红。她从水木洲把它们带回来，是为了有个念想，可不知怎么，那套褒衣仿佛经过了漫长的岁月，逐渐开始风化。最后在她的凝视下瓦解成无数粉尘，一瞬迸散，包袱里只留下一枝枯败的梅花，孤零零地卧在那里。

‖第六十一章‖

我爱上了这个凡人

天宇静阔，仿佛是无垠的水面横陈万里。水上有流云，舒展着广袖逶迤而来，路过时略略一瞥，复又飞向远方。远处有彩凤缠绵盘旋，一声清啼，响彻了九州河山。

这地方，即便是大司命也少有机会来。正统的仙的世界，没有半粒红尘的风沙，一切都是明净的。然而清则清矣，却过分寒凉。他曾对这方天地有过无尽的向往，可现在这点向往竟荡然无存了。不仅丧失兴趣，简直有些厌恶。他开始明白府君的选择，为什么那个平定过万妖、功勋辉煌的人，宁愿流连在人间，也不愿归隐在这纯净世界。因为没有温暖，对于向往血肉丰盈的人来说，没有什么比空空的圆满更叫人绝望。

他是驻守人间的半仙，身上带着尘寰的气息，上至这样的天厅，是件很不容易的事。他要小心翼翼，不让自己的浊世气玷污这琉璃世界。他掖着两手，甚至担心自己占用的空间过大、而不自觉地收拢肢体。惆怅、无望、谨小慎微，他忽然体会到那些求道者，初次登上蓬山时的心境。他是以怎样的姿态看待那些凡人的，当时有多骄傲，现在就有多自卑。

他站在和风暖阳下等待通传，赶回蓬山之后，并没有找到仙君，只得了让他暂且代管琅嬛的通知。对于仙君的惩处，似乎并不对外公开。是因为他的功绩吧，《万妖卷》是他创立的，两册书灵供他驱策，一旦他离开那个位置，也许妖界的万年规则和安定都会被打破。不愿升天的地仙们更加坚定信念在尘世中打滚，这样的后果，谁也无法承担。

他低下头，心里、脑子里都很混乱。他想静下来，可是长风带着女人的笑声，从他鬓边划过。他抬起眼茫然四顾，什么都没有，他没来由地失望。恰在这时，有小使出来引路，十二三岁的孩子，像个雕工精细、上彩得当的瓷人。见到他行了个礼，“司命久候了，大禁请司命入内。”

天帝是天界的主宰，府君是红尘的掌门人，身边的近侍有专门的职称，府君的称作大司命，天帝的则称为大禁。大司命和这位大禁曾有过几面之缘，见他比直面天帝要好，至少可以平等地说上几句话。

上界的楼阙和紫府其实也没有太大差别，只是金碧更多，烟云也更多。袍裾雾霭缭绕，他跟随小使走过临空的长廊，长廊的另一头有座凉亭，悬浮在崇山峻岭之上。八角亭前站着个白袍的人，朗朗一身清气，遥遥向他拱手。他快步过去还礼，“贸然求见大禁，还请恕罪。”

大禁笑了笑，“无妨。我知道大司命是为何而来……请坐。”

七星盘上摆着茶具，小使过来奉茶，大司命道了句“多谢”，复又抬头看向大禁，“下界的事大禁应当都知道了。仙君先我一步向上复命，我得到消息是在十日之后。究竟对仙君作何惩处，总要让我知情，否则这琅嬛洞天，恕我无法看守。”

大禁惊讶他会说出这样的话，“大司命还请慎言，琅嬛由你接掌是紫府君的意思，千万不要辜负了你家君上的期望。”

大司命低头不语，心道最后还坑了他一把。说什么一起受罚，罪领得比谁都快。那个琅嬛确实是人间最耀眼的所在，但看守它却是个外面光彩里面苦的差事。他把琅嬛扔给他，心如菩提时也许并不觉得是负累，而他……可能已经不是原来的大司命了。

他皱了皱眉，“我家君上，现在人在哪里？”

大禁垂着眉眼道：“八寒极地。你知道的，受罚要上那里去。”

他心头一紧，只觉一团怒火燃烧起来，克制了再三问：“仙根呢？还在不在？”

大禁慢慢摇头，“不在了，他要受冰刑之苦，直到那个女人离世那天为止。”

大司命终于再也忍不住了，高声道：“琅嬛藏书何止千万之巨，不过就是一卷海疆图罢了，仙君立下的功勋难道还不足以抵消这点过错吗？为什么要这样对他？”

大禁的面貌依旧平和，在这天池生活得太久，早忘记了喜怒哀乐。他目光如水望向大司命，“正因为紫府君的功勋是一卷图册无法抵消的，所以惩罚并非无边无涯。”

可是直到那个女人离世那一天为止，这是多恶毒的诅咒！岳崖儿活着一天，他就必须受一天苦，等到这段苦难结束，那个深爱的人也不在了。原来这就是所谓的慈悲为怀吗？

大司命感到绝望，本以为只有凡人才会憎恶世道险恶，没想到他也会。他低垂着头，喃喃道：“仙根尽毁，万年道行……怎么忍心呢，怎么下得去那手……”

大禁沉默下来，顿了会儿才道：“原本事不至此，还是因为他过激了。当时我也在场，他的做法不单天君，连我都觉得意外。”

大司命纳罕地看着他，于是大禁将前因后果如实告诉了他。

那天紫府君来，带回了图册，见到天君后便直言：“我爱上了这个凡人，天君知道为什么她会拿走鱼鳞图吗？我隐瞒了事实，今天特来向天君坦白。她原本是琉璃宫负责洒扫的杂役，我万年没见过女人，某一天酒后乱性，对她做了无礼的事。她闯进琅嬛拿走图册，是出于对我的报复，这是私怨，无关其他。我自知有错，自请天雷，我心甘情愿。”说着扬了扬手里的图册，“现在东西我拿回来了，但我确实爱她，请天君饶恕她，并将她许我为妻。琅嬛君我不干了，让贤于大司命，该接受什么惩处我一人承担，请天君勿迁怒他人。”

座上的天帝是修养良好的万物主宰，他不动喜怒，但话锋如刀，“仙者不可动情，动了情要抽仙筋断仙骨的，紫府君不知道吗？”

他说知道，“我愿意。”

天帝听后冷笑，“就算你愿意，她诱仙的罪过也不能就此作罢。”

结果紫府君竟要挟天君，扬言要焚毁图册。这亿万年来，有谁敢做这样的事？最终引发的恶果可想而知，天帝勃然大怒，紫府君言出必行……

“所以，天君还是网开一面了。原本这样的罪过，应当严惩紫府君，然后再处死那个女人的。”

大司命愣愣的，没想到君上会用这样的方法瞒过天帝，让鱼鳞图继续留在岳崖儿身边。可惜了，他的努力终究成全了别人，如今图册下落不明，也许落进武林盟主手里去了，那么他的牺牲还有价值吗？他隔了很久才抬起头来，“我很好奇，天君为什么会宽宥那个女人？府君所做的一切，都是为了她。”

大禁道：“因为紫府君说她有孕了，况且他又自愿断尽仙骨……”

大司命苦笑起来，“非要这样吗？为什么没有法外开恩呢……大道无情，原来就是这样无情法……”

他站起身，慢慢顺着长廊往回走。冰刑之苦几十年后可以自行消退，但那身仙骨怎么办？他的仙骨是天生的，毁了便再也无法恢复了。

失魂落魄回到蓬山，八寒极地是禁地，人无法踏足，仙一概禁止入内，纵然他有心，也无法冲破那层屏障。定定坐在深宏的广厦里，忽然想起了天行镜，那是件洞悉万物的法宝，念念不忘，便可透过它追寻要找的那个人。

大司命结印站在镜前，云霭弥望的镜面一度什么都看不见。当他传达尽了心意，便像万丈高空飞流直下一般，穿过云层，越过无数星辰，然后一个俯冲，飞速奔向无尽冰雪的尽头。

终于停下了，只看见白茫茫的一片，并未见到仙君的身影。他有些急，怕自己看得不够仔细，又凑近了些。忽然地面几不可见地动了一下，他心头骤跳，死死盯住那微弱移动的白影。看见了……他看见被雪掩埋的人，全身都无法动弹，只有眼睛还能动。他眨眼，堆积在眼睫上的细雪便轻颤。

大司命忽然觉得喉头哽住了，曾经那样春风得意的人，竟然落得如此下场。他还记得第一次见到仙君的情景，那位上仙自己做笛子，拿筷子捅芦苇，捅下了苇膜好蒙笛孔。可惜他动手能力不强，吹鼓的苇膜必须拿刀片刮尽上面细小的绒毛，他刮了几次都以失败告终，于是愁眉苦脸地看着他。

仙君从来是个需要人照顾的仙君，现在独自留在极地，那里的气候之恶劣，是雪域的百倍，他又散尽了一身修为，怎么挺得过来？

大司命将手压在镜面上，恨不能一下子伸进去，伸到他身边，替他扒了身上的积雪。乍然一阵天旋地转，开始变天了，晦暗的云层上雷电交加，一道道交错的光柱从天顶直达地面，仿佛要将这世界震碎、撕裂。然后瓢泼的暴雨倾盆而下，从万道银丝转化成冰凌，越来越大，如剑断，从高空笔直坠下深深扎进雪地。积雪下的人抽搐了下，坚冰刺入身体会融化，但伤口实实在在形成了。很快积雪被染红，融化成水沙流淌下来。万里苍茫间只有他蜷缩的身影，像大地的胸口破了个窟窿，汩汩流出血来。

大司命猛吸了口气，仓皇从天行镜前逃开了。他无法面对这样的惨况，跑到外面空旷的天街上，抬起两手捂住了脸。为什么爱情会引发这么深重的苦难？所以成仙有什么好？他们这样的人，上不得天也入不得地，说是自由，其实还不如凡人潇洒快意。

云浮也下起了雨，整个世界都被浸泡在雨水里，向外看，天地皆茫茫。

崖儿血红着两眼，依旧不能入睡。楼里的医士来替她诊脉，她木然坐着，窗外的细雨打湿了月牙桌的一角，她的发丝也如雨里的蛛丝，串起了错落的水珠。

苏画把支窗放下来，回身问医士怎么样。医士收起脉枕，“劳累过度了，就像人饿过了头不想吃饭是一样的。属下开了几味药，且试试有没有用，实在不行只好银针扎阿是穴了。”

医士行礼退了出去，苏画看她的模样觉得无奈，垂手道：“睡不着也得合合眼啊，从水木洲出发到现在，十几天不睡是要出人命的，你的眼睛还要不要了？”

她摇摇头，“死不了的。我不能闭眼，一闭眼就看见他正受苦，比割我的肉还让我难受。”

她从来没在手下人面前哭过，大概所有人都以为她天生不会流泪吧。可是没人知道她心里的痛苦，就连苏画都不懂，只一味劝她休息。

苏画在她身旁坐了下来，“波月楼现在的处境，你知道吧？外面的人一次次试图攻进来，这阵法究竟能坚持多久，谁也不敢保证。我们不能坐以待毙，楼里上下那么多人，最危急的关头没有人弃楼逃命，大家都在等你回来。现在你回来了，却只顾儿女情长，茶饭不思，你不应当这样。”

那双眼睛转过来，无神地看了她一眼，“我知道，再容我两天时间，等我缓过来就好了。”

她说这话，却让苏画有些难过。她在最艰难的时候，也是如何如何就好了，似乎发生在她身上的事都不太严重，即便气息奄奄，也可以跨马征战。对于她的能力，苏画当然是了解的，多少次的险象环生都可以刀尖续命，她是不死的。但这次似乎伤得太深了，尘世的斧钺只能在表面形成伤口，情却直达内脏。

苏画哀悯地望着她，“我本以为你和他，没有那么深的感情。”

崖儿闻言苦笑，“感情的事谁说得清？有些人撕扯一生，只愿来世不要相见；有些人一眼万年，上穷碧落下黄泉。别说你没料到我和他的感情会那么深，就连我自己都没想到。师父没有爱过谁吗？我听说你和大司命……”

苏画怔了下，“我和他？这种没影的事，不要相信。我和紫府的人打交道，是碍于你的缘故。早前他们霸占了波月楼，楼里交易不好进行，我自然要找找他们的麻烦。后来……”她一瞬失神，但很快便笑着化解了尴尬，“后来作弄惯了，难免百般刁难。像我这样的人，什么样的风花雪月没有见识过，大司命不是我喜欢的款儿。”

崖儿哦了声，似乎很怅惘，“我听安澜说的，还以为你们真有牵扯。”

苏画摆手说没有，“少女才怀春，到了我这个年纪，早就无梦可做了。”复又提醒她，“无论如何，大敌当前，你没有松懈的权利。现在就上床睡觉，睡不着也要睡。我去替你熬安神汤，别怪我没提醒你，那汤药可难吃至极，你要是能自己睡着，就不必受那份罪了。”一面说，一面挽着披帛往外去了。

筒子楼的过道里光线昏暗，尽头吊着一盏宫灯，琉璃的镶嵌，在地上投下四面菱形的光。第一次和那个判官脸抬杠，好像就是在这里，他的信筒滚到她脚边，被她恶作剧似的盖到了裙下。那时候楼里还是一派热闹景象，悠扬的笙歌穿过花窗飘到这里……一晃眼，繁华成灰，物是人非了。

那些方外人，原本就不属于这里。可是奇怪，他们潮水一样退去，好像把一些美好的东西也一并带走了。为什么？谁知道呢，想必杀手也有多愁善感的吧，比如她。

‖第六十二章‖

波光消散，浮萍犹在

那些名门正派原定的破阵时间，延迟到了晴光大盛的天气。

日头朗朗，外面传来排山倒海般的呼声，伴随着剑戟的砍伐，乍听有万人攻城之势。楼里门众执剑立于院中，随时准备迎战。平静了两天的崖儿终于恢复了精气，她登上楼顶眺望，气墙之外人影如梭，曾经势不两立的门派都结成了盟友。果真是共同的利益当前，不共戴天之仇都可以一笑相泯。

“我们波月楼，好像从来没这么窝囊过。”她凝眸看向绕阵而攻的人们，“这阵守得住一时，守不住一世，等这轮围攻散了，我该出去找为首的人谈谈了。”

明王道是，“属下陪楼主一同前往。”

崖儿扬指，“不，我一个人去，人多反而不好行事。如今的五大门派以五阳为首，我记得多年前，他们的副帮主就死在苏门主手上。”

苏画背靠廊柱哼笑了一声，“你不说我竟忘了，那个烂赌鬼吗？副帮主爱赌，帮主爱钱，真是蛇鼠一窝。楼里有这些帮派的全部信息，五阳的现任帮主姓叶，叫叶陵延，使环龙刀，神兵谱上排名第四。”

崖儿点了点头，“这次倒不必交战，我知道这些武林正道的嘴脸，只需轻松做个局，就能让他们往里头钻。”

她徉徉下楼，吩咐众人不必在外死守，日头太大，退回楼里来，她有话要说。

“破阵的最佳时机，就在最初的两炷香，两炷香内要是没有进展，就不必再拿他们当回事了。”她扫视在场的每一张脸，肃容道，“波月楼遭此横祸，想必大家都听说了其中缘故，武林中想铲除谁，欲加之罪信手拈来，其实当不得真。我波月楼的前身大家也都知道，当时暗杀四起，江湖上人人闻之色变。这两年转了行当，过了两天和软日子，但也不能忘了老本行。外面那些门派，咱们个个结过仇，一旦楼破，没人能幸免。当然了，我料定有人怨我祸及本门，我还是那句话，有不服者可以出来一战。战赢了，楼主的宝座归他，还可将我交给五大门派平息争端，没有人想试试吗？”

她脸上挂着笑，然而那种笑，是比当初的兰战更刻肌刻骨的一种森冷。人总是要经历波折才能长大，以前的楼主虽一往无前，但也带着少年的意气。她好战善战，手段直接，目的明确。不像此刻，安抚之外兼具震慑，当权者的手腕日渐圆融起来。

她话虽如此，却没有一个人敢萌生这种念头，大家齐齐俯首，“属下等誓死追随楼主！楼在人在，楼破人亡！”

崖儿尚算满意，盘弄着食指上精美的指环，懒声道：“如此就好啊，波月楼从不亏待勇士，也绝不轻饶叛徒。这两天都给我安分守己，没有我的令，谁也不得随意出入。”

众人又矮下去三分，齐声道是。她这才微微一笑，拧身上楼。月白的裙裾从墨绿的毡毯上缠绵滑过，像一弯明月曳过满池浮萍，波光消散，浮萍犹在。

胡不言跟了上去，这满楼的人，只有他最闲在。自封的门主也得到了楼主的首肯，就像没什么功勋的皇亲国戚封了王，充满独得厚爱的骄傲。作为报答，他决定要更加体贴入微，于是亦步亦趋地近身跟随。

崖儿有些不耐烦，“不言，你应该找点自己的事干。”

他表示，“老板就是自己的事。”

崖儿起先没太在意，但话从脑子里转了个弯，发现不大对劲了。她回过身，杏眼圆瞪，“我早晚割了你的舌头。”

胡不言很委屈，“我不是那个意思，老板也不是我想干就能……我的意思是，老胡我身无长物，但受尽老板宠爱，虽然可能仅仅属于人对宠物的感情……反正无论如何我心里有数，我要报效你，不管是殚精竭虑，还是以身相许。”

崖儿拿这只狐狸没办法，也懒得理睬她，只管牵着袖子，坐在镜前挑选发簪。整盒的珠翠间，横卧着一支古朴的木笄。她把它拿在手里轻轻抚弄，这是那夜定情，他从月桂树上折来的枝丫，供她绾发用的。木笄还在，可人却不知道怎么样了。大司命那头也没有传回消息来，如果天帝能够容情，就算罚他永远忘记她，只要他在蓬山好好的，她也认了。

世上没有什么比生离别更叫人痛苦，她托着那支发笄，满心涌起悲凉来。

胡不言看她出神，知道她又在想念紫府君，便自告奋勇道：“等这里的事态平息了，我跑一趟方丈洲，替你打听仙君的境况。”

她听后倒也寻常，不过垂首道好，“多谢你。”

胡不言看她这样，也隐隐有些难过。痛得太深，反而不愿意表露出来，但他能理解她。他在室内转了两圈，欲说还休地回望她，半晌喘了口粗气道：“你别担心，紫府君虽然驻守人间，但他终归是上仙。一个活了万把岁的人，说他一句老谋深算应该不过分吧！他肯定留了后手，必要的时候会自救的，你就放心吧。”

局外人的话，最终也不过是宽慰。她不想同别人细聊感情的事，把木笄放回去，挑了支藤花步摇，成簇紫色的花骨朵密密匝匝垂挂下来，像个琳琅的梦。她把它插在发间，那细小的花苞堪堪拂到颈窝里，温柔地轻扫，让她想起安澜的耳鬓厮磨，心里顿觉怅然。胡不言还没离开，她从镜子里看了他一眼，“你去歇个午觉吧，等太阳下山了，咱们出门会一会五阳的帮主。”

胡不言说好，转身出去了。

走过长廊，正遇上苏画，他换了副笑脸，“苏门主，你的伤怎么样了？”

苏画忍不住想翻眼，这只狐狸自从救了她，之后每次搭讪的开场白都是这句，就是为了提醒她，他对她有恩。疾言厉色终归不妥，她皮笑肉不笑地说：“胡门主，这是我第十六次回答你，我的伤已经痊愈了，多谢挂怀。”

胡不言摸着后脑勺讪笑，道：“陷在爱情里的人，脑子不太好使。你不知道，你大腿……的伤，天天让我牵肠挂肚。”

大六月里，一阵恶寒遍走全身。苏画像看鬼一样看着他，想臭骂他，但念在他受着伤背着她跑了上千里的分上，勉强忍住了。她皱着眉道：“后生，如果你好好同我说话，我还愿意搭理搭理你。你要是满嘴跑骆驼，那就恕我不奉陪了。”

胡不言说别呀，“我是想好好同你说话。这样吧，我先提个要求，以后不要叫我后生，我们那儿只有上千岁的老太太才这么称呼我。你可以像楼主一样叫我不言，倍显亲切。”

“不言……”苏画喃喃，最后一叹，“你要是真能‘不言’，那该多好！你啊，就死在话多上……”说罢款摆柳腰，往另一头去了。

胡不言怔怔站着，很觉失落。还记得逃出五大门派的围捕时，彼此是如何的相依为命。本以为患难见真情，没想到她对他还是不咸不淡。她的心里到底只喜欢大司命，那个棺材脸有什么好？是不是因为身份比较传奇，连谈情说爱都更有优势？好在情敌回蓬山去了，也许他们再也没有相见之日。这么一想，忽然又高兴起来，看来有机会不战而胜。反正喜欢上一个深邃的女人，注定充满艰辛，但因为这个女人，胡不言自认为人生变得丰满起来，这就是爱情的力量。

再也做不了生意的波月楼，午后时光从刀剑交织的铁网里挣脱出来，逐渐趋于宁静。他搬了把椅子，瘫坐在照不见日光的走道里，看着最后一个破阵的人悻悻离去，跷着二郎腿啐了一声，“清静宗，名头倒是山清水秀，结果就是个江湖骗子，还不如我老胡实在。”骂骂咧咧，困意爬上眼皮，伴着午后的蝉声睡着了。

他这人一向有口福，两个时辰后下楼，正赶上门众吃瓜。狐狸的吃相很难看，一桌西瓜他一个人包了一半。魑魅举着半片瓜，惊讶地看着他，迟来的阿傍连忙伸手，才侥幸从他手上抢下一块。

大肆扫荡一番，打了个饱嗝，看看天色，再过半个时辰就差不多了。天边飘起晚霞的时候，楼主施施然下楼来，他一纵，来到她面前。

护法们对楼主此去充满忧虑的时候，胡不言拍了拍胸脯，“放心，有我，我会保护她的。”大家全当没听见，这只废狐不拖后腿就不错了。

崖儿让众人宽心，示意胡不言跟上。那身条细长的青年晃晃脑袋，一下现出了原形，背起她“嗖”的一声窜出去。隔着阵法看，也是红光一闪，连身形都来不及看清。

月上柳梢的时候，望江楼以前用来大宴宾客的厅堂里，传出了激烈的争执。原本就是一群乌合之众，因为波月楼成了武林公敌，与之对立自然就变作了正义的一方。叶陵延从大堂里走出来，身后依旧纷争不断。忽然一声高呼“谁怕谁”，他微转过头，厌恶地皱起了眉。

左右人十分气恼，“这帮杂碎，有脸跑来坐享其成！”其实说“成”还谈不上，只是眼前的肥肉挂在高处，底下等候掉落的乌鸦越来越多，谁知最后被谁捡了漏。

争吵声愈发大了，哪里还有点武林正道的风度！叶陵延不屑与他们为伍，撇着嘴，迈着八字步，把那些乱糟糟的叫嚣抛到了脑后。

独上高楼，叶帮主以前也来过这里，这地方原来是热海公子的产业，赫赫扬扬连绵十里的临水楼台，曾经把王舍洲堆砌成了巨大的销金窟。可惜一夜散尽，余灰满地，剩下这空空的画楼，再也没有往日的旖旎。悬灯不为妆点，只做照明之用，头顶成行的灯阵也成了摆设，实在可惜。

不过，白天炎热，晚上在这高楼上纳凉倒还不错。叶帮主从空旷的平台上踏过，“明天……”话还没说出口，圆月高悬的背景上，忽然多出了一个黑点。未及细看，轰然落在面前，简直像个陨石，脚下的浮尘被震起了两尺来高。他惊愕地仰头看，一只巨大的红色狐狸俯下脑袋，尖嘴上胡须根根粗壮。一双琥珀色的眼睛盯着他，伸舌舔了舔鼻子，简直一副要吃人的模样。

叶陵延骇然抽出了环龙刀，左右随从也飞快赶来护卫，但这么大的狐狸，分明已经成精了，谁也不敢砍下第一刀。

关于这只狐狸的存在，之前就有耳闻，据说苍梧城外围攻时，曾经出现过。但因为来去一瞬，只有少数人见过它的真身。

它是从波月楼来吧？此来必不简单！他们后退两步，试图拉开距离。后退了才看清，狐狸身侧悬着一片裙裾，有人坐在狐背上，居高临下地看着他们。

月色里的人逆光，看不清面孔，但玲珑的轮廓镶上了一层银边，像壁画上驾驭灵兽的天人。

波月楼主名声奇臭，苍梧城外没有一口气解决她，但领教了她杀人的手段。她不是杀手，是冷血的机器。五阳的人如临大敌，没想到她会自己送上门来。正打算扬声召集盟友，狐背上的人嘘了声，温柔的嗓音，没有半点杀戮的征兆。

“叶帮主，我独自前来拜会，是很有诚意的。”她从狐背上跳了下来，款款迈进，留下一段清越的足音，“帮主可否屏退左右，在下有事相商。”

叶陵延那双老辣的眼睛里，装满了沉沉的算计，“我与岳楼主，似乎并没有什么可聊的。”

她有些怅惘的样子，“是吗……真是太可惜了。既然帮主没兴趣，那我就不打扰了，去会会参商和清静宗的人吧。”

她作势要走，叶陵延到底还是出声叫住了她。

她说得没错，如果她是存着杀心来的，那么他们现在可能已经身首异处了。波月楼的阵法不破，谁也不能奈她何，既然她肯出阵，必定是抱着某种目的，倒不妨一听，免得把机会拱手让给别人。

他紧紧盯着她，回手一挥，把身边的人都支开了，“现在楼主可以畅所欲言了。”

她微微偏过身来，前楼转角的一道灯火恰巧打在她眉眼间，止不住的惊艳之色。

“我也不和帮主兜圈子，五大门派围攻波月楼，是为孤山宝藏。叶帮主纵横江湖多年，可知除了牟尼神璧，还有一样东西是打开鲛宫的关键？”

叶陵延因她的容貌怔愣了片刻，但很快醒过神来，“我知道要找到孤山，必先找到龙涎屿。”

“龙涎屿好找，但孤山每一甲子都会移动。况且想抓鲛人，也不是那么容易。最直接的方法，就是依照《四海鱼鳞图》所示。”她灼灼望着他，“帮主听说过《四海鱼鳞图》吧？藏于琅嬛洞天内，由紫府仙君掌管。如今这图册落进右盟主手中了，叶帮主没得到消息吗？”

叶陵延额角青筋一蹦，显然并不知情。他无法评断右盟主的是非，心有怒火，却不得不压制，沉声道："关于《四海鱼鳞图》，我确实有耳闻。但那是天帝藏书，曾经有人试图窃取，都以失败告终了。蓬山九重门，根本就上不去！"

"帮主大约不知道，前阵子云浮莫名出现了一群来历不明的人，正是紫府派出追查图册下落的。内情我不便与帮主细说，只想告诉帮主，图册如今在众帝之台，而右盟主隐瞒实情，最后的结果大有可能是你们死伤无数，为他人作嫁衣裳。"她顿了下，复又迸出一个笑来，"我想与叶帮主做个交易，与他人无涉，只有你我。帮主想办法从右盟主手上拿回图册，届时你出图册，我出神璧，你我一同开启宝藏，共享无边富贵，如何？"

‖第六十三章‖

众帝台上焉有王者
众帝之上只有神明

叶陵延并没有那么好骗，但崖儿在赌，赌他人性里的贪婪，赌他终究是被黄金冲昏了头脑。

他笑起来，笑得有些残忍，“恕我直言，岳楼主的身世悲凄，当年令尊和令堂命丧雪域，五大门派难逃干系。如今楼主竟不计前嫌，来与叶某谈合作，不得不让叶某怀疑岳楼主的诚意。”

崖儿拱着眉，轻叹了一声，“正因为代价惨重，才一定要得到那批宝藏。我幼年坎坷，帮主也知道，身在暗无天日的波月阁，从小到大吃尽了苦头。其实于我来说，身世如何并不重要，我是个杀手，只在乎眼前的利益。既然我的父母因神璧而死，作为遗孤，必须得让双亲的牺牲更有价值。”

这倒是句实在话，杀手无情，对于没有见过面的父母，能有多深的感情？那孤山宝藏可是永生永世用之不竭的，这里缺失那里找补，似乎也很说得通。

只是尚有疑惑之处，“长渊灭门，不是楼主所为吗？叶某只看到楼主的睚眦必报，因此所谓的合作，还是让叶某心存不安啊。”

她却脆声笑起来，“看来叶帮主对岳海潮的所作所为毫不知情啊！长渊广发英雄帖，名义上是为擒拿我，实则是想将五大门派一网打尽。岳海潮养人蛊，各路豪杰在他眼中只是人蛊的盘中餐罢了，一旦人蛊吸尽所有人的功力，武林盟主就当换成他来做了。我捣毁长渊实际是救了众人一命，可惜没人谢我。”说罢话锋一转，“帮主愿意与那些人瓜分宝藏吗？再者说，最后这批宝藏有没有你的份，还未可知呢。与我合作，比听右盟主号令强得多，叶帮主当真不考虑吗？”

她语气温软，虽有诱导的嫌疑，却也叫人不自觉一脚踏入深渊。无论如何，宝藏是最重要的，为了钱，亲兄弟都能反目成仇，何况一个颐指气使的独裁者！

叶陵延松动了，“那么以楼主之见，应当如何将图册夺回来？”

崖儿道：“帮主按兵不动，波月楼自然有办法乱了那些人的阵脚。等盟军散尽，只要帮主发话，想铲除谁，我等必为帮主肃清前路。右盟主目前还未正式出手，但却如操控傀儡一样，指挥盟军为他打前站。如果这些人再也无法调动，厉无咎的狐狸尾巴自然就露出来了。帮主在他面前应当是说得上话的，只要能够自由出入众帝之台，还愁没有机会拿到图册吗？”

贪心最终占了上风，叶陵延正式被她策反了，望江楼上一拍即合，果真皆大欢喜。只是这位叶帮主戎马一生，忘了占山攻城前，应当先好好熟悉一下地形。

当初的卢照夜是个习惯眼观六路、耳听八方的人，因此他的望江楼中，处处安置了洞悉一切的奇巧手段。大宴宾客的画堂上，每一盏烛台之后都装着镜面大小的风挡，除折射烛光外，其实还有另一个妙用，只要角度调整得当，身在宴上，便可观尽楼中事，当然包括楼顶的天台。

所以五阳帮主密会波月楼主一事，所有人都看见了。他们惊讶之余还在等，等叶陵延振臂高呼，生擒妖女，结果两人相谈甚欢，一旁的金狐狸甚至舔着爪子，打起了呵欠。

这算什么？领着诸道盟友，竟做起了通敌的勾当。大家都是明白人，知道武林第一正宗的五阳，已经沦为妖女的同谋了。若说不忿，当然是群情激愤，但谁又不在暗中顿足？人人心知肚明，波月楼主是开启宝藏的关键，她同谁合作，谁就有巨大的胜算。

愤恨与嫉妒，令人怒发冲冠。几十双眼睛死死盯着铜镜中的影像，当叶陵延送别岳崖儿时，有人哼笑，“难怪波月楼屡攻不破，原来是有内鬼！”

人心动摇了，乱糟糟一团。要使一个联盟在短期内溃败，最好的办法就是让他从内部开始腐烂。

结界之内，崖儿冷眼看着望江楼上匆匆来去、一脸怒色的盟军，小小的反间计就让那些门派之间产生了隔阂，果真互不信任的人，还是不能共事。

楼里门众自然欢欣雀跃，“五阳帮主这回是浑身长嘴也说不清了，无论这厮是否依照约定行事，在盟军之中都再无威望可言。群龙无首，用不了多久就会变成一盘散沙，还需要咱们回击吗？”

崖儿却摇头，说不够。

“叶陵延倒下去，自然有人站起来。每个人都想当首脑，最后不是内讧，就是推举出一个比叶陵延更缜密的人来。现如今正是帮派大乱的时候，必要趁此良机再给他们重重一击。他们忘了波月楼以前是做什么营生的，咱们接的可是人命买卖！”她转过头，朝苏画一笑，“要谢谢兰战当初定下的规矩，每一桩交易都要求委托者立据画押。这么多年过去了，咱们手里还攥着他们的小辫子呢。阿傍，你带人去楼库整理，把契约都找出来。这里面藏着他们所有人的秘密，我偏不信他们能不记前仇继续结盟，那些枉死的，毕竟不是亲爹就是恩师。”

这算是给各路联盟最沉重的一击了，打蛇要打在七寸上，哪怕不是一击毙命，也让他们废了半边身子。

阿傍领命去了，余下的护法和影卫对楼主愈发心悦诚服。从波月阁到波月楼，大江大河蹚过无数，但这次面临的窘境，是历年来之最。波月楼的人出去便是人人喊杀，此时不自救，一旦阵破就来不及了。这王舍洲虽然有官府，但江湖上的事，官府根本不敢插手。一夜之间聚集了这么多门派，早把那些扛烧火棍的衙役吓傻了。指望不了任何人，只好指望自己。怎么才能兵不血刃？自然是想办法挑起他们的内斗。这接二连三的变故接踵而至，本来就各怀鬼胎的联盟，瞬间就能不攻自破。

胡不言的作用十分多变，不当坐骑时，他兼做起了分发传单的工作。金狐狸从高楼上跃过，嘴里叼着的陈年契约雪片般洒落满地。街道上行走的人拾起来，就着天光诵读：“今契，射杀狮镜岛方得圆，与波月楼无尤，一切皆系鲜虞不痳一人之意……”

正念得欢快，忽然一把被人夺了过去。半张被胡髯遮盖的脸涨得通红，那犷悍如狮吼的嗓门，震得街道嗡嗡作响，“烈火堡，老子和你不共戴天！”

闹吧，闹吧，闹得越大越好。崖儿站在房檐上俯观城内，防守波月楼的人已经不知去向了。她咬牙冷笑，再过不了多久，就可以向五大门派下手了。只是这次身份彻底地败露，厉无咎也得了鱼鳞图，接下来的目标就是牟尼神璧。目前城里未必没有众帝之台的人，以前他要维持武林盟主的声望，宁愿费些事，坐山观虎斗。现在罐子已经破了，还会轻拿轻放吗？

神兵谱上排名第一的人，她在琅嬛洞天的名册上看过关于他的记载。册子的首页便画着一柄玉具剑，那是厉无咎的兵器，也是他身份的象征。

玉具剑古往今来都作王侯佩剑用，厉无咎和一般草莽不同，他出身显贵，非人能比。原本也许是当帝王的料，不过可惜，据说天生不足，将来也无法有后，所以便成了弃子，流落于江湖。什么样的机缘巧合，让他成就了现在的辉煌，不得而知，但他的野心确实用在了刀刃上，连为自己建造的乐土，都取名“众帝之台”。

众帝台上焉有王者？众帝之上只有神明。但不知为什么，所有人都在传言他病弱，一年中有十个月避世修养，甚至一度传出过他的死讯……结果呢，天下人都被他玩弄于股掌之间。是否真的体弱她不知道，至少他在雪域上的所作所为，并没有半点病入膏肓的迹象。

长袖善舞的伪君子，重的不光是利，还有名。一个人贪图什么，便打击他什么，没有比苦心经营而毁于一旦更令人崩溃的。如果哪天那张伪善的假面被打破，不知他会是怎样的一副姿态？

崖儿紧紧握住拳，眯眼向东方眺望，心念愈发坚定，眼前的敌人可以交由楼里人解决，她要直取众帝之台。

这么多天了，她等不来仙君的消息，心里火烧一样。天帝的惩罚会是怎样一番惨痛的折磨，谁也不知道。她害怕他会受苦，如果当真是那样，没有图册她也毅然要上路去找他，即便是死，两个人死在一起也算圆满。

楼下的魍魅穿着华丽的缭绫，仰着脸向上看，盛夏的金芒跳跃在他双眸，少年挥动衣袖，“楼主，契约都分发完了，外面打起来了，你看见了吗？”

她笑了笑，从飞檐上一跃而下，道：“打起来了才好办，你去把护法和四星八宿传来。”

魍魅道是，转身入内传令，很快便将人召集到了观指堂。

崖儿坐在上首，不紧不慢道：“攻楼的人阵脚大乱，正是咱们行事的好时机。先前分发出去的契约，目下虽然见效了，但能维持多久，谁也说不准。也许一两天，也许三五天，他们便会慢慢冷静下来。所以咱们要趁他们还昏沉着，打他们个措手不及。四星八宿加上护法，共十六人，这十六人今夜将各大门派来个斩首。不管成与不成，破晓之前，城外浅草长廊汇合。”

楼主令下，众人皆俯首听命。这段时间困在楼里，人都快发霉了，能领上一个差事活动起来，对于心怀利器的杀手们而言，是再快活没有的事。惧闲不惧死，这是多年刀头舐血养成的习惯。大多时候这种习惯算不上是任务，而是一种乐趣，畸形的乐趣。

大家跃跃欲试，崖儿倚着扶手浅笑，“但愿诸位的剑还未生锈，剑上银环还有饮血的渴望。”

魍魉哈哈一笑，“楼主放心，剑渴了，我们自己割破皮肉饲养它，从没让它忘记血的味道。”

崖儿颔首，“记住，只有一夜时间，城外浅草长廊，过时不候。这波月楼不能长留了，咱们得换个地方。我觅了一个好去处，攻下它，比波月楼强百倍！”

跑江湖的人，说难听些，大多穷凶极恶，颇有强盗风范。不过正道善于伪装，害人之前还不忘粉墨一番。他们这些人呢，更简单直接，说去抢别人的家，就一副欢天喜地的模样。

夜很快来了，十六人踏着暮色分散向四面八方，倏忽不见了踪影。剩下的，待夜色更深重些，随她潜出波月楼，直奔城外。

影卫个个都是好身手，谁也不用照顾谁，墙头草底，如履平地。城门上还留有几个看守的剑客，手起刀落眨眼解决了。这座熟门熟道的城池，没费周章就脱离出来了。回身望，像螃蟹褪下的壳，没人会流连。杀手本来就没有家，那座楼也不过是个遮风避雨的地方，谈不上感情，换了哪里都一样。城外有波月楼暗设的庳屋，里面驿马都是现成的，足够所有人使用。左右摄提进去查看，把马都驱赶出来，一人一匹预备妥当。

“楼主上马吧。”左摄提道，“属下先行一步，确保长廊安全。”

崖儿却说不，“你们随苏门主去方寸海。”

她临时换了主意，众人都有些意外，但没有人敢质疑，纷纷领命上马，一行人在月色下狂奔开去，很快消失在视野。

胡不言长吁短叹，“你这么谨慎，真叫我不适应。”

崖儿瞥了他一眼，“我什么时候给过你不谨慎的错觉吗？楼里上下那么多人，我不确定有没有内贼。苏画带走的那些，这阵子没有机会接触外界，就算有心，也不怕他轻举妄动。我要防的是散出去的十六人，万一其中有一人变节，波月楼就会全军覆没。我绝不能让这样的事发生。”

胡不言鼓着腮帮子咋舌，“果然老板不好当啊，要操心这么多人的生死。将来有机会，还是找个地方隐居吧。要是没人做伴，我勉强可以舍命陪君子。”

她看他的眼神充满不屑，“用不着，我有人陪，你还是多关心你自己吧。”

胡不言嘟囔着，跟她伏守在草丛里，刚要张口，草籽塞了他满嘴，他连呸好几声，喋喋不休抱怨着，“你看，跟你在荒郊野外喂蚊子有我的份儿，太平日子男耕女织就没我什么事了。”他两眼斗鸡着，发现面前的草丛里有一朵野生的小蓟，紫红色的绒球，看上去乖巧可爱。胡不言咧嘴一笑，“老板，我们这样算不算花前月下？”

崖儿没空搭理他，见夜色深处有一人一骑狂奔而来，仔细分辨，是魑魅。

‖第六十四章‖

心 月 狐

找不见同伴，他显然有些着急，圈着马缰前后左右观望，脸上神色慌张。

胡不言感慨，“你看魑魅，多像个走丢的孩子。他要不是和魍魉混到一起去了，我真想把他占为己有。”

这只狐狸的厚颜无耻已经到了一定境界！当初他进波月楼，头一晚扒的就是魑魅的窗户。谁知去得不凑巧，正赶上魍魉也在，被打出来了。现在脱险了，倒头头是道，一副成人之美的高姿态。要不是知道他那点老底，简直要被他的指鹿为马糊弄了。

崖儿嗤笑，“没成亲之前你还有机会，他现在一个人，你要不要去试试？”

胡不言有点动心，但细想想还是算了，“老板，我心有所属了，不能再干这种偷鸡摸狗的事了。我还想让苏门主给我生一窝小狐狸呢。况且我家苏画的脾气你是知道的，要是得知我三心二意，说不定会砍了我的第五条腿，那就不好了。”

崖儿扭头看了他一眼，眼神愈发嫌弃。

那厢的魑魅似乎带了些哭腔，喃喃自语着：“人呢……人在哪儿？”

这样紧要的关头被遗弃，确实不是什么好事，惶恐的不单是自己何去何从，还有对门众安危的惦念。

崖儿冷眼旁观半晌，如果他有问题，跟随前来的人早就露面了，等不到现在。她向胡不言使了个眼色，胡不言会意，打算潜得远些再蹦出来和他打招呼。没想到这狐狸太笨，刚移动了一步，一把匕首迎面袭来！要不是楼主眼疾手快以剑击落，他的头盖骨应该已经离缝了。

“奶奶的！”秀气的魑魅骂起人来毫不做作，“藏头露尾装什么鳖孙，有种出来一战！”

崖儿尴尬地咳嗽了声，“是我。”

胡不言从半人高的茅草后站起来，气喘吁吁道：“花乔木，你这个反叛！你看准了老子在这里，想假装失手要了老子的命！”

魑魅理都没理他，从马上跃下来，快步到了崖儿面前，单膝行了一礼道：“禀楼主，属下已取梨花宫主首级，特向楼主复命。”说罢张开腰间皂纱袋，请楼主验看。

三更半夜的，又是荒野，又是血淋淋的脑袋，胡不言心惊肉跳地捂住嘴，瞥了眼月色下血渍汪洋的人头，“你不会把鬼带回来了吧？死得不明不白的人有怨气，万一眼睛睁开了可怎么办？”

魑魅没好气道：“睁开了你不会戳瞎他？怎么死得不明不白？我想杀人，理由还不够充分？”

胡不言怨怼地剜了他一眼，贫嘴贱舌地问：“鳖孙是啥？”见他要骂人，忙咦了声，“梨花宫的名字取得这么雅致，我还以为全是女人呢，没想到宫主居然是个男的，这小子艳福不浅……”忽然发现人头鬓边起了白发，惊叫不对，“老夫聊发少年狂，一树梨花压海棠？”

魑魅看怪物一样看他，崖儿忍不住扶了扶额头。

月色皎洁，照得满地银光，魑魅四下张望，“其他人呢？魍魉回来没有？”

崖儿道：“你是头一个。楼里人都跟随苏画转移到别处去了，你也去吧。”

魑魅却说不，“还是楼主去和他们汇合吧，这里有属下，我来伏守。”一面看月亮的位置，拧着眉嘀咕，“少游怎么还不回来……”

胡不言牙都酸倒了，“少游、少游……花乔木，你怎么像个娘们儿似的？”说完就往崖儿身后躲，冲着横眉怒目的魑魅吐了吐舌头。

魑魅气不过，自言自语着：“欠揍的骚狐狸！”就地一趴，伏进了草丛里。

他不肯走，崖儿也由他，三个人趴成一排，任那匹骐骥信马由缰。有活物在浅草长廊上游荡，更容易引蛇出洞。

四野又沉寂下来，只有虫豸高低错落的鸣叫，伴着疾风吹动劲草的簌簌声响。

“啪”的一声，胡不言往自己脖子上拍了一巴掌。就着月光看，掌心一摊血，血泊中卧着老大一只蚊子，他啧啧道：“这哪是蚊子，明明是蜻蜓啊！”看看旁边两人，他们气定神闲，仿佛不是身处旷野上。他感到纳罕，“为什么蚊子不咬你们？”

魑魅淡笑，道：“因为蚊子听血潮而动，我们沉得住气，不像你，心浮气躁，血走天灵。”

这是什么话？拐着弯说他浪吗？没想到杀手不单会杀人，还很有学问，说起挖苦人的话来也文绉绉的。

夜阑无事，没人回还，胡不言又对魑魅和魍魉产生了好奇心。他越过崖儿的脊背喂了一声，“花乔木，说说你和少游？”

魑魅嘶地从牙缝中吸了口气，要不是碍于楼主在，他可能会剥了这金狐狸的皮。但说起他和魍魉，其实并不像大家认为的那样。

世间的苦难太多了，有些人的存在，是为了解救另一个人。

二十年前的无隐洲，被北歧国的铁蹄踏碎，连海边的小村庄都没能幸免于难。他就出生在那里，战火来时他才七岁。不知道一切是怎么发生的，某天半夜醒来，他发现自己躺在柜中，推门出去，像从一个幻境，一脚踏入了乱世。眼前的景象把他惊呆了，父母不知所终，窗外充斥着凄厉的绝叫。他呆呆地走出门，熟悉的渔村早已不再熟悉，远处海浪依旧拍打堤岸，近处房屋焚烧，发出哔啵的声响。他怔忡地站在门前，火辣辣的热量几乎燎伤他的面皮。他看见院子里父母倒地的尸体，走过去，走到他们中间，竟然吓得哭都哭不出来。

渔村烧了一夜，天亮的时候已经面目全非，无数像他一样的孩子站在断壁残垣中，重建不了家园，也埋葬不了爹娘。他看着之前费尽气力才翻转过来的两具尸体，他们并排躺着，面孔变得有点陌生，他甚至不确定他们究竟是不是他的爹娘。这时有个少年走到他面前，一身精细的黑甲在太阳下泛出粼光。他的眉眼间还残存着一团稚气，笑起来有尖尖的虎牙，撑着两腿，弯下身子说：“我替你埋了爹娘，你跟我走好吗？”

现在想起来，那时候的魍魉简直像诱拐孩子的牙婆，只用极小的代价，就把他骗进了波月阁。

当然后来他没有再过问他。带人回去，交给生死门的门主挑选，那是他的任务。所以那天相中他也是随机的，这单完成，就又忙于下一单的人选物色去了。但自己却不能不留意他，打听他的名字，原来他叫叶少游。一个姓花，一个姓叶，多难得的缘分！为了追赶他，他迫不及待地长大。后来波月阁里变了天，新任的楼主重选护法，他从生死门八宿中脱颖而出，和他并称魑魅魍魉，才有了现在的双煞。

往事不想重提，尤其是和胡不言这大嘴巴。他白了一眼，拒绝作答。波月楼的每个人都有故事，他们不是顶着面具的行尸走肉，面具后也是有血有肉有灵魂的个体。

胡不言还想搭讪，见崖儿抬手示意噤声，便立刻沉默下来。夜风凛凛，有个身影疾奔上了长廊，就像魑魅刚才的反应一样，四处观望不见同伴，站在那里一脸迷茫。

照旧是等，伏守的崖儿没有贸然出现，等待也是排除嫌疑的手段。然后陆续又有两人赶来，大家提着黑色的布囊面面相觑，最后一致决定，留下等剩余的人回来。

这三人看来也没什么问题，彼此汇合后，让他们先转移到方寸海。魑魅依旧不愿意走，坚持要等魑魅，崖儿拗不过他，只好随他。

时间慢悠悠地过，离破晓还有一个时辰，明王和阿傍也回来了，但魑魅依然没有踪影。魑魅有些待不住了，他回身看向城郭方向，“我要进城接应他。”

明王蹙眉说：“你疯了吗？眼下城里乱成一团，你知道他人在哪里？”

“不是剑气盟吗，我找到谢蘅下榻的地方，自然就能找到他。”

魑魅急昏了头，说着便要走，崖儿怒喝：“胡闹！这是什么时候，容得你肆意来去？别一个没回来，一个又折进去。”

但看重的人生死未卜，总叫人手足无措。她虽然喝退了魑魅，心里却不免生凉，自己为什么费尽心机率众走出波月楼，因为心里也牵挂着一个人。如果不打破僵局，她就无法找回鱼鳞图，也无法得到他的消息。

时间流逝，魑魅反倒沉淀下来，只是神情愈发坚韧，两眼向城池方向不住眺望。

崖儿也心焦，但立下的规矩不能打破，倘若天亮之前魑魅回不来，那只有两种可能，一是任务失败，被生擒或斩杀；二是本也没打算回来，魑魅被辜负了。

她转身问胡不言，“还有几人未回？”

胡不言道：“弱水门一人，生死门三人，再加一个魑魅。”

还有五人……月亮已经偏西了，最后的时刻终将来临。

她拂开茅草，举步上了长廊，吩咐明王他们：“你们继续伏守，我到明处等着。周围已经布好了羲和丝，如果情况有变，撤离的时候千万小心。”

这羲和丝，是比天蚕丝更细也更锋利的杀人武器，日月之下无形，但透过龙绡纱，哪怕伸手不见五指，也可以看得一清二楚。波月楼的人，个个随身携带一个巾袋，里面常备几样东西，龙绡纱就是其中之一。扬手一挥，月华下漾起一抹柔软的流光，蒙上双眼后，便看见方圆五十步内，密密布满了红色的丝线。

长廊上一人一狐悠闲而坐，有人来了，身形俊秀而熟悉，魑魅的嗓音里有压抑不住的喜悦，“是少游！”

魑魅带着伤回来，胸前的软甲都被血浸湿了。他到了崖儿面前，张开皂纱袋，咧开嘴笑道：“属下耽搁了，恰好参商的帮主也在，就一并解决了。”

崖儿看了眼袋中人头的脸，确实是徐野阔。他一人解决两个当然是好事，但另一个问题也凸显出来了……猛回身问明王，“参商的人头分派给了谁？”

明王道：“心月狐。”

胡不言明白过来，怪叫着：“娘的，居然是本家！报告老板，心月狐还没回来。”

既然没去收割人头，为什么拖到现在还不现身？如果没料错，仇家应该埋伏在了更远的地方，等着波月楼的人集齐，好一网打尽！崖儿哂笑，果然多长个心眼没错，也亏得早早布了阵。剩下生死门的三人，没有变节最好，万一有变，格杀勿论就是。心月狐曾是共进退的伙伴，虽没有任何感情可言，但也同门十几年，真是可惜。

她站在廊下向天边望，东方的晨星逐渐转亮，天色却开始变得昏暗。她点了盏灯笼悬在廊下，有笃笃的马蹄声传来，是心月狐回来了。马腹旁挂着的皂纱袋不是空的，她大概没料到，多管闲事的魍魉会替她把人杀了，竟还弄个假人头来混淆视听。

“楼主，属下复命。”她翻身下马，一手握剑，一手摘下纱袋，“其他人呢？怎么都不在？”

城阙方向的草丛也起了异动，虽然极力掩饰，但已经无法做到神不知鬼不觉了。崖儿看在眼里，不动声色道：“你辛苦了，参商的帮主，不容易对付吧？”

心月狐道是，“属下幸不辱命，请楼主查验……”一面张开皂纱袋，右手的拇指暗暗推开了剑鞘。

想生擒岳崖儿很难，但只要留住一口气，以便逼供就可以了。擒拿的过程用不着留手，你一留手，说不定命先交代在她手上。心月狐已经做好了准备，打算先断了她的手脚，让她无法反抗。于是皂纱袋到她面前的一霎，右手握住剑柄卸下了剑鞘。然而还没来得及挥向她，喉头赫然一阵刺痛。她很惊讶，看见自己喷洒的血，在灯火下交织出了一面画扇。

崖儿哂笑，“九年前你就不是我的对手，九年后依然不是。”

心月狐脚下踉跄，血大量涌出，染湿了胸前衣襟，手里的剑“当”的一声落在地上。她站不住了，最后听见她的冷嘲，心里死灰一样。是啊，九年前岳崖儿十三岁，对战弱水门四星，她们全败在了她手上。没想到九年后自己越发不长进，连招都没出，一切就结束了。

濒死的人失衡倒过来，崖儿寒着脸在她肩头推了一把，心月狐仰天倒下去，她厌恶地拂了拂衣裳。这时风里传来破空的声响，一支箭向她面门疾射过来。她抬剑一挥，把箭斩成了两段，然后在盟军震天的杀声里跨上金狐，向埋伏的护法比了个手势。

羲和丝是可以随敌军移动任意调整的，阿傍戴上铁爪，把身后的空缺也填满了。大家策马扬鞭在晨色里奔跑，回头看，不知情的盟军剑客紧追不舍。忽然遇上了看不见的墙，速度太快收不住，连人带马被纵横交错的丝线切割成了无数块。

一时惨叫声四起，波月楼黑了心肝的杀手们纵情大笑。笑声回荡在黎明的平原上，惊动了锦衣人肩头的鹰。那鹰两眼如炬，鹰爪猛地一蹬，提翅冲向了万丈高空。

‖第六十五章‖

座上是不是
也有喜欢的人了

大司命坐在司命殿里愣神，少司命捧着二十四卷历记进来，低声道：“座上，这是要归档琅嬛的新典籍，已经全都审校过了。”

他这才回过神来，哦了声说知道了。起身进侧殿取寄灵盒，吩咐少司命捧着书卷跟上，自己在前面索然走着。穿过九重门，上琅嬛索道，远远看见那面光盾，又想起仙君来。

六爻盾万年辉煌，而炼化它的人已经进了八寒极地。人世间的因缘造化真叫人心惊，不过倏忽，就相去千万里。

他叹了口气，慢慢走上玉石台阶，一阵大风吹过，西北角连接琅嬛基石的巨大铁链发出唧唧之声。奇怪得很，四条铁链互相牵扯，通常连半点颤动都不会有，今天也不知怎么了。

少司命从高积的卷轴后探出头来，“座上，缚地链好像松动了。”

大司命沉默了下，并没有过去查看，开启灵盒收起六爻盾，边走边道：“那链子是当初仙君设下的，要不是他，这片云岛不知漂流到哪里去了。现在仙君不在，六爻盾还愿意守着结界，已经是天大的面子，还指望那些锁地的链子也不生变故？”他一手推开了沉重的大门，撩袍迈进去，无关痛痒道，“卑职能力有限，无法稳固仙君身后的仙术，松动了也没办法。回头焚天书，告知大禁吧，请他代为通禀天君，请天君定夺。”

看守世间最大的藏书库，哪里是那么容易的事！上面交代了任务，便袖手不管了。这一万年间，保护琅嬛无虞，甚至维持方丈洲的平衡，要花多大的心力，高居天宇的天帝不了解，他只知道四海升平，人间安稳，不关心这稳固背后的付出。仙君是打算牢底坐穿了，把这个烂摊子扔给他，没问他愿不愿意，自说自话就决定了。那次他上天池，巡界的星君听说了紫府君的遭遇，大大嗟叹了一番，最后勉励他，好好干，将来说不定能够转正。他摇摇头，自己也说不清，开始倦懒。有时候想离开蓬山，像那些地仙一样，自己去开垦一块地，自己建个府邸。所以用不着太尽职尽责，琅嬛的事他能不管就不管，不论大事小情都向上界禀报。如果上面能另派人下来，那再好不过，届时就称要修行，卸了大司命的职务吧，反正三千年的管家也当得够够的了。

漫步走到经史典籍那类前，踏云把册子一卷一卷摆上去，底下的少司命仰头问："座上，仙君现在怎么样了？"

他怕动摇军心，一贯说还好，"就是行动不太自由，但吃喝不愁……不必为他担忧。"

这话说得违心，所谓的吃喝不愁，是饿了嚼冰，渴了舔雪。不过昨天在天行镜前看，发现仙君的境况竟有所好转了。虽然断尽一身仙骨，让他在雪地里昏死了将近一个月，上次的冰刑也弄得一身千疮百孔，但他终究有灵根，仙骨尽碎、灵根不灭，所以他还能活着，还能坐起来。

当时大司命隔着镜面看见他徐徐撑起身，真比自己渡劫成功还要高兴。他抓住镜架，心在狂跳，鼻腔里盈满酸楚，看他正正自己的衣襟，又捋捋自己的头发。大概是饿了，手指在雪地里划了两下，挑一块平整的积雪舀下去，煞有介事地来回倒，把雪压成了饭团模样。

大司命呆呆看着，心想以前的仙君又回来了。可断骨还没有完全复原，两手使不出力气，一不小心手指翻转过来，疼得直咧嘴。旁观的人也因他的动作心头发紧，还好，他甩甩手，重新给自己正了骨。仙君对细节一向颇有要求，把雪团托在手里观察，不平整的地方细细琢磨，待修得浑圆了，才小心咬了一口。

起先大司命很欣赏他苦中作乐的态度，见他逐渐恢复，悬了一个月的心终于落地了。可就是那启口轻咬的动作，霎时又让他心头绞痛。苦难还未结束，区别在于承受一切时，是昏厥着还是清醒着。

八寒极地什么都没有，没有树木，没有飞鸟，那是个干净到让人崩溃的世界。他坐在无边的雪原上，神情有些茫然。大司命使劲看他的脸，他清瘦了很多，但眼睛是明亮的。大约知道自己要的是什么，保全了爱人，即便历经磨难，心里也不自苦。

唯一庆幸的是，冰刑执行的频率不算太密集，七天一次，让他有机会自愈。其实遭受了断骨的重创，又被丢到那样的环境里，换成一般人早就坚持不住了，他还能恢复意识，大概得益于根骨皆是天成的缘故。

他在雪原上行走，缁衣像宣纸上落下的墨点，一路逶迤，伤口崩裂，留下点点血迹。大司命忽然着了魔似的，用力拍击镜面，大声喊他。可惜他听不见，只是摇摇晃晃前行，也不知要去哪里。

走了一段路，天边又有雷电隐现。他抬头仰望天顶，反正无处可躲，站在那里，泰然接受了密集落下的冰凌。这种场面不忍看，大司命别过头去，等冰刑过后再去寻他身影，自然又是卧在血泊中，无法动弹了。

扶着镜架的手剧烈颤抖，他把手缩回来，掩盖在广袖下，开始明白何所谓永世遭受冰刑之苦，就是让你一次次自愈，再一次次伤害，不停循环往复，永无止境。

“座上……座上……”

少司命喊了好多声，才把他游离的神魂叫回来。他将最后一册卷轴放上去，唔了声，“怎么？”

少司命道：“上次离开王舍洲时，座上不是答应把君上的境况如实告诉岳楼主的吗，这么长时间过去了，座上是否兑现了承诺？”

大司命怔了下，垂眼看他，“应该告诉她吗？”

少司命说是，“她一定心急如焚。相爱的人之间是有感应的，仙君在极地受苦，岳楼主难道不和君上同苦吗？”

大司命觉得不可思议，“仙君说过他们相爱吗？你怎么知道？”紫府君为情成了堕仙，这个内情明明一直隐瞒门下弟子，最后怎么闹得人尽皆知了？

结果少司命的回答很简单，“靠眼睛看啊，一个男人对一个女人有没有情，一眼就看得出来。”

当真一眼就看得出来？那为什么君上起初几次三番网开一面，他都没有察觉？是他太迟钝了？还是有眼无珠？

大司命摸了摸发烫的脑门，语重心长道：“你们离正果也就一步之遥了，不要把精力放在琢磨男女之间的感情变化上。要好好修行，争取早开灵窍，别辜负君上百年的教导。”

少司命听了，垂首道是，“红尘中跑了一趟，难免扰乱心神。再加上仙君的遭遇，弟子最近想得有点多了，等得了闲，还要请座上点化。”

大司命颔首，修行者有这样的觉悟是好事，就怕刚愎自用，懂与不懂都闷声不响，最后像过了冬的豆子，彻底养僵了。

少司命向他行礼，怯行退出琅嬛，但走到一半又抬头问他，“座上是不是也有喜欢的人了？”

大司命只觉耳根热辣辣地烧起来，有些恼羞成怒，厉声道：“胡扯！本座心如止水，哪里来的心上人！”

年轻的少司命被训了一句，不敢反驳，嘴里诺诺道是，出门时却在嘀咕：“那为什么老是看她？不喜欢为什么看她……”

大司命感到头痛，弟子们胡说八道，大概都盼着上梁全歪了，他们好动坏心思。他早说过的，不该到红尘深处去，那种地方纷扰太多，闹得不好，修行前功尽弃。不过他倒是一直坚信，自己的道行可以抵御俗世的浸淫。至于少司命口中的喜欢上谁……空穴来风，他怎么可能喜欢上谁！谁又配让他喜欢！

只是不知为什么，苏画的一脸怒容常在他眼前。他至今唯一后悔的，就是那天对她说出那样的话，让她下不来台。他倒没什么恶意，只是希望她别在他身上浪费时间，顺便……也让他静下心来，不再被那些无谓的情事困扰。

可人像经历了一场兵荒马乱，过去了近一个月，仍旧不时心慌气短。也许是近来所受的冲击太大了吧！他怏怏向大门走去，忽然想起了鱼鳞图。虽说天帝已经不再追究那卷画册的下落，但它落进了武林盟主的手里，到底让人悬心。

他去生州的类别上翻找神兵谱，册子是找到了，上面也有关于厉无咎的记载，说他出身显赫，高人一等。但大司命细细研读了所有关于他的描述，最后把视线停在那句“胎生神力，能嗅气辨色，听风识人”上。作为一个凡夫俗子，这样的技能实在太超乎寻常了。他蹙眉想了想，决定去三生簿上验证他的前世今生，结果找到关于他的记载，所有的录入都被涂抹过。原本整洁的册面上流瀑一样挂下墨来，早就模糊了以前的字迹，他的今世今生，再也无法追寻了。

真是匪夷所思，琅嬛典藏的书籍一般没有人敢随意动用，更别说损毁了。看来这位武林盟主的来历很不简单。反正无论如何，三生簿上的记录是无法恢复了，要想查个明白，除非下黄泉，借阎君的堕落生册一用。但每一处有每一处的规矩，就像琅嬛的藏书不得外传一样，阎君的生死册也不能让人随便翻看。

他将三生簿重新归位，迈出琅嬛。身后巨大的门扉轰然相阖，震颤之下，西北角的铁索又发出沉闷的声响。他下了九重门，上凤凰台找君野和观讳。观讳正在孵蛋，君野把她筑进了凤凰巢里，顶上枝丫密实地覆盖，织得像茧一样。以前是没有这个习惯的，但自从上次岳崖儿爬进凤凰窝，让他们产生了忧患意识，于是雌凰只管孵蛋，雄凤负责每天为她觅食。凤凰巢造得十分坚固，观讳只能勉强伸出一个脑袋来，吃完了饭，眼巴巴看君野在边上溜达消食。

大司命向君野说明来意：“托你给那个大闹凤凰台的人送一封信，我无法离开蓬山了，你脚程快，只有劳烦你。”

君野毕竟是鸟，不通人情，但会记仇。他不太情愿的样子，迟疑地看了观讳一眼。

大司命费力游说，“君上坏了事，你们知道是为谁？就是为她！她和君上的关系，就像你和观讳的关系，懂吗？将来君上从八寒极地出来，会感激你们，给你们灌顶的。现在正是立功的时候，此时不去，更待何时？”

这下君野被说动了，他扑了下翅膀，表示愿意前往。但是又不放心观讳，恋恋不舍地在凤凰窝边打转。

大司命说去吧，“你的妻儿我来替你照顾。”把一封信塞到君野的爪子底下，千叮咛万嘱咐，“她现在在鹊山口，找到她，亲手把信交给她。还有……替我看一眼苏画，就是那个最漂亮的女人，看看她好不好，有没有找到可心的良人。”

如果找到了……也好。她年纪不小了，女人终要有个依靠，以后的日子才有人为她分担忧愁。当然以她的性情，也许并不需要。他低下头思量，来前也考虑过，要不要就那次的事给她写封信道个歉，但想来想去，还是作罢了。既然相见无期，就不要再有牵扯，万一让她疑心他丢不开手，对大家都不好。

君野抓起那封信，拍打着翅膀冲上了云霄。以凤的速度，飞出九州地界抵达云浮，至多一夜时间。如果一切顺利，天亮之前岳崖儿就该收到信了。君上出事之后，他看着天行镜里的影像，一直不知道应该怎样同她说。说出来让她万箭穿心，又不是君上愿意看见的。但瞒着就一定好吗？没有转机，一辈子天各一方，一个在红尘俗世喊打喊杀，一个在冰天雪地受尽磨难，这就是爱情该有的结局吗？

不可否认，岳崖儿是他见过行事最果决、手段最老辣的女人。他暗暗对她寄予了厚望，八寒极地是仙的禁地，但人可以进去。如果她顶得住那份寒冷，如果她能救出君上，那么一切都值得，一切就都还有希望。

凤凰翱翔于九天之上，每拍动一下翅膀，便能飞出去百里远。君野目光坚定，山川河流从他脚下滑过，他没有回头，更没有驻足。虽然凤凰沦落成了信鸽有点屈才，但为了君上和有朝一日的灌顶，这点面子根本不算什么。

鹊山，在俞元以东，靠近云浮边缘，飞过罗伽大池就能看见苍黑的轮廓。

天上一轮巨大的明月高悬，君野拖着长而绚丽的尾翼飞过。到达鹊山上空时并不见那个野蛮的女人，于是绕山盘旋。凤的鸣叫有别于其他鸟类，一声嘹亮的清啼，响彻连绵的群山间。他的叫声会引来百鸟，几乎是一瞬，山野间的倦鸟都振翅而起。浩瀚的星河下，群鸟凝聚成一笔墨影，在空中肆意挥洒。

终于旷野上燃起了火光，有人站在篝火旁仰望，君野看清了那个人的脸，正是和他大战过三百回合的野蛮女人。他有点欢喜，任务即将圆满了，忍不住发出一声低吟，算是同她打个友好的招呼。

崖儿看着空中百鸟朝凤的盛况，喃喃道：“生州地界怎么会有凤凰？这凤该不会是……君野？”

凤有下降之势，她心里激动起来，基本可以确定就是君野！然而就在这时，一只体型庞大的兀鹫俯冲下来，张开翅展约有两丈余。原本凤已经不算小了，但在壮硕的兀鹫面前，竟像个文弱书生似的。

百鸟被冲散了，皎然月色下，君野同那只怪鸟缠斗在一起。几番较量似乎不敌，叫声里渐渐充斥起了惊惶。那只兀鹫极有章法，它阻止君野降落，将他堵在半空。崖儿在地面鞭长莫及，急得热锅上的蚂蚁似的。

胜负是显而易见的，优雅的凤凰即便吞吐火焰，也不能奈何那只空中强盗。地上众人都为君野捏了把汗，谁也没有那个能力腾身到高空助他一臂之力。

正陷入胶着的时候，月亮不知怎么被挡住了，一团巨大的阴影罩在更高的天宇上，摇身摆尾，把银河都遮去了大半。

‖第六十六章‖

你以前说过的话
还算数吗

天空变成了混乱的战场，月色晦明下，翅膀拍动的声响伴随着百鸟的鸣叫，充斥整个天宇。

底下的人都呆住了，分不清来去交缠的究竟是谁。月色即便再皎洁，只能照出大致轮廓。中途加入的庞然巨物也不知是哪一方，如果只是黄雀在后，那凤凰就糟了。

崖儿搭起长弓，站上了最高的岩石。到了万不得已的时候，只好冒一次险。兀鹫紧追着君野不放，要单是那贼鸟还好，现在又加入了一个，那像龙又像鱼的身形，仿佛哪里见过，但又不敢肯定。利箭上弦，拉了满弓，她心里没底，先准备妥当再见机行事吧。君野出现，必定带回了蓬山的消息，可他遭遇突袭下不来，她已经等了一个月了，不能近在眼前，又失之交臂。

还好，半路杀出的巨兽展开巨大的尾翼，一击拍中了那只兀鹫。只听“呱”的一声惨叫，那贼鸟从半空落下来，狠狠砸在地面上，微微挣扎了下，便再也不动弹了。明王上前探看，扯了扯兀鹫的翅膀，回身说：“死了。”

空中的君野终于能够落地了，彩凤的羽翼在月下披上了一层斑斓的光。他向她垂直飞下来，爪子一伸，将信扔进了她怀里。

崖儿顾不得别的了，慌忙跑向篝火。展开书信看，信是大司命写来的，由头至尾详细阐述了仙君回到九天上领罚的种种。结尾告诉她，仙君现被囚禁在八寒极地，无食可用，无衣可穿，有的只是万顷冰雪，和不时从天而降的，足以穿透皮肉的冰凌。

她托着那信，信上的字迹晃动得几乎再也看不清。一直疑心会这样，果然应验了最坏的猜测。天道丝毫不徇私情，有人犯了错，就得有人承担。可他那么傻，她从来没有想过让他顶罪，现在好了，断了仙骨，修为散尽，付出那么大的代价，就为换她短短几十年的阳寿，值得吗？

看信的人沉浸在她的世界，周围仿佛筑起了坚冰，人神勿近。迈着方步的君野还有另一项任务，就是去找那个最美丽的女人。他在一群黑衣人中一个一个辨认，凤鸟对色彩比较敏感，但目前这样的境况，很难分辨出哪个最美，哪个最丑。事实是所有人都很好看，每一张脸都精致而充满活力。君野不会说话，找得十分艰难。那群人呢，第一次看见凤凰，对他显然很有兴趣，三三两两站着，任他逐个盯着细看。

最后他找到了目测最漂亮的女人，应该就是她了。他围着她转了好几圈，结果边上另一个人过来隔断了他们，不太善意的语气和眼神，寒着声说："这凤不是公的吗，人鸟有别，它到底想干什么？"

魑魅笑着弯下腰，从口袋里掏出干粮挤碎，托在掌心里啧啧逗弄着，"凤啊凤，你辛苦了，飞了那么远，又要和人打架。"说着忽然顿下来，见空中的巨影化作一道金光，降落到地面上。他凝眉仔细打量，转过头看魍魉，"这人……"

君野看出来了，大司命托他问候的女人已经有主了。人和鸟一样，形影相随的必定就是另一半。信送到了，人也见着了，他的任务圆满完成。虽说翅膀受了一点伤，但问题不大，他还惦记着家里的老婆孩子，就不久留了。于是向那个救他的青年点了点头，腾空而起，拍着两翼飞向了天幕尽头。

年轻的男人带着一身水泽之气，从晚烟里一步步走来，傲岸的身形，眉眼和煦，颇有似曾相识之感。波月楼上下都在揣测他的来历，但没有人开口。

杀手的本能不是认亲，是摸剑。他感到好笑，只得先同魑魅打招呼，"花乔木，几个月没见，认不出我了？"

当初他在时，就一直和魑魅不对付，他不喜欢魑魅的雌雄莫辨，魑魅也看不上他的越俎代庖。其实越是针锋相对，越是印象深刻，既然连魑魅都不敢相认，那就说明他的变化确实很大。

魑魅看看苏画，苏画迈前一步，迟疑着问："是枞言？"

他微笑颔首，"苏门主，好久不见。"

大家顿时松了口气，在这流离失所的时候，忽然有人回归，是件令人欢喜的事。崖儿坐在火堆旁脸色发青，苏画知道她必定接到了不好的消息，但愿枞言的出现会让她获得一点安慰。

她唤了她一声，"楼主，你看谁回来了。"

垂首孤坐的崖儿这才抬起头来，看向从天而降的人，他穿天水碧的禅衣，一副秀骨清像自在模样。这五官，依稀相熟，但又有些陌生。她站起身走过去，他眼底波光流转，她忽然升起一线希望，"枞言，你回来了？"

他向她伸出手，脸上笑意盈然。可惜她并未如他那样，因久别重逢就头脑发热。她没有投进他怀里，只是熟悉而又疏远地，以江湖男人打招呼的方式，同他扣掌抵肩，道一句“别来无恙”。

他不免失落，但并不伤嗟，分开好几个月了，有很多话想说，不愿把时间浪费在无聊的地方。

崖儿到这时才仔细审视他，同他比了比个头，自己竟不知不觉落下了那么多，现在只及他耳垂了。她感慨：“年轻孩子长得就是快啊！”

他不太满意她总拿这种口吻来评断他，但依旧笑着提醒她：“我活了七八十年了，不是什么‘年轻孩子’，我比你年长得多。”

无论长大还是归队，反正都是好事。枞言以前在波月楼的身份类似于军师，不可否认，有他在，无论是规矩和人心，都会更加稳固。

崖儿让大家去休息，反正她也睡不着了，后半夜的巡守就交给她。一时人都散了，她回首看看枞言，心里渐渐安定下来，温声道：“你能回来，我真高兴。我的身份败露了，整个武林都在围攻波月楼，我们只好弃楼出逃。”

他点点头，“我看楼里人都在，能不损一兵一卒安全撤离，楼主果然越来越有大将之风。”

崖儿解嘲似的笑了笑，“即便是这样，也还是伤了元气。你离开之后发生了很多事，我有时候都觉得自己要坚持不住了。但困境之中总有微光，就像今天，要不是你来，君野就危险了。”

“君野是那只凤凰吗？我原本也正要来找你，恰好碰上了。”他想了想道，“我记得以前在方丈洲见过他，那时候我沉在东海海底，他常和那只雌凰飞过，他们是紫府君饲养的比翼凤吧！”

崖儿嗯了声，“他来给我送信。”说着低头看手里的泥金笺，薄薄的信纸却重如千斤。

枞言缄默，犹豫了下方问：“你和他……我本以为鱼鳞图失窃，琅嬛不会罢休，没想到紫府君把这件事掩住了。”

他一头扎进罗伽大池不问世事，不知道陆上发生的种种。她至今还活着站在这里，并不是她的幸运，是有人为她出头，代她领了罪罚。她笑得惨然，“丢了天帝海疆图，这种事怎么可能掩得住！枞言，我闯了大祸，害人害己。早知如此，我当初就该随我爹娘一起死在雪域的。”

她去琅嬛窃书的经过他都知道，甚至她夺了紫府君的清白，害他失物又失身的内情，枞言也一清二楚。当初他就曾经狠狠训斥过她，责骂她不该让一场有计划的偷盗牵扯上私情，可是有些事，实在不是人力能控制的。她一直没说，其实从一开始她就觊觎紫府君，因为他的高洁如莲，因为他长了一张世间难觅的好脸。她想借他开张，委身仙人，总比哪次任务中不明不白翻车了好。原本仅仅只是私欲，打算上床认人下床认鞋的，谁知道最后闹成了这样。

枞言见她颓丧，就知道事情不妙，“你何苦说这种话，什么跟爹娘一起死，你活成这样，未必比和他们一起去强多少。图册被紫府君拿回去了吗？”

她摇头，“他把图册留给我，自己去八寒极地领罚了。可是我却辜负了他，图册落进厉无咎手里了。”

枞言流露出惊讶的神情，不单是图册旁落的事，更多的是紫府君后来对这件事的处理态度。他抚抚额，觉得混乱。想问一问他们是不是定了情，可是他不敢。他以为那位仙君可以心如明镜台，把一切当作流云的，结果显然是高估了他。

周围松涛阵阵，他在空旷的驻地上盲目地游走了两圈，“想办法把图册拿回来，东西落进武林盟主手里，你的处境会越来越危险。至于紫府君……你已经无能为力，便不要再想了。”

崖儿讶然，“不要再想？”

“八寒极地是怎样的世界你知道吗？地都是冰川，山都是雪山，身陷其中求生不得，求死不能……”他哀伤地望着她，“把图册拿回来，你就跟我走吧，离开云浮大陆，找个地方安稳度日。”

也许他是善意的，可她却不能领情，“你觉得我还能安稳度日吗？”

如果没有遇见仙君，她也许会活得旁若无人，但现在做不到了，她要想办法营救他。不过那是她自己的事，没人帮得了她，索性不去说他了。

她抿唇微笑，至少枞言回来她是高兴的。她又绕着他打转，像长辈看见晚辈一夜之间长大成人了，有说不尽的欣喜，“四个月而已，我都认不出你来了。你和之前大不一样了，之前怎么看都像个孩子，现在像大人。”

篝火下，年轻的面孔春雪消融般新生，倜傥中有恰到好处的一段自矜。他本就非人，世间一切妖魅秉性深处都蕴含着机巧和吊诡，只是有的放任不顾，有的学会了控制。

枞言轻笑，“不是像大人，是确实变成大人了。我前两天成年了，蜕尽以前的皮相，真身和化形都会起变化。”

所以先前他腾身在空中，没有人认出他的原形。几个月前他还是一条胖胖的大鱼，现在却不一样了，身形变得修长，兼有龙的气势，这才是名副其实的龙王鲸。

崖儿想不明白，枯眉笑道："可你说过，龙王鲸八十岁才成年，你还差一年多呢，怎么说大就大了？"

这种事也不是死规定，只是族类大部分在八十岁成年罢了。他提前，是因为遇上了她。感情的催发会在身体上形成实质的改变，当他对她日思夜想，甚至产生某些道不清的渴望后，成年就提前来临了。蜕变只在一瞬，像小鱼从鱼子中挣脱出来，猛地一个弹射，迎来了新的世界。他也是这样。曾经比她矮了一头，总是被她笑话，现在他比她高了，看她的时候需要垂眼，这种变化让他生出油然的骄傲。

他愈发挺直了身子，下巴几乎可以搁在她前额，"嗯，就是长大了，比你高了这么多。"抬起手，在她头顶揉了揉，"上面的空气果然好。"

崖儿不满地位发生变化，以前她一直以姐姐自居，即便他长高了，长幼也不能颠倒。她气恼地格开他的手，"不许摸我头！你没满八十岁，在我看来还是孩子。"

他说为什么，"不管从哪个方面看，我都是实实在在的成年鲸，凭什么在你这里就没成年？"经受过她两年的耻笑，新仇旧恨一并涌上来，报复似的又狠狠揉她的头，"年纪不年纪的根本不重要，我已经是大人了，这是事实！"

可怜波月楼主那么厉害的人物，居然被他揉得没有还手之力。崖儿顶着一头乱发叫嚣："枞言，你再胡闹！"跺脚追赶，要以眼还眼。

可惜她不够高，探手揉他的脑袋十分费力，经过了一番纵跳，不知怎么落进他怀里了。他弯着腰，抵着她的肩，在她耳边长叹道："月儿，这段时间我没有一天不惦念你，你过得还好吗？"

怀里抱着她，像抱住了一团明月。少年的爱慕和向往那么热烈，他可以为她杀伐征战，乃至牺牲一切。大约这就是识一人，误一生吧。

崖儿不知道他的心思，他从来没有和她明确表示过，所以他模棱两可地亲近，她也没有表现出太大的反感。多时不见的老友，曾经不止一次把醉醺醺的她从天台上扛下来，再见后欣喜一抱并不过分。她抬手拍拍他的背，惊觉少年果然已经长成了，肩脊宽厚，再不是那个瘦弱的身板了。

"你以前说过的话，还算数吗？"他忽然这样问。

崖儿愣了下，摸不着头脑，"我说过那么多话，你指的是哪一句？"

他松开她，含笑望着她，"从九州回来的路上你说过，如果我想让你报恩，等我长大以后，也可以找你人约黄昏后。如今我成年了，请问岳楼主，这话还算数吗？"

‖第六十七章‖

愚蠢的爱情

崖儿发怔，这话她说过吗？仔细回忆一下，似乎确实说过。当初璃带车在云上风驰电掣，她初得鱼鳞图，正是意气风发的时候，自觉江湖儿女不拘小节，况且他离成年还有两年，于是一时兴起脱口而出了，没想到他会当真。如果照她以前的性情，以身报恩也不是不可以，但现在……她倒不急，只是蹙眉问他，“你是认真的吗？”

他不说话，静静望着她。崖儿心里有些难过，“可是我把你当成最好的朋友。”她含笑说，“当然你要我报恩是应当的，那就找个地方吧。”她左右观望，向驻地边缘的树林指了指，“那里怎么样？”

救命之恩不敢忘，倘若他此来确实是想算账，那也无法，只好归还。只不过还完之后就再不欠他什么了，这段友情也彻底完了。

她这么慷慨，却并不让纵言觉得高兴。其实这话半真半假，他也想过，万一他运气够好，她和紫府君之间没有任何进展。就是当了真也没什么，他会负责到底的。以前未成年，不敢也不好意思同她谈私情。现在他长大了，有资格了，但看样子情况似乎并不乐观。

她没有要抵赖的意思，但他从她的舍得一身剐里，看出了着实的不情愿。他苦笑不迭，感情真是不讲先来后到，再长情的相伴，都不及舍生忘死来得惊心动魄。她像是下了决心，来拉他的手，他却笑着推开了，“开个玩笑，你怎么还当真？我们鲸族也有漂亮姑娘，也很勇敢可爱。我不会看上你的，”他的笑容在月色下逐渐成灰，“看上你，你的生老病死都会成为折磨。我不能眼睁睁看着自己爱的人衰老、死去，所以我会找个同类，你放心。”

她已经一脸肃容了，但在听到他的话之后，重新绽出了笑靥。显然是吓得不轻，压着胸口说：“我以为你真的有这想法，毕竟成年后想试一试也是人之常情。还好你是开玩笑，要是当真了可怎么办呢，我一直拿你当弟弟，做不出那种事来。”说着搓了搓发红的脸，“嗳，听你刚才的话，看来这次回去遇见喜欢的姑娘了。她也是大池人吗？和你年岁相当吗？”

枞言含糊应着，“不过见过一两次而已，还谈不到那么长远……”

她招呼他去篝火边坐，她在前面走，他跟在她身后，看着那背影，心里涌起了无边的惆怅。其实哪里来的姑娘，他们这个种群日渐凋零，自从和母亲走散后，他就一直孤身一人到处游荡。他是罗伽大池上唯一的一条龙王鲸，他已经孤单了几十年。这几十年里只有鱼虾藻荇和他做伴，而它们追随他并不是因为喜欢他，只是为了在他身下躲避天敌，吃他身上老化的皮肤罢了。

崖儿不了解那些，她还在庆幸挚友的失而复得，和他并肩坐在火堆旁，询问他寻母的进展。枞言摇摇头，“找不到了，也许已经死了，否则这么多年，不可能一点消息都没有。”

崖儿见他落寞，在他手上轻拍了下，“只要没见到尸体，就还有希望。”

他两臂搁在膝上，深深垂着头，散落的头发遮住了半张面孔。回忆起那时的情景，像做梦似的，“她为保护我受了伤，身上的血把那片水域都染红了。我很后悔，当时只顾逃命，没有回头看她一眼，她一定觉得很失望。”

崖儿说不会，“她只希望你快跑，只要你能活下来就好。虽然我还没有做母亲，但我知道所有母亲的愿望，都是自己的孩子能平安长大。”

他抬起眼来，迟迟道是吗，“将来月儿一定会是个好母亲吧。”

好母亲……可是那个能给她孩子的人还在极地受无边的苦。她惨然抬起眼望向渺无边际的夜空，繁星下有血丝般忽隐忽现的异象，月亮不知何时变成暗红色的了。她想起那只兀鹫，明王查看过，从外部看似乎没什么异常，但这么大的鸟本身就不正常。

“我们这里的情况，恐怕厉无咎都知道。”她忽然说，“图册到了他手上，如果他想开启鲛宫，必定会打神璧的主意。就算我不去找他，料他也会寻上门来。我眼下有两条路可走，一条是夺回图册，向天帝领罪，换回仙君；一条是杀进八寒极地救出他来，然后想办法对抗天帝。”她看了他一眼，“你说我走哪一条？”

这就是她所谓的路，无论哪条都不好走。枞言道：“即便天帝愿意让你换回紫府君，紫府君费那么大周章，结果发现还是回到了原点，他会甘愿吗？接下来换成你在八寒极地受刑，他再来救你，不过处境对换，有什么意义？至于你说对抗天帝……”他掉过视线凝视她，“你在云浮大陆称王称霸就算了，凡人和天帝拼命，未免不自量力，我劝你还是放弃吧。”

话说得是没错，但大司命让君野送来的那封信字字滚烫，像岩浆一样灼伤她，她无法对仙君的处境视而不见，那是她掏出心肝去爱的人啊！

她简直有点自暴自弃，苦笑道："我是贱命一条，天帝觉得我不该活，把命拿去就好了。紫府君是无辜的，一切都是因我而起，整件事里他是受害者，现在这受害者竟然还要继续受苦。"

"他替你，他心里觉得欢喜，因为他爱你。"纵言仰起头长长叹了口气，"如果换成我，我也愿意，这就是愚蠢的爱情。"

爱情确实蠢，古往今来毁了多少人！

大司命站在凤凰台上，看着君野盘旋降落。凤凰的翅膀上有伤，落了几根羽毛，还有隐约的血污侵染了细小的绒毛。他趋身查看，"途中遇袭了？"

君野点点头，扭过身，用喙整理羽翅。

世上有什么鸟敢去袭击凤凰？这世道，真是越来越让人难以理解。他伸出手，为君野治愈了伤口，问信有没有安全交到岳崖儿手里，君野很肯定地表示有。君上养这对凤凰，养了快一千年了，鸟类开窍得晚，虽还没有化成人形，但人和鸟之间的沟通，已经到了不需要语言的程度。

信送到了就好，大司命松了口气，料想岳崖儿知道了确切的消息，接下来就该设法营救君上了。他信里没好写明希望她怎样做，因为教唆人劫狱也触犯天条。可说句实话，他恨不得把去八寒极地的路线都一并画给她。只是人去那种严寒的地方很危险，通常还没等踏上边缘，就已经被四溢的寒气冻死了。

不能坐以待毙，得想点办法。他沉吟了下，还有一桩事萦绕心头，想问，又有些羞于启齿。转身向凤凰台边缘走，走了几步才如梦初醒似的哦了声，"我托你看望那个女人的事……你没有忘记吧！她现在怎么样？"

君野很尽职，他开始绘声绘色描述关于那个"漂亮女人"的一切，"她已经有爱人了。"君野伸翅晃脖，"有个很漂亮的男人围着她打转，连我靠近她，她的男人都酸气冲天，看得出她很幸福。大司命你为什么那么关心她？是不是也喜欢她？"

大司命的脸色有点发青，失魂落魄地说没有，"是因为……我欠了她钱，回来之前忘了还……"解释不下去了，匆匆腾云而起，返回司命殿了。

原本想好了的，倘若她找到了合适的人，他应该觉得卸下了一桩心事，以后就不必再惦念自己说过的那些难听话了，可现在看来似乎不是。他感受到一种前所未有的重压，并不觉得苏画的心有所属，能减轻他心里的负罪感。他甚至开始疑心，是不是自己的无情让她绝望，以至于随意在波月楼里找了杀手，就此潦草度日了。

仅仅只是负罪感，他对自己说，这种负罪感也不能天长日久地存在下去，反正她已经有人了。他枯坐在司命殿里，隔着窗，能看见外面悬浮的群山，和徐徐落下的太阳。也不知坐了多久，他站起身上琉璃宫，打算去看看君上。

仔细擦拭天行镜，镜子里的世界是极昼，永远没有黑夜。分不清日夜，掌握不了时间，人会活得很迷茫吧！他搬来一张凳子在镜前坐定。受完了刑的仙君再一次坐了起来，这回不走了，盘腿而坐，双手结印，开始禅定。

天欲旸不旸，云层厚重，从云层边缘透出一点金色的芒，但这芒永远照不到地上，不能提供任何温暖。一般被断了仙骨的堕仙到了这里，基本和寻常人无异，先是全身起疱，然后裂如青莲花，直至血肉变成黑红色。身体分裂再分裂，然而死不了，可怕的痛苦加剧几十倍，让每一块皮肉都感受到罢了。起先他很害怕仙君也会变成那样，但一个月过去了，他除了脸色苍白了点，倒也没有其他不妥。只是仔细看，还是能看出袍裾的轻颤。到底太冷了，他也会发抖啊。

大司命还像以前面对面同他说话一样，垂着眼道："君上，我的心好像出问题了，有时候睡着睡着，一阵绞痛，不知是不是上了年纪的缘故。苏画她有人了，距离上次我给她治蛊毒，过去也就两个月而已，她……有人了。您之前一直诬陷我和她有染，我知道是为拉我下水，这次不用您拉，我自己就下去了。可是抽筋断骨的后果，我承担不起。不知有没有无痛脱仙籍的办法，我猜应该没有吧，果真上船容易下船难。"

极地里的人动了一下，睁开了眼睛。

大司命自顾自叹息，"可惜现在一切都迟了，我再也不去想那些了。偌大的琅嬛还需要人看守，既然您把这个烫手的山芋扔给了我，我就得寸步不离地守着它。"他垂头丧气地说，"这是我最后一次再提起她，自今日起，这个人于我来说不存在了。我没有君上这样的勇气，为了爱情可以不顾一切，所以我不配得到她。"

他站起身，坍着两肩，垂着广袖，走出了琉璃宫。天行镜里的人抬起头看向天顶，那双眼睛穿云破雾，于千万里外直视过来。眉心赤红的堕仙印迹，如火焰般熊熊燃烧，衬着这白色苍茫的世界，竟有种妖异的韵致。

苏画手里的发簪断成了两截，荒郊野外不必考究，随手一抛，扔进草丛里，折了截枯枝把头发绾起来。

长途奔袭好几天，到达鹊山，再往南五百里进入毗蓝洲地界，就真正接近众帝之台了。

大战在即，应该放慢脚程。楼主下令暂歇两天休整，但藏珑府的威胁时刻都在，波月楼的人任何行动都不能单独进行，一为安全，二为互相监督。

虽说高楼上的锦衣玉食暂时不在了，但与天地同进退的感觉也很好。白天林间日光斑斓，清风透体；晚上林下溪旁，听泉水缠绵低洄，心里的清梦便漫溢上来。

盛夏时节，野外除了日头直射，只要有遮挡，就比楼阙广厦里更凉爽。她坐在泉边，斜撑着身子，把脚浸泡进泉水里。泉水清透柔软，滔滔席卷过小腿，把白天的风尘都涤尽了。

忽然身后传来响动，贼头贼脑却毫无内力遮掩，她闭了闭眼，“胡不言，你再鬼鬼祟祟，小心我宰了你。”

胡不言发出一声讪笑，“我不是看你正洗脚吗，怕走近了又挨你骂。”

苏画没有搭理他，仰着头，让月华和星辉洒满脸颊。

“苏门主，我心情不太好。”胡不言欣赏了一番美人的婀娜，在她身旁坐下来。

千里一瞬门的门主，要风得风要雨得雨，还有什么不满足？苏画哼笑一声，“能让胡门主心情不好的事，肯定是好事。”

胡不言愣了一下，“你这是什么意思吗，我也没别的不快活，就是觉得那条龙王鲸来了，自己不受重视了。不过还好，我还有你，我的人生还有指望。”

不明白她和他的人生有什么关系，这狐狸每天都活得那么多情，所谓的心情不好，通常是出于“为赋新诗强说愁”。她不拿他当回事，踢踏着溪水自得其乐，一双盈盈玉足，在夜色下皎白得像一对圭璧。

胡不言没能等来安慰，觉得波月楼里的女人大多心狠。就像岳崖儿，当初见了他就剁他尾巴，最后一腔热情全泼到紫府君身上去了。至于苏画，她是个复杂的女人，把柔媚、狠辣、纯情和性感都融合到了一起。她有年轻女人没有的独特味道，这种味道必要经过岁月的洗礼和穿孔过隙，千锤百炼下形成。最后可以写成一本书，画成一个长卷，因为实在是太深邃了。

胡不言的好色，是色而不淫，他看见那双玉足，脚腕上还系着细细的红绳，第一感觉不是被勾起情欲，而是觉得她还保有少女的天真可爱。

他问：“苏门主，你近来有没有遇见不高兴的事？”

苏画沉默了下才道：“有，心月狐是我门下弟子，她变节我竟不查，是我的过错。楼主虽然没有责怪我，但我自觉处境尴尬，这些你不会懂。”

可他说懂，“你怕楼里人怀疑你，正因为你没有参与心月狐的叛变，你才会觉得尴尬。不用怕，所有人都不相信你，我相信你。老板她人虽坏，但她对身边亲信还不错……苏门主，我给你捏捏脚吧！”

苏画本以为他是只糊涂的狐狸，但听他这两句话，又觉得他不那么蠢了，“她真的信任我吗？”

胡不言说当然，“她明察秋毫……我帮你捏捏脚吧！”

苏画白了他一眼，“泡在水里很好，我不愿意抬起来。”

他想了想说行，轰然一声跳进清溪，把她的脚捧在怀里，“路上奔波那么多天，你都是骑马，看着实在辛苦。我给你松松筋骨，以前我跟一个卖膏药的师傅学过，他的膏药不怎么样，但足底按摩手法一流。”一面说一面曲起食指按压她脚底的穴位。

苏画又痛又痒，大笑起来，“哎哟……别……快住手，别按了……”

他却越发炫技，“马上就会很舒服了。”摇头晃脑，自觉世上女人不管多厉害，都会臣服于他惊人的按摩技巧。

也不知是他的永不言败让她刮目相看，还是火候确实到了，他愕然发现苏画香喷喷的脸颊贴着他的，一双玉臂紧紧环住了他的脖子，在他耳畔吐气如兰道：“胡不言，你不就是要这个吗，老娘经历的男人多了，唯独没有过狐狸。今儿晚上有兴致，给你个机会，就看你会不会伺候了。”

‖第六十八章‖

怎么样？痛不痛快

胡不言不是枞言，苏画也不是崖儿。对于一只狐狸精来说，送到嘴边的肉不吃，辜负了美人恩，是要遭天打雷劈的。苏画呢，除开执行任务时的调笑，这种话要么不说出口，出口就当真，不管是对大司命还是胡不言，都一样。

在这之前，她从来没有想过天长地久，她这样的人，泥泞不堪的半辈子都混在波月楼里，谈那四个字太奢侈了。可是一个女人，总有感到乏累的时候，特别是经过了苍梧洲的种种。她开始自暴自弃，看着镜子里越抹越厚的脂粉，忽然意识到青春真的不在了，大司命的那句“老妖精”，原来叫得一点错都没有。

从一处受到了打击，就要从另一处找补回来。大司命在龙息寺的那番话，打碎了她的自尊。其实她只想逗弄他一下，为什么他的反应那么激烈？他替她治蛊毒，手指像溪水一样缱绻流过，她看见他指尖上绽出紫色的花，扬手抛到她的伤口上，一朵变作两朵，两朵再变作四朵……她知道人和仙终究是殊途，也没有打算继续和他打交道，结果他叫住她，没头没脑说了一堆无情的话。

人啊，就是这么贱！她居然发现自己可能真的喜欢上他了，而这种历尽千帆的喜欢，在他眼里一文不值。还好有一个对她表现出了惊人的兴趣，多少让她挽回一点颜面。胡不言也算一番苦恋，被骂、被无视，都打不破他的一腔热情。她不喜欢他的油嘴滑舌，但又欣赏他乐天知命的洒脱。这狐狸没什么志向，他的志向是过好每一天。虽然花心，但待人诚恳。苍梧城突围时自己中了一箭，淌着血还在照顾她的伤，那时他没有嬉皮笑脸，眼睛里有忧伤的颜色，她看出他是真的关心她。

波月楼的苏画，江湖上也算小有名气，但那远播的艳名并没有给她带来实际的好处，不会有人想来摘这朵罂粟。她的结局正常来说是枯萎，然后化出坚硬的壳，被扔进角落，直至彻底遗忘。

唉——她长长叹了口气，就这样吧，过后就再也不去想大司命了。人家喜欢做神仙，即便是做了人，也不会和她有什么后话，因为骨子里就瞧不起她。紫府君的凤凰送信来时，她曾暗暗指望能得到只言片语，结果没有，他走前的几次瞩目都是巧合罢了。

胡不言在某些方面的能耐，绝对比他拿剑高出不止一个段位。曾经在九州处处留情的人，经验十分丰富，连妖都对付得了，何况是人！苏画不一般他知道，所以他把看家本领都拿出来了，行事间颇有讨好的意思。

看着面色潮红的苏画，胡不言竟然有点想哭。这就是得偿所愿后的身心愉悦，他觉得一辈子已经圆满了，这么厉害的女人都被他拿下，他的人生简直战无不胜。苏画以前是看不上他的，他挨过她的冷语，也吃过她的拳头。女人崇拜英雄人物，可惜他不是。但他武力值虽差，腰腹力量却很好，这下子她应该爱死他了。

两个老手天雷勾动地火，能将丰沃的草原烧成赤地千里。最后一击，如蛟龙吐息，把魂儿都送出去了。他将脸埋进她的长发里，气喘吁吁问："怎么样？痛不痛快？"

良宵美景下的露天狂欢，自然能勾出别样的刺激。苏画餍足，拽起交领盖住半露的香肩，懒声道："不错，以后随叫随到吧。"

胡不言说那是自然，但更关心另外一件事，"我们现在算确定关系了吗？"

苏画娇眼慢回，起身下马，那白而纤细的腿划了个漂亮的弧度，歪到一旁去了，"睡了一回就要确定关系，你们九州是这样的？"在胡不言渐渐失望的眼神里扬手绾发，凉薄笑道，"云浮没有这种规矩，确不确定还得再看。或许等到楼主大仇得报那天吧，如果你我都活着，我尚未老，你还眷恋我，那就凑合过。"

月华似刀，在胡不言心上钻了好几个孔。他悲凉地伸出两根手指指向她，"没想到你是这样的女人！所以教出了一个吃完就跑，被追了几万里的徒弟！"他伤心欲绝，"你不是觉得很满意吗？我告诉你，我还有独门绝技没使出来，你要想领略，就得和我确定关系。你说，究竟确不确定，别拿什么将来云云来搪塞我！"

苏画侧目看他，发现惹上了麻烦，"你别得理不饶人，我不吃这套。"

"那你想不想再来一次？"他觍着脸说，"再体验一次也可以。"

腰酸背痛的苏画力不从心，推了他一把道："今晚就这样吧，下次再说。"

胡不言唰地站起来，"我想证明我能力很强，收了我你绝对不吃亏。"

苏画愣了下，心里好笑，嘴上咒骂着："骚狐狸！"

他又蹲下来，可怜巴巴地看着她，"苏门主，我对你是真心的，你看不见，难道瞎了吗？"见她变了脸色，忙又阿谀，"我不是那个意思，我是说你千万别错过我这样的好男人。我外表看上去没正经，但我正经起来比紫府君都正经，真的。”

苏画差点笑出来，“这话你也敢说？”

胡不言说是啊，“我承认自己是花花公子，但我有一颗专一的心。反正我们之间已经发生关系了，如果你坚持不认账，那我就到处宣扬，让你没脸做人。”

这个威胁实在是太狠了，窝边草和外面的野草不同，到时候盛传苏门主睡了一只狐狸，睡完还不擦嘴，那面子确实会没处搁。

苏画凝眉看着他，“你确定要这么做？”

他坚定地点头，“就等你一句话。”

苏画抬起两手抹了把脸，只得认栽，“既然这样，那就如你所愿，我们确定关系。但是用不着刻意对外宣扬，我允许你对我好，允许你上我的床，也算对得起你了。”

可以是可以，又觉得少了点什么，不过这样已经很令胡不言高兴了。他一把抱住她，赌咒发誓似的说：“我一定会让你满意的，招之即来是我的强项。”

他难以摆脱狐狸的天性，在她胸口大嗅一通。苏画无言看向天顶，心里既失落，又隐隐痛快。她有了男人，大司命再也不必担心自己被她纠缠了，得知这个消息，他总该满意了吧！

向毗蓝洲进发，毗蓝洲的中心有座城，云浮十五城是以洲名命名的，只有毗蓝例外。按照惯例，它应当称作毗蓝城，但武林盟主有他的喜好，他给自己的乐土取名，叫众帝之台。众帝之台的外城允许平民居住，内城非江湖中人士不得踏足。至于内城的中枢，有个更加辉煌的名字，叫藏珑天府。又是众帝又是天府，厉无咎的野心可见一斑。

众帝之台的鬼斧神工，于百里之外就开始显现。接近那座城，没有陆路可走，只有一条宽大的峡谷纵贯深入。峡谷两旁是连绵险峻的山峰，起先是两峰对起的地势，越往前，越显出诡谲之色来。

天气很好，木船逆流而上，高擎的桅杆上鼓胀起帆，一阵风吹来，推着木船向前疾行。太阳当空，明晃晃悬于头顶，照理来说是没有遮挡的，但船体忽然被笼罩在一片阴影下。仰头看，原来途径一段类似岩洞的风景，顶部的山体被雕琢成了高举斧钺的战神，那战神横眉怒眼，连身上甲胄的鳞片都清晰可见。

两岸是战神的双腿，他们得从战神的胯下穿过去，多少让人感觉憋屈。但憋屈也过早了，因为再往前，是一重又一重的巨型雕像，不光有战神的腿，还有女人的裙裾。

裤裆钻完，登上最高的那座山峰，天外天的景象便尽收眼底了。

所有第一次见识到的人，都会发出震荡于心的赞叹。实在是过于精密和宏伟的一串建筑，二十里一座的圆形城池，以堑山堙谷后修成的直道连接。五城之外别无他路，只有一一攻克，最后才能抵达众帝之台。

光天化日下的众帝之台，虽在俯视中显得渺小，但不损其清华气象。城郭方正如棋盘，地势显然高过前几城，龙盘虎踞，易守难攻。

崖儿挥剑直指，“天外天五座城池，分别由金木水火土五大宗镇守，五宗互不相干，但五位宗主都是厉无咎的护法。江湖上杀声震天的时候，盟主和宗主都没有公然参与，因为他们要维护武林正道的形象。但我知道，咱们的一举一动必然在厉无咎的掌握中。接下来的路很不好走，如果有人想退出，现在就可以离开，我绝不为难。”

这段话并不出于试探，是发自内心的。这些人，陪着她杀出波月楼直到这里，确实已经仁至义尽了。前路遍布荆棘，如果不是自愿跟随，最后反而生乱。倒不如让他们自己选择，留下固然重情，离开也不可耻。

她逐一看那些面孔，一张张鲜焕动人，没有必要跟着她以卵击石。然而明王却一笑，意气风发的青年，脸上是无畏无惧，一往无前，“我们这些人，出生入死也不是头一次，几时怕过？他天外天五宗再厉害也是凡人，咱们斗不过天地，还斗不过凡人吗？”

生死门的孔随风亦是哈哈大笑，“楼主说过带属下等霸占别人的家，不能好饭要上桌，就把咱们打发了。五宗要灭，众帝之台要攻，这世上大军易破，杀手难防，只要楼主一声令下，就像王舍城中斩首盟军一样，咱们可以把他们杀个片甲不留！”

众人纷纷附和，没有一个打算临阵脱逃。崖儿道，“这是最后的机会，进入天外天后就没有退路了，届时若有谁萌生退意，便要以楼规处置，都想明白了吗？”

门众齐声道是。这样穷途末路的时候没有孤军奋战，于她来说也是一种鼓励。她眯起眼，望向最近的金缕城，相距此地不过五里，那是众帝之台的头一道屏障。杀手夜行，取人首级不难，但五宗有了防备，恐怕不那么容易对付。她要前行的路，也许会以鲜血铺就，但她不能退缩，只 能前进。

“入城之后就分散开，以楼里标记互相联系。我们现在目标太大，容易被控制，但只要分散开，就算厉无咎的眼线再密集，也不可能盯住所有人。”她冷嘲似的一哂，“这就是伪君子的不便之处，不能公开捉拿我，只能偷偷摸摸行事。但要论起偷偷摸摸，我还是他祖宗呢。”

众人又是一番嬉笑，毫无大战在即的紧张和惶惑。

波月楼创建那么多年，早已形成了他们独特的沟通方式，任何行动，都可以用隐蔽处的微小暗号来调度。楼里人，每一个都有代表自己的符号，所以即便进城，混进茫茫人海，也不愁失去联系。

商定之后，两两一组各自行事。胡不言自然是跟着苏画的，他满脸愧疚地对崖儿说：“老板，现在有大鱼在你身边，你应该用不上我了。我和苏门主的事也不瞒你，往后我不能让你骑了，我得去照顾她。”转而看看枞言，郑重地握住了他的手，“老板就交给你了，你会对他不离不弃吧！”

虽然枞言结识崖儿远在胡不言之前，对她的感情也早到了不需要任何人托付的程度，但他还是点头，“你放心，一切有我。”

崖儿乐见其成，对胡不言笑道：“你的辈分眼见翻了一番，果然攀上对的人，可以少奋斗好几年。”

胡不言立刻摇头晃脑，“缘分懂吗，缘分！就像你和紫府君的缘分，和大鲸鱼的缘分，可遇不可求。”回首一看，苏画已经走了老远，忙甩开大步追了过去。

高岭之上只剩他二人了，崖儿对枞言说：“妖在生州地界，有必须遵守的规则，接下来的事不必你插手，我自己去解决。”

日光洒在他头顶，他的眼眸深如寒潭，“不论仙妖，生州之内不得动用法力，这是紫府君早年定下的规矩……你果然一心捍卫他。”

“也是为你好。”她落寞道，“一个已经折进去了，我不想你也触犯天规，那种惩罚实在太可怕了。”

枞言沉默了下说：“众帝之台前有五道门坎，一重一重地闯过去动静不小。再者，厉无咎应该已经盯上你了，波月楼里其他人都不足挂齿，他要的只是你。”

崖儿说知道，“所以我要直取寸火城，鱼鳞图目前不是我迫切想找的，我只想进烛阴阁，拿到龙衔珠。”

枞言吃了一惊，“谁告诉你的？是胡不言吗？”

她嗯了声，“有了龙衔珠，我就能进八寒极地，救出仙君。”

可是她不知道，那颗丹珠养在地火中，已经整整燃烧了三千年，想要取出它，谈何容易！

〖第六十九章〗

我怕他认不出我

无论如何，先进了金缕城再说。

崖儿和枞言策马前行，入城之前需要乔装改扮一番。胡人少年的面具已经无法再使用了，枞言让她稍待，制出一片幻境来，让她重整衣冠。

“人与人之间的战争我不能参与，但可以给你一些力所能及的帮助。”

暖阳之下，草坪之上，他仔细审视她的脸。她有漂亮的五官，那种细致的程度，很难用语言来形容。他还记得第一次见到她时，她被护岛的巨龙打落进水里，湛蓝的海水中，她像一朵颠踬漂流的花，绮丽的衣裙随洋流招展。那张面孔，在他回到大池陷入沉睡时，也不停在眼前重现。胡人少年的滑稽扮相，实在不适合她。他在波月楼两年，经常看见她顶着那张脸出入，早就想替她换一换了，今天恰好。

“你可以小睡片刻。”他在她颊上轻抚，“我替你换一张脸，这样便于行事。结界外的第三只眼，我已经打落了，但不知还有没有其他的。天外天的人应当很熟悉你母亲的长相，你用本来面目太过招摇。换一张脸，如果这样厉无咎还能认出你来，那你就要小心了，他不是普通人。”

生州分四国，厉氏统治了精舍圣地大半的疆土。那是云浮以外的大陆，就像之前的热海王府一样，因为距离太远，导致关于这个王朝的传说层出不穷。兰战时期，崖儿就曾经关注过这位盟主，后来从卢照夜处得知内情，她又开始着手调查他。可惜派出去的人并未传回什么有价值的消息，无非是体弱、被弃这样的老调。现在厉氏王朝当权的皇帝换成了他的侄子，这侄子也是个狠角色，篡权囚禁了父亲，处死了求情的母亲。至于和厉无咎直接相关的血亲，几乎死得所剩无几了，因此很难查出他当年离开精舍圣地后的去向。十年时间，消失得一干二净，十年之后出现在江湖上，统一各大门派，建造众帝之台，这人的能力，确实很符合厉氏的作风。

结界里的阳光是春日的阳光，不像外面骄阳如火。崖儿闭着眼睛让枞言在脸上施为，喃喃道：“我很奇怪，为什么查不出他师承何处？他有十年时间下落不明，波月楼的探子专事收集各地情报，却从来没有传回关于他的一星半点。也许这十年他在云浮以外的地方，受着某位高人的指点。”

枞言笑了笑，“你有没有想过，也许他本身就是高人？”

那张美得近乎妖异的脸，慢慢在他手下发生变化。平凡了一些，但眼睛还是那双眼睛，如水底的曜石、暗夜的星，依旧满含耀眼的风情。

“除非他也是仙。”崖儿随口说，掖掖自己的脸颊，“好了吗？”

枞言是水中来的，可以熟练运用水系的一切技巧。他画了个圆，圆形中立刻填满了水，水墙壁立，轻轻漾动着，照出她的脸。

崖儿凑过去看，讶然道：“都快认不出来了，以后还能变回来吧？”

他失笑，“你是嫌不够美吗？”

她说不是，“我怕他认不出我来。”

枞言的笑容慢慢淡化，转身说不会，“这面貌只是障眼法，有道行的人一眼就能看透。”

“可他一身的修为都散尽了……”她苦笑，忽又换了个轻快的语气，“也好，这样我就能和他同生共死。如果他还是仙，我一介凡夫俗子，哪来这样的造化。”

苦中作乐，退而求其次，这也是做人的学问。波月楼的人经历了无数大风大浪，总钻牛角尖，只怕早就死了。

枞言默默把虚设的幻境撤了，她跃上马背牵起缰绳，他在身后跟随着。有句话，其实他一直想问她，眼下只有他们两个，他踯躅了下，还是忍不住出口，“往日的紫府君何等荣耀，现在落得这样收场……他一无所有了，你还喜欢他吗？”

崖儿回身看了他一眼，天很热，他半点汗星也无，连面色都未起任何变化。她心里嗟叹，没有爱过的人，怎么能懂得她的心思。她偏过头，望向远方的城阙，低声说是，“即便他一无所有，我还是喜欢他。”

枞言不屈，追问：“是因为愧疚吗？”

她摇摇头，“干我们这行的，从来不知道愧疚是何物。我杀一个不相干的人都不觉得愧疚，怎么会因这种两情相悦的事而感到愧疚？以前我一直觉得自己这辈子不会遇上这样的感情，甚至得知我父母的遭遇后，我还有些不理解他们的生死与共。现在我明白了，一个人一辈子，总要有个带你领略甜酸苦辣的老师。我运气不错，得到了最好的，有什么理由不去爱他？”

爱啊爱的，从她口中说出来，居然那样格格不人。也许因为她爱的人不是自己，枞言每每听到这个字眼就倍觉刺耳。他还是怀念以前嗜酒嗜杀的波月楼主，从来不懂得儿女情长，心肠硬得像铁一样。没人走得进她心里的那片荒漠，大家都在门外徘徊，大家都平等……现在荒漠生出了新绿，他本该为她高兴的，结果却狠狠怅惘起来。

在日头下狂奔了半个时辰，才来到金缕城前，众帝之台严格的控关制度，一丝不苟地执行到了这里——不是本城人，进城可以，但要说明来历。两个武侯拦住了他们的去路，上下打量一番，面无表情地问："是走亲还是会友？"

枞言说："既不走亲，也不会友。"如果顺着他们的话随便搪塞，接下来就该验证城内是否真有所谓的亲友了。

天外天的太阳落得很突然，转眼余晖消散，暮色四合。依山傍水的城池，在徐徐漫溢的夜里涌起淡薄的雾气。这雾气是没有根的，不知从何处来，在脚下翻卷着，越卷越多，越升越高，直至笼罩全城。墙头放下了灯笼，透过迷迷蒙蒙的雾气，显得寒凉且暗淡。隔着雾气的脸，被灯光映照着，也缥缈如鬼魅。

"我们从临洲来。"枞言笑着说，"带了点小东西进城贩卖，讨口饭吃。"

武侯随他的指引看过去。雾气是妖族最方便制造幻象的底色，枞言抬起手，在昏沉的天光下击了一掌。守城人眼里的马立刻变成了骆驼，驼峰两侧还挂着硕大的布囊，露出外邦特产的丝帛和酒器来。

武侯绕看了一圈，摸着下巴说："你们商队只有两个人？开什么玩笑！"

枞言一把搂住了崖儿的肩，"确实只有两人，但不是商队，我们夫妻想借贵宝地，赚几个小钱糊口。"

这个时候进出城的人比较多，如果不是特别可疑，也不会紧盯住谁不放。武侯又看他们一眼，"外乡来客三天内出城不必查验，超过三天或是要常驻，须每隔五日向官衙报备。衙长会给你们发凭证，胆敢不报，出城的时候会倒大霉，我说得很清楚了吧？"

两人诺诺点头，"清楚、清楚。"

"来上档。"指指砚台上扫把似的羊毫，"姓名籍贯，进城的日子，全都给我写下来。别写错了，城内不定期会抽查，要是查无此人，你们就完了。"

崖儿对插着袖子，耷拉着眉眼看枞言，枞言脸上露出迷茫的神情来，低声道："我不会写字。"

这时候的枞言总是很好笑，说不会写字可不是装的，是确实不会。崖儿这才懒洋洋抽出两手来，有意歪斜着，在名册上写下两个名字，一个叫张阿花，另一个叫武陆七。

武侯伸脖一看，“张阿花，五六七？这名字也取得太不走心了吧！”

枞言捺着嘴角讪笑，“家里孩子多，我还有个哥哥，叫武四三。”

这就是孩子当羊养的坏处，长大了也是个货郎的命。武侯胡乱挥了两下手，“进去进去。”

两个人忙应了，牵着马进了金缕城。

进门后便发笑，崖儿说：“你也该学学认字了，如果哪天被人骗着签了卖身契，到时候连哭都找不着坟头。”

枞言却不以为然，“不会写字，还签什么卖身契？”

“万一让你按手印呢？”

他把手伸到她面前，反过掌心来，让他看指纹。崖儿到这时才发现他的掌心是空白的，如同一张白纸，别说指纹，连掌纹都没有。

她讶然，“这模样，可真吓人！”

他把手收回来，背在身后佯佯踱步，“吓人吗？水里来的东西都是这样，常年被浸泡，化形也只能化个大概，和人终究有分别。”

抬眼看，这金缕城居然很有当初王舍城的风貌，迷雾之下也是人来人往，灯火满市。漫步在街道上，能听见坊间传出的丝竹之声。临街桃花纸糊着直棂窗，窗后点一盏油灯，把姑娘婀娜的身影投射在薄薄的窗纸上。

灯下的娇影总有如诗般的婉约，窗扉轻启了小半，窗后露出一张桃花面，轻轻嗳了声，像情人的耳语，“来吗？”

两个人停下步子，崖儿看了枞言一眼，“我正好四处逛逛。”

枞言摇头，婉拒了佳人的美意，牵着马继续前行，“先找个地方住下吧，不知他们安顿好没有。”

金缕城很大，散出去的人，基本渗透进了城内的每个角落。他们的任务是逐个击破，只有后顾无忧时才能攻进众帝之台。否则外阙的五城包抄起来，就要冒被全歼的风险，胜算几乎为零。

一片柔艳的波光闪过，今天是月半，正赶上花魁娘子夜行。四面八方的散客，像水一样汇聚向酒肆林立的街头，崖儿却回身向南眺望。枞言顺着她的视线望过去，只见无尽的屋脊尽头，有一座巍然伫立的高塔。那塔建得十分宏大，每一个翘脚上都悬挂着风灯，在凄迷的淡霭下，也焕发出庄严的气象。

枞言明白过来，轻声道：“那是通天塔吧！”

她点点头，“二十多年前，我母亲在通天塔前跳了一支舞，从此江湖上的人便记住了她。云浮十六洲，我走遍了十五洲，只有这毗蓝洲，我前后就来过两次。每次见到那座塔，我都会心生恐惧，也不知是为什么。”

也许就像一个疤，不去触碰，可以当它不存在，一旦直面，便是鲜血淋漓，惨不忍睹。

枞言不知怎么安慰她，在她肩上轻拢了拢。她深吸一口气，脸上的阴郁瞬间又散尽了。复又看向那个花魁，人群中的花车精美华贵，且造得高人一头，花车里的女人慵懒凭栏，百无聊赖地盘弄着手里的彩球。单是如此，就让底下的男人惊呼成了一片。

这是难得一遇的盛会，不论有钱没钱，只要被花魁相中，就可以抱得美人，共度春宵。

绚烂的烟火忽然冲上云霄，隔着一片迷雾，在空中绽开繁花。崖儿仰头看，深浓的两弯碧色在她眼底荡漾，她勾起唇角，“这个花魁，不知会不会跳《绿腰》？”

枞言听了一怔，“月儿……”

她一笑而过，把满世界的繁华都抛到脑后去了，舒展两臂伸了个懒腰，“奔波了这么久，先找个地方好好休息一晚。前面有个不错的客栈，僻静得很，你是跟我过去，还是……”顿下瞥了瞥那架花车，“想留下等绣球，也随你。以你的相貌，十有八九会被选中，你不想试试吗？”

枞言愁眉望向她，果真是不在乎的人，才这样处处大方试图成全他。如果换成紫府君，她还会说这样的话吗？他心里其实也有牢骚，但却无法向她发泄。他知道她是聪明人，说不定早就看穿他的心思，害怕伤了彼此间的情分，故意一而再再而三地向他暗示。他觉得悲哀，她这么小看他。即便是喜欢，也未必一定要占有，他只想助她一臂之力，至少在紫府君虚位期间，减低她涉险的概率。

“走吧。”他有些气馁的样子，勉强笑道，“美人何愁没有，水深火热中还痴迷那些，岂不成了色中饿鬼？”

这么一说，崖儿倒不好意思了，背着手牵上马，指引他往她以前投宿过的客栈去。

人潮向前涌动，他们反其道而行，宽坦的大道渐渐显得寂静，只有马蹄声嗒嗒地回荡在空旷的街面上。

“多像一座鬼城。”崖儿正和枞言调侃，发现大路中央不知什么时候出现了一盏青灯。那灯摇曳而来，在距离几丈远的地方停下了。起先大约是在一线上，后来错落铺陈，分裂成了九盏，颇有幻术般的奇异味道。

崖儿和枞言互换了眼色，停住步子，暗暗将手压在剑上。

那灯阵的光交织出了一个巨大的光网，光网中央，有御者抬着一抬玲珑小轿踏光而来。小轿落地，从轿帘后伸出一只手，素白的指尖和皓腕。腕上轩辕珠的坠脚轻摇，一阵风过，坠脚相击，传出朗朗的清音。崖儿不信这狂夜里会出现奇遇，她压声叫枞言，想提醒他小心，却见他脸上浮起了悲伤又迷茫的神色。

轿子里的人终于下来了，一身白衣，面庞清丽，望向枞言的目光霖霖欲雨。

崖儿看见枞言的身体剧烈颤抖了下，起先是不敢置信地遥望，后来便踉踉跄跄，向那女子跑了过去。

‖第七十章‖

你让我怎么办 看着你魂飞魄散吗

崖儿想去拉他，却扑了个空。他这刻好像什么都不顾了，只是向那灯阵奔跑，风里甚至传出他的呜咽。

枞言在崖儿眼里，一向是个审慎的人，虽然看着年轻，但他在的两年时间，令波月楼人心大定。崖儿办事有时候很急躁，在人情方面也缺乏耐心，是枞言，有春风化雨的技巧，让波月楼里的一切趋于缓和平静。这样的人，怎么会方寸大乱至此？那个女人，想必对他有巨大的意义，如果没有猜错，应当就是他的母亲。

枞言像个孩子一样，慌乱地伸出了两手。灯下女人脸上的神情，从一开始的悲伤，渐渐转化成了耐人寻味的笑。那笑在她唇角变作一把刀，深陷其中的人已经看不出来了，但崖儿还保持清醒，她知道一切来得太诡异，时间不对，地点也不对。

“枞言！”她厉声叫他，“你给我醒醒，她不是你母亲！”

然而他听不见了，如同濒死的人抓到救命的浮木，几十年对母亲的思念让他迷失了心智。人人心底都有一份执念，在这雾气弥漫的夜里，不受控制地滋长壮大。枞言奔着日思夜想的母亲去了，不论崖儿怎么喊他，他连头都没回一下。

一定是鬼魅惑人！她情急之下驱策剑灵，撞羽和朝颜运转起强大的剑气疾射过去。灯阵里的女人忽然横眉立眼看过来，乌黑的瞳仁里倒映出一青一紫两道光，那剑芒之锐利，简直如同针尖一般。

如果冒犯了，事后赔罪也可以，崖儿现在只想叫醒枞言。可是两柄剑竟直直穿过那女人的身体，一个回转冲向高空。刚才的镜像如水里投下了一颗石子，漾了漾就消散了。崖儿茫然地站在大街上，灯阵没有了，人和小轿没有了，连枞言也不见了。

她惶骇不已，匆忙跑过去查看，刚才他们站立的地方空空如也，仿佛什么都没有发生过。

身后又传来花魁夜行的欢声笑语，崖儿回身看，热闹的街景，还有错身而过的行人，人人脸上洋溢着勃勃的兴致，没人发现有异，一切如常。

她的脑子里乱成了一团，背上冷汗淋漓，立在夜风中，感到一阵刺骨的寒冷。枞言就这么消失了，她找寻一圈无果，知道不能继续留在这里。四下张望，每一双眼睛，每一个阴暗的角落，似乎都隐藏着凶险。她向后退，退到坊院的墙脚腾身而上。行走在檐壁，要比行走在街道上安全得多。只是奇怪这云浮大陆上，居然有能织造幻象迷惑枞言的人存在，如果真是厉无咎，那这人未免太深不可测了！

向城郭边缘腾移，每一个纵身高高跃起，都能看见城后宽坦的直道。那直道在夜晚是亮着灯的，每五十步一盏，如疏朗的星辰，一直通向二十里外的木象城。

城墙也不是那么高，凭她的本事可以轻而易举地翻越过去。她停在毗邻的一座大宅的屋脊上，隐藏在飞扬的檐角之后，观察守城的布兵，以及城墙顶上武侯巡视的往来频率。

好极！她看准时机抛出臂环上的鹰爪，借助这股拉力轻松上了墙顶。两列武侯交错而过后，她翻身从女墙的垛口跃下对面墙头。

一个金缕城，就这样被她横穿了。似乎有些太容易，但她管不了那么多了。既然已经被盯上，她也懒得粉饰，索性直攻烛阴阁。

以前听说五城直道两旁都是碱水，人要穿行，只能走中间。而这直道无遮无拦，别说人，就是一只鸟飞过，很快也会被发现。

究竟是谣传，还是自己也遇上了幻象？她惊觉脚下踩踏的不是水，明明是松软的土地，每行一步，鞋底就陷下去两分。借着直道上的灯火看，似乎是沙丘地貌，胡乱生长的沙棘东一簇西一簇地抱团，放眼望去满目荒凉。

进城之前走了五十里水路，难道这座城像铡刀一样，切断了水源的供给吗？崖儿心下彷徨，向北眺望，北辰的战星发出青白色的寒光，像剑尖上的锋芒。

不管是不是幻象，都得往前走。这世界真寂静，她艰难地跋涉，边走边想。有人在她耳边，发出了一声她听不见的低笑。

一只奇怪的鸟，在前面不远处的荒原上蹦蹦跳跳。崖儿的手指勾着腰上的剑环，继续往前行进。翻过一座风蚀脊，眼前赫然出现了雪白的平原。她暗呼不妙，照这形势看，自己恐怕也中了幻术了。

大风骤起，天上依旧星辰密布，但这世界却亮起来。积雪反射出的光，形成了一种奇异的景象，天地像个巨大的容器，上半截混沌黑暗，下半截却剔透明亮。她控制不住地往前走，越走心里越哀伤。这地方，好像是她一直惦念的地方。她分不清这是哪里，有点像雪域，但又不完全像。这里没有雪域连绵的高山，脚下的雪也不是寒冷的。忽然有个人影出现在十几丈开外，素衣素服，背对她站立。她看不见他的脸，只看见乌黑的长发如悬瀑般直下，生在男人的身形上，说不出的一种魅艳之感。

她走过去，生怕踏雪的足音会惊扰他，刻意放轻了脚步。走了不多远，天上响起擂鼓般的雷声，豪雨毫无预兆地泼天而下。雨水落地前凝聚成刀锋似的冰凌，铮铮刺向地面。她看见那个人狼狈地扑倒在地，身上的白衣底下涌出血，很快染红了袍裾。

崖儿尖叫起来，似乎才意识到那人是谁！天上落刀她也不怕，跌跌撞撞向他飞奔过去。终于接近了，她不顾一切地遮挡在他上方。奇怪，那些冰凌在接触到她之前就消散了。她顾不上惊讶，去拨他被血浸湿的头发。他的脸露出了一小部分，起先是额头，两道剑眉之间隐隐有烈火形状的花纹，因苍白的肤色，鲜红欲滴。

她愣了下，手也顿住了，难道认错人了吗？犹豫片刻才将他脸上的乱发全部拨开，当看清了那张脸，颤抖和哽咽从身体最深处一齐涌上来，那是她的安澜。

她知道是幻境，但也不在乎了，把他抱进怀里，检查他的伤口。那些伤口倒不显得狰狞，即便是刺穿了身体，冰凌融化令伤口收缩，也只余两指宽的缝隙，汩汩流出血来。

只是多，太多了，密密匝匝的便显得可怖。她不敢使劲摇晃他，到这时才觉得自己那么无能，唯一能做的就是抱着他痛哭。过了很久他才清醒过来，睁开的双眼已经没有往日的神采，但认出她了，费力地抬起手抚抚她的脸颊，语气却有些怨怪，“谁让你来的！”

她说：“我不该来吗？谁让你不告而别，代我受罚的？你这个人这么自大，以为牺牲自己我就会感激你？告诉你，你想得美！”

她大发牢骚的时候，他却紧紧抱住了她，身上的血染红了她的衣袍，讷讷说：“你让我怎么办？看着你魂飞魄散吗？”

那一瞬她真的分不清这一切是真还是假了，话是他的话，语气也是他的语气。她恍惚觉得，自己可能误打误撞进了八寒极地，她宁愿相信眼前的人失而复得了。

“我们离开这里。”她搀他起来，“能走吗？”

他说能，几乎把全部分量都压在她身上。崖儿咬牙支撑住他，他轻轻喘了两口气，“可是我身上有封印，走不了多远。”他托起手，那清瘦的腕子上隐约浮现出透明的锁链。崖儿惶然望向他，他苦笑了下，“这是堕仙的牢笼，哪里那么容易逃脱。”

“那怎么办？”她伸手去拽，锁链有别于一般的囚具，触上去刺骨寒冷，但没有实质的形，也没有任何撞击后应当发出的声响。

他平静地望着她，眸底呈现出妖异的色彩，“用你的牟尼神璧，这神璧本来就不是人间物，能斩断百炼钢，包括这缚仙索。”见她迟疑，他的语气略微显得有些焦急，催促道，“下一次的冰刑很快又会降临，再不走就来不及了……崖儿？”

如果没有那一声崖儿，她或许真的会驱动神璧。结果就是这里露出了破绽，她低着头自言自语：“他从来不叫我崖儿……”

他怔了怔，“什么？”

他只叫她叶鲤，即便后来在雪域相依为命，也没有更改过称呼。叶鲤是他对蓬山初遇最好的追忆，也许在他心里，他更爱那个扛着扫帚满宫跑的女人。

杀气凛冽的两柄利剑悬在半空，剑尖对准了他。她抬起头来，眼里满含愤恨的光，咬牙道：“妖孽，你敢冒充他！”

和枞言遇见的幻象一样，心里最惦念谁，就会看见谁。她眷恋这种重逢，但明白不可能，八寒极地怎么会在金缕城外？眼前这张脸是她朝思暮想的，拿剑直指他，对她来说是极大的折磨。所幸她的脑子还算清明，她要的不是赝品，有谁胆敢亵渎这张脸，她就让他灰飞烟灭！

一声惊呼，撞羽和朝颜刺破了幻象。血衣的紫府君和这八寒极地一起，在剑气涤荡下逐渐幻灭，最后化作金芒，飘散在风里。

崖儿跌坐下来，气哽难止，缓了很久才重新站起身，愈发坚定了要去救他的信念。抬头看，正北的战星依旧寒光闪耀，脚下的荒原已经变成了水。她一掌拍击石壁，跃上直道，挽起她的天枢弓，两支利箭上弦，拉了满弓。只听银指套刮过弓弦，发出嗡然的长鸣，两支箭飞射出去。

直道两掖的明灯仿佛被谁吹了一口气，相继应声熄灭，琅琅的水晶灯罩碎落了满地。再向前看，五十丈内陷入了一片昏暗，这时即便有人俯瞰监视，也难以看清她的身影了。

直道上的灯就那样一串接一串地熄灭，天行镜里无法辨认她的踪迹，反正灯灭到哪里，她的人就到了哪里。

大司命抱着袖子啧啧惊叹，“这个岳崖儿，上辈子应该是个夜叉星吧。”

少司命缩了缩脖子，“要是让君上听见了，会打死您的。”

大司命看了他一眼，摸摸自己的后脖子，“以我与君上的交情，不至于吧！啊，我是想说，那个岳崖儿上辈子一定是颗战星，不然她怎么总朝北辰看？我实在没见过这样的女人，能破幻术，还能如此射箭。”

以前长戎倒是出过一个有名的神射手，据说向天顶放上一箭，半个时辰不得坠落。

但人家每次也就射一支，哪像她，两箭齐发无一落空，已经到百步穿杨的地步了吧！

可怕，女人为爱拼命时，简直人挡杀人，佛挡杀佛。

“她的师父一定更厉害。”少司命是故意的，一面说一面看他的脸色，“座上，你不看看苏门主的近况吗？”

大司命面色不豫，但很快便恢复了坦荡和淡泊。他没有回答少司命的话，因为毫无回答的价值。那个女人，不过是岁月长河里不经意飘落的一朵花，随着流水潺潺，终将飘向远方。过去了就不要留恋，也不要张望。

可是那个少司命，是三十五少司命里最小的那个，道行浅不说，还有点蠢。蠢的人说话很直接，他像发现了秘辛，恍然大悟般点着头，“属下知道，座上是怕时间不凑巧，撞上苏门主沐浴。”

大司命拿看白痴的眼神看他，“你最近课业不多，所以才有闲情研究男女之间的事吗？”

接下来就该增加打坐的时间了，少司命心头颤了颤，正想讨饶，听见外面有急急的脚步声传来，回禀大司命，说西北角上那条缚地链彻底松动了。

少司命蹦起来，“座上，要出大事啦！”

大司命起身往殿外去，站在长街前的青玉台阶上向南望，厚重的云层笼罩在悬浮的山体上空，西北角的锁链再也不是绷紧的状态，松垮地耷拉着。天环也已肉眼可见地倾斜，如果不补救，琅嬛尽毁只在朝夕之间。

少司命惶然看大司命，“大禁没收到天书吗？怎么不派人下来加固缚地链？”

大司命沉吟了下，“连烧三道，让他赶紧派人来。”

解铃还须系铃人，其实派谁来都没用，这固定四角的铁链，是琅嬛建成时仙君炼化的。它们同六爻盾一样，集世间精淳之气所成，不单作固定福地之用，还兼具镇妖的神力。西北角松动，就表示西北角要有妖患了。别通和晋乘对仙君唯命是从，对别人可不一定。

山谷间回响起沉重的震荡，听上去声势惊人。大司命向缚地链抛出了一道定魂符，刹那间锁链又绷直了，天环也开始慢慢正位。那镇守琅嬛的天环，是峥嵘奇石组建的，重心一偏，边缘的碎石就开始陨落。如果不立即矫正，一旦彻底偏离原来的位置，天环垮塌，琅嬛也会被砸得稀烂。

好在有大司命，少司命们兀自庆幸，却听见他说：“以我的道行只能坚持一来日。十天过后铁链挣断，到时连蓬山都有危险，天帝难道真不考虑放君上出极地吗？”

字里行间并没有焦急的情绪，少司命们觉得大司命确实是个合格的地仙，泰山崩于前也没事人一样。再剖析得深入一些，似乎还有些幸灾乐祸。大家对视一眼，心里都明白，琅嬛出了乱子，没人能平复，君上出山就有望了。这么看来，缚地链松动也不是多坏的事。

浮山被拉回原位，危机暂时解除了，大家也就散了。大司命回到天行镜前，看着已经挖出一个洞，正坐在洞口禅定的仙君，喃喃道："君上，您入八寒极地才两个月，缚地的铁链就松了。要不是知道您的为人，顺应天命到连气都懒得喘，属下简直要以为一切都是您事先安排的了。应该……不是吧？"大司命自问自答，"您不是那么有心眼的人。那应该是上天的旨意，也许用不着等到岳崖儿死，您就可以提前出来了。属下给那条铁链加了一道定魂符，让他们连烧三道天书请命。如果十天之内上面没有决断，《万妖卷》也会生乱，届时四极废，九州裂，还是得请君上出马……好巧啊，运气真好。"

大司命感慨一番，负手出了第一宫。天行镜里的人闭着眼，慢慢翘起了唇角。

‖第七十一章‖

我喜欢女人

墙角被草遮盖的地方，留下了一串细小的符号。阿傍回头看明王，“楼主昨夜已经离开金缕城，其他人尚在。”

明王扶了扶头上的草帽，“不能再等了，楼主一个人进木象城太危险，这里的事要速战速决。通知门众，夜半等我消息，看见城墙北门上宗旗倒下，留一队人马清理伏兵，其余人什么都别管，赶赴木象城接应楼主。”

阿傍迟疑了下，“你打算一个人刺杀金云览？”

明王笑了笑，“怎么？信不过我？”

阿傍摇头说不是，“厉无咎的护法们一个都不在神兵谱上，可要是神兵谱有副册的话，他们一定位列前五。太危险了，我和你一起去。”

明王转身望向金缕城中那座宏伟的建筑，眯着眼道：“危险？何为危险？这些年走南闯北，经历过太多凶险，只要敌人不是三头六臂，对我来说都一样。”见阿傍脸上还有犹豫之色，他大大嘲笑了一番，“你什么时候变得这么婆婆妈妈？杀人又不是赶集，多一个人就得多担一分风险。你是第一天进波月楼吗，连这个都不明白？”

阿傍终究无话可说，叹了口气，在墙脚标上了行动的细则。

金缕城中以宗主为首，宗主手下又有五大御者，这些御者是宗主的眼睛和爪牙，消灭宗主之余，必须连这些爪牙也一并铲除，如此这座城才真正群龙无首，陷于瘫痪。

先前进城前的分组，是楼里一贯的规矩。两人一组，但两人不能分散参与两项任务，因为要绝对保证有一人活着，以免这一支和楼里人马完全失去联系。干他们这行的，情报很重要，人就像薪火，有一口气才能继续传承下去。任何一个人的死活，都要让楼里准确知情，特别是身处这样的险境，任何一环出了问题，都有可能引发一连串的危机。

阿傍仔细标注了刺杀五大御者的组别，写到最后自己都迷茫了，“我呢？什么都不用干？”

他在暗器和布设陷阱方面是一等一的高手，但要论空手白刃，确实差了点。时间太紧迫，离天黑只有两个时辰，来不及供他行动，明王道：“这才不过第一城而已，后面四城会越来越难打，最后还有藏珑天府，有的是你立功的机会。”

阿傍闷着头哦了声，明王在他肩头一拍，“挑显眼的位置再标五处，然后回去等天黑。”自己摘下草帽，进了一家酒肆。

酒肆里酒香冲天，几口大缸即便盖着盖子，空气里流转的香气也熏人欲醉。他趴在柜上，对柜后的胡狄姑娘笑了笑。波月楼的四大护法，个个生得都很匀停。他们身上没有血腥味，也没有凛冽的肃杀之气，倚在午后斜照的一束光线里，脸上带着温和洁净的笑，像邻家高楼上读书的贵公子。

胡狄姑娘长着一双猫儿一样的眼睛，瞳仁是蓝色的，高鼻深目，比一般的云浮姑娘五官更深刻。她穿着紧窄的织锦小衣，天气太热了，两弯雪臂大方地袒露着，没有半丝引人浮想的羞怯。她坦然望向他，“客官，要买酒吗？”

明王把白银的酒壶放在柜上，“打满。”目光在她脸上一转，又道，“另要一碗，我现饮。”

胡狄姑娘抿出一个笑靥，深深的梨涡里装满了蜜，是甜的。

“我们胡狄的酒有很多种，客官要哪一种？”

明王道：“最烈的，越烈越好。”说着将酒壶递过去。

胡狄姑娘伸出两手来接，腕上各色的珠串，在斜阳里绽放出绚丽的光彩。前臂纤细，上臂修长，没有练武后的紧实，可以肯定这是个远离杀戮的普通姑娘。他对普通的女孩子还是很友善的，越是危险的环境里，越需要这样艳遇般的调剂。

她拿着酒壶，转身去揭酒缸的盖子。胡狄的酒缸很矮，她弯下腰，窄衣和长裙间刚好衔接，直立时露出欲说还休的一线，弯腰后便大开大合。虽然让男人有意外之喜，但风情而不冶荡，火候拿捏得极好。

明王在柜前，静静看她不经意间展现的少女风韵，想起多年前，曾经有个女人在风雨中同他割袍断义。

那时候波月楼还是波月阁，他领了一项密令，在去往都洲的驿站里，刺杀一名过路的官员。那时候的门规就是如此，杀手领命办事，不需要了解太多内情，甚至连那个刺杀的目标姓什名谁都不必过问。

出发之前，会接到一封有关目标人物外貌衣着描述的信件，他揣上信件便上路了。

多年在波月阁中的历练，杀人对他来说像砍瓜切菜一样简单。这次也是这样，他的任务完成得很轻松，事成之后还有空闲，在那摊死肉上擦干净自己的重剑。

可是没想到，出门的时候遇上了一个人。换作平时，一刀解决了最干脆，可他却认出她来，那是曾经的青梅。很小的时候，在他家业还兴旺的时候，他们在游戏里扮演过新郎和新娘，彼此也约定过，将来长大了要做夫妻。

当然幼时的话不应该当真，邻家温润的小儿郎，十几年后也许会变成杀人如麻的坏蛋。然而那时的约定，在彼此心里都留下过印记，记得有那么一个人，说过那样一段幼稚又温情的话。

他盯着她胸前佩戴的飞鱼木珠，脑子里嗡嗡作响。这木珠还是他送给她的，并不名贵，是老师布置的课业中，他唯一觉得满意的成品。

她也认出他来，“敖苏……你怎么在这里？”审视他身上的细甲黑衣，好像明白了什么，匆忙进屋查看。

他闭了闭眼，心也拧起来，在她迸发的哭声里落荒而逃了。

后来再遇见她，她已经成了别人的妻子，那颗飞鱼木珠当然也不会再戴着了，见到他，平静地说：“我杀不了你，无法为父亲报仇。如果你我素不相识那有多好，我的良心就不用一次次接受拷问。我这辈子最后悔的就是认识你，我等了你十五年，你回来了，却杀了我父亲。”

她和他错身而过，他站在雨里，感觉不到冷热。过了很久才慢慢挪动双腿，发觉腿灌了铅似的，寸步难移。

后来听说她自尽了，死在一个雨夜。他说不清心里究竟是种什么感受，是解脱？还是庆幸？好像都不是。反正生而为人的痛快，到这里全都终结了，那个不见面也许不会再想起的女人，最后在他心上狠狠划了一刀。

胡狄姑娘把满满一碗酒放在他面前，又转身给酒壶打酒。他垂下视线看粗陶的酒器，酒是好酒，漾动过后在碗壁上留下了一圈缠绵的轨迹。他抿了一口，热辣的口感像粗粝的刀石，刮过他的喉头。

“客官好像不是本地人，从哪里来？”胡狄姑娘把打满的酒壶放在一旁，大大的杏核眼里有热情的波光。

他又抿了口酒，“我是个客商，四海为家。”

答案似乎不太有诚意，胡狄姑娘有些失望，茫然地拿抹布擦拭桌面，一来复一去，擦得清漆都几乎脱掉一层。

夏日的午后，街面上行人不多，酒肆里也没什么生意，世界是热腾腾的。店外一棵杨树枝繁叶茂，树冠上知了成群，在一蓬蓬的热浪里，发出声嘶力竭的鸣叫。

彼此都不说话，萍踪不定的过客，和本地卖酒的姑娘，本来也只是偶然间的一次邂逅，不必太上心。

胡狄姑娘看他斯文地一口口喝完了那碗酒，接过空碗道：“我再给你打一碗吧。”

他说不必，掏出一块碎银放在桌上。一壶酒当然不值这么多，她垂首找钱，再抬起头时他已经出门了。只看见一个挺拔的背影从眼梢一晃而过，她追出门去，人早就走远了。

回到临时歇脚的地方，阿傍也回来了，正站在窗口向金府眺望。见了他，把一张地形图摊在他面前，“我在城里走了一圈，粗略画出了撤离的路线。金府进不去，但我知道西墙的防守最松懈，从这里上去，可以直达金云览的书房。楼主射灭了直道上所有的灯，好处是让金云览误以为波月楼的人都转移进木象城了。虽然金缕城目前正戒严，但我料想金云览会疏于自己府内的防范，而把所有注意力都集中在和木宗宗主的联系上。”

明王颔首，对他这么快就画出金缕城的城防和所有干道钦佩不已。

阿傍摆手，“我就是靠这个吃饭的，要是连这个都不行，那我怎么在四大护法里立足？”又看看天色，日头一点点落下来，距离天黑还有半个时辰，“如果今晚不行，那就留待明晚。我一直觉得时间太紧了，仓促起事，只怕考虑不周全。”

明王却失笑，“杀手杀人，难道还要占卦不成？之前执行的任务和这次不一样，以往只能算小打小闹，这次都攻到天外天了，再往前就是众帝之台，全武林有几个人能做到？你不觉得荣耀吗？楼主有枞言相助固然如虎添翼，但人多些总不是坏事。金缕城这么容易就穿过了，木象城必定难得多。楼里人早些到，搭人梯也把楼主送出去，否则要我们这些人有什么用？”

明王是四护法之首，年龄最大也最沉稳。他这些年似乎把一切都扑在了杀手事业上，一个没家没口的男人，现在唯一的兴致就是攻破众帝之台。一群不入流的杀手，把那座象征武林至高权威的城池踩在脚底，绝对是光宗耀祖的事。杀手也是有追求的。

阿傍摘了他腰间的酒壶摇了摇，拔下盖子灌了一口，嘶的一声，“好烈的酒！”

他轻笑，“卖酒的姑娘长得很好看，要是能攻破五城，将来我要回来找她。”

异性缘极差的阿傍很不平衡，“打壶酒都能有艳遇，世上何来天理！”

明王跳上床，一臂枕在脑后，笑道：“这种事可遇不可求，女人好像都不怎么喜欢你，要不你试试男人吧！”

这下让阿傍想起胡不言那次的调侃来，他有心揶揄明王，趴在他床边道：“哥哥，那你看我怎么样？你喜欢我这个款儿的吗？”

明王大笑不止，一巴掌伸过来，毫不留情地推开他的脸，“多谢，我喜欢女人。”

两个男人笑闹着，太阳一点点沉了下去，赤红的火烧云晕染了半边天，天上出现一片奇景，一半红得夺目，一半青如碧玉。等夜全升上来时，城里又开始弥漫雾气。这是水泽中的城池大多会有的定律，对于他们这些习惯夜间行事的人来说极有好处，越是视线模糊，越容易隐蔽。

明王从夜幕下潜出去，他身手矫健利落，男人的力与美，在那张弛之间展现得淋漓尽致。他像一片树叶，一抹游丝，穿梭于金缕城最精美建筑的檐下屋顶。探身一顾，金府上下灯火通明，就如阿傍说的那样，楼主奇异的突围方式确实雁过留声，在重修直道琉璃灯的同时，议事大厅里传出嘶吼，“波月楼那么多人，在眼皮子底下转移进了本城，现在你告诉我，一个都没逮住？”

笑容隐匿在明王的唇角，他轻轻一个腾身，窜进了金宗宗主的书房。觉肯定是睡不好了，如果不是彻夜研究波月楼移动的路线，金云览应当会回到书房来。他静静等待，到了这里，有的是耐心。更漏滴答，时间缓慢推进。终于，廊子上有灯火移过来，他侧身隐藏在垂帘之后。脚步声近了，腰上金玉的撞击伴着足音，迈进了书房里。

金云览还在为手下御者办事不力而大发雷霆，“金缕城是天外天的第一道屏障，交锋一回再让她闯进木象城，好歹让我脸上有点光。现在呢？城防积弱至此，又要被那几宗笑掉大牙了！”

底下人诺诺道是，“属下已经切断进出城的关隘，城墙上也加派了射手待命，只要有人上直道，准保把他射成刺猬。”

座上人的脸色依旧不豫，眉心的刀疤像第三只眼睛，眦裂般暴张着，“盟主已经大发雷霆，下令全力缉拿岳崖儿。如今她人进了木象城，我们完全失了机会，只有全歼波月楼的人，才能勉强立功。传我令，只要遇上那帮人，不必生擒，就地正法。”

御者道是，领命退出了书房。

粗喘了两口气，金云览在灯下枯坐。窗开着，一只飞蛾从外面飘飘摇摇飞进来，停在八宝的灯罩上。夏日蚊虫多，即便熏过了院子，树底草丛也照样有还魂的嗜血者。他起身关上窗，窗上镶着薄薄的琉璃，反光中发现帘幔轻轻颤动了下。他心里咯噔一声，垂手去摸桌下的剑，长剑出鞘时，他怒喝“是谁”！这时一颗石子穿破灯罩打灭了烛火，屋里顿时陷入一团凄迷。有剑芒的寒光闪现，向他面门袭来，他下意识抬剑一挑。对方力量惊人，使的是重剑，两柄剑的剑刃相抵，摧枯拉朽般剐向他的剑格，暗夜里摩擦出一串刺眼的火星。

毕竟都不是等闲之辈，高手过招，只需两个回合便能衡量出对方实力。剑气破空，几番缠斗后才拉开距离，金云览微喘，黑暗里模糊的身影连气息都没有丝毫紊乱。

“明王敖苏。”他的语气肯定，似乎并不意外。

明王说是，“金宗主知道我？”

金云览哼了声，“怎么能不知道，她到死都在念着你。”

明王登时一怔，才发现曾经和他相约白首的女人，最后居然嫁进了金缕城。

金云览笑起来，声音里满是嘲弄和不甘，“她大概没有想到，在她一死了之的五年后，那个杀了她父亲的人又来杀她丈夫了。我真不明白，杀父之仇报了就是，何必那么痛苦？她痛苦，因为她对你旧情难忘。她自尽时，手里攥着一样东西，你不想知道是什么吗？”

明王呆呆站着，剑首不自觉地垂了下来。

金云览眼里精光隐现，狠狠盯着那团阴影道：“是飞鱼木珠，她临终前留下遗言，让我把它交还给你。”他扬手抛出木珠，在明王分神接应时，挥剑向他刺了过去。

‖第七十二章‖

老 大

分散在城内的人陆续集结，最后一组刺杀御者的人也回来了，大家都在等，等城墙上的宗旗折断，等明王最终的召唤。

夜已经很深了，将到午夜时分，魑魅拿肩顶顶阿傍，“老大怎么还不回来？是不是金云览吓破了胆，召集金缕城所有高手连夜保护他，让老大找不到机会下手？”

阿傍摇摇头，心里有隐约的预感，只是那预感太不祥了，他连细想都不敢。

城墙上烈火纹的旗帜还在夜风里招展，那千回百转的声响一记记拍打耳膜，声浪越急，便越让人慌张。

守卫的兵卒在灯火下如常巡视，孔随风骂了句：“他娘的，咱们干脆直接冲上直道算了。”

这当然是意气用事的话，身后没有彻底收拾干净，就算上了直道也是被人包抄的下场。这时候急不得，只有死等。阿傍道：“仔细看，看见城墙中段的亮光了吗？那是弓弩手箭尖上的寒光。这直道周围布满了暗卫，宗旗不倒不能贸然行动。”

刺杀宗主，确实不是一件容易的事，尤其在全城戒严的情况下。大家等得有些心焦，再过两个半时辰天就要亮了，二十里的直道没有马，只能徒步，一旦失去夜色掩护，所有人都得暴露在众目睽睽之下。

胡不言见众人忧心，很慷慨地表示：“晚点也不用怕，大不了我多走几趟，把你们送进木象城。我就是担心明王，他不会出什么意外吧……”

结果他的口无遮拦挨了苏画一顿臭骂：“你不吭声，没人当你是死的，乌鸦嘴！”

“看，宗旗倒了！”忽然有人低呼，“明王回来了！”

大家忙看过去，城墙上有个身影斩下了烈火旗，举在手上搅动两下，然后从墙头直扔了下去。

群情顿时激昂起来，明王的出现，预示着金缕城的城主伏诛了。金云览一死，五大御者也相继被杀，如今的金缕城已经彻底变成一座废城了。

抽刀向敌，区区的弓弩手不算什么，只要近身，那些武器和烧火棍没什么区别。波月楼的人从四面八方攻上城墙，一顿血光四溅的厮杀，墙头上伏尸百余。最后一名弓弩手颤巍巍举起手里的弩，在扣动机簧之前，被魍魉斩落了整条臂膀。

扬手又是一刀，那人踉跄着扑倒在地。环顾四周，再也没有能阻止他们向木象城进发的绊脚石了。魍魅打了个口哨，分散在各处的人闻声而动，纷纷跃下了墙头。

波月楼的人，都有一身极俊的轻功。这项能力是追云赶月的本钱，二十里路走得急些，两个时辰应该能到。

不知多久没有一起这样纵情奔跑了，上次还是在重选护法的时候，为了那个位置各显其能，在王舍城外空旷的原野上你追我赶。波月的轻功，江湖上甚有威名，舒展身形飞鸟凌波，借助一棵草，也能纵身直去两三丈远。上次的较量带着竞技色彩，这次不同，这次是大胜后的春风得意。松了辔头的年轻人们在直道上肆意挥洒，如果有人俯瞰，会看见起起落落间，尽是燕子般轻盈的身影。

原本明王是个中好手，楼里上下没一个人能比过他，可今天不知怎么，渐渐落了下乘。阿傍一直关注着他，本以为他是大战金云览太累了，自己便放缓速度等他。结果他越走越慢，最后身形一崴，竟跌在了直道上。

同行的人都吃了一惊，纷纷停下步子围过来。阿傍去扶他，为他翻身时触及他的前胸，只觉满手冷腻，就光一看，满掌都是血。

大家倒吸了口气，果然不好的预感应验了。阿傍看着他渐渐发青的脸，伸手要去扯他的软甲查看伤势，被他阻止了。

他吃力地摇摇头，“别管我，你们走吧……”

阿傍喉头发紧，接过苏画递来的金疮药，找不到伤口，便一股脑儿洒满他的前胸，急切道：“你坚持住！我背你进木象城，进了城就有大夫了！”

可是明王已经不能再说话了，他被金云览暗算，憋着一口真气续命，才勉强杀了他。然后上城墙，斩断宗旗，耗尽了最后的心血。他知道自己不行了，随他们出城，不过是徒劳，多走一步是一步罢了。

这样也好。躯壳千斤重，再也操控不了了。这一身背了太多的血债，他在昏聩里看见周围冒出无数的黑影，等着吞噬他，找他寻仇。别人的人生苦短，到他这里是负重前行，认真说，他从未真正感受到活着的乐趣。他曾经路过满是残垣的老宅，昔日的家道兴隆，早就散入了远山远水。他驻足看了会儿就离开了，现在想想，当初应该和父亲一道去死，何必贪生，多受二十年的苦。

阿傍见他要合眼，发了疯一样摇撼他，“大哥，你不能死，你还要去找那个卖酒的姑娘！”

他轻轻扯个笑，那笑看上去像唇角的抽搐。

阿傍的喊声带了哭腔，“那姑娘有雪白的手臂，又细又长的腿……”

其实他都不稀罕。杀手也有重情的，他带着兄弟们冲出了金缕城，对得起楼主了，现在他要走自己的路，去找那个凿穿他心房的姑娘。

明王就那样死了，死在了空空的直道上。他们这些人见惯了生死，猎物的身首分离，同伴的尸骨无存，都不是多新鲜的事。然而在这种全员突围的情况下，损失了一个人，就缺了好大一个角。

众人肃立着，哀致地望着阿傍怀里的人，一向意气风发的青年渐渐冷却，面孔也变得冷漠了。

环顾左右，直道两旁是无尽的水泽，连个安葬他的地方都没有。把他抛在半道上吗？天气这么热，让他在烈日下腐烂发臭吗？大家都不知道应该何去何从。

胡不言站了出来，“把明王交给我吧！金缕城的城墙边有土，我去刨个坑把他埋了，将来攻下了众帝之台再来给他迁坟。你们继续往前走，不要耽搁。”

目前这是最好的办法了。胡不言化出原形，魑魅和魍魉把他抬上狐背，三大护法都向狐狸拱手，“明王就拜托胡兄了，请妥善安葬他。”

得他们一句“胡兄”真不容易，换作平时，胡不言又会大肆吹嘘一番，但今天他丝毫不觉得有什么可高兴的。他混迹在他们中间，虽然吵吵闹闹比吃饭还要寻常，但血肉之躯总会有感情。那群护法先不论人品性格，至少个个赏心悦目，他喜欢漂亮人儿，所以并不真的讨厌他们。

现在老大没了，死得那么悲壮干脆……胡不言吸了吸鼻子，背起他重新折回金缕城。城墙下的夯土很硬，他的前爪扒出了血也没有停下。他一般很少全心全意地干一件事，以前在九州时，但凡有一点让他感觉吃亏，他二话不说就走人。没想到走了一趟红尘，微小脆弱的人教会了他何为大义和坚持。他自觉妖性得到了升华，即便不能脱胎换骨，他也要做一只讲义气的狐狸。

掩埋了明王，他从城墙上摘了一盏灯笼放在他坟前，“拿上灯，照着点脚下，下去的路有点黑，别摔了。”他从怀里摸出两张银票来，伸进灯笼里点着了，“这是我全部的家当，省吃俭用好几十年才攒下的，本想拿来迎娶苏画，现在全给你吧！到了陌生地方，打架不合适，拿这个钱打点打点，来世托生个好人家，别再当杀手了。”

说到最后，说出满心悲凉，又略站了会儿，才转身追赶他们去了。

木象城里正兴建楼台，崖儿站在一处庙塔上俯视，街道上行人往来，临水的码头上停着巨大的船舶，船上装满合抱粗的木料，要运送到工地，每次往返需百余人推拉。

木象城是唯一有水路连通外邦的城池，因此商业要比其他四城发达得多。木宗的宗主也不像金宗宗主那么神秘，倒是个诸事愿意亲力亲为的人。他生得一副膀大腰圆的身架子，穿佛头青的大科绫罗。大概是个审美有偏差的人，腰上系紫色的蹀躞带，挂了满满当当一排彩色的装饰。虽然人胖，但他不怕热，站在骄阳下挥汗如雨地指挥运输的板车。说到恼火处，自己跳下去，推着车辕便走。

喜欢抛头露面，那么刺杀的机会就相应增多。但崖儿仔细观察过，这位宗主的周围隐藏着很多平民打扮的暗卫。毕竟波月楼的人到了天外天，他不是不知情。为防忽然跳出来的杀手砍了他的脑袋，顺便用这种看似大意的表象混淆对方视听，他还像往常一样为建城忙碌着，只是左右换了不显山不露水的高手，以自己为饵，等着波月楼的人上钩。

这种情况下，最忌盲目行事，崖儿远观了片刻，从高塔上退了下来。回住地的路上，居然发现了楼里人留下的暗号，她心头一喜，没想到他们来得这么快。只是不便立刻碰面，她在墙皮上刻画着，让他们暂且按兵不动。傍晚时分接到了他们的回信，告诉她明王为了突围，已经殉职了。

她从外面回来，坐在灯下怔忡很久，才消化了这个消息。早在进入天外天之前，她就再三问过他们，是否决定跟她赴险。这是一场恶仗，注定会有很多牺牲，她以为自己已经做好准备，迎接迟早会到来的第一个噩耗，但没想到，出事的会是明王。

膀臂啊……崖儿喟然长叹，立在窗前遥望天上的月亮。四大护法里她最信得过明王，他老练周到，即便她不在楼里，他也能管束好那帮没轻重的小子。如今出师未捷，这才第一城而已，就让她损失如此惨重，接下来还会有多少的劫难？她忽然觉得害怕，有些不敢去想了。

眼下他们都进了木象城，必然开始筹划刺杀木宗的首脑，明王的悲剧摆在面前，所以最难对付的人，还是由她来杀吧！木象城和金缕城不同，不可能让她那么轻易横跨，她必须静下心来观察，找出木江流固定的行踪和喜好。

如临大敌对于自信的人来说，可能只是一瞬的事。第一天她看见他身边暗卫围拱，第二天他坚持在府邸待了一夜，第三天便再也耐不住，又去了那个让他销魂的去处。

木象城中的风月场，分三六九等。最次的那等占据城的外环，为贩夫走卒提供快乐。第二等的在中环，接待商贾和小吏。头一等的在内城，专供宗主和旗下御者亵玩。

木江流的爱好很特别，他并不固定点谁的名头，但这些被点的女人无一例外，必须身段柔软。男人寻欢，一番调笑周旋后，最终的去处无非是床上。这位宗主却不是，他喜欢把女人关在笼子里。

崖儿混进了内城，换上侍儿的衣服，为今晚被点卯的美人送熏香。美人百无聊赖，坐在案前喝茶发呆，抬起视线看见兽场中央的笼子，厌恶地掉开了视线。

崖儿接了一个侍儿的活计，为美人熏最后的汗巾。汗巾在香烟上飘拂，美人叹了口气。崖儿适时地把汗巾呈了上去，“银环姑娘，这是宗主最偏爱的香。”

叫银环的美人斜眼瞥了瞥她，接过汗巾贴在鼻上嗅嗅，“唉——”又是一声长叹。

“有事令姑娘不快？”

银环姑娘说：“宗主变着花样折腾我们这类人，他府里的夫人可不必遭那份罪。你看那笼子，让我想起猪羊送到集上待价而沽的牢笼。什么时候我能不用笼子，活得有个人样？”

崖儿笑了笑，“姑娘想离开内城吗？”

可银环姑娘又摇头，“当然不，像我们这样的人，锦衣玉食受用惯了，谁还愿意回家受穷！”

“那就想办法进木府，当上宗主夫人。”

银环姑娘嗤地一笑，“哪里那么简单！你这小侍懂什么，知道这内城有多少姑娘吗？”她拿手一比，两指大开，“八十。”

“姑娘一定是八十个里的佼佼者。”崖儿矜持地微笑。

谁也不愿意承认自己比别人差，但有时候不承认也不行。妓女之间互相攀比，行行里都有状元。银环姑娘很清楚地知道自己比不过别人，于是更加重了叹息的声调。

崖儿掖着手道：“姑娘可以想些奇巧的方法，赢得宗主的欢心。”

银环摇头，“这样的地方，连个想奇巧法子的余地都没有。”

崖儿转过身，看向那个不大的笼子，外圈有道曲水流觞般的小渠，离笼子很近，近在咫尺。

她掖着手说：“古人唱酬，流杯渠里流的是清水，姑娘何不用烈酒？男人好酒，烈酒封喉，美人在怀，昏昏沉沉间做那事才痛快。姑娘还可以准备孔雀毡毯，将这笼子围起来，顶上悬萤火，四周雀羽摇晃，是不是会让人想到少年时仰卧在星空下的美好？”她抿唇轻笑，“姑娘，有时候曲意逢迎，还不如使点小心思。宗主为什么喜欢点姜姬？因为姜姬从不浓妆艳抹，但她全身纹满了牡丹。”

一朵人形的盛开的牡丹，确实惊悚又魅惑。银环听了她的话，立刻就决定照做了，女人争起宠来，什么都豁得出去。

很快流杯渠里盛满了烈酒，那酒之浓郁，穿过兽笼看对面，景象都是扭曲的。

后来孔雀毡来了，萤火也来了，唯一稍作改变的，是萤火里加了白磷。磷本身不灼人，但它有个特点，易燃。宗主和银环颠鸾倒凤时，帐顶所谓的星空会因震动撕裂，磷随流萤飞舞，落进满渠烈酒中，目的就达到了。

站在庙塔上看，城中城果然燃起了熊熊大火。笼子上了锁，木江流无论如何是逃不掉的。崖儿长长叹了口气，这火就算是对明王的祭奠吧，他在天上看见这一切，应当也会感到欢喜。

‖第七十三章‖

老实的仙

大司命从司命殿出来，身上穿戴整齐，还束上了压箱底的发冠。虽说他以前也一板一眼，但今天的行头太过庄严，像个将要上朝面圣的文官。

少司命抱着书册追到他面前，歪着脑袋问："座上，您打算上天吗？"

大司命瞥了他一眼，"是啊，我要上天找人诉苦，蓬山岌岌可危，琅嬛倒了不要紧，蓬山这么多紫府弟子，难道要葬身在乱石之下吗？"他边说边系好了腰带，三尺宽的如意带，愈发收出一副宽肩窄腰的好身条来。

少司命自认为了解一些内情，压低声道："座上，岳楼主不是已经攻破木象城了吗，我看十天内她一定能进烛阴阁。万一天君不让君上出山平乱，岳楼主照样可以闯进八寒极地，救君上出来。"

大司命斜眼审视他，寒声道："这世上好像所有人都不急，只有本座急。"

少司命缺根筋地眨巴一双牛眼，"那座上为什么这么急？"

"因为我希望能早早地把你扔还给君上。如果君上不回来，我觉得你这辈子可能都开不了灵窍了。"末了很诚恳地对他说，"你实在太笨了。"

第三十五位少司命，是府君的关门弟子，也是所有少司命中资质最差的一个。当年紫府君经过北邙山，看见一小儿追着日影插竹竿，日头每偏过一点，他就插上一根。仙君看了半天，不明白他在干什么，上前问，他咧着缺了门牙的大嘴说："我在研究计算时辰的方法。"

仙君一听，顿时惊为天人，"小小年纪大智若愚，将来肯定有出息。"

虽然做法很蠢，但和百余年后出现的日晷，在原理上居然不谋而合。不过可惜，三十五少司命后来的兴趣又发生了改变，日晷最终不是他发明的。府君培养这位关门弟子，养着养着发现他"愚"是真的，"大智"竟丝毫没有，可见神仙也有看走眼的时候。现在府君进去了，三十五少司命转而由大司命亲自授业，他的愚顽，时常令大司命品咂到修行生涯的无望。

戴罪立功出狱，和被人劫狱亡命天涯一样吗？谁不愿意正大光明地行走在日光下，只有老鼠才东躲西藏。

之前缚地链的松动，他派人接连呈报九重天，结果不知为什么，岳崖儿都打到绿水城了，上面也没有半点动静。大司命想了又想，即便他那么讨厌上九重天，这回也还是得亲自跑一趟。无论如何琅嬛现在扔给了他，只要浮山出事，第一责任人一定是他。他得设法让责任转移，否则届时上面一句“没接到呈报”，就够他喝一壶的了。

他乘着清风扶摇直上，先去拜会大禁，看看有没有机会直面天君。这次大禁亲自出来迎接，请他进了大禁殿，心平气和地和他面对面坐着，道：“上面还在想办法。”

“我的道行浅薄，给链子加了道符咒，最多只能撑十天。现在三天过去了，方丈洲好多地方开始塌陷。蓬山山系大多是浮山，方丈洲又在东海中央，山要是砸下来，那方丈洲会直接沉进水底，九州便再也不完整了。”他低着头说，“我日日如坐针毡，西北角上锁链松动，就预示着西北很快会有妖患。大禁知道紫府《妖鬼卷》吗？”

大禁点了点头，“《万妖卷》和《百鬼卷》吗，是紫府君建立的，我当然知道。”

大司命哀叹连连，“那些本就是恶煞，原本臣服于府君，自从府君受罚进了八寒极地后，蓬山经常回荡起百鬼夜哭，弄得人间地狱一样。不论妖鬼，都念旧主，就算你我……”他的手指在两人之间来回比画了一下，“你说我家仙君的不是，我要生气；我对你家天君表示不满，你也会发火，人之常情嘛。我这次来，一是向大禁亲口禀报方丈洲的境况，二是向大禁打听，天君有没有释放仙君的打算。缚地链、六爻盾、天环……那些都是仙君一手创办的，除了他，谁也无法驾驭它们。现在想想，让我这个三千年道行的人接手琅嬛，这不是把我顶在杠头上吗……”说到最后意思很明确，想卸职，不打算干了。

大禁也很无奈，“我知道你为难，但卸职这种话不能乱说。紫府君也不是永远不出八寒极地，将来那个女人死了，他的尘缘一了，还是会重掌蓬山的。”

“那眼下怎么办？”大司命有点激动，“琅嬛坚持得到仙君回来吗？”

大禁沉默了下说：“受罚的堕仙，必要经过千百年锤炼，洗去一身魔性才能走出极地。现在让紫府君出山，无论如何都是一场冒险。”

大司命站起来，撑着长案急切道：“我愿意进八寒极地，当面问一问仙君的意思。别人不知道，大禁还不了解仙君的为人吗，他是天上地下最老实的仙啊！”

大禁不由叹息，不单老实还很耿直，如果面见天君那天，他能为自己开脱一番，最后也不至于闹到这种程度。可大司命的请求目前确实难以满足。大禁道：“八寒极地是仙的囚笼，不是游玩圣地。你不能去，去了触犯天规，得不偿失。这样吧，你先回蓬山，这两天上面必会有个决断，毕竟琅嬛非同小可，天君绝不会坐看它垮塌。”

其实大司命这趟来，并不奢望这些上仙能给他明确的答复，他的目的只有一个，就是确认一遍上界已经知道琅嬛的现状，将来万一出了问题，别找他的麻烦就可以了。

“天君已经知悉了？”他又着重问了一遍，大禁点点头。他说好，直起身长出了一口气。

从大禁殿出来，他走得轻飘飘，才发现当一个一板一眼的正直人太辛苦了，随心而动，才是真正洒脱的态度。只有一点还是让他不安，就像刚才说的，浮山坠地会砸沉方丈洲，他担心紫府的弟子早晚会受到牵连。因此长期生活在重压下，觉得蓬山缺了自己就不行的大司命，还是无法真正高兴起来。

他又忧心忡忡地到了天行镜前，简直像子孙上坟诉说委屈一样，对着镜子里的仙君絮絮叨叨：“君上，我上去了一趟，没讨着什么结果。他们敷衍说会解决，但我知道，您不出来，再多的办法都是治标不治本。天君好像还没拿定主意，我一力保举您，大禁还拿那些裹脚布似的话来搪塞我。别的我倒不担心，唯担心紫府上下百余弟子，他们的修为太浅了，恐怕蓬山一毁，他们也跟着遭殃。”然后他就开始愁肠百结，一会儿仰天，一会儿俯地，喃喃自语着，“怎么办呢……”

天行镜里禅定的人终于忍不住了，皱着眉头道：“你不会下令众弟子出蓬山吗？”

大司命嗳了声，“可行吗？”说完才反应过来，霍然望向天行镜，“君上？”他以为自己听错了，慌忙跑过去查看，镜子里的人已经站起来了，眉间封印如火，一身白衣胜雪。

大司命忽然发现，君上那身被血渍浸泡了一次又一次的禅衣不见了。对于隔三岔五就得被扎成筛子的人来说，这白衣来得太蹊跷了。他晃了晃神，试探着叫了一声：“君上，您能听见属下说话吗？”

天行镜里的紫府君略牵了下唇角，静静看过来，仿佛隔着宇宙洪荒也能对视，一字一句道：“浮山锁链年久失修，我早料到它们会断，可惜本君不在，帮不上什么忙。乾位上的地链松动，会引天君亲自出马，但铁索有四根，他难免顾此失彼。你听好，第二根缚地链挣断时，让紫府子弟全数下山，能走多远就走多远。”

大司命听那嗓音，如金斧凿玉般透着霜雪的味道，但又是往日熟悉的，一时竟悲喜交加几乎哽住了。努力平息了心神，半天才道：“如此一来，不会造成恐慌吗？”

紫府君说会，“比起恐慌，保命更重要。”

其实他很想说，自己被关在八寒极地出不去，外面恐慌和他没有一根毛的关系。再说乱了才好，不乱不立，乱了才能迫使天帝对话，有对话，很多事就好商量了。

大司命一向对君上唯命是从，既然他这么吩咐，那必定是为整个蓬山好，他绝无二话。应准了之后，他才有空抒发自己的感情，一脸看透了世态炎凉的沧桑，惨然道："这阵子出了这么多变故，属下以为君上吃了大苦头，出山也无望了，没想到……您不是仙骨尽断了吗，怎么恢复得这样快？还有这天行镜，居然能对话？"

紫府君心说那是自然，这天行镜也是他炼化的，哪有法器不认主的道理。

大司命又隔着镜子仔细打量他，"君上，您眼下情况如何，身上好些了吗？"

镜子里的人凄凉地笑了笑，"仙骨都断了，能好到哪里去。"

当时抽筋断骨的痛，恐怕终其一生都难以忘记。那种撕心的感受像活鱼被剐去了鳞，每一次刀锋经过，都需他用尽全身的力气去承受。伤痕累累，千疮百孔，然后从每块骨骼里生出倒刺，从每个毛孔里渗出血丝，没有见识过的人根本无法想象。

如果换成一般的仙，大概就此道元尽灭，余生就在这禁地苟延残喘了。但他不是，得益于天生的仙根，即便打断了仙骨，元神不灭，他就能自行复原。但也因为出身的缘故，注定他生来是仙，不管是真仙还是堕仙，他就这两条路能走。除非一口气打散他的元神，让他就此幻灭。

从上仙到堕仙，很奇怪的一种感觉，看待一切事物都不走原来的轨迹，他有了新的视野。像灵窍乍然被打通，浑身畅快通透，胸中常常奔突着某种毁天灭地的欲望，要这世道按他的喜怒而改变。

经过一番痛，换来不一样的明澈和达观。他现在不觉得堕落是多糟糕的事了，反倒很有趣，也很刺激。据说成了堕仙，人性中最本能的恶会被激发出来。静心想想，他在领罚之前就已经铺好了后路，所以人人口中老实的仙，其实并不那么老实，他早有堕仙的资质了。

大司命心痛不已，泫然道："我没想到，君上为情能有这样的魄力。这阵子我常怀念以前的日子，山中岁月静好，属下伴着君上，那时何等的惬意……君上，属下真的很想您。"

天行镜里的紫府君打了个寒战，"我这儿已经够冷的了，你别说了。"

大司命咳嗽了声，又换个话题，"那君上，您是什么时候开始能够通过天行镜观察蓬山事的？"

紫府君微侧过身，皑皑白雪为背景，衬出一个比雪更高洁的君子，渊默深稳，不激不随，连低头思量的样子，也比以往更有韵致了。

“一直。”他这么说。

大司命听完，隐约有五雷轰顶之感，“一直……那属下之前对天行镜吐露的心声，君上也都听见了吗？”

他抿唇一笑，没再接他的话。

大司命觉得脚下发虚，头顶冒汗。这么说来，他的那点迷惘和类似闺怨似的惆怅，全被他听见了？苍天啊，世上怎么会有这种事？人都在牢里了，还能继续坑他，果然上司不是白当的。

正恍惚着，少司命那条笔直的喉咙又响出声来，“座上，来了好多真神仙！”

这话说的，好像他天天面对的是假神仙似的。大司命顾不上骂他，疾步出去相迎。刚出门就见云层叆叇，晚霞穿透飘拂的云絮，像天边陡然长出了无数光的脚。天街上已经站了好几个人，大禁也在其列，看到他，悄悄向他做了个眼色。

大司命知道是天君驾临了，但他面向琅嬛，只看见一身金缕，背影卓尔不群。上神的手段果真不是他这种小仙能比的。大司命掖着手，看天帝亲自加固西北角的那条缚地链，连法力散发出的金芒都比他的耀眼粗壮。

扎根大地的铁链再次被束缚，不情不愿地发出擎天铁柱被撬动般深重的巨响，那一环一环的链节，肉眼可见地往下沉了好几丈。终于，天君的亲自出马，解除了琅嬛倾倒的危机。

所以一切到此便结束了吗？并不。天君返回九天后，连凳子还没坐热，神侍便匆忙进来禀告，说浮山西南和东北两角的锁链相继都松动了。所幸是对角，不至于造成侧翻，但这次的情况比较复杂，万丈深渊下有黑气涌动，怕是千年前被镇压的妖魔要逃出山底了。

从来温文尔雅的天帝，这回是真的发怒了，他砰一拳捶打在御案上，震得文房蹦起来老高，“是紫府君耍的手段！”

大禁见势忙拱手道：“君上息怒，紫府君的为人君上知道的，他一向审慎厚道。琅嬛失衡是在他囚禁八寒极地之后，他人在八寒，就算再大的神通也冲不破那道壁垒，因此神链松动，应当只是巧合。蓬山圣地的辉煌毕竟在他手里创建，他人不在了，难免会有妖魅乘机作乱，还请君上明察。”

天帝听后却一哂，“世人都说紫府君是个与世无争的好人，你们真的看透这人了吗？他如果心慈手软，当初怎么收服邪祟，创立《妖鬼卷》？”大禁果然被问住了，脸上闪过一丝犹疑来。天君负手长叹，“罢了，费尽心机不就是为了这个结果吗，你带他上观星台，我要好好同他谈谈。”

‖第七十四章‖

一 寸 微 芒

观星台，在世上最高峰的山巅，地面向上一万丈，远在云层之上。当大地陷入黑暗时，观星台上还能看到最后一缕光，而观星台上星云密布时，九州已近子时了。

这地方，不属于九重天，它在大地和天阙的交界处。天帝办事很讲究分寸，召见一名堕仙，就该在与其身份相匹配的地方，这样才能提醒他，如今所处的位置发生了变化。

紫府君照旧姗姗来迟，凌空曲折的天道上出现一个身影，走得不急不慢，完全没有大人物正在等候他的觉悟。

他一路看花看草，偶尔还弯腰看蚂蚁。天帝耐着性子等他到了面前，细打量他，面貌还是原来的面貌，略清癯了些，神采倒不减。唯一刺眼的，就是那章子般落在眉心的堕仙印。印记太深太红，浑然天成般，在那张脸上勾勒出了妖异的风味。

天帝笑了笑，笑意不达眼底，颇有邻人寒暄的意思，“紫府君兴致不错啊。”

他不卑不亢地望着天君，回了个微笑，但笑容里有倨傲的味道，“八寒极地什么都没有，放眼尽是一片白茫茫。以前不觉得这山水花鸟有多可贵，但当你的眼睛失去享受色彩的权利，再领略时，你会觉得一切都那么有趣。”

他复又轻牵唇角，不太情愿但又不失礼数地向天帝牵袖一揖，“罪臣安澜，见过天君。”

这便是有根底的仙和野路子的仙，堕化后最本质的区别。如果是名野仙，甚至不等开口就会朝你老拳相向，但天生仙根的仙不同，他们不会迷失本性，即便再讨厌你，他也还是愿意唱着高调，与你把臂周旋。

很好，还能顺畅地沟通。

天帝抬了抬手，说免礼，“看紫府君气色尚且不错，但本君知道，你在八寒极地受了苦。事情弄到这个地步，并不是我的本意……府君身体恢复得如何了？”

紫府君说还好，“前两天刚接上骨，现在勉强能走两步。刚到极地的时候，觉得天都塌了，如今倒可以适应了。”他顿了顿，抬起眼来，似单纯问他，“天君怎么会突然召见罪臣？罪臣入极地才两个月而已。”

这个紫府君，装傻充愣是把好手，天帝认识了他一万年，懂得他的策略。东拉西扯不是办法，你单是敲边鼓，他能敷衍你到太阳直射观星台。所以天君还是打算直来直往，他转身面向方丈洲方向，负手道：“这两日蓬山大乱，紫府君知情吗？”

他说不知，“我人在八寒极地，天君问我知不知情……此话从何说起？”

天帝看了他一眼，那双眼睛里闪烁的狡黠的光，简直如他眉心的堕仙印一样刺眼。天帝叹了口气，“一个人驻守某个地方太久，那地方的一切都会对他产生感情。一旦这个人不在，所有的纲常都会生乱，现在的蓬山就是如此。”

紫府君略迟疑了下，“天君的意思是紫府有人反了吗？难道有人不服大司命？”

又来了！

天帝忍住不去扶额，咬着牙道：“不是有人反大司命，是你炼化的缚地链不受天地差遣，先是西北松动，现在连西南和东北也如法炮制了。本君知道，这缚地链只是打前站的罢了，后面还会出现其他问题，如果一一应付，实在耗时巨万。本君想同你商量一件事，可以准你提前出八寒极地，但你必须断尽尘缘，自此远离红尘，静心镇守琅嬛。”

他静静听着，天帝说完后，没有迎来他的叩谢，而是无尽的哑笑。这一切他看得很明白，不就是想让他继续卖命，还要对天帝感恩戴德吗？如果琅嬛不生乱，如果他们能应付所有的麻烦，谁能想到极地里挨饿受冻的他？结果招他回来，不忘冠上个法外开恩的美名。断尽尘缘？断尽了尘缘，他还剩什么？

他这样的态度，当然会令天帝不满。天帝蹙着眉，警告意味浓重，“你究竟在笑什么！”

他这才收敛了笑，平心静气地问天君：“当初我是上仙，不能和凡人通婚，我认了。现在我成了堕仙，依然如此，那我为什么要回蓬山，继续当那个看门人？”

天帝被他问得难以反驳，只是气恼道：“世上的女人不独她一个，明明女仙有那么多，你何必知法犯法，非要选她？”

他缓缓点头，“女仙很多也很好，可我不喜欢她们，有什么办法？天君不必兜圈子，给我一句准话吧，是否让我在八寒极地和她之间做选择？”

他那副傲慢又不领情的态度，已经让天帝大感不悦，天帝说是，“两者之间任选其一，还请紫府君三思。”

结果他连一句多余的话都没有，转身便走，在天帝惊讶又难堪的注视里跃下观星台，重回八寒极地去了。

僵立在那里的天帝气得一句话都说不出来。约谈不欢而散，连大禁都捏了把冷汗。紫府君一走他便匆匆赶来，看着天帝发青的脸，迂回周全着，“君上息怒，紫府君本来就是为情才堕入八寒极地的，如果今天能断情，当初就不会走这条路了。”

天帝冷冷望向大禁，“他分明是仗着没人能代他接管琅嬛，有意和本君讲条件！”

这种心思当然不能说没有，大禁嗫嚅了下，不知应当怎么为紫府君开脱。天帝亦不可能让步，两下里一言不合，便各走各路了。

冰封千里，他踽踽独行。

以最快的速度走出八寒极地，是他最初的目的。他倒不是吃不得那份苦，只是想念那个还在江湖上漂泊的人。极地有天然的屏障，阻断一切与外界的联系，他也只能通过天行镜的传输，知道紫府的境况。

但他的叶鲤现在怎么样了，他根本推算不出来。他不知道她近况如何，雪域不告而别后，她是不是刻骨地恨他。他暗中打着小算盘，如果能离开极地，他就可以再去找她。

然而天帝显然是不答应的，损失一卷鱼鳞图，最后谁的责任都没有追究，天规便形同虚设。他说两者只能选其一，还有什么可选的，没了她，他在哪里都一样。

心情不大好。他发现自己的脾气好像变差了很多，以前遇事不过一笑罢了，现在却开始耿耿于怀，甚至想着如何倒戈一击，索性让这世界乱成一团麻。

天顶又开始风云汇聚，他厌恶地看了眼，不去管它。雷声大作起来，新一轮的天谴马上要到了，他依旧默默往前行走，就算炸雷劈在他耳畔，他连眉毛都不动一下。

渐渐地，雨星子飘落下来，贴上皮肉还是有些冷的。他心头攒着火，必须要在这茫茫雪地上行走发散，才能消磨干净。

雨点过后，依然是密集的冰凌，痛了太多次，已经开始习惯这种感觉。他在极地里死过一次又一次，不停重复同样的折磨是必需的，再强的人也强不过天。但每次恢复所用的时间越来越短，身体里有某种力量在积蓄觉醒，自己知道，也许离堕入魔道只有一步之遥了。

冰凌滂沱而下，刺穿了他的肩颈，又刺穿他的脊梁。起先他还执拗前行，后来到底承受不住，扑倒下来了。冰锥很快穿透他全身，他趴在雪地里气息奄奄，每次都觉得自己挺不过去了，但每次依然会苏醒。

死不了，他就开始苦中作乐，从第一道冰凌穿透身体开始计算，基本数到八十九时，刑罚差不多就结束了。这八十九道酷刑施加期间最难熬，他得去想一些高兴的事，比如和她在一起时的种种。她当然是个长满獠牙但芯子柔软的可爱女人，比起她过于刚强的性情，他更喜欢她靠在他怀里时的温顺。

雪域的二十多天，现在回忆起来仍旧有滋有味。那时他每天都给她把脉，总要惹她一顿嘲笑。

她像蛇一样在床上游弋，身子扭成一个妖娆的弧度，人趴着，倒竖着两条玉笋样的小腿，撑着脸告诉他："我不急着要孩子，我将来还要一统江湖，称霸武林呢。"

他知道她是在顾全他男人的颜面，便心不在焉地唔了声，"那万一怀上了，你打算怎么办？"

她失笑，"你怎么会问这么傻的问题！"翻身枕在他腿上，盘弄着自己的手指，轻声细语地说，"当然要生啊，比起一统江湖，你和孩子重要得多。"

他当时听见她这么说，心里充满了感激。可是明知自己要走，留下孩子会拖累她的，甚至让她成为一个有软肋的人，往后还怎么刀枪不入？

趴在雪地里，奄奄一息的他，身上经受无数摧残都不怕，拼尽全力支起手肘，摊开手看掌中小小的一团光芒，那芒微弱如萤火，中央有个米粒大的人形。每次磨难过后，第一件事就是看一看他。他最后的一口真气，永远停留在这里保护这一寸微芒，哪怕被抽筋断骨，里面的小东西都安然无恙。

冰刑结束了，他握起拳，艰难地翻个身，冰雪渗透进伤口，有种又痛又痒的感觉。身下的血在苍白的大地上开成了花，他也不在乎，双眸望向天顶，依旧冷静又清醒。

琅嬛的缚地链还在不停松动，等不来天帝释放仙君的消息，大司命遵照他的嘱咐，把紫府弟子都转移下山了。

万年的紫府，忽然把人都遣散了，这可不是什么好事。方丈洲是地仙的聚集地，他们在这里过着惬意松散的生活，万一这里有变，那他们这些人，上哪里找第二个圣地去？

修行者们惶惶然，其中缘故不用说，心下都明白，遥遥望向蓬山方向，"琅嬛要出大乱子了……"

"我早料到会有这一天，紫府君不知所终，琅嬛还太平得了吗？"

有的修行者已经打算收拾收拾，再入红尘了，"方丈洲不复存在，就再也不需要遵守紫府君定下的规矩了吧！这九州眼见要生乱，过不了多久，生州和精舍圣地也会不保，大家还是早做打算，早谋出路吧。”

人心涣散不过如此，难道你以为会扰乱红尘的只有妖鬼吗？这些身怀绝技不肯登天的修行者，在失去制约后，一样会成为隐患。

所以紫府君下令大司命，让他遣散弟子是有目的的，如果琅嬛目前的危机还不够让天帝下决心，那就再加上舆论。紫府弟子在山门外徘徊不去，大司命领着三十五位少司命坚守在九重门上，反正看那阵势，蓬山已经到了山穷水尽的地步了。

天帝寒声发笑，“这是要逼本君就范吗？”他确实想到了妥协，可妥协之后天威何存？九天上的众仙虽然个个神通广大，也不是随便捡起一块硬骨头就能啃的。隔行如隔山，每个人都有各自的强项，这种强项通常带着浓重的个人色彩，别人无法参与你的成就，你也无法操控别人的法器。

大禁束手无策，紫府上下显然早有预谋，但你要去责怪大司命，他此刻正与琅嬛共存亡，怪得上他吗？

天帝终于还是动用天眼看了紫府君爱上的那个女人，他想知道究竟是怎么个与众不同法，能让聂安澜丢了魂似的。看完之后先是大叹“冤孽”，然后得出一个结论，说她“能征善战，很有头脑”。至于长相方面就不作评价了，谈长相显得俗气。

他吩咐大禁，再次将紫府君带出八寒极地。依旧是观星台上，天帝含笑道：“紫府君红鸾星动，本来是美事一桩，我也抽空看了一眼你那佳偶，确实不是等闲之人。但要说多妙，倒也未必，能打是真的。”

这世上大约没有任何东西能牵制他了，唯有说起岳崖儿，才能让他有“垂死病中惊坐起”的反应。

天帝忽然去关注她，当然不是什么好事，他只有尽量镇定，曼声道：“天君传我出八寒极地，就是为了告诉我这个？”

天帝说不尽然，“还有关于紫府的消息，大司命将你府中弟子都放出蓬山了，现如今方丈洲正如临大敌。”

他听后点头，“大司命做得对，如果浮山告急，当然要先疏散弟子。”

“所以紫府君是打算坐看琅嬛毁于一旦吗？”

他两手交错，茫然地望向那张尊贵无比的脸，“我如今是戴罪之身，天君不知我心余力绌吗？”

天帝那双清泉般的眼睛里，终于流露出工于算计的城府来，笑道：“无论如何，请紫府君勉为其难，先安定蓬山。余下关于岳崖儿的事，你我可以慢慢商谈。”

紫府君笑起来，“天君是在拿岳崖儿和我谈条件？”

既然已经如此了，便索性明人不说暗话。天帝喟然长叹，“没想到区区的一个凡人，竟会成为你我的谈资。府君走到这步，不都是为了这个女人吗，本君应准你，只要浮山归位，妖鬼驯服，岳崖儿在此期间安分守己，不再触犯天条，本君可以容她上蓬山，成全你们一段好姻缘，紫府君以为如何？”

天帝的态度转变得如此之快，着实让人信不实。但天晓得他有多惦念她，不论成不成就姻缘，只要能让他走出八寒极地，一切便有希望。

他点了点头，语气平静，“但愿天君一言九鼎，我虽元气大伤，但即便拼尽全力，也会保琅嬛无虞。”

天帝说好，“我知道你暂且力不从心，所以派大禁助你一臂之力。还请紫府君铭记自己的职责，儿女私情暂缓，先以琅嬛安危为重。”

遵不遵从是后话，先要确保天帝暂时不为难她。袖里的左掌紧紧握了下，他俯首领命，心早飞到云浮去了。

不知她好不好，是否还在想他。

‖第七十五章‖

因为你长得漂亮

绿水城。

相较于之前的两城，这座城有绮丽的名字，也有狷狂的风骨。

这是座女人执掌的城，水宗的宗主，是厉无咎手下唯一的女护法。江湖上喜欢将人分门别类，当初曾有北波月南绿水的说法，也就是两大门派的掌门人，可以放在一起相提并论。当然对于这种比较，波月楼的人是绝不认账的，照阿傍的话说，“咱们楼主是这种牛鬼蛇神能媲美的吗？”在波月人的心里，楼主简直是江湖第一女侠。一个混了那么多年还没干掉主子的女人，凭什么和早就自己当家的楼主齐名？

护短是人的通病，波月楼的人尤其厉害。

打通了木象城后，他们曾经在城郭边上作短暂的聚集。崖儿分派各自的任务，字里行间颇显得兴致高昂，“我早就听说过这位宗主的大名，可惜她鲜少在江湖上走动。上次烈火堡分裂成两派时，她代右盟主出面主持，来去也不过一盏茶工夫，没来得及会会她。我不爱被人拿来作比较，这次是个好机会，可以分个高下。”

可苏画明白她的用意，明王出事后，她嘴上不说，心里的痛绝不比任何人少半分。作为楼主，她不外露，你很少能看到她有大喜大悲的情绪。但作为她的师父，苏画知道那冷硬的外表下，藏着一颗炽热得甚至有些孩子气的心。楼里人的安危，一直在她脑子里，她不愿意再有任何伤亡，最难打倒的敌人，情愿自己去消灭。每座城的御者，虽说都不是等闲之辈，但相较于宗主来说，五个相加还不及一个难对付。她解决了大麻烦后，小喽啰留给他们来处置，这样减低他们涉险的机会，对大家都是一种保护。

“你的目标不是古莲子，你还有更要紧的事要去办。”苏画道，“你进寸火城，直取烛阴阁，其他的都不必管，交给我们。”

楼中人的安危和仙君的困境，对崖儿来说左右两难。她学会了兰战的杀人本事，却没有学会他的心狠手辣。她是想取龙衔珠，是要找回鱼鳞图，但这些目标不能用他们的血和命来实现。

苏画不等她反驳，又看了胡不言一眼，“你别跟着我了，枞言下落不明，你回楼主身边去。”

胡不言从来没觉得自己这么抢手过，作为坐骑，跟着和他立下契约的主人是应该的，但现在情况有变，他不是和主人的师父产生感情了吗，怎么能撇下爱人全心保护老板?

崖儿先拒绝了，“这只狐狸的战斗力太弱，带上他反倒拖累我，门主自己留着用吧。我一人独来独往更省事，再说枞言……”想起他，便让她心里七上八下，这么多天了，一点消息也没有，不知道现在到底怎么样了。

她沉默了下又道：“我斟酌再三，水宗的宗主还是由我解决，你们照旧按序处理五大御者，城一破就转移至下一城。厉无咎明知我们进了天外天，没有召集五宗联手对付我们，是因为他太自信。这几天让我们连下两城，他应该会有警醒，大家要多加小心了，接下来可能有几场硬仗要打。”

众人道是，但苏画依旧坚持由她去会古莲子。师徒两个僵持不下，最后还是魑魅站出来，懒洋洋道：“女人就非得由女人对付吗？打架还讲江湖道义，不是我们波月楼的作风。楼主和门主都别争了，我去吧！你们要是担心我胜之不武，我打扮成女人好了，反正女装也没少穿。”

大家都看向他，他说这话的时候很坦然，倒显得他们这帮人过于迂腐了。于是视线又转向魍魉。不知什么时候起，大家养成了这个习惯，魑魅魍魉不分家。魍魉呢，他仍旧微笑着，不管魑魅说什么，他总是一副认同的表情。

再争论下去显得过于婆妈了，所以这次的事就这样定下了。大家商定了各自的目标，进入绿水城后，便只盯着目标行事。反正整天都在追踪，不需要住店，傍晚坐在一处绿树掩映的台榭上，身旁是潺潺流动的一汪碧波，面孔沐浴在斜照的晚霞里。此刻的魑魅很好看，他有一双灵动张扬的眼睛，只要那双眼睛看着你，便让人忘了呼吸。

纤白的手指捏着壶颈，他伸手过来，一截秀气的腕子暴露在余晖下，脸上带着笑，咧嘴招呼魍魉，“走一个。”

魍魉牵起酒壶，和他轻轻碰了一下，“你打算怎么对付水宗宗主？”

魑魅咽下酒，唔了声道：“杀人而已，又不是第一次，还要仔细规划？知道她在哪里，善用什么武器，身边有多少人就够了。明王上次一定是疏忽了，如果他小心一些……”

两人俱是一叹，想起明王的死，有时候莫名会涌起末日般的惆怅。他们这代护法，和兰战时期的不一样。当初的四大护法之间钩心斗角不断，后来又加入了名号为七杀的现任楼主，更加闹得一天星斗。干他们这行的，基本都没有父母和兄弟姐妹，楼里谈得来的伙伴就像兄弟一样。如果有下辈子，能当亲兄弟也不错。

魑魅看着夕阳一点点沉下去，天边只剩画桥般的拱形，笑道：“我忽然想起早前争夺排名的事来了，原本我以为自己会排在最末，没想到最后竟排了第二。如果不是你有意放水，现在应该你是魑魅，我是魍魉。”

魍魉听后一笑，他是个谦和的人，除了那次胡不言爬窗户惹他大打出手，他基本没有真正动怒的时候。

“排名很重要吗？能进前四就行，谁先谁后对我来说都一样。”

落日的最后一道辉煌照在他眉宇间，少年的青涩早就褪去了，那种杀手不该有的正直却沉淀下来。

世上的事总是这样，你认为不重要，却值得别人品味再三。如果按照两人的拳脚身手论高低，几年前的魍魉还是略胜一筹。虽然他拼尽全力追赶，但每次正式和他交锋，他都会产生力不从心之感。也许本没有错，自己是他领进波月楼的，道行不如他也没什么可奇怪的。他算同批弟子中最出类拔萃的，灰败的人生有了目标，才能促使你快步成长。当年水里火里不要命似的，就是为了有资格和他并肩而立。后来波月楼重组，给了所有人一个重获新生的机会，别人谈论叶少游的时候，终于可以连带上花乔木了。

就是这种不见天日的心思，泥沼中也开出花来。他和他勾肩搭背，称兄道弟，却从来没有正式和他吐露过心底的想法。魍魉对他还是兄弟情居多，上次花魁夜游，他看见他眼里放光，就知道他对女人更感兴趣。

算了，不去说他。魑魅又抿了口酒，“我从渔村出来，到今天正满十二年。今天是我爹娘的忌日。”

魍魉什么都没说，往水榭外倒了半壶酒，作为对他父母的祭奠。

遥远的痛，渐渐已经不那么清晰了。他转过头看他，“当初还是你把我从渔村捡回来的，第一次看见我……你对我印象如何？”

魍魉似乎有些记不清了，思量了下才道：“那时你还很小，我看见你坐在父母的尸首中间，不哭也不闹，觉得这么年幼的孩子有沉稳的气魄，将来前途必不可限量。”

魑魅大笑，“气魄？只是被吓傻了而已。”

魍魉也跟着笑，“不管是不是吓傻了，反正后来证明我的眼光没错，你天生是当杀手的料。我捡了那么多孩子，那群孩子里最后只有你活了下来，果真一眼相中的就是不同。”

魑魅听他这么说，忽然来了兴致，趋身和他面对面，“是一眼相中吗？为什么？明明那么多孩子……”

“因为你长得漂亮。”魍魉毫不遮掩，“漂亮的孩子总会多受些眷顾，我把你领进生死门，托付门主关照你。门里都是比你老练的孩子，哪个地方不欺生？像你这种犟脾气，进去先被狠狠打一顿是肯定的，我怕你受了欺负寻短见。”

魑魅的眉毛高高挑起来，“寻短见？我在你眼里是这样的人？”

魍魉有意调侃他，“漂亮的人一般不都比较脆弱吗？从无隐洲到王舍洲，几千里路带个孩子多辛苦，我不想自己的辛苦白费，防患于未然嘛，况且当时你刚失去父母。”

魑魅沉默下来，半晌才又道：“我一直有句话想问你，我父母的死，和你有没有关系？”

这是所有波月人时常会产生的疑惑，因为加入的每个人都身世畸零，有的确实是天灾，有的却是人为造成的。彼时的兰战，有套吸收人才的好办法。先是物色，一旦被相中，全家的厄运便就此来临了。莫名其妙的家破人亡，流离失所的孩子在寒冷的人世颠沛流离，这时有个人愿意收留你，给你一日三餐，但要你从此为他办事，几乎人人都会不假思索地答应。

年幼的时候不懂，后来大了，慢慢参透了玄机，总会追究一下自己遭逢变故，究竟是不是人祸。

魍魉看他的目光很坦荡，“没有，你的父母死于北歧人之手。北歧大军攻入无隐洲，每天会死多少人，你知道吗？那段时间只要跟着他们走过的轨迹再走一遍，像你这样的孩子有无数，根本用不着我亲自动手。”他说着，带了些溺爱的味道，在他脑袋上揉了一下，“我不是你的杀父仇人，你也不用每每看见我就两眼冒寒光。如果我问心有愧，绝对会绕着你走。”

魑魅听后一愣，有种被勘破后的狼狈，忙掉开视线道：“我也是随口一问，没别的意思。”见夜渐渐弥漫上来了，站起身道，“上水府探探去，找个机会好下手。你在这里等我，咱们丑时汇合。”

他抻了抻身上的细甲黑衣，提着重剑往南去了。魍魉目送他，忽又唤了他一声，“酒还没喝完，快去快回。”

他潇洒地抬起两指摇了摇，留下个俊雅的背影，隐没进了黑暗里。

古莲子，江湖传言和楼主一样厉害的女人，着实引发了魑魅的一段兴趣。他是个酷爱冒险的人，曾经也以切磋之名向楼主讨教过，因为他不相信世上真有那么不可战胜的女人。楼主倒也大方，她不惧怕任何人挑战她的权威。波月楼本就是弱肉强食的世界，谁敢讨教，她就用拳头说话。结果当然是他技不如人。一个女人能有那么强的攻击力，让他惊讶不已。近身较量已然令他难以招架，如果允许运用随机的搏杀技巧，她还可以衍生出无数的出其不意来。有些女人真是小看不得。所以他这次自请出战，一是想为楼主解决麻烦，二当然是想借这个和楼主齐名的女人，看看自己几年下来是否有进益。切磋和夺命是不一样的，到了你死我活的时刻，各自都以命相拼，那才痛快。

他停在一棵树顶，向下观察水府的布局，这里的防御明显比前两城严密得多，错综交织的夜巡永不间断。想落地是不可能了，他望向对面的画楼，那里有个小巧的天窗，斜切在阁楼的位置，像这栋楼的一只独眼。从那只眼睛里钻进去，便进了画楼的内部。阿傍已经基本摸清了古莲子卧房和书房的方位，他只需潜入，然后静静等待她现身就可以了。

他身形柔软，穿梭在梁柱之间如履平地。再往前一些，是类似波月楼正厅那样的巨大场地，那里没有房梁和椽子，一顶巨大的拱顶罩下来，中心镶嵌着打薄的琉璃。无论外面的月亮处在什么位置，那面琉璃都可以收集和折射月光，精准地照射在华美的宝座上。

有侍婢经过，很快又是一列巡逻的弟子。他向上看了眼，抬手将腕上的细索抛向穹顶。细索顶端有个四角的铁爪，四爪张开后深深扎入墙体，他轻轻往上一纵，拽着细索荡向了大厅的另一边。这是一场考验速度和反应力的战斗，落地便听见有人向这里走来。他急急收住身形翻上房梁，刚站稳，一队挑着行灯的婢女从直道上走过。没有人交谈，但他看清了她们手里捧着的东西，全是沐浴必备的，熏炉过后是香膏、胰子和巾帕。婢女身上穿纱裙，裙下曲线若影若现，只有汤泉里伺候的才会这么穿。

魑魅嗤笑，女人果然麻烦，不像他们男人，大事当前谁还顾得上洗澡！他执行过这么多次任务，还是头一回遇上这样的情况，自觉有意思得紧，便悄悄尾随她们，进了一处温泉。

毕竟是一城之主，很懂得享受。她的浴池是天然的两弯泉眼，一寒一暖，一阴一阳，像口鸳鸯锅，圈在二十六面金碧屏风之后。窸窣的脚步声近了，他往假山后缩了缩，只见一个披着柳色明衣的女人款款而来，明衣清透单薄，如一缕烟，笼罩着高耸的双乳和修长的腿。

要论姿色，这位宗主虽不及楼主貌美，但也绝不平庸。她的年纪应当略长一些，总有二十七八了，眉眼间不见杀伐，反有一段哀愁。垂地的长袖逶迤拖过通幽曲径，颇有春风一夜入闺闼的诗意。

她没有进温泉，进的是寒潭，徐徐没入水中，游弋起来，像一尾灵活的鱼。魑魅眯眼看，屏风上金碧折射出温柔的光晕，照亮水下的人影。人影拖曳着那头黑发，像落进清水氤氲扩散的墨。

她在水下一圈又一圈地旋转，直转得魑魅有些不耐烦了，忽然发现她身侧不知何时多出一团光来。那光在水里载浮载沉，她蜷曲着，把这团光抱进怀里，脸颊贴着光璧，温柔地抚慰着，“别怕……”

‖第七十六章‖

心照不宣，本君懂的

魑魅被眼前这一幕弄得有些蒙，不知这水宗宗主到底在玩什么把戏。

以前他在江湖上闯荡，知道大家都是一个鼻子一双眼，高兴不高兴的，抽刀砍就是了。后来逐渐遇到越来越多奇怪的人和事，换头的卢照夜，养蛊的岳海潮，还有方丈洲来的一帮半人半仙……云浮大陆在两年前还算是凡人的乐土，虽有妖，但人妖殊途，即便错身而过，也都互不相干。后来不知怎么，这个壁垒好像被打破了，从胡不言进入波月楼化出原形那天起，这片土地就一天比一天光怪陆离。现在伏守刺杀，又遇上这种奇异的景象，他不觉得意外，反倒有兴趣探究一下，那个被古莲子抱在怀里的东西到底是什么。

水面上有反光，看不太清，他悄悄又探出一点身，见那光球从一团芒，慢慢变幻成一个通透的球，她抱着它的样子，像彩绘壁画上怀抱夜明珠的龙女。

“不怕……不怕……回来了，回到我身边了。”她喃喃说着，手在球体上轻抚，仿佛那球里装着她的孩子，要用最轻柔的手势，最温存的言语去安抚。

魑魅隐约觉得这球不太寻常，古莲子是有根有底的凡人，总不可能生出一个蛋来吧！他在心里啐，奶奶的，日鬼弄棒槌，搞什么花样！转头发现了个更好的观察点，便尽量放轻手脚转移过去。

再探头看，这下终于看清了！那透明的球体里装着一条鱼，口含明珠，身如蛟龙。要不是水中鬃鬣般的鱼鳍还在轻轻拍拂着，他简直以为那鱼已经死了。

是枞言！魑魅勃然大怒，据说枞言中了幻术被人拐走了，原来竟落进古莲子手里了。难怪她一直在抚慰他，她是当人娘当上瘾了，打算一辈子困住大鱼吗？

五指扣进剑环里，正打算出鞘，余光瞥见一根白练到了面前。这白练来势汹汹，简直像苏画的龙骨鞭一样，精准又刚烈地，向他面门直扑而来。要不是他反应够快，及时闪躲了，魍魉口中漂亮的脸蛋就不复存在了。

到底是能和楼主齐名，果然身手和洞察力都不弱。魑魅翻身越过假山，抽剑向她劈去，寒池里的人早就执剑相迎了。

和赤身裸体的女人对战，这辈子还是第一次。要是换了一般男人，可能放不开手脚被她钻了空子。他倒没有这方面的困扰，因为他本来就不喜欢女人。

没有一句废话，无声的哑战，只有兵器相击发出铮然的声响。魑魅打架时是心无旁骛的，一般花哨的动作他不去管，一味近身搏击。重剑作为兵器，有长处也有短处，短处是不及软剑灵活多变，长处是每次击中便力量惊人。

这位和楼主齐名的宗主，似乎不擅长这种近身搏击，渐渐露出颓势来。“当”的一声，头顶重剑如山岳般压下来，她抬剑相迎，那柄金蛇剑被斩成了两段。剑虽断了，却也给了她抽身的机会，她从他的剑锋下闪避开，扣指便要打哨。魑魅眼见不妙，让她召集了人就麻烦了，扬手一挥，袖中的四角铁爪向她袭去。她夺过搭在屏风上的明衣，几圈太极般顺势的扭转，铁爪便和她的明衣缠裹到了一起。然后振臂后掣，魑魅不由自主被她拉近。忽见她右手寒光闪烁，三根五寸来长的银针穿破他的细甲，深深扎进他胸口。那水宗宗主唇角噙着阴狠的笑，就势一推，银针没入他身体，不见了踪影。

二十六面金碧屏风旋转起来，像二十六面旋转的团扇，呜呜的声音和满目琳琅，扰乱他的听力和视力，他勉强拿剑撑地定住身形，胸口剧痛。恍惚间听见古莲子的哼笑，“就这么死了，太便宜你了。”

那赤条条的女人屈起五指，试图擒拿他。这时一个黑影从天而降，既快且准的一轮强攻，打得她回不过神来。等拉开距离时，那雪白的身体上出现了两道交叉的红线。

“轰”的一声，人扑进汤池，溅起几丈高的水浪。温泉里热气氤氲，血腥味瞬间弥漫，一具惨白的女体漂浮在血色的池水里，看上去有些骇人。

魍魉什么都不说，脸色隐隐发青，背起他便扬手射出了铁索。魑魅挣扎了下，一手指向另一边的寒潭，“枞言……”

魍魉吃了一惊，见那个透明的球体里，缩小了几万倍的龙王鲸疯狂地摆尾。他抄起剑斩开了那个球体，但顾不上看他了，枞言是有修为的，总会想办法自救。他现在担心的是魑魅，失去同伴的痛刚刚经历过一次，不想再来第二次了。

身后有喊声汹涌，水宗的人赶来了。魍魉说抓好，背负着他跃上高墙，借着夜色掩护遁入坊院。一口气疾奔到城郭边缘，找了个安全的地方才把他放下来。

时间有限，如果绿水城还有人做主，很快便会满城搜捕。魑魅昏昏沉沉的，看样子不太好，魍魉拍拍他的脸，“花乔木，你醒醒！”见他没反应，霍地撕开他的衣襟。

银针入体，只留下三个细细的孔洞，边缘微有些红肿。他扶他坐好，用力撼了下他的肩，“我替你把针震出来，你给我坚持住！”

要银针原路返回是不可能了，穿透身体会形成二次伤害，有风险，但不得不试一试。魍魉狠狠吸了口气，一掌覆在他前胸，内力汇聚在方寸之间，猛地击了出去。谢天谢地，银针是横穿的，要是从锁骨纵贯下去，恐怕连神仙也救不了他了。

魑魅剧烈咳嗽，大口的血喷涌出来。魍魉慌了手脚，一把抱住他，卷起袖子不停给他擦拭。越擦血越多，越擦心也越急。

魑魅费力地牵了牵唇角，“还好……你来了。”

看来他依旧不可能是楼主的对手，如果不是魍魉擅自出现，他可能已经下阴曹找明王去了。

痛得无法呼吸，他闭上了眼睛，结果魍魉开始使劲摇晃他，“别死！”

死不死，他也不知道，大多时候命数不由自己掌握。他就想在临死前告诉他：“我不喜欢女人。”

魍魉的脸在月色下也看得出转红了，他愣了很久，不停地吞咽，以致魑魅觉得他可能是饿了，想活吃了他。半晌才听见他的回答，笨拙地说：“只要你活下去……”

魑魅的心在胸腔里漾了漾，这么说来非活不可了，但眼皮沉重，抬不起来。他在蒙眬间听见魍魉气息紊乱，似乎是在抽泣。然后一只粗糙的手伸过来，紧紧扣住他，仿佛掌心的温度可以让他续命。

紫府君回到琉璃宫时，琅嬛的基座已经摇摇欲坠了。两条缚地链出了问题，余下的两条不堪重负，也相继开始松动。如果再晚一步，那万年的天帝藏书库，自此便要从人间消失得干干净净了。

大禁搓着手，哀致地望着那四道铁链，“仙君快想想办法吧，晚了就来不及了。”

紫府君动了动右手，却并不施为，“大禁是奉天君之命看守本君的吗？”

九重门之上现如今只有天帝派下来的人，连大司命和少司命们都被遣出了琉璃宫。天帝美其名曰“相助”，其实他看得出来，就是变相的监视。

大禁摆手不迭，“仙君千万别误会，天君绝没有这个意思。派卑职来，只是担心仙君在八寒极地损耗过多，万一力有不及，卑职的修为比大司命略长两年，好及时助仙君一臂之力。”

紫府君含笑看他，早前的深瞳已经起了变化，墨色上流转着暗红的浮光。这样一双眼睛望住你，你会不由自主心生戒备，担心他会不会忽然失控，扼住你的喉咙。

还好，他还保留克己的美德，慢慢点头，“也对，我现在是罪仙，本该有人看守。不过天君断了我满身仙骨，也不知这些旧属还认不认我。或者我先休息两天，等恢复得差不多了，再为天君效犬马之劳，如何？”

他的刻意刁难，并不是没有道理的。要他以琅嬛安危为重，所以撤走了他的人，连天行镜都给搬了，这样处心积虑，怎么能不引发他的不满!

大禁硬着头皮上前阻挡，“仙君，不是意气用事的时候。琅嬛岌岌可危，万一倾倒下来，谁也担待不起。以您的修为，完全不必在意卑职，更不要因此怀疑天君的诚意。如果天君另有想法……”他笑了笑，“您觉得以卑职和那些小仙能拦得住您吗？您不在的日子里，大司命上来找过我两次，他对仙君的挂怀很让我受触动，说实在话，卑职是站在您这头的。请仙君听卑职一句劝，保住了琅嬛，仙君才能和岳姑娘谈其他。天君不是说了吗，只要一切如常，天君对您和岳姑娘的姻缘也是乐见其成的。”

可天帝的那句安分守己，他听得真真切切。她生来就不安分，杀手一旦安分，转眼就会变成别人案板上的肉。再说生州地界哪怕被她闹得天翻地覆，和九重天上有什么关系？天帝是个算无遗策的人，既然刻意提及，那里头一定有玄机。

他背着手，沉吟了片刻，在大禁期盼的目光里，穷极无聊似的连封四道咒印，将缚地链重新归了位。

轻飘飘的动作，蕴含无穷的法门，即将脱离锁链控制的浮山又被生拽了回来，发出欲哭无泪的长鸣。大禁还记得那天天君亲自出马，一根缚地链便花费很大力气，如今换了旧主，那么轻而易举就将四根同时下沉了几十丈。大禁庆幸之余，开始揣测紫府君的修为相较之前，究竟是有所损耗，还是有所提升了。

正兀自思量，见他回过身来，漠然道：“本君还未复原，只能暂且定住这些铁链，究竟能坚持多久不知道，看运气吧。好了，琅嬛的危机暂时解除了，请问大禁，我是否可以去见我的心上人了？”

大禁简直被他问得脸红，好好的老实仙，堕落后说起这种话来也气定神闲。人啊，总要经历一些事，然后再蜕变。大部分会变得更加深邃，当然也有更令人头痛的。

大禁长长呃了声，“仙君，蓬山危机并不只有缚地链啊，山体松动后，早前被镇压在底下的妖鬼也伺机而动了。当年《万妖卷》和《百鬼卷》都是您造册的，一客不烦二主，终需请您出马。我知道您思念您的……心上人，但为了您的心上人好，您还是勉为其难吧！”他伸出三根手指比画一下，“三天，三天内一切恢复如初，卑职便向天君请命，让您去云浮见她。反正你们分别也有段时间了，不急在这一朝一夕，您说呢？”

紫府君听完他的话，面无表情地凝视他，“还有什么天规可让她触犯？除非她敢闯八寒极地。”

大禁的神色有变，证明他猜中了。果然在这儿等着他呢，天帝还是那个天帝。不过这丫头的胆子实在不小，世上还有她不敢做的事吗？他又笑起来，重情重义，无法无天，这样的宝贝竟让他遇上了，只怕将来收她不住，要拿孩子来要挟才行。

他的右手抚了抚左掌，小心翼翼的模样，仿佛掌中藏着一枚脆弱的卵，“如果我现在就去见她，天君必不会善罢甘休吧！”

大禁掖着袖，自矜地微笑，“请仙君三思。”

何所谓三思呢，如果做好准备反了天帝，那可以即刻就走。但接下来的局面不好控制，再来一次仙妖大战，从此和上界不共戴天吗？他自己倒豁得出去，她呢，只是个凡人，如何自保？

他终究不是个顾前不顾后的人，不到逼不得已时，不想让矛盾不可调和。重新让妖鬼各归各位，虽然有点费手脚，但三天足够了。他对大禁道：“大禁可否向本君下个担保，保证她三日之内不会闯入八寒极地？”

大禁想了想道：“这个担保卑职不敢妄下，得看她的本事。她人还在云浮，按常理来说，三天应当……”说着惊觉自己好像说漏嘴了，一时愣在那里。

紫府君笑得很随和，在他肩上拍了拍道：“本君和大禁算不上有深交，但总算认识了几千年，点头也点出感情来了。你放心，我绝不会在天君面前露出口风，说是大禁告诉我，我的女人将要入八寒极地。”

大禁哑然，嘴张合了好几下，说不出话来。

紫府君抬了抬手，“嗳，心照不宣，本君懂的。”

大禁觉得自己可能要被他坑死了，他几时告诉他这些了？分明是他自己猜出来的！他开始考虑，往后干脆改称他魔君算了，他虽没有完全魔化，但这一万年的心眼儿全使到他这个小小仙官身上，实在让他感受到了无比的重压。想起大司命，不由又是一阵同情，他这段时间干的傻事，大概都是面前这位教唆的。摊上这么个上司，还不及他天天看天君的脸色。他们这些二把手，果真是世上最难做，最委屈的行当。

第七十七章

二十二年，别来无恙

绿水城的最后突围，不如想象的那样顺利。

前两城他们没有费太大的力气，在伏杀了宗主和五大御者后，城防无人调度乃至瘫痪，可以任他们自由来去。这绿水城不同，在宗主被杀的情况下，水宗的弟子仍旧纹丝不乱。波月楼人先后抵达城郭，即将出城之前，赫然发现城墙之上高起了十余丈的水墙。那水墙顺着城墙的弧度和走势，像帘幔一样缓缓铺开，宏大而震撼的场景，几乎让人误以为身在海底。

这么多的水，如果倾倒下来，足以淹没整座城池了吧！大家面面相觑，魍魉搀着受伤的魑魅，心里也是七上八下，“怎么回事，我明明把古莲子杀了……”

崖儿仰头看，喃喃道：“如果她真的死了，那就证明，这城里顶尖的高手另有其人。”她顿了下，回身一一打量，“散出去的五路，还有谁没回来？”

阿傍道：“毕月乌和危月燕，她们奉命刺杀古莲子手下第一御者……”

话刚说完，街道上出现了一个踉跄倒退的身影。城墙高处的灯火洒下来，沉淀在底部的水气因纷乱的脚步惊飙回旋，执着剑的危月燕边退边回望，高声道：“楼主，属下等刺杀失败，毕月乌已经战死。属下突出重围，回来向楼主报信。”

那带着死亡气味的微哽的语调，让所有人心头俱是一阵发凉。

向长街尽头望去，影影绰绰有火把燃烧的声音传来，人还未至，火光先行。崖儿舒了口气，环顾四周，波月楼的人都在，看来天外天是要在绿水城把他们全歼了。早前她原本打算先出城的，但几番观察，最后还是放弃了。这城的防守比木象城严密百倍，她只好等到解决了宗主和御者再会同门众一起突围。但没想到，古莲子好对付，她手下竟卧虎藏龙。看来所谓的宗主只是顶了个名头，真正厉害的是第一御者。他们把注意力都放在了古莲子身上，居然忽略了那个最要紧的人。

城墙上水幕又拔高了好几丈，弦月透过水墙，瘦成了一道线。魍魉带回的消息，说在古莲子的汤泉里发现了龙王鲸，那就说明他们在金缕城遇上的幻象都是这位御者的手笔。

好啊，再会他一会。崖儿抽出双剑，向身后众人一瞥，“记住了，我们身在天外天，这里没有你们的父母兄弟、故人好友，只有战斗，只有敌人。不要相信你们看见的，如果被他牵着走，就是死路一条。”

众人道是，所有的武器都握在手里。像这样全楼上下一同御敌的机会不多，除去五大门派围剿王舍城时的严阵以待，真刀真枪见真章还是第一次。这帮脑袋别在裤腰带上的人，挣脱了之前遭逢突变的无措，逐渐冷静下来。没人感到惧怕，反而有种末日般病态的狂喜。

火光近了，奇怪并没有看见人影，唯有青砖上留下湿漉漉的脚印，仿佛决战的对手不是人，而是一群来历不明的水鬼。

众人屏息凝神，隐约听见破空的声响，万箭齐鸣向这里冲来。阿傍大喝一声“小心”！果真三排弓箭列阵到了面前。

用这种手法，想把她的人一网打尽吗？崖儿驱策双剑，剑影浮空，震出强劲的剑气。自上到下，自天到地，一面剑气铸成的墙阻挡了突来的箭雨。两相撞击后，当当声不绝于耳，折了头的箭像扑火的飞蛾，颓然落了满地。

城门两旁支着巨大的铜盆，盆里薪火正燃烧着。她甩起冷金练重重一击，猩红的炭火碎成无数星芒，向对面疾射过去。恍如牛皮纸被烫穿，躲在纸后的妖魔鬼怪终于现了原形。在他们手忙脚乱、顿地蹦跳之时，波月楼的人口中喊杀，举剑攻入了敌阵。

她养了一群素养良好的手下，个个都是搏杀的好手。崖儿看了眼战况，又把视线转向那个黑衣红裳款款而来的人。那人长着一张邪得狰狞的脸，嘴角带着似笑非笑的弧度，负手道：“早闻岳楼主大名，今日一见，令在下刮目。”

崖儿认出来，她在雪域见过他，当日到岩洞取画的人里就有他。他的手上，一定沾着白耳朵的血！新仇旧恨一同涌上来，她二话不说就向他攻去。但在接触他的前一刻，竟看见一双凄凉的眼。从未相识，却似乎早已镌刻在她灵魂深处，那双眼的主人哀伤地呼唤着：“我的孩子，我的孩子……”

是幻觉，她知道。什么都不要去想，她闭上眼，抓紧剑柄向那个幻影刺了过去。剑尖略受了阻力，但很快便畅通无阻。她睁开眼，看见一个满身是伤的男人，一手握住了撞羽的剑身，就那样望着她，眼神坚定，微有泪光。

崖儿心头大震，惶骇地看向他。他有温雅俊朗的五官，虽然脸上沾满血迹，但无损他的砭清激浊一身正气。崖儿好像记得这张脸，她曾无数次穿过自己的皮囊看见这张脸。还有苍梧城中的岳南星……他和祖父很像，他是岳刃余。

“二十二年，别来无恙。”他轻轻一笑，语调有些惆怅，“当初还是我将你接到这世上……”一面说，一面转头看身旁的人。

倚着他的女人腰腹空空，但眼睛明亮，她爱怜地上下打量她，“我的孩子，长成大人了。”

崖儿忽然心酸难言，她明明知道一切都是假的，可胸口破了个洞，涌进了满海的咸泪。她下不去手了，那是自伤千万也要把她带到人世的人，虽没有见过他们，但她知道那是她的父母，无论如何不能对他们挥剑相向。

岳氏夫妇相视而笑，“这些年留你一人，我们也是没有办法。世道险恶，难为你了。”柳绛年的嗓音温柔，像春天枝头消融的雪，落进一汪清泉里。她向她伸出手，“孩子来，到娘身边来……”

崖儿茫然地走了两步，犹豫着要不要伸出手去，一道惊雷般的嗓音落在她耳畔，“妖孽！”然后一切就都不见了，没有爹娘，只有正在搏杀的门众。她如梦初醒般，又羞又愧，刚刚还在告诫手下，转眼自己差点中了诡计。

狼狈地看向枞言，月色下的枞言满脸怒容。龙王鲸大善，他愤怒至此是因受尽戏弄。每个人都有软肋，幻术就是找准伤口撒盐，其卑劣程度足以下十八层地狱。

那御者被破了术也伤筋动骨，倒退两步，笑道：“怎么，古莲子的怀抱不够温暖吗？我给你圆了美梦，你不感激我，反倒对我老拳相向？”

枞言涨得脸色通红，本以为真的找到了母亲，贪图在她身边的安逸，直到魍魉的剑砍破他的安乐窝，他才惊醒过来。刚进天外天他就犯了这样的错误，实在觉得没脸面对崖儿。他们一行人，除了狐狸个个都是肉体凡胎，只有他还略有些道行。结果他不堪重用至此，现在人虽站在这里，却连看她一眼的勇气都没有。

越是羞愧，越憎恨这个施展幻术的人。他望向城墙上接天的水幕，“想必这也是阁下的大作吧！”

御者撇唇一哼，“心怀执念，如心有厉鬼，执念越深，入局便越深。幻术因人而异，众人皆能见的，自然是真的。”转而向崖儿一拱手，“岳楼主既然已经到了天外天，何不同盟主见一面？如今图册在盟主手上，而楼主又掌握着神璧，只要二位通力合作，彼此互惠互益，岂不两全其美？只要楼主有意，在下愿为楼主引荐，即刻就可直上众帝之台。”

崖儿冷笑，“图册本就是我的，偷了我的图册来和我谈条件，众帝之台上全是你这样的蠢人吗？”

那御者碰了个钉子恼羞成怒，正要发作，忽然发现水墙不知什么时候如收帘般又合了起来。枞言的一根手指慢慢搅动，水墙在空中旋转成一个漩涡，逐渐收拢，缩小，最后变成碗大，豆大，直至消失不见。他嘲讽发笑，“和我比玩水，你还差了点。”

他话音才落，崖儿便拔身而起，因速度太快，在原地留下了个残影。剑气破空，向御者袭去。起初他还能接她几招，但他耍拳脚的功夫绝没有他耍幻术那么厉害，最后一击，她反手挽剑，从他背心刺了进去。濒死的人总有不甘，他向前走了几步，才扑倒在地。

普通的水宗弟子要和波月的杀手拼刺杀技巧，悬殊太大。加上御者一死，他们便都惶惶然了。波月楼的人秋风扫落叶般飞速清理完障碍，安全撤出了绿水城。

崖儿望向二十里外的寸火城方向，那里会是怎样一番景象，她也不知道。集结波月楼所有人再转移进那座城吗？连破三城，这个战术基本失效了。

她抬了抬手，让众人暂且止步，“身后三城不能就这么白放着，必须有人坐镇，才能防止厉无咎的势力死灰复燃。”她看了魍魉一眼，“花乔木受了伤，先养伤要紧。你带十二煞留在绿水城，孔门主和八宿退回木象城，余下的人跟苏门主戍守金缕城，这样我才能后顾无忧。”

苏画不放心，“难道你要一个人独闯寸火城？接下来还有两城，单打独斗根本不可能。”

她摇头，“我要先救仙君，其他的暂且不急。诸位听好了，我不是让你们死守三城，如果我顺利进了烛阴阁拿到龙衔珠，会放响箭通知你们。厉无咎必定要收复失地，你们用不着和他交手，保命是第一要务。几座城池没什么了不起，只要留着性命，千金散尽还复来。等我带着那人回来，届时再痛快狠战，出了这口鸟气。”

这个部署无疑是当下最好的安排，二十里外的那座城，恐怕早已封锁了进城的入口，他们乌泱泱一群人杀到，想混进去几乎不可能。

崖儿收紧了两把剑，转头对枞言道：“你也……”

可话没说完就被枞言截断了话头，“我跟你一起去，绝不会拖累你。”

崖儿本想拒绝的，但看他神色坚定，也无可奈何。作别了门众，和他一同踏上了去寸火城的路。

一路上他总是欲言又止，崖儿问他怎么了，他很愧怍的模样，垂首道：“你不觉得我百无一用吗？”

他还在为陷入那个迷局羞愧不已，崖儿却失笑，“你找你母亲找了几十年，走遍四海八荒，如果有人想抓你的软肋，必是这一处无疑。难道你会以思念母亲为耻吗？儿女牵挂父母是天性，那个幻象太真实，刚才我也差点上了套。”

枞言继续叹息，“我和你不一样，好歹我年长你几十岁。”

崖儿朝他翻眼，“你在水里活了几十年，那些年纪都白长，没有阅历不通人情，有什么用！”

他无法反驳，只得点头，“你说得对。”顿了顿问她，“那天我被御者暗算，你是怎么走出金缕城的？”

崖儿说：“出城后我也遇上幻境，看见了八寒极地，也看见了他。他在极地受冰刑之苦，我想带他离开，可他被捆仙索锁着，只有牟尼神璧才能让他脱困。”

“然后呢？一说神璧你就跑了？不管他了？”枞言差点笑出来，“你真像个守财奴，除了钱万事好商量。一旦提钱，再亲的人也会翻脸。这事让他知道了，不知心里什么滋味，说不定会难过，觉得你其实没那么爱他。”

崖儿愣了下，和他大吵起来，“你才像守财奴！我不过是行事稳重，你居然这么挖苦我？谁让那假货叫我崖儿，他明明一直叫我叶鲤的。”

枞言的笑容慢慢隐匿于唇角，叹道：“对喜欢的人，果然都爱用特殊的称谓。”崖儿在呼啸的风里看他的脸，他立刻扬眉，“看我做什么？我叫你月儿，只因我不识字。当初你向我介绍自己，分明说的是月牙儿，后来不得不将错就错，这能怪我？”

她摸摸额头说不能，有时候不识字也是个很好的台阶。

二十里有了枞言的相助，不费吹灰之力。到了寸火城外，也确如她之前预料的，吊桥高悬，城门紧闭。周围暗哨不少，要正大光明地进去很难，但有个妖做朋友，万事就便利得多。

天气不好，下起了雨，雨势磅礴，远近几十丈内都是昏昏的。城墙上的哨卫也有些懈怠，一直盯着直道，午后即便来了场豪雨，也冲不掉闷热和瞌睡。相邻的两个是老搭档，困了闷了烟瘾来了，总要卷上一卷烟叶醒神。拿肩一顶，嗳了声，“遮着点儿。”另一个就自发撑起了油绸衣，为那小小的烟卷提供一方避雨的空间。

卷烟叶卷得欢，一个卷，一个还提醒：“卷紧一点，上次的吸了一口就烧到根上……”眼梢似乎瞥见有什么一闪而过，是鸟吗？大雨天里哪来的鸟？左右看看，一切如常，便不再琢磨，又忙着卷他的烟卷去了。

城里的天气和城外像两个世界，城外浇得睁不开眼，城内却有了放晴的趋势。雨收了，天边有微微的红光，倒映着地上清浅的水洼，水面上浮着一层胭红，像姑娘闺房里一台又一台的镜子。

寸火城和前几城又有截然不同的风韵，如果不是城墙上烈火旗招展，简直要以为这只是个富裕又安静的小城。这里有垂杨和炊烟，也有小桥和绣楼，一切被雨水清洗过后变得明净，仿佛任何一个角落都是通透的，没有半点藏污纳垢。

就是这画一样的街头，在他们途经的半道上，停了一辆精美的马车。一名车夫驭马而立，车厢的四围以黑底金漆，描出齐整的饕餮纹样，篷顶四角的玉鱼被风吹动，有啷啷之声飘散。

可能是哪家富户出行吧，崖儿和枞言交换了眼色，打算绕开行走，但车内人抢先唤了声：“岳楼主。”

这一唤，崖儿心头不由一跳。回身看过去，车门上的锦绣垂帘被一柄折扇挑了起来，帘后露出一张如银似雪的脸，有灵明清秀的五官，和不附庸常的气度。明明笑容温和，嗓音却如刚被冷雪擦拭过的钢刀，和眉心那点朱砂痣一样，清晰深刻，直击人心。

‖第七十八章‖

人 缘 一 向 很 好

所以费尽心机遮掩行踪全无作用，早已有人洞悉了一切。

雨后河畔，风景如画。暑气退去了些，连鸣蝉都没有亮嗓。头顶出现一道虹，挂在碧清的天幕上。凉风擦过脸颊，拂动了身上的衣衫，要是忽略目前的处境，倒也算身心舒畅。

崖儿眯眼望向那人，“阁下认得我吗？”

车内人一笑，“波月楼主，这江湖上有几人不知其大名？楼主大约没见过我，我却早就对楼主心驰神往。”

这样的用词十分唐突，但从他口中说出来，似乎一点也不为难。

有一种人，很懂得恃美猖狂，因为长得不错，便觉得全天下都会迁就他，车内这人大概就是。崖儿审视他，看他虽然一副清风明月的模样，但面色显得苍白，大热天里锦衣轻裘穿得严严实实，仿佛刚从冰雪中归来。

恐怕有不足之症吧！果然他自己也认同，“我身体不大好，所以一向少走动。这次听说楼主进了寸火城，即便撑着病体也要出来相迎。”一面说一面挪动身子。

马夫忙搬了红漆凳子让他踏足，他弯身下来，胸前的一绺长发垂委，领上雪白的狐毛出锋衬着乌浓的色泽，有种帝裔贵胄般的煊赫味道。他的个头很高，大约和仙君差不多，一身月白织锦，看得出是个讲究体面的人。崖儿只是惊讶于他的头发，及腰的长度于男人来说很少见，也让她有似曾相识之感。

她向他拱了拱手，“未请教阁下尊姓大名。”

锦衣公子回了一礼，“众帝之台，厉无咎。”

这话一出口，崖儿和枞言都吃了一惊，无论是时间还是地点，都不该进行到这一步。厉无咎这么轻易就现身了？难道又是水宗的幻象吗？她当初曾在雪域远远见过他，那时他戴着面具，看不清长相，但论身形，似乎能够对应上。既然如此就没什么可说的了，她噌地抽出了双剑，“我不占病人的便宜，阁下出招吧。”

可是对方静得如一潭水，对于他们的剑拔弩张毫不在意，拢着袖子道：“我不是来打架的，岳楼主少安毋躁。我只是不明白，我天外天与你波月楼无冤无仇，为什么楼主连破我三城，让我损失三员猛将？”

一切都不大对头，如果他真是厉无咎，这样的反应未免太羸弱了，哪里像称霸武林的盟主，倒像个受了委屈的书生，找上门来文质彬彬地责问。

崖儿没打算和他好言好语论长短，高举的剑依旧在手，“我与厉盟主的仇怨，岂是三言两语就能算清的。盟主图谋岳家神璧，害了岳氏满门，又在雪域杀我挚友，抢走了鱼鳞图册，这些单靠区区三座城池远不够抵消。我杀入天外天，不过要盟主给个说法。如果阁下真是右盟主，还请归还鱼鳞图，剩下的账，再拿命来清算。”

那张坦荡的脸上露出了玩味的表情，“岳楼主似乎从未见过我吧！既然素不相识，你对我的诸多指控，究竟有什么依据？你连杀我三位宗主，现在又进第四城，楼主想要什么，厉某一清二楚，何必冠着报仇之名，行强盗之事。”他说罢，两指轻轻一弹，格开了她的剑，叹息着，“我与你母亲也算旧相识，对你的无状可以不作计较。楼主不妨开门见山，如果话能投机，也许咱们还有合作的余地。”

三言两语，句句饱含机锋。尤其那一弹指，朝颜发出嗡然长鸣，从剑首到剑柄无一不震动，震得她虎口发麻。这样强大的内力，江湖上除了右盟主，只怕不作第二人想了。可厉无咎少说四十出头，看这人的面貌不过二十七八，硬说两者是同一个人，实在让她信不实。

枞言不声不响，也对这人作了一番观察。首先有一点可以肯定，他不是妖。但凡妖都有妖气，无论修为深浅，即便控制再得当，也会在无意间泄露寸缕。他来云浮两年，多少听说了一些关于右盟主的传闻，知道年龄和人不匹配。悄悄开了天眼，想看清面前这人的本质，可又虚虚一片浓雾笼罩着，怎么也分辨不清。

既然亲自出马，仅靠武力是不能解决了。明知枞言的根底，他也半点不忌惮，除去对自己的身手有把握，更是深谙天道，懂得妖在生州必须遵守的法则。

妖不能伤人性命，否则会天打雷劈化为灰烬……他悠然看了枞言一眼，复又对崖儿道：“这里不是谈话的好地方，咱们另挑个茶寮吧。”向前一指，“我知道那儿有一家，茉莉花茶炒得极好，正适合姑娘饮用。”

说罢微微一笑，也不等他们答话，转身在前面带路。天上早已云开了，太阳从头顶直射下来，照着他的发顶，回旋出夜一样深沉的靛蓝色光晕。

事已至此，确实没有必要再兜圈子了。如果他有心擒住她，入夜烛阴阁围剿就是了。崖儿心里有数，熬到最后无非一战。厉无咎再笃定，也怕她自毁神璧。毕竟没有了神璧，鱼鳞图不过是废纸一张。

寸寸留心，随他进了小巷。茶寮在小巷的深处，路过一丛繁花，远远便看见了古朴的木墙。每座城都会有这种供人消遣的地方，不同之处在于王舍洲黛瓦白墙红绡绿纱，艳而不雅，这里的小斋茅草覆顶，更显寒贵的气象。只是取什么名字不好，偏偏叫阴阳，到最后不像个茶寮，更像求签问卦的铺子。

带路的是熟客，茶寮里的人都认识他，见他进店，没人表现出惶恐和畏惧。店主回身看了眼，挽着袖子叫声盟主，“上等雀舌，即刻给您准备上。”

熟客都有固定的座儿，他比手请他们坐，吩咐伙计：“给姑娘来壶茉莉花茶。”转头向对面的人莞尔，“我常来，人缘一向很好。”

这样的好，用在一位盟主身上很矛盾。不知为什么，这人有时候的一些动作和语气，竟和紫府君有些像。

崖儿恍惚了下，但很快便抛开杂念说不必，“我不爱喝姑娘茶，和盟主一样就可以。”

他哦了声，神情了然，“岳楼主怕有毒。”

崖儿哂笑，并不答他。如果怕，当然是什么都不饮最好。

茶寮里的人开始忙碌，茶是现炒现碾，灼灼的热浪伴随着茶香，在四面出风的亭下回荡。三人对坐，谁也不示弱，最后还是他抬手解了领扣，“当”的一声击弹，金镶玉的锁扣松开了。他摘下狐裘，笑道：“下雨的时候觉得冷，现在又热起来了。”

茶寮的伙计听见这话，忙拿蒲扇过来，冲他们一顿扇，“盟主热吗，小的给贵客们凉快凉快。”

于是邪风肆虐，盟主一头顺滑的头发被吹得高高飘起，往脸上横拍。他胡乱抓下来，嗳了声道：“好了，多谢多谢。烦请清个场，我要借这里谈事，所有客人的茶钱都算在我账上。”

他们做把戏，崖儿蹙眉看向他的脖子，试图发现像卢照夜那样的红线，可惜并没有。再看他的手，捏着茶盏的指尖修长文弱，和脸上皮肤没有色差。这就愈发古怪了，他和她的父母应该算同辈人，什么缘故让他避开了自然衰老？除非他不是人。

他好像看出她的怀疑了，倒也不讳言，“我练一种功，能让容貌永远保持在大成那天的样子，楼主不必疑惑，我是人。”他又回眼看那些慢慢走出茶寮的散客，等人走得差不多了才道，“先前大太阳底下谈合作，慢待了两位。现在凉风习习，言归正传吧。”

崖儿明白他的目的，刻意同他周旋着，“不知我与盟主有什么合作的余地，还请明示。”

他端起茶盏呡了口，茶汤在唇上留下一道浅浅的绿痕，垂眼道：“先来谈谈楼主为什么闯入天外天吧。楼主过关斩将不就是冲着地火龙衔去的吗？你要龙衔珠，我给你，但这世上没有白吃的午餐，请楼主拿牟尼神璧来交换。”

崖儿听后笑起来，“盟主不是对鱼鳞图册在手一事矢口否认吗，现在怎么又要神璧？如此前后不一，有损盟主威仪吧！”

结果他不以为意，“整个武林都在抢夺神璧，岳楼主难道不觉得把神璧放在众帝之台，才是最安全的吗？虞叔无罪，怀璧其罪。你父母的惨死正是因此而起，普天之下只有众帝之台能压下这场血雨腥风，我这也是为整个江湖考虑。”

这种话他也说得出口，崖儿觉得他可能把她当傻子了。她冷笑一声道：“多谢盟主好意，我的东西，还是放在自己身上最安全。至于鱼鳞图，盟主已经为我保管得够久了，还请盟主物归原主，别借大义，满足你个人的私欲。”

他沉默下来，发现边上的店主拔长了耳朵，便冲对面的枞言笑了笑，“喝茶。”

枞言面无表情地看着他，盟主悻悻然摸了摸鼻子，“这么说来楼主是打算闯入烛阴阁，正大光明地抢龙衔珠吗？你身边的朋友应该告诉过你，龙衔珠养在地火中，已经燃烧了三千年了。你知道怎么才能取出它吗？”

枞言忙截住了他的话，“这个不劳厉盟主费心，咱们各凭本事。”

他慈眉善目地望向枞言，眉心那点朱砂痣，像菩萨的第五只佛眼，“要取珠，先灭地火。巧得很，灭火需要一万担水，正好是一条龙王鲸体内全部的储水量。你不会是打算吐光肚子里的水，来助岳楼主取珠吧？水里来的东西，一旦脱水就变成鱼干了，你当真觉得这么做有价值吗？”

崖儿骇然看向他，“枞言？”

枞言沉默不语，这确实是唯一的解决方法。当初她苦寻解救紫府君的出路，胡不言半瓶醋，脱口就说了龙衔珠。那是他在九州时，听教他足底按摩的卖药师父说的，可信度有多少他不知道，反正这说法确实存在，于是掏肠挖肚全告诉了她。一只狐狸怎么懂得火中取栗的困难，枞言呢，从大池上回来，就是为了帮助她完成理想。她要龙衔珠，即便是为了救她的心上人，只要她高兴，他耗尽一切也要替她办到，就这么简单。

厉无咎的叹息变得耐人寻味起来，“我见过一些妖，比人更有真性情，只是太耿直了，牺牲自己也在所不惜。往好了说是重情重义，往坏了说是傻，不知道拐个弯，就会柳暗花明。”视线又转向崖儿，“楼主的朋友固然一心为楼主，但我想楼主一定不愿看他就此变成一条鱼干。所以还是考虑一下我的建议吧，如果楼主一时想不明白，还可以换个思路，就当抵押神璧换取龙衔珠，将来用完了归还烛阴阁，再换回神璧，这么一来心里就过得去了。”

能把阴谋说得如此动听，这位盟主委实是个人才。崖儿心头攒起了火，这火越烧越旺，索性寻个机会一口气干掉他！桌下的手紧握成拳，她冷嘲道：“盟主口才如此了得，不经商实在可惜了。”

厉无咎笑得很文雅，“岳楼主难道没有发现吗，这江湖早就成了我的商场。不过我做的不是无本买卖，我也下本钱。譬如这次，神璧换取龙衔珠，楼主并不吃亏。毕竟楼主要龙衔珠有急用，只要过了眼前的难关，以楼主的本事，扭转乾坤也不是难事。”

他口吐莲花，永远一副温和面貌待人，因此江湖上关于他的传闻都是正面的。口碑这种东西，对外行人最有效，挖人心肝也可以笑意盈盈，果然厉盟主是个好人。

崖儿也静下来思量，龙衔珠她势在必得，但要牺牲枞言，那万万不行。厉无咎既然拿它来作为交换，就说明确实没有别的办法能顺利将它从地火中掏出来。怎么办？难道真要把牟尼神璧拱手相让吗？那是她父母豁出性命去保护的东西！

她沉默了良久，厉无咎也不着急，转而和茶寮的人搭话，“这茶不错，包上一斤，让我带回藏珑府。”

茶寮的老板答得响亮，给伙计分派活儿，“听见没有？现炒！炒的时候带把劲，换最好的柴火。”

崖儿在茶叶翻炒的沙沙声中抬起眼，脉脉一笑道：“厉盟主看，咱们是否各退一步，凑个好字？”

厉无咎似乎被那笑容怔住了，定定望着她，“你和你母亲真像……”

一个曾经将她母亲的面皮作为酬劳的人，竟还有勇气来谈论她！崖儿压下怒火，又绽出个更柔软的笑靥，“盟主要的无非是孤山宝藏，我这人不是死心眼，既然鱼鳞图已经在你手上，我又收不回来，索性两相合作。不过在这之前，盟主须先借龙衔珠让我一用，等我回来便带上神璧，和你一同开启鲛宫，你看如何？”

厉无咎脸上的笑容扩大，那朗朗眉目在午后的茶寮下，棱角全无，像个坦荡的君子，“岳楼主打算仅凭一个承诺，就借走地火龙衔？”

“我的鱼鳞图在你那里，不是最好的抵押吗？”

傻姑娘啊，还一心想进八寒极地，连触犯天条都不怕。当然她去极地，比把紫府君引来了好，反正尘埃落定后，牟尼神璧还是他的。

生命真是个轮回，有时候不经意间和历史迎头相撞，带不走前世记忆的人，也许会怔忡很久，惊讶于某个片段的似曾相识；带走了记忆的人，却觉得一切那么沉重，又那么毫无悬念，像个笑话。

他说好吧，“我信得过楼主的人品，赠你龙衔珠，送你一程。”他顿了顿，又笑，“你不问问，为什么我会有龙衔珠吗？”那双明净的眼眸凝视他，他忽然顿住了，别开脸，意兴阑珊道算了，“今夜子时，随我进烛阴阁吧。”

‖第七十九章‖

你现在这么坏

和敌人同行，实在太危险。崖儿应了，枞言却忧心忡忡。厉无咎一走，他便拉住了她，“夜半烛阴阁，你不怕他事先设好陷阱？”

崖儿远看天边的流云，喃喃道：“我进天外天，本来就不是什么秘密。你还记得鹊山上同君野大战的秃鹫吗？当初兰战给我们分派任务，每每有鹰眼监视，厉无咎当然也有。我们的一举一动他都知道，不过他小看了波月楼，以为我们连一城都攻不破，结果连失三城，损失巨大。他不敢再赌了，万一寸火城失守，下一个就是后土城。五城全溃，那他的众帝之台还能高枕无忧吗？”她笑了笑，有些孩子气，“唉，我真没想到，战功会如此卓著。说实话，刚入天外天时我心里没底，嘴上说得响亮，毕竟这不是寻常地方，要打通，难度太大了。后来没想到，一切竟然那么顺利，只是折进了一个明王，让我难过到现在。”

说起明王，枞言也是一阵黯然。明王不善言辞，四大护法里最踏实的就数他。两年前波月楼刚开张，那时臭名昭著的杀手组织做买卖，连鬼都不愿登门。好不容易来了一个，明王端茶送水，侍弄得客人浑身舒畅。谁能想到笑得满脸花开的跑堂，会是波月楼的第一杀手。究竟是他善于周旋，还是本身就喜欢这样充满烟火气的生活，现在已无从得知了。

漫步在水榭长廊上，身份暴露后，反而可以享受一下难得的轻松，大战之前也容人喘一口气。她和枞言并肩而行，转过脸来看了他一眼，像看待家里最亲的人，“我又要说那句话了，今儿晚上我一个人去，你在外面等我消息。”

他的眉头拧起来，“你明知道我不会答应的。”

“不答应也不行。”她根本不容他反驳，“之前要不是厉无咎说破，我竟不知道你原来存着这样的心思，你打算为了替我取珠送命吗？你以为这样的东西我会要？我不愿身边的人一个个离开我，小白的死让我一直很内疚，你别再雪上加霜了。”

枞言成年后固执依旧，他沉默了下道：“你没发现他异于常人吗？以你的手段，对战凡人我倒没那么担心，但若对方来历成谜，那我是绝不会让你一个人赴险的。”

厉无咎的不寻常她当然看出来了，低头打量手里的茶包，这个莫名其妙的人，自己带茶回去，居然还让伙计给她也准备了一份。她扬手将茶包扔进了水里，“我眼里有神璧，能看破妖魅真身。可我刚才仔细分辨过，他确实是个凡人。”

枞言怔了一下，“你能看破……那真身是一瞬闪现，还是如影随形？”他有点紧张，摊着两手说，“比如我，我这样的呢？”

“当然人到哪里，真身的虚影就到哪里。”崖儿有意逗他，两手像比一张大饼似的比画了下，“胖头鱼，两只铜钱一样的眼睛，眼下还有皱纹。鼻子是两个眼儿，边上有两条须……这是胡子还是触手？反正你站在这里，虚影就在你身后，太阳底下还会反光。”

枞言过了电般目瞪口呆，慌忙回头看，什么都没有。他忽然意识到她为什么无法爱上他了，全输在了这里。谁会对一条鱼心生好感！她能透过人面看真身，所以在她眼里，他永远是一条鱼。

心像被碾压成了碎片，有种生无可恋的感觉。看她一眼，迎来她的目光，他却不敢再和她对视了，闪躲着说：“那胡不言呢，你也可以看穿吗？”

她说是啊，“我还数过他的胡须，长长短短，一共四十七根。”

枞言眼前一黑，脚下踉跄，崖儿忙一把扶住了他，憋着笑道：“怎么了？腿脚不好吗？”

他垂着眼摇摇头，想起自以为潇洒的几次亮相，在她看来就是胖头鱼在搔首弄姿，这是何等让人绝望的真相！悲伤爬上了他的脸，他哀声问：“是不是无论我做什么，背后都有本相？”老天让她拥有这么奇怪的能力，对他来说实在不公平。

崖儿暗暗笑得肚子疼，这个枞言虽说成年了，可有时候还是傻乎乎的。看他心灰意冷的样子，大概懊恼自己变得那么漂亮，却一点用也没有吧！她咧开嘴，开始大笑，“吃饭的时候有，一本正经分析战术的时候也有……”

枞言的脸瞬间通红，皱着眉头说：“别笑了！”见她声浪惊人，跺脚拔高了嗓门，“别笑了！”结果根本无法阻止她，气得他转身就走，反正在她眼里，他即便是生气，也是条吹胡子瞪眼的胖头鱼！

崖儿忙甩腿跟了上去，因腿肚子里没力气，使劲扒着他的肩膀，边笑边道：“人长大了，气量还是这么小。我是开玩笑的，如果时时刻刻开着天眼，满世界都是牛鬼蛇神，那多吓人！”

他听了，面色稍稍缓和了一点，“真的？”

她点头不迭，“假不了。”

枞言气得一把扣住了她的腰，“你现在这么坏！”

可这个姿势太暧昧了，她笑着推开他，“我家仙君看见了要吃醋的。”

枞言有些失落，却不敢让她看出来，语气涩涩的，“紫府君是读书人出身，难道没有这个雅量吗？”

崖儿想起他，半是心酸半是甜蜜。世人都认为他守着世上最大的书库，必定银窗雪案，满腹文章，可谁知他根本就不爱读书。现在遭逢骤变吃尽了苦头，于他的脾气来说，当然不会为这点小事斤斤计较，但她舍不得他受一丝委屈，所以不能再像以前那样不拘小节了。

她叹息，笑也渐渐沉进眼底，轻声说：“两个多月了，我真想他。”

这些日子再苦再难，枞言没有听她说过这样的话。也许刚强得太久，她早已不习惯外露感情，只知带着手下冲杀，向着她的目标奋勇前进。他忽然觉得她很可怜，是一种旁观者无法感同身受的可怜，分明一呼百应，却又疲于奔命。她清楚地知道自己要什么，目标越明确，自伤便越大。

他只好安慰她，“拿到龙衔珠就能去极地了，再坚持一下。”

她点点头，“可我发觉这厉无咎怪得很，看他的言谈举止，有的地方很像他。”

枞言没有和紫府君相处过，并不知道她所谓的像，究竟是她个人的感觉，还是确实如此。他反而觉得厉无咎浑身上下都透着一股邪性，这种邪难以描述，像墨碗装水，你根本弄不清碗里的水究竟是清是浊。

反正小心行事总没错。他们找了个客栈住下，进门便有小二上前招呼：“是波月楼的岳楼主吗？小的已经给二位准备好了上房，请随我来。”

看来又是厉无咎的安排，进了这寸火城，似乎再也跳不出他的手掌心了。崖儿庆幸不已，还好苏画他们折返了，如果这么多人一同进城，那波月楼就真的彻底完了。

既来之则安之吧，他们跟小二上了楼。夏季背阴的房间最舒爽，小二推开窗，窗外就是一棵高大的芭蕉树，凉风袭来，大片的树叶摇摆。芭蕉树一低头，就看见不远处的小河正随潮汐涨水，据小二说，这河通着木象城的大江，是寸火城中唯一的活水。

小二安顿完他们下楼去了，崖儿站在窗前远眺，淡声道：“这个厉无咎，简直无所不能，我在他面前没有秘密。他知道我要龙衔珠，更知道我要这珠子是派什么用处。我实在想不通，他究竟从哪里得来了这些消息。”

“非妖非仙，却神通广大。”枞言有些懊恼，“他对我们了如指掌，我们对他却一无所知。早知如此，我应该先上众帝之台探探路，至少弄清楚他是何方神圣。”

崖儿却一笑，“能让你探清底细，他就不是厉无咎了。反正走到了这一步，今晚先进烛阴阁再说。”

枞言还是那句，“我跟你一道进去。”

她也仍旧摇头，“他想要神璧，暂时不会对我怎么样。倒是你，如果他觉得你碍事，也许会想办法除掉你。再说万一我出了意外，没人通知苏画他们，你想让波月楼全军覆没？”

枞言拗不过她，直到她进烛阴阁前，还是一脸不情愿。

她在他手上按了一下，让他沉住气。回身望向塔楼，苍黑的天幕下，一个沉重的轮廓矗立着。烛阴阁前燃的也是地火，鲜红的火舌在炮烙一样的铜柱上吞吐，照亮台阶顶端的人。他一身黑袍负手而立，俯视的神情冷如坚冰，和白天的随和形成鲜明的对比。

这才是真正的众帝之台右盟主吧！崖儿定住神，提起袍裾上台阶。他看着她一步一步接近，在她即将登顶前，转身进了烛阴阁。

阁门两旁有卫士执矛而立，陪同前来的火宗宗主并未跟进去，送到门前便顿住了脚。不过这位宗主看样子对她很不友善，乱蓬蓬的胡鬚上方一双猎隼般的眼睛，看人的时候里面有刺刀，恨不得将她凌迟以解心头之恨。

崖儿没理会他，众帝之台的护法不过如此，技不如人却会瞪人。寸火城要不是有厉无咎提前出马，这刻朝颜应该正横在他脖子上，他还有机会站着叫板？

不过这烛阴阁实在是太热了，甫入大门，热浪便狂卷而至。地心积攒了亿万年的能量，从一个小小的出口喷薄而出，那是怎样穷途末路般的疯狂和汹涌。热对寒，火对冰，只有如此巨大的力量，才能抵御八寒极地的严酷。

厉无咎徉徉前行，曳地的袍裾在青石铺就的狭长甬道上逶迤。火能洁净一切，所以这烛阴阁里一尘不染。

崖儿抬袖掖了掖颌下的汗水，再看那位盟主，这地狱般的烈火对他似乎没有任何影响。他回头看了她一眼，“烛阴阁里暗藏机关，从破解到进入台口，至少需半个时辰。这么高的温度，普通人至多一炷香就会毙命。”他冷冷打量她，“岳楼主如何？还撑得住吗？”

她方寸不乱，笑道：“还成。不过我很好奇，盟主所谓的机关，是否真的能困住我半个时辰。”

她口气不小，当然有本事的人用不着妄自菲薄。他也曾估量过她的用时，波月楼的机关虽不及千机门，但江湖上也小有名气。当真让她闯，也许一盏茶的工夫足够了。

兰战对杀手的训练到了无人能及的地步，如果不是死在好色上，应该会有更大一番作为。他死后，波月阁落进了这丫头手里，她快刀斩乱麻，杀光了那些受重用的老人，波月阁和众帝之台的联系便就此断了。也好，让她自己当家，反而比在兰战手里更安全。至于兰战，一把失控的刀，断了并不可惜。

二十二年，等得够久了。

他回身复又看她一眼，很久以前，有个女人在通天塔前临阵一舞，迷倒了多少英雄豪杰。崖儿的五官和她长得极像，但柔艳之余又多七分英气。她穿一身劲装，细甲覆体，神采张扬，越是这样，越让人想看她彩裙翩翩、莲步轻移的模样。无奈她要去八寒极地送死，白白浪费了这一身好皮囊。

他收回视线，昂首迈上了三级台阶。台阶一圈以玉石栏杆雕砌，做成八卦形状，中间阴阳鱼的部分，就是存放龙衔珠的地方。

地火日夜燃烧，把覆盖在上的玄铁烧得通红。他抬手转动其中一根栏杆，阴阳鱼对接的曲线缓缓向两边收拢。底下的火旗迫不及待地升腾上来，“轰”的一声，蹿起五六丈高。然后又逐渐回落，像巨兽的舌头，贪婪地在口唇边缘舔舐。

谁也不知道这个天坑有多深，也许直达地心也不一定。崖儿上前看，灼浪拍打，撩得面皮滚烫。等火舌终于收敛了余威，才看清火中有颗茶碗大的珠子，色泽赤红，红得那样令人震撼。

“这就是龙衔珠？”她迟疑道，“我以为真是衔在巨龙口中的。”

他的眉轻轻扬了下，“曾经确实是这样。”

他一面说，一面念诀，让火里的珠子慢慢浮空。脱离了地火的龙衔珠余温不减，这样一颗火珠，即便扔进江海，也足以让其沸腾。

崖儿虽凝视那火珠，余光却放在了厉无咎身上。她在目测，需要几招，能将他击落进地火里。兵不厌诈嘛，只要龙衔珠到手，届时如果动作利落，或许能搏上一搏。

她不动声色，专心提取龙衔珠的人当然也不会发现任何异常。真是奇怪，他只是个凡人罢了，为什么会有操控地火的能力？热浪一阵阵翻涌，扑面的气流卷起他的发和广袖，看上去像个行巫蛊之术的妖人。

袖中的手暗暗积蓄起了力量，她已经做好了准备，在他将龙衔珠交付给她的一瞬，击出一掌。

‖第八十章‖

天生天养的可怜孩子

如果就这样死了，此生会不会留有遗憾?

每个人在濒死的那刻，都会心有不甘。崖儿的不甘，是没有再见他一面，是这段感情，没有得到一个完美的结局。

龙衔珠从地火中脱离，自身依旧是燃烧的。厉无咎之前说过，要用水，无尽的水，才能将它熄灭。她看见他掌心有一个小小的，类似风暴时期云层旋转形成的漩涡，不停上升，包裹住那颗珠子。水流回旋，流经的轨迹清晰深刻，然后便是嘶嘶的声响，像钢铁淬火，直至完全熄灭。弱水退去了，龙衔珠上氤氲的地火也消失了，但它依旧红得耀眼，只是更温润，不再滚烫。

“为了它，曾经有人做过牺牲。”他叹息着，把珠子承接在掌心里，“无人可依，只好用最笨的法子，就像你身边的那条龙王鲸。我常在想，为了别人豁出命去，究竟值不值得。可是经常有人身体力行地给我做示范，那样的傻子不在少数，真讨厌。”

他究竟在说谁，崖儿不想去探究，无非是暗指她打算闯进八寒极地。他愿意借龙衔珠，应当还是出于他的自信，他知道打入极地的罪仙已经不足为惧了，所以才会那么慷慨。

“我多次设想过和盟主的交锋，但事态会这样发展，是我始料未及。还是要多谢盟主，愿意借宝珠一用。”她向他伸出手，示意他将龙衔珠交给她。

他静静看着她，“楼主真不打算拿神璧来交换吗？”

她摇头，“神璧是我父亲的遗物，恕我不能离身。我说话向来算数，待我办完了事，便随盟主一起进入罗伽大池。”

他说好，手腕轻摆，将珠子抛向了她。

崖儿已经做好了准备，一手接住龙衔珠，另一手积蓄起全部力量向他劈了过去。

赤手空拳的近身搏击，她很少有输的时候，只要趁他不备击中他，那她的胜算就有九成。

她出掌如电，掌风刮起他的头发，向他胸前袭去。可惜她低估了他的速度和力量，一格一挡，等她反应过来时，彼此已经交换了位置，她的身体失衡，仰天向地火洞口倒了下去。

那一刻她只是觉得遗憾，还没来得及救出仙君，自己的路大概就要走完了。虽然惊惶，但并不后悔，如果成功了，就有机会拿回鱼鳞图。只要图册和龙衔珠双双在手，她就有两手准备，或者能和天帝认罪，换仙君出极地。

不过好像失败了，她在波月楼已经算是顶尖的高手，结果连个拆招的机会都没有，便要葬身在地火里。

然而在她即将下坠的瞬间，厉无咎却抓住了她，一手抵着她的脖子，指腹上是她有力跳动的动脉。他的脸在这么燥热的环境里依旧白得冰雪一样，冷冷地揶揄，“果然最毒妇人心，我赠你地火龙衔，你竟然暗算我。”

崖儿凌空向后仰着，底下地火熊熊，她能听见发梢烧焦的窸窣声。这个时候要她示弱是不可能的，她咬着牙哼笑，“难道这不在盟主的预料之中吗？我和盟主有不共戴天之仇，杀了你，正好为我父母和小白报仇。盟主不必多言，放开手，这辈子的账就到此为止了，如果有下辈子，我再来讨还。”

可他却一笑，“哪里那么容易，有些账是永远也算不清的。我知道牟尼神璧长在你的骨血里，你一死，神璧就跟着消亡了，所以你暂且不能死。只是楼主竟然连表面文章都懒得做，实在令厉某感到无望。”

沙沙声不断加大，高温燎焦的头发卷曲蔓延。她扬手一抛，把龙衔珠抛进角落里，五指挑花似的张合，眨眼间三根细细的丝线交错在他颈上。

她微微一笑，“盟主要是舍不得我死，就拉我上去。如果你抛得下这万丈红尘，想跟我一起下地狱，那我也欢迎盟主做伴。”

如此一来两个人的生死就捆绑在一起了，只要她落下去，天蚕丝会割断他的脖子，他不得不给她殉葬。

厉盟主不喜欢受人威胁，结果现在竟骑虎难下了。他唇角的笑变得有些扭曲，咬牙切齿地说：“岳楼主，本座好像越来越喜欢你了。”

她说多谢，“盟主的喜欢真是让人不寒而栗。”

他沉着脸，猛地将她拉离了洞口。前后不过一眨眼的工夫，洞底的地火再一次喷涌，一下又冲出了几丈高。

脱险的崖儿微喘了口气，转身找回了龙衔珠。那珠子滚落在墙角，阴暗处也发出血色的流光。

她不再耽搁了，转身就往塔外走。出门便见枞言的身影在台阶上徘徊，发现她出来了，快步迎上前。

这时厉无咎也慢悠悠迈出了烛阴阁，对插着袖子道："用完的东西，记好了早早归还。"

仇家当然不屑和他多说一句话，连招呼都没打一声，扬长而去。

火宗的宗主看着那两个人走远，气得双眼直冒火星子。他转过身问盟主："就这么便宜他们了？"

厉无咎点了点头，"是啊。"

火宗主想不明白，"他们连杀三位护法，不叫他们偿命吗？"

命当然要偿，只是还没到时候罢了。他活在这世上，几时吃过亏？这次弄得这么难看，消息传出去，不知折损多少颜面。但小不忍则乱大谋，那天来了个人，和他做了一笔交易，让她别费什么周章拿到龙衔珠，事后愿以神璧作为报酬。

他知道那人是谁，为了维持三途六道的平衡，也算煞费苦心。要她再次触犯天条，这样才好断了紫府君的尘缘，让他继续看守琅嬛。甚至为了把计划进行下去，连《四海鱼鳞图》也可以将错就错，任它流落在人间。

比起孤山宝藏，损失三位护法算得了什么。连自己的小命都保不住，还指望他们护谁的法！

火宗主见他沉默，自作聪明地兀自嘀咕："依属下的拙见，何不让他们闯进烛阴阁？那条龙王鲸为灭火送命，岳崖儿就少了一位得力干将，这样岂不是两全其美？"

省了这一步，自然是不想让那条龙王鲸赴险。他漠然乜视他，"我到今天才知道，我竟没有你聪明！还有，你什么时候把你那猖狂的名字改了？王在上，你也不怕折寿！"

盟主把人臭骂了一顿，前呼后拥地走了，留下抬不起头来的宗主，卷起袖子连擦了好几把冷汗。

崖儿开始计划向八寒极地进发。

枞言说："你有没有考虑过，为什么这么顺利就拿到龙衔珠？厉无咎明明知道你要去救紫府君。"

崖儿抱着那颗珠子抚了又抚，垂首道："他领了天帝的惩罚，断尽了仙骨，救出来也是废人，所以厉无咎根本不怕他。”

话虽说得通，但情理上总有不通的地方，“如果他坚持要你拿神璧来换，你会怎么做？”

她犹豫了下道：“也许我会答应他。你没有看到烛阴阁内的景象，凭我自己的本事，根本不可能取出龙衔珠。”

枞言定定望着她，“那么他有什么理由，这么爽快地将龙衔珠交给你？分明可以僵持上三五日，最后迫使你拿神璧交换。”

崖儿想不出原因来，她只知道龙衔珠已经在她手里，她终于可以出发救出她的心上人了。大司命的那封信，字字句句像刀一样刻在她脑子里。信上说他无衣可穿，无食可用，这对于生活精致的紫府君来说，是多大的折磨！还有冰刑，她在金缕城外的幻境里看到过那种刑罚，千疮百孔，周而复始。她不敢去想，一想便如万箭穿心，让她生不如死。

枞言都是为她好，她知道。可是事到临头又阻止她，让她忍不住心生烦躁。她有些口不择言了，在地心转圈，“你冷静，你看得清楚，那是因为八寒极地里关的不是你的爱人。你知道他走后，我是怎么过来的吗？我每晚都不敢入睡，怕一睡就梦见他在受苦。我已经管不了那么多了，枞言，我连死都不怕，只要再见他一面，让他走出八寒极地，要我干什么都行。”

关于八寒极地对罪仙的惩处，其实有条不成文的规定，如果能靠自己的能力穿破那层壁垒，等同悟道成功，可以不追究其责任，让其再入轮回。可要是有人相救，那后果就不好说了，毕竟盘古开天地至今，还没有人敢擅闯过那里。

枞言原本是劝她再三思，毕竟这龙衔珠得来太过容易，只怕会有什么玄机。当然他也不否认，心里总有些不是滋味，但见她坚持，便不能再说什么了。按照胡不言四处奔走找回来的山海图，他化出真身，带她向八寒极地方向飞去。

既然坚持做一件事，那就做彻底。当初带她去方丈洲，驾的是璃带车，从王舍过去花了好几天工夫。现在他化了真身腾云，速度要比璃带车快上十倍不止，游弋在云层之上，他的体形又大，每挥动一下尾鳍，就能跨越一个洲。

万里高空上往下看，岛屿连着江海。崖儿以前一直以为九州很大，大到几乎走不出去，现在看来是自己目光短浅了。九州不过是这大千世界中很小的一部分，她躲在枞言的背鳍后往下看，那块像心脏一样形状的陆地，只有手掌心一般大小。

各种色彩的大陆和水泽，从她眼底一重重划过，她焦急地盼望着，越是在赶往救他的途中，越是急不可待。

天是无垠的，太大太大了，因此难免东边大日头正旸，西边乌云密布，电闪雷鸣。枞言在雷电间游走，扭身闪躲忽然直劈下来的飞火，几次擦肩而过，险象环生。

不能再停留在八重天上了，他说："这个高度太危险，我要降下去一些，或者飞出这片雷暴。"

崖儿心里隐隐担忧，曾听说妖和仙是不能踏足八寒极地的，是不是枞言参与进来，会连累他遭遇危险？

巨大的鱼形从云层上方一个俯冲，降到了百丈的高度。谁知刚平稳，便有惊雷尾随而至。一声巨响后，感觉魂魄几乎和躯壳脱离，从头麻到脚，然后天旋地转，翻滚着栽下了半空。

所幸还不算太高，落地之前枞言扑腾了一下，挺着巨大的肚皮蹭过了一丛树林，两座山头。等停下后辨不清东南西北了，干脆在地上躺了一阵子。

雨点噼啪打下来，他的鳍像屋檐，起到了很好的遮挡作用。崖儿在他的保护下连块油皮都没破，还能坐着欣赏山间美景。

晃晃脑袋，他打了个喷嚏，崖儿探过头来看他，"枞言，你还好吗？"

他说很好，发现她的头发根根笔直竖在那里，他忍不住大笑起来，一鳍撑地，一鳍指天，"贼老天，我还没到渡劫的时候，劈错了算谁的？"

温文尔雅的枞言也学会骂人了，大概这段时间憋屈得够呛。大雨过后他才变回人形，同她坐在一块山石上研究地图。

这是哪里？没有界碑也不见人影，只有从高空往下俯瞰，才能借助地形勉强辨别方位。

往北又飞了两盏茶工夫，地面上越来越荒凉了。只看见绿色渐少，白色渐盛，崖儿知道，八寒极地快要到了。

忽然一片纯净的雪原撞进视野里来。这里和雪域完全不同，雪域尚且有树林，能看见一点青葱的颜色。这里半点也无，就是一片白，从上往下看，连高山和平原都分不清。

枞言不能靠近，只好在极远的天顶一圈一圈盘旋。可惜万里浩渺，根本无法发现紫府君的踪影。

崖儿让他放她下来，八寒极地果然名不虚传，距离边缘还有一段距离，已经足以冻得人牙关发僵了。

枞言忍不住哆嗦，以前常说天威，九重天上的神佛固然值得敬畏，但从没有太深刻的体会，到现在才明白，那是种多么不可冒犯的存在。

崖儿有龙衔珠护体，对这种刻骨的严寒没有任何感觉。她转身看向极地的边界，刚要迈腿，被枞言拉住了，“你要想清楚。”

她轻轻一笑，“我想得很清楚了。”

天顶有无数双眼睛看着，看着这诱惑上仙的女人，如何再一次犯下弥天大罪。

一个凡人，哪来这种不顾一切的勇气。上仙们不做凡人很多年，爱恨情仇距离自己太遥远，早就忘了这颗丹心长得什么模样。众仙观察着她的一举一动，一面疑惑地看向天帝，不知他接下来打算如何处置。

上首的天帝正襟危坐，云纹广袖下的拳紧紧握起来。他也在等待，等她迈出最关键的一步。只要结界被她穿破，触犯天规就彻底坐实了。

这蝼蚁般的凡人，每前进一寸，他唇角的笑痕便加深一分。不愿让众仙看出他的期待，他刻意闲谈着，“本君忽然想起来，紫府君在领罪那天说起，说是这凡人有了身孕。才过去两个多月而已，孩子生下来了吗？”

生个孩子耗时自然不会这么短，有的仙比较悲观，揣测着，“不会是掉了吧！”

也有人摇头，“仙根仙胎，谁知道究竟是怎么孕育的。当年贞煌大帝和璇玑佛母……”后面的话便吞进肚子里去了。

紫府君的身世虽然人人知道，却没有谁敢多作议论。关于这段机缘，官方的解释是贞煌大帝路过忘川河畔走累了，在一块石头上坐下休息了会儿。后来璇玑佛母也来了，也走累了，也坐下休息了会儿，于是紫府仙君就这样坐胎了。至于璇玑佛母怀他究竟怀了多长时间，这个很难定论，毕竟体系不同，又都是有头有脸的大人物，沦为谈资太失格。不过紫府君是个天生天养的可怜孩子也是事实，出身再辉煌，爹不亲娘不爱，所以长到万余岁开始向往爱情，其实情有可原。

天帝并不真的关心那个孩子，他知道那完全是紫府君在胡扯。他看着那个凡人步步迈进，只差一点儿了。就在这时，一道白光凭空出现，缥缈的丝缕幻化成实质的身形，拦住了她的去路。

天帝拍案而起，一声暴喝回荡在天庭的瑞霭梁柱间，“这个混账！”

‖第八十一章‖

你想谋杀亲夫

“咚”的一声，崖儿撞上了个坚实的胸膛。雪白的一片衣衫闯进她视野，离得太近，两眼几乎贴在那衣料上，只看见细密的缎质经纬，和缠绵飘来的流云纹样。

起初撞得有点蒙，她扶住了额头。再一想不对，这时候不应当有人横亘在她面前的。她退开一步正欲拔剑，一双手臂环绕过来，温柔有力地圈住她，一言不发，但能感受到袖下微微颤抖的双手。

心脏忽然被击中，她几乎流出眼泪来，她记得这个温度，记得这个力量。可是之前遭遇过关于他的幻象，她不敢轻易相信了。八寒极地没有指引，是永远走不出来的。她知道他被流放进极地之前受过断骨抽筋的苦，也许他现在正卧在积雪里等着她去解救，怎么可能站在极地边缘！

可恨！她怒不可遏，抽出朝颜便向对面的人刺去。一轮眼花缭乱的奇袭，长剑似鞭，迅如急电，将他攻得连退好几步。

忙于应对的人没想到，久别重逢后迎接他的不是温香的怀抱和娇软的思念，居然是这一顿好打。他又气又好笑，“是我！”

她咬紧槽牙，“杀的就是你。”

他有些慌了，难道是误听了什么传言，以为他在外面有人了，要痛杀负心汉吗？

空手实在接不住这彪悍的攻势，他震袖化出天岑剑。自然是不能和她真斗的，不过见招拆招化解她的招式。她却恨极，翻腕向他脖颈横削过来，他吃了一惊，仰身避让，不料她动作奇快，反身便追加一击。他只得挺剑相迎，心里暗暗惊讶，以前只知道她武功了得，但从未领教过。今天倒好，她下手毫不留情，真像见了十世仇人一样。刚拆完一招，眨眼她左手的刺蒺便由纤丝牵引着向他面门攻来。“当”的一声，他抖剑拍落暗器，这时她右手的朝颜已经到了他鼻尖。

这女人是不是疯了？他斜剑而上，天岑从她剑底弹出，剑身平拍击中她的左肩。他趁乱暧昧地调侃，“你想谋杀亲夫吗？”

她全当没听见，吃痛却不退缩，阴沉着脸卷土重来。只听剑风飒响，纵贯而下，一击不破再接一击，再接一击……一瞬便和他的天岑交击数下，用力之大，震得他虎口一阵发麻。

“你到底是怎么了？”再这么下去，他就不得不擒住她了。近身缠斗，她的发丝凌乱地横过秀面，他看见她赤红着眼，眼底有波光，心头便牵痛起来。一个姑娘，吃了那么多的苦，怎能不让她有满腹怨气。

崖儿心里的苦楚没人能懂，明明只要迈进极地，一直往深处去就能见到他了，却被这妖魅拦阻，让她前行不得。她又气又恼，全部的愤怒都融进了攻势里。她要斩断这幻境，刺穿这赝品。她不能再耽搁了，她要进极地。

“让开！”她长剑去势迅捷凶猛，剑首擦过他的颔下，虽然刺了个空，但也划破了他的皮肤。热热的一滴血落下来，落在纯白的衣襟上，红得像他眉心的烈火一般。

“月儿……”枞言焦急地唤她，他冷眼旁观了半晌，发现来人恐怕并不是她想的那样，“他有血！”

任何幻境，见血即破。崖儿在一片剑影里听见枞言的喊声，才犹疑着放缓了攻势。对面的人苦笑了下，“你的本事真是见长，杀了我，你不会后悔吗？”

她顿下来，奇异地看向他。这人……是她的仙君吗？分明一样的五官，可气势和以前截然不同。以前他是枝头的新绿，是雪后初晴的阳光，是读过《花间词》后心底留下的芬芳。可现在的他，给她深海一样的感觉。从他的眼，到那光洁额头上如花瓣又似烈焰的印记，都和她记忆中的不一样了。

她迷茫的样子都透着可爱，他慢慢笑起来，“相别两个月，真的不认得我了吗？”微一震袖，天岑化作流光收回他袖中。他一步步向她走去，“我本以为你见了我会高兴，没想到居然执剑相向。”到她面前了，目光缱绻地在她脸上流转。抬手落在她肩上，玲珑的肩头拱着他的掌心，虽然有些事让他印象模糊，但她的一切相较于从前更深刻了百倍。

他的眼中倒映出一张惊慌的脸，他听见她颤声问：“仙君，是你吗？”

他微微侧着头，神情很骄傲，“本君风姿超群，难道还有谁能冒充我吗？”

崖儿半张着嘴，忘了阖上，想了想又小心翼翼道：“你以前怎么称呼我？还想得起来吗？”

他弯下腰，在她耳边呢喃，“叶鲤，我一个人的叶鲤。”

她手里的剑终于落在地上，没错了，这是他。

他张开双臂，她简直像不要命了似的，一下便扑进他怀里。他身上的紫檀香浓厚醇净，一丝一缕填满她心头的裂缝。她竟笑不出来，满眼流不尽的泪，仪态尽失。如果让楼里人看见，大概会惊脱下巴。

只有在爱人面前，她才会表现出这种脆弱来吧！枞言立在一旁喟然长叹，到现在才明白爱与不爱的区别。他认识她远比紫府君早，可生命中的提前到场，并没有为他赢得先机。来得早不及来得巧，喜欢终究和爱有区别。

他们腻在一起，哭哭笑笑尽是人间悲欢。崖儿捧着他的脸，擦拭他眉心的印记，“这是什么？以前没有的。”

他把她的手拉下来，攥在掌心亲了一下，道：“别擦了，擦掉了皮也没用，这是堕仙印。”

崖儿不懂堕仙的含义，枞言心下却是一紧，一位上仙若是入了魔道，那么天地间便再也容不得他了。

可他倒不以为意，笑道：“断我仙骨的时候，我心里生了杂念，一不小心就往斜里岔了。没什么，只是个印记而已，留着吧，还可以用来吓唬人。”

崖儿失笑，再审视他，除了眉目因那一抹红色变得更妖娆了些，其他不见太大改观。性情……应当还是以前那样随遇而安吧！听他说断了仙骨，她心里五味杂陈，也不说话，只是默默从上到下把他摸了一遍。

摸的人专心致志，被摸的人虽然很喜欢，但毕竟有外人在场，他脸色泛红，扭捏地瞥了枞言一眼，“对不住，我们分开太久了。”

崖儿愣了一下，有些尴尬。回身看枞言，她只顾重逢，把他给忘了。

忙拉仙君过去，介绍他们认识。紫府君向他拱起手，“我们好像不是第一回相见，多谢你伴在她身旁。”

枞言勉强笑了笑，回礼道：“琅嬛上空，远远见过一面。月儿是我的朋友，我答应过，刀山火海陪她一起走。”

情敌相见，剑拔弩张是常态。枞言的话里虽没有棱角，但机锋分明，他在她身边是出于他们之间的情义，用不着谁刻意来感激他。

紫府君听后不过淡淡一笑，他有圆融的风度，也从不为一点小事怒形于色，不过心里有数，以后多加提防就是了。

暮色缓缓爬上头顶，有夜雾在脚下萦绕，他立在烟气里，斜阳映照在他眉间，依旧是占尽风流的人上人模样。他看向天顶，叹息着：“太阳要落山了……极地里没有黑夜，睁眼就是天光大亮。”可能那一仰头的动作牵扯了颌下伤口，他嘶地吸了口凉气。

崖儿忙替他捂上，讪笑着道：“我以为自己又看见了幻象，所以下手狠了些。疼吗？我给你揉揉。”

他眼波一漾，将手覆盖在她手背上。崖儿只觉甜腻漫上身来，心里却又酸苦，哽咽着，重又偎进他怀里，两条手臂紧紧抱住他，害怕他飞了似的。等略平了心绪才问他究竟是怎么逃离八寒极地的，“我拿到了龙衔珠，本打算进去救你的。”

她不知道，自己当时得知她要闯八寒极地，心里是怎样一番复杂的感受，会油然生出一种奇异的自豪来：他的女人敢不顾生死，进入那个无人敢踏足的绝境，证明这场爱情轰轰烈烈之余，也是掏心挖肺的。他庆幸自己的付出得到了回应，虽然开始得糊里糊涂，完全是沉迷于她的色相。但越是深入便越沉淀，比那些始于温暖，最终一拍两散的，更坚决笃定。

他说：“不用救，我自己出来了。虽然有龙衔珠，但极地的严寒无孔不入，会在你身上留下病根的。我呢，天生仙骨，即便俱毁也伤不到根基，慢慢就复原了。这囚笼也不是我逃出来的，琅嬛建于我手，一砖一柱都是我的心血。我被困极地，浮山松动，妖鬼夜行，天君无法收服，便提前让我出来戴罪立功。”

只是这立功里，自始至终不包含擅自离开方丈洲这一项。天帝不过想把囚禁他的地方，从八寒极地换到蓬山。要不是大司命闯上浮山，他差点就信了大禁的话，以为她三天之内来不及赶到八寒极地。

其实一切尽在天帝的掌握，这位上神果真从来不做蚀本买卖。看看时候，该来的人就快到了，毕竟他摆脱了大禁的看守，又打乱了天帝的计划，想就此和心爱的人在一起，天底下哪来那么容易的事。

他徐徐长出一口气，望向平原的尽头。天兵在前开道，身着朝衣、手执笏板的众仙分列两旁，其后有人漫步而来。

他轻牵了下唇角，阵仗摆得这么大，吓着了他的叶鲤怎么办？和天帝斗智斗勇不是第一回，他有的是经验。便将她护在身后，自己向上一揖，“天君驾临，有失远迎了。”

天帝的面色很不好，眼中山雨欲来，厉声道：“紫府君，你敢一次次罔顾本君之命，当真以为本君奈何不了你吗？”

他说不，“我不过一介小仙罢了，天君想如何惩处，全由天君做主。琅嬛不稳的根基，我暂时稳固住了，那些作乱的妖鬼，我也重新归了册子，总算不负天君所托。

该办的事我都办完了，天君事先的承诺，不能因为只有你我彼此相谈，就全不算数了。当然天君要反悔，我无话可说，那就让时间倒流，重回三日之前，琅嬛当倒则倒，我当受天谴，一分一厘绝不推诿，如何？”

天帝的威严怎能容他这样亵渎，那位天界的首神充分展现了他的震怒，天上风云开始奔涌，他望向紫府君身后的女人，“本君确实答应过让你们成其好事，但府君未免操之过急了。琅嬛的稳固只是暂时，妖鬼也因府君坐镇而宾服，结果你竟为了儿女私情，在本君毫不知情的情况下私下蓬山。你如此目中无人，本君问你，该当何罪！”

他完全就是一副认罚的态度，摊着两手道：“我既然已成堕仙，本来就为天地所不容，天君如果想解决我，大可动手，不必看在大帝和佛母的面子上。”

他这么一说，是真搬出两位大人物来了，众仙立刻面面相觑，连天帝都有些迟疑了。贞煌大帝人虽游离在九天之外，但鸿蒙是他开辟，他的地位远远高于首神，早到了真宰的境界。虽说这一家子千万年来各归各位，基本没有交集，但大帝知道有这么个儿子，真要是动了他，于情理上也交代不过去。

这就是上面有人，有恃无恐。

天帝的目标当然也不是他，只是他身后的女人，“区区凡人，盗取地火龙衔，擅闯囚仙禁地，这样的罪过足够万死。紫府君请将她交给本君发落，念在府君万年前定鼎九州的功劳上，这次私自下蓬山的罪过，本君可以不予追究。”

崖儿听了这话，自然不能再缩在他身后了。她没见过这么多的仙，原本都是得道的上仙，应当心存敬畏，但这些仙要是以多欺少，蛮不讲理，那么这点敬畏就荡然无存了。她推开他，昂首上前一步，“我的死活何值一提，只要天君不动他，就算把我磨成粉，我也悉听尊便。”

众仙不免交头接耳，却见紫府君笑意丛生，似乎很为自己女人的勇敢无畏感到骄傲。不过这不是她逞能的时候，他还是轻握了下她的手，让她不必强出头。环顾众仙，他一字一句道：“天君若是动她，我能战便一战到底。不能战，大不了自毁灵根，也绝不束手待毙。”

天帝大怒，“看来紫府君是打算与天界为敌了。”

他冷冷一笑，“我身在其位，一万年来自问无愧天地。我从来没有背弃天界，但天界若是打算舍弃我，又岂会在乎我是否与天界为敌？我可以抛下一切，只要得我所求。如果天君有此雅量，将功补过再来一次也无妨。天君知道《四海鱼鳞图》并未遭毁吗？臣请命追回图册，事成之后归入琅嬛，以弥补臣看守不力的罪过。”

一时众仙哗然，既然鱼鳞图还在，那么紫府君之前受的抽筋断骨之痛，又罪从何来呢？是天君不查，就算遭受蒙蔽，亦不是什么光彩的事。

天帝眼中冷光浮现，依旧是万众敬仰的威仪，但没人看见威仪背后的面具开始龟裂，“是吗，看来府君顶罪时的一场戏，演得十分生动。”

紫府君不语，他懂得见好就收的道理，总要让人有台阶可下。

天帝闭了闭眼，含进满目怒火，再睁眼时又是一副端严法相，沉声道：“四海图册被盗时曾掀起轩然大波，这图册既然在你二人手中丢失，解铃还须系铃人，由你们追回也在情理之中。府君要入世，还请严守三途六道的法则，别再做出监守自盗的事，令大帝与佛母蒙羞了。”

天帝说了一通狠话，率领众仙返回九重天了。待那些仙影幢幢不见踪迹，三人才松了口气。

转过身来，他冲崖儿脉脉一笑，“我常想念和你在云浮的日子，虽然相聚不多，但每一次都刻在我脑子里。这下终于又能回去了，你欢喜吗？”

‖第八十二章‖

岁月无恙，故人不散

自然是欢喜的，她从来没有哪刻像现在这样感谢命运的宽待，让他能毫发无损地站在她面前，让她还能和他紧紧拥抱在一起。

有很多话想和他说，然而心里越满，出口就被堵得越严，她不知道该从何说起。她低着头，用力握紧他的手，“岁月无恙，故人不散，这是我最大的愿望。”

他手指温柔，替她将散乱的头发绕到耳后，“从今天起我们就可以‘不散’了。现在看来，受了些苦都是值得的，要不是这次的事闹出了这么大的动静，我可能懒于思考什么是爱。以前听一个人说过，爱情太麻烦，尤其是爱得不被任何人看好时。”

崖儿问：“就放弃了？”

他慢慢摇头，“不是放弃，只是不得不背着人罢了，可我不喜欢这样。”

他们喁喁说话，枞言忽然发现自己有些多余，犹豫了下才问崖儿，“接下来你有什么打算？苏门主他们还在天外天，也不知厉无咎会怎么对付他们。”又看向紫府君，“仙君这就随我们一起去云浮吗？”

他颔首，“但我在蓬山还有些事要善后，容我先处理好，随后就去云浮。”

当然崖儿他是要带走的，小别胜新婚，一时一刻不在视线里，天就要塌下来了。枞言望了眼崖儿，勉强牵牵唇角，“那我先回去同苏画他们汇合，绿水城和木象城必定是守不住的，我通知魑魅魍魉和孔门主，退守金缕城。万一厉无咎要反攻，坚守一城比力量分散要好。”

崖儿心里也挣扎，按理说她应该第一时间回天外天去，群龙无首很危险。可她又无法和仙君分开，她开始生出从不敢有的倦懒，贪恋同他在一起时那种后顾无忧的感觉。迟疑再三，满心愧疚，但还是让枞言失望了，“那……就劳你先为我主持大局。”她很不好意思的样子，红着脸道，“他说得是，我们分开太久了，刚重逢……”

纵言眼神黯然，但依旧微笑着道好。只是觉得自己很可悲，他们的笑发自肺腑，他的笑却是强装的。他能感觉到脸上肌肉僵硬抽搐，在她发现之前，忙腾化真身向南飞去。

巨大的龙王鲸在云层里穿梭，很快便消失在视野。崖儿收回视线时，听紫府君喃喃：“你的朋友对你真是全心全意，我记得那次你差点被六爻盾吸进去，他也打算牺牲自己替你填窟窿。”

崖儿嗯了声，“纵言是我命里的贵人。”

他听后歪着脑袋，一双眼发出狡黠的光，“不是良人就好。”

她回过头看他，他脸上满是捻酸的表情，还要坚持隐而不发，模样十分可笑。现在没有外人，只有他们两个，她纵过去，两条手臂搂住他的脖子。他的个头高，她像根丝瓜一样挂在他身上，打一下挺，就亲一下他的唇。这么久了，几乎忘了这味道。他的唇是软的，丰泽可爱。她舔舐他，千言万语化入意味深长的一声唤，“安澜。”

他立刻弯下腰来，急切又癫狂地回吻她。这女人一向能够调动他的热情，即便枯死万年的心，也能在她的手里重新跳动起来。爱情啊，确实如传言的那样麻烦，不管哪一时的细微动荡，都会引发一连串的反应。可是当你能够从痛苦中获得感动，当她生龙活虎地跳进你怀里时，你会发现一切那么值得。

胸中满溢快活，懒动的身体也因爱情而充沛着力量。他抱起她，扬手向上抛起来，“我的叶鲤……庆我重回人间，庆你夫妻团圆。”

崖儿被他突如其来的犯傻弄得手忙脚乱，绛红的衣裙在晚霞里飞扬，像一团热烈的火。落下来了，他踮足一跃承托住她，然后搂进怀里，光一般飞往蓬山方向。

她栖息在他的广袖下，如同沙漠中狂奔万里找到了水源，害怕现在的一切都不是真的，每隔一会儿便仰头看他。感觉到她的目光，他便温柔与她对视。星辉交织，晕染他的眉眼，她有些羞赧，“你刚才说庆我什么？”

他失笑，“庆你夫妻团圆。”

崖儿忽然鼻子一酸，庆她夫妻团圆……这个字眼对她来说太遥远，以至于乍然提起，会回不过神来。她曾经以为自己永远不可能拥有，她这样的人，无非刀下生刀下亡，想不了那么长远。可她现在变得贪婪了，奢望自己能像她爹娘那样，找到一人，相爱到死。

她把额头抵在他胸前，瓮声低语，“我怎么配……”

他知道她生活在动荡里，内心一直不安。可她从来不明白，自从爱上她，他才是最卑微的。

他抚她的长发，把那颗小脑袋压在贴近心脏的地方，“你听，听见了吗？自从断尽仙骨的那天起，我活着的每一天都是为你。你知道一摊烂泥似的被扔进雪地里，是什么感觉吗？肉体不死，尊严也能化成钢刀凌迟你。还有冰刑，穿肉割骨，多少次疼得神魂出窍，也是你让我挺过来的，你竟说你不配？”他躬身把脸颊贴在她额上，“你不配谁配？等你把要做的事都做完，想过平静的生活时，如果不嫌弃我是个堕仙，就嫁给我吧。”

她知道他是为了照顾她的感受，对她来说所谓的堕仙从来不代表沉沦，只是更清晰地提醒她，他为她付出了多少。

她仰唇亲那玲珑的喉结，说好。

穿过云层千里，蓬山很快就到了。他带她落地，走过长街，琅玕灯内明珠常亮，在空中便看得见那条银白的光带。

大司命和少司命们已经在尽头等候了，他们甫一现身，大司命就迎上来，见两人同返才长出了口气，“幸好赶上了。”

这次的事要多谢大司命，他从天行镜里看到那条大鱼出现在八寒极地不远处，于是冲破层层拦阻闯上浮山。那时仙君正忙于将走失的艳鬼归册，大司命一声狮子吼，惊掉了他手里的造册，以至于半截身体入画的女鬼摔出了《百鬼卷》，现在也不知道怎么样了。

大禁当场就白了脸，眼看将要大功告成，结果临时又出乱子。他愤怒地斥责大司命，“你疯了吗，想害死你家仙君不成？”

大司命冷漠地看了他一眼，“知情不报，才真的会害死我家仙君。如果仙君在极地，我很愿意看见她赴险救他，反正破罐子破摔了。可天君这个当口把仙君放了，岳崖儿再入极地，岂不又是一个有功一个有罪的尴尬境地？”他向大禁流露出失望的眼神，“总算认识几千年了，还来这套，你好意思吗？”

大禁觉得自己很冤枉，他和他一样，都是在执行上司的命令，至于会引发什么后果，和他有什么相干？

紫府君要去阻止他的女人进极地，他知道拦是拦不住的，捡起册子冲他的背影高呼：“仙君，册还没造完，您就这么走了吗？”

紫府君回过身来指了指，“在本君回来之前，请大禁千万拿稳《百鬼卷》。如果再震动或沾染尘土，之前所做的一切功亏一篑，百鬼会四散逃入生州，切记。”

大禁目瞪口呆，托着《百鬼卷》一动不敢动，就那么眼睁睁地看着紫府君走远了。

是不是又在坑他，这个不好说。但宁可信其有，总不能冒险反着来，万一他说的都是真的呢。反正大司命到现在都没看见大禁下浮山，想必还在托着《百鬼卷》吧。

看看岳崖儿，这个女人啊……真是令人刮目相看。他常说她是战星转世，她所做的一切，哪里还是一个常人能办到的。加上如今她和府君的关系到了这地步，为了以后可以没有隔阂地愉快相处，大司命决定抹下这张老脸，先和她搞好关系。

他向她拱起手，长揖下去，“多谢楼主对君上的一片心，楼主是属下见过的女人中，最特殊的一个。昔日和楼主的误会，希望今日能冰释前嫌，属下有冒犯之处，请楼主海涵。”

大司命究竟见过多少女人，这个无法考证，可能连同三千年前悟道时给他送饭的婢女，总共有三四个。岳崖儿能成为其中之最实属不易，况且他还以属下自称，这对于心高气傲的大司命来说，和解的诚意可说是非常大了。

他向她行礼，身后的三十五位少司命也一同长揖。仙山缥缈间，褒衣博带的地仙们整齐地俯下身去，场面甚是壮观。

紫府君在一旁笑吟吟地看着，自觉自己平时家教不错。崖儿也不拘谨，她拱手向他们还了一礼，“以后便是一家人。”

所以蓬山紫府就此和云浮的杀手之家结盟了，这八竿子打不到的两派能搅和在一起，怎不叫人惊叹世事无常。

大司命曾经发誓要把苏画剔除出生命，却在见到岳崖儿那刻全线崩溃。她们之前一直在一起，那么她总会有苏画的消息。他知道这时问起她不合时宜，但心里像万人扬鞭狠击地面，他觉得脚下的土地都浮空，烟尘弥漫让他一刻都忍受不住了。

紫府君要去收拾《百鬼卷》的残局，转身往浮山上去，大司命示意少司命们原地待命，自己和崖儿随他同行。他斟酌了半晌，终于还是小心翼翼地开口，“这两个月一路征战，不知楼里人是否都安好？”

崖儿转过眼来看他，目光坦荡。在这样一双眼睛的注视下，任何遮遮掩掩欲说还休，都显得居心不良。他噎了下，横下心道，“苏画的近况如何？我想知道她好不好。”

紫府君回头一顾，很有兴趣旁听的样子。崖儿道：“她很好，干我们这行的，只要能吃能睡就是好。”

可她没有告诉他苏画和胡不言的事，在她不知情滋味的时候，看不懂男女之间有情和无情的区别。现在自己有了喜欢的人，再观察别人的反应，多少能看出点端倪来。苏画有阵子闷闷不乐，她嘴上不说，应该是惦念大司命的。可惜总有阴差阳错，后来狐狸填了那个缺。大司命现在忽然问起苏画来，她一个局外人不好随便应答，三个人的乱账，还是要他们自己清算。崖儿尴尬地笑了笑，“大司命跟我们一同去云浮吧，见了她就知道了。”

她快步追上紫府君，他广袖轻摇袍裾翩翩，见她并肩而来，低头温煦地望了一眼。

只是浮山上的大禁的情况有点不妙，头顶满天星辉，身上衣角垂委，夜风一过，猎猎招展。大禁垂着肩低着头，《百鬼卷》还在他的手里，但衣衫不整，连胸前的缎带都被撕开了。

紫府君很惊讶，“出什么事了吗？”

大禁抬起眼来，脸上表情平静，“仙君，您让我不能震动《百鬼卷》，究竟是不是耍我？”

紫府君满脸真挚，“本君向来不耍人，我可以拿人格担保。”一面说，一面趋身看他胸前的污渍，“这是什么？”

大司命吸了一口凉气，“是唇印啊，大禁怎么弄成这样了？”他绕着他打转，“你……失贞了吗？”

大禁皱了皱眉，以他的修为被鬼迷是不可能的。回想之前，紫府君中途撒手，那个被收了一半的艳鬼从《百鬼卷》脱离出来，就趴在大司命站立的位置。当时的情景很奇异，一仙一鬼两两对视。艳鬼嘛，风情无限是肯定的，她为了脱身，开始诱惑他。大禁不堪其扰镇住了她，但找不到法门塞她进册子，只好将她踩在脚下。结果那鬼把自己脱得精光，趁他震惊之际钻进了他的袍底……

大禁向紫府君描述前因后果，当然这段比较尴尬，自动跳过了。大司命抱着胸向他腰下看看，倒是没有发表什么高见，但目光包含的内容很丰富，“那鬼呢？不会得手了吧！”

大禁脸色大变，“大司命，同僚一场，别欺人太甚！”

来了蓬山一趟，大禁觉得自己都快被弄疯了。以前在天池行走，他是清风朗月的仙官，心头无爱无恨，博广宽大。自从走进这十丈软红，浑浊的乖张和奇巧简直像毒液，让他大大的水土不服。原本庆幸紫府君终于能够完成《百鬼卷》的重整了，没想到他说走就走，把烂摊子扔给了他。捉妖捉鬼这一套他完全不懂，镇得轻了，鬼还能跑；镇得重了，小小的尸精就魂飞魄散了。

紫府君打了个圆场，“我那头事情迫在眉睫，走也走得没有办法。还好耗时不多，匆忙赶回来收拾残局……”说着接过《百鬼卷》来，“这艳鬼是最后一鬼了，收完之后大禁就可向天君复命。”左右观望，“艳鬼在哪儿？跳下浮山了吗？”

大禁终于能腾出手来系衣带了，震了震衣袖道：“那鬼对我不恭，已经被我正法了。”

大司命掖袖而叹，“这下百鬼缺一鬼，再也不能称作《百鬼卷》了。”

紫府君却十分宽宏，“世间的鬼什么时候少过？要是《百鬼卷》从此不复存在，那也未尝不是件好事。大禁不必忧心，以本君和大禁的交情，别说一只艳鬼，就是把卷中九十九鬼拖出来让你消遣，也是小事一桩。”说罢露出个模棱两可的笑，扬声唤晋乘。书灵从琅嬛出来，拱手叫了声主上。他把《百鬼卷》交给他，让他好好看管。

一旁的大禁简直说不出话来，既然是最后一鬼，为什么还要让他托着书卷死等？分明是怕他阻挡，不让他去找他的心上人。说起他的心上人……大禁回身看了眼，不谈她的长相气度，单是她那人挡杀人佛挡杀佛的狠劲，便足够令男人汗颜了。

三日之内破一城，拿到龙衔珠，再进八寒极地，谁能想到！紫府君向他要求下担保时，他觉得应该是没问题的。结果她竟做到了，这能怨他吗？只能怪她太能干！所以紫府君气恼，有意弄个艳鬼来让他难堪。大禁越想越苦闷，天君的计划呢，最后时刻宣告失败，现在大概正大发雷霆吧。他叹了口气，向紫府君拱手，“卑职算是领教了仙君的手段了，佩服佩服。既然大事已定，那我就回去向天君复命了。此一别山高水长，诸位多保重吧。”

大禁脚踏祥云去了，背影令人唏嘘，老实仙的不厚道，这次多少会连累他。大司命道：“只怕他在天君面前不好交代。”

紫府君微挑了下唇角，“天君这点气量还是有的，毕竟大禁在他身边几千年了。”复又仰头看天色，“召集上次随行的弟子，两个时辰之后在山巅汇合，跟我去云浮。”

大司命很耿直，“用不着两个时辰，提剑便走，一盏茶工夫就……”在紫府君似笑非笑的注视下，声音渐次低了下来，“生州正值夏秋相交，天凉了，应当多准备两套换洗衣裳……那么多人，少说得准备两个时辰。属下这就去传令……”

又张了张嘴，想再说两句善解人意的话，最后一琢磨还是算了，他根本就不是个懂得讨巧的人，越描只会越黑，忙卷着袖子下九重门了。

‖第八十三章‖

谁的儿子

这琅嬛禁地她来过，长长的琅玕长街她也走过，回身望，云雾重重下的十二宫，还有九重门外的碧梅台，这些地方都曾经留有她的足迹。算一算，过去也才八个月，但这八个月里发生太多的事，一桩接着一桩，再站在这里，颇有前世今生之感。

月光落在她眼里，双璧沉淀在她眼底，那眼眸愈发清而鲜焕。她抬手指给他看，“我那时扫地，最先从那头的天街扫起。可是琉璃宫到处一尘不染，不管我花多大力气，砖缝中半点泥星也无。我的簸箕永远是空空地来，又空空地去，在九重门上做杂役真清闲。本以为我这辈子再也没有机会踏足这里了，没想到还有回来的一天。”

身后一个温暖的胸怀拥抱上来，紧贴她的脊背，下巴抵在她肩头，在她耳边轻声细语，“如果早知道你是我命里的人，无论如何也不会让你做杂役。”

崖儿笑道：“凡人上不了九重门，我不做杂役，就没有理由留在琉璃宫。”

他说未必，“侍香也不错。我禅定时你点上一炉香，困了便在我腿上睡一觉。”

崖儿想起来，那是她头一天进第一殿的情景，他打坐不理人，她的满身魅力无处施展，就枕着他的腿睡了一个时辰。现在想来真是可笑，“那么处心积虑地勾引你，你是不是觉得我很傻？”

他的嗓音清泉入水般，带着一缕甜的笑，在她耳边回旋，“我活了一万多年，其实什么都看得透。那时候并不觉得你傻或是讨厌，只有偷偷暗喜。”

这么说来仙君心猿意马早不是一两天了，只可惜紫府上下没有女弟子，他又懒得下山，所以才耽搁到今天。

她和他打趣，“那你说，如果换了个姑娘，你是不是也会上钩？”

他的手在她腰上轻抚，一寸寸，一分分地琢磨，“我不喜欢将就，早一刻或晚一刻都不行。很久以前我做过一个梦，梦见天顶上飘下一朵花，落在我的衣襟上。这个梦无解，但我知道一定会应在什么上头。等了四十八年，你终于出现了。为了爱一个人准备那么久，四十八年多不容易，就算你不来勾引我，我也会去勾引你。”

她受宠如惊，“你来勾引我？真的吗？”

他的手慢慢攀上来，自她的斜襟里游了进去，“你信不过我的本事？”

崖儿轻喘一口气，连笑都忘了。世上只有他懒于去做的，没有他做不到的。隔着那片薄薄的衣料，她描摹他手背的轮廓，“你说有人和你谈论过爱情，我以为这个话题是犯禁的。”

他绵长地嗯了声，鼻音里有慵懒的味道，“犯禁倒不至于，不能公然议论而已。不过这世上无论是仙还是人，总有个把性情怪异的，仗着自己位高权重，给不谙世事的孩子灌输不良的思想。”

她纳罕，“位高权重，是天帝吗？”

“他？”紫府君轻笑了声，“他道貌岸然，从来不做这种自降身份的事……”纤巧的鸟喙轻啄他的掌心，他闭上眼，闻见她颈下幽香，那香气像挑动丝弦的玉指，在他心底若有似无地抓挠了一把。

六爻盾悠悠旋转，万年不变的速度，每转一圈金环便发出璀璨的光。他在那片闪烁的光里告诉她，“你以为天界就数天帝最大吧，想惩治谁就惩治谁。其实不是，他之上还有一人，常年不办实事，只因开辟了鸿蒙，躺在功劳簿上混吃了十几万年。”

能比天帝更大，那是何等了不得的一尊神啊！她不停追问，“那人是谁？”

他苦笑，“非要在这时候谈论他吗？”见她坚持，无可奈何地招供了，“我爹，贞煌大帝。”

难怪他说上面有人，本以为只是拿来安慰她的，谁知竟是真的。崖儿还记得向他提起自己父母双亡的事时，他说他的父母也和死了没什么两样，结果那两位非但没死，还活得无上荣光。

不过据说从不来往的父亲能同他讨论爱情，倒是件奇事，“你和他们有走动吗？”

他说有，“小时候见得勤些，他们会幻化身形去尸林看我。但我终究只是个私生子，令父母面上无光，他们的婚事不能解决，我就无法正大光明地和他们来往。”

世人常觉得身处高位可以为所欲为，事实并不是这样。越是位高，要顾忌的东西就越多，就像他父母，谁也不可能放弃自己的信仰，所以他们的矛盾不可调和。不过虽然剑拔弩张，有时候还拍桌子骂娘，他们还是坚持三千年私会一次，并非外界传言的那样老死不相往来。关于石头孕这种事，当然也是子虚乌有。坐同一块石头就能怀孕，那贞煌大帝的儿子岂不得遍布天下？想要儿子就得付出劳动，懒散如贞煌大帝，这件事上却很勤快，自己总算还有一点像他。

但那对冤家对头的相处之道实在奇特，对骂乃至对打，吵完了蜜里调油，依依惜别，下次再见又是对骂对打，继续蜜里调油，依依惜别……反正这些年他们就是这么过来的。他的母亲当然也不可能不管他，母亲的爱全在加持功德上，她是个冷静又实际的人。男孩子略大一些，和父亲比较亲密。到了他选择人生道路的时候，贞煌大帝借机拉拢，说他们的体系内婚姻比较自由，不像他母亲那头全是不婚主义。结果现在事实摆在眼前，所谓的婚姻自由，其实并不是真的那么自由，他上了他爹的当。

不提了，老一辈牙酸的爱情，没有歌功颂德的价值，都是自私的人。他不喜欢他们的相处之道，因此经营起自己的爱情来，比他们认真得多。吃过一些苦，闹得人人皆知反而磊落，不像他们偷偷摸摸，这种日子不知还要维持多久。

他让她转回身来，繁星缀满天顶，他披着星月问了句没头没脑的话，“是在这里，还是回第一殿去？”

崖儿红了脸，“时间不多……”

“两个时辰是紧迫了点，但抓紧一些还来得及。”他说完，在她耳珠上一舔，“来去费事，我看就在这里吧。”

江湖上闯荡铁骨铮铮，一旦落进他手里，玄铁也能融化成水。她脑子一片混沌，耳中大风呼啸，站不稳也听不清他的话。不知什么时候，他把她压在了六爻盾上，她心头大惊，还记得当时指尖一点，就触发这结界毁天灭地般地启动。现在全身都贴上去了，这六爻盾居然一点也没有要吞噬她的意思，人像跌进了一泓水银里，陷进去多少，便在接触的边缘泛起一圈金色的微芒。

她回头看，提心吊胆，他却宽慰她，“放心，它认得你，你身上有我的气息。”

六爻盾果然是个宝物，它可以随着他的心意不断调整。站着太累，那就躺下。大环套着小环，在身下慢悠悠逆向旋转，她仰在那片精醇之气上，人是浮空的，但很安全。

天上应当没人能看见他们的荒唐吧，她迷迷糊糊想。天顶蒙上了一层浅蓝色的膜，是他设起的屏障。她不自觉绷紧身体，余光里看见盾面上激起万点金芒。六爻盾成了一面鼓，他是最好的鼓手，每一次猛烈的锤击，金环便迸散，向上高高溅起，飒踏如流火。然后落下又重新组合，周而复始，无休无止。

他在她身上，撑着两臂望住她，垂落的长发，双眸灼灼发亮。她如向灯的蛾，逐光扶摇而上，吻他的唇，吻他的鼻子，还有他眉心的印记。也不知哪里触动了机簧，那印记一瞬如花瓣绽放，他的脸便因堕仙印无限妖娆起来。

她看得发呆，“真美……”大概世间的邪物都有风情万种的特长吧。以前的仙君太自矜了，他不习惯计较，万事随缘，眼里只有一片祥和天下太平。现在的他更清醒，挫折炼化的罡风和刀钺全装进他眼里，他成了完全不一样的他。

“你走神了。”他半眯着眼，笑得邪妄。

崖儿唔了声，像疾风乱雨里的草，腰肢翻转无处可攀，被他颠来倒去地盘弄，竟发现自己现在不是他的对手了。她嘟囔：“我老了吗？”

他抬起眼，又是一副单纯的模样，问她，“你不喜欢吗？”

怎么能不喜欢，他怎么样她都喜欢。她呜呜咽咽地应，他的左手顺着那条纤细的臂膀向上伸展，找到她的手，和她十指相扣，“米粒儿，这是你娘亲……”

崖儿不知他的话是什么意思，只觉他的手掌滚烫，记着要去看的，却失去了方向。

事后问他，起初他扭扭捏捏不肯说实话，然后被她一个横扑压在身下，强行掰开他的手，“你刚才在嘀咕些什么？手里藏了东西吗？你不会给我下媚蛊了吧！”

他的骨头都快被她压碎了，一身蛮力的女人果然不好惹。他哀哀说：“断了……断了……你想让我再断一回吗？好好好，让你看……”

于是六爻盾上两人盘腿而坐，崖儿蹙着眉头，看他伸出左掌。手掌打开了，里面真有个米粒一样大的光点，她疑惑地问：“什么？”

他神情傲慢，“你居然认不出他？再仔细看看。”

崖儿把眼睛凑近一些，如果那小东西也正仰望，大概会被这巨大的眼睛吓得魂不附体吧！

仙君嘱咐：“喘气轻点儿，别吹跑了他。”

崖儿便捂住了鼻子。使劲看，终于看清了，里面有个蜷曲的婴儿，小光脑袋，手脚俱全。她霍然看向他，“你的元婴？才这么点大？”

他开始顿悟，原来怀过孕的女人真的会变傻。他把手掌往上托了托，“你看，他的眼睛像不像我？”

崖儿说恕我眼拙，“都没睁开，你怎么看出像的？”

仙君气恼地瞪了她一眼，“那再看看鼻子和嘴，是不是和我一样？”他得意地说，笑得满脸慈爱，“我的儿子，自然长得像我。”

盯着米粒的视线瞬间转移到了他脸上，“你的儿子？你哪儿来的儿子？”越想越不对，她霍地跳起来，“你和谁的儿子？”嗓门太大了，惊得他立刻对扣起了双掌。

“你在怀疑我？”他简直觉得她傻得没治了，“我只有你一个女人，还能是谁的儿子？”

崖儿琢磨了半天才指向自己，“我的？”

多可怕的经历，她的儿子她自己居然不知道，这算怎么回事？是不是哪里弄错了？崖儿张口结舌，“我的儿子……不在我肚子里，怎么跑到你手心里去了？神仙还有这功能？男人生孩子？那他要吃奶怎么办？你也可以代劳吗？”

仙君的脸立刻变得色彩斑斓，“我……不行。我只能暂管，将来生养都得靠你。你还记得在雪域那些天，我一直为你把脉吗？我早就预备向天帝领罪，既然不能陪在你身边，留下个孩子对你是拖累，所以我带他一起走……”

“要把自己干干净净地从我生命里清除吗？”崖儿心头钝痛，“你还指望我找第二个男人不成？”

他垂下头，半晌才道：“我以为这是最好的安排。”

她气恼，“好个鬼！谁允许你这么做的？”可是有了孩子的喜悦，完全冲淡了对他的怨怪，她急急拉住他的手，“再让我看看我儿子。”

仙君重新张开手掌，两人万分虔诚地盯着那个米粒大的孩子，崖儿边看边嘀咕：“我的儿子，怎么一点都不像我？如果他长在我肚子里，是不是眉眼会随我？”

这突如其来的消息让她难以消化，她看啊看，看了很久，忽然捂住脸，泪如雨下。

他懂她的痛，看着她颤抖的双肩，仿佛看见一个年幼的小女孩，独自一人跪在泥地里的样子。她无父无母，摔倒了受伤了，没有人关心她。她有多少委屈，十天十夜也说不清。因为缺失便格外珍惜，当她自己也有孩子时，这种酸楚就扩展得无限大。

他伸手把她揽进怀里，一下下抚摸她的长发，“好了，好了……有家有口，以后你的担子可重了。”

她痛快哭了会儿，在他臂弯里逐渐冷静下来，千珍万重地捧住他的手，贴在自己的肚子上，“怎么放回去？这样吗？还是……”羞怯地挪挪腿，“这样？”

心跟跄了下，他看得痴迷，却摇头，“要放回去很简单，可是一旦回到你肚子里他就会长，用不了几个月，你会低头看不见自己的脚尖，这样也可以吗？如果你想好了，就让他回去。你不用担心别的，一切有我，你只要安心待产就行了。”

可她又犹豫了，楼里的人还在水深火热之中，她哪来的余地准备生孩子。作为一个母亲，她眼下还不够格。她觉得羞于启齿，嗫嚅着：“我暂且……不能让他回来。你再带他几天吧，等拿回了鱼鳞图，到时候安安稳稳养大他。”

仙君听后挑了挑眉，“带他自然是没话说的，最难的时候他也在我身边。不过孩子影响人的情绪，我最近喜怒无常，你要对我好一些，不能让我受刺激。”

崖儿点头不迭，就像糙汉子对待怀孕的娇妻，半点不觉得他矫情。

‖第八十四章‖

外面高甜里面苦

该来的总会来，拼感情的时候到了。

枞言回来，带回了个既好又不好的消息。好的是，他们去八寒极地救人，没想到紫府君已经走出了那个牢笼，所以有情人团聚并没有费多大的功夫。依照枞言和崖儿先前商量好的对策，绿水城和木象城里戍守的人全退回了金缕城。大家在一起，背后就是走出天外天的唯一路径，能守便守到楼主回来，守不了可以当机立断撤离。坏的是，对胡不言来说，可能必须经受一次巨大的感情冲击了。紫府君再入云浮，那大司命肯定随行。那个棺材脸，对苏画具有致命的吸引力。胡不言从来没有像这刻这样清楚地认识到，自己的随和乐观和大司命的不苟言笑比起来，竟然那样的不高级。他觉得即将绿云压顶，就算大司命对苏画依旧不冷不热，那苏画呢？她又是怎么想的？

魑魅魍魉两人走过去，魑魅的伤修养了两天好了很多，杀手一般都比较皮实，恢复得快。魍魉是个内敛的人，魑魅在前面走，他在身后亦步亦趋地跟着。两把重剑挑在肩头，看谁都笑嘻嘻。

胡不言掉开了视线，冲站在城墙上远望众帝之台的枞言嗳了声，“大鲸鱼，我们来谈谈和爱情有关的事好不好？”

枞言瞥了他一眼，并不赏脸，“这种话题和我有什么关系？不谈。”

“何必这么一本正经，你名字里有个言，我名字里也有。不言，枞言，你看多像两兄弟。”他竭尽全力胡搅蛮缠，“来吧，聊他两文钱的。我想来想去，全楼上下没有一个能对我的忧愁感同身受，只有你。”

枞言满脸鄙视，谁要和这只狐狸称兄道弟！不过看他眼下青影深重，想必真的遇到难题了。枞言从墙上跃了下来，靠在女墙的阴影里问他怎么了，“金缕城的伙食很差？还是怕有人暗算，吓得夜里睡不好觉？”

睡觉这种事，说出来羞人答答的。确实睡不太好，过来人都懂的，因为忙嘛，这个先不谈。胡不言低着头，搓着手，脖子上系着的红色三角巾也掩盖不了他脸上的菜色，他说：“枞言，紫府君排场很大的，来去都带随从。大司命是他的首席亲信，你说他这次会不会跟着一块儿来？”

枞言想了想道：“既然捉拿月儿那次一起来了，说明蓬山不需要他留下主持，这次应该会一道来。”

胡不言的右拳重重敲击了下自己的左掌，“啪”的一声，道：“就是嘛，我也这么推算。我真怕他来啊，来了我就完了。”

枞言错过了他们那段爱恨情仇，不知道他和大司命之间有什么恩怨，奇道：“大司命会捉妖吗？就算会，你也不用怕，今时不同往日了，总要看着点楼主的面子。”

“单是这样倒好办了……”胡不言闷闷不乐，“我和他的矛盾，三言两语真说不清。简单一句话，我喜欢苏画，苏画喜欢大司命，大司命喜欢紫府君……也不是，大司命好像有点喜欢苏画，但他又看不起苏画。”他耸了耸肩，“你说这是多变态的一种感情？神仙就非得这么别扭吗？大司命就像一口锅，什么酸的辣的里面都有。和他一比，我这个只会酿蜜的蜜罐子，怎么满足喜欢吃香喝辣的苏画！”

枞言被他说得一头雾水，听了半天才弄明白，这是一段三角恋，在两方感情已经确定的情况下，暂时退场的第三方又杀回来了，于是胡不言担心鸡飞蛋打，愁得脸盘都小了一圈。

“你和苏门主的感情不是很稳定吗，怕什么？”枞言道。

胡不言啧了一声，“掩藏着暴风雨前的宁静，外面高甜里面苦。”

劝人是件吃力不讨好的事，通常你说干了嘴，对方还是一筹莫展。枞言劝得心不在焉，“大司命究竟来不来还不一定，你暂时别慌。”不像他，紫府君是肯定要来的，他现在正和月儿在一起。自己这个单相思，连找人诉苦的资格都没有，谁会看好大风大浪的感情里，那个一厢情愿的小角色。

胡不言一副认命的样子，“也对，那就等他来了，大不了决一死战。”他豪迈地捶了捶胸，完全忘了自己除了鸡腿，什么都提不起来。

看看忽然低落的枞言，胡不言一腔古道热肠又开始澎湃了。他挨过去一点，乜着小眼盯着他，“我早就看出来了，你喜欢楼主，对不对？”

枞言吓了一跳，最本能的反应就是否认。胡不言却一副了然于心的模样，背倚女墙仰头望天，长出一口气道：“别想瞒我了，这种事我一猜一个准。你现在陷入了和我一样的迷局，怎么样？是不是可以体会我的感受了？”

纵言无言地望向他，半晌才道：“我和你不同，没有开始，也不打算开始。只要她好好的，我就心满意足了。”

胡不言无神的一双眼，定格在天边的流云上，哼笑一声道：“我懂，失败者都是这么安慰自己的。当初我也喜欢楼主，不过她太彪悍，见面就砍我一截尾巴。后来知道她和紫府君好上了，我一介小妖，怎么和上仙抢女人，所以我放弃了。我又瞄上了苏画，结果你说惨不惨，苏画她心里有那个棺材脸，我还能说什么？又是一个仙，我的命太苦了！不过讲真的，什么‘只要她好，我就心满意足了’，这种话全是骗自己的。天下谁照顾她，都不及自己照顾来得放心。这不是没办法了嘛，找个台阶让自己下。”

这只狐狸很可恶，话说得那么透彻，小刀嗖嗖的，刀刀见血。所以说聪明人有时候反倒不讨人喜欢，枞言枯着眉，凉声道：“这么看来你确实完了，苏门主见了大司命，也许会旧情复燃。”

胡不言一脸大祸临头的仓皇样，“你看，连你都有预感了。不过……有什么依据吗？”

枞言说有啊，“你嘴这么欠，换了我是苏画，我也选大司命。”

枞言不再搭理他，转身下城墙了。胡不言又落了单，没人听他说心里话，他只能独自看着天上的飞鸟，看得一身落拓，满心沧桑。

“不言……”远远传来苏画的喊声，他跳起来，忙扒着墙头应了一声。

苏画向他挥挥筷子，“下来吃饭。”

说起吃饭，天王老子来了他也不管了，哧溜一声就到了墙脚。

厅堂里摆起了饭桌，非常时期不讲究那么多了，精致的苏门主也随大家吃大锅饭。胡不言的伙食仍旧参照在波月楼时那样，烧鸡馒头一样都不缺。可他看着盆大的碗，忽然又没胃口了。

他就坐在苏画边上，长吁短叹着，放下了筷子。

狐狸不吃饭了，真是个奇景。可苏画吃得很优雅，食不言寝不语，连看都没看他一眼。

他又加重了叹息，叹得邻桌都往他这里看。以为苏画这下子肯定有所发现了，结果换来她冷冰冰的一句话，“不吃就揍死你。”

这是训儿子呢？胡不言委屈极了，又无处申冤，只得端起碗，一口一口把饭吃完了。

食不知味！通常让狐狸觉得食不知味的机会很少，他吃白饭都能吃得兴高采烈，今天吃完了都没能让他精神振奋起来，说明他遇上大事了。

苏画和孔随风谈论楼中人员分布的细节，说：“楼主不日就会回来，有考虑不周之处，再请她重新安排。”

胡不言像个鬼魅，在苏画的身后飘来荡去，连孔随风那么粗枝大叶的人都感觉到了，“胡门主，有话和我说？”

胡不言愣了一下，他和他有什么好说的，于是白了他一眼，“孔门主，我看见你在张月鹿窗下撒尿了。”

孔随风一听火冒三丈，“你等着，你娃不叫这世道逼死，老子早晚也得弄死你！”说完气急败坏地走了。

苏画受不了他的阴阳怪气，一把将他拽进了夹道里，揪着他的领口连晃好几下，厉声道：“你中邪了？饭不好好吃，话也不好好说！谁惹你了？说出来，大家一起针对他。”

胡不言心里很感动，说明苏画还是关心他的。他一把搂住了她的腰，把她压在墙上，撅着屁股，“画儿你说，你爱不爱我？”

苏画红了脸，光天化日之下，广场上还有行人往来……便踹了他一脚，凶狠道：“爱什么爱，这是说爱的地方吗？”

他有些伤心，“就一个字而已，比你说这一串简单多了。你对我的感情开始由浓转淡了，为什么？难道我侍弄得你不舒服吗？”

苏画脸色忽变，冲他举起了拳头，“我警告过你，别老是把房事挂在嘴上，要不然就打得你张不开嘴！”

然后胡不言就沉默了，他悲情地抽了抽鼻子，弯下腰，把脑袋靠在她肩头，“你没有看出来吗，我缺乏安全感，所以才故意找你闹的。”

苏画不吱声了，她当然知道他在怕什么，无非是大司命这个假想敌要来，让他坐立难安了。其实大可不必，她和那个人由头至尾什么事都没发生过，就算他来了，原来是怎么样，以后还是怎么样。只是她暗暗也唏嘘，自己的感情，难道真的那样外露吗？大司命还没到，胡不言的醋缸就翻了，仿佛料准了她会控制不住自己似的。

她叹息着，上下打量这只不怎么精美的狐狸精，“你别闹，闹了只会把我越推越远。我知道自己该怎么做，既然答应和你凑合，就不会管不住自己。”

胡不言不大满意，“凑合？这话真是伤人。”

苏画见他回嘴，冲他瞪眼，“不是凑合是什么？你长得不好看，打架又打不过别人，要不是我上次一时糊涂，怎么会让你占便宜！从没听说过这样的事，男欢女爱一回就缠着要女方负责，你们狐狸界的规矩我不懂！”她气得吼了一通，看他眼泪巴巴的，立刻又心软了，蛮横地把他的脑袋按回自己肩上，粗声说，“知道了，我知道自己该怎么做，你就把心放肚子里吧。”

爱情真的会改变一个人，以前的苏画，是跳着软舞，在江湖上呼啸来去的苏画，哪个男人见了她不向往？哪个男人又不对她避忌三分？她是蘸了蜜糖的毒药，即便遭人憎恨，那些男人也还愿意冒着生命危险亲近她。后来她栽在胡不言手里，这只狐狸简直是她的克星，她要顾忌他那颗因无能特别容易受伤的心，甚至他吃得满脸饭粒的时候，她还要耐着性子，替他一粒一粒捡下来。

真是倒了八辈子的霉啊，她自己知道，一朵鲜花插在牛粪上了。可是当惊涛骇浪的夜晚，她蜷缩在他怀里的时候，即便他半点也不能打，她还是觉得安全。一个男人，能带给女人的无非就是这点。真奇怪，她也不明白这安全感从何而来。也许她的心在冰水里浸泡了太久，没有这样热烈如火的人，回不了春，还不了阳。

大司命会跟紫府君一同来云浮，说半点震动没有是不可能的，至少提起他，她心头就狠狠趔趄一下。但那又如何呢，高高在上的仙官看不上她这种满身污浊的人，这点上，心高气傲的大司命还不及紫府君看得穿。她呢，也没有热脸贴冷屁股的嗜好，见了桥归桥路归路就是了。

胡不言讨来她一个承诺，觉得天空瞬间就放晴了。他欢喜不已，腻腻歪歪地在她身上蹭，“今晚管叫你满意。”

苏画忍不住扶额，这骚狐狸脑子里整天就装着这个，长得好看些倒罢了，不好看还爱浪，也不知谁给他的勇气。

这时忽然有人喊起来，说楼主回来了。苏画忙走出夹道，果然见崖儿从城门上进来。和她同行的人这回不再穿缁衣了，月白的襕袍有淡雅恢宏的神韵。风微起，拂动袍外罩着的素绫，起伏之间，生出水波粼粼的恍惚感。

还是那双眼，眼神深邃，可以穿透人的皮囊。只是这双眼如今笼上了暗红的光，乍一看有令人惊惶之感。苏画也算见过世面的，远远便看见他眉间的堕仙印记，她喃喃：“真不容易……”

再望他身后，紫府弟子之首就是那人，两个多月没见，神情依旧冷硬，即便一望，也能激发她无数的思绪。但早已物是人非了，他的喜或不喜，和她有什么相干呢。

她迎上去，向紫府君拱手，“仙君别来无恙。”

紫府君还了一礼，“托福，一切尚好。”

崖儿左右观望，魑魅魍魉和阿傍他们都在，她才松了口气，“众帝之台有什么动静吗？”

阿傍摇头，“楼主取走龙衔珠后，厉无咎就没在寸火城出现过。据说已经回了藏珑天府，众帝之台门户紧闭，连后土城都加严了城防。”

紫府君朝众帝之台的方向眺望，凉声道：“他拿了我的《四海鱼鳞图》，就这么不声不响地昧下了？”回首吩咐大司命，“挑个时候，给这位盟主下拜帖，本君要会一会他。”

大司命俯首道是，直起身来，目光泠泠落在了苏画脸上。

‖第八十五章‖

谁也不能怪，怪命

应该去打个招呼吗？就打个招呼而已，应当没什么不妥吧！

近三个月未见，她还是记忆里的样子。其实三个月说长不长，对于他们这些修行者来说，不过是瀚海中的一粒沙，有时候参悟一个法门，倏忽就过去了。可是上次离开云浮到现在，他竟觉得三个月那么漫长，这三个月里发生的事，不单关乎仙君，也关乎他自己。

心境的转变，让他感到无所适从。从平静无波到巨浪滔天，这腹内江海翻腾起来，力量委实惊人。他也仔细考虑过苏画对他的态度是什么时候开始发生转变的，似乎就是在龙息寺旁的那个小院里，他说了些绝情的话，至此之后她就再也不理他了。

忆一忆当时心境，确实感觉不到半点喜欢，只是觉得烦躁，想尽快摆脱她明刀明枪的挑逗。他成功了，可是这成功并没有让他快乐，他很快陷入更低迷的绝境，等意识到自己或许也可以效法一下仙君时，为时已晚了。

不知她过得好不好，感情是否顺利。他想开口，然而刚要唤她，她转过身，随众人往广场那头去了。他站在那里，半天没有挪动。太阳明晃晃地照在头顶，他发现这金缕城的景致真不怎么好，看上去冷硬，完全没有蓬山的生机盎然。

少司命在他背后提醒他，“座上，君上都走了好远了，您不跟过去吗？”

大司命回头看了眼，随行的弟子都眼巴巴地望着他。他哦了声，“已经进城了，城内可以自由行动，不必一直跟着我。”

得他一句话，众弟子立刻鸟兽散了。这原班人马当初借住在波月楼，和楼里的人多少有些往来，现在杀手们弃楼转移到这里，总要去找一找，看看故人是否还在。

大司命重整了下心情，才跟上仙君他们，到了议事的大厅里，听他们对天外天目前的形势做分析。以前是以人战人，伤亡在所难免。现在有了紫府的加入，虽然天帝着重提点，要紫府君不得监守自盗，自坏规矩，否则就是丢大帝和佛母的脸，但以仙君如今跳脱的性情，丢谁的脸都没什么了不起。照他的话说，“我自己的脸都丢光了，还管别人”。

一身高洁的人，在众仙面前断尽仙骨，滚得满身尘土，谈面子是个笑话。所以那位抹去了前世来生的右盟主如果真有什么异动，不排除仙君亲自出马的可能，反正他现在已经成了堕仙。

波月楼的人，因仙君的到来都松了口气。魑魅伸了个懒腰，“今晚可以好好睡一觉了。”这些日子东奔西跑，连睡觉都不敢把眼睛闭严，实在辛苦。

阿傍叹息：“要是明王也在多好，我们都活着，他不知去了哪里……”

一时阴云笼罩在厅堂上，提起明王，大家忍不住一阵唏嘘。

胡不言说：“他还葬在城墙外呢，一个人孤零零的，很可怜。我回来后，头一件事就是给他烧了两对童男童女，让他在那里有人使唤。还给他烧了个漂亮的小姐，这样夜里睡觉不冷。”说完嘿嘿笑了两声。

崖儿点头，“等过阵子给他搬坟，城墙底下照不见日光，他喜欢晒太阳。”

胡不言欹了声，冲紫府君道：“仙君不是可以通阴阳吗，干脆把他复活多好。”

于是众人都期待地望着他，紫府君说不能，“生死有命，不能乱了章程。况且过去了太多天，他的尸身都毁了，回来无所依傍，还不如让他走自己的路，命数自有天定。”

狐狸胡言胡语，提的意见都不靠谱，苏画看了他一眼，示意他闭嘴。他挠着头皮嘟囔：“大家不都放不下明王嘛，四大护法少了一个就不完整了，要不我牺牲一下，填这个缺吧。”

魑魅哼笑一声，“千里一瞬门的门主不干了？”

苏画嫌他现眼，低声道：“护法比的是身手，不是胃口。”

旁观的大司命眼波漾了漾，有些奇怪苏画和这狐狸精之间的关系。但心里虽疑惑，还不至于往那方面去想。君野当初带回的消息，说她已经有人了，他只是留意着，波月楼里的这些风云人物们，到底哪一个才是她的良人。

结果看了半天，看不出头绪，这些人对外冷血无情，私交这种事不会放在明面上。像岳崖儿，手下领着一帮脑袋别在裤腰上的人，门众面前从来威严不倒。不像仙君毫无压力，高兴起来还爱邪魅一笑，搞搞眉目传情。

夜慢慢弥漫上来，厅堂里的议事早结束了，大司命安排了众弟子的起居，才有时间走出门看看。城中灯火辉煌，先前虽经过了城主遇刺的动荡，但恐怖的氛围已经逐渐消散。夜市照办，妓院照开，甚至因为少了一层盘剥，胡商们开始在街头叫卖，金缕城反而显出一种空前的繁荣气象。

有点像第二个王舍洲。他立在广场上远眺，空中传来排铃齐震的声响，清脆悦耳的高低击节声里，美艳的胡姬正陀螺一样旋转。那胡姬洒脱的样子很像苏画，举手投足尽是风情。他曾经不太喜欢她过于冶荡，但一时一时的感受各不相同，现在他又开始欣赏这种自信，虽然她可能并不稀罕他的欣赏。

向东一顾，有个身影从广场另一边经过，他知道那是苏画。心跳骤然加快，脑子里还在考虑该不该私下见她，两条腿已经不听使唤，匆匆追了上去。

苏画刚从哨楼上下来，打算回住处，走到长廊前听见身后有脚步声。杀手的本能让她挪过手指扣住龙骨鞭，心里开始默数，五步之内这人如果不出声，那她就要出手了。

恰在这时他叫了声苏门主，苏画心头一沉，听出是他。

她转回身来，依旧保持风度，笑道："我当是谁，原来是大司命。"

白衣白冠的人走近了，目光不似以前冷冽，带着三分尴尬的样子，拱手道："一别三月，苏门主近来一切都好吗？"

苏画没想到骄傲的大司命会主动和她搭讪，大约是紫府和波月楼结盟的缘故吧，他愿意重新建立良好的关系。她颔首，"多谢，我一切都好。"原本应该有来有往，至少也客套两句，可惜搜肠刮肚竟找不到一句能说的话，她只好拱手，"天色不早了，大司命一路劳顿，早点休息吧。"

她转身就要走，大司命冲口嗳了声，该说什么自己也不知道，只觉脑子里一团乱麻。她回身看过来，微挑的凤眼，猫儿一样狡黠。他看着那双眼，忽然窒住了。心头一阵阵翻涌，他控制不住又上前了两步，同她面对面地站着。

自上次替她疗伤后，彼此就再也没有这样接近过。换作以前，她早就无骨地腻上身来，但现在不会了，再也没有了。

非但没有，她还往后退了一步，"大司命有话同我说吗？"

他犹豫了下，"上次在苍梧城……"

她截断了他的话，"我还没好好谢你，替我治了蛊毒。"

他要的自然不是那声谢，她也不需要他为那时候的口不择言道歉，可他仍旧打算把这段时间的心结说出来，即便她不能谅解。

他垂着眼道："上次在小院的那些话……我不是不后悔，其实不久之后我就发现自己做错了。这段时间来我每每想起，生州之行最遗憾的无非是这个。如果君上这次不能顺利走出八寒极地，我想我今生都不会再来云浮。没想到琅嬛出了点差池，天帝特许他提前回蓬山，也让我有机会再见到你……”

“没关系。”她忽然急急地开口，灯下的脸有些发白，唇角的弧度扭曲，她挤出个不像笑的笑，“我没把这件事放在心上，你不必挂怀。我在江湖上闯荡，要是连这点事都斤斤计较，也活不到今日了。况且……你当时说了什么我都记不清了，何必旧事重提呢。这次见仙君好好的，崖儿也没受什么伤，真是万幸。你们来了，楼里众人的心里也有底了。接下来咱们就是一家人，一家人不说两家话，有什么过节都忘了吧，我愿与大司命握手言和。”

话都是客套话，字里行间却透着一股寒气。他微一迟疑，“苏画……”

这是他第一次叫她的名字，以往不是苏门主，就是老妖精，好言好语都很少。这名字从他口中叫出来，她的心便又重重跳了一下。

其实说老实话，她和胡不言在一起，从来感觉不到激荡，都是他在上蹿下跳，用肾交流自然不及用心交流刻骨。然而对大司命，却是从头到尾都能感觉到血液的流动，这大概就是爱和不爱的区别吧。

然后呢，爱又如何？他不是紫府君，她也不是崖儿，彼此都没有舍生忘死的勇气，去捍卫短短几十年的爱情。几十年，一眨眼就过去了，时间能冲淡一切。像她这种人，渴望的只是稳定，在她爱和爱她之间，她选择的是后者。

她含笑不说话，那笑刺伤他的眼睛。他轻喘了口气，“我们……”

“你们成不了事。”忽然一个人蹦了出来，横亘在他们当中，是胡不言。他不知死活地一拍胸口，“因为有我！”

大司命讶然，不知这只狐狸在捣什么乱。他蹙眉审视他，他觍着脸搂住了苏画的肩。凭苏画的脾气，对待不顺眼的人早就老拳相向了，他以为狐狸下一刻就会挨揍，结果并没有。

胡不言得意扬扬，“苏画现在是我的女人，你不要仗着自己是神仙，就干这种强抢人妻的事，我会找紫府君告状的。感情这种事，错过了就是错过了，没有后悔药可吃。大司命是仙，我只是个妖，但她受你欺负的时候，我愿意让她揍我出气，这点你做得到吗？”他说完，颇有男子汉气概地一收手臂，“画儿，我们回去睡觉。”

苏画拿这狐狸没办法，好好的谈话被他弄得一团糟。她只得抱歉地向大司命笑笑，在大司命震惊的目光里，被胡不言拖着走远了。

大司命简直回不过神来，这是怎么回事？胡不言怎么和苏画纠缠在一起了？君野上次回来，连跳带比画地告诉他，苏画有人了，是个长得很好看的男人……那个好看的男人难道就是胡不言？君野瞎了吗？

他站在那里，一腔愤懑难以消磨。如果她真的找到个合适的人，那他也乐见其成，结果她找了个什么？半吊子的狐狸精！修为几乎可以忽略不计，除了会跑，没有半点技能。

也许是自暴自弃了，他垂着广袖长长叹了口气。胡不言说得没错，错过就是错过，没有后悔药可吃。三个月的牵挂，到这里就算做了了结。他凝望他们离开的方向，转过身，落寞地往另一头去了。

天台上一直偷看的两个人对视了一眼，对这样的结局表示难过。

“怪谁？”崖儿问。

紫府君摇了摇头，“谁也不能怪，怪命吧。”

崖儿叹息，“我师父原本很喜欢大司命，我看得出来，可惜大司命不领情，最后便宜了胡不言。”

“所以啊，机会摆在眼前就不能错过，像我多好，从善如流。现在有了你，还有了孩子，你待我就像对待一朵花儿……”他羞怯地笑了笑，“人生圆满。”

撑腿坐在墙头的崖儿一手提着酒壶，衣袂在晚风里摇摆，仍是一副快意江湖的凛冽。她望向远处，又回身看了他一眼，咧嘴一笑问：“孩子好不好？”

他说好，“就是有时候手疼。”

崖儿看他的目光满含怀疑，“怀在肚子里会肚子疼，怀在手心里你就手疼，真的假的？”

仙君说真的，“你不信我？”说着又要情绪波动。

崖儿吓一跳，再三再四地安抚，“我胡说八道的，你可别动了胎气。”

仙君的老脸借着夜色的掩护红起来，为了邀宠，尊严就是块抹布。可他真喜欢现在的生活，在这烟火人间，和心爱的人在一起，晒着月亮，偷看别人的恩怨纠葛。以前他觉得一个人也很好，清净。果真有了另一个人时，他又发现以前白活了，蹲在山脚看蚂蚁，对不起生命。

“不过大司命和苏画不成也好。”他这么说。

崖儿问：“为什么？”

“成了乱辈分，苏画是你师父，大司命是我紫府的人。”再一想，现在这只狐狸也不理想，仙君语重心长，“我觉得她应该配天帝，天帝就欠个厉害的女人收拾他，让他受尽折磨，生不如死。”

这么一来说进心坎里去了，两人对视一眼，笑得很愉快。

夜风吹拂，星海璀璨，他轻轻一跃上了女墙。从这个位置看过去，百里之外的众帝之台只有指甲盖大小，他沉吟，“那厉无咎究竟是什么来历……大司命说查阅过三生簿，上面有关他的记载全都被销毁了。”

崖儿还记得第一次见到厉无咎时的震动，这人太多方面让她感觉奇异，“我一直想不明白，为什么他会给我一种似曾相识的感觉，不管是说话的语气还是行事作风，都和你很像。”她拽拽他的袍角，“你有没有问过大帝，是不是只有你一个儿子？”

他抱着胸发笑，“就生我一个都人人喊打，再来一个还得了！”

两个人相像，未必一定是兄弟，总有其他的机缘巧合。

他脸上的笑容逐渐散去。岁月轮转，眨眼几千年了，滚滚红尘里流浪，饮不尽心底的那杯糊涂，多可惜。

‖第八十六章‖

本君是害群之马

经过了前一晚的痛苦煎熬，第二天的大司命看上去精神有点萎靡。

紫府君出门便见他掖着袖站在屋角，忽然觉得他也不容易，为紫府和蓬山服务了三千年，从来没想过个人问题。现在情窦初开，又好像和爱情失之交臂了，虽然活该，但还是令他这个嫡亲的上司感到很惋惜。

他背着手走过去，停在青砖台阶上打量他，“大司命，昨晚没睡好？”

大司命的目光有点呆滞，但很快否认，“属下一夜入定，今早神清气爽。”

神清气爽是靠嘴说的吗，明明脸色蜡黄。他在他肩头拍了拍，“大丈夫拿得起放得下，就算一时不顺，也不要做在脸上，让情敌看笑话。”

大司命垂着头，半晌没有说话，紫府君继续嗟叹：“你有时候看自己，还不及我看你看得清。有句话怎么说来着，当局者迷，当初我就觉得你和苏画不寻常，你还矢口否认。现在怎么样，败给一只狐狸，心里很不服气吧！”

大司命被戳到了痛处，脸上神情尴尬，但不开化的榆木脑袋照旧顾左右而言他，“君上这么早就起来了？”

紫府君把视线挪到晨星晓月上，曙光隐藏在远处的山巅之后，东方微微泛起了白光。紫府的人一向早起，这个时辰正是检点课业的时候，几千年的习惯了，到了点就躺不住。不过屋里的人还在睡，他回头看一眼，有妻在床的感觉真不错，他的笑容里多了一些温柔的味道，“本君现在是个居家过日子的男人了，以前吸风饮露固然洁净，但不如眼下，心在红尘满身烟火。我起得比你还晚一些，看来情场受挫的人都有失眠的毛病。”说完，见对面的长廊上枞言走了过去，愈发觉得自己这话真是充满了道理。

大司命痛不欲生，“君上，您别这样。”

紫府君对插着袖子摇头，“你这模样，让我想到了以前的自己。犹豫不决吧？患得患失吧？这就对了！不过当时我的情况比你还好点儿，至少我和她之间没有第三个人。你现在的问题很大，毕竟苏画已经跟着胡不言了，你插进去不合适。本君觉得，我们紫府出我一个不成才的上仙就够了，你还是应该给底下的少司命们做个好表率。”

大司命恍惚意识到自己即将被坑，坚决而委婉地反抗着，“君上才是紫府上下的表率，属下跟了您几千年，不瞒您说，这次再来云浮，无法心如止水，也是受了您的影响。”

紫府君愣了一下，受他影响？他是不是还想说上梁不正下梁歪？这个大司命果然很不会说话。

“你这狗脾气，和大禁很配。”紫府君撇嘴转过身，踱着方步出了院子，往前面广场上去了。

晨光朦胧中，弟子们正在做早课，青砖地上整齐地铺着篾席，案头萤灯发出青绿的光。一纸一墨，奋笔疾书。他看后觉得很满意，孩子都是好学的孩子，至少后天很努力。至于资质，那是先天决定的，强求不得。像三十五少司命，傻乎乎的，但做功课很用心。上次参悟第三重妙境，他把心得都写了下来，虽然写得狗屁不通，不知所云。

紫府君对待关门弟子，还是很有爱心的，自己选的徒弟，哭着也要把他带上道，至少混个地仙。他的目光停留在三十五少司命身上，他大概感觉到了，抬起眼给了他一个灿烂的笑。紫府君掉开视线，心里又在嘀咕：还是傻得很执着啊，将来米粒儿要是和他一样，自己大概会郁闷早逝的。

大司命还是心不在焉，如果能做自己的主，就不会有这么多的百转千回了。他轻叹了口气，“君上，属下有个放肆的想法。”

紫府君看他好像下了狠心，微微一怔，“你想干吗？”

大司命有些负气的样子，“属下陷进迷局挣脱不出来，还望君上指点迷津。君上当初和岳楼主，是先‘那个’，后相爱的？”

他倒吸了口凉气，“然后呢？”

大司命的脸慢慢红起来，“如果我和她……”

紫府君立刻叫停了这个危险的想法，“苏画已经和胡不言在一起了！昨晚你们不是当面锣对面鼓了吗？你这招不管用，苏画不是叶鲤。”

大司命委顿下来，“君上为我指条明路吧，我接下去应当怎么办？”

并不是世上所有人的爱情都能够功德圆满的，总有那么一些人，不得不看着别人幸福。他不会鼓励大司命去争取，因为在他看来，大司命的爱情并不如他自己想象的那么深切。

“你先弄清楚，究竟是真的爱入骨髓，还是心有不甘，抑或心怀愧疚。你是从什么时候开始喜欢上她的呢？龙息寺旁还没有，可是在离开苍梧城后你就记挂上了？为什么？”

大司命像个罪犯一样坦白从宽：“因为我说了一些伤害她的话，让我至今追悔莫及。”

紫府君分析起别人的感情来头头是道，他掖着袖子说：“你分明是因愧生爱，和我这种被睡服的不一样。大司命终究是个慈悲的人啊，你心似菩提，但不够刀枪不入。如果你真的决定和她在一起，抽筋断骨，等同废人，你准备好了吗？或是你只想和她小来小往，等她日渐老去，慢慢懒于走动，彼此断了联系？听我一句，如果爱情真的求而不得，不要在她面前丧失尊严。她爱你，什么都好说；她不爱你，你做的再多都是错。”最要紧的一点，连他都入了局，谁来看守琅嬛，教导米粒儿？所以自私的紫府君决定劝分不劝和。

大司命果真冷静下来，匀了气息道：“君上说得是，我险些昏了头，哪里就到这一步了。”他苦笑了下，“我从来不是个不顾一切的人，最近不知怎么了……”一面说一面看向他，“难道爱情会传染？看多了情情爱爱，心就蠢蠢欲动。”

这么说来他是传染源？紫府君认命地颔首，“本君是害群之马。”

大司命慌忙摆手，“不、不……属下并非这个意思。君上和楼主的感情经历了挫折，不是口头上的空谈。你们二位的爱情惊天地泣鬼神，属下看后都心怀感动，开花结果也是三途六道乐见其成的。”

“是吗？”紫府君牵唇哼笑了下，“未必人人乐见其成，好在我已经不是什么正统的上仙了。名头就像一道枷锁，我挣脱了，做了连我爹都不敢做的事，我比他强。”

他说完哈哈一笑，负手而去。大司命在原地怔怔的，半天才想起来他爹究竟是谁。

谈完了情，还是得来谈谈正事。

众帝之台的拜帖该下了，其实照着仙君的脾气，直接下战帖更好。

从金缕城到藏珑天府，相距百里远，对他来说不过一抬脚的工夫。但他还是比较客气地差人先跑了一趟，三十五少司命回来感慨：“那个众帝之台好大啊，从大门往上跑，跑了半个时辰才到。”

紫府君问他为什么不腾云，他说：“弟子怕惊动看门人，毕竟凡人看见从天而降的东西，一般都很好奇。”

紫府君不说话了，大司命在一旁更正他，“你不是东西。”

三十五少司命呆呆地张着嘴，“对，我不是东西……”想想又觉得别扭，“座上，难道我做错了吗？”

本来应该亮明实力，先给对方一个下马威，最好吓得厉无咎赶紧把鱼鳞图交出来。结果这位少司命竟老老实实地爬了半天台阶，谁还会觉得紫府值得忌惮？

仙君说：“别扯那些没用的了，拜帖交到右盟主手里了吗？”

三十五少司命说是，“他亲自接的帖子，让弟子带话给君上，请君上寸火城阴阳茶寮一聚。”

崖儿见他困惑，忙道：“那地方我和枞言去过，当时我们一进寸火城，厉无咎就在半道上等着我们。他请我们喝茶，去的就是阴阳茶寮。”

他哦了声，又问少司命，“约在什么时候？”

三十五少司命一脸茫然，“弟子忘了问了。”

众人五雷轰顶，紫府君直皱眉，“是谁让这个笨蛋去送信的？”

大司命也没想到他能笨到这种程度，俯身回禀：“不是君上说的吗，让含真多当一些事，这样能让他多动脑子。”

紫府君脸上露出惨然的神情，发现有的人哪怕活了几百年也聪明不起来，比如他这个关门弟子。他抚着额呻吟，“北邙那地方的人爱做熏肉，本君当时肯定是被烟气熏瞎了眼。究竟是你忘了问，还是根本没记住？”

三十五少司命羞愧难当，这是师尊第一次表示后悔收他为徒，他含着两眼的泪，扑通一声就跪下了，“弟子愚钝。”

作为现场唯一的女性，崖儿只好出来打圆场。她一手捞起少司命，对紫府君说：“厉无咎这人诡计多端，既然咱们送了拜帖过去，他也应当回帖过来才是。可见约见的时间是他有意忽略的，仙君别怪罪少司命。”

连她都发了话，紫府君当然不能再计较。反正含真的笨他已经忍耐了几百年，时不时出点岔子是家常便饭，他也习惯了。他蹙眉看了这傻徒弟一眼，“你再不开窍，就上凤凰台和君野夫妻做伴去吧。”

三十五少司命缩着脖子道是，也没忘向崖儿行礼，“多谢师娘。”

这句师娘叫得很好，足见孺子尚可教。崖儿讪讪地，紫府君却满面春风，盘算着解决了麻烦之后，该带她去见一见大帝和佛母了。

人都散了，她小心翼翼地劝解他，“你要懂得控制自己，不大的事情，不能轻易动怒。寸火城的风景不错，我带你去走走好吗？如果厉无咎来，那就先要图册，再和他算账。要是不来，寸火城离众帝之台不远，我们直接杀上去，杀他个片甲不留，如何？”

紫府君却有些担心，“万一他在城内设埋伏，人多反而不好行事。你留在金缕城，我一个人去。”

他们都有这样的习惯，涉险的事喜欢单枪匹马地独干。崖儿自然不答应，“我儿子还在你手里呢，你一个人去我能放心吗？或者你留下，我去。”

有他在，哪里还有她独闯虎穴的机会。只是她不明白，那个人也许并不是她想象的那么容易对付。众帝之台厉无咎，据她的描述，根本就不是凡人。什么样的神功，能让他容颜不老？什么样的底气，能让他从地火中轻易提取龙衔珠？

龙衔珠的本来面目很少有人知道，其实它是迦楼罗的琉璃心。迦楼罗一生以龙为食，自觉生命到了尽头，便飞往金刚轮山待死。那种死是异于寻常的死法，需自焚才能毙命。一场大火后留下一颗不败的舍利，经历亿万年依旧滚烫，然后前世今生一番，就成了现在所谓的龙衔珠。

他知道这珠子的来历，也知道它是唯一能化解八寒极地寒气的不二法门，曾经有一个人悄悄用它走出了那个牢笼，然后消失在岁月滚滚的长河中，龙衔珠也随即下落不明。反正无论这东西几经易手，最终落入了一个凡人手里，根本是不可想象的。这世上莫说凡人，就是方丈洲的地仙，也没有几个能够掌控得了这琉璃心。所以得知她踌躇满志地打算进入极地时，他大大捏了把冷汗，后来打听清楚龙衔珠是从厉无咎那里得来的，心头的疑惑便越发大了。

他扶额，“算了，还是一道去吧。”

也不需要做什么准备，飞跃两座城而已，比打个哈欠还简单。

踏着日光，他们进了寸火城。崖儿带他走在烟柳成阵的河畔，远处的画桥上有人俯身垂钓。这褪去了炎热的午后，人都活过来了。天外天的夏秋相交，似乎只需一瞬。

“等事都办完了，咱们找个有热闹集子，有小桥流水的地方住一阵子。引刀江湖虽然豪兴，但我更喜欢这样的生活。”

他垂眼看她，笑问：“怎么？岳楼主要金盆洗手，不打算称霸武林了？”

她摇头，“我马不停蹄地杀伐，究竟是为了什么呢？最初是为兰战卖命，后来是为报仇。我提起剑，永远向着这个目标前进，等报完仇，我的心事也了了。到时候建个安乐窝，和你还有孩子，好好地过日子。”

青枝绿叶间的阳光一簇簇打下来，从她身上徜徉而过，他喜欢这样冷静的女子，时刻知道自己要什么。人生的阶段不同，追求的自然也不同，也许以前热衷于叱咤风云，但后来渐渐趋于平静，这本身就是成熟的过程。

彼此都沉醉于美妙温软的情感，他伸出左手来牵她，他的掌心温暖，她知道里面还有一个小人儿，同他紧紧交握，心里满是感激。她低头说谢谢你，“我和你走到今天，从来没有说过这句话。你为我做的一切我无以为报，现在你又替我怀孩子……”明明很感动，可是说到这句又愣住了，好像哪里不太对，“嗤”的一声就笑起来。

他虎着脸，眼睛却是弯弯的，“看在我这么辛苦的分上，你不当好好犒劳我吗？”

她抓住他的袖子，踮着脚尖在他唇角轻轻吻了一下。就是这样浅淡的温情，不多汹涌，却像烈酒过喉后的回甘，从口一直暖到心。

清泉旁，柳树下，他把她拥在怀里。远处的人望着，发出短促的一声冷笑，“真是一对璧人。”

‖第八十七章‖

故 人

“主上，那就是紫府君？”王在上细细地揣摩他的长相，“神仙不都是胡子一大把的吗？怀里抱着拂尘，身上披个八卦……他长得细皮嫩肉的，看上去很好对付。”

厉无咎瞥了他一眼，“很好对付？你去试试，他动动手指，你就魂飞魄散了。”

道行高的人，谁愿意自己的法相显得苍老？那些高龄得道的也就算了，紫府君少年得志，从他飞升的那天起，他的年华就定格在了最鼎盛的时期，永远不会枯败。

当神仙多好，苍茫云海中驰骋来去，现在又有了如花美眷，日子应当过得十分舒心吧！原以为他断了仙骨，不死也只剩半条命，谁知他居然还能全须全尾地站在这里。究竟是上界的刑罚退化了，还是他得天独厚占尽优势，因出身的缘故，自愈的能力比寻常的仙更强？

他轻轻叹了口气，回身吩咐王在上：“请他们进茶寮吧，其余人都不许跟着，退到十丈以外去。”

王在上拱手领命，快步出了小巷。

风里传来铁索相击发出的声响，崖儿转头看，是那个身负两柄战斧的火宗宗主。战斧以锁链相连，大咧咧地挂在脖子上，满脸胡茬上方，一双小眼粲然发亮。见了他们一拱手，粗声粗气道：“紫府君你好，我家主上在茶寮恭候大驾，请随我来。”言罢看了崖儿一眼，对这位波月楼主很是不屑。

不屑的原因很简单，是恨她杀了他的三位同门。他一点都不相信这个娇小的姑娘有那么大的本事，一定是金木水三宗的宗主过于大意了。换了他，必须一斧子把她砍成两截。他可没有怜香惜玉的好心情。可惜，盟主要和她做买卖，他暂时没有机会出手，否则倒真要领教领教波月楼主的那双剑灵，看看是不是真如传说中的一样厉害。

他这么想着，很快在脑子里构建出对战场景，他甚至能看见自己胜利后喜庆的大红脸。得意地乜她一眼，这一眼却叫他一愣，她也正定定看着他。这女人是狼养大的，所以定眼瞧人时，两眼幽幽发出绿光。他不自觉地咽了口唾沫，“楼主看我干啥？”

她的笑容也很阴森，“火宗主，你是白狄人吧？”

极少有人知道他的出处，自从追随盟主起，家乡已经离他越来越远了。他撇了撇嘴角，“波月楼的情报果真天下无敌。”

她的一只手举起来，五指蜷曲呈爪状，那纤细又有力的抓握，分明若春兰葳蕤，但在他看来却有红颜鬼爪的恐怖。王在上警惕地盯着她，“岳楼主这是什么意思？”

她冷冷道：“有的白狄人死后，能从魂魄里提取藏灵子，我的雌雄剑就是由一名白狄大将的藏灵子炼化的。看火宗主的身形和气魄，也很有这样的潜质，不说七夜鬼灯擎，六夜总炼得出来。”

这话一出，吓得王在上背上汗毛直竖。就像一个好食人肉的怪物，正和你谈论你身上哪块肉更有嚼劲。他听说过藏灵子的传闻，虽说死后能变成杀伤力极强的器灵，也算死得其所，但他无法想象一辈子困在一把剑里是什么感受。不见天日，可以这么说吧！所以他竟有些忌惮这女人，怕她什么时候忽然出手，神不知鬼不觉地就把他的魂魄吸走了。

紫府君听得扬眉，难怪他的女人有止小儿夜啼的功效。波月楼主实在太可怕了，以前王舍洲谁家孩子夜里闹，只要一说七杀来了，立刻就能让孩子乖乖闭嘴。现如今这套还能用在这五大三粗的大汉身上，看来她的功力又见长了。

不过他是温柔的仙君，充当好人的机会从来不会错过，便和煦道：“她这是夸宗主呢，看宗主年纪轻轻，能当上盟主的膀臂，一定身手了得。”

这点王在上很谦虚，“哪里哪里，花拳绣腿不值一提。”

仙君摇头，“宗主妄自菲薄了，毕竟是一城之主。”

他谦虚得再接再厉，“府君贵为上仙，我贱列刍狗。”

仙君被这粗人自谦的话逗笑了，只觉俗世中到处都有有趣的灵魂，即便是不同阵营的，也可以赏玩取乐。

负着手在花间柳下漫步而行，过去万年俯瞰人间，自有他的从容淡定。风风火火的王在上受不了大人物的散漫，恨不得催一催，又怕像盟主说的那样被他打得魂飞魄散，只好含蓄地提醒：“茶寮就在前面小巷，盟主恭候多时了。”

紫府君抬眼，向那个小巷望去，巷口站着一个人，身形挺拔，白衣从风。如果不看脸，真有一种隔世看见了自己的错觉。心往下沉了沉，倒不是因为惊讶于世上真有人和他这么像，只是觉得有什么要浮出水面了，像个打了几千年的哑谜，终有真相大白的一天。他走过去，渐渐近了，巷口的人向他拱起了手，什么都没说，竟似熟人相见般自便。

一样的白衣，一样的气韵，甚至连眉心都一样长着红色的印记。崖儿怔怔看着，先前她的感觉并没有错，两个人走到一起后，更加能够印证她的揣测。要不是一人一仙，她真要以为他们是兄弟了。

边上的王在上也有点蒙，那双小眼里一片迷茫，看看盟主再看看紫府君，奇得连嘴都忘了闭上。

谁都没有说话，诸如久仰久仰、幸会幸会之类的客套也半句不提。厉无咎往巷内比了比手，紫府君在后随行。进了茶寮，棚子里的掌柜和伙计都不在，灶膛里却燃着火。旁边竹筛里放着晾干的新茶，厉无咎像招呼熟客一样，启口说了句“坐”，自己牵着袖子抓了把茶叶，细心地抖散开，散进了苍黑的铁锅里。

静静坐着，静静看他炒茶。他弯着腰，发冠上的朱红缨带垂委向灶台，他扬手抛到身后，广袖和缨带齐飞，露出一截略显羸弱的手腕，随口说了一句：“看来我的地火龙衔帮上忙了，岳楼主是如约送神璧来了吗？”

茶香随着他的抛炒逐渐扩散开，崖儿抿唇不语，他转头看了他们一眼，无谓地笑了笑。

紫府君的注意力集中在了桌面的小摆设上，茶盘当中放着一个精巧的紫砂做成的小和尚。那小和尚光着腚，两手叉腰，胯间的小物件一副神气活现的模样。

这是茶道中的乐趣吧。他提起茶壶，壶里有热水，从小和尚的头顶浇了下去，抽空道：“盟主知道，《四海鱼鳞图》是我琅嬛的东西，放在你那里终有不妥，请尽快归还，免得大动干戈。”

炒茶的人恍若未闻，“岳楼主可是府君的人？”

被浇的小和尚浑身变红，憋了半天的劲儿，终于从那小物件里滋出了一股细流。紫府君看得发笑，唔了声道：“是。”

“那么岳楼主借龙衔珠，可是为了救府君出极地？”

这点也没错，龙衔珠有没有帮上忙都是后话，至少初衷确实是为了救他。

厉无咎淡淡的，两眼盯着茶色道：“她借珠时就说好，回来以牟尼神璧作为交换。既然救的是府君，府君就没有立场出头。”

这份强词夺理还是很令人佩服的，紫府君道：“一桩归一桩，做人不像炒茶，炒熟再碾碎，便以为什么都分辨不出了。我不知你提供龙衔珠的真正用意，究竟是想助她完成心愿，还是想送她进鬼门关，但有一点我能肯定，你绝对不希望我来云浮。”

他笑了笑，“我很好奇，如果她被处以极刑，你如何再去图谋神璧？是不是有人答应了你什么，所以你才有恃无恐？”

是啊，全让他猜着了，只是没想到，这个计划竟因他擅离蓬山而宣告失败。不是常说人算不如天算吗，结果连天也有算错的时候，太令人无奈了。所以现在一切都得靠自己，这么多年了，回看前世已经有了朦胧之感。一些东西正在逐渐变淡，一些事也变得没有把握，只能碰碰运气。

“我好心相借，到府君口中竟如此不堪，府君对我有这么深的成见吗？”他口头敷衍着，茶炒得差不多了，示意王在上拿茶罐来装。自己捻了一撮丢进茶壶里，佯佯从炉子上提了滚水注入，看那碧绿的叶片翻滚挣扎，最后如钢针般根根笔直地竖立。他轻吁了口气，拿三只茶盏摆在桌上，复又往盏里倒茶，屈起食指向前推了推，“上好的绿雪芽，二位别客气。”

他拿腔拿调，崖儿心下不耐烦，要不是鱼鳞图被他掌握着，她倒想同他算一算总账。

紫府君牵袖捏起小小的杯盏，轻呷了一口，“盟主应该庆幸，我现在还愿意好好和你对话。鱼鳞图是一定要归还琅嬛的，但愿盟主能在我耐心用尽之前把图册交出来。原本这图册在谁身边我并不介怀，可你不该杀狼王，我同他约好的，等他化形请他喝酒，结果都毁在你手里了。”

厉无咎冷嘲地一笑，“这种约定算得了什么，生死之约都能不算数，何况喝酒。”他品了口茶，觉得味道还不错，吩咐王在上把茶罐放进车驾里。顿了顿才道，“鱼鳞图现在不在我手里。”

崖儿直起身来，“盟主不必兜圈子，图册是你拿去的，我只问你要。”

厉无咎抬起眼，他有一双敏锐而干净的眼睛，望向她时自带三分笑意，“楼主不问问图册究竟在哪里吗？”

崖儿讥嘲：“必定是在藏珑天府，等我杀上众帝之台，自然就见分晓了。”

他倒并不生气，笑道：“楼主要去众帝之台做客，夹道欢迎。不过我这人喜欢物尽其用，再好的东西，放着干看等同废物。如果府君和楼主同意，咱们可以一同启程前往大池。只要找到孤山，图册立刻奉还，如此府君可以让鱼鳞图归档，楼主也履行了承诺，两全其美，二位意下如何？”

紫府君脸上浮起一种崖儿从未见过的阴狠之色，他眯眼看向厉无咎，眉心的印记艳如烈火，“非要如此吗？执念太深，对人对魔都不好，盟主还是再考虑考虑吧。”

厉无咎到底愣了一下，他对紫府君还是有所顾忌的。如果没有经历之前的种种，生州用以规范仙妖的准则他自己也必须遵守。可如今他早脱离了仙的行列，一个连堕落都不怕的人，还能要求他老老实实守规矩吗？

他的视线落在他眉心的印记上，“仙君现在还能称为仙君吗？仙是不得插手人间俗事的。”

紫府君一哂，“鱼鳞图本就是琅嬛之物，何所谓插手俗事？盟主如果觉得仙君叫不顺口，叫魔君也可以，只要我愿意，这世间的妖魔都会听我号令。”

厉无咎脸上的笑意终于不见了，长叹道：“府君果真是个铁面无私的人啊……图册我另存他处了，请容我一天时间，明日午时，我亲自送入金缕城。”

崖儿暗暗松了口气，她自然不希望把事情闹大，如果单是她自己和厉无咎拼杀倒也罢了，一旦仙君加入，情况变得复杂不说，也给了天帝寻衅的借口。只是这厉无咎的话可不可信，实在说不好。今天面谈难道只是来交涉一番，交涉不成就爽快归还图册吗？

“盟主此话当真？”

厉无咎说当真，“楼主要是存疑，可以随我一同去取。”末了还加了一句，“如果楼主信得过厉某的话。”

信不过，当然也不能去。紫府君道好，“就依盟主所言，明日金缕城内交还鱼鳞图。我只等你到午时，倘若过时，那我们就众帝之台上相见。”

他起身携崖儿出了阴阳茶寮。将要迈出小巷前，崖儿回头看了眼，厉无咎还在茶棚前站着，这样的目送并不像势不两立的冤家对头，反而更像多年的老友依依惜别。

崖儿扭头问他：“你觉得他会如约把鱼鳞图送来吗？”

紫府君道：“恐怕不会，所以要早做准备，终究会有一战。只是这人……”

“怎么？”

他似乎不太愿意提起，过了会儿才说：“可能是位故人。”说完便不再继续，负手走出了小巷。

故人……崖儿脚下微顿，虽然不知是什么样的故人，但可以看出来，他们颇有交情，且交情还很深。难怪刚才看他们的样子很反常，想来彼此都已经察觉了吧。这样细想竟有些可怕，这厉无咎愈发地深不见底，难道是带着前世记忆吗？

她想追问，刚要开口，见大司命带着紫府弟子出现在河畔长街上。仙君很意外，“你们怎么来了？”

大司命迟疑了下，“不是君上传令属下等同行的吗……”

他大皱其眉，“本君什么时候……”

猛地惊醒，暗呼不好！一行人风驰电掣地赶回金缕城，还没进金宗府邸，就见门前广场上横七竖八躺倒了一片。

青砖被染红了，黄土也被浸湿了，这惨况如同末日降临。崖儿站在那里，看见无数倒下的人中，十步便有一个穿着波月楼的细甲。落日悬在头顶，她在黄昏的余晖里慌不择路。上前把人翻转过来……熟悉的脸，是她门下人。踉跄着跑过去再翻，再翻，一连翻了十来个都是。最后一个倒在大门下的台阶上，血污覆盖住脸，依稀能分辨眉眼，但她仍旧不死心，拿手抹了抹，是孔随风。

像一道焦雷劈在头顶，她瘫坐下来，狠狠抓了两把泥沙，猩红着眼说："我错了，是我大意了。"

‖第八十八章‖

齐光上仙

生生死死，战场拼杀，过去千万年里见过无数次，但和自己息息相关却还是第一次。

看着满地尸首，血迹遍布，几乎可以拼凑出之前惨烈厮杀的场景。身着异服的尸首都是闯进来突袭的敌人，数量是波月楼的十倍。训练有素的杀手们以一敌十，战到最后一刻，体力不支才倒下。热血冷却成冰，被渐渐升腾的暮色掩盖，空气里弥漫起了死亡的味道。

紫府君仓皇四顾，竟发现自己无能为力，他不掌管时空，无法让时间倒转。如果早就预知厉无咎的茶寮约见是一出调虎离山，他无论如何都不会上这个当。崖儿自责，他比她更自责，因为能力越大责任便越大。他辜负了波月楼上下的信赖，他们以为紫府的人来了，安全就无虞了，结果弄得一败涂地。

他僵着步子上前搀扶她，她挣开了，跌跌撞撞往大门里走。他忙追上去，不出所料，院子里也尸横无数。她在伏尸中寻找，找她熟悉的面孔，越看心越凉，喃喃着：“完了……全完了……”

大司命冲进厅堂，这刻再也顾不上自矜身份了，惊惶地高喊苏画的名字。然而不见她回应，他急得打战，脑子里昏昏的什么都想不起来。从前厅找到后院，还好，在后面上房的屋檐下发现了她的身影，和三位护法一起，正围着躺在地上的人。

都是伤痕累累，满脸血污。她让那人靠在她怀里，凶悍地恫吓着，“你敢死，我做鬼也不放过你，你听见没有！”她不让他闭眼，近乎疯狂地冲他咆哮，“让你跑你不跑，谁要你挡刀！你这没用的狐狸，弄成这样还要我照顾你……你死一个试试，给我睁眼！睁眼！”

大概人到了穷途末路时，凶狠的威胁能隐藏心底的脆弱。她忽然回头，红着一双泪眼，见了他如见了救星一样，既惊且喜地喊起来：“大司命！你救救狐狸吧，他快死了！”

崖儿和紫府君赶进来时，大司命已经上前了。虽然这狐狸那么可恨，那么不招人待见，但也不能眼睁睁地看着他死。

胡不言堪堪吊着半口气，伤得太重，几乎要现出原形了。大司命将他的魂魄定住后，那半口气才又逐渐凝聚成了一口。死虽死不了，依旧奄奄一息，可就是那半昏半醒间，从小眼下的一丝余光里看见他，还是坚强地露出个胜利的微笑，“苏画……在乎我。”

大司命连看都没看他一眼，面色不佳。其实说心里话，狐狸是世上最狡猾最会见风使舵的东西，可在那样生死攸关的时候，他放弃了逃跑，选择为心爱的人挡刀，这种勇气令人刮目相看。痴情是痴情，勇敢也确实勇敢，就是嘴照旧很欠，小命握在对方手里时，他也敢冲他叫板，“给情敌治伤，心情不大好吧？”

他胸口的伤差不多直达内脏了，在大司命手下冰雪消融般复原。还有一点便能全部愈合，可他偏偏选在这个时候逞口舌之快。大司命停下来，在那伤口上用力摁了一记。这一摁他直嚎起来，很快便痛得满脸冷汗，连苏画都觉得他活该了，把他丢到了一旁。

众人起身和崖儿汇合，个个步履蹒跚。魑魅拱手，愧怍道：“属下等无能，没有为楼主守好后方。”

现在怎么能计较那些呢，崖儿惨然点头，“你们没事就好。”至少还留有中坚，还有翻盘的希望。只是不见了枞言，她四下张望，“枞言呢？”

魑魅道：“被厉无咎抓走了，那些人像从地心冒出来的一样，眨眼便攻入内城。午后大家都放松了警惕，被他们钻了空子。厉无咎留下话，大鱼对他寻找孤山有妙用，他要借他使使。若是楼主放心不下，就请楼主入罗伽大池找他……楼主，他是挟持枞言，想逼楼主就范。”

她知道最终目的无非就是这样，让她惊讶的是厉无咎超乎寻常的行动力。这是何等精妙的算计，他们前脚离开金缕城，他后脚就抵达了。当他们漫步在小桥流水的美景中时，他正血洗波月楼。她听不见肝胆相照的同伴如何哀号，那时正感慨着，将来金盆洗手之后，要找个寸火城那样的地方，和在乎的人无波无澜地度过后半生。

可是现在注定不成了，她要为楼里枉死的兄弟报仇，不管是耗上十年还是二十年，必须杀光众帝之台的人。

“看来厉无咎已经赶往罗伽大池了。”她冷静下来，转头望向木象城方向，“水路四通八达，木象的港口连通外邦水域，可以从那里起航直赴龙门，然后转雷渊进罗伽大池。楼里这回伤亡惨重，看看还有多少喘气的，一起带上船养伤，不能留在城里，这地方太危险了。至于死了的……找个合适的地方埋了。明天一早启程去木象城，找条大船出发，一定要把枞言救回来。”

其实枞言早就被厉无咎盯上了，早在他们刚入金缕城时，水宗就花大力气迷惑他。要不是魑魅魍魉杀了古莲子，劈开了那道禁锢，他现在大概已经被同化，甚至会心甘情愿帮着厉无咎寻找孤山鲛宫。厉无咎机关算尽，他知道她不会弃枞言于不顾，索性直接先押他去大池上。有了这个诱饵，她自然会上钩，免得在众帝之台坐以待毙，真引得紫府君杀上门来。

护法们草草处理了伤口，便出去统计幸存的人。当初离开波月楼时有百余，经历一场浩劫，活着的只剩下一半了。崖儿听阿傍报花名册，默默坐在那里，一直没有说话。半晌之后才叹息，“这么多条人命全毁在我手里，是我有负大家所托。江湖上人人觊觎孤山宝藏，为了这笔不属于岳家的财富，死了那么多人，现在想来太不值得了。既然他们都想要，与其便宜别人，不如犒劳自己。救回枞言，夺回鱼鳞图后，我们自己打开它。至于厉无咎，血债要用血来偿，我会把他千刀万剐，不管他是人还是魔！”

阿傍道是，“属下这就出去传话，这时候什么都不好使，只有钱能让人重新振奋起来。”

阿傍说得没错，遭受重创之后必须要有东西来鼓舞士气。钱就像春药，能让垂垂老矣的人重新焕发活力。她曾经一心守护父亲留下的神璧，但一步一叩首地走到今天，付出了那么惨重的代价，够了。

或许世上所有的纷争，在鲛宫大门开启的那一天会得到平息。当这笔宝藏不复存在时，一切的蠢蠢欲动就都烟消云散了。

夜半，凄清的月色洒满山岗，火把熊熊燃烧，照在每一张曾经鲜活的脸上。坑挖好了，齐整的五十三个，像大地的五十三个伤疤。崖儿站在墓坑前，不忍下令落葬。仿佛是最后的尝试，她高声道：“君何下幽都？魂兮归来！”

嗓音回荡在山谷间，渐渐飘散成一缕细芒。无人生还，柔软的肢体已经变得僵硬，他们像明王一样，一去不复还了。

百转千回，最后只余一声长叹。她开不了口，摆了摆手，转身离开了。

紫府君伴在她身边，她踽踽独行，他走不进她的世界，轻轻拉了她一把，“叶鲤……”她才停下步子回头望他，他说对不起，“如果我再缜密一些，就不会发生这样的事了。”

崖儿摇摇头，“不关你的事，是我和厉无咎之间的深仇。”

她这么说，是要把他排挤在外吗？抓她的手又紧了几分，“我问过大司命，究竟是谁下令让他带人去寸火城的，他竟说是我……大司命三千年道行都看不穿这假象，说明这人的修为比他深得多。”

崖儿很意外，“你是说厉无咎当真不是人吗？”

他说不，“是人，但他冲破了束缚，令前世的元神和今世的皮囊结合。现在的他，早就不是一般人能对付的了。”

是啊，连大司命都被他玩弄于股掌之间，这哪里还是寻常人。她看着他问：“他到底是什么来历？也是仙吗？和你有交情吗？”

他点了点头，“他叫齐光，曾经是上仙。当初我母亲生下我，将我寄养在尸林，我在那里独自修行，很孤独。后来他来了，千年的岁月朝夕相伴。大帝怂恿我入道时，他也随我一同飞升，我掌琅嬛，他任大司命……”她的目光满含探究，他蹙了蹙眉，“没错，前任大司命就是他。当时紫府弟子众多，蓬山也未分界限，一百零八位弟子和他，都住在九重门上。你曾问十二宫那么多屋子，究竟派什么用场，当然不是让我供养大小老婆和孩子用的，那是蓬山所有人的居所。”

崖儿有些尴尬，“我那时是信口胡说的……琅嬛后来出事了吗？”

他嗯了声，“在我建《万妖卷》之后，他受了蛊惑，为一个妖族逆天改命。我质问他，他矢口否认，为了掩盖罪行，甚至引天火焚毁琅嬛。当时的琅嬛还不在浮山上，建在一片无根的大泽里。大泽的水救不了天火，所有人花了极大的力气才抢出了一万多卷藏书，其他的都付之一炬了。这么重的罪过，天庭震怒，我在甘渊和他对决，亲手擒获了他。他下八寒极地受永世冰刑之苦，极地的大门锁死了两千多年，直到他凭借龙衔珠走出去，消失在天地间。”

他说完，久久沉默，没有什么比挚友背叛更让人失望的了。崖儿握了握他的手，知道他在昨天之前还是念旧情的，不忍心再揭他的伤疤，转而问：“出了事之后，蓬山才建九重门，把人都遣出了琉璃宫吧！”

他颔首，“这事还有几位少司命牵扯其中，人员太庞杂，我也懒于甄别了。后来琅嬛重建于浮山上，干脆就由我一个人看管，把其他弟子都迁到九重门外去了。”顿了顿，不胜唏嘘道，“我没想到，兜兜转转又入了这个局，可见命中注定的事，半分也不由人。你的门众惨遭屠戮，我心里很过意不去，你说是你大意了，其实错都在我，我没有防患于未然，只怀疑厉无咎的身份，没想到他就是齐光。一甲子了，他离开八寒极地后，我以为他愿意重新开始，谁知他恶得变本加厉。也或者他是恨我，比起孤山宝藏，他更想报复我。”

崖儿听着那些话，心里涌起寒意来，“分明是他自己的错，为什么要迁怒于你？”

他惨然一哂，“总要有人承担错误，舍不得苛责自己，就去憎恨别人。”

“不管他的前世今生究竟遭遇了什么，都不是他血洗我波月楼的理由。我和他的仇结得太深了，最终只有你死我活。”她仰头看他，月色下的他眉头始终紧蹙着，她抬手为他捋了捋，“你不必自责，谁也想不到他竟有那么大的神通。他引我们上罗伽大池，一切的症结始于此，最后也当终于此，咱们联手，狠狠击败他。”

他脸上浮起悲色来，把她拉进怀里，凄然道：“你真的不怪我吗？我先前战战兢兢，唯恐你觉得我无能。”

她无奈地拍拍他的背，“我在你眼里是这么蛮不讲理的人吗？冤有头债有主，和你不相干。”说完又嘀咕起来，“就是你和那位齐光上仙之间，总有那么点欲说还休的味道。你们相伴那么多年，最后关头你没有帮他一把，所以他恨你始乱终弃？”

仙君的脸瞬间五彩缤纷，“你是不是看见两个男人走得近些，就认为他们之间一定有不可告人的秘密？”

崖儿哑口无言，其实说句实在话，她好像真有这毛病。世间感情都是美好的。

“你们共处少说有七千年吧？七千年间同吃同住，难怪言行举止那么像……”她尴尬地咧嘴，换了个话题，“我看他眉心有一点朱砂，难道他也是堕仙？”

他说是，“这个印记能贯穿轮回，永生永世跟随你。”

从人到仙，天劫重重历经磨难，从仙到人，更是断骨裂肉苦不堪言。这个过程中但凡有一点差池，都是灰飞烟灭的下场。如果道行够深，不甘心变成废人，便只有入魔一条路可走。只不过八寒极地是个能荡尽一切煞性的地方，他在这囚笼里入魔，并没有给他带来天翻地覆的改变，走出去后唯有转世，再图后计。

崖儿的视线落在那枚烈火纹上，“还能去除吗？”

他摸了摸眉心，恃美不已，“为什么要去除？我觉得挺好看的。”

要不是五十多条人命压在她唇角，她大概会笑出来。从第一天认识他起，他就是这个样子，万事随缘。便这堕仙印，来了也是缘分，该留就得留下，像当初她的横空出世，他也愉快地消化了。

她把脸贴在他胸前的素纱上，越过他的肩头，看向山谷间隐隐的火光。罗伽大池会是怎样一番光景，她不知道。还有枞言，落进厉无咎手里，也许会受尽他的折磨。

她叹了口气，“仙都有各自执掌的东西吧？齐光掌什么？”

“梦。”

‖第八十九章‖

前 世 今 生

纵言做了个很长的梦，梦里他又回到六十年前，那时他刚刚能够独立，母亲允许他在方圆五里的海域内自由行动。

年轻的孩子，不会说人语，也不会化形，但有一颗争强好胜的心。他和一切鱼类比速度，尾鳍一拍常常超出母亲划定的区域。赢了没有奖励，但很高兴，铆足了劲儿蹿出水面。未成年的龙王鲸也有极大的身形，落下来激起滔天巨浪，几十里外都听得见。

母亲发出幽幽的深沉的呼唤，是只有龙王鲸才听得见的频率。他依依不舍地离开珊瑚和鱼群，边游边回头，等到身后影像彻底看不见了，才决然一摆尾，向母亲的方向冲去。

天真的孩子，什么都不懂，只知道撒娇，像只海豚一样，围着母亲快速转圈。他有耗不完的精力，即便再普通不过的海胆，也能让他流连很久。母亲拿他没办法，不停地催促他。天要凉了，如果他能化形，在哪里都一样，但他还太小，必须迁徙到温暖的水域，才能让他顺利过冬。

从北到南，几万海里，途中碰上下雪，他浮出水面，让那些莹白脆弱的花瓣落在身上。他很有耐心，经常浮着一动不动，等雪片累积，堵住了气孔，就响亮地打个喷嚏，打出惊天动地的效果。他快活了，摇头摆尾，母亲慈爱地看着他，任他撒野。龙王鲸一生只有一个孩子，对这个孩子倾注全部的爱和温情。他在水面上探头探脑，母亲就在下方小心地观察四周的动静。

上古的水族中，龙王鲸是最高等的物种，他们几乎不需要经过修行，到了年龄就能自行幻化。但在年幼时容易遭受袭击，像鼠白鲸和上龙，都以龙王鲸幼崽为食，因此母亲必须万分小心地看护他。

母亲换气，喷出一个巨大的类似烟圈的泡泡，他从那个气泡中间穿过去，一瞬苍茫的白遮住他的视线。他晃晃脑袋，眨眨眼，再定睛时，前面是一片蔚蓝的深海，比任何一处都蓝得动人。他不再轻举妄动，因为那种美让他隐约感觉到危险。母亲垂首，拿吻顶顶他，他老实地停在她腹下，随着她的速度款摆前行。

寒流和暖流相交，从他的皮肤上划过，他能够清楚地感觉到。罗伽大池和星月海之间有个狭长的通道，穿过那个通道，就是他们的目的地。环境温暖了，细小的鱼虾也变得多起来。他在跟随母亲觅食时，看见大片柔软的海绵，其中一个瓶形的触手里有两个孤单的身影，像一对囚徒，艰难地在窄小的环境里调整姿势，透过孔洞羡慕地望着外面的世界。

他沉下去，歪着脑袋把一只眼睛凑上前，终于看清是一对虾，母虾的腹部缀满了淡黄色的籽，说明另一只肯定是公虾。他问母亲，为什么它们会困在里面？母亲说因为他们年幼时被吸进去，身体越长越大，就再也出不来了。好在一公一母，至少有个伴，它们的孩子是自由的。末了警告他："如果你乱跑，将来也会像他们一样，被关进海绵里。"

可他一点都不信，世上根本没有海绵能困住龙王鲸。

他看了半天，忽然张开大嘴咬向它们，惊得他母亲大叫："枞言！"然而下一刻又松了口气，他是替它们脱困，咬开了禁锢住它们的海绵。

那两只虾终于从牢笼里逃脱出来，一个弹射各奔东西。他茫然看向空空的海域，"它们不愿意在一起了吗？"

谁知道呢，无可奈何的时候相依为命，一旦天地更广大时，就分道扬镳了。母亲的鳍在他头顶抚了抚，"等你长大就明白了。"

通道的水流有点急，穿越的时候一定要紧紧靠着母亲。暗涌从他身旁奔涌而过，他绷紧全身的肌肉，奋力前行。终于游出来了，他高兴地打滚，可是深蓝色的水幕上影影绰绰出现了几个黑影。他心头一跳，偎向母亲。那些黑影越来越多，好大的一群，是鼠白鲸。

他们开始追赶，母亲告诉他，要用最大的力气向前游，就像和其他鱼类比赛时一样。但比赛至多一刻，这些鼠白鲸却追了他们八天八夜。他看见母亲和他们撕咬，海水被染红了，不知是谁的血。他惊慌失措，呜呜哭泣，母亲向他咆哮，让他快走。他第一次感受到生离死别的痛，他没有能力解救母亲，只得在不远处盘桓。

后面的鼠白鲸追上来了，逼得他不得不狂奔保命。可它们的速度太快，他无法摆脱，走投无路时憋上一口气，向深海潜行。这是在赌命，一旦肺里的空气用完，随时可能被淹死。还好，那些贪生怕死的强盗放弃了，它们不愿意为了一小块鱼舌头冒险。他游到安全的地方上浮，重新折回来找母亲，他觉得不可能再找到了，没想到她还在那里。

是梦吧！枞言泪流满面，多少次梦里都找不见她，没想到这次竟然能重逢。只是她不再和他说话，遍体鳞伤，神情也显得木然。他大喊她：“娘亲！”她看了他一眼，依旧沉默。他只得跟着她向东游，游到浅滩上，她化成人形走了几步，仰天躺倒下来。咸水在她的伤口边缘风干，留下苍白的盐花，她两眼望向天顶，那里有几只鸥鸟在盘旋，发出清朗的叫声。他很害怕，轻声唤她，她终于有了反应，望向他说：“枞言，娘亲要去取一样东西，那里太危险，你留在大池，不要跟去。”

他不答应，伶仃在她后面追赶，一直追到一个烈火遍地的地方。身上的每一寸皮肤都在吱吱作响，水族对火有与生俱来的恐惧感。他问母亲为什么要来这里，她说：“为了救一个人。”

救一个很重要的人，重要到不惜舍弃生命。他不懂大人的思维，究竟有什么比活着更重要。母亲告诉他：“曾经有一个人，为了让我们的族群延续下去，不惜与天界为敌。他被关在很冷的地方，每天都有冰刀刺穿他的身体，已经快三千年了。他是我们龙王鲸的恩人，只要有一点希望，我们都要营救他，这是祖辈留下的嘱托。现在是我，将来是你，当这位恩人有需要时，肝脑涂地都要为他效命，记住我的话了吗？”

他点头，看她化出真身腾在半空，把体内储存的水都吐出来，浇灭了地上熊熊的烈火。焦黑的大地到处都在冒烟，嘶嘶的，空气里全是烧灼的味道。他看着母亲迅速枯萎，艳丽的脸庞失去光泽，像个苍苍的老妪。她还有最后一丝力气，挣扎着向北飞去，飞到冰雪漫天的地方，向下俯瞰寻找，找那个让她不惜一切代价的恩人。

匍匐在雪地里的人仰起脸来，眉目清冷，眉心有烈焰般鲜艳的印记。母亲欢喜地发出一声长啸，衔着那颗从地火里抢夺出来的赤色珠子，一头栽进了八寒极地。

这一去，再也没回来。她的身体化成一个避风港，供那人躲避风雪和冰凌。七日之后她只剩一具空壳，从她身体里钻出来的人终于能够直立行走，他在鲸架前站了很久，然后握着珠子转身，向极地边缘走去。

由头至尾脑子清醒，站在旁观者的角度看清了事情的全部经过，从恐惧战栗到撕心裂肺，直至心似枯槁。他知道，母亲永远回不来了，她为了完成自己的使命，陈尸在了无边的冰雪里。

忽然“啪”的一声脆响在耳边炸裂，有光穿过他的眼皮。他慢慢睁开眼，一个白得发亮的世界让他无法直视。他抬起手臂遮挡，慢慢听见鸥鸟的鸣叫在周围响起，他终于反应过来，自己到了大池上。蓝天白云映入他的眼帘，还有一张令人忌惮的脸，静静向下俯视着他。

他吃了一惊，本能地飞速后退，牵扯起锁链拖动的声响，然后喉头像被重拳击中，一瞬勒得他几乎失去知觉。他这才发现自己的四肢和脖子都被锁住了，长长的铁链铺陈在甲板上。

他像牲畜一样被牵了起来，“醒了？”那人笑了笑，眉目温和，“沉沉好梦，梦见你一直追寻的真相了吧？”

他仓皇地看向他，“厉无咎？”

厉盟主点点头，“是我。”

他开始没命地挣扎，不论人还是动物，受困后的本能反应就是这个。可是这铁链好像有自己的意愿，他越挣，它束缚得越紧，仿佛要好好教训一下不听话的阶下囚，狠狠地收拢，直至卡进他的皮肉里去。

厉无咎还是一张善意的面孔，他的语调也很和蔼，劝他别乱动，“你母亲为我而死，我不愿意看着故人之子枉送性命，所以你得冷静一点，不要自讨苦吃。”

枞言咬牙看着他，“我母亲因你而死？你就是雪地里的人？”

他直起腰来，看胸前衣裳起了褶皱，心平气和地抻了一下。

“那是八寒极地，你去过的。我曾经是那里的囚徒，三千年冰刃穿肌透骨，是你母亲舍身为我找来了龙衔珠，助我走出那片极地。”他长长叹了口气，“故事的经过有点复杂，一字一句告诉你太费功夫了，索性让你自己看。看明白了吧？也听明白了吧？我与你们龙王鲸一族有千丝万缕的联系，你母亲的嘱托不要辜负，从今天起就为我效力吧。”

他轻描淡写，仿佛性命攸关的事也不值一提。枞言并不相信他，“你这妖人，用幻术支配我的梦境，早不是第一次了。如果我母亲真是因你而死，你便是我的仇人，有什么资格让我为你效力！”

厉无咎很惊讶，“龙王鲸不是知恩图报吗，你竟是个异类？可见近墨者黑，杀手不讲信用，你也打算忘恩负义。你母亲在九泉之下见你这样，不知是什么感想。”

脑子里一团乱麻，他还沉浸在刚才的梦境里，因母亲的结局伤心不已。真的不在世了吗？真的陈尸在了八寒极地？他找遍八纮九野，她音讯全无，似乎除了这个原因，没有其他办法能够解释她为什么消失得一干二净。

每个族群都会流传一些关于他们先祖的传说，在龙王鲸的历史上，确实有过这样一位仙，为了延续龙王鲸一族的命脉而触犯了天规，被关进八寒极地永世受苦。可为什么会是这个人？他闯进金缕城后大开杀戒，双手沾满了楼众的鲜血，他怎么可能是那个心怀慈悲的上仙！

夜般苍黑的袍裾在海风中摇曳，厉无咎走到船舷边沿，眺望远处的海天一线。他似乎知道枞言的疑惑，对前因后果的解释毫无感情可言，甚至有些茫然地喃喃：“很多事我已慢慢淡忘了，但从云到泥的那一天，我却记得清清楚楚。我这个人心太软，那时龙王鲸都居住在归墟里，归墟动荡，龙王鲸即将面临灭族的危险，你的先祖跑来求我，要我救救这个族群。我和他原先有点交情，他苦苦哀求，我不忍心看他落得这样下场，便进琅嬛翻找了推步书。书上有记载，何年何月，龙王鲸葬身归墟，要解救他们只能逆天改命。我以为没人会知道，就将那几个字划去了，没想到惊动了上界。天帝震怒，我知道这次罪责难逃，本打算领罚的，可这时一把天火点燃了琅嬛，我跳进黄河也洗不清了。没有人相信我，包括七千年的老友。紫府君奉命捉拿我，在甘渊废了我的修为，将我打入八寒极地……”

厉无咎的唇角浮起了幽幽的冷笑，“捉拿妖鬼毫不手软，对付老友也是一样。我不怨他公事公办，只恨他不懂我。我在八寒极地受尽苦难，花了两千年才勉强找回三成功力。后来你母亲来了，就如你看到的一样，带来了龙衔珠，用她的身体给我提供修养的地方。可我并不感激她，要不是因为她的祖父，我不可能落得这样下场。就是一念之差，让我永无翻身之日，所以你说，龙王鲸一族欠了我这么多，你该不该效命于我？”

换句话说，如果没有他，哪里来这小龙王鲸红尘翻滚的机会！刚开始他确实是想帮这个种族一把，但自己付出的代价太惨重，重则生怨，生恨。三千年过去了，也该连本带利地讨回来了，父债子偿，天经地义。

旁听的王在上露出了惊讶的表情，“盟主，我以为您是这大鱼的爹。”

沉浸在往事里的盟主脸上一僵，“你的脑子是怎么长的？”

王在上摸了摸后脑勺，“属下会错意了，本以为您花了那么大的力气，是为了父子团聚……”被盟主一个眼神，差点瞪死。

枞言鄙薄地看着他们，厉无咎的声情并茂一点用也没有，“你的意思是有人放天火栽赃嫁祸你，那人是谁？”

他很无奈，拿手比画了下，“一条小小的竹叶青。可惜它也葬身在大火里了，死无对证，我还是百口莫辩。”

‖第九十章‖

同为游冶郎
只缘早相识

“既然死无对证，你如何证明你的话都是真话？别说紫府君信不过你，就连我也信不过你。”纵言一手拽着颈间的锁链，那链子几乎勒得他喘不过气来。他试图换个方法从中挣脱，但无论是顺势还是逆转，锁链都牢牢卡住他的脖子，不让他有任何逃脱的余地。

“不信？”厉无咎的脸上终于显露出狠戾的神情，“我最恨别人说这几句话。不论你信与不信，最后都得为我带路。区别在于你心甘情愿，日子会好过些，但如果执意不从，那么就受点苦，反正我有的是手段。”

这茫茫大池，没有个向导真是不行。鱼鳞图虽然在他手上，但图中的岛屿不像陆地上，这些岛会移动，像个巨大的迷宫，就算罗盘能指明方向，想顺顺利利找到孤山也不是件容易的事。

况且孤山的位置不在大池，在焉渊。那是个极其神秘的所在，几乎没有人能通过那个狭长的水廊，因此也没有任何关于焉渊的记载。只知道在罗伽大池的边缘，和焉渊相连的地方有块巨石，叫界鱼石。据说这是分割两片水域的界碑，就是鱼虾到了这里也得调头，两地之间水族是互不往来的。

水上施展不开身手，如果能走走捷径少些麻烦，那是再好不过。他急于找到孤山，先摸清了地形，然后只需静静等待岳崖儿送上门来。这条大鱼在陆上不过如此，在大池却是个香饽饽。波月楼的亡命之徒们哪怕再不可控，对待同伙倒算有情有义，他们绝不会扔下这条龙王鲸不管。再说岳崖儿现在恨他恨得牙根痒痒，知道他的下落，没有不追过来的道理。

只是这龙王鲸太倔了，他要是有他母亲一半的感恩之心，他也不用废那么多口舌。无论如何念在他母亲的分上，给他一个归顺的机会。当然如果他不领情，那就没办法了，先礼后兵一向是他的办事风格。

他负手看他，“不再考虑考虑吗？”

枞言狠狠说不，“我绝不像你一样，做背叛挚友的事。”

这句话戳到了他的痛处，他切齿说好，猛一挥手，如万斤重鼎落下来，枞言被砸倒，血溅了一地。然后他将手掌悬在他的天灵上方，抽离了他的神识，命人用铁钩穿过他的双掌，把半死不活的人扔下了船。

轰的一声，人沉下去，翻起一片血色涟漪。他身上的铁链连接着船首，沉到一定深度便被吊着，浮不上来也沉不下去。五道粗壮的铁链束缚住他，把他抻成一个大字。掌心的血还在流，如仙君案头的香烟，在蓝色的海水中扩散出赤红的丝缕。

王在上扒着船舷往下看，水很清，隐约的人形悬在那里一动不动。他有些担忧，“不会死了吧！”

盟主说死不了，“让他缓一缓，很快就会对本座言听计从。”

王在上长出了一口气，见缝插针地向盟主表示自己刚才惊呆了，跟到这样一位上司，是自己几辈子修来的福气。他絮絮夸赞：“没想到主上居然是神仙，难怪属下第一次见到您，就被您的风姿所折服了，您实在是人中龙凤，凡界之光。别管那条鱼怎么想，鱼脑子本来就小，不会想事儿。反正属下会一辈子追随主上，只要主上需要，属下为您披荆斩棘，绝无二话。”

盟主露出了鄙视的表情，他可没忘白狄人有多彪悍，当初为了收服他还打过一架。王在上的身手远没有嘴厉害，趴在泥地里还骂骂咧咧什么狗骨头、瞎贼，被他一脚踩在后脑勺，整张脸杵了个大坑，鼻梁上皮都蹭破了，才老实下来。

风姿？不是背后总叫他小白脸吗？他皱着眉头看了他一眼，“有这闲工夫嚼舌头，不如去看看他现原形没有。”

王在上讪讪住了嘴，忙又爬上船舷。这一看，惊出一身冷汗来，船底的水变得墨黑，仿佛一下航入了无底的深渊。再定眼打量，才看清原来是一条大鱼停在宝船的下方。虽然两边的胸鳍被铁链穿透了，但要是发起疯来，背脊一拱就能把他们掀翻。

他退回来，心有余悸，这就是深海给人最震撼的恐惧。他咽了口唾沫说：“形是化了，大得没边。主上，您用大鱼拉船，不怕它忽然发狂，把我们全掀进大池吗？”

厉无咎的脸上依旧波澜不惊，转身将一个铜铃挂在桅杆上，“摇一下他会前行，摇两下就停下。放心，他的神识在我手上，拱不翻你。”

王在上听了，试着摇了一下铃铛，拴在桩子上的铁链顿时绷直了。他抬手示意所有人停下手里的活计，果然宝船徐徐前行，逐渐加快了速度。他拊掌大笑，“好使！

这大鱼，能抵一百个船工！”

厉盟主撇了撇嘴，背着手转身，慢悠悠走进了船舱里。从半开的窗口往外看，一轮残阳如血，悬在大池尽头的天幕上。风里有咸湿的味道，横扑在脸上，尽是黏腻。他伸手把支窗放了下来，舱里陷入一片昏暗。船在匀速航行，冤家对头也没有那么快追来，他趺坐在重席上，双手结印，像千万年前一样，开始入定冥想。

冥想是用以清除内心杂念和欲望的一种途径，穿过泥沼，回到原始的状态，那时的他是什么呢？也许是一只青鸟，也许是一粒沙。本应该心无一物，可他发现自己做不到，残存的记忆像走马灯一样，在他脑子里飞速旋转。他不记得自己是怎么走进尸林的，但记得那么多的修行者，没有一个愿意理睬他。他走过一片水塘，终于在塘边遇见了一个正在看蝌蚪的人。那是个少年，十六七岁光景，长着一张十全十美的脸。见了他，很高兴地对他笑，说他养的蛤蟆生孩子了，邀请他一起观赏。

他不明白蝌蚪有什么好看的，但因为寂寞，还是和他一起在池塘边蹲了一下午。那么无聊的事，他觉得自己以后肯定不会再干了。谁知犯傻也有瘾，后来他跟着他做了很多稀奇古怪的事。尸林里的人都在独自修行，只有他们，永远形影相随，时间都花在看花看草上，根本就是不务正业。

安澜说：“齐光，你看他们，一个个修行修得愁眉苦脸，眼袋都快掉到肚脐眼上去了。我们用不着这样，说说笑笑就能成事，因为我上面有人。”

他失笑，“你是有人，我不一样，我还是得修行，但愿能早日修成正果。”

“我有人不就是你有人吗。”他拍拍胸脯打了保票，“我给你加持，不管成仙还是成佛，我一定带你一起。”

果然他说话算话，飞升的时候拉了他一把。其实他进尸林，原本是想修成佛陀的，结果莫名其妙成了仙。很长一段时间他一直想不通，“为什么我们要成仙？”

“成仙可以娶老婆。”理由真是牵强，有谁修行是为了娶老婆？不过既然已经选了这条路，也只有这样走下去了。

秋水长天，物换星移，倏忽七千年。这七千年里他们谁也没有娶到老婆，因为道行越深，参悟得越透，就越不需要爱情。

蓬山的世界很清静，鸟鸣啾啾，清风过树。大司命的工作比琅嬛君多，他在奋笔疾书的时候，听见安澜在外面的长街上放声高唱：“阳春二三月，草与水同色……”

七千年相伴，他们的性格越来越像，甚至常有人认错他们。窗外的风翻动案头的书页，哗哗一阵清响。他蘸了墨，顺口低吟：“同为游冶郎，只缘早相识。”

有时候觉得自己像他的影子，笼罩在他的光辉之下。说不上喜不喜欢，只是觉得被命运捆绑着，相伴成了必须。安澜天资独到，太聪明的人，做什么都不需要费力气。自己的修行还是差了一截，他只好加倍努力，独自在通往殊胜的道路上发足狂奔。但参悟得再多，也不能消除他阴暗的一面。他的性情中本来就隐藏着乖僻，像追云的风筝，天壤之别，久而久之会生嫉恨。

头脑清醒地看清自己的弱点，比稀里糊涂更让人痛苦。如果自己不能爬得更高，就希望常被拿来做比较的人降落下来，甚至降得比自己更低。恰在这时，龙王鲸一族穷途末路，来蓬山求他相助。他以玄黄笔修改了推步书，那笔只有琅嬛君才能用。写完的那一刻他脑子里一片空白，他想，要出事了。

天界传唤了琅嬛君，安澜在九天上应对的时候，他匆匆进琅嬛，翻看自己的仙籍。没救了……仙籍断在这年春。再去查三生，连看都没来得及看，赶忙都划掉了。

门前一个绿影一闪，他心头蹦起来，“谁！”追出去看，是一个瘦弱的女孩，楚楚的大眼睛望着他，颤声指责：“明明是你！你想害他！”

这竹叶青是安澜的新玩意儿，夏天放在卧房里，能令满室生凉。他从来没想到，自己竟能和穷凶极恶这个词沾上边——他打算杀了这条蛇，反正她本来就是妖。但她在蓬山待得太久了，这里的地灵和仙气滋养了她，杀她不像杀外面的妖那么容易。他捻了指诀，想引天火烧死她，结果她慌不择路闯进了琅嬛。从一念之差到罪无可恕，前后只需要几个时辰。那浑身带火的竹叶青点燃了琅嬛，他看着圣地冒出滚滚的浓烟，火势越来越大，紫府弟子的喊声从四面八方传来，他倒退几步，趁乱逃出了方丈洲。

陈年往事，一度羞愧到不敢回忆。告诉枞言的当然也不是全部真相，人嘛，六欲在身，总要挑对自己有利的说。离开紫府后他躲在甘渊，惶惶不可终日。那天安澜骑着风马兽过来，向他拔出了天岑剑。

后面的恩恩怨怨，无非就是如此，每个人都要为自己的错误付出代价。他被打入八寒极地，他们让他求生不得，求死不能。上天要他忏悔，做都做了，为什么要忏悔？等他得到龙衔珠，走出八寒极地，他便决然跳进轮回，彻底和这一世做了了结。

可惜，命运这东西，好像并不打算就此放过他。兜兜转转，故人又碰面了，他本以为重生后那人再也认不出他，可是一见面就知道不可能。他看着他慢吞吞走过来，一路上左顾右盼，还是那个脾气。到了面前，一个眼神的交汇，心底便都明白了……他长长叹了口气，想道一句人生何处不相逢，但又无从说起。

真叫人烦躁。他皱了皱眉，慢慢从那个世界退了出来。睁开眼时舱外已经夜色弥漫，门徒挂起了灯笼，照着眼前的薄雾，能看见细小的水汽上下翻涌。

一串脚步声传来，王在上压着嗓子回禀：“主上，海面上好像有灯光。”

他听了起身出去，果然在他指点的方向出现了几盏灯火，粗略数数约有七八。这大池上从没有打鱼人，所以不可能是渔火。难道是波月楼的人来了？似乎太快了些。

“到哪里了？”他问王在上。

王在上答：“刚出太岁岛海峡，前面不远就是龙涎屿。”

有了鱼鳞图，就再也不需要靠抓鲛人寻找鲛宫了，不过后面有追兵，总要先解决掉，不能把他们带进焉渊去。

“在离龙涎屿稍远的地方停下，看看是哪路不要命的。”

这个季节，正是群龙入海的当口。它们来这里除了寻找配偶就是睡，水上不时飘来的浮沫，是它们没来得及抱团的口水。这些龙在繁殖季节敏感易怒，如果后面尾随的船来者不善，那么只需引龙出马就能解决，根本用不着他出手。

王在上应了个是，转头又问：“大鱼怎么办？前面水浪滚滚，我都看见龙头了，公龙和母龙在干那事呢。万一它们发现了大鱼，会不会来攻击我们？”

他说不会，“龙王鲸是龙的克星，那些龙宁愿绕着他走，也不会冒险来招惹他。”

王在上响亮地噢了声，转头又嘻嘻一笑，“主上真有学问，不愧是神仙出身。”

他懒得理会他，立在船尾静静眺望，水面上的灯火相距很远，恐怕没有两个时辰赶不上来。他掩口打了个呵欠，吩咐左右御者密切观察附近水域的动向，自己打算回船舱，小睡片刻。

王在上敲了两下铃铛，宝船停下了。两边船舷都派人戍守，他拎了壶酒，悄悄招呼后土城的宗主，两个人跳上船尾的篷顶，就着一轮明月对斟对饮。

“这是好酒。”他晃了晃酒壶，冲屠啸行咧嘴一笑，“从藏珑府的酒窖里掏来的，算你小子有口福。”

土宗主喝了一口，辣得嗷嗷叫，“你又偷主上的酒？”

王在上说：“他爱喝茶，酒我帮他喝。要是金云览和木江流还活着多好，咱们可以边喝边猜拳，谁赢了谁摸古莲子，摸哪儿都行。”

屠啸行啐他，“你疯了吧，古莲子不把你肠子打出来！”

王在上道：“摸摸有什么关系，其实我很喜欢她，上回众帝之台大会，差点让我得手，都怪木江流捣乱。现在完了，他们都死了。人命啊，有时候还不及一根草。”

“你念旧，回去之后祭奠祭奠他们就行了。喝酒的时候嫌人少，分钱的时候嫌人多。”屠啸行嗤笑一声，“这世上还是钱权最重要。人有不及我有，其他的，全是个屁！”

‖第九十一章‖

要上也是仙君上

反正人非草木，王在上虽然也算计，但和其余四个不同，和谁都能聊上两句，和谁都能凑合。

“你说那个孤山里头，到底有多少金银？以前江湖上有传闻，据说一个人十辈子都花不完，我觉得肯定能装满咱们的宝船。”他喜滋滋地盘算着，“我没事的时候就躺在床上想，这么多的钱，怎么分配才好。你是知道我的，我对钱不看重，谁多点儿谁少点儿都没关系。临出发时我准备了五口大箱子，就放在船舱里呢，只要让我装满那五个箱子，其余的我不要，全给你们。”

屠啸行斜眼看他，“你别不是傻了吧？五百口箱子都装不下，你只想装五口？”

他认真地点点头，“我打算回去成个家，生四个儿子。将来我死了，四个儿子正好给我抬棺材，那箱子就一人一口，都别打架。”

屠啸行哼笑，“你想得可真长远。还有一口呢？留着给外面小的？你这人看着老实，其实一肚子坏水，别以为我不知道你。”

王在上说天地良心，“你是不是以为我和我老婆不用吃喝？剩下的那口当然得留给自己。我要捡半箱珠宝首饰，逢年过节拿出一样来，让我老婆到死都能收到我的礼物，这样她多高兴！”

屠啸行听了涩然，“老婆还在丈母娘家呢，你想得太多了。女人啊，我告诉你，别对她太好，太好了她就让你做王八。”

这是他的血泪史，屠啸行是出了名的对老婆好，可是那个女人不知好歹，和他手底下的御者偷情，被他拿了个正着。家务事嘛，怎么处置全凭他，于是手起刀落，送奸夫淫妇归了西。绿帽子得用血洗，洗洗不就染红了吗。不过提起还是一件丢人的事，男人的面子，不是简单一个杀字就能解决的。

王在上拍拍他的肩，表示对他的同情，“你比老金好多了，你看金云览，他才是真冤枉。他老婆倒是没偷人，可她一辈子都在想着别人，连晚上同完了房，梦里还叫别人的名字。老金别说脑袋，连腚都绿了。最后倒好，老婆自尽了，小情儿找上门来还把他给杀了。这份委屈，到阎王爷那儿也说不清，就问你惨不惨！你说，咱们天外天的风水是不是不太好？三个光棍两个鳏夫，再加上一个嫁不掉的古莲子，还有比咱们更命苦的人吗？”

他的这席话惊出了屠啸行一身冷汗，调侃自己就罢了，怎么还带上了盟主？万一被人听见，他这一身腱子肉还不够剐的呢！便压压手，示意他住嘴。

“等有钱就转运了，别着急。”屠啸行这么安慰他，“到时候请风水师来看看，不行种他一万棵桃花。”

王在上觉得是个办法，“先给盟主种上，怎么看都是他比较难。不像我们，随便弄个女人，对付着就能过。他还要挑……挑的那个柳绛年，人家看不上他，他就恼了，面子上挂不住，做过神仙的就是麻烦。”说完嘻嘻笑了两声。

每一个英明神武的领导手下，都有一两个脑壳不太好使的滚刀肉。奇异的是问题频出，居然没有让上面痛下杀手。这说明领导不是好当的，必须有大爱无疆的包容，和照顾残障的仁心。

屠啸行开始考虑，为了避免引火烧身，以后还是和他保持点距离。不过五大护法现在就剩他们两个了，这傻子只要五箱财宝倒也好，自己可以多得一大半，实在是桩好事。

“不谈女人了，现在在大池上，锤子硬了可没办法。”屠啸行给他斟上一杯，招呼着，“喝酒喝酒。”

响亮地碰杯，哧溜一声，大胡子底下的阔嘴，迸发出悠长的曲调，很有情趣。两相喝得面酣耳热，仰天躺倒下来。大池上的星星又大又亮，王在上说像葡萄，一串一串的。

昏昏然，眼皮子发烫，屠啸行闭上了眼睛。远处不时传来水浪激起的巨大轰鸣，那是龙求偶的仪式。他打着酒嗝思量，男人就是费劲，为了娶个媳妇，不知要折腾出多少花样。

王在上却是清醒的，一双小眼睛看着天顶，眼珠晶亮。没志向的人最让人放心，这屠王八生性鸡贼，你精明，他像防贼一样防着你。你窝囊点儿，看看，他果然睡得着了。可屠王八敢睡，他不能。他坐起来朝远处眺望，那光点摇曳，似乎并没有驶近多少。也不知那个船队是何方神圣，他索性跃下篷顶，爬上了桅杆，坐在宝船的最高处，一瞬不瞬地盯着远方。

宝船有作战功能，两舷之下，距离水面四五丈的高度，有两排二十个类似小窗一样的孔洞，他下了令，让弓弩手在那里待命，随时准备发起进攻。盟主休息了，他的职责是观察好周围动向。现在的处境有点复杂，这可是大池中央，出点什么事，谁也救不了谁。

白狄人执拗的脾气，让他坚持到了太阳升起的时候，那双眼睛因为盯得太久都发直了。厉盟主看着他的模样，感到有点瘆人，“王在上，你的眼睛怎么了？”

他手动把眼皮放下又抬起来，有点死不瞑目的味道，“肌肉发僵，不会眨眼睛了。不要紧，休息一会儿就好。”然后走到一旁，躺在船帮的阴影下，抬手一抹，把眼睛阖上了。

厉盟主除了觉得他是个人才，也没其他的想法了，让他挺尸，自己向西张望。海上的距离通常比预估的要远，那些船经过一夜航行，现在才堪堪看得清轮廓。他踅身，在巨大的宝盖下坐定，沏上一杯茶，静静等待船队的到来。

近了，船头的虎口盾在阳光下发出刺眼的光。他好整以暇地坐着，屠啸行压刀立在船舷上，向靠拢的宝船拱了拱手，“我当是谁，原来是关盟主。”

厉无咎抬眼看过去，邻船上跃过一个人来，一身利落的青布袍，头发随意拿带子系着。从第一次见到他，他就是一脸正直的模样，二十年后脸架子更显棱角，乍一看，像个劫富济贫的游侠。

世间一切妙物，都讲究个左右对称，像人有左右手一样，云浮的江湖也分左右盟。当初通天塔前争排名，他胜了关山越一筹，因此他为正，关山越为副；他居右，关山越居左。不过众帝之台和乾坤山庄很少有往来，两位盟主也是冠着名头各行其是。今天关山越会领着一个船队前来追赶他，实在让他很觉意外。

无非为财，他有些厌烦，连站都没站起来，懒散地瘫坐在圈椅里，随口道：“左盟主如何得闲，上我藏珑天府来串门？”说着一顿，长长哦了声，“我忘了这是在罗伽大池，不是在众帝之台。”

关山越是个稳重人，稳重人即便是生了反骨，也是一副妥帖的样子。他拱了拱手，说得十分无奈，“厉盟主不知道，先前五大门派围剿波月楼，中了波月楼的反间计，结果攻楼不成，弄得自相残杀。原本这些门派想上众帝之台面见厉盟主，请厉盟主主持公道，但得知波月楼的人攻入了天外天，众门派进退维谷，便转投了我乾坤山庄。盟主是知道的，我不爱管这些俗务，这回是被他们架着，不得已而为之。听说厉盟主上了罗伽大池，他们便备好了船只同往，打算助盟主一臂之力。”

全是好听话，什么叫波月楼攻入天外天，让那些门派进退维谷？如果一心，当然是前后夹击，灭了波月楼。都是因为五阳的叶陵延办事不力，掀起尾巴让人看了个底儿透。如今得知他来了罗伽大池，各路牛鬼蛇神纷纷参与进来想分一杯羹。无边宝藏当前，谁又怕谁！

昏睡中的王在上听说整个武林都搬到罗伽大池上来了，直接跳了起来，向外一看，各路人马脸上写着同样的执着，就是宝藏。他转过身冲关山越阴阳怪气地笑，“我一直以为关盟主视钱财如粪土，原来是我看错了。”

关山越淡淡道：“王宗主此言差矣，关某对钱财确实没有多大兴趣，这回是赶鸭子上架，不得不陪着走了这一遭。眼下既然和厉盟主汇合了，我的任务便完成了。上了这船，我也懒得下去，就借厉盟主的宝船一乘，其余的，我诸事不管。”

王在上听完他的话，差点没笑出来，心道这位左盟主的把戏，不就是他对屠啸行使的那套吗？不过这关山越是个聪明人，他知道不论好坏，赖在这条船上准错不了。至于那帮乌合之众，死活和谁相干！

厉盟主很好说话，他道了句好，就再没有第二句了。他从容起身，走到船舷边看向那些船，船上人一眼扫去少说有五六十，个个揣着发横财的美梦而来，见了他有些尴尬，但依旧壮着胆色拱手，叫了声厉盟主。

他点点头，“其实这次只是初探，毕竟没有牟尼神璧，就算找到鲛宫也进不去。诸位知道前面那座岛吗？”他伸手一指，广袖在风中飘拂，“那是龙涎屿。”

众人不由对视，眼里的金芒又开始闪耀。

厉盟主笑了笑，“对啊，就是盛产龙涎的龙涎屿。龙涎香的市价，想必各位都知道，官秤一两，金钱十二个，一斤折变成铜钱，是四万九十文，其价非轻。我先前还在与宗主们商议，孤山宝藏不知远在何方呢，放着近在眼前的财不发，岂不是傻？恰好诸位都到了，我任盟主那天便对八方英雄许过诺，有财大家发。诸位，现在财就在眼前，如何？登岛采香吧！”

这话一出，众人立刻欢欣雀跃起来。看看水里，黑黄色的脂胶凝固成团，零零星星地漂浮在蓝色的水面上，简直像漂了满海的金子。离龙涎屿还有段距离，就发现了这么多的龙涎香，那要是登了岛，拿剑绞、拿刀劈，就算不去找鲛宫，也够一辈子衣食无忧了。

江湖上有名的大侠们，一个个心向往之，但又自矜身份，那种想要不敢要的表情，看上去十分滑稽。

厉盟主的笑容扩大，太阳底下慈悲如佛，“这个时候就不必讲究身份了吧，人活一世，几个能有这样的际遇？为免空手而归，先装他一船龙涎香再说。”

盟主真是善解人意到没话说，不过也有懂行的人质疑，“龙涎屿上不是有龙吗，上去会有危险吧！”

结果盟主蹙眉微笑，“哪里来的龙？日月书上记载，龙在每年春分时节才来岛上交戏。现在才过立秋，离春分还早着呢。再说富贵险中求，哪里也没有现成的金山银山让你们挖。”

所以说，错误的史料记载害死人，龙涎屿上的龙应当是盛夏时节开始活动，并且昼伏夜出。他们来得晚，没有看见昨晚群龙交战的盛景，如果早看见，龙涎香就算再名贵，也没人会觊觎。

船队向龙涎屿驶去，就算有人疑心有诈，巨大的诱惑还是占了上风。厉盟主脸上一直笑吟吟的，关山越抱着剑问他：“厉盟主不去吗？”

他说去，“可他们太快，我的宝船赶不上。”

关山越回身看，这些大侠们争先恐后，丑态毕露。他不由叹息，“钱是照妖镜，什么人到了它面前，都得原形毕露。”

厉盟主却摇头，“那倒不一定，至少关盟主就不是个为钱发疯的人。”

关山越这辈子什么都不讲究，唯讲究个义字，这点在江湖上人人认可。想当初啊，厉盟主也有个好名声，可惜苦心经营了那么久，结果却毁在了叶陵延手上，算是阴沟里翻了船。

“我和关盟主私交不深，还是因为众帝之台和乾坤山庄相距太远了，想请你喝酒都找不到机会。这回凑巧，关盟主上了我的船，咱们可以把酒言欢，好好建立一下感情。”他莞尔，“若是你我联手，创造个新的武林出来都不是难事，你说呢？”

关山越还没来得及搭话，便听见远处传来巨浪拍击的声响。他忙跃上篷顶往前看，只见波涛连天，狂风暴雨里颠沛的船只被浪高高带起，水雾中粗壮的龙身横贯过船体，像牛羊落进了蛇坑，眨眼便被盘得粉碎。

距离不过一里而已，龙涎屿上空乌云密布，而他们这里正阳光大盛。关山越后怕地喃喃：“好在我上了厉盟主的船。”

厉盟主点点头，“可不是嘛，这下我们真成一条船上的人了。”

船下有人在唱歌，歌声清幽空灵，仿佛是从那粼粼波光里飘上来的。

雷渊名字虽犷悍，但这片水域却出奇地宁静。之前经过龙门时遇上了一场风雨，波月楼的人即便受过水上的训练，也经不住颠腾两个时辰。船驶出风眼的时候，个个脸色发白，晕船的吐得直不起腰来，被胡不言逐个取笑，“花乔木，你不过如此！阿傍，你的俗家名字不是叫盛行舟吗？你行的是什么舟？不会是沙舟吧！”

阿傍大骂他，“浑身烂嘴不烂，什么俗家名字，我又不是和尚！”

歌声又传来了，夜半的海面上，美则美矣，还是有些吓人。

崖儿挨着仙君，“有调无词，遇上鲛人了？”

仙君说太好了，“逮住一个，没有鱼鳞图也能找到鲛宫。”

鲛宫具体的位置在哪里，谁也说不清，但鲛人一定知道。这四海八荒的水泽都相通，鲛人也不像一般鱼类，他们适应性强，甚至可以游进内陆的河流。热海公子夜宴十六洲时，据说有人看见他们停在台榭下观赏歌舞。

可是怎么逮呢？这种灵巧精美的人鱼受不得半点惊吓，一不高兴就死给你看。用蛮力肯定不行，崖儿撸起了袖子，“刚才唱歌的是男是女？要是个男的，让我来色诱他。”

仙君白眼乱翻，“你又想使这招？别忘了自己的人生走到哪个阶段了。”朝她抬了抬左手，表示她已经成了孩子他娘，别动不动就拿出看家本事来了。

色诱这种事是存在风险的，就像他当初，一不小心上了钩，从此打定主意缠着她，让她负责一辈子。她还想故技重施？万一再出问题，那他们父子怎么办？

“唱歌的都是女鲛，男鲛爱用健壮的体魄吸引姑娘。”胡不言走遍九州，对这种妖不妖魅不魅的东西很有研究，“老板你就歇着吧，要上也是仙君上。”

一船的人都看向他，仙君觉得压力很大，“换个人行吗？”

胡不言说：“这条船上，能飞又漂亮的不就属您一人吗，换个人？换大司命？他的棺……五官不够柔美，会吓着鲛女的。还是您去吧，不求光膀子，只求领口微敞，把您的胸肌露出来，这样鲛女比较喜欢。”

‖第九十二章‖

本君怎么混到了这种地步

这是什么不正经的要求，还要露胸肌？

仙君满脸不高兴，“我的这地方不是谁都能看的。”

大家神情了然，当然知道私密的部位只有特定的人能看。

这样一来，崖儿就有点不好意思了，她尴尬地笑了笑，道：“你是男人，没那么多讲究。”伸出两手，把他的领子扯开了一些，“露一点就好了。”

仙君十分别扭，他在穿着方面很讲究，永远都是端端正正的，连袖子都不肯挽一挽。现在倒好，居然要他去诱惑一条鱼！他觉得自己受到了侮辱，又不好发作，因此满脸的不痛快。

胸肌他是有的，虽然千万年来做着文职，但收妖归册时的身手从没有退化，一根小指就能做引体向上。崖儿扯开他的领子，月光下壁垒分明的肌肉白洁细腻，她忍不住咽了口唾沫，顺便薅了一把，嘴里打着哈哈，“很好，很壮！”

当然壮，要不怎么让她心服口服？可是他觉得做个浪荡样子，不管是上仙还是堕仙，都有损格调。连大司命都痛心疾首，一声“君上”，叫得荡气回肠。

他试图打个商量，“其实我可以去感化她。”

胡不言说：“鲛人从不作奸犯科，仙君的感化她听不懂。”

仙君一怔，问大司命：“《万妖卷》里有没有收录过鲛人？”

大司命说没有，“洪荒时期作恶的妖才归了册子，鲛人不算妖，至多算半妖。”

照胡不言的说法，鲛人不修行，自然听不懂他充满禅机的话，他觉得有点苦恼，“那我怎么和她沟通？”

胡不言把苏画拉了出来，在鲛人美妙的歌喉中给仙君作示范。他两眼盯着苏画的眼睛，“就像这样，用眼神交流。眼睛是心灵的窗户，不用任何语言，都能让她知道您心里的想法。然后诱惑她，媚眼如丝知道吗？用眼梢放电，电进她心里去，让她心痒难耐，让她跟着咱们的船跑。”

苏画看着胡不言搔首弄姿，从最初的木然，到满脸鄙夷，再到伸脖子几欲呕吐，一气呵成的动作，让胡不言措手不及。他很无奈，“我有那么难看吗，看得你都想吐了。”他回头对仙君一笑，“别在意细节，您不会遇到我这样的问题，毕竟您长得好看。”忽然大叫起来，“画儿，你不会怀孕了吧！”

这么一喊，大家都愣住了，纷纷看向苏画。苏画的脸腾地红起来，对准他的脑袋就是一下，“口无遮拦，打死你！”

她永远不可能怀孕，当初就告诉过他的。弱水门的女杀手，破身那天都会用一种药，这药对身体没什么妨碍，可一旦服用，这辈子就彻底当不成母亲了。毕竟出的任务很多，紧要关头要不惜一切代价，谁也不希望三个月之后发现自己怀孕了，而孩子的爹，早已经死在自己手上。

想生小狐狸，可以去找别人，她当时说得很直接，反正两个人的关系半明半暗，随时可以结束。结果胡不言不干，他说好不容易才求来的爱情，哪怕断子绝孙也不能放手。话虽如此，可她知道，他暗中还是很期盼的，异想天开地认为男人不能让她怀孕，没准换个种族就可以了。这种迫切的心情她能理解，但他不时把私事挂在嘴上，就让她有些不快。

不过胡不言的示范还是起到了作用的，仙君扯了扯自己的领子，对崖儿抿唇一笑，然后照着胡不言的教导，先在她身上小试了一把牛刀。

他眼波脉脉，滴得出水来，那浓重的眼睫自带三分羞涩的况味。运用不熟练，没有那么流畅，却显得稚嫩可爱。学胡不言的样子，用眼梢说话，一顾复一盼，看得崖儿心头直跳。

受不了，她捂住了胸口，要不是那么多双眼睛看着，她真想对他干点什么。鲛女的歌声在海面上悠扬回荡，她虽然舍不得，但为了找到鲛宫，还是硬下心肠推了他一把，“就这样，我看好你。”

仙君嗟叹着自己沦落至此，但也没有再迟疑。谁知道鲛人会在这片水域停留多久，万一离开了，想再找到就难了。

他脚踏清风，凭虚而起，素洁的禅衣宽大，在身后流丽逶迤，他的身体成了气流的先导，仿佛风是有形的，极尽灵动地贴着水面向前滑行。终于看见一处岛礁，海水氤氲出浓重的雾气，弥漫了整个高地。穿过浓雾，几个身影温柔地斜坐着，上半身纤细明媚，水下的鱼尾却繁复得略显庞大。

仙君的出现，还是引发了骚乱，月色下银白的尾鳍带起水珠，大部分鲛女一头扎进了水里。只有一个胆子比较大的岿然不动，只是回过头来看，湿漉漉的长发贴着两颊，一双眼睛大得出奇。

鲛人是半人半鱼，五官的分布不像人那样匀称，但也不至于丑陋。他停在那个鲛女面前，向她微笑。这鲛女似乎懂得这种面部表情，起先满怀戒备，慢慢神情松懈下来。

然后就到了活学活用的时候了，他认真地和她对视，像和孩子对话般，一字一句慢吞吞地说："孤山……你知道孤山在哪里吗？"

鲛女眼中露出困惑的神情，仙君指了指她的尾巴，又拿手搭出了个房子的形状，"鲛宫……懂吗？"

鲛女以为他在夸赞她的尾巴漂亮，于是欢喜地亮出宽大的尾鳍横拍水面，砰然一声，激起几丈高的水浪，溅了他满身。

仙君捋了把脸，心里很懊丧。那纱衣被水浸湿了，紧贴皮肉，隐隐露出健壮的体魄。他干脆一不做二不休，撕开了衣襟，沾水的皮肤在月光的晕染下，散发出诱人的如蜜的光泽。

鲛女大喜，向他露出满嘴锯齿状的獠牙。其实如果她不笑倒还好，一笑就让人有点吃不消，仙君受惊之余闻见了鱼腥味。即便鲛人的上半身和人没有太大区别，甚至也长着饱满的胸……他看了一眼，觉得还是没有他的叶鲤好看。在他心里，孩子他娘是世上唯一无可挑剔的女人。

通常情况下，多个雌性聚在一起，会催发出比以往更大的勇气。有一个带头，其余胆小的也开始勇于尝试。仙君袒露的胸膛，比一般的男鲛更有吸引力，于是鲛女呼朋引伴，招来了同伴一起观赏。

说不尴尬那是不可能的，他觉得自己就像街头卖艺的，一圈女人围着他，定睛看衣下的那一片皮肤，一双双眼睛饥肠辘辘，笑容里也暗带猥琐的味道。他在心里咒骂胡不言，根本就不该听这只狐狸的怂恿。想他万年的道行，结果竟要靠出卖色相拉拢人心，要是让早年被他收服的那些妖鬼知道，不笑掉大牙才怪。

忽然一只指缝间带着蹼的手伸过来，在他胸上戳了一下，他脸色顿时一僵。那些鲛女唧唧哝哝用她们的语言交谈，边说还边笑，大有夜半艳遇的庆幸。然后他胸前的手越来越多，你一把来我一把。他发现难以招架了，鲛宫的位置也问不出来，匆匆掩上衣襟落荒而逃了。

回到船上，大家都在眼巴巴等着他，落地后就有人问："仙君，成效如何啊？"

成效？他哼哼冷笑了声，一甩被浇湿的头发，“语言不通，沟通困难，但她们对美很有鉴赏能力。胡不言说得对，她们喜欢看光膀子的男人，并且鲛女数量众多，本君已经把她们引来了，诸位，到了你们使美男计的时候了。”

众人忙趴在船舷上往下看，果然见粼粼水光中，有身姿纤丽的鲛女停在船下仰望。她们长着海藻一样浓黑的长发，额头光洁，肩颈玲珑。水波恰好遮到徐隆渐起处，在这幽深昏暗的夜里，谜一般地引人遐思。

大家面面相觑，却不敢高声喧哗。仙君对插着袖子说：“都别端着了，脱啊，为了早日找到鲛宫，这点牺牲算得了什么！”

众人一想，也对，这船上最矜持自重的人都豁出去了，他们这些水里来火里去的杀手，有什么可顾忌的！

于是大家三下五除二，两臂从衣襟里钻出来，在海上的凉风里裸露胸膛探出了船舷。底下的鲛女很高兴，拍击着水浪，幽幽的歌声回荡在海上，月色下涟漪频起，连远处的鲛人都被吸引过来了。

“我们这船，简直就是条花船啊。”崖儿怅然摇头，没想到波月阁的男杀手们居然会有这么一天，真是世事多变。

张月鹿扭扭捏捏的，“有没有男鲛啊？我要脱吗？”边上阿傍发出了一串粗鄙的大笑。

看看这些白花花的上半身，仙君这才觉得好过了点。可他还是有些委屈，转身对崖儿道：“我被摸了。”

崖儿一惊，“被鲛女摸了？”脸上大为不快，抱怨着，“这些鱼怎么这么好色，光看不够吗，还上手！”掀起他的衣襟往里瞅，“摸哪里了？”

仙君指给她看，到处都被摸了，十几只手，连他腋下都没放过。他像个失贞的姑娘，悲伤从每个毛孔散发出来，“本君怎么混到了这种地步……”仰头看天，像首凄美的抒情诗。

从管辖地上诸仙的总主，到后来断骨堕天，一步一步都透出宿命般的壮烈。崖儿充满了负罪感，耷拉着嘴角说：“对不起，都是因为我。”一手从他领口掏进去，上下好好摸了一通，“这样就把她们的手印盖住了。”

柔荑纤纤，在他怀里乱窜，仙君忍不住闪躲，笑道：“好了好了，盖住了。”见她执着，索性一把抱住她，在她唇上吻了一下，“你怎么舍得让我去色诱人家？”

他们这么不背人，魑魅魍魉他们正精着上身，兴高采烈地和鲛女交流身体美学，剩下张月鹿和危月燕闲着，尴尬地交换了下眼色。紫府弟子当然是很懂行的，他们练成了随时转身的习惯，放眼望去都是身负长剑，规规矩矩的背影。二星知道不该再戳在这里了，张月鹿对危月燕笑了笑，“咱们去找找，看有没有男鲛。”

两人笑闹着走了，崖儿轻轻捶了他一下，“叫我手下看见了，有损我的威严。”

他看看他的弟子们，“想当初，本君也是德高望重的师尊……”说到底长叹，好汉不提当年勇，拉着她躲进了没人的角落里。

贴着她，氤氲的潮气弥漫过她的绛裙，他们的身体无论何时都那么契合。他摇了她一下，“你还没回答我，是不是不在乎我了？”

她说你别瞎想，“我怎么能不在乎你？让你去是没办法，除了你没人。难道让大司命去吗？他这人太正直了，鲛女会以为他是去打架的，吓死了怎么办？只有你，温柔多情，长得又好看，一出马果然把鲛女都勾回来了，姜还是老的辣。”

他又不高兴，“我哪里老了！”

她当然记得他永远二十七岁，和一个带孩子的男人是不能讲道理的，她比画了下，“我是说你道行深，没有别的意思。你老不老我都喜欢，尤其刚才，你那样瞧着我，我的心都快蹦出来了呀。”

“真的吗？”他望住她，鼻尖和鼻尖顶在一处，幽怨地说，“自从厉无咎血洗金缕城，你就没有和我……”

她发笑，“之前你是怎么过来的？泉台那晚过后，两个月分处两地。还有在八寒极地那么久……”

“见不着倒也好，天天在身边，你不碰我，我就怀疑你是不是对我不感兴趣了。”他说罢，着重申明了一点，“我们已经有孩子了！”

崖儿说知道，一手从他身侧滑下去，在腰上流连一会儿，“这段时间发生太多事了，好像冷落了你。”一面说，炽热的唇从他颈间滑下来，他倒吸了口气，她吧唧了两下嘴，“好咸。”

仙君呆了呆，大好的机会，看来又要泡汤了。他无奈地说：“那个鲛女一高兴，溅了我一身海水。你是不是嫌我味道不好，不打算和我亲热了？”

这种患得患失的心态，应该就是孕期的症状吧！崖儿虽然觉得他性情大变有些好笑，但心里还是很感动。如果他不爱你，怎么会有那么多的百转千回？他们两个人，从她一开始满怀目的地接近，到最后有了孩子，这期间从来没有谁说过我爱你。但那种深情是刻在骨头缝里的，即便风霜雨雪将骨骼表面打磨成齑粉，感情依旧完好无损，不论何时拿出来，都是炽热滚烫的。

她腼腆地说：“我要和你亲热，咸的有味道，我喜欢。”又贴上去轻舔撩拨，想起那些鲛女不着寸缕，她抽空抬起头问他，“她们不穿衣裳，上面是不是和人长得一样？”

他说：“反正没有你好看。”

她迟疑了下，“文献上记载的，鲛人大美……”

“美什么，张嘴一口獠牙，反正没有你美。妖族就是妖族，哪怕化形再像人，也不可能和人一样原汁原味。”他微微一笑，“我就喜欢人，喜欢你。”

她听了纳罕，“过去的千万年，除了创建《万妖卷》，你没有和妖接触过吗？”

他的求生欲极强，斩钉截铁地说没有，“妖亲近仙，必定有图谋。我这么正派的仙，是不会中圈套的。”

‖第九十三章‖

你去吧，去找他

她听了很满意，果然她的人，一直都是干净纯粹的。

原先她总在想，当初琉璃宫里一场风月事，他半推半就便从了，也许他生来就是个不羁的人，对感情没有那么执着。可是后来的种种证明她错了，她想起苍梧城外大战蛊猴之后，他为了和她独处，一下带她飞到了白狄的边境。

那时候多美啊，到现在回忆起来，仿佛还能嗅得到月桂的芬芳。

她把脸贴在他的胸膛上，细声说："接下来不许你再接近那些鲛女了，她们会打你主意的。"

他笑起来，两手紧紧揽着她，"那鲛宫怎么办？不找了吗？"

"让那些光棍去想办法。"她仰起脸，微笑望他，"你不一样，有家有口的，还带着孩子，不修修德行，带坏了米粒儿怎么办？"

他高深地向她抛了个媚眼，"那你说，咱们做那事，米粒儿知不知道？"

崖儿红了脸，"他还小，什么都不明白。"

他想了想，点头道："也是，我从你身上把他取出来时，他才十来天大。"

也就是前面的两次全作废了，直到雪域里才怀上，仙君当个爹实在不容易。

起先八寒极地里父子俩相依为命，他把左掌紧紧攥在胸前，怕孩子受到伤害，多希望能早早把他送回他娘肚子里。

可是从极地走出来，再见到她，他反倒不着急让米粒儿回去了。原因说出来有点不好意思，两个人聚少离多，一旦孩子回去，三个月不能动，那岁月暗无天日，活着还有什么意义。

这点私心，米粒儿不会知道吧？

其实他有点担心，当初自己还是灵胎的时候，就能听见他爹对他娘说的那些腻歪话。现在轮到他儿子了，但愿仙与人的结合，会比佛与仙的结合正常一点儿。

不管了，如果米粒儿灵识已成，应该知道他爹受了多少苦。大人有私生活也是人之常情，他要是个乖孩子，就该学会装傻充愣。

他的心像柳条一样款摆起来，“我们回房去吧……”

结果就在这时，船舷边上的人雀跃，“她们明白没有？看样子是明白了吧！”

胡不言啧啧惊叹，“长得好看就是有优势啊，花乔木简直男女通杀。”怜悯地看看魍魉，表示兄台以后的路还很长，且行且当心吧。

崖儿忙拉着仙君过去看，宝船的阶梯已经放下去了，魍魅蹲在临水的台阶上，正和一个鲛女打得火热。

顶级的杀手就要直面惊吓而岿然不动，当鲛女向他笑出一口獠牙时，他还是温柔地看着她，眼神里满是爱怜，最后还在她脸上抚了一下。

胡不言幸灾乐祸，“叶少游，你的脑袋和姓一个颜色。”魍魉冲他举起拳头，不排除必要的时候可能会痛揍他。

波月楼里个个都是人才，文能谈情，武能杀人，像这种勾引鲛人的任务都能完成得那么出色，谁敢说岳崖儿的领导不及兰战？当然成功的不止魍魅一个，生死门的地煞也和鲛女眉来眼去了好几轮，如此双管齐下，成功率又大大提升了。

“只是，欺骗那些鲛女的感情，终究不大好吧！”大司命喃喃，转过身踱到长案前倒了杯茶，靠着桅杆慢慢饮。

胡不言明白，大司命这是推己及人，自己求而不得，因此格外容易伤怀。

他挨过去，友善地咧嘴一笑，怎么看都像在示威，“一厢情愿的爱情，其实并没有你想象的那么美好。爱情是两个人的事，少一分都不行。”

他的得意全写在了脸上，大司命眯眼打量他，“胡不言，你的伤都好了吗？”

胡不言噎了一下，没忘记这位上仙在他正虚弱时，捅了他的伤口。不过人家也的确救了他，这个棺材脸虽然不那么讨人喜欢，但为人还算公正。如果他存了私欲，别说下黑手，只要见死不救，他和苏画之间的障碍就彻底清除了。

出手救情敌，这是何等伟大的情操，活该打光棍。

胡不言笑道：“好得差不多了，多谢大司命相救。”

大司命端着茶盏，转头眺望天际，萧瑟的身影看上去依然桀骜。他曼声问：“胡不言，我们之前好像曾经见过？”

胡不言心头一跳，讪讪道：“见过吗？没有吧！”

大司命牵出个似是而非的笑，“如果我没有记错，你在蓬山上做过几年杂役。当时修行受阻，卡在最后一关过不去，那时候狐头人身……真是好笑。”

啊，是谁说神仙心善的？损起人来明明直达痛处！那段狐头人身的岁月简直惨不忍睹，是胡不言永远不想提及的丢人往事，结果竟然被情敌掌握了，还以此作为笑柄，可见这大司命根本没有想象中的超然。

“骂人不揭短啊大司命，你这样做真的好吗？”

大司命一脸无辜，“我只是和你叙叙旧罢了，怎么？这个旧让你难堪了吗？”

胡不言气呼呼的，最讨厌这种道貌岸然的伪君子。还好，自己至少有一样可以彻底击败他，那就是苏画。

于是他立刻又抖擞起了精神，“我一点都不难堪，反正我家苏画喜欢我的全部。大司命以修行为重，还不知道被一个人喜欢的好处。别看我家苏画平时凶巴巴的，白天闹晚上抱，这是我们之间的情趣。人生啊，惊鸿一瞥不如长情相守……”

说完一顿，被自己的文采折服了，“云浮待了这么久，不是白待的。大司命，你有没有觉得我说话越来越有道理了？”

然而大司命不买他的账，凉凉一哂道：“苏画是不是真的爱你，你比谁都清楚。如果那三个月我没有离开，你以为自己有机会？”

他说完，震袖而去，留下胡不言呆立当场。

这世上没有什么比真话更伤人，这个棺材脸太厉害，一下就命中了他的死穴，他觉得那点佯装的自信渐渐要难以为继了。他说得没错，他确实趁他不在捡了漏，那时候要不是他回了蓬山，苏画死也不可能看上一只㞞狐狸。至于爱不爱……他知道，她并不爱他，完全是贪恋他的肉体而已。

胡不言忽然觉得自己很可悲，离家出走打算开创事业，结果被人剁了尾巴，当了坐骑；好不容易追求到了爱情，爱情又是夹生的。苏画也蛮可怜，不知花了多大的自制力，才忍住没有投入大司命的怀抱，选择继续和他凑合。

一辈子一事无成，他垂头丧气，在那些光膀子杀手的欢声笑语里，尽显落寞。

苏画从他面前经过，看他怪模怪样，知道他又在犯病了，连理都没有理他。他只好哀哀唤了声画儿，“你看见我脸上明媚的忧伤了吗？”

苏画撇了下嘴，“你的脸都踩在脚底下了，哪里来的忧伤！”

完全不像崖儿对待仙君的柔情似水，苏门主的心是铁水浇筑成的吧！

他追了上去，“我有个问题问你，金缕城出事那天，你发现大司命到处找你，心里是怎么想的？”

怎么想的？太迟了，什么都别说了。

她皱了皱眉，“多谢他记挂我。”

“被喜欢的人记挂，是不是格外痛快？”他哭丧着脸说，“大司命这个人多要面子啊，那天那么失态，我半昏迷中都能听见他的喊声，可见他很在乎你。这两天我想了很多，你知道我是爱你的，可我也知道，你更爱大司命。你和我将就，是因为他不解风情，现在他解风情了，你是不是……”

他顿了下，又斟酌了片刻，终于狠下心肠道，“我想好了，如果你真的那么喜欢他，就和他在一起吧。女人都仰慕比自己厉害的男人，别因为我，让你抬不起头来。我想看你高高兴兴的，只要你高兴，哪怕不跟着我也行。你去吧，去找他。等上了岸我就回九州，再也不会出现在你们面前了。”

胡不言被自己的大义凛然感动到快哭了，可苏画像看傻子一样看了他半天，“你说完了？”

他点点头，“说完了，怎么样？是不是觉得我很上道？”

她抬手往甲板上一指，“那里有几口箱子很占地方，搬到船舱里去吧。”

胡不言讶然张着嘴，那他刚才说的话，她到底打算怎么表态？

人虽跟着走，心里还是七上八下，“你总要给我个底啊。”

她白了他一眼，“做人和做狐狸不一样，人活着有很多重要的事，没有那么多时间考虑怎么谈情说爱。你觉得我应该很感动吗？感动你是只长相拿不出手，现在连脑子都没了的蠢狐狸？”

胡不言又被骂了一顿，可这回的骂，竟然令他有窃窃的欢喜。他觍着脸说：“你不打算变卦了，是吗？”

苏画叹了口气，大司命也许是担心她的安危，但狐狸能为她挡刀。胡不言这人满身的缺点，她也有诸多看不上他的地方，然而感情这种事，定下就定下了，没有原则性的错误她不会换。真的换了那个让她心心念念的人，未必一切就尽如人意。与其到时候相看两相厌，还不如在心里留下一点憧憬，别把那点美好都破坏殆尽了。

她嗯了声，“下次再说，我就真的和他好，让你求仁得仁。”

“我就知道，苏门主是个重情重义的女人。”胡不言眼泪巴巴，吸了吸鼻子把箱子扛上肩头，边走边说，“如果大司命再刺激我，我就告诉他，苏画爱的是我，不是他。”

苏画无可奈何地捺着嘴角，“不是我说你，明知不是人家的对手，还自讨没趣。这次是他有意刺激你吗？明明是你想刺激他，结果被人反将了一军，我都替你害臊。”

他见自己的老底被戳穿，臊眉耷眼地笑了笑。不过苏画还是很宠他的，从她对待他和大司命的态度上，能够很清晰地感受到她更侧重于他。可见睡多了真的可以睡出感情来，这种生命的大和谐，守身如玉的大司命根本不懂。

那厢，魑魅和鲛女彻底巩固好了感情，宝船向前航行的时候，恋恋不去的鲛女便在左右两舷跟随着。

崖儿还记得枞言曾说过，等她到了大池上，他要为她护航。现在他落进了厉无咎手里，不知那个魔头会怎么折磨他。波月楼先前虽然遭受了重创，但总算活着的人还在一起。可是枞言呢，江海淼淼，他又在哪里？

仙君见她看着海水愣神，就知道她在担心枞言。他站在她身旁，也不说话，伸过一只手来轻轻一勾她的脑袋，让她靠在自己的肩头。

崖儿找了个舒服的位置倚着，海上日光大盛，云也没有几朵，这里的天宇和陆地上的不一样，“上次看见这么蓝的天，是躺在枞言的背上。那次我闯进龙涎屿，差点被守岛的龙打死，是枞言救了我，把我从水里捞起来。后来他送我上岸，我醒过来的时候，睁眼就看见这蓝天白云。也是第一次知道，原来龙王鲸竟有那么大。”

仙君拍拍她的手，“你放心，我们一定会把他救回来的。如果我料得没错，厉无咎的船应当快到碧波廊了。等出了前面的海湾，派几个弟子御剑出去看一看。只是这大池太大，不一定能找得到他们。”

对待情敌的态度，仙君显然要比胡不言高超得多。但凡优秀的女人，难免会有几个仰慕者，像枞言这种救命恩人型的最难对付。这个时候风度和姿态很重要，一个男人的涵养究竟有多少，就看当下。

崖儿对他很感激，波月楼的人毕竟都是凡人，飞天遁地的奇术一窍不通。从木象城的码头出发后，这江海就无边无涯让人心慌，要不是靠着一张粗绘的水域图和仙君精准的方向感，他们恐怕已经迷失在风暴里了。

天地的躁怒发作起来有多可怕，驶出码头没多久就领教到了。当时惊涛骇浪几欲吞噬一切，好在有他。他立在船头，白衣黑发在狂风中飞舞，结印画出一面巨大的防御盾，为宝船排开巨浪。怒夜之中，宝船就顶着那面金芒闪耀的气墙前进，再多的海水拍来，也是一击即散。

有他在便后顾无忧，崖儿吁了口气，“无论如何找找看吧，要是实在找不见，只好先进焉渊。如果鲛女能带我们顺利找到孤山，我们只需等鱼上钩就行了，不愁厉无咎不来。只是难为枞言，要多受那么多天的苦。”她一面说一面北望，喃喃道，“传说鲛宫的前身是一座叫春岩的城，原先是连通陆地，供人居住的。”

他说是，“后来天翻地覆江海横流，把整个城沉到了水底。鲛王倒会精打细算，在春岩的旧址上兴建了鲛宫，省了很大一笔开销。”

崖儿问：“城里当时有幸存者吗？”

他摇摇头，“海水一下子灌进来，插翅也难逃。有阵子我爱看书，曾经翻过这城的史料，大致的记载就是那样，但不知准不准确。”

他们这里正谈论，忽然听见立在桅杆上的阿傍大声招呼起来。

忙到船头看，发现平静无波的海面上凭空出现了一个巨大的漩涡，方圆约有十余丈。中心的空洞深不见底，乍一见令人惊惶。

难道这就是通往鲛宫的入口？崖儿有些迟疑，扬手下令转舵，不得靠近那个漩涡。

“楼主。”魑魅叫了一声，示意她来看。只见一群鲛人在水崖上盘旋游弋着，忽而高高跃起，把身体拉直成一线，猛地扎进了漩涡里。

〖第九十四章〗

不单虚弱，还恐高

要不要跟上，暂且难以抉择。这陡然出现的漩涡，底部究竟通往哪里，谁也不知道。也许鲛女明白他们的企图，有意捉弄他们也不一定。照地图上看，雷渊离罗伽大池还有一段距离，跳进漩涡便直达孤山，实在让人难以信服。

大家都有些茫然，立在船头犹豫不决。凡人是绝对不敢闯进去一探究竟的，大家又把视线转向仙君。几十双灼灼的目光披挂在身上，日子不太好过。

仙君知道，到了这无边无岸的地方，会飞的紫府人就是波月楼的希望。可是……他结巴了下，“本君……水性不佳，每次入水，至多能游……”不好意思地张开双臂丈量给他们看，“一庹。”

众人的脸像经过了雷劫，个个都泛着青白。原来神仙不是样样全能的，那么英明神武的紫府君，居然是个旱鸭子。

崖儿纳罕地望他，当初在第六宫看他凫水，不是凫得好好的吗，现在怎么又不会了？她拽了他一下，悄悄问：“是不是因为海上深不可测，你有点害怕？”

他一脸真挚，“我真的不会水，否则别说区区的雷渊，就是归墟我也敢下。”

所谓归墟，是这世界的万渊之渊，四海八荒、大江大泽的水都汇聚进那个无底洞，但归墟内的水位丝毫不会有一分增减。若从高空俯瞰下去，便是个异于周边颜色的深蓝色的洞，那种震撼和恐怖，会让人不寒而栗。

提起归墟，不过是想证明自己其实很勇敢，只是身体机能束缚了他的发挥。仙君圆融地笑了笑，血肉之躯嘛，难免力有不逮，太完美了会让人产生距离感。一览众山小有什么意思，他还是喜欢和他们打成一片。

大司命低垂的眉眼，几不可见地眨巴了一下。仙君当然说什么便是什么，但一位万年道行的上仙会怕水，简直是笑话。他不过不愿意弄湿衣裳罢了，作为陪伴了他三千年的副手，对他实在是太了解了。

“归墟好像曾经是龙王鲸的老家。”他打了个岔。

仙君说是啊，“老一代的龙王鲸很厉害，能潜入渊底。后来一代不如一代，到现在几乎要灭绝了。”说罢向大司命微笑，“泠阳，本君记得你的水性极佳，以前和大禁比闭息，不是差点把大禁憋死吗。”

大司命掀了掀眼皮，他就知道，兜了个大圈子，最后总要坑他一把。现在想想，当时他被关进八寒极地，自己奔走求告欲哭无泪，简直是傻透了。盼星星盼月亮，把他盼出来，就是为了继续被坑，不是犯贱是什么？

他露出了为难之色，“属下这两天……不大方便。”

正举着水囊畅饮的魍魉呛了一口，大声地咳嗽起来。

胡不言见缝插针地耻笑他，“你又不是女人，有什么不方便的！”

他转过眼来看他，“我差点忘了，金狐一族是唯一会下水的狐族。胡不言，你表现的时候到了，还是你去吧。”

这下子胡不言笑不出来了，毕竟他的法力连自保都不能，万一下了漩涡，水面阖上了怎么办，真的会被淹死的。他干笑着，看了看三十五少司命，“要不然……你去？反正你孑然一身，不像我，拖家带口。”

三十五少司命是个耿直的孩子，他一拍胸口，“我去就我去……”

可惜中途被大司命制止了，就那几百年道行，够什么瞧！他刚才推诿，不过是想刁难胡不言一下，结果这个傻乎乎的少司命不会看眼色，竟然撞到枪口上来了。他叹了口气，向仙君拱手，“含真的道行不足以应付突发情况，还是属下去探路吧，如果底下安全，再传消息上来。”

仙君慈爱地笑了笑，“为难吗？为难就算了，还是本君去吧。”

大司命说不，“其实……也不太为难。”说完没再迟疑，拔身而起，跳进了湍急的漩涡里。

众人都扒在船舷上看，心在胸腔里隆隆地跳，紧盯着那漩涡的入口，害怕它就此消失，吞噬了下面的人。

诸如这类螺旋形的水流，总能触发一些怪诞的联想。水上的任何变化都比陆上更恐怖，恐怖在于未知和不可控。如果现在枞言在多好，他们这帮人再识水性，到了这种情况下也无能为力，枞言从水泽里来，出入江海如入无人之境。只可惜运气不太好，厉无咎也知道他的妙用，三番两次打他的主意，到底把他掳走了。

崖儿害怕出事，不住追问仙君：“大司命能够应付吧？”

仙君长长呃了声，似乎不太确定，“应该能吧，好歹有三千年的修为。这雷渊之水要是能淹死上仙，那一定是成了气候，可以请天帝派人下来治理了。”

大司命这一去，时候有点长，大家等了半晌也未见他回来，心里都七上八下。如果《四海鱼鳞图》还在，就能看到这大池上水纹的走势，水下暗礁遍布，地形应当十分复杂。还有那些不时会移动的山和岛屿，每一次大规模的迁移，都会改变水流的走向。

水流因山体移动而改变……仙君回过头看向那个漩涡，“孤山也许真的在这里。”不过可能并不是想象中的矗立于水面，应当是有别的玄机。他心下疑惑，便腾身而起，站在更高处俯视水面上的情况。果真如设想的一样，这漩涡不是唯一的一个，向北几里还有一串。当然声势不如这个浩大，但船若是驶进那片区域，恐怕就有去无回了。

漩是真深，他腾云在正上方观察，只觉中心变成一个墨蓝的空洞，仿佛通向世界的另一边。沧海桑田，世事变幻，万余年前的云浮大陆是蛮荒之地，现在经过开垦，繁华不容逼视，而这大池还如远古一样，充满了猛恶和凶险。

仔细看，有点头晕。仙君抚了抚额，觉得没去是正确的。回到船上腿还隐隐发软，他向崖儿诉苦：“我的身体大不如前了，不单虚弱，还恐高。”

神仙恐高不是笑话吗，看来孩子的存在对他影响太大了。崖儿当了母亲却没有怀过孕，不太了解孕期会有哪些症状，但看他这样，便觉得他实在不容易。她摸了摸他的手，“都是我不好，害你退化成这样。”

他听后抿唇一笑，“为什么自责？这事你一个人也办不成。知道我辛苦，加倍对我好就是了。”说罢回头望了眼，“不过你要想清楚，是否真的打算开启鲛宫。里面究竟藏着什么？当真只是宝藏吗？齐光这世为人，云浮几乎都在他的掌握之中，他要那么多钱干什么？”

世上没人会嫌钱多，一个庞大的机构要运转，手下得养活无数人。崖儿道：“你听说过厉无咎的身世吗？他是精舍王朝的皇子，自小因病弱被驱逐出了精舍圣地。一个出身那么有根底的人，难道不想重塑辉煌吗？众帝之台再了不起，至多称霸云浮，也许他想重回精舍圣地，也或者想一统整个生州也不一定。”

他慢慢点头，语气难言惆怅，“自小病弱……是在八寒极地落下的病根。将近三千年啊，一次又一次被冰锥刺穿身体，又冷又痛，无处可躲，这种罪不是谁都能受的。”

其实创建这样的刑罚，本身就很残忍。杀人不过头点地，可犯了错的罪仙却求死不能，连重入轮回都变成了恩赐。

算了，想得太多，心便无处安放，还是来谈一谈实际的问题吧！他牵了她的手说：“如果鲛宫里有钱，满载而归后都给你的手下吧，你跟我回蓬山好吗？我要带你去找大帝和佛母，为你求不死药。”

她笑道：“还有这样的捷径吗，不用修炼就能长命百岁？”

长命百岁太简单了，他随手就能给。可他希望她永生永世，不死不灭，他要和她做长远夫妻。

“云浮不是有句话吗，朝中有人好办事。”他看她的时候，眼里带着月华春露般的光芒。那低垂的眼睫，即便已经多了妖娆的味道，面对她时永远是平和的，甚至带着一点天真和娇羞。他低声道，“我不让你修行，修行太苦，还要历劫，万一雷劈歪了怎么办？你以前说过喜欢繁华热闹，那就把王舍洲搬到方丈洲去，这样你总愿意留在蓬山了吧！”

为了把她留下，也算无所不用其极，她眉眼弯弯问他：“方丈洲可是九州的仙岛，你要把妓院都搬过去吗？”

他说有什么关系，“他们住不惯可以走，没人规定地仙必须住在方丈洲。原本他们就是为了蹭蓬山的灵气，死皮赖脸留下的。”

所以一旦撕开了表面的伪装，就可以活得旁若无人了。阿傍蹦出来插话，“连妓院都有，那带我一起去吧！”

崖儿瞪了他一眼，“别老是在那种地方流连，找个女人，好好过日子吧。”

说得有道理，但背离了杀手的初衷，杀手是不能有牵挂的。阿傍笑了笑，“楼主和以前不一样了。”他两臂搭着后脖子，畅快地舒展了一下筋骨，“看来波月楼以后要从良了，我们这些人，英雄无用武之地喽——”拖着长音说完，慢悠悠溜达开了。

崖儿怔了怔，才发现很多事确实偏离了原来的轨道。昨日种种越来越远，忽然浮起繁华落尽的沧桑感。

风帆转了方向，停在距离水涯十几丈远的地方。船舷边上等待的人越来越少，只余紫府弟子，和锚桩边上的苏画。

三十多岁的女人，风韵犹存，孔雀裙飞扬起来，像千万双顾盼的眼睛。日光静静洒落，她的侧脸在光晕下洁白无瑕，视线悬望着漩涡的方向，虽然什么都没说，轻蹙的眉依旧看得出她的忧虑。

三十五少司命不时偷偷瞥她一眼，关于大司命对她的感情，他看得清清楚楚。以前大家对苏画的印象都不好，觉得一个女人过于世故和自我，就像大司命对她的称呼，不负老妖精的盛名。可是渐渐熟络后，又觉得这女人也不错，世上谁不为活着而挣扎？波月楼那样的地方，历来是弱肉强食的斗兽场，她不世故、不自我，能活到今天吗？

所以啊，不要让话痨洞悉太多内情，因为你不知道哪一天，他就会给你来个兜底的大爆料。

三十五少司命觉得应该为有口难言的大司命做点什么，趁着他不在，敲敲边鼓，等他回来说不定有大惊喜。

打定主意，他搓了搓手，“苏门主？”

苏画嗯了声，“有何赐教？”

她对紫府的人的态度虽然比以前好多了，但隐约还是不待见的，回答起话来也有些生硬。

少司命不擅长和女人聊天，干脆单刀直入，“其实我家座上很喜欢你，在蓬山的时候魂不守舍，还派君野探望过你。”

苏画愣了下，莫名地看着三十五少司命，“君野？”

他点点头，“就是送信那次。君野回来说你已经有人了，座上在司命殿里难过了很久。这些都是我偷偷打探到的。”

这么一说更让人摸不着头脑了，君野来送信时，她还没和胡不言在一起，怎么就有人了呢？

三十五少司命自顾自道：“要不然你就别和那只狐狸好了吧，你们真是不相配，还是和我家座上更合适，郎才女貌有利于下一代，真的。”

他说完，缩着脖子跑了，留下苏画一人，对着滚滚的潮涌兀自苦笑。

这就是阴错阳差，命数如此，谁也怨不了。他托凤鸟看她，结果凤凰带回了错误的消息。早知如此，他会后悔没有写信吗？他这个人那么死脑筋，或许从来没有想过吧。

一个身影从眼梢跃起，她暗暗松了口气，人终于回来了。大司命并不知道自己的遮羞布已经被少司命撕了个精光，匆匆向紫府君回禀，说漩涡底下并没有水，那里有城有山，是另一个颠倒的空间。

众人都觉得不可思议，魍魉问：“头上脚下？”

大司命说不，“脚踏实地，但亿万海水在你头顶。”

崖儿恍然大悟，“难怪谁都没有见过孤山，原来它是倒着长的。”

也就是山根在上，山顶在万丈深的海底。这种奇异的描述让人既惧又喜，大家跃跃欲试起来，魑魅一拍掌，“既然下面没水，那还等什么？人一辈子难得遇上这种奇景，跑一趟，哪怕为此送了命也值得。”

这话得到了所有人的响应。仙君摇头，果然是一帮亡命之徒，小命在他们手里就像骰子，摇到生，多活两天；摇到死，从容上路，毫不后悔。

不过要进那个漩涡，还是不宜触到水壁，水流旋转太快，闹得不好就会被卷走。怎么办呢，这么多人……仙君只得使了点手段，让这宝船悬浮起来，停在漩涡的正上方。船舷两侧并排放下四根绳子，还没等他说话，这帮人就欢天喜地地顺着缆绳下去了。

他讶然地望向崖儿，“你的手下胆子也太大了。”

崖儿咧嘴笑了笑，“因为有你在啊。”

也对，仙君是大家的胆子，这么一想还有些小小的骄傲。等人都下完了，他把船重新停回安全的水域，崖儿早在船头等得不耐烦了，见他过来就大张开了双臂。他抱起她，带她腾云到漩涡的入口。往下一看，一阵眼晕。没办法，闭着眼睛跳下去吧。

‖第九十五章‖

君上您应该看开点儿

漩涡底部的世界，果真和大司命说的一样。很奇异，就像海水被劈开了似的，光洁的水墙巍然壁立。只是不敢碰触它，唯恐一个点触，会引发海啸似的灾难。往前走，长长的水廊上人影婆娑，经过几个蛇形的弯道，透过水幕，隐约能分辨前面那人是谁。

海底的水流回旋，潜过水的人有体会，沉闷的咕咚声敲击在耳膜，声浪简直要撞进脑子里。现在这水廊就像个放大器，水与水的碰撞被扩大了无数倍。一重接一重的轰鸣恍如雷声齐来，震荡的就不光是脑子了，连整个身体都要为之颤抖。

崖儿掩住耳朵，顺着湿滑的地面向前。忽然一个颠倒，分明感受到血都往脑子里涌去，但她知道身体仍旧直立，她的裙裾和头发都好端端地垂委着。她心里紧张，下意识握紧仙君的手。慢慢这种感觉又褪去了，她轻喘了口气，绕过回旋的水墙，眼前乍然出现一幅瑰丽的画面。无数错落的建筑围拱成一座城，但这城的下半部是浸泡在水里的，碧蓝的一泓凝如琉璃。近处的屋舍、远处的白塔，还有环城矗立的山峦，交织出一个拍案叫绝的视觉场景。大家被这令人窒息的美景惊呆了，每一张脸上都流露出难以置信的神情，害怕他们的闯入破坏了这份宁静，连呼吸都下意识放轻了。

是异世吧，一个远远超出认知的世界。也许就是当初沉入水底的春岩城，不过水漫的情况停滞在最初一刹，呈现的便是半沉水中的状态。向远处最高的山眺望，那里没有云和飞鸟，半山处有宫室巍峨。再往上，无边无际的深蓝悬挂在山巅，那是亿万的大池水，镜面般平整，内部隐有波光荡漾。水本该在下，现在却变成了天，人在其中，如千钧压在针尖上般，难以形容这种随时可能崩塌的不安感。

“像不像冬天的肉汤。”张月鹿的比喻奇特而精准，不过肉汤的颜色和海水不同罢了。

“捅一下会不会漏下来？”阿傍异想天开，仰着头向上看。

崖儿说最好别动这念头，“要是塌下来，谁都跑不掉。”

她走向长廊的尽头，举步用足尖点了点，这水是真实的，汪洋一片浸泡着城池内外。地形的缘故，四面环山，中间是个盆地，海水囤积着出不去，但千万年并未令城池垮塌，大约这里的时间是凝固的。

然而碧波如洗，始终未见任何人的踪迹，如果是当初的古城，人都去了哪里？

环顾四周，世界寂然无声。突然有门众叫起来，“快看，那里有人！”

众人往城池边缘的水墙上看，只见一个直立的人形随着洋流缓慢飘来，一上一下，颇有跑跳之感。可他的眼睛却是紧闭的，五官也有些模糊了，似乎封了一层蜡，分不清鼻子眉毛。从身形看来是个男人，衣衫成了条状，微微前倾着。头发和皮肤不一样，水流荡漾，如同落进笔洗的墨，慢慢晕染，飘拂不散。

沉尸吗？大家都有些慌，好在只发现了一个。谁知心里刚这样想罢，惊悚便接踵而至。剔透的水墙那端开始有人影攒动，越来越多蜡状的尸体从四面八方汇聚过来，就在一墙之隔，以男俯女仰的姿势斜站。仿佛入侵者的众生相是舞台上生动的表演，他们是台下赶来看戏的观众。

放眼望去，密密匝匝数量庞大，俨然尸林。众人噌地抽出佩剑，仿佛下一刻这些尸体就会冲过来，也做好了准备厮杀一番，让他们再死一次。水流在动，他们随波变换位置，不紧不慢地移动，看上去真像活人一样。

来是肯定不会来的，他们穿不破那层透明的壁垒。仙君说：“这些是春岩以前的主人，当初地陷，春岩跟随孤山一同下沉，他们也自此长眠海底了。”

说起来不免唏嘘，那么多人，男女老少都有，活着的时候住一城，死了还是谁也不得离开。隔着结界遥望家乡，可是家乡咫尺天涯，无论如何再也回不去了。

不过这城池为什么一夜之间从陆上消失？所谓的宝藏又是谁留下的？开启宝藏的牟尼神璧怎么会落进岳家人手里？疑云重重，一切都是未解之谜。

无论如何先进城再说，正犹豫是不是要蹚水过去，那些鲛人三三两两地出现了，这次不单有鲛女，还有男鲛。奇怪的是雄性居然比雌性长得更接近人，五官称得上俊美。他们手执长矛，腰部以上壮硕精干，那沾了水的胸膛发出莹润的光，竟不比波月楼的杀手们逊色。

张月鹿笑了，“这回轮到咱们出马了吧！”

她对引诱男鲛有异常的兴趣。鲛人国里女鲛比男鲛数量多，因此魑魅他们在宝船上伸胳膊露腿地卖弄，会大受鲛女欢迎。本以为鲛女不大好看，男鲛应该会更糟一些，没想到恰恰相反。要是把这些男鲛的腰部以下切掉，换上男人的腿卖到如意洲，绝对能够喊出大价钱。

古来男人就担负保家卫国的责任，所以男鲛在痛斥那些鲛女的花痴行为后，不得不组织起来对抗外敌。一排长矛向前，同仇敌忾地阻止这些打算下水的人，三十五少司命缩得慢了半拍，差点被扎穿脚板。大家的刀剑虽然在手，但和鱼打架，传出去岂不成了笑谈？于是众人看向楼主，到了拿主意的时候了，请楼主出来说句话。

鲛人本来就不是善斗的种族，长枪短棍的，很难为他们。崖儿上前，在临水的台阶边缘蹲踞下来，那用贝壳磨尖的矛，两面发出乳白色的柔光。这种武器顶什么用呢，朝颜喊一声，大概就全碎了。她向为首的男鲛笑了笑，玉指纤纤抵在矛脊上，慢悠悠地滑动了一段，微微向下一摁，缓解了剑拔弩张的气氛。

“我们没有恶意。”她的声线如响泉，清而明亮地敲击在鲛人的心上。

卖弄风情这种事，早就熟门熟路了。她把两臂撑在石阶上，肩头拱起，领下坦荡。绛红的纱衣，晕染出一片水红色的春波，一双楚楚的大眼睛睇着他，眼波一转，风流昭彰。如果这鲛人长着男人的脑子，而不是鱼脑子，应当会被这景象震得找不着北。

不管鲛人有什么反应，边上旁观的仙君先受不了了。让他不要接近鲛女，自己竟对着男鲛大展魅惑之姿。仙君觉得心跳加速，头昏眼花，看不下去了，痛苦地捂住了自己的眼睛。

大司命叫了声君上，“您没事吧？”

仙君脸色发白，颤抖的手指向崖儿的方向，“你说我有没有事？”

大司命那张万年冰封的脸上，露出了一点模棱两可的笑，“君上您应该看开点儿，人在矮檐下，能不战自然是不战为好。别忘了咱们头上正顶着万顷海水，如果这些鲛人触了哪里的机关，不必他们动武，咱们全都得淹死。您是心有大爱的仙君，胸怀应该更宽广一点。”

仙君沉默了下，蹙眉道：“我现在是堕仙，离入魔就差一步了，你不知道吗？”

大司命心平气和，“就算成了堕仙，您也不能破罐子破摔。属下觉得楼主这么做是对的……”可是后面的话，因弱水门的全员加入而噎住了。

那个背影，是苏画吧？她怎么也在？大司命不解地看着仙君，“波月楼没别的办法了，只能靠色诱？”

仙君抱着胸瞥了他一眼，“大司命是上仙，胸怀宽广一点。喜欢的女人对鱼搔首弄姿有什么关系，本君儿子的娘也豁出去了，你看本君，还不是岿然不动？大局为重，懂吗！”

于是男人们负手在后面站着，昨日宝船上引诱鲛女的场面又重现了，大家对视两眼，心头茫然。

不谈公事，谈谈私情，这样气氛就和谐多了。男鲛也不是油盐不进的，脸上带着羞涩的表情，女人们进三分，他们退两分，还有一分的弹性空间，好留机会给她们为所欲为。

“没想到，鱼也这么好色。”魑魅摇摇头，表示遗憾。

魍魉道：“枞言也是鱼，他就不这样，可见鱼分三六九等。主要是鲛人女多男少，鲛女还不怎么好看……”

胡不言看出一身悲凉来，“我家画儿，对我从来没有这么热情过。”他扯着阿傍说，“你看，看她笑得多好看。我已经委身于她，没有开个好头，往后更别指望了。”

阿傍嫌弃地掸开了他，“不是你死缠着苏画不放的吗？当时的嘴脸，让同为男人的我感到羞耻，你知道吗？现在居然还想让她对你热情？享受过她热情的人都死了，怎么，你很羡慕啊？”

这下胡不言不吭声了，摸摸后脖子，心想还是活着好，苏画不热情没关系，自己够热情就行了。

张月鹿戳了戳男鲛的胸肌，讶然道：“硬邦邦的，像练家子。”

危月燕低头嗅了嗅手指，“划水划的吧！”

这是第一次和男人以外的雄性异族打交道，大家相视一笑，兴致很高昂。

近乎套得差不多了，崖儿打探，“鲛宫怎么走啊？领我过去参观参观好吗？”

可惜鲛人根本听不懂，鲛宫比画起来又很麻烦，大家为沟通一筹莫展。最后想出一个办法来，仙君端坐下，所有人伏地跪拜。这下鲛人明白了，此情此景不就是参王的场面吗。进庙拜佛的规矩大家都懂，鲛王所在的地方必定是鲛宫。这么一来问题都解决了，人的智慧真是无穷。

只是男鲛的神情有些哀致，他向后面的山指了指，示意他们跟来。

城中水不算深，恰好齐胸，鲛人能游，人可以涉水而过。众人跳进水里，随鲛人慢慢向前，崖儿回头看了仙君一眼，“这水和寒泉的差不多深浅，还怕吗？”

仙君别别扭扭地说就当洗澡吧，提起袍裾走入水里。他的禅衣在水中逶迤，轻得如同一蓬烟。其实凭他的修为，水里还是陆上行动都不成问题，可他偏矫情，伸手道：“叶鲤，我好像站不稳，你到我身边来。”

崖儿怕他崴脚，忙过去搀住他。他的眉心笼着一团愁绪，低声道：“让那些没家累的人和男鲛打交道，你不行，米粒儿知道了会伤心的，以为你不要他了。”

崖儿心道米粒儿伤心是假，他心里不痛快才是真。不过仙君脸皮薄，不好意思说出来，她已然会意了，便诺诺答应不迭。

胡不言一看了悟，有样学样地伸着手，虚弱地说："画儿我也站不稳。"

苏画全当没听见，在他吵得不可开交时，炸着嗓子吼道："前脚放下来狗刨就稳了。"胡不言顿时迸出两眼泪花，觉得苏画可能真的不爱他了。

崖儿一路走过，环顾四周。当初春岩落进水底，必然经过一番震动，有些地方的建筑倒塌了，残垣断壁随处可见。城池的中央广场上矗立着一个半边破损的龙神雕像，前面是祭台，上有繁复的铭文，经过海水长期冲刷，渐渐变得字迹模糊了。鲛人经过，合十拜了拜，大家便也入乡随俗。穿过广场是重重的青瓦房，建得很有规模，大门两旁设石鼓，看样子是早前的官衙。

"孤山原来有两座。"仙君缓声道，"一大一小，称大小孤山。某一个暴风雨的夜里，小孤山消失不见了，就只剩下大孤山独一座。前面那座山，究竟是大孤山，还是消失的小孤山？"

大家脚下顿了顿，"不会有什么陷阱吧！鲛人吃人吗？"

大司命道："鲛人吃鱼虾和贝类，文献上并没有吃人的记载。"话才说完，旁边的苏画忽然崴了一下，他伸手搀扶，仿佛是随时准备的，神情和动作都自如。只是一触过后彼此都有些尴尬，他不动声色地将手缩回来，但暗中总保持手掌上扬的姿势，在离她一丈远的地方，默默守护着。

后面的崖儿和仙君看得很清楚，仙君怅然，"大司命人很好，就是有时候比较古板。那时你在蓬山时，我曾经担心过，怕你喜欢上他。"

崖儿笑了笑，"怎么可能，那时候我最怕的就是他，他心思太缜密了，我有任何风吹草动都逃不过他的眼睛。现在看他这样，情关难过。不知道苏画究竟怎么想，如果没有胡不言，也许会和他在一起。"

可是感情的事，没有那么多的如果。仙君紧紧攥住她的手，"还好我当机立断，要是拖泥带水，你也和枞言在一起了。"

崖儿转头看他，他直视前方，一脸肃然。这是他第一次把枞言扯进他们的话题里来，可能自觉不好意思吧，脸上泛起了红晕。

鲛人排开水浪，带他们到了山脚。看看半山的宫室，众人都惊奇，难道鲛人能变出腿来吗？那么高的地势，鱼怎么上得去？正纳闷，发现八方云集起了无数繁复的尾鳍，那些鲛人向山脚半掩在水中的深洞高举起两手，深深匍匐了下去。

‖第九十六章‖

寡人王吾域

难道这洞里有什么玄机吗?

鲛人齐声吟诵，庄严如朝圣。大家不明所以，这些鱼又不会说话，所以根本弄不清他们到底在干什么。

仔细观察这个洞，洞口很小，进深也难以估猜，像是山根上凿出了一个深不见底的孔，仅能容纳五六岁的孩子穿行。

崖儿问仙君："难道里面供奉了他们崇拜的神？"仙君摇了摇头，目前难以判断。

直起身来的鲛人开始向他比画，一手不住地指点他，他蹙眉指指自己，"我？"

鲛人的语言太复杂，长短不一的低鸣恍如密码，实在难以破解。人对他们的了解，其实还不如他们对人的了解多。毕竟生州境内繁华处处，他们常会寻着丝弦之声进入内陆赏歌赏舞，因为来去得多了，偶尔能听懂一两句人话。反观人呢，对鲛人的认识仍旧停留在妖魅上，每次接近他们都带着叵测的居心。自从孤山鲛宫大名远扬后，他们已经很少再进内陆了。只有在海上，在他们可控的地方，他们才有胆子和人交流。原本是不该把人带进来的，但谁让色迷心窍呢。既然事已至此了，就碰碰运气吧，他们无能为力的事，也许可以借助一下人类的力量。

仙君上前，向洞内张望。崖儿紧握双剑，嘱咐他小心。他说没事，只是里面幽深，看不出端倪。忽然一声巨大的震动传来，山体也随之颤抖，鲛人们神情焦躁起来，纷纷转圈游弋，发出海豚般吱吱的尖叫。

"寡人王吾域……"一个声音字正腔圆地说，"执掌焉渊五百余年。"

大家四顾寻找，没有发现说话的人。

"这五百年来，甚少有人踏足此地。"那个声音继续说，浑厚的嗓音，听上去甚有威严，"不管尔等是何人，胆敢擅闯孤山就是死罪。不过寡人慈悲，不愿枉造杀业，只要尔等将功补过，寡人可饶尔等一死。”

这么听下来，说话的应当是鲛王。但只闻其声不见其人，难道是千里传音吗？

仙君把眼睛贴在洞口张望，结果一声暴喝响起，“后生，别拿你那牛眼瞪着我！”吓得仙君往后一缩，满脸的惊愕。

如果猜得没错，这位鲛王应当是被困住了，但倒驴不倒架子，他不打算服软，开口仍是睥睨天下的气势。仙君见过不少妖族，像这么胆大包天的还是头一回遇上。他也不恼，笑道：“初来贵宝地，人生地不熟，不到之处还请见谅。请问阁下，可是鲛族的王？”

洞里人说正是，“算你有眼光。”

仙君促狭道：“既然是鲛王，为什么不现身一见？”

鲛王相当傲慢，“因为寡人地位高，地位高的人一般都要夹道欢迎才肯相见。你们想见寡人吗？想见就把山壁凿开，到时候寡人可以勉强让你们瞻仰一下天颜。”

这不就是骗人救他嘛，一条鱼也学会了打官腔，世上的事真是玄妙。

仙君听后回身冲大家笑了笑，“那就不见了吧，还要凿山，太费事了。”

大家纷纷附和，这下鲛王急了，“你们不是有很多人吗？年纪轻轻的，怕什么费事！”

仙君只顾摇头，“算了、算了，不见了。”

“唉唉唉——”鲛王急得哭腔都出来了，“非要寡人说实话吗？好吧，寡人能屈能伸，说个实话也没什么……寡人被卡住了，出不来了，在这山洞里关了两百多年，有多绝望你们知道吗？你们是两百年来头一批找到孤山的人，缘分啊，好意思来了就走？就当饭后消食好了，帮个忙，让寡人出来。只要寡人重获自由，一定不会亏待你们的，怎么样？”

这次的态度倒是诚恳了许多，既然不会亏待，那就是还有继续商量的余地。仙君道：“鲛王是大人物，怎么会被关进山底？阁下不交代清楚，恕我等不能从命。万一你是个穷凶极恶的囚徒呢，放你出来颠覆四海，那怎么办？”

鲛王的脾气不太好，他啧了一声，“你这后生……没看见我的子民刚才向我参拜吗？哪个囚徒能有这么好的待遇？”意识到自己的口气可能太激烈了，忙又换了个语调，和声细气道，“你们不是本海人，不知道内情也不能怪你们。是这样的，有一次我率众出城巡视，发现了这个洞。当时年轻气盛，想考验一下勇气，谁知道进来容易出去难，导致我被关在这不见天日的地方，长达两百年之久。这两百年间，焉渊的大鱼发动过一次大规模的营救，他们集体撞山，想把我救出去。出发点当然是好的，就是执行起来出了偏差，把小孤山撞塌了，我还在大孤山底下困着呢，你说世上怎么会有这么扯的事！那次死伤无数，没有能力再发动第二次了，所以这两百年间，我的子民们只能来大孤山对我进行朝拜。想我堂堂一渊之主竟然沦落至此，说出来是不是触发了你们的同情心，决定对寡人施以援手了？”

这倒没有，大家唯一的感想就是鱼的智力确实不高，拿命救人，最后却撞错了山，这也太稀奇了。难怪小孤山突然之间消失，原来是被那些蠢鱼撞沉了。

仙君为了顾全鲛王的面子，顺嘴表示了一下同情，然后就到了正式谈条件的时候了，“救大王脱困，对本君来说易如反掌，但天下没有白吃的午餐，大王必须先回答我一个问题。”

鲛王一听有希望，立刻说好，“阁下想问什么，只要寡人知道，一定知无不言！”

仙君道：“传闻鲛宫之内有个藏宝的地方，请问大王，具体位置在哪里？”

鲛王顿了下，心道又是想要发横财的，这些人类怎么这么贪！他很想对他们进行一番说教和抨击，但转念想想，自己现在处境艰难，万一把他们骂跑了，那他岂不是又没指望了？便一迭声说好，“我最喜欢有追求的年轻人了，宝藏不是问题，全包在我身上，只要你们救我出去，我亲自带你们去找。我们鲛宫别的不多，就是钱多．这亿万年的财宝有自产的，还有那些翻船出事故后遗留的，要多少有多少。为了表示我的诚意，我先下点定金好了。”

于是骨碌碌一连串的滚动，脚下的海水都推起了涟漪，几个鸡蛋大的珍珠滚到了仙君脚旁。

山洞里又响起了鲛王的笑声，“嘿嘿，这是小意思，请笑纳。快救寡人出去吧，出去了好处大大的，像这种货色，鲛宫里还有很多。”

仙君把珍珠捡起来，随手交给身后的人，大家传阅了下，觉得多少有几分可信度。毕竟外面的鲛人没有一个会说人话，这鲛王不单能说，还能舞文弄墨，至少沟通不成问题了。

仙君道好，“姑且信大王一回。”抬手敲敲石壁，“大王被困的山洞有多深？”

鲛王道：“不深，也就十来丈吧！”

十来丈要靠人凿，在有工具的前提下，得凿上一个多月。况且这孤山的石质和一般的石头不同，更硬也更密，可能一锤子下去，石头没崩坏，手先报废了。

当然这些问题对于仙君来说都是小事一桩，他吩咐众人退开，将左手背在身后，只用右掌结了个大印，一掌下去，石头上就出现了裂缝。然后“轰”的一声，困住鲛王的那小部分塌陷了，一时碎石四溅，落在水面簌簌如雨下。

众人被呛得咳嗽，忙捂住了口鼻挥散面前的尘土。待山体沉寂，透过烟尘滚滚看见一个人影凫水而来，乱蓬蓬的脑袋浮在水面上。渐渐近了，发现这鲛王通体发绿，身体的每个部位都爬满了青苔。他还给自己的胡子编了好几个辫子，海藻从胡子尖上垂挂下来，琳琳琅琅挂了满胸，像一串辉煌的璎珞。

"多谢多谢。"他游过来，倒没有翻脸不认人，原因是见识了这个后生的手段，知道轻易造次不得。他顾不上子民的叩拜，先和漂亮的小哥打了个招呼，"想不到你年纪轻轻，居然有这么好的身手，不是凡人吧？"

仙君很谦虚，"小小把戏，献丑了。"

鲛王忙摆手，道："不丑不丑，功夫很俊。你还没回答我，尊驾是何方神圣？哪里人？哪一族的？"

他被困两百年，世上高手频出，作为一个与时俱进的王者，出来后的第一件事就是跟上时代的步伐，了解一下外面的情况。

仙君和瓜农都能家长里短，面对鲛王聊上两句当然不是问题。他说："在下蓬山聂安澜。"

鲛王哦了声，"失敬失敬……"虽然没听过这个名字，但蓬山还是知道的，"阁下果然是从仙山上来的啊，我知道方丈洲住了很多地仙，阁下肯定也是地仙吧？"

仙君说不是，"我曾经是上仙。"

鲛王扑通一声就跪下了，左右鲛人忙来搀扶，他摆手道："没事没事，尾软。"再仔细看看年轻人的脸，"相貌堂堂，器宇不凡，曾经是上仙，现在成了堕仙，没有关系，更加出众了。据寡人所知，蓬山上只有琅嬛君和大司命两位上仙，阁下是其中哪一位啊？"

这水里的物种，对几万里开外的地方那么了解，也是不容易。仙君道："我是琅嬛君，"向身后人比比手，"这位是我的大司命。"

好不容易被架住的鲛王又要往下溜了，鱼肚朝上，俨然成了一条死鱼。

三途六道，谁不知道紫府仙君的名号。人物大到一定程度，本名几乎用不上，反正叫什么都不及琅嬛君这三个字震撼。可是这么有来头的仙，怎么会上孤山蹚浑水呢？难道紫府经济不景气，需要资金周转吗？

鲛王粗喘了两口气，"扶寡人起来……"挣扎着挺直了脊梁，向两位仙君拱起了手，"小王何德何能，竟劳仙君伸援手，仙君果然大爱无疆，堪称三界楷模！只是小王有一事不明，仙君这样不食人间烟火的仙，要那些粪土干什么用？钱这种东西最拉低人的档次了，仙君不怕受到污染吗？"

这种污染，在场的每个人都甘之如饴。仙君说不，“钱财于我没什么用处，但我的内眷喜欢，所以陪她跑一趟。”

“哦——”鲛王看看那位内眷，长得很好看，但是杀气腾腾，手上攥着不少人命吧。难怪高高在上的上仙成了堕仙，这位内眷肯定功不可没。鲛王向她见了个礼，复又挠挠头皮，“宝藏轻易不能打开，这是祖辈留下的规矩。至于为什么，小王也不知，反正老祖宗不许。仙君来焉渊寻宝，传出去不会坏了名声吧？要不然再三思三思？”

这么一说仙君才想起，当时是答应天帝来生州找鱼鳞图的，结果时间一久他就忘了，和他们来海上冒险，然后找到并开启宝藏莫名就成了现在的目标。但那又如何呢，找到鱼鳞图前先替他的叶鲤完成心愿，有什么不对吗？所谓的坏名声他更加不担心，堕仙还要什么名声！

他慈祥地微笑，“大王是一渊之主，还是应当说话算话的。出山洞之前的承诺不得反悔，否则本君有办法把你送回去，再给你加块断龙石，这样你的子民连朝拜你都不可能了，只能另立新王。”

这也太狠了吧！鲛王惨然看看他，“别啊，我就是提个小建议，听不听全在您。想开宝藏也不难，不过要等天时地利。其实那个宝藏不在鲛宫，它的具体位置小王也说不清，毕竟孤山总在移动。只有等到九月十五月上中天，月光打在山巅的太乙镜上时，才能准确找到宝藏的入口。”

九月十五，原来还有时间限制。难怪厉无咎匆匆起航进了大池，要是错过了这一天，就得再等一年。

“今天是十三，就在后天夜里。”苏画低声道。

崖儿点了点头，向鲛王笑道：“之后恐怕还有一批人会赶来，能否请大王派人把守入口，一旦发现有人闯入，立即通知我们？”

“还有人来？”鲛王咋舌不已，“内眷，这是要把我春岩城搬空啊？”

仙君不悦，“内眷不是大王叫的，请称她夫人。”

崖儿因夫人的称呼有点不好意思，但仍旧和鲛王解释：“那些人不是我们一起的，是死对头。所以最好尽早发现，这样我们可以在春岩以外解决他们，免得人血玷污了这块圣地。”

听得鲛王一愣一愣的，果然这位夫人是个狠角色。

“那行。”他摇了一下手指，打发人出去守门。低头看看水面上的自己，吓了一跳，“寡人太久没有活动了，形象有点欠佳，需要收拾一下。诸位别客气，这城里看上哪里就住哪里。用品老旧别太介意，能睡就行了。至于吃饭，回头鲛宫里安排海鲜宴，听见敲钟请自来，我就不一位一位通知了。”鲛王说完，四仰八叉躺下，那些鲛人早就列好了整齐的队伍，抬起他浩浩荡荡去了。

像个诡谲的梦，大家怔怔对视，觉得十分有趣。用品老旧没关系，有神仙在场，多少旧货都能翻新。于是他们在官衙住下，地方够大，可以供他们自由活动。

大司命掐诀，给这官衙砌起了四面无形的墙，把里面的水也汲干了。那帮杀手就地瘫坐，哀号道：“苦了我的脚。”

大家把皂靴脱下来，靴口往下一扣，倒出足有半碗水。摘了罗袜看，肉皮都泡得发白了，便伸直两腿叉着脚丫子，集体在台阶上晾干。

第九十七章

海 鲜 盛 宴

从来没有人想过，自己有一天会在水底住上一夜。当初从船上放缆绳下来，几十丈的绳索将将够到底部，白天光线还能穿透水幕，到了晚上就不行了，月光和星光都差了一截，天是墨蓝的，海水便是深黑的。大家都有些好奇，鲛王所说的月光照射在太乙镜上，究竟怎么形成。反正现在行走在城内是见不到月光的，不过照明有夜明珠，碗口大的珍珠随处可见，泛着幽幽的冷光，绽放在春岩的大街小巷。那些价值连城的珠子，在鲛人眼里不过和蜡烛一个用途，所以用起来也不吝啬，几步便有一盏，照得这水下都城亮如白昼。

远处一座白塔上响起了铜磬敲击的声响，看来海鲜盛宴要开始了。不多时有人敲门，嗒嗒嗒一长串，敲得极其有耐心。三十五少司命开门看，槛外浮游着一个扛枪的鲛人，喉中呼呼作响，向铜磬响起的地方指指，然后以参拜鲛王的大礼向官衙内致敬。

仙君系着腰带，慢吞吞走出来，说了句“多谢通传”，招呼众人赴宴。涉水走了很长一段路，到孤山山脚下时几乎已经可以确定，半山上的宫室就是鲛宫。

鲛人能上那么高的地方？大家直愣愣地看着那个鲛人。只见他跃上岸边，鱼尾眨眼变成了一双腿，走起来略显蹒跚，但还能正常使用。

胡不言大惊，“为什么这些鲛人有腿？史书上是这么记载的吗？”

女人们一阵欢喜，兀自交头接耳，视线直往人家的草裙下溜。可惜看不见，只一个若隐若现的臀，从细小的间隙里泄露出来，看样子臀型还不错。

危月燕隐晦地笑了笑，对张月鹿道：“你猜，前面长得和男人是不是一个样？”

张月鹿立刻领悟，“找机会一定看一看。”

崖儿不声不响的，目光也乱窜，仙君看在眼里倒也不急，抬手抽了发带绑在她的眼睛上，“这是云丝织成的，视线不会受阻，但能阻挡一切污秽，保你百毒不侵。”

崖儿噘起嘴，老大不痛快，结果他凑过来，众目睽睽下响亮地亲了她一口。

这种亲热的举动最近经常发生，楼众看来很觉得惆怅，他们冷酷决绝的楼主，这下真成了别人的女人了，虽然那人是紫府君，依然让人难以接受。

阿傍说："照顾一下大家的感受吧，世道艰难，找不着媳妇的还得活下去。看看紫府弟子的脸，都绿了……"结果大家转头一看，紫府弟子居然个个仰头望天，似乎早已习惯了。阿傍摸了摸鼻子，觉得他们也不容易，看着上司打情骂俏，自己又不能动情，就像饥肠辘辘的人面前放着一盆红烧肉。他耸耸肩，"我不要紧，出发前去看了卖酒的胡狄姑娘。本来老大说想娶她，现在老大死了，我打算继承他的遗志。"

魑魅的脑筋比较老旧，他横眉怒目，"朋友妻啊，你小子想干吗？"

阿傍愣了一下，"明王在刺杀金云览前去她那里买了一壶酒，没有私订终身，连手都没摸一下，这样也算朋友妻？"

魑魅说算，"老大动了心思的就算。"

其实有点不讲理，但到底还是因为不忍心辜负明王，阿傍泄了气，"好吧，我再去问问她有没有姐妹。"

一行人向山上走，越到近处，越觉得这鲛宫诡谲雄伟。几十级台阶攀上去，高处的露台上有人等着，见了紫府君遥遥拱起手，"仙君快看，觉得我这鲛宫怎么样？"

大家这才发现，原来那是刮了胡子的鲛王。男鲛长得都不难看，这鲛王自然也是一派风流模样，洗掉了一身绿，再把头发束起来，居然还有点儒雅的书卷气。只是张嘴一个大嗓门，败坏了那点好形象，咋咋呼呼地招呼着，请大家入席。

鱼设宴，吃的是海鲜，鲛王并未觉得有什么问题。他说："我们这里的特产是抗浪鱼，肉质鲜美，吮指留香。还有那些海胆啊，海参啊，想怎么吃就怎么吃，大鱼吃小鱼，小鱼吃虾米嘛。为了庆祝寡人重见天日，诸位，来走一个。"

众人举起酒杯，纷纷向鲛王道贺，鲛王哈哈大笑着，"菜色平平，没什么特色。"豪迈地挥挥手，"来呀，把鲋人带上来，今天加菜，迎接两位仙君和诸位的到来。"

一队鲛人下去了，不一会儿押着一个奇形怪状的人上来。这人有四肢，但浑身长鳞，脑袋是鱼的脑袋，身体却是人的身体。鲛王向大家介绍："这是鲋人，虽然叫人，其实还是一种菜鱼。这鱼是专供皇家享用的御用菜，喜欢哪个部位，可以让鲛兵活杀，保证每一块肉都是最新鲜的，绝无腥味，入口即化。仙君，尝尝吗？腮帮子上的最鲜嫩，您和大司命一人来一块？"

仙君摇摇头，端着酒杯抿了一口，"我们吃素多年，还是请其他人享用吧。"

鲛王也不强求，笑嘻嘻对仙君的内眷道："夫人，赏个脸？"

崖儿也摇头，杀人她敢，吃人实在没这个胆。

鲛王让了一圈，竟然没有一个人对这鲋人感兴趣，不由惆怅，对手下们道：“贵客不吃，便宜你们了。两百年的菜鱼，吃了延年益寿的。”

除了鲋人，其他的水产大家都能接受。鲛宫的酒更是好酒，其烈性，比胡狄的陈酿更辣口。从嗓子眼里灌下去，一路辣到肠根，几乎要叫人蹦起来。

席间，仙君问起了焉渊的鲛人为什么能化腿，鲛王答得很爽快，“因为我们的祖先是人。”

他们是春岩城的后裔，当时城被淹没，一部分人并没有死，而是转到水下生活。时间一长，慢慢开始变异。人嘛，总得适应环境，历经了千万年，他们长出鱼尾和腮，能够自由在鱼和人之间转换。照鲛王的话说就是适者生存，水里和陆上一样。

“不过那些泣珠和织鲛纱的技能我们一样也没有，毕竟不是正统的鲛人。”鲛王向外面的水幕指了指，“那些就是我们的老祖宗，每到海难日，我们还祭拜他们。陆地上的人要上坟，我们不用，抬头一看，老祖宗就在头顶上，多方便！”

话虽如此，但祖宗天天看着也让人受不了。这鲛王是个有趣的人，说话很随性，办事也特立独行，大家手中的烈酒佐以他的胡吹海侃，畅谈到深夜也不觉得厌倦。

喝多了，头有些晕，苏画在鲛女的歌声里悄悄退了出来。外面虽然没有风，但气流回旋，隐隐也有凉意。她摸了摸发烫的前额，扶着栏杆向远处眺望，鲛人的祖先们还在水里荡漾，一队一队，仿佛秦俑一般，蹦蹦跳跳地来，又蹦蹦跳跳地去了，看上去真吓人。

身后有脚步声传来，她没有回头望。很快旁边的栏杆前站了人，素纱的褒衣轻拂着，目光平静地远望。大约在蓬山时就是这样，俯瞰众生，不怒也不怨。

苏画抿紧唇，彼此都没有说话，回想起当初一见面就剑拔弩张，也不知哪里来那么大的成见。

其实彼此都想开口，至少气氛不那么尴尬，可是说什么呢，该说的好像都说完了。这段时间大司命对她处处关照，她是感觉得出来的，如果这点人情味放在以前多好，也许已经像崖儿和仙君一样了。

站了好一会儿，尴尬的感觉越来越重，该回去了。她转身打算离开，却听见他幽幽道：“你真的喜欢狐狸吗？”

她脚下一顿，心也跟着打战，“大司命怎么突然问这个？”

他没有看她，只道：“我后悔了，造成今天这个局面，都是我的错。这些日子我认真想过，我没有仙君那样的根基，但我有他那样的勇气。我只要你一句话，只要你开口，我就下蓬山，再也不回方丈洲了。”

下蓬山，不做仙了吗？深思熟虑后准备为感情献身？但她不需要这种牺牲，他应当好好的，继续当他的上仙。修行渡劫多么艰难，何必为了一个卑微进尘埃里的人前功尽弃。

苏画转过头看他，“大司命，我已经不年轻了。我十六岁杀死前任门主，执掌弱水门，你猜猜，我今年多大？”见他不答，她笑了笑，“你那时候不是叫我老妖精的吗，叫得对，我今年三十四了，人生的风花雪月，还能维持多久？再过两年我的眼角会生出皱纹，皮肤也会变得老妪一样。女人的青春只有那么长，当你面对一张毫无姿色可言的脸时，也许又会后悔今天的决定。你放弃长生不老，贪图短短一二十年的欢愉，值得吗？”

他沉默了下道：“这些不是你该考虑的，你只要告诉我，你有没有喜欢过我。”

喜不喜欢，真的重要吗？苏画说：“我对你的感情不是喜欢，是不甘。其实你对我也一样，所以不要被自己给骗了，做出后悔终身的事来。”

他的心往下沉，慢慢点头，道：“你喜欢的是狐狸，因为他不是仙，可以和你长相厮守。”

苏画说不，“狐狸也是过客，你和他，都不可能和我长久。反正最后我都是一个人，何必再把第三个人拽进来。”她弯着眼望着他，“大司命，把我忘了吧，这样对你对我都有好处。彼此纠缠，实在太累了，我如今看见你就觉得尴尬，倒不如第一次相见时那样拳脚相加，大家痛快打架来得自在。”

他想起来，第一次见面确实闹得很不愉快。那时在烟雨洲，他们把她当岳崖儿抓起来，他对她声色俱厉，根本没想到会有今天。现在算什么呢，他打算为她放弃仙籍，结果她并不需要。他两手撑着围栏，身体微蜷，姿势看上去有些痛苦，“你进去吧，我一个人待会儿。”

苏画看他这样，只是觉得难过，你追我赶，却连手都没有牵过。她爱的究竟是谁呢，当然是他。可今生的遗憾太多了，多一个他也没什么。

她转身便往大殿里去了，里面传出觥筹交错的欢乐。那个鲛王，五百年没人陪他说过人话，侃侃而谈起来简直是话痨。

想想自己……他垂眼看着石栏杆上的手，手指一点点收紧，直到指尖挤压得失去血色——好像确实有点失格了，几千年来第一次接触爱情，混乱、慌张、脆弱，甚至不知道自己想要什么。她这一席话，说得很透彻，没有从她口中听见总不死心，现在好了，不该再有任何不舍了。

值得庆幸的是，仙比人多了些选择，某件事或某个人需要遗忘时，不必辗转挣扎。他轻舒了口气，抬起手，把指尖摁在神庭上。闭上眼，只觉脑中关于她的片段在疯狂倒退，一直退，最后连她的面目都模糊起来。结束了，再细思量，记忆里没有任何撼动他心神的存在。他震了震广袖，走进了歌舞升平的鲛宫大殿。

阿傍趁着鲛人们聚众取乐的时候潜出去，在空空的宫殿群打探了一圈。传闻宝藏在鲛宫，可是每个地方都摸遍了，确实没有，看来鲛王说的是实话。往他们进来的入口看，几个鲛人正托着夜明珠巡游，一切都很正常。他重新潜回酒席上，楼主向他投来目光，他摇摇头，举起酒杯闷了一口。

鲛王还在诉说这些年的苦处，说得口沫横飞，涕泪沾襟，“要不是有这个宝藏，寡人不知道还要被关多久。还是老祖宗好，老祖宗知道寡人有这个劫难，安排了仙君来救寡人。现在仙君的这点小小要求，寡人能不满足吗？喝完了酒，寡人带诸位上孤山，山顶上的那面太乙镜是找到宝藏入口的关键，要是不放心，晚上在山顶扎营，等到后天月上中天就见分晓了。”

仙君道：“山顶本君就不去了，烦请大王陪同大司命前往。这月光不知会折射到哪里，上山下山太麻烦了，本君现在要静养，不能多走冤枉路。”

鲛王说也成，转而和大司命示好。大司命是一张万古不化的冰山脸，鲛王的酒杯举了一半就放下了，讪讪笑道：“酗酒对皮肤不好，仙君多吃点菜。你喜欢海胆吗，我给你打开啊。”

波月楼的人已经很久没有这样放松过了，自从离开王舍洲，每一天都在亡命，根本没有机会聚在一起好好喝一杯。这回居然是托了鲛王的福，这里的水族也远比他们想象的过得丰富多彩。

一夜鱼龙舞，推杯换盏间天色熹微了。今天是九月十四，如果厉无咎动作够快，应该过了界鱼石，进入焉渊了吧！

回官衙的路上，崖儿一直忧心忡忡，走了一程拽仙君的袖子，“你带我上水面看看好吗，我实在担心枞言。他落进厉无咎手里快半个月了，厉无咎知道他是龙王鲸，不会轻易放过他的。”

仙君道好，“回去略歇一歇，我就带你出去。”

话刚说完，听见危月燕的低呼，一手指着头顶道：“你们看，那是什么？”

众人仰头，天光照得水墙通透，浩瀚无垠间，一个巨大的阴影缓缓游过，因为距离不算太远，连划水摆尾的样子都看得很清楚。

崖儿一喜，“是枞言！”

‖第九十八章‖

都是老熟人

枞言出现，那么厉无咎必定也到了。

仙君抬头看了看，乜着眼道："来得真快。"

崖儿提剑问他："上不上？"

上当然是要上的，既然枞言在他手里，就不能干看着不作为。他回身吩咐大司命留守，自己拉上崖儿，从漩涡底部循流而上。大池浩渺，腾在半空中时，发现了厉无咎的宝船。

宝船连帆都没有张，就那么气定神闲地漂流着，但大鱼在宝船之下，错眼看去，仿佛是驮着宝船前行似的。崖儿有些急，透过粼粼的水波往下看，见几条粗壮的铁链牵连着，直没入水下，也许是拴在枞言身上了。她摇了摇仙君示意他看，他让她少安毋躁，压下云头，停在了宝船的船头上。

厉盟主的随行人员不少，几乎在他们落地的同时，从船舷两掖涌来，转眼便把他们包抄了。火宗和土宗的两位宗主在前开道，出舱后退让到一旁，后面锦衣轻裘的人缓步而来，雪白的狐裘掩住半张脸，见了他们嘶地吸了口气，"这大池上真冷！"

谁知话才说完，便有厉芒杀到。那个一身绯衣的女人抽出双剑向他攻来，一通舍命的拼杀，连紫府君都有些措手不及。

波月楼的剑术，尤其是弱水门，以轻灵见长。出剑无声，入剑无血，是苏画这派优雅的猎杀。兰战当初驯化她，曾经让楼里一等的高手传她武学。练武和做文章一样，需博采众长才能登峰造极。她的修为显然已经青出于蓝了，如果不是有术数加持，单靠空手白刃，她绝对会是一个棘手的大麻烦。

翻腕抖剑，一气呵成。她炼化的藏灵子带着极大的杀气，一招一式都想置人于死地。剑气摧枯拉朽般划过他的狐裘，一片狐毛齐整地被切割下来。他也有些恼了，抬手和她的剑正面相击。掩在广袖下的手比鹰爪更为坚硬，“当”的一声击退雌剑，他翻转过手掌便向她命门袭去。

结果想当然的，紫府君出手了。他可以容许她的女人撒野，但对方只要流露一丝要取她性命的意思，他便不会坐视不理。

风云相交，一击即散。三千年了，上次交手还是在三千年前，他掌风的力度更加进益，看来读书没把他给读傻。只不过未到最后决一胜负的关头，紫府君忌惮枞言和鱼鳞图都在他手上，出掌还是留了余地。

门众们见盟主和对方短兵相接，也开始蠢蠢欲动，手里的刀剑折射出耀眼的光，随时准备群起而攻之，却被厉无咎斥退了。他分花拂柳般一扬手，“不可对仙君和楼主无礼，就凭你们的身手，再来一百个也是喂鱼的下场。退下吧。”

于是满身匪气的卒子不情不愿地退回船舷前。王在上发现冷场了，他家主上刚才的话竟然没人应答，遂气壮山河地嗯了声，“天气确实凉了，今早属下起床迎风小解，尿都给吹回来了，浇了我一脚……”

边上的屠啸行咧着嘴，为盟主有这样的手下感到悲哀。厉无咎倒是不拘小节的，男人嘛，说两句糙话没什么，总不能当着外人的面训斥他吧。

仙君笑了笑，“冷就多穿两件，不行再加个手炉，毕竟是骨子里的病，永生永世都好不了。”

九月的海上虽然已经转凉，但还未到冷的地步。他是先天不足，体虚血凉，大夏天都要披着斗篷的人，起点风就瑟瑟发抖。这样的身体能活多久都是未知的，对钱倒是爱得执着。

厉无咎眉眼平和，凉凉地牵了下唇角，“有劳仙君记挂，这点小病伤不了筋也动不了骨，不值一提。”船头上只余他们几个了，他对插着袖子道，“两位是从漩涡里来吗？刚才我还同左盟主商议，究竟该不该派人下去探探。看来是不必了，底下果然别有洞天。”

崖儿认得站在他身边的人，正是九道口伏杀中被她放过一马的左盟主。她的眼波从他面上划过，带了点讥诮的笑，同他打了个招呼，“关盟主，别来无恙。”

关山越向她拱了拱手，“岳楼主，久违了。”

厉无咎看后怅然一叹，“原来是老熟人啊，都是老熟人，为什么差别那么大呢。”言罢似笑非笑地望向仙君。

仙君当然懒得做这些人情往来，既然已经到了这个份上，就不必惺惺作态了，又不是唱大戏。他退后两步，探身从船舷上往下看，而后大皱其眉，啧了声道：“大鱼虽丑，你也不能虐待他。你的目的不就是想引我们来大池吗，现在目的达到了，把鱼放了吧。”

狐裘之后的面孔露出了模糊的笑，“既然仙君发话，我没有不从的道理。”转过头吩咐屠啸行，“把铁链收上来。”

一声令下，那些门众开始齐心协力地向上拖拽铁链。链节很粗，从船帮上刮过，发出震耳的声响。崖儿看着链子一寸寸收上来，沉重地扔在甲板上，心头不由颤抖，不敢想象底下的枞言变成什么样了。

人终于露面了，浑身湿漉漉的，像块破布一样被丢弃在那里。崖儿忙上前查看，只见铁链穿过他的手掌，血不再流了，伤口周围的肉已经发白腐烂。他一直低着头，不管她怎么叫，他都醒不过来。

崖儿赤红了双眼，只觉胸中溢满了恨，放下枞言便纵身而起，兽一样向厉无咎咆哮：“我要杀了你！”

厉无咎蹙眉微笑，“楼主三思，这条龙王鲸的精魄在我手上，拉船不过出于本能罢了，没有精魄，他永远是具行尸走肉。你要杀我吗？杀了我，他的精魄就散了，我看还是不要了吧。”

仙君花了极大的力气才把她圈进怀里，温声安慰着，“再让他多活两天，为了枞言你先忍忍。”

那凶悍的女人獠牙毕现，半晌才慢慢冷静下来。拢着狐裘的人冷冷哂笑，掉开了视线，“我记得楼主借用龙衔珠前曾经答应过，救出仙君之后，愿随在下进入大池，一同开启宝藏。结果事成了，居然说话不算话了。楼主在江湖上行走，也算有头有脸，如此出尔反尔，于名声不好。本座是个和善人，体谅楼主刚与仙君重逢，不忍心多加催促，所以借楼主的朋友使使，楼主不会连这个都不答应吧。”

崖儿狠狠呸了声，“你杀了我五十三名门众，如今又这么对我朋友，居然还有脸说和善？厉盟主，别不是在八寒极地冻坏了脑子吧！”

这话一出，他脸色大变，惊愕地看向仙君，“你连这个都告诉她了？”

仙君还是散淡的样子，颔首道是，“我和她之间没有秘密。原本我还在犹豫，你究竟是不是那个人，结果你血洗了波月楼，我知道必然是你了。你这人办事一向这么极端，三千年过去了，居然没有任何改变，坏得彻头彻尾，你是怎么做到的？”

这世上什么样的打击，对一个好强的人来说是毁灭性的？大概就是故人的失望，他从他的字里行间听出了失望。是啊，三千年后历史重演，他还是那个坏事做绝的影子，在他眼里依旧烂泥扶不上墙。

他咬着牙道："仙君没有听过一句话，叫江山易改，本性难移吗？我以为你我相识万年，你应该了解我的脾气秉性。波月楼的伤亡你要负很大责任，因为你失算，没有加强防备，忘了我习惯为达目的，不择手段。"

他们之间的对话，听得左盟主一脸愕然。王在上已经熟门熟道了，很骄傲地向关山越介绍："关盟主是不是被吓到了？别害怕，谁还没有个前世今生呢！我们厉盟主上辈子是神仙，和紫府君是老相识。你看都聊到一万年前了，实在让属下佩服得五体投地。"他不无艳羡道，"难怪人家能当盟主！当初他来白狄挑衅，我看他唇红齿白没把他放在眼里，后来他打得我心服口服，这就是神仙的力量。我输给神仙一点都不丢人，所以关盟主的心结也该解开了，人家本来就不是人。"

说得关山越发怔，半晌才消化了这个事实。

"跟着盟主有肉吃。"王在上着重这句话，并自我肯定似的点了点头，"我们跟对人了。"

关山越迟迟道："是投胎转世了吗？"

王在上内行地说："转了一世，一甲子容颜不老，看来以前道行很高，换了个躯壳还有剩的。不过好奇怪啊，紫府君怎么和岳崖儿对上眼了呢？我记得我们盟主喜欢过柳绛年，要是没有岳刃余插一脚，紫府君现在该管盟主叫丈人爹吧！"

这话一出，立刻引来三道杀气腾腾的目光，吓得他猛地捂住了自己的嘴，"我昨晚没睡好，睁着眼睛怎么说起梦话来……"

屠啸行简直服了他的脑子，压声道："柳绛年真的跟了盟主，生的就不是岳崖儿了！你是不是傻了？"不过盟主狠是真的狠，对自己喜欢的女人照样能够痛下杀手。也许这世上除了他自己，别人在他眼里都是草芥吧。和岳崖儿结了那么多梁子，现在岳崖儿的靠山是紫府君，好男人没有不为自己女人撑腰的，所以这梁子就转嫁到紫府君身上了。紫府君不是号称地仙总主吗，如果双方硬碰硬，不知道盟主的胜算能有多少。

手下在那里聊得热火朝天，搞得他们这里斗狠都斗不起来了。厉盟主回头看了王在上一眼，要不是现在人手紧缺，他真想把这白痴扔下大池。有这样的手下，简直是对他的侮辱。

他叹了口气，"我们说到哪里了？"

仙君提点了一下，"我该为波月楼的伤亡负责。"身边养着傻子，这种痛苦他是深有体会的。王在上和三十五少司命是一路人，本以为心狠手辣的上司不会有这方面的困扰，现在看来并非如此。

“是啊。”厉无咎抚抚额头，居然不知道接下来该说什么了。看见岳崖儿抱着龙王鲸才想起来，“据鱼鳞图所示，焉渊的巨大漩涡下藏着孤山。既然下面能活人，那就请仙君带路吧，只要找到鲛宫，立即归还鱼鳞图。还有枞言，岳楼主若能提供神璧顺利开启宝藏，这大鱼的神识自然也能恢复。我一言九鼎，绝不反悔。”

最后无非这条路，胜败生死都要在水下解决。仙君说好，“九月十五，月上中天，你知道吧？”

厉无咎点了点头。

“那就跟着来吧。”他和崖儿一同扶起枞言，纵身跃进了漩涡里。

王在上看着湍急的水纹徘徊，“就这么跳下去？这也太危险了！”

厉盟主掀着半副眼皮看他，“你不是说过，只要能发财，黄泉都敢下吗。”

王在上咽了口唾沫道：“属下就是那么一说，表达我想发财的决心罢了。真要豁出命去，有了钱也没用，我花不着了。”

厉盟主闻言哼笑了声，“那你就留下看船吧，愿意下船的，跟着本座出发。”

宝船很大，尾后拖着一条哨船，这哨船现在就派上用场了，划着它到漩涡边缘，连人带船一同下去也不要紧，只要宝船安然无恙就行。

放着金库不搬，留下守船的都是傻瓜。王在上一看有办法下到漩涡底部，立刻蹦起来，谄媚道：“我是主上的左膀右臂，底下情况复杂，必须贴身保护主上。”

厉无咎看惯了他的嘴脸，也不拿他当回事，提袍迈上哨船，临行前吩咐船上的舵手，“去把他们的船放了。”那帮人再神通广大，大池中央无船可乘，最后只能陈尸在这无涯的泽国里。

藏珑天府一行人徐徐下到水底时，崖儿已经将枞言运到官衙内安置了。没有精魄，他只剩一个皮囊，静静仰卧在石床上。掌心的窟窿因为铁链被抽出，肌肉逐渐开始收缩，崖儿央求仙君为他治伤，仙君爽快地答应了，把他浑身上下的创口一一清理复原。崖儿进门后发现枞言的脸色变得红润了，长出一口气道：“不用再忍痛，眼看着好多了。”

仙君抽出掖着的手，向桌上的粉盒指了指，“我给他上了点胭脂，气色不错吧。”

崖儿没想到居然是这么回事，张着嘴，半天没能阖上。

危月燕偷偷摸摸进来，把粉盒收了回去，讪讪笑道：“我的。早上擦完，忘了收起来了。”

所以这就是仙君报复情敌的手段，趁着他昏迷不醒，给他涂脂抹粉。他不能对崖儿过于关心枞言有任何不满，只能在这种小地方宣泄情绪。

崖儿像不认得他了似的，对他看了又看。以前在蓬山上，不说多高傲冷漠，至少还讲理，会立规矩。现在倒好，极地走了一圈，眉心缀上了堕仙印，他就觉得自己是朵娇花了，开始活得越来越肆无忌惮。

她打量枞言，又打量他，最终无可奈何地笑了，“枞言又没得罪你，你这么做不厚道。”

仙君孤高道：“我是为他好，脸色惨白太吓人了，他要是醒着，也不希望自己变得那么憔悴。”

她笑不可遏，虽然有点对不起枞言，但耐不住仙君让人捧腹的孩子气，“你怎么变成这样了。”

他侧过头，一本正经道：“我一直是这样，你不知道吗？以前九重门上就我一个人，我只能自己找乐子。现在人多了，可笑的地方也多，等米粒儿生下来，我更有事可做了。只是我们过得太自在，恐怕天怒人怨……”他说完一顿，复又笑了笑，“反正我不会和你分开，更不会像大司命那样选择忘记，我舍不得你。”

‖第九十九章‖

世上从来没有 无缘无故的相遇

鲛王很惶恐，对突然又冒出来的一拨人感到束手无策。

“寡人这小小的春岩城到底是刮了什么妖风啊，一下子引来各路豪杰。”他坐在宫殿前的广场上纳闷，“一百来号人吃喝拉撒，不会破坏这里的环境吧！鲛人又不是鱼鹰，上哪里捕那么多的鱼办宴席啊！寡人的压力好大。”

回头望一眼，后来的这批人真是太过分了，居然霸占了他的宫殿，还喝他的酒。他开始嘀嘀咕咕埋怨，“不是说好了在外面解决的吗，怎么又把人带回来了！拜托寻宝有个寻宝的样子，十个八个人最多了，这样便于分赃嘛。哪像他们，全家老小都来了，不是来挖宝，是来旅游的吧！”

他满腹牢骚，可惜他的首席大臣听不懂人话，两眼怔怔地看着他。

“唉——”他叹口气，摆了摆手，“算了，再忍一天吧，过了十五他们就走了。”至于那个什么宝藏，作为土著的鲛人从来没有关心过里面究竟藏着什么，搞得他也有点好奇了。

也许藏着长生不老的药，吃一颗就能寿与天齐？还是供着什么旷世的神兵利器，随手一挥就能死一大片？不过想了一圈，最大的可能依旧是财宝，人为财死鸟为食亡嘛。这些陆地上的两脚兽一向这么贪婪，没有经历过灭顶的灾难，永远不知道钱财以外还有很多东西很可贵。

往城内看看，上仙终究是上仙，先来的却保持着温文尔雅的风度，请他住鲛宫都不住，情愿和那些人一起挤在官衙内。

两相一比较，高下立现。不像后来的什么盟主，猖狂又任性。

更可恶的是他手下比他更嚣张，仗着牛高马大，拿鼻孔瞪着一方大王，冲他大吼：“我们在大池上漂泊了半个月，很累的，这个地方借我们暂住一下。”

这哪是求人的态度，分明是强盗做派！

他很想找个人说说理，结果那伙人的头头寒着一张脸，他缩了缩脖子就退出来了，心道大事不妙，这人可能是仙君的老本家，气质看上去好像啊。只不过他的脾气没有仙君好，那也没办法，谁家还没个倒霉亲戚呢。、

鲛王说走吧，“上官衙逛逛去。”

鲛兵前呼后拥着，哪怕被人霸占了皇宫，他也还是帝王出巡的架势。

进了官衙发现水都给汲干了，几个一起喝过酒的男人见了他扬手打招呼，“大王，你来了！”

鲛王嗳了声，“巡视嘛，你懂的。”一面扭身化出两条腿，迈进了官衙正堂。

大堂里躺着个人，据说是仙君夫妇捡回来的。他看了眼，“龙王鲸啊。”

这鲛王倒有点见识，崖儿回身问：“大王知道龙王鲸？”

鲛王说知道，“我们大池就剩这一条了，三个月前我还见过他。”

崖儿沉默下来，她记得鹊山口那晚他和她说过，自己有了喜欢的姑娘，是同族，让她不要为他担心。

究竟是他撒谎，还是鲛王弄错了？

“应当还有一条吧。”她迟疑道，“是个姑娘。”

“不可能。”鲛王拉着大嗓门说，“罗伽大池上原本是没有龙王鲸的，这里的水族全是小鱼小虾。几十年前来了一对母子，后来母鲸失踪了，就剩下这条小鲸到处找他娘。这些年我们看着他从东到西，从南到北，一直是独来独往，没有半个同伴。如果说大池上谁最孤独，肯定是这条大鱼。没娘的孩子可怜，要是有个姑娘倒好了，谈谈情说说爱，什么娘啊，早忘了。”

虽然这鲛王满嘴胡言，但大致的情况总不会乱说。崖儿听后心里发沉，不知枞言长久以来遭受了怎样的煎熬。他处处周全，并没有和她说实话，什么漂亮的同族姑娘，都是骗她的。

求而不得便放弃了，她知道他喜欢她，虽然从来没有说出口，她心里也明白。这世上的情总没有双全法，本来倒也不必心生愧疚，但他太可怜了，这一生总在失去，从来没有得到过。

如果那次龙涎屿上不曾救她倒好了，她的出现确实让他的苦厄加倍，不单是心理上的，还有身体上的。

可惜拿不回他的精魄，妖的精魄就像人的灵魂，损毁半分都难以苏醒。

她垂着两手凝视他，越看心越凉，恨自己现在什么都做不了。她成了没爪的鹰，

厉无咎明明就在半山的鲛宫里，她却只能眼睁睁看着。昏睡的枞言也好，枉死的那五十三个门众也好，都得再等等。但究竟要等到什么时候，她自己也说不清了。

她抽身出门，苏画在院里站着，见了她便迎上来。她问："仙君呢？"

苏画道："被厉无咎请去叙旧了。"

已经势不两立了，还叙什么旧。

她不懂男人之间的相处之道，大概尚有心结没解开吧。仰头看天，水墙厚重，看不见天上的太阳，也不知道现在什么时辰了。反正离十五越来越近，该部署的，现在就要安排起来了。

"厉无咎带来的那些人一个不留，明晚子时之前，把鲛宫内外的戍守全部铲除。对方的人越少，咱们的胜算就越高。如果宝藏的大门能顺利开启，安排几个人在洞外留守，不能一窝蜂全拥进去。"

苏画道是，"我和魑魅魍魉守门，你们进去了要是有什么变故，我们也好里应外合。"

崖儿颔首，望向鲛宫方向，喃喃道："仙君是个念旧情的人，他对厉无咎还是下不去手。如果任由事态发展，我不知怎么才能报得了仇。"

"厉无咎曾是上仙，即便转世之后也不是凡人能对付得了的，楼主要报仇，还需借助仙君的力量。"

崖儿听后苦笑了下，"我真不喜欢现在这样，以前单枪匹马横行天下，自从找了个男人，事事都要倚仗他。"

苏画却说不，"以前的敌人都是凡人，现在的敌人离仙不过一步之遥，你不能用血肉之躯去和他们的仙术抗衡，即便你曾经多么无敌。这世界仙妖混杂之后，就再也不是以前的乐土了。"

是啊，三途六道中，人是最脆弱无用的，肉体凡胎，寿命不过短短几十年。

苏画一直觉得没人能陪她走到最后，最大的困扰就是这个。自己垂垂老矣，枕边人尚年轻，感情不是常开不败的，过了新鲜期，剩下的就只有自己。

大战在即，困在这官衙里让人觉得窒息，崖儿说："我出去走走，师父替我照看枞言。"

推开大门迈出门槛，身后的鲛王大呼小叫着："夫人要出去吗？寡人正好有空，可以陪夫人到处逛逛。"

她谢绝了他的好意，一个人涉水而过，往东边的山上去了。

这春岩四面环山，孤山顶上那面太乙镜最后会照在哪里，谁也不知道。还是得先熟悉一下环境，她倒并不怕厉无咎的人会来找她麻烦，神璧的好处是融进她的骨血了，不是她的意愿，宁愿碎裂也不会屈服。所以当初厉无咎只是派五大门派围追堵截，要是能够把神璧从她父亲身体里催逼出来，就不用兜这么大的圈子了。

站在旷野上四顾，山石嶙峋，不知道哪块石头后面藏着玄机。她在乱石间行走，想起以前奉命出任务，那时候一个人仗剑天涯，身上没有负累，要比现在痛快得多。

走走停停，前面是片石林，那些石头一簇簇地直立着，颇有峥嵘之感。她摸了摸腰间的剑，举步走过去。刚绕过一块巨石，便见石后倚着一个人，抬眼一瞥她，曼声道：“我可没有同楼主约好，万一被仙君发现，楼主要极力解释，别让他疑心你我有染，又让我有口难言。”

崖儿并不理会他那些插科打诨的话，蹙眉道：“厉盟主怎么在这儿？”

他笑了笑，“我先来的，你却问我为什么在这儿？”眼看她又要拔剑，他嗳了声，“四下无人，谁也帮不了你，动手前还请三思。可要是杀了你，我又下不了手，毕竟你是我看着长大的，多少总有几分感情。”

他看着长大的？崖儿对他的孟浪很不屑。既然狭路相逢，就没什么好客气的了，她抽出撞羽指向他，“拔剑吧。”

“你不管龙王鲸的精魄了吗？”

她冷笑了一声，“精魄一散，我就让牟尼神璧为他陪葬。你想找孤山宝藏？下辈子吧！”

紫府君曾说他极端，可他自己找的女人，还不是像他一样极端！她的剑很快，破空横劈恍如焦雷，他接了她几招，原本就是陪她过过招而已，谁知她竟越战越勇了。

一切时机不对的打架都是瞎打，他见招拆招，调侃道：“岳楼主何不省省力气？你使的招数里还有我教你的，徒弟打师父，你以为打得赢？”

崖儿不知道他的话有几分真假，当初她学武时，兰战不时会带各门的高手来传授她武学。现在的波月楼只剩下弱水门和生死门，当初却是门户众多，人员纷杂。十几年前谁教过她，她不记得了。那些所谓的师父不过稍稍指点一招半式，她没有必要去记，反正最后都死在她剑下了。如果他的话属实，至多证明波月阁当初也是众帝之台麾下的。他这种两面三刀的人物，吸纳名门正派之余，手下必然有几个专使阴招的爪牙。

她不应他，一味哑战，撞羽的剑尖锋利无比，剑气所至，轻易就割破了他身上的衣衫。他来夺她的剑，她转腕扬袖换至左手，挑剑向上横扫。剑锋削过他的喉头被他闪过，紧跟着一记重击，猝不及防敲在了她小臂上。

半边身子顿时麻了，她忍痛不及，剑也脱手落在地上。一只黑舄踩住撞羽，见她袖中又有剑锋闪现，在她发起新一轮的攻击前，反手将她扣在了胸前。

这力量惊人，她竟挣脱不出，像翅膀被钉住的蛾，就算逃出生天，也难飞得平稳。可她依旧不屈反抗，挣得他广袖摇曳，潮湿的空气里有冷香氤氲扩散。她忽然怔住了，是刀圭第一的味道。她想起那个细雨淋漓的春日，在她半死不活时站在她床前的黑影，熏的就是这个香。

这么说来，从小看着她长大，似乎并不是胡诹的。

他幽幽叹了口气，“要不是你先出手杀了兰战，这会儿你应该在我身边，做我的女人。你看我和仙君的品位多相像，毕竟是几千年的挚友，连女人都会看上同一个。”

崖儿眼中杀气灼灼，他的话让她恶心。猛然向后一个肘击，迫使他不得不放开她，她咬着槽牙道：“好好说话，别搞那些阴阳怪气的论调。你杀了我父母，这笔账我到死也要和你清算。”

他脸上似乎有些怅然，“说起你母亲……一去二十二年了，我还记得她在通天塔前跳舞的样子。”

“可你许诺卢照夜，杀了我母亲之后，将面皮送给他夫人。你这样的人真可怕，难怪我母亲看不上你。”

她极尽冷嘲，没关系，反正他也没准备听她说什么好话。不过冤屈的部分还是要反驳一下的，“随口说的玩笑话，当不得真。从烟雨洲到王舍洲，千里之遥运送一张面皮，拿到手后根本没法看了，这你也信？”

崖儿握紧双拳，他拿轻飘飘的语气来谈论她母亲的脸，这样的人不剁成肉泥，不足以解她的恨。

她开始考虑，要不要驱动神璧杀了他。但她没有十足的把握一击即中，万一出现闪失被他反将一军，那神璧可能会落进他手里，到时候没了制衡他的条件，局面就更糟了。

他笑吟吟地看着她，忽然道：“三千年了，你还是喜欢他。”

崖儿怔了下，他神神道道的，不知又在拉扯些什么。

“我先前和他聊起你，他竟一点印象都没有了，多叫人伤心！不如你跟着我吧，这事本来就不和他相干，让他回蓬山看他的琅嬛去。你我精诚合作，开启宝藏后我定不负你，甚至会比他对你更好，如何？”

她简直一脸深恶痛绝，“厉无咎，你疯了吗？”

看来她一点都记不起以前的事了，他笑道：“前世因今世果，世上从来没有无缘无故的相遇。”他抱着胸，歪着头打量她，“是你执念太深，才会又一次遇见他。如果没有他，你应该是我的。”

他的话实在让人摸不着头脑，她厉声道：“别给我装神弄鬼，有种再战！”

他却摇头，“休战，谈谈前世今生不好吗？我记得第一次见到你，你才……这么长。”他抬起两手，比了个筷子长短，“一身毒瘴，妖气纵横，养在钵里头，满屋子都是腥膻。我曾让他丢了你，可惜他不愿意。也不知他拿什么办法净化了你，后来夏天总见你盘在他榻上。他说就算你修炼成人，也会是个好人。可惜，你化形那天他不在，转世之后也没做成好人，反倒浑身业障，两手攥满人命。所以蛇就是蛇，不管换了几身皮囊，骨子里总有那股傲慢冷酷的味道。你喜欢他，他不知道你的存在，一切都是枉然。但你和我却有几分渊源——”

他顿了下，高深一笑，“上辈子，你还是死在我手里的呢。”

‖第一百章‖

精美的小哥呀

他这么说，竟还带着沾沾自喜的语调，听得崖儿一阵头皮发麻。原来不止今世的仇怨，还能追溯到上辈子。她上辈子是条蛇吗？她简直哭笑不得，好好的，是什么都行，为什么是条蛇！她对那种满身鳞片的长虫一向喜爱不起来，结果兜兜转转，自己就是那东西转世的。

且不管他说的是不是事实，如果上辈子真的死在他手上，那这辈子就更要追讨这笔血债了。只是她不明白，“我究竟哪里得罪了你，你两辈子都不放过我？”

他轻轻一笑道：“有些事说不清楚，可能就是命里犯冲吧。”

所以呢，他牵扯出前世的事来，究竟打的什么算盘？崖儿审视他，讥讽道：“盟主是在提醒我，应该把前世的账也一并算了吗？”

他慢慢摇头，“我不过是想告诉你，今生的种种，不管是岳刃余和柳绛年夫妇也好，还是你那些死去的弟子也好，都是我们游戏人间的陪客，你大可不必太把他们的生死放在心上。人活于世，谁还没有一死呢，命数是这样安排的，我是遵循天道，也请你看开些。”

真是一派谬论，人命在他眼里究竟算什么？她看着他，忽然觉得可笑，“我根本不信你，你所有的解释都是在为自己找借口。你一直放不下过去，不甘心就此平庸。你还在怀念往日的辉煌，可惜已身在泥沼，污水没过你的头顶，你再也回不去了。”

她牙尖嘴利，这席话戳到了他的痛肋，于是他脸上的笑像水里的落花，被风一吹就飘远了。他几乎是从牙缝里挤出了这句话，“上辈子我能轻易杀了你，这辈子照样也可以。不要惹毛了我，否则聂安澜都救不了你。”

显然他有能力说到做到，她却也不是怕事的人，冷笑一声道：“我在江湖这摊浑水里来去，早就过了受到威吓就瑟瑟发抖的年纪，难道你以为我会怕死吗？孤山就在眼前，子时转眼即至，你选在这个时候和我见面，不会仅仅是为了让我做你的女人吧。”

他颔首，“你很聪明，我欣赏的也正是这点。正如你说的，孤山就在眼前，子时转眼即至，如果你真的在乎他，不要让他参与红尘中事。上次他为你抽筋断骨，我以为你已经知道仙与人隔着天堑，自此不再和他纠缠不清了，谁知你好像并没有领悟。做仙比做人的禁忌多，你把他拉进红尘会害了他。别以为成了堕仙，天规就奈何不了他，他们可以毁了他的灵根，让他自此流浪在六道轮回，也可以让他魂飞魄散，消失于天地间。到时可不管他是什么出身，天帝和佛母也只能当作没有生过他，懂吗？”

崖儿内心惊动，却未表现在脸上，她不确定他是不是在危言耸听扰乱她的心神，但从他的话里听出了另一种隐藏的情绪，“你很关心他。”

厉无咎愣了下，继而笑道：“是啊，我与他这么多年的交情，不忍心看他毁了满身元功。”

“为什么？”她浅笑道，“他当初把你打入八寒极地，你应该恨他，恨不得他永世不得超生才对，为什么你还会关心他？”

他似乎有些恼怒了，“没想到楼主是个如此不通人情的人，不论我和他如今的立场如何，也不管前世谁有愧于谁，前尘往事就一定要拼杀个三生三世不肯罢休吗？我还是那句话，如果你真的爱他，不要让他插手红尘中事，虽然他不参与确实对我有利，但这么做更是为了他好。你愿听便听，不愿听则罢，我这反面人物跑来和你说这通，确实有些莫名，我也知道。”

她却不说话了，半晌才道：“你先前找他叙旧，这番话已经对他说过了吧？他不肯听，因此你又来找我？”

他忽而掩唇发笑，“所以说聪明人有时候很讨人厌，知道得太多也不是什么好事。我言尽于此了，能不能劝他袖手旁观，看你的能耐吧。早些回去，别到处瞎逛，这地方不是你的波月楼，危险无处不在，还是小心为上。”

他说完，潇洒转身而去，垂委的长发上束着赤红的丝带，像横在心上的一道疤。

回官衙的路上，天已经黑了，城里的夜明珠在逐渐昏暗的光线里异军突起，从东边的山崖上看下去，是一片连着一片的银光。

珠光照不到她脚下的路，她几乎是摸着黑回到了城里。远远看见门上站了一个人，是仙君在等她。见了她便有些嗔怨，“你去哪里了，害我担心。”

她抱歉地笑了笑，“出去探探路，一不小心天都黑了。”揉揉眼睛，觉得很困乏，边走边道，“我不吃了，先去歇一歇，你们用饭不必叫我。”

经过正堂时看了枞言一眼，他还是老样子，不好也不坏。她在他手上轻轻压了下，“过了明晚，我一定把你的精魄找回来，你不能再睡下去了。”

实在困得睁不开眼，她匆匆进里间，和衣躺下了。她很少有做梦的时候，可今天竟例外。齐光掌梦，她迷迷糊糊想，也许又是他耍的花招。她心里抗争，但难敌困意，还是一头扎进了梦里。

这是哪里呢？古木参天，连草都长得那么高，人在其下，像矮人到了巨人国里，每一样东西看上去都大得吓人。

不见半个人影，连问路都找不到方向。她向前走，沙沙地，身下发出细碎的声响。她低头看了眼，看见腹下鳞片赶赴，一层叠着一层，翠色欲滴。哦，想起来了，她是条竹叶青！因为另一棵树的市口更好，来往经过的鸟雀更多，她决定搬家了，换到那棵她向往已久的树上去。她费力地顶着打包好的行李，在草底游走。她有个习惯，好东西总要留到最后再吃。上顿她捕了只麻雀，那雀儿好小，才比她大一丁点。所以它的肝也很小，拿叶子包好了带上。换个新地方，恐怕不好上手，她得有点储备，才能顺利捱过适应期。

肝脏的味道太香了，从叶子包裹的边角飘出来，她一路上都在咽口水。好在她脑门扁平，没有固定都能稳稳顶住。但她心里一直在天人交战，这里有比她更大的蛇，会不会抢了她的干粮？万一叶子散开了，香味会不会引来其他掠食者？所以她在想，是不是干脆把肝吞了再上路，毕竟放在肚子里比顶在脑袋上方便多了。

可是吃了就没了，她又万分纠结。算了，还是忍忍吧，那棵树就在不远，再加把劲，天黑之前一定能爬上去。只不过顶着东西行动确实很麻烦，她不能放开腹鳞奔跑，脑袋还不能乱动，只有一双眼睛四下转动，观察两旁的情况。

忽然有个声音从头顶上传来，“这蛇精有意思，脑袋上还顶着个包袱。”

戏谑的口吻虽然让她不快，但这音色不论多久之后回想，都能让她感觉振奋。爬虫的世界里没有什么金石之声，只有长风过境和虫鸣鸟叫，如果拿来类比，那他一定是最俊的风声，最妙的鸣叫。

她能分辨，是个男人的声音。她对异性一向比较有好感，可能因为蛇性本淫？不管啦，反正很好听。她翻着眼睛，想看看他长什么样子，肯定是紫府弟子的打扮，最重要的是脸，脸好看咋样都行。翻一下，没看见，大概是他太高了，只看见一双脚，脚上穿着云头履。

想必是个精美的小哥呀。她喜滋滋地想，再翻一下眼，这回看见个大概，算是惊鸿一瞥。真好看，他的皮肤很白，嘴唇很红……可还没等她赞叹完，有很重的东西压在她脑门上，直接把她压趴了——这人居然拿手指头戳她！

她不屈地挣扎，扭动，把自己拧成一根麻花。他嘘了声，“你的包袱要掉了。”然后从边上抽了根草，绑住她的包袱，在她颌下打结，“这下就丢不了了。”

她终于看清了他的长相，他穿紫色的禅衣，那种紫甘蓝般鲜亮的颜色穿在别人身上，味道恐怕有点怪，但穿在他身上就很合适。她在这寂寞空山中蛰伏了好几年，偶尔也能看见那些仙家弟子往来，反正没有一个比他长得更好看。她吐吐信子，对他表示赞美，无奈他下手有点狠，差点把她勒死过去。

终于绑好了，他看见她的眼睛，讶然道：“蓬山的竹叶青都是金瞳，你怎么是红色的？得了红眼病？”

原来他根本不懂什么是特殊的美，不但如此，他还很不会说话。她扭扭身子从他手里挣脱，负气朝那棵大树游去。不过也多亏了他，让她顺着树干往上游，包袱还能好好地顶在脑门上。后来明月东升，她倚着一根树枝赏月吃肝的时候又想起他，不知道他是谁，哪个山头哪个门派的。这里的地仙太多了，多到看见一个凡人都觉得稀奇。如果那小哥是个凡人也很好，红尘公子，自由东西。

在这之后，她又辗转换了几棵树，有时候也下地，捕捕青蛙田鼠什么的。目前的这棵树她比较满意，树顶的枝丫能照到太阳，对于她这种需要不时补充热量的物种来说，这样一个天然浴场简直是梦寐以求。

当然大夏天不能暴晒，否则她的一身翠色会变黄。她很小心地保护自己的皮肤，天热了就住到下层来。这棵树上只有她一条蛇，她想住哪里就住哪里。

一天午后，风吹林叶，沙沙作响。她昏昏欲睡时，发现树下的巨石上躺着一个人，虽然换了身衣裳，她还是认出来了，就是那个给她系包袱的人。她一阵欢喜，忙下树看他，他沉沉好眠，嘴角还带着笑意。她昂着脑袋观察，从哪里接近比较好呢，大腿上好吗？大腿上肉多。不过这样不太符合竹叶青优雅的格调，她选择上手，他的手指多好看，像山间的玉笋芽。

她在他指缝间缠绕，以前总恨自己不长个子，现在却又觉得很好。要是个十来斤的大汉压在他手上，他可能会打死她的。他的手指上有兰花的香气，她伸缩着信子嗅，嗅得舌头都麻了。他醒过来，抬起手看，很惊喜的样子，“又是你！”

因为长了一双红眼睛，比较有识别度。她竖起身子摇摇摆摆，表示你眼神不错。

不知道人对他们这种爬行类有什么感想，反正他并不讨厌她，后来午睡的时候常来。她一见到他就顺着树干下来，老老实实收好毒牙，趴在他身旁。她有个很好的特长，擅长制冷。盛夏时节，她附近方圆一里内的长毛动物，都爱到她这里来蹭冷气。

蓬山属于相对比较恒温的仙山，但偶尔也有暴热的时候，那年他把她带回去了，装在一个钵里，放在上风口的窗前。

她到现在才知道他是琅嬛君，他手下有个大司命，一身道骨仙风，严重洁癖患者，进门就嫌臭，让仙君把她扔了。她很伤心，盘起来嗅自己的身子，哪里臭了，明明一点味道都没有！好在仙君没听他的，他给她喂仙露，喝了三个月，大司命进门时就再也不捂鼻子了。她的皮肤也越来越好，通体油亮。不夸张地说，她绝对是蓬山上最绿的竹叶青。

女人变美就会有自信，她觉得自己有资格喜欢仙君了。他的性情很好，长得也好看，所以她要努力修炼，争取有朝一日修成人形，和他男欢女爱一下。当然他不知道她的野心，在他眼里她就是条蛇而已。

值得庆幸的是，琉璃宫里氛围不错，她不用冬眠，能静得下心来悟道。不知过了多少年，她结了丹，体内有股蓬勃的力量开始滋长。她也开始变得怕热，大概是越来越向人靠拢了吧。热了就要出去发散发散，她喜欢泡在无根大泽里，琅嬛灵气四溢，这样有助于她修炼。

可是一夕之间天翻地覆，紫府出事了，琅嬛的推步书被人篡改，用的还是玄黄笔，一切矛头指向了仙君。她知道那个始作俑者一定会再入琅嬛，便凫在大泽里伏守，结果等来了齐光君，他慌慌张张涂改三生簿，她情急之下居然化了形。

这下完了，目标太大被发现了。齐光君追出来，一个掌心雷把她劈倒，声色俱厉地质问她："你看见什么了？"

她又没瞎，该看见的都看见了。小小竹叶青气势如虹，"老子要告诉他！"结果威风没抖上片刻，他下了杀手，打得她骨节寸断。最后一把天火点燃她扔进了琅嬛。

太热了，灼灼热浪烧得她喘不过气来，她看见自己的鳞片翻卷，像旱地里开了花的苁蓉。琅嬛的大门阖上了，一排书架倒塌下来，压向她……她一惊，顿时从梦里挣出来，圆睁着眼睛大口喘气，半晌才看见床沿上坐着的人。他的脸穿越了前世今生，现在再看依旧是梦里的样子。她胸口憋闷得难受，恨不得怪叫一通，才能纾解那种痛苦。

仙君捋她的头发，替她擦了擦鬓角，"梦见什么了，这一头的汗。"

她定定看着他，眼眸里盘踞着惊恐的蓝光，"仙君……"

他嗯了声，"怎么这么叫我？"

"你还记得竹叶青吗？"

‖第一百零一章‖

做人怎么能
这么不讲道理

“竹叶青，色绿，剧毒，常半挂在树枝上，喜夜间行动……”他把书上记载的都背出来了。其实也不是刻意，是一直存在于脑子里。崖儿忽然提起这蛇，他就觉得可能要坏事。先前齐光也曾提及，其实这么多年过去，有些无关紧要的东西他都忘记了，那条竹叶青……他好像确实养过。他倒没有考虑他们为什么都来问这件事，只是奇怪，“厉无咎找过你？”

崖儿点头，“我在东山上查看地形，他就在那里。”顿了下道，“你还没回答我的问题，你记得竹叶青吗？”

仙君的脑子转得飞快，不久之前她还问过他，有没有和《万妖卷》以外的妖接触过，他当时矢口否认说没有。现在翻供还来得及吗？要是抵赖到底呢？好像也不行，她大概是掌握了什么证据，才会咄咄地来逼问他。

仙君艰难地喘口气，“竹叶青……山里很多啊，蓬山也有。”

她眯眼问：“你养过吗？”

他迟疑了下，见实在搪塞不过去了，犹犹豫豫地说：“好像养过，不过我连它是公是母都不知道。”

崖儿撑着身子问他：“那蛇美吗？”

又是一道可怕的题，他斟酌片刻道：“我看不出它的美丑来，不就是一条蛇吗，能美到哪里去！要比美……无论如何比不过你。”

“那你喜欢她吗？”

他背上的汗都出来了，慌忙摇头，“我是正常人，没有那种不正常的爱好！我不喜欢蛇，我只喜欢你。”

然后她沉默了，夜明珠的荧光幽幽照在她身上，他看着她缓缓褪下衣裳，露出了玲珑香肩。她的身骨很软，尖尖的下巴抵在肩头上，朦胧中绯衣如火，媚眼如丝，美得野性而辛辣。

他受宠若惊，腼腆笑道："我今天烧了什么高香……自从蓬山过后，就没受到过这样的礼遇。"伸手想去触摸她，她迂回婉拒了，转而在他指尖轻蹭，那若即若离的碰触，让人酥麻到心上。

他吸了口气，指尖在无瑕的肩颈间流连，一路往下。仿佛是远古就隐藏于佛堂上驾轻就熟的引诱，他难以抗拒她这样的弄色。心似春水，在她的一顾一盼间荡漾。他想去掬她，她伸出小舌在他指尖一舔。那种难搔的痒奔跑向四肢百骸，他人顿时沉醉了，不知今夕何夕。

"我和那条竹叶青像吗？"

她在他耳畔吐气如兰，气息从他耳蜗里钻进去，他听得见她吐纳的韵律。销魂归销魂，可惊出他一身冷汗来，他惶恐地看着她，"叶鲤，你中邪了吗？"

她酒醉似的慵懒一笑，"我中邪了，你帮我驱吗？"慢悠悠拿那玉雕似的鼻尖抵蹭他的下颌，轻叹道，"你和那竹叶青也曾经这样亲昵过，你忘了？"

仙君慌了，"没有，我怎么可能这样！那蛇傻乎乎的，整天就知道倒立和睡觉。而且它太小了，三角脑袋芝麻眼，实在不怎么好看！"

她的脸色大变，"你说什么？"

仙君咽了口唾沫，"怎么了？我说蛇而已，你动什么肝火？"

可是她冲他磨牙霍霍，尖着嗓子说："我就是那条竹叶青！你说它的坏话，就是在说我的坏话！"

仙君彻底傻了眼，究竟是怎么和竹叶青牵扯上的？脾气这么大，不会是又怀上了吧！忙拽过她的手，扣住手腕仔细号脉，她倔强地挣开了。仙君心头生凉，发现女人实在太难对付了，他不单要小心不和别的女人走近，现在连蛇虫都得保持距离了。

他枯着眉看了她半晌，靠过去拢她的肩，"岳楼主，你是一楼之主，江湖上顶级杀手组织的首脑，不能这么耍脾气。没错，我是养过竹叶青，可养了几十年，它趁着蓬山大乱逃跑了。也许是受够了紫府岁月的枯燥，再也不愿留在琉璃宫了。人各有志，蛇也一样。"

这么看来，他并不了解全部真相。也是，一个万事随缘的人，不会去纠缠漫长生命中偶尔出现的过客。走也好，留也好，一切全凭各自欢喜。所以他养的蛇忽然不见了，在他看来是厌倦了，离开了，却从来没有想过去追查下落。竹叶青在天火中尸骨无存，他却以为它找到了另一种快活的生活方式，过它想过的好日子去了。

崖儿心里哀号，撑着身子不说话。他见了忙把她抱进怀里安抚，“你是不是怕明晚不敌齐光？你放心，只要把枞言的精魄骗出来，我一定替你手刃他。”

他根本不明白她究竟在难过什么，那时候的竹叶青想必也感受过同样的苦闷吧。不知几辈子前的事了，还为这个掉眼泪，似乎不合适。但刚从梦里回味一遍，又像昨天发生的一样。她问他：“厉无咎没有告诉你，竹叶青后来去哪里了吗？”

他摇头，“他只问我，还记不记得那条蛇。”

得到的回答当然是不记得了，毕竟过去了三千年，一个玩意儿而已，早就抛到九霄云外去了。

崖儿定了定心神才告诉他：“其实那条蛇没有背弃你，她在大泽里伏守齐光，最后被他当柴火点燃扔进了琅嬛。那天她刚能化形，所以你没有见过她的样子，如果见了，你应当能认出来，她和我长得一模一样。”

他脸上一片惶然，“叶鲤……”

“你就从来不好奇我的前世今生？从来没有去翻一翻我的三生簿？”

他理直气壮地说：“没有。我不管你前世是谁，反正你也不会有来生，这辈子就一直跟着我，跟到地老天荒。”

不爱读书还如此冠冕堂皇的，果然只有仙君了。她顿时气馁，快快偎进他怀里，“我刚才做了个好长的梦，梦见自己爬树，梦见自己被装进钵里放在第一宫。他们说转世要喝孟婆汤，喝了能忘却前尘，可是刚才的梦太真实了，我什么都想起来了，我就是那条竹叶青。”

他不说话，只听得见他胸口隆隆地跳，一声声锤击在她脑仁上。他的手臂慢慢收紧，要把她压进骨肉里去似的。隔了很久才听见他说对不起，“我疏忽了，好像错过了很多事。”

因为春花秋月汤汤流过，从来没有一样能流进他心里去。他磊落、耿介、达观，他对万事万物有情，又对万事万物无情。以前她还不懂，觉得他这样的人怎么能成仙，其实错了，他的喜怒悲欢都不达心底，他才是内心永远恒定的那个人。

心定则大成，齐光心有微澜，把控不好就落入尘寰了。不过上辈子的愿望这辈子实现，先苦后甜比先甜后苦要好。她两臂绞起来，紧紧揽住他的脖子，“天火会烧尽一切吧，为什么我还能转世？”

天火的威力确实很大，不管是对皮相还是精魄。他把脸贴在那柔软的绛纱上，料子烟云似的，承托住他稀少的一点记忆，“可能因为我老是给你喂霜茅的缘故，那果子不容易腐坏，一颗能吃十来天……”还是因为懒啊！其实竹叶青吃素后喜欢白菜，但菜叶吃不完就坏了，还要清理。这种工作对他来说太费事，于是他想了个好办法，给她喂霜茅果。这果子能凝魂，味道虽然不好，但扛饿，长期食用还有延年益寿的功效。最要紧一点，果子脱离根茎十天后不会发出腐烂的味道，至多干涸成一个坚硬的核，哪怕隔上几个月打扫也没问题。

崖儿怨怼地看着他，道："我到现在都能想起霜茅的味道，酸中带涩，吃多了泛酸水。"一面说一面摇头，"你真的不适合养动物，以后米粒儿不要你带，我自己来。"

他一听这个顿时不干了，"凭什么？我是他爹啊！再说米粒儿又不是蛇，我不会给他喂霜茅的。"

"可你给他娘喂了，我还吃了几十年，你知道我心里有多大的怨气吗？"

他张口结舌，"这是要拿上辈子的事来和我理论啊，做人怎么能这么不讲道理！给你吃霜茅是为你好，你看你被天火烧了还能凝魂转世，不也是我的功劳吗？至于我欠你的，罚我栽在你手里，和你连生一百个孩子，这样总行了吧。"

她先前还气鼓鼓的，听他说完便笑起来，"一百个孩子？到底是罚你还是罚我？"

她的狂野比以前更甚，仙君咬着唇不出声。她拉他起来，在他耳畔气喘吁吁，那声音仿佛野兽要将人吞吃入腹似的，嘶哑地说："明晚开启宝藏，你不要出面了。"

他迷茫地抬起眼，眸中流光旖旎，"不要听任何人的挑唆，我不会放你单独赴险的。"

她提出，他作答了，既然他不同意，她便不再纠缠于这个问题。也许厉无咎的劝解并非毫无道理，但在经历了那么多的悲欢离合后，他们俩谁离开谁都无法独活了。

疾驰，千蹄踏雪，利箭上弦，狠狠以命相抵。她捧住他的脸，亲昵地同他贴面。以前他总对某些感觉似曾相识，到现在才明白过来，的确曾有这样一个生灵，收拾起獠牙，用细细的身体拨动过他的心弦。

起先是养在钵里的，后来自由活动，床榻或重席都是她的乐土。她歇在他指缝，盘曲在他胸前。慢慢地，长长一点后，开始热衷于拿自己来丈量他的腰围。每次首尾相接，她都觉得他的身材保持得很好。后来她长大，发现长度渐渐变得有盈余时，她开始着急，是不是他总是不吃不喝，把自己饿瘦了。

简单的头脑，琢磨不出太深奥的道理，但那双赤红的眼里流露出担忧。他拿食指摸摸她的脑袋，大声嘲笑她傻。她也不生气，等他睡着的时候爬上他的脖子，会拿蛇吻触他的嘴唇。

原来那条蛇对他有意思，种善因得善果，辗转飘零几世后，她还是回到他身边了。

也许心动不自知，否则怎么会在她诱惑他时，几乎没有迟疑就沉溺进去，因为他欠她一段美满。后来再为她抽筋断骨下极地，都是在为当初的木讷付出代价。他居然连她死于非命都不知道，还以为她逍遥快活去了。

心大到近乎残忍，也只有没什么见识的蛇能看上他。他的手臂在她背后交叉拥抱，“我应该对你更好一点。”

她低头看他，发丝驯服地盘曲在他鬓边，珠光下的脸白得剔透。她说不，“是我应当对你更好，感谢今生你没怎么抵抗，就让我霸占了你。”

道行不够，何德何能高攀他？总得颠簸几世再流离几世，攒够了功德再回过头找他。好在这世托生成人，如果又错投了别的，仙和妖纠缠不清，罪过就更大了。

“不过那齐光……对你的感情好像很深。”她的话掺杂在一片幽咽声中，自言自语般喃喃，“他不想害你。”

“又在胡思乱想！”

她啊了声，忙捂住自己的嘴。外面整夜有人巡视，动静太大了，怕手下人会笑话。

结果第二天还是人尽皆知，大家的样子都有些尴尬，只有胡不言那个口无遮拦的傻子倚门嘲笑她：“老板，昨晚上激战酣畅吧？原来你上辈子是条蛇，难怪我见到你觉得那么亲切，毕竟大家都是异类嘛。”

崖儿红了脸，“胡不言，你敢听墙角！”

胡不言伸出一根手指戳戳墙头，那墙皮霎时就碎了，露出里面的红砖。他龇牙笑了笑，“春岩沉到水下有万把年了，这墙头形同虚设，所以隔音也不太好。”

仙君负手从里面踱出来，倒是一脸不以为意的样子，“人之常情的事，和吃饭睡觉一样，有什么不对吗？”他瞥了胡不言一眼，“下回自己做那事时别鬼哭狼嚎的，上次差点吓着我和你老板。”

这下轮到苏画不好意思了，她怨怼地瞪了眼胡不言，转身便往门外去了。

门前一个交错，大司命和她擦肩而过，连看都没看她一眼。进院子后向仙君拱手，“厉无咎已经派手下上孤山了，为免让人占了先机，属下这就带弟子出发。”

仙君道好，“邀鲛王同行，别让他紧要关头坏了事。”

大司命领命去了，他站在台阶上仰首向山顶看，接天水幕凝固如琥珀，隐约发出橙黄的色泽来，最后的对决终于要到了。

‖第一百零二章‖
杀 了 他

九月十五，月色大好。

本来以为透过那么厚的水墙，不可能看见天顶，结果东侧那个巨大的漩涡从午后开始缓慢移位，等到月上中天时，已经到了孤山上空。那消失于天地上万年的古老山峰，再一次出现在朗朗星空下。仰首看，天被切割成了圆圆的一块，周围视线受阻，那片圆形的天空有星也有月，像东沟窑裂纹釉的碗底敲进了一个鸡蛋黄，有种古朴且趣致的况味。

仙君他们没上山，山顶只有厉无咎手下的御者，和大司命及鲛王。大司命目空一切，这些凡人就算武功再高，在他面前也不值一提。

他看了眼鲛王，“他们在山下等候，请问大王，现在能够移动太乙镜了吗？”

鲛王摸了摸下巴，两指向上一比，“离中虚、坎中满、兑上缺、巽下断……”

大司命弄不清楚他到底想说什么，这个时候背诵卦象，难道是有什么高深的见解吗？他耐着性子问：“然后呢？”

鲛王张了张嘴，“据寡人所知——还没有。”

等着听他答疑解惑的御者们立刻一脸嫌弃的模样，其中一个道：“故弄玄虚。我早说过，咱们这些大活人听一条鱼的指挥，本来就是个玩笑。还不如宰了他，咱们自己拿主意。依我看时候差不多了，就算有点出入，不会超过方圆一里。先照上一照，大约划定个范围，最后就算一寸寸地摸，也不愁找不到入口。”

“你还想动手？”鲛王大呼小叫，“在寡人的地盘上放话要宰了寡人，你小子还是第一个，我佩服你的勇气！不过你有勇无谋，连差之毫厘谬之千里的道理都不懂，长个脑袋是为了好看？”

“你……”那些御者蠢蠢欲动，江湖上打群架耍横的劲儿又上来了，被大司命一个眼神震慑住了。大司命一向很有领导风范，低沉的嗓音一听就让人心生敬畏，“谁敢妄动，别怪本座不客气。”

虽然他也不欣赏鲛王逮着机会就尽可能多说话的毛病，但也不能像厉无咎的手下那样动辄喊打喊杀。

他的一句话就让那些御者悻悻住了口，鲛王愈发佩服他天生的领导能力了，小心翼翼地攀着他的肩说：“看看，这就是格调……”

大司命坍了下肩头，顺利摆脱了鲛王，凝眉看天顶，月亮逐渐移到了中心的位置，他问：“现在应该差不多了吧？”

鲛王却摇头，“还差一点儿。”

这下连大司命都不怎么相信他了，寒着脸瞥了他一眼道，“机不可失，还请大王看准了。今晚错过就得再等一年，我怕厉盟主和他手下的人不耐烦，到时候血洗鲛族，那问题就严重了。”

鲛王吓白了脸，“别开玩笑！你们是正道，能眼睁睁看着武林败类屠戮我鲛族？”

大司命轻轻牵了下唇角，“你要弄清楚一点，本座听命于琅嬛君。如今连琅嬛君都堕天了，你还指望我们弘扬正义？”

边上的御者很配合，站成一圈抱胸俯视他。生来就不及人高的鲛王顿时被看得矮下去半截，点着手指道：“别这样，一般言归正传之前不是都要打一打哑谜的吗？时间确实没到，不信你看——”他直指天顶那颗最亮的星，“月亮的边角都没碰到七政星，必须等那颗星完全被遮住，时机才算成熟。”

大司命抬眼眺望，月亮白得发凉，正一点点靠近那颗星。要是估计得没错，再有半炷香就差不多了。低头复又看山下，众帝之台的人带了火把来，熊熊的火焰照得这琉璃世界一片杀伐之气。四面水壁回声很大，油脂燃烧的哔啵声一直传到山顶，火光里的人都在等待，不时回身向这里张望。

时间到了，大司命将手放在青铜的框架上，正要转动，只见皎然银辉中凭空跃起几个黑影，有剑芒一闪，然后便是兵刃割破皮肉的声响。锋芒带起温热的血，夜色里如轻盈的暗器，阵列般顺着抽剑的轨迹抛射出去。三个御者连哼都没哼一声，咚地便倒下了。他们身后的人向他咧嘴笑了笑，“对不住了大司命，不是有意在你面前杀人的。不解决他们，必定后患无穷，咱们是防患于未然，还请大司命见谅。”

大司命颔首，这时听鲛王低呼：“是时候了！”他闻言，用力将太乙镜转了过来。

太乙镜很沉，是半个球形，孤零零吊在铸满饕餮纹的青铜架子上。但很神奇，它并不因重力而呈现平面向上的状态，你必须用手去扳动它，使它承接月光。它像一个收集光的容器，将镜面吸纳的一切亮储存在底部。圆底的中心有漏孔，下方是一面斑驳的棱镜。也许因为千万年来都没有人去碰触过它，它几乎是这地下城唯一能显示年代感的东西，至少表面是如此。但月华在它身上凝集，它又立刻焕发出崭新的生命力，表面的铜锈以肉眼可见的速度快速剥落，然后迸发出强之十倍的光折射向远处，从高地俯瞰，位置是春岩城中的祭台附近。

火把向城中聚拢，城里有水，涉水艰难。也不知是谁的手笔，只听轰然一个震颤，那些积水被完整抬到半空中，还保持着在地时的形状。四周淋漓的水声泻地，但城中水应当是汲干了。

鲛王哗然，“还有这种操作？”

大司命不语，转头示意两位紫府弟子留守，自己准备下山。那个所谓的宝藏里究竟藏着什么，谁也不知道。万一有危险，他去了也许还能助仙君一臂之力。

鲛王在边上聒噪，“听说那个反派角色以前也是干大司命的，是仙君的前任？怎么样？仙君感受到重压了吗？”

大司命有些不悦地瞥他，“仙君的前任？你说话小心点。”

鲛王愣了下，跟着他高一脚低一脚地下山，边走边道：“是前任大司命啦，‘仙君的前任’里的‘仙君’，是指阁下您，不是琅嬛仙君……”说完眨巴了一下小眼，纳闷着不会随意一句话戳穿什么真相了吧，神仙的世界这么乱？

大司命脚下有清风，他乘风而行，走得很快。鲛王眼看要追不上了，扬手招呼边上的随从，“你们在等什么？还不快抬寡人撵他！”

他大字形瘫倒，鲛人忙把他抬上头顶，那模样简直就像抬着个即将被执行五马分尸的囚犯。

那厢，城中积水都被腾到了半空中，边沿上仍有下泻，声势如流瀑般惊人。

厉无咎对崖儿微笑，“我为楼主扫清了前路，接下来就看楼主的了。”

崖儿道：“好说，只要盟主放回枞言的精魄，我立刻驱动神璧，为盟主开启宝藏大门。”

目光向上一瞥，这祭台升高了十几丈，巍峨的门户恍如峭壁。石上有门，但撼之纹丝不动。门框上方留着一个阴阳鱼形状的低陷，应当就是安放牟尼神璧的地方。万事俱备，只差最后一步了，她挟神璧谈条件，自觉到了这个时候，再不拿压箱底的本钱作交换，就没有什么可压制他的了。

厉无咎老奸巨猾，笑道：“楼主不见兔子不撒鹰，厉某也是一样。楼主让神璧亮亮相，我自然把枞言的精魄交给你。”

崖儿道好，反正有仙君在，也不怕他耍什么花样。她凝神一震，两弯神璧从她眼眸中挣脱出去，一圈圈在上空旋转。果真是神兵谱上排名数一数二的兵器，璧刃打磨得薄如蝉翼，在火把的映照下，发出湛蓝色的寒光。

那就是神璧，江湖上无人不想据为己有的宝物。它的出现像圆了个梦似的，一睹风采可令此生无憾。

外围伏守的众帝之台门徒，也被神璧的现身吸引了注意力。只是那一霎，身后冷冷的刀锋就杀到咽喉前。波月楼的杀手干起这种买卖来驾轻就熟，他们最擅长挑选合适的时机，在你闪神的瞬间，神不知鬼不觉地要了你的命。

内层的人对十丈开外的变故浑然不觉，厉无咎见神璧亮了相，便将枞言的精魄也放了出来。那是一团红色的如絮的光团，亮得几乎刺伤人眼。结果精魄出现的刹那，仙君的广袖一拂，便将它收进了袖底。厉无咎讶然，“你这么着急？这不过是一半！”

简直叫人恨得牙痒痒！仙君倒是寻常模样，哦了声道：“先收好，别弄丢了。其实有了这半，我就能把另一半给他凑全。不过要花些功夫，比较麻烦罢了。”

厉无咎的脸色在火光下阴晴不定，他没再说话，只是抿唇看着他。前一天的费尽心机全没有用，他还是和她一起来了。也罢，一切都是他自己的选择，有个长短怨不了别人。

崖儿不太满意，“早知盟主言而无信，我的神璧也该只拿一半出来。”

厉无咎道：“这不是言而无信，是楼主有仙君撑腰，我不得不稍加防范。以仙君的神通，虽然能够替龙王鲸凑出另一半精魄，但回来的是不是原来的枞言就不一定了。所以我这一半捏在手里，对自己也是个保障，万一你们左手拿到精魄，右手便对我痛下杀手呢？”他笑了笑，“我和仙君相识多年，他的手段我最知道，所以不得不防。不过楼主放心，只要大门开启，精魄即刻交付楼主，请楼主放心。”

看来仙君以前的人品不大好啊，弄得老熟人像防贼一样防着他。崖儿觑觑他，他摆弄着袖子，闲闲掉开了视线。她轻吁口气，转过头道好，“反正都到了这里，不开这扇门也说不过去。大门开启之后，盟主要是继续搪塞，那就别怪我不客气了。”

“好，好。”厉无咎点头不迭。

她这才慢吞吞驱策神璧，向石槽靠拢。还没彻底合上，那石槽和神璧之间就产生了联系，像磁石阴阳两极的互相吸引。不过磁场是看不见的，神璧和石槽却有迹可循，两者之间如经脉互生一样，千丝万缕缠绕不止。之后不必崖儿再调遣，神璧自发就填进了石槽。

沉沉一声轰鸣，脚下的大地也震颤，紧阖的大门缝隙间泄露出光芒，也许是金子的颜色……随着门扉渐渐开启，周围的水墙似乎有了感知，内部流光开始不安地奔跑，闪电般的忽亮，让人生出奇异的忧惧来。

崖儿回头给苏画递眼色，苏画颔首，微微错后身子。等他们进入洞口，她横剑而立，和魑魅魍魉守住了进入的通道。

内外隔绝，山洞里的光似乎在很远的地方。苏画收回视线望着对面的两人，笑道："你们曾说过，不贪宝藏里的财富。现在人在洞口，我留下你们守门，心里不会不痛快吧？"

魑魅和魍魉相视一笑，"我们还是这想法，钱财对我们来说没用。别人传儿传女，我们没有儿女可传，发财也是白发。"

也是，苏画牵着唇角一哂，珠光之下面如白银，扣在剑环里的手指慢慢收紧，勒得指尖发白。

周围兵戈之声越来越近，胡不言四下观望，"楼主好算计啊，原来那个厉盟主悄悄安排了这么多暗哨，是打算最后将我们一网打尽吗？"

苏画蹙眉，"你怎么还在这里？留下拖我后腿，还不如跟进去。"

胡不言眨巴着眼说："我也不要钱，进去干什么？再说你在这里，我当然要陪着你。"可是苏画眼里显出不耐烦的神色来，似乎在极力按捺。胡不言见她这样有点奇怪，"画儿，你怎么了？"

魑魅魍魉因胡不言的这句话也转过目光来，就是弹指间，她冷锋出鞘，向距离最近的魑魅斜劈过去。魑魅反应不及，不等他拔剑，剑锋就到了头顶上。这时一只手横过来，替他挡了那一剑。

剑太锋利，割肉断骨一挥而就。魍魉的血溅在魑魅脸上，断手也掉落在他足尖。

魑魅眦目欲裂，顾不上照应魍魉，拔剑向苏画攻去。只是他不明白，为什么会变成这样，不应该的啊……

"苏画，你疯了吗！"他大喊着，手上没有停顿，调起了一轮强攻反击。有什么比遭受最信任的战友背叛，更叫人伤心绝望？他可以怀疑任何人，却从来没有怀疑过苏画，她是楼主的师父啊！

苏画闷声不语，脸上的神色变得那么陌生，似乎这刻已经不需要任何解释了。

"为什么是你？"魑魅依旧追问，"为什么是你！"

她左手的龙骨鞭甩动，发出破空的利啸，"因为我是藏珑天府的人。你们以为绿水城中被杀的人是古莲子吗？错了，她不过是我手下的一名御者而已。"

所以她才是真正的古莲子？隐姓埋名潜伏在波月楼多年，城中的水宗主不过是个傀儡，这世上知道真相的只有厉无咎一人。

执剑勉强站起的魍魉暴喝着向她杀去，毕竟受了太重的伤，他的动作不及之前灵敏。几个回合之后，龙骨鞭缠绕住他的脖子，翻手抖腕，将他重重砸在了青石板上。

魍魉倒下了，狠狠吐出一口血。四面包抄上来的竟不是波月楼的人，早该想到的，楼主的计划她都知道，怎么会坐看一切发生。

纷乱的箭雨向魍魅射来，他抬剑抵挡，挥断了无数正面袭击的弓弩。但总有漏网之鱼，锋利的短箭刺穿他的细甲，扎进他的胸腹。然而即便身负重伤，不到最后一刻也绝不放下剑！他浑身浴血，红着两眼站在包围圈中，像地狱里爬上来的恶鬼。

苏画此时已经不需要再出手了，她闭了闭眼，“杀了他。”

‖第一百零三章‖

我本来就是这样的人

胡不言在身后声嘶力竭地呐喊："苏画，你怎么变成这样了！"

没有人能接受现实，就像偶尔午夜梦回，她自己也不能接受一样。

原本她的任务是监视兰战，在兰战遭遇任何不测时，随时准备接手波月阁。结果人算不如天算，总有那么多的"恰好"，让她在波月楼蛰伏多年，看着岳崖儿从满身褴褛的野孩子，成长为波月楼的第一号杀手。

命运是什么呢，命运总是充满了不确定。从来没人怀疑她的身份，因为她有足够好的耐心。她在波月楼二十多年了，魑魅魍魉这批人都是她看着长起来的。他们对她一向很尊敬，他们听话，宾服她，可是他们忘了杀手的第一准则——不要相信任何人，即便是最亲密的战友。而波月楼也早就不是以前的波月阁，崖儿的经营让它变得有人情味，这恰恰触犯了杀手的大忌。

现在好了，她等这刻等了很久，终于能从这个漩涡里脱离出来。就像拆下了脖子上的重枷，她再也不用继续伪装了。

伪装是件很累人的事，尤其有了感情的积淀，虚情假意会把人压垮。她有时候也问自己，怎么走到了这一步，遗憾的是说不清，大概人非草木吧！今天以后，恩怨情仇一笔勾销，只要他们全死了，她就没有感情的负累了。

胡不言的眼里都是绝望，他从没想到自己喜欢的人居然会是个奸细。这说明什么？说明这狐狸太蠢，而她的心机之深，已经令妖都望尘莫及了。

究竟该不该得意？她的唇角抽搐，想笑却笑不出来，"我本来就是这样的人，你觉得惊讶，是因为你不了解我。"

众帝之台的门徒听她下了格杀令，短箭上弦，拉了满弓。魑魅回身看向倒地的魍魉，他努力挣扎，想要站起来，可是四肢早就不听使唤了。

他收回视线，咬牙拔下胸前的箭，狠狠掼在地上。重新抡起重剑，嘶吼着向那些弓弩手冲去。成排的弓弩被扣动了机簧，只听铮铮的弦声四起，短箭像横扫的雨点向他疾射。

这么多年的腥风血雨，总有个头，看来今天走到收梢了。他抱定了必死的决心，不过一口气罢了，有什么了不起！但恰在这时，他身前半步筑起了一面气墙，短箭触及这面墙，箭头纷纷折断落在地上，然后那气墙碎裂成万道尖利的冰凌回弹过去，所到之处立刻哀声四起。

苏画抬头看，长街的尽头有人缓步走来，她微微一怔，是大司命。

要说心肠，她是真的狠得下，为了避免人到面前引起太多的羞愧和尴尬，她一把夺过边上的弓，拉弓搭箭，箭头直指向他。

“咻”的一声，蓄满力量的箭向他射去。他拔身而起，长剑从袖中窜出，如一道虹，将迎面而来的箭对劈成两半，然后继续高歌猛进，直至刺进她的胸膛。

他看着她倒下，依旧寒着脸，没有半丝表情。

胡不言高呼了声“不”，连滚带爬地把她抱进怀里。

血在汩汩地流，她的视线却停在大司命脸上，人与仙斗，怎么可能赢呢，但这是她乐见的结局。她艰难地笑了笑，“死在你手里，值了。”

大司命轻轻皱了下眉，“自作孽，不可活。”

她听后怔怔地，眼里的光逐渐熄灭了。纠缠了那么久，最后换来这句话，大司命不愧是上仙，抽身得比她更及时。

胡不言在她耳边大呼小叫，他摇得她很不舒服。那张大嘴咧起来，果然更加不好看了。可现在也只有他关心她的死活，她听见他向大司命哭喊：“快救救她，你要眼睁睁看着她死吗？”

冷风嗖嗖地从伤口灌进来，她忽然觉得睁不开眼了，但心里依稀还有一点念想。然而都是奢望，大司命转身向魍魉走去。在他看来她是死有余辜，根本不值得救治。

她闭上眼睛，大滴眼泪从眼尾滑落，滚进鬓角。胡不言的喊声也渐渐远了，听不清了，她放开紧握的双拳，轻轻叹了口气。但愿胡不言以后能找到一个好姑娘，好好过他的日子。这险恶的江湖，实在不适合一根筋的狐狸。

苏画死了，胡不言抱着她瘫坐在那里，心下彷徨，这一切都不是真的吧，是他在做梦吧！

摸摸她的脸，还是温热的，他喊她：“苏门主，你怎么说睡就睡了？”她不再回答，他等了半天，狠狠抽了自己一巴掌，感觉到疼了，原来一切都是真的。他抱着她的尸首发笑，眼里裹着泪，对大司命道，“你居然杀了她，你怎么狠得下心？我知道了，你是因爱生恨，因为她一次又一次拒绝了你！”

大司命并不理会他，这狐狸整天胡言乱语，他也习惯了。当初仙君命他上孤山，让他留下断后，就是怕有预料之外的事发生。好在防范得当，居然真的出了这么大的变故。杀手不是多疑吗，怎么从来没人怀疑过苏画？可见这女人狡诈至极，也确实有点本事。

至于救人，救也是救当救之人。魑魅的伤还不致死，魍魉就不一定了。他检查他的伤势，右掌脱落，肋骨也断了好几根，气息奄奄，离鬼门关只有一步之遥了。

魑魅蹒跚着步子把他的断掌捡回来，惊恐地望着大司命，嗓音颤抖，“能救吗？求求你一定要救活他。”

大司命点头，“外伤好治，内伤麻烦些，需要时间静养。”把断掌放回原处，一点点让他愈合。只是有刹那的恍惚，好像在很久以前他也替谁治过伤。是狐狸吗？不是，好像不是他。那是谁？无奈想不起来了。

三十五少司命领着几个弟子从别处赶来，鲛王也到了。他从鲛人肩头跳下来，看着这尸横遍野直发呆，“这下完了，这么多尸首，会破坏我们春岩城的环境的。”

大司命道：“放进水墙吧，你们不是一直这么处理尸体吗？”

鲛王说不行，“水墙里都是我们的祖宗，这些人进去算什么？以后连他们都一起祭拜，那坏人也当得太成功了。”

大司命尽力救治魍魉时，三十五少司命发现苏画已经气绝了，胡不言哭得泗泪横流。少司命纠结了半天劝他节哀，回头看看大司命，“苏门主怎么会遭遇意外？座上来时她已经不行了吗？”

大司命恍若未闻，但胡不言气若游丝地指控着：“就是你家大司命杀了苏画！”

三十五少司命大感意外，“为什么？”座上不是很喜欢苏画吗，当初在蓬山还为她坐立不安过，怎么转头就把人杀了？难道是求而不得，公报私仇？

魍魉的气息终于续上了，表面的伤也渐渐愈合，大司命擦了手上血迹，站起身道：“因为她是奸细。”复又下令少司命带人守住入口，自己撩袍迈进了大门。

肉眼所见的洞内情形并不真实，在他一脚踏上青砖时，人就不停下坠，不知要落向哪里，如果没有凭虚之术，恐怕会被活活摔死。洞很深，无底似的，稳住身形后徐徐降落，看见石壁上缀满了繁复而古老的文字，一排复一排，摩崖石刻一样。终于，底下有光反射上来，那些文字便看得更清楚了，大致记录了春岩的历史，从国泰民安，一直写到荧惑[2]现于东南。

这个所谓的宝藏，应当和春岩城下陷有极大的关系。他心里犹疑，落地之后寻着光线过去，财宝确实有，踏前一步就撞进眼里来。火把折射出宝石的璀璨，那光迷惑了众人的心智。

众帝之台的人是有备而来，他们往携带的口袋里大肆装入金银。王在上躺在钱堆上，痛痛快快打了几个滚。金子经历了无数年的堆积，表面有些剥落了。他这一滚，滚了满身的金箔，连脸上都沾满了，站起来金光闪闪，像镀了金的门神。

波月楼的人倒不着急，他们笑吟吟地看着他们忙碌。装吧，装得越多越好，反正最后都会被抢过来。

阿傍随手捡了串瓔珞戴上，黑甲上点缀着各色宝石，他笑嘻嘻地问同伴："我看上去是不是很有钱的模样？"

大家发笑，"不是看上去有钱，是真的有钱了。"

突如其来发了横财，以后怎么办呢，这是个难题。不如建议楼主多开几家妓院好了，关于钱的使用方法，阿傍是这么打算的，等上去之后问问魑魅魍魉，看看他们有什么好主意。

正笑得欢，大司命来了。神仙对钱是不怎么有兴趣的，他边走边问，"仙君在哪里？"

这宝藏也分前后室，装金子的地方足够大，但楼主一行人不在这里，阿傍向边上的门指了指，"应该进里面去了。"

大司命匆匆入内，他们才猛然想起来，发财发得竟连主子都忘了。人正与不正的区别，大概就是利益当前，道义还在不在心上。他们立刻随大司命进去，众帝之台的人却依旧在狂欢，他们眼里闪烁着金芒，脸色酡红，像刚饮过烈酒，丝毫没有从暴富的喜悦里清醒过来的迹象。不知厉盟主看见了是什么感想，钱财当前，他们完全不把他放在心上了。

屠啸行冲着王在上大笑，"你说过只要五箱，说话可要算话！"

王在上撸了把脸，吹起黏在嘴唇上的金箔，笑道："是啊，我只要五箱……"然后一把匕首悄无声息地，贴在忙于敛财的屠啸行脖子上，顺势一抽，没脸没皮地说，"不过你的，得先由我接管。"

动脉里的血溅起来两三丈高，纷纷四散，像过年燃放的礼花。眼里装满金子的

2 荧惑：火星，古代视为不祥，出现即有离乱。

门徒，到这时才抽出空来关注刚才发生的命案。王在上狞笑着，舔了舔匕首上的血，“不杀他，出去后被杀的就是我们。看什么？分钱的少了个大头，你们不高兴吗？”说着将屠啸行的尸首踹下去，嬉笑道，“老屠，兄弟知道你爱钱，这回拿钱埋你，就算皇帝都没这待遇，你看你死得一点都不冤枉。”

虽然大家对两位宗主窝里斗的事不太赞同，但火宗主说得对，屠啸行太贪，现在他需要他们运金子，会暂且留他们一命，等金子到了船上，他们这帮人难免一个接一个被杀，然后抛尸海上。人都是自私的，在别人活命还是自己活命之间，当然选择后者。

于是一条人命就这么没了，目睹了经过的人非但没有打算向盟主告发，甚至主动帮着掩埋了尸体，连被溅到血的金锭，都擦得干干净净。

“好了。”王在上笑呵呵地说，“接下来咱们就是一条船上的了，出去之后分多少给外面的人，全看咱们高兴。”

眼前的金银财宝已经足够他们消遣，根本没人有兴趣去看一看石门那边的情况。

石门内响泉叮咚，地下河流在圈定的圆池内转个圈，蒸腾起氤氲的雾气。不过这雾气不升空，只淀底，覆盖在水面上的白色波浪上奔走翻卷，让人想起蓬山的清晨和夜晚。

大司命告知崖儿外面发生的变故，她半晌没有说话。波月楼里有厉无咎的眼线，她早就知道，可那人是苏画，实在让她始料未及。

她是她的师父，那年兰战把她送进弱水门，她从六岁起就跟着苏画。这么多年了，她一直很信任她，即便所有人反，她也认定了苏画不会反。当初杀了兰战接管波月阁，那帮元老对她的继任颇有微词，还是苏画领头归顺的，为什么最后那人竟然是她？

“死了吗？”

大司命说是，“死了，我再晚去半步，死的就是魑魅和魍魉。”

多亏了仙君早有预见，当时他派大司命上孤山转动太乙镜，她还有些不理解他的安排，现在事情出来了，她才知道他的良苦用心。难怪他从不赞同大司命和苏画在一起，直到大司命将他对苏画的记忆全部清除，他还很高兴的样子，原来他早就防着她了。

崖儿惨然看向他，他说不许哭，“为了一个叛徒不值得。”

厉无咎脸上露出悲悯的表情来，长叹道：“你们眼中的叛徒，却是我的大功臣。要是没有她，我怎么知道波月楼的人什么时候攻打天外天？你那几大护法都不是等闲之辈，尤其明王敖苏。”

所以明王的死也和苏画有关。那时楼众行动以暗号互通，她不在，苏画就是这帮人的首脑。结果这首脑竟然别有用心，那么明王会遭遇不测，便毫不意外了。

崖儿从未这样恨过一个人，她恨苏画两面三刀，更恨幕后操控一切的厉无咎。

厉无咎见她血红着两眼看自己，似乎吓了一跳，“楼主息怒，还差最后一步真相大白，你现在不能出手，否则就前功尽弃了。别忘了鱼鳞图和枞言的半条命还在我手上，你要学会控制自己的情绪。其实权谋历来如此，兵不厌诈嘛。苏画并不是为你专设的，她是我派在兰战身边的棋子。当初兰战布局把她吸纳进弱水门，你现在有多恨我，那时她就有多恨兰战。兰战起初并不重视她，而我正需要这样一个倔强又有可塑性的人，替我看住波月阁。只是我没想到，她对你们如此有情有义。本来铲除那些杀手根本不必等到我与仙君会面之后，是她种种托词一再拖延，才逼我仓促出手。人啊，心里装着感情，就变得没用。如果她刀枪不入，你们早就死无葬身之地了。说句公道话，你们应该感激她。”

‖第一百零四章‖

水 银 海

这个时候竟还有心思替别人说公道话，厉盟主是算计太多，把自己给算傻了吧！

“你的意思是，在我进入波月阁前，苏画就为你所用了？当初构害她的，真的是兰战吗？”

她问的是波月楼里每个女人都关心的问题，究竟是谁破了她们的身子，害得她们家破人亡，长哭无门。那个男人是一切罪恶的根源，仿佛挖出这个人，就能洗清一切罪孽似的。

“楼主以为是我吗？”厉无咎失笑，“当然不是我，我从来不做强人所难的事，尤其是对女人。”

他笑得意味深长，当年她十三岁，奉命和四星一起伏击都洲商队，那次事毕，本应当是她破身的日子，但他来看时，她病得都不成样子了，瘦弱的人蜷缩在冷硬的铺板上，即便神志不清了，也还是紧紧攥着双拳。他对太小的女孩子不感兴趣，不过在她床前站了会儿，就出门吩咐苏画好好照应她。他从她脸上看出了一点柳绛年的影子，毕竟多年前他的确曾经喜欢过她母亲。就算是故人之女，也不能趁她垂危，对她做那种事。

这次之后，接下来便再也没有寻到机会。兰战自此不在他面前提起她，那厮有自己的算盘。一个女杀手保持囫囵身子到十八岁，几乎是不可想象的。波月阁的护法们也提出愿意效劳，都被他拒绝了，他想把这颗果子留给自己尝鲜。

可惜啊，一时心慈手软，让她有机会攀上紫府，闹得这寻宝的事天上地下无人不知。如果当初他狠狠心肠，收了这小蛇，她如今还能这么猖狂吗？

崖儿却对他的话唾弃不已，一个能一再毁约的人，有什么资格高谈人品。不过她也大致理清了苏画的人生轨迹，从小长在青楼的柜子里，少时流离失所被一对老夫妇收养。后来养父母罹难，她被人奸污，不得不进入波月阁。不久之后便被厉无咎收归旗下，几乎没有一天不在盼着兰战死于非命。

也许自己的孤注一掷，完成了苏画长久以来想做而不敢做的事，所以那时苏画对她是心存感激的。可是有的路，走了就不容你再回头，她不单是弱水门的门主，更是绿水城的城主。她和波月楼这头的感情越深，就越担心有朝一日会被戳穿，因此有段时间总是魂不守舍。她以为苏画是在为自己和大司命之间的感情苦恼，谁知竟是为了相距越来越近的老东家。

人生真是一场局，苏画应当是早就有预料的，所以才一再婉拒大司命。她到最后仍旧保有一点人性的纯善，如果她不在乎大司命的立场，完全可以把他拖下水，也不至于让他清空了一切关于她的记忆，最后对她痛下杀手。

崖儿看了眼大司命，他脸上无喜无悲，大约真的把自己对苏画的感情忘记得一干二净了。如果有一天他忽然想起来，届时又当如何面对自己呢？仙君示意她不要深究，这事当然能含糊则含糊。毕竟苏画已经死了，让大司命重新想起，对他是件残忍的事。

“你所求的究竟是什么？”仙君望向圆池中央那个类似祭台的石案，“我知道金银并不是你最终想得到的，必定是有更让你觊觎的东西。”

厉无咎啧了声，“觊觎？你这话真是难听得很，怎么说都是万年的交情，别老是拿这么恶劣的字眼来形容我。”

仙君哂笑，“我还有更难听的字眼可以用来形容你，你只管耍赖，要不是这地方古怪，我早就结果你了。”

厉无咎说别，“暗河连通着外面的水墙，要是轻举妄动，会出大事的。”他距离石台最近，一面说，一面已经将手按在了中心的六芒星上。

忽然手心被什么割了下，他吃痛收回，掌心出现一道寸来长的口子。有血滴落在石臼的边沿，那石臼吃了血，外沿的十二面石雕倏地沉下去，中间的石刻凸显出来，然后六角十二面的石槽里涌起银色的流质，圆融滚动，八方汇合。

是水银吗？他回身看，圆池边沿，穿破缭绕的水雾隐约也有银光流动。那液态的金属，很快把他们脚下站立的空间划分开。水银有剧毒，会随空气蒸发，在场的人都抬袖掩住了口鼻。这时有隆隆的震动从地心传上来，他们所处的位置越抬越高，形成一个三面的椎体。所幸这椎体上有层层平台，让他们得以落脚。平台下部出现了大片的水银，逐渐漫上来。锥型最高处，六芒星的上空，忽然燃起了鲸油灯，灯火发出莹莹的蓝光，他的脸在那层光晕的笼罩下，愈发青白得鬼魅一样。

“齐光！”仙君惊呼，“别碰那东西！”

厉无咎半抬的手停在那里，广袖在旋转的气流中轻轻拂动，脸上露出了怅惘的神情，“再听见你喊我的名字，觉得真……亲切。这名字已经从天地间消失了上万年，没人记得，恐怕只有你。”

现在不是伤春悲秋的时候，水银越漫越高，照这形势看，在金山银海里打滚的王在上等人已经难以幸免了。这春岩城本来就沉进了水底，哪里来这么多的水银？城里究竟隐藏了什么秘密？

不能再等下去了，原先仙君倒很有兴趣陪着崖儿冒一回险，现在看来事情越闹越大了。塔底的水银迅速上涨，要不了多久便会漫过人的头顶。如果无止境地升高，也许连整个城都会被淹没。

他袖底的天岑化作一道流光，向塔顶飞去。长剑先至，人在其后。塔顶的人抽出玉具剑击退了天岑的第一轮攻击，垂眼看，那人白衣胜雪，乌发如墨，轻盈的禅衣顶风而上，经纬纵横缠绵逶迤，让人想起他当初在尸林中御风逐鹿的样子。心里总有一点感伤，曾经那么好的同伴，最后弄成了这样。

那段过往他曾经极怕回忆，因为无法面对走火入魔的自己。后悔吗？是的，他真的后悔，所以长久以来一直在寻找回到过去的法门。这人世让他太过厌倦了，什么权势钱财，都不是他想要的。据说孤山里藏着一面能够自由操控时间的四象八角鉴，只要有了它，他就可以任意来去，不想发生的事不会发生，不愿存在的人也会消失得干干净净。

安澜执剑杀到了，天岑在他手中有千钧分量。他的进攻还是这样，丝毫不给人留退路，剑气夹带着罡风狂卷而至，若不是他早就找回了前世的修为，真抵挡不住他的攻势。

当初在甘渊，他也是这杀气凛冽的模样，仗剑立在碧波万顷上，天边缀满了血红的晚霞，他狠狠看着他，让他出招。当时的眼神，齐光到现在还记得。可惜时隔多年，恨也逐渐消散，即便再次对决，安澜的双眼也是静谧如深海，再也没有什么能掀起他的愤怒了。

天岑直指眉心，没有理由躲避，便挺剑迎了上去。一时风云变色，两股强大的气流对冲，震碎了锥塔的边角。碎石往下飞坠，落进水银海，溅起丈余的银色波浪。塔顶上空电光火石，两剑对垒，剑锋与剑锋交击，“嚓”的一声，瞬间迸出火花。面对着面，他试图看出些什么，然而什么都没有，安澜木着一张脸，下手毫不犹豫。如果以往还能念及一点旧情的话，自从他和岳崖儿为敌后，这位仙君就开始护短，比起自己的女人，曾经背叛过自己的老友算得了什么！

齐光苦笑，苦笑过后便是更凌厉的回击，右手执剑，左手暗暗捏诀向他抛出摄心锁。那锁并没有实际的形质，但可令人如深陷泥潭，难以反抗。

不过紫府君的万年道行不是白得的，他自然有他化解的法子。结起兜率印打散了他的摄心锁，那印是万丈火焰织成的网，自上而下纵贯，要将他烧成灰烬。

是啊，三千年前爱宠被天火烧死，如今他也要元凶尝尝这滋味。果然是心系那条小蛇，三千年前没来得及周全，三千年后要继续打抱不平吗？

前生的错误，凝成了今世的胎记。齐光眉心的朱砂忽然敧生，像盛放的花，舒展开了妖异的花瓣。

“你这么喜欢那条蛇？”他唇角带着狞笑，纯阳真火勉强招架住了兜率印的余威。他知道靠硬拼很难打倒他，唯有取巧，反正最终的目标不是他，只是那面八角鉴。

攻人必攻其软肋，而聂安澜的软肋就是岳崖儿。他反手将纯阳真火往她的方向疾射过去，嘿然诡笑着，“历史恐怕要重演了……”

动作夸张，声势也做得很大，和他近身缠斗的人果真被分散了注意力。他怎么舍得让他的小蛇再被火烧一次？齐光看着他抽身相救小蛇，正好留下空隙容他触动那面六芒星。

正在他伸手的刹那，一柄杀气腾腾的紫剑到了面前，他挥起铁爪将剑一斩为二，紧随其后的青剑又向他咽喉袭来。他侧身闪躲，只听剑气呼啸而过，脸颊上立刻留下一串刺痛。顾不上去抹，那厢安澜的掌心雷又到了。他生受了一掌，本来极地里的摧残就让他体虚得厉害，这一掌打得他心血灼然翻滚，再耐不住，从喉中喷涌而出，洒得石台上尽是。

有能耐就一掌打死他！他冷笑，在他剑锋杀到前，一拳擂在了六芒星上。石台碎裂，他也瘫软下来，可是石缝中绽出的光却让他欣喜若狂，八角鉴……有了它就能回到过去。他满含希望地看着那光越来越盛大。锥塔之下的水银海翻滚起来，咆哮着向上奔涌。这时谁也顾不上找他的麻烦了，那条小蛇和她的手下正慌不择路，安澜要去救他们。

宝鉴悬在石台上方，苍黑的八卦镜开启中心的阴阳鱼，应当就开启了法门。他癫狂地运气转动它，如巨轮旋转，盼望着一睁眼便回到过去，他还躺在尸林的草地上，日光从树顶枝叶的间隙里透过来，温柔地洒在他的胸膛上。

进入宝藏室的入口，便是万丈的深渊，向上看，不见天顶。水银已经没过了最后一重台阶，该跑的人都跑了。他想带走那面八角鉴，双手刚触及，人猛地倾斜下来。整个空间像一个容器，容器放倒，水银海也随即横流。

那一瞬他陡然惊惶，仿佛世界要翻转过来了。究竟是怎么回事？为什么不像做梦一样，睁眼便身在方外？他想逃了，却不知该往哪个方向逃。这时空混乱了，锥塔横陈，水银与它平行。又是一震，塔尖不知何时到了他头顶上。他想起来，这世界的一切都是颠倒的，孤山向海底生长，海水也在山眉上……

可是醒悟得太晚，万顷水银汹涌拍来，他被包裹进这密不透风的东西里。慌乱之中他扬手，将袖袋里的东西抛出去，精魄飞速升空，消失在漆黑的夜里。滑溜且沉重的水银漫上来，从他身上每一个孔洞涌进体内，填充了他的五脏六腑。有些话来不及说了，当然也不必去说。银色的细流在他眸底旋转，最终将他的瞳孔填满。他闭上眼睛，腕上一只彩云环脱落下来，缓缓沉进了水银海底。

春岩城底的变故当然不会只停留在下层，它形成一个共鸣式的震颤，一波一波向上传达。整个城仿佛被安置在筛子上，众人成了筛中的豆子，摇得天旋地转。海水在咕咚作响，用不了多久，这世界可能就要毁灭了。此刻大家还在一起，下一刻谁知道呢，也许会被洋流卷到几里开外，陈尸在某片不知名的月光下。

正慌乱之际，听见鲛王惊恐的叫声，“娘的，我们的祖宗活了！”大家转头向水墙看去，那些蜡化的尸体开始真正迈开双腿行走了。他们像一群失线的傀儡，你推我撞，最后将脸贴在那层屏障上，挤得五官变形，疯狂地捶打水墙。

末日般窒息的气象，又重现了春岩跟随孤山一同沉入深海的过程。水墙会破吗？太乙镜上方的漩涡已经不见了，所有人都被困在了这个地下城里，无法脱身。

周围的建筑在倒塌，鲛王大哭：“寡人的王国没了！”

“轰”的一声，倾泻而下的海水终于向他们涌来，仙君和大司命联手筑起屏障抵御，但水太重，不可能抵挡太久。这时听见悠长的低吟从浪尖上传来，一只巨大的眼睛出现在屏障外，是龙王鲸，众人的手交握得更紧。

枞言摇首摆尾顶破那面气墙，闷头一挑，将他们挑到了背上。龙王鲸的皮肤太滑，不易攀附，所幸仙君一把抓住了他的背鳍。

水声隆隆压迫人的耳膜，肺里的空气也快挤压完了，枞言摇尾飞速上浮，猛地一蹿，出了水面。

周围的水还在奔涌，大鱼静静停在那里，天上一弯明月正亮得煌煌。

‖第一百零五章‖

空城

原本以为走投无路了，枞言的出现可说是意外之喜。没想到齐光会在最后时刻放出精魄，这使得大家对他的憎恶略减轻了几分。世上也许并没有彻头彻尾的坏人，凡事出有因，总有一点情有可原的余地。他至少没有丧尽天良，也没有拖大家一起死。

那个所谓的宝藏入口，在他们逃出洞口后不久便塌陷了。祭台上的巨石落下去，甚至能传回砸向水银海沉闷的回响。齐光被彻底淹没了，不可能再回来，谁也不知道他最终触动六芒星，究竟是为了什么。

趴在大鱼尾部的人气喘吁吁，“好险啊，寡人差点就淹死了。”大家向他看，不明白一只鲛人为什么也要凑这个热闹。他好像也刚回过味来了，讷讷道，“奇怪，寡人明明会水，还是鲛族里游得最好的……”四下看，波光粼粼的水面上陆续浮起了一个又一个脑袋，他的子民们都安全脱险了。鲛王长出一口气，拍拍胸口，“还好，寡人还以为自己真要变成孤家寡人了呢。”

大家开始清点幸存的人员，可惜苏画的倒戈一击，让本来就凋零的波月楼又遭受了一次灭顶之灾。细数数，只余十几个了，硕果仅存，还空手而还。崖儿觉得愧对他们，“也许我真的不适合领导波月楼。”

魑魅说不，“跟着楼主见识了好多没见过的人和奇景，比发财有意思多了。”

魍魉的身体还没有复原，却仰起了苍白的嘴唇，“厉无咎死了，我们可以杀上众帝之台，霸占藏珑天府……从今往后，楼主就是武林盟主。”

杀手性情刁钻，有坚忍的耐力，只要看见一点希望，就能朝着那个目标奋勇前进。

崖儿怅然，“可惜说好带你们来寻宝的，结果什么都没捞着。”

阿傍嘿了声，“未必。”摘下脖子上的璎珞朝她扔过去，“这个送给楼主，将来您和仙君成亲，正好拿来添妆奁。”

总算不虚此行，至少还落着了一样。大家茫然对视两眼，身上湿得狼狈，说不清是种什么滋味。

“胡不言呢？”崖儿忽然想起来，慌忙站起身看，水波回旋，根本不见他的踪迹。也许苏画的死对他打击太大，这一根筋的狐狸决定殉情了。她空望着波涛万万，心里涌起了无边的悲凉。

鲛王这时发挥了作用，他说别急，“我让我的手下潜水看看，要是发现那只狐狸，一定给你带回来。”

崖儿向他道谢，他摆了摆手，靠在纵言的背鳍上对月长叹，“寡人的家没了，祖宗也丢了，还得另找地方造行宫，想想都麻烦啊。”

每个人都有各自的惆怅，经历了生死一线，现在还活着，是件可喜可贺的事。大鱼的气孔里喷出了几丈高的水柱，在明月下飞散成细雾。要是换个乐观的角度，也许可以看成烟雨楼头，英雄美人的啸聚，实打实经历了一场道义江湖的滚打。

先前的惊涛骇浪慢慢平息下来，水纹也逐渐变得和缓。崖儿回身看，见仙君正负手向远处眺望。她过去问怎么了，他抬手一指，“你看，看见什么了？”

他这话引来了大家的注意，只见皎然月色下，有阴影悬于海上，距离很远，加上夜里视线不佳，看不清那是什么。但大家都清楚地记得，来时曾密切观察过，并未发现附近有什么异常。

崖儿问：“是山吗？”

仙君慢慢点头，“不单有山，恐怕还有城。”

大司命神色一凛，“属下去看看。”

却被仙君叫住了，“现在时机不对，今夜不要独行，等明天天亮再说……齐光费了那么大力气，总会有些说法的。”

那山影浮于水面，并非一重，颇有孤山的味道。看来厉无咎的舍命相搏，是为了换来孤山重回人间。如果真是如此就大大说不通了，他和万年前消失的山城并没有什么关系，根本犯不上为之付出这么大的代价。

究竟那黑影是不是孤山，其实鲛人完全可以过去探一探，可鲛王打死不从，“寡人害怕有诈！这事太诡异了，难道那个右盟主是我们祖宗的亲朋好友？”

阿傍对他的毫无王者之风十分鄙夷，“你们不是春岩城的后人吗，怎么对祖先的事一点都不了解？”

鲛王支吾了下，“寡人生得晚，等我降世时，老祖宗脸上都长毛了。不过寡人听我爹说过，当初的祭司殉职前留下了一句话。”

“什么话？”大家眈眈看着他。

“我们一定会再回来的！”

此言一出，气氛顿时凝固。众人面面相觑，那么祭司算说到做到了吗？万年前的誓言要如何才能实现？必定得借助后人的力量。那么什么样的人才有胆量跳进漩涡，抵达水下城池？必定不是寻常的凡人。

有些因果呼之欲出，但又似乎隔着点什么，让人难说其中原委。这次的冒险真正结束了吗？恐怕没有那么简单。大家正迷惘时，月下静谧的海面上缓缓驶来一艘宝船，十六根桅杆上张着风帆，船头的饕餮金盾在阴影下狰狞犷悍。有人探出船舷，叫了声岳楼主，然后放下软梯来，接水上漂泊的人上船。

崖儿没想到是关山越，登船后回身拱手，“看来我错怪关盟主了。”

憨厚的汉子答了一礼，笑道：“这事不能怨岳楼主，怪我事先没有和你通气。关某虽然是个莽夫，知恩图报却还是知道的。当初赤白大战，我奔走几千里救出内侄，返城途径九道口时，遇上了波月楼杀手的伏击，是岳楼主放了我一马，这个情在下一直铭记在心，从来不敢忘记。先前我随厉无咎进春岩城，不过是权宜之计，十五傍晚我借口上船接应，先回到宝船上来了。”他一面说，一面从袖子里掏出一幅卷轴递给紫府君，“这是仙君琅嬛里的物品吗？我在龙涎屿外登上厉无咎的船，一直见他拿着图册查看，应当就是前段时间闹得沸沸扬扬的鱼鳞图。如今物归原主，请仙君收好。”

紫府君接过来，展开图卷看了眼，工笔线条将山水勾勒得栩栩如生。连哪处水流湍急，哪处水波平稳，都会按照实时的情况自动调整。

他向关山越抱拳，“多谢关大侠，正是我琅嬛之物。”

关山越道：“不必言谢，我也是借花献佛。厉无咎并未随身携带这画卷，我是在他舱房里找到的。大概下了春岩就没用了吧。你们来时乘坐的宝船已经被凿沉了，厉无咎的船工现在都在我的控制下。神仙打架的事，关某凡夫俗子不敢参与，做做这种零散的小活儿倒还可以。但愿来得及时，能救诸位之急。”

这位副盟主是一步一个脚印的人，他不擅冒险，任何事都要三思而行。虽然不能指望他一掌定乾坤，但他可以让人后顾无忧，也算是个可以托赖的盟友。

总之上了船，暂时可以安定下来了，但经历了先前的惊心动魄，大家都睡意全无，三三两两在甲板上游荡。枞言的回归，是此行最值得高兴的成果。算算时间，自他被劫走到今天，将近二十日了。这大鱼多灾多难，虽然不是同类，但这些年结下了深情厚谊，必须把他救回来才能心安。

崖儿在他肩上拍了下，“之前厉无咎留了一手，我还怕你会变成傻子。”

纵言神色惨然，“我什么忙都帮不上，你们最艰险的时候我不在……”

“你在又能怎样？帮我杀人吗？”她笑道，“龙王鲸大善，你还做原来的你吧，我喜欢原来的你。再说最危急的关头还是靠你，刚才若没有你我们都得淹死。”

他们说话的声音有点大，顺着风飘到了船舷边，凭栏远眺的仙君脸上一派镇定自若，心里却已经开始结冰。“还做原来的你，我喜欢原来的你”……这女人，真是一点都没有已为人母的觉悟，她就不怕这些话引得未婚男子误会吗！还有“危急关头都靠你”，明明危急关头是自己大战齐光，然后带领他们逃离水银海的！

他一直沉默，嘴唇抿得死紧，那点不痛快虽不在脸上，但沉淀在眉尖。大司命和他打了三千年交道，当然知道他已经开始酝酿情绪了，便试图开解，“都是客套话。”

仙君听了转过头来，“是吗？”

大司命艰难地比画了一下，“君上，您知道交情越深，越不会客套的道理吗？只有那种需要维系的感情，才会搜肠刮肚想出一堆好听话来。”

仙君觉得大司命真是睿智一如往常，“那么本君与大司命的交情不深吗？你怎么还是对本君毕恭毕敬？”

大司命怔怔道：“因为属下和君上是上下属的关系，而且属下对君上也没有非分之想，所以维系一下感情是正常的。”

仙君笑起来，“大司命的学问果然不错，说什么都有理有据。”

大司命谦虚了一下，“君上过奖了。但孤山要是真的重回人间，不知会不会引出什么麻烦来？”

反派的使命不就是让正派没好日子过吗？豁出了命，不掀起点什么来，说不过去。

仙君嘴角微沉，“谁知道呢，兵来将挡吧，还能怎么样！”

这里正说着，突然发现崖儿有看过来的苗头，他忙把大司命打发了，刻意背对他们，捧着两手做小心翼翼状。竖起耳朵听，身后的甲板上果然传来急促的脚步声，他的唇角慢慢扬起来，在她询问米粒儿怎么样了时，蹙眉道：“刚才打斗我怕伤了他，那个掌心雷都没敢用力。还有那么多水银，不知对他有没有损害。”

他摊开手掌让她看，那小小的人形依旧蜷缩着，包裹在一片温暖的光晕里。崖儿细细端详，眼里涌起温柔来，轻声说：“好像还好。回到陆上就让他进我肚子里吧，耽搁得太久了，他该长大了。”

月色下，仙君的眼眸明亮，“要是赶得上，生个双生好不好？”因为娘胎长久闲置着，仙君自问也没偷懒，所以他在考虑要不要一胎怀两个，这样可以节省一点时间。

崖儿正专心欣赏孩子，虽然他小得和米粒一样长短，但她眼神好，真能看清他的手脚。他蜷着两条小腿，小胳膊抱胸，正睡得香甜。先前的惊天动地没有对他造成任何影响，真是个皮实孩子。

只是听见他爹说要来个双生，她有些不好意思，“一个还没放回肚子里，就想着下一个，你也太操之过急了。”

经历了一场生死大战，还能留命活着……大难不死必有后福吧！她伸出手，搂住他的脖子，“鱼鳞图回来了，送它收归琅嬛，天帝那里就好交差了。当初我的一念之差，引出这么多麻烦，现在回头想想，实在很不值得。绕了一圈回到原点，要是那时没有上蓬山……”

“就不会遇到我，也不会有米粒儿。”他在她背脊上抚慰地轻拍，“你没有想过，回到我身边是宿命的安排吗？你本来就属于蓬山，如果那天我没有上九重天应讯，你也不会死得那么惨……”

崖儿脸上一僵，“前几辈子的死法，就不用耿耿于怀了吧！”

“啊对。”他莞尔道，“不说那些了，我现在有空，要给孩子取个正经名字。不能老叫米粒儿，他会不高兴的。”

崖儿忙说了几句恭维话，哄他进舱休息一会儿，自己站在船头发怔，损兵折将，这场战斗没有最后的赢家。

茫然地在黎明前的浓夜里徘徊，走到船尾时见一个身形蹲在船舷下的阴影里，抱着双肩，肩头微微颤抖。崖儿怔了下，“撞羽？”

撞羽听见她唤，定了定神才回过身来，“主人。”他托着一柄断剑，双手送到她面前，“朝颜再也回不来了吗？”

他们是同一个藏灵子里炼化的剑灵，感情自然非比寻常。崖儿将断剑接过来，在撞羽期望的眼神里点了点头。

人死如灯灭，器灵的精魂散了，就再也无法复活了。剑是他们借以依托的载体，剑断则魂灭。他们不像人，没有三魂七魄能够消耗，一旦出现意外，就是不可挽回的结局。

撞羽垂下双肩，又坐回船舷下。对他来说是失去了姐妹和战友，对崖儿来说何尝不是。她和他并肩坐下，将断剑捧在怀里，“当初我炼化你们，让你们有了人的感情。什么是人呢，有七情六欲，也有喜怒哀乐。如果朝颜的死让你很难过，我会觉得对不起你，也许我当初的决定是错的。”

撞羽抬起头看了她一眼，“不，属下不愿意当个没有灵识的器灵，所以主人的决定没错。”

崖儿沉默下来，良久才道：“收好朝颜，等回了陆上，我们把她葬在明王他们身边，这样也有个伴。”

撞羽凄然颔首。

东方水天相接的地方，终于慢慢亮起来。起先是轻促的一抹霞光，接着升起一个金色的拱桥，那拱越升越高，也越来越红，一轮朝阳跳出水面，天终于亮了。

崖儿起身看向昨晚那个阴影的方向，影影绰绰的，果真是一座山。仙君也出舱了，吩咐让船往山那边开，他神色凝重，立在船头的锚桩上眺望。

白天光线明亮，还未到达，就看出那是孤山。如果说什么样的力量，能令头下脚上的高山翻转还是小意思，那么真正可怕之处在于，春岩城的坍塌毁灭仿佛都是他们的幻想。

眼前这城如同新建，连屋檐彩绘的油墨都还没干。只是没有人，一座无人的崭新的空城，就那样堂而皇之地矗立在蓝天之下，碧波之上。

‖第一百零六章‖

九尾金狐涂山氏

宝船停靠在春岩的码头，船底传来笃笃的敲击声。崖儿探身往下看，鲛王浮在水面冲她打招呼：“夫人，昨晚答应给你找狐狸的，现在有消息了，你要不要听一下？”

崖儿说要，“他人在哪里？”

结果鲛王还没回答，张月鹿大喊起来，“胡不言！”

众人往城里看，码头高处的堤坝上站着个人，穿青色的袍子，背上背着一柄剑，身形不怎么高大，但撩头发的样子十分风流。

崖儿疑惑地看看他，又看看鲛王，“在春岩城里？”

鲛王哎呀一声，“不好意思，消息反馈不太及时……对，就在城里。”

人找到了自然是好的，但事态发展有点诡异。昨晚眼见着城池尽毁，今天怎么又凭空出现了？更奇怪的是胡不言居然安然无恙地随城一同现身，倒要叫人怀疑，他究竟是人是鬼了。

大家迟迟不上岸，等了半天的胡不言不耐烦了，“我是人，看看地上……”他跺了跺脚，“有影子！连影子都英俊潇洒！”

紫府弟子率先登岸，他们是方外人，就算有鬼也不怕，况且这里还有捉鬼的行家。仙君的《百鬼卷》自从遗失了艳鬼，就一直差一个名额，如果胡不言真的死了，那正好填充进去，狐鬼也算是个新品种。

确定岸上安全，剩下的人才姗姗下船。

最奇异的要数鲛王，他居然落在了队伍最末，照他的话说，“有人给你翻新了王城，你没搞清情况敢住吗？寡人是一族之王，生命很宝贵，要是遇上鬼，我又打不过，被他抓去做油灯怎么办？”

总之他自已的地盘，他是最后一个踏足的。

他看着胡不言，远远嗳了一声，“狐狸，你怎么没死？”

胡不言翻着白眼道：“你很希望我死吗？我死了，谁来摸清这春岩城的来龙去脉？”

其实昨晚海啸的时候，他已经抱定殉情的决心了，他的世界从此没了苏画，活着也没什么大意思。

说句实在话，从修成人形到今天，他的情路一向很坎坷，找到苏画就像拾到了狗头金，他夜里做梦常常会笑醒。可是幸福那么短暂，一切急转直下，快得他连反应都反应不过来。那时他真恨自己道行太浅，学艺不精，就那样眼睁睁看着苏画死在大司命的剑下。而他除了哭，什么都做不了。

他越想越心酸，那么多次，遭遇危险的时候都是苏画在护着他，就算她是厉无咎的人，对他也没话说，反正他一点都不恨她。

大浪来时，所有人都忙于找寻同伴，只有他抱着苏画的尸体等待最后一刻的到来。又怎样呢，不过一死嘛。

他紧紧搂住苏画，在她耳边说让她慢点走，他马上就去找她。他甚至想着，等过两天他们发现了他和苏画的尸体，死了都纠缠在一起，那是何等凄美的场景。

狐狸是只浪漫的狐狸，他连自己咽气的表情都设计好了，可惜大浪没能淹死他。金狐狸是狐狸中水性最佳的，他不经意间憋了口气，等换气时春岩城和孤山都翻转到水面上来了。他除了蒙还是蒙，完全不知道发生了什么。

时间好像重回到万年前一样，春岩的一砖一柱都是簇新的。他指望苏画能复活，但她逐渐僵硬，他知道留不住她了。

“我给她找了个好地方埋了。”他指了指孤山道，“就在山脚下，那里山清水秀还有龙脉，下辈子运气好能混个皇帝当当。至于发现……你们来之前我在城里转了一圈，找到一面石刻。”

大司命想起宝藏入口以下的通道，高高的石壁上就刻着春岩城的历史。只不过那时光线太暗，要不是特意查看，几乎没人会注意。

他低声同仙君说了，仙君追问石壁在哪里。胡不言虽然两眼恶狠狠地盯着大司命，但大事上还不至于犯糊涂，“在神龙雕像背后的石碑上。”

他边说边转身引路，崖儿看清他背上背着的剑，正是苏画的兵器。

倏忽十六年了，她还记得初到苏画门下的情景，那时自己谁的账都不买，但对苏画的美丽还是服气的。练剑之余会偷偷看她，她不像别人那样严肃过头，横眉怒目，只要你不刻意去违逆她，她永远很好说话。

还有春天织雨成丝做团扇，她的扇面配上苏画的扇骨，王舍洲堪称一绝，可惜今后再也没人能和她搭伙了。她虽恨苏画的所作所为，但于私人的情感上来说，总有些伤怀。并不是不舍，只是感叹命运弄人，这黑白混淆的世道，把人都逼成鬼了。

她的情绪变化逃不过仙君的眼睛，一只掩在袖底的手悄悄握住了她。

身上有重担，是件累人的事。尤其干波月楼那种营生的，杀手头子大悲大喜，手下人看着也不像话。所以岳楼主要喜怒不形于色，对于苏画这种叛徒，必须只有恨，不能有太多的儿女情长。

崖儿抬眼望他，他温柔凝视她，拇指在她手背的方寸间轻抚。她勉强笑了笑，心里逐渐平静下来。

胡不言说的那面石碑就伫立在祭台前，正面雕刻龙神像，背后密密书写着春岩从兴到亡的过程。

“厉无咎被骗了。”胡不言面无表情道，“祭司预言城池会遭遇灭顶之灾，所以预先设了一个局。所谓的宝藏，是头代城主的陵墓，墓里安放了四象八角鉴，宝鉴被转动之时，就是孤山和城池重现人间之日。为了创造这个条件，祭司让一位勇士带上神璧去了生州，如果不出意外，这位勇士就是岳家的先祖。勇士身负重任，开始散播孤山有宝藏的传闻。为了进一步吸引能力超群的人，又附赠了另一个秘闻，就是四象八角鉴能令时光倒流。厉无咎这样的人说他贪财，老胡是不信的，所以只剩一点，他想操控时间回到过去。”

回到过去？仙君看看大司命，大司命低眉垂眼道：“究竟是回去杀您，还是回去和您再续前缘，属下也不知道。”

仙君恍然大悟，有这样一位洞悉人情世故的二把手，人生果然通透多了。

鲛王咧着嘴大呼小叫：“祖宗比寡人聪明，寡人要是有那脑子，至少提前一百年出牢笼。”

当初他们确实怀疑过，孤山宝藏的风声是鲛王为了找人救他，有意放出来的。结果思路是没错，但要往前追溯一万年。

崖儿忽然觉得这一切像个笑话，如果那个勇士真是岳家先祖，祖祖辈辈背负的也是让孤山重见天日的使命，那么她爹娘的死，还能说是无辜吗？

她苦笑，“最后的赢家竟是这位机关算尽的祭司。”

大家也有些迷茫，每个人都自诩聪明，结果被一万年前的古人涮着玩，确实让人难以接受。

四下看，城里还是死一样的寂静，连半个人影都没有。仙君吩咐紫府弟子出去查探，他倒是很容易接受现实，“来龙去脉弄清楚了，不管赢家是谁，结果也无非如此了。诸位，本君看这地方玄得很，恐怕不宜久留，还是收拾收拾，原路返回吧。”

大家自然没有异议。山和城都回来了，人却不再，那么这位祭司图的又是什么？

鲛王一听他们要走，有点舍不得，道：“别呀，刚来就走多不够意思。寡人是这里的大王，值此乔迁之喜，多少让我尽点地主之谊。我看这样好了，再办一次大宴，你们想吃什么，鲍鱼还是海参？寡人想起来了，我们这里有大黄鱼，鱼肚简直不要太鲜美。让我的鲛兵去抓，吃完之后寡人还有礼相赠。你们跑这一趟不是空手而归吗？没关系啊，寡人有珍珠，一人背上一麻袋，回去怎么说都发财了，咋样？”

他一面说，一面眨巴着眼睛看每个人脸上的表情。当看出大家去意已决时，鲛王终于哭了，“虽说是老家，但也太恐怖了！寡人害怕有鬼，这地方就没法住下去了。仙君是上仙，就算堕天了法力还在，帮着抓抓鬼吧？您看先前咱们在水下关系一直很好，这个紧要关头，你们好意思弃寡人于不顾吗？”

所以他们和这位鲛王的感情很深吗，应该冒着生命危险留下来陪他？

大家依旧摆手，“珍珠我们不要，饭也不吃了，趁着时候还早，回家还有别的事要忙，再会。”

鲛王嗳了一声，正想再说点什么，天上传来了沉闷的雷声。仰头看，前一刻还晴空万里，转眼便天昏地暗了。一道闪电从天顶劈下来，中途分裂成无数的细闪，那场景，让人怀疑下一刻苍穹是否就要碎了。

海上的暴风雨威力惊人，远处惊涛拍岸，巨大的声浪夹带着水雾横扑过来，骤雨紧随而至。这下鲛王笑了，“看看，连老天都留你们。”

雨帘稠密，不远处的长堤上，有白衣的紫府弟子匆匆赶回来，拱手向仙君回禀：“弟子等粗略查看了城内各处的情况，确实一个人都没有。”

仙君放出的天行盾能保大家不被雨淋，不过要想这个时候上船，几乎是不可能的。海上风浪太大，顶浪前行船会被拍碎。像这种风雨肆虐的天气，神仙都得避开些，一片凄迷中，根本无法保证船上几十人都安然无恙。

仙君发了话，“雨后再走吧。”

于是大家都转移进了神殿，进门便是敞亮的厅堂，上首一座神龙的金身造像，殿内的桌椅都漆成了朱红描金的颜色，一眼望去，比鲛王的鲛宫还豪华气派。

万年前的春岩，已经是四海最富庶的水城了。罗伽大池和焉渊的水域里盛产珠蚌，那些温润华美的珍珠，是天下所有女人的最爱。要打造首饰，点缀衣裙，一位贵妇从头到脚少说得消耗两三斤。最近的生州境内，当时小国林立，每国都有皇室，更是大量需要春岩的特产。所以当其他地方的人吃不饱穿不暖时，春岩城人人锦衣玉食，过得皇帝一样。也因此，城池的建造比起现在繁华的都城，有过之而无不及。

这神殿是供神的所在，面阔九间，每间打通，就是个大得惊人的空间。殿外狂风骤雨时，殿内一派宁静，不得不让人佩服万年前建筑的先进。

阿傍开始思考一个问题，“如果时间真的倒退了？那云浮现在还存在吗？”

万年前的云浮是不毛之地，只有水泽和芦苇，连个下脚的地方都没有。

仙君的视线停留在门外的凄风苦雨里，他说：“一万年前没有你们，如果时间倒退，现在应该是我一个人站在这里。”

大家齐齐为阿傍的智力担忧，看来又跌破最低值了。

他挠了挠头皮，尴尬地笑道：“这雨什么时候能停啊，入夜之前我们能离开这里吗？”

海上的天气很难说，大家忧心忡忡时，鲛王却非常高兴，“留下住一夜也不要紧，寡人现在就让我的子民集体下海采珠抓鱼。你们喜不喜欢吃螃蟹？入秋的螃蟹最肥美，可以吃到你们吐为止。”

他欢天喜地地探身出去传令，大家无可奈何，便各自找了地方坐下等雨停。

崖儿过去看胡不言，“你怎么样了？”

胡不言抬起头，似哭似笑地看了她半天。那大嘴，左边唇角捺一下，右边又捺一下，然后两边齐捺，蹦起来一把抱住她，哇地痛哭失声。

崖儿很尴尬，看来这狐狸的蠢劲又犯了。她不安地瞥瞥仙君的方向，果然他人一闪便到了面前，两指像捏猫狗一样捏起胡不言的后脖子，随手扔到了一边，“别借机揩油，有话好好说。”

胡不言委屈地擦了擦眼泪，“老板，我很难过——很难过你懂吗？苏画为什么要这样？我还指望和她白头到老呢，结果她中途把我抛下了。”

崖儿不太好回答，苏画背叛了波月楼，她是波月楼的罪人，那么多双眼睛看着，她也无法安慰他。

还是仙君一针见血，“每个人都要为自己的选择负责，既然当初她投靠了众帝之台，那么一切后果必须她自己承担。”

胡不言抽抽搭搭地说知道，“道理我都明白，我刚死了女人，只是需要点安慰罢了。”

那厢的鲛王张开了怀抱，“让寡人来安慰你。”

胡不言看看鲛王那张油头粉面的脸，顿时感觉一阵反胃。他萎靡地跌坐回去，喃喃自语着："其实我可以让她过上好日子的，我已经打算好了，等这次的事结束，就带她回丹丘面见家人……结果她等不及，她还没看见我登上王座，就撒手走了。"

他的话让大家疑惑，大司命道："丹丘在方诸以南三千里，有九尾金狐涂山氏。"

胡不言瞪着那个杀妻仇人，一梗脖子道："是啊，我叫涂山不言，是涂山氏皇太孙！别看我长得低调，我有很厉害的出身。当初我和家里打赌才出走的，遇见老板砍了我一截尾巴，坏了我的品相。不过不要紧，我还有八条尾巴可以修炼，九尾长全后我会很厉害。"一面说一面两指直点大司命面门，"你给我等着，等我上了岸，一定以阖族之力让你血债血偿！"

‖第一百零七章‖

一波未平一波又起

他对苏画的死耿耿于怀，找人拼命也是人之常情。大司命平静道好，“我就在蓬山，随时恭候阁下大驾。”

别说丹丘的狐族，就是上古狐妖他也不怕。他自问没有做错，苏画一个人害了那么多条性命，眼看魑魅魍魉也要命丧她手，难道不该杀了她吗？

狐狸就是狐狸，感情用事，是非不分，刚开化不久，满脑子都是情情爱爱和他的女人。念在他刚失去爱人，便不和他计较了，要是换作平时，早就教他为人的规矩了。

眼看两人剑拔弩张，如果把话说开，对大司命不好，于是紫府君出面打了个圆场，“我是紫府的主人，有什么不屈可以先和我说。”

胡不言依旧盯着大司命，对他的话也不往心里去，只道：“大司命是仙君的手下，仙君当然帮他说话。”

紫府君点了点头，“是，我是要帮他说话。如果你处在他的位置，你会怎么做？看着波月楼的人一个个被苏画杀尽吗？你要寻仇，可以，自已练好了本事，一对一决斗。紫府不和人打群架，因为一旦闹大，后面很难收场。”

胡不言哂笑道：“紫府是有头有脸的仙家，所以不拿人命当回事。你们问问他，他究竟有没有心？以他的本事，完全可以制服苏画，总比一剑杀了她要好。”

这就是爱与不爱的区别，如果换作以前，大司命当然会想方设法保全她。而感情一旦抽离，甚至连半点关于对方的记忆都没留下，那么紧要关头自然是杀了一了百了，谁会对一个陌生人手下留情呢。

崖儿也怕胡不言一气之下打翻核桃车，忙生拉硬拽着，把他弄到神殿那头去了。

胡不言斜眼瞥她，“得知我是丹丘的皇太孙，老板你改主意啦？可是我心里只有苏画，你现在想和我谈感情，实在太晚了。”说罢无能为力地摊了摊手。

又开始自作多情了……崖儿不会怜惜他刚才哭得像个泪人儿，照样恶狠狠地警告他："你再胡说八道，我直接割了你的舌头！"

胡不言捂住了嘴，哀声道："你有没有一点同情心？我刚丧偶好吗！"

崖儿往仙君的方向抬抬下巴，"骂你是为你好，看见那个堕仙了吗？他发起狂来会做出什么事，我可说不准。"

怕了……因为紫府君一直还算正常，他居然连他是个堕仙都忘了。胡不言缩了缩脖子问："那老板你拉我过来干啥？我不想被仙君误会，怕被他打得魂飞魄散。"

崖儿道："我找你是为大司命，你想报仇只管报，但最好不要牵扯到感情。鲛宫夜宴那晚，大司命找苏画谈过他们之间的事，苏画不答应，大司命就彻底死心了。为了断得干净，他清除了一切有关苏画的记忆，也是为了成全你们。可是没想到苏画竟然是厉无咎的人，她里应外合杀了那么多波月楼门众，她的命是命，别人的命就不是命吗？三十多人啊，全交代在水下，海啸来时都不知冲到哪里去了，连尸都没人给他们收，你同情过他们吗？"

胡不言被她说得矮下去半截，讷讷道："对不起了，老板。要是苏画还活着，我想她会亲口对你说这句话。现在她不在了，只有我来代劳。我知道她心里肯定也不好受，她对波月楼还是有感情的。"

崖儿长叹，这个谁说得准呢，看她对付魑魅和魍魉，实在没发现哪里容情了。她摇头道："这些暂且不去说，我还是这句话，你要报仇尽管报，但别再把他和苏画的私事牵扯在一起。苏画没打算用爱情讨他的便宜，你也别拿私情当作指责他的武器，一码归一码。"

胡不言怔了下，"我知道鲛宫大宴那晚他们见过面，但我不知道他们说了这些……"

苏画后来反常的热情，现在回想起来心头涩涩的。其实她是在向自己的爱情道别，她喜欢的还是大司命啊。可是命运何其残忍，喜欢的人对她挥剑相向，然后毫不犹豫地把剑刺进了她的胸膛。

这就是天意，机缘巧合都安排好了。她人虽然在他身边，但她的心思全在大司命那里，即便说好了不相往来也收不回来。胡不言觉得难过，"老板，我到底是个输家，也许苏画情愿死在大司命手上。"

"没谁愿意死，"崖儿道，"但若是一定要选个死法，我觉得她确实会这样想。"

呆滞的狐狸望着檐下汤汤的雨线，又迸出了两行清泪。他歪着头，自己给自己鼓劲，"至少她和我在一起后，没有对不起我，她拒绝大司命也是为了我，她是个讲道义的女人。楼主你放心，就算我将来找大司命拼命，也绝对不会和他重提这件事。苏画是我一个人的苏画，和他没有一丝一毫的关系。”

崖儿方才松了口气，“你能这么想，我就放心了。接下来你有什么打算？我好像还没对你的身份表示惊讶——”她拱拱手，“涂山太孙，失敬失敬！”

狐狸还了个礼，“好说好说，身份地位在熟人面前都是浮云。至于接下来的打算，差不多就是回老家继承王位。我出来一百多年了，不知我爷爷死了没有。”

现在想想，当初曾骑着他夜行千里……狐族未来的王被人骑在胯下，真替他感到屈辱。还有方丈洲初见，那次差点把他杀了。幸好手下留情，不然就和丹丘结下了梁子，狐狸倾巢而出赶来王舍洲追杀她，她命再大也逃不过一死。

她又打量他两眼，这大嘴狐狸怎么看都不像大人物，“你这么厉害的出身，身边连一个随从都不带，好像说不通。”

他轻拂了拂青布袍子，“我们家讲究穷养和散养。况且我生性含蓄，从不会拿身份出来吓唬人。这年头我这样的狐狸不多了。”

说得倒是，不管受多大的委屈，他从来没有把身后的家族搬出来。战斗力为零，还跟着他们出生入死，活到今天也算他命大。

崖儿问：“没混出名堂来，回去好意思吗？”

他顿时觉得楼主还是有点小看他，“怎么没混出名堂来？我是金狐一族三百岁化形第一人！一般的狐狸都要到千岁左右，我比他们早了七百年，难道还不够我骄傲的吗？况且我又当上了生州最大杀手组织的门主，我说自己有出息就是有出息，不接受任何反驳。”

化形是靠上蓬山当杂役换的，门主是一人一门自封的，他的成就得来毫不费力气。但无论如何，能振作起来是好事，崖儿颔首道：“再找个好姑娘吧，苏画也愿意你过得幸福。”

提起苏画，他的神色又黯下来，想了良久才道：“以后再说吧，现在不去考虑那么多。时间能抚平一切，但是我心里永远记着她。要是她能有来生，就算是个男人，我也愿意接受她。”

这就是狐狸伟大到令人窒息的爱，崖儿不知说什么好，只能点头。想起他刚进波月楼就扒了魑魅的窗户，苏画真的托身成男人，对他来说也不算太为难。

闲聊大半天，雨势也未见小。神殿里的更漏指向了酉时，鲛王派出去抓鱼的鲛人也回来了，几人合力扛着巨大的黄鱼，“咚”的一声扔到了金砖上。然后陆陆续续又运回了螃蟹章鱼等，弄得神殿像个海产市场。

鲛王哈哈大笑着，“放开肚子吃，管够！还有说好了要送你们的珍珠，寡人也让手下准备妥了，等你们要离开时，直接给你们送到船上去。”

服务不可谓不周到。既然走不脱，又加上饥肠辘辘，大家决定暂时就这么办吧。于是生起了火，东一簇西一簇地各烤各吃，神殿屋顶很高，不怕被燎着。眼看人家都成双成对，自己却孤身一人，胡不言又想起了苏画，想她一脸嫌弃地捡他脸上的米粒，擦他嘴角的油，恶声恶气让他慢点吃，没人和他抢。

狐狸叼着蟹脚，热泪滚滚而下，对边上的张月鹿说：“我想你们门主了。”

张月鹿一脸寒霜，道：“她是叛徒，有什么好想的！”一面说，一面决定不和他搭火了，端着她的烤鱼，去和别人做伴去了。

胡不言哭得打嗝，人死如灯灭，什么都没剩下，连以前的门众提起她都咬牙切齿，人生真是一败涂地。他把蟹脚里的肉都嘬干净，慢吞吞起身打算出去透透气。

在他烤第三只乌贼的时候，雨已经停了。他走到屋檐下，见一轮圆月悬在龙神雕像的头顶上，雨水洗刷过的砖石表面有水渍，在月色下恍如染上了一层油光。忧伤的人，因这寂寞长夜显得更加忧伤。他颓然靠着抱柱叹息，忽然听见“咔嚓”一声响，声音虽然不大，但在寂静的夜里分外清晰。

有老鼠吗？逮一个喂了指甲，弄来埋汰埋汰紫府君和大司命也好。他兴冲冲地跑到广场上去找，可惜并没有找到。败兴地站了会儿，又听见“咔哒”一声，这回是有人扔砖的声音。

心头不知怎么疾跳起来，就着夜色四下看，隐约看见广场东南角铺地的青砖拱起来一块。因为地势很平坦，也没有什么遮挡物，所以有一点动静就看得很清楚，那青砖不是一下子掀起来的，是顶顶放放周而复始。

狐狸是急性子，不久就看得没耐心了，到底是什么？土拨鼠？他准备过去看看，刚迈出一步，砖就被顶开了好几块，一个圆溜溜的东西突兀地出现在地面上。胡不言连呼吸都忘了，错愕地看着它。它动了动，最后转过来，即便是月光下，也能看出是个脑袋。

“妈呀！”他低呼一声。见无数的青砖都开始蠢动，他连滚带爬地冲进神殿里，骇然大叫着，“不得了，诈尸啦！”

众人忙出去看，看见的是一幅诡异的画面。那些破土而出的“人”，已经探出了大半个身子，正撑着地面努力摆脱最后的桎梏。他们的数量也多，粗略估算这广场上已有几十了。

究竟是人是鬼？阿傍点燃焰火筒扔过去，竹筒口径里喷出蓝色的火焰，这时才看清这些“人”的脸，完全就是水墙里蜡化的脸。他们动作僵硬，要爬出来得费不少功夫。站上地面后对着月亮凝望，仿佛离人在外望月思故乡一般。他们不单看，还唱，只是歌声有点吓人，从开始的吟哦，慢慢转变成了嘶吼。

一个不明所以的鲛人不小心误入了他们的阵营，瞬间便被撕得粉碎。大家看得吃惊，仙君掖着袖子感慨：“真是一波未平，一波又起啊。”

还等什么呢，大家抽刀便上。这些行尸经过太多年的锤炼，尸蜡很厚，坚硬如石，甚至剑刺上去不得入肌理，连剑身都能刺弯了。正面不行就攻关节，崖儿挥剑斩落了行尸的一条胳膊。

鲛王不敢上前，既想清理这些鬼，但想起骨肉亲情，又肝肠寸断，跪在地上哭天抢地，“别打我祖宗……”

他们那里战况激烈，行尸并不是随便砍瓜切菜就能解决的，通常一刀劈下，刀刃就卡在了尸蜡里。抽刀不及时，便给了行尸反击的机会，只需一爪，就能把人刨个肠穿肚烂。

胡不言嫌鲛王聒噪，大声冲他咆哮：“有种就让你祖宗住手，否则给老子闭嘴！”

鲛王气哽不止，“你敢对寡人不敬？你什么时候见过孙子能做祖宗的主的？我也是没办法……祖宗们啊！”又是新一轮的大哭。

仙君让崖儿带人撤离，自己扬袖引出了天岑剑。剑首高擎，凌空笔走游龙，收势微顿便是一个光点。很快七个光点连接成线，织就天罗地网，他厉声喝道：“光射斗牛，法相雌雄，上盘云汉，严摄罡风……”

皎然夜空立刻被乌云笼罩，天顶的雷瞬间聚集，以剧烈于之前十倍的力度聚集在他的剑身上。他震起银闪，一掌打散，捏诀引向尸群，“雷部天君，急急如律令！”

“轰”的一声，天雷贴地滚行，所到之处连青石也一并碾成了齑粉。行尸没有血，雷击过后无非满地肉屑。

大家经历了一场怪诞的对决，都难免心有余悸。刚想喘口气，猛地天塌地陷！混乱中扣紧触手可及的崖石，待一切安定下来之后，才发现身处峭壁。

身旁有石块滚落，飞速坠下听不见回音。向上看，山巅有人正俯视他们，月光下周身银白，涔涔泛起涟漪。

‖第一百零八章‖

龙伯后人

不管那是谁，在这种情况下出现，必定来者不善。

他们勉强固定身形的地方，严格来说不算山壁，而是极其陡峭的斜坡。这山是丹阳石堆积成的，丹阳石质地较为松软，要是攀登的力道稍大一些，便会碎裂脱落。人在这种情况下，根本不敢轻举妄动，幸好上下左右还能看见自己人，便互相通气，问对方是否安全。

杀手飞檐走壁，略有凸起就能找到落脚的法门，这种本事是长久练出来的，一般人很难做到。

崖儿左手边不远处是关山越，这个魁伟的大汉单手挂在一块崖石上，那崖石逐渐有了松动的迹象，周边开始出现零碎的细石往下脱落。崖儿见状，抛出了手臂上的金跳脱，尖端小小的鹰爪在空中扩展成蛛网一样的形态，八面尖爪紧紧扣住石壁。然后将手中这头奋力插进山体，于是一根细细的金丝悬在半山腰，就可供关山越立足了。

如果没她解这个燃眉之急，他恐怕真的坚持不了多久。关山越感激地望了她一眼，“多谢。”

崖儿微微颔首，这些江湖正道一般是不屑于使用暗器的，不像波月楼，人人必备这种既可防身又能自救的东西。所以呆板的武林正统，在保命方面真不如他们这些杀手灵活。

周围有衣袂声拍拂，她仰身看，紫府弟子个个御剑而起，跟随仙君向山顶袭去。下方的鲛王发出哀哀的叹息：“祖宗这样弃寡人于不顾，实在太说不过去了！”

他一面长吁短叹，一面八爪鱼似的扒在胡不言的背上。

胡不言几乎被他勒得断气，大声咳嗽着，“别勒脖子……勒死了大家一起完蛋！”

其实他很想喊救命，谁来救救他，把这条鱼拽下去吧！刚才兵荒马乱，他废了很大力气才让自己安全停下。当时又急又怕没察觉，等定住了身形才发现背上有人。他回头一看，居然是鲛王。

鲛王哭丧着脸道：“你别把我抖下去，我可以给你多加一袋珍珠，再附赠一整棵极品珊瑚。”

倒不是钱的问题，他堂堂的丹丘皇太孙，从来都视钱财如粪土。主要是一条命，在经历了生离死别后，才知道活着有多不易。

胡不言答应了，让他别乱动。可这鲛王很可恶，他像溺水者抓住了浮木，全身心地死死扣住他。胡不言感到自己的大脑开始缺氧，再这么下去他要考虑杀鱼了。

正在这时，下方传来龙王鲸的长鸣，枞言一一捡起他们抛到背上，然后腾云悬浮在上空。

捡回了一条命的胡不言大大松了口气，感叹枞言毕竟是品种稀有，下得了水上得了天，确实实用与格调兼备。

“同样是鱼，你看看你！”他不加掩饰地对鲛王表示了鄙夷。

安全后的鲛王傲慢一如往常，他不耐烦地撇嘴，“要不是情况紧急，寡人也不会屈尊搭理你。你身上有股狐骚味儿，你自己知道吗？”

胡不言气得涨红了脸，一脚踹翻他，“我去你奶奶的！”

然后扑上去骑在鲛王身上，左右开弓一顿大耳刮子，打得鲛王哀号连天。

崖儿坐在枞言的脑门上看，仙君和那人过了几招，对方有能力化解，两相缠斗，并不处于弱势。仔细看那人身上的披挂，随着举手投足泛出流动的光来。

崖儿问枞言“是水银吗”，枞言说是。

天地间云风奔涌，双方法器相交，火星四溅。一道道罡风横扫过来，要是躲避不及，当真会被累及。枞言只好停在略远的地方观战。

放眼大池，池水不知何时也变成了银色。春岩和孤山相较之前陡然扩大了百倍，须得飞上更高的位置，才能看清山和城的全貌。

枞言说不好，“这孤山怎么会变得这么大？”

崖儿并不懂得玄门的殊胜奥妙，她以为仅仅是法力的较量，看谁更胜谁一筹。

可枞言说不是，“凡世间事物皆有度，人间最高的山是须弥山，孤山胆敢超越须弥，就是向上天的示威和挑衅。还有这大池，满池水银，死了多少活物，造了多少杀业，谁来为这一切负责？”

崖儿心头大震，向下垂视，山巅一片刀光剑影。

真火和雷电充斥前后，周身水银的人忽然抬起头来，那张脸已经被浸透，眉心却有焰纹昭彰。他扬起唇角，冷嘲般向她无声地哑笑，她大惊，“齐光！”

他的瞳仁里都灌满了水银，其实应当是看不见的，进攻只是出于本能。

崖儿害怕仙君依旧不忍心下手，反遭他暗算，急得想要下去相助，却被枞言制止了，“这已经不是你能参与的了。下面那个人也不是齐光，恐怕是春岩的祭司，借尸还魂而已。”

胡不言正打得热火朝天，百忙中抽空道：“那个祭司生前虽然是凡人，但有极大的念力，死后灵魂不灭，能随八角鉴的转动，重新附着在别的躯壳上。”

鲛王被他压在底下，还想昂起头来，遭他一拳打在左眼眶上，“你这半人半鱼的妖怪，还敢反抗？闹出这么大的风波来，都是你祖宗干的好事！父债子偿懂不懂？我打死你个害人精！”

鲛王哭得很凄惨，两个同样没有法力光靠肉搏的人，战斗值方面持平，就看谁比较凶狠。胡不言肯定占了上风，狐狸一向比鱼要精明。不过鲛王也不是吃素的，他被打急了，开始变脸。前额上翻，口唇凸起，哗地张开密布尖牙的嘴。那嘴真是好大，差不多能一口吞下胡不言的脑袋。

兔子急了要咬人，鲛王暴走后打算给胡不言一点教训，喉咙里拉风箱般呼呼长啸着，嗷的一嗓子就咬下去。幸好魍魉眼疾手快把胡不言拽开了，顺手抽刀横在那张大嘴前。

只听“咔嚓”一声，鲛王的犬齿崩断了，这下他哭得更惨了，“寡人到底做错了什么，你们都来针对我，又不是我让他们活过来的……”

崖儿顾不得他们吵闹，焦急地探身紧盯下面战况。水银浇筑的齐光仿佛只是一个形，他的身体是滑而易流动的物质，一剑刺去透体而过，拔剑带出无数细碎浑圆的水珠。他的伤口也是转瞬愈合，没有任何损伤。

紫府弟子修为太浅，纷纷被打倒，留下对仙君也没有助益，反倒让他放不开手脚。他下令大司命带他们走，自己身形暴涨，一身禅衣迎风逶迤出几十丈，在山巅盘旋成罩顶的轻烟。

看不清底下的情况了，唯见白衣之上雷电浩荡，伴随他一声清喝“破”！丹阳石的山体上空迸散出无边的银芒。红色的山、银色如练的流光，那瞬月夜下的景象壮美得不可想象。胡不言感叹：“这个水银精，死也死得那么好看！”

真的结束了吗？崖儿没发现仙君踪影，心里惴惴不安，待一切化尽了，才见他站在那里。

可她刚把心放回去，他忽然晃了晃，踉跄跪坐到了地上。崖儿周身如遭电击，心头猛地一颤，慌忙摇撼枞言，“快！快让我下去！”

枞言只得压低身形接近山巅，还未到，她便腾身跳了下去。走近看，才发现仙君受了伤，嘴角有血淋漓滴下来，染红了胸前的衣裳。

崖儿把他抱进怀里，卷起袖子为他擦拭，他说不要紧，“八寒极地我都挺过来了……”

可是万年的祭司和万年的齐光，凭他一己之力战胜，实在超乎想象。崖儿摸他的手，有些凉，忙给他搓揉，放在嘴边呵热气。他抽出左手贴在她肚子上，低声说：“刚才染了齐光的寒毒，恐怕勾出体内的老病症。你照顾好孩子，别冻着他。”

他把米粒儿放回娘胎，倒也没什么特别的感觉，只是有团温热的浪，轻柔而有力地拍击过来，源源不断地涌入她体内。

他的状况让她害怕，“安澜，你坚持住，我带你回波月楼。”

他摇头，撑着地面向下张望，春岩城之大，几乎把焉渊和罗伽大池连接起来。还有漫无边际的水银海……他沉沉叹了口气，一切不可逆转，所以这孤山宝藏，最后算计的究竟是谁！

他用力抓住她的手，“不管接下来事态如何发展，你只要保重自己和孩子，别的什么都不必管。”

他忽然这么说，她的心不由大跳，追问他到底是怎么回事，“你半吞半吐，能叫我安心吗？现在怀孩子的是我，我着急了会动胎气的，你知不知道？”

他哑然，果然孩子在谁那里，谁手中就攥着王牌。该来的早晚会来，瞒也瞒不住，他拍了拍身下的孤山道：“这山也像人一样，懂得使用面具伪装自己。我先前根本没有认出它，原来这孤山和春岩，是龙伯人的栖身之处。”

说起龙伯，崖儿并不十分了解，只依稀听说过一点儿，“据说龙伯人身长三十丈，能活八千岁？”

仙君轻喘了两口气道：“这是他们受罚之前的情况，被流放后就和普通人无异了。但当时这些巨人太狂妄，他们入侵归墟，放下钓钩，钓走了六只稳固仙山的神鳖，致使岱舆和员峤随波漂流，沉进了汪洋大海。天帝得知后震怒，将龙伯人的身体和寿命缩短，驱逐到了渺无人烟的凶险之地。没想到龙伯人很能适应，衣食无忧后又开始蠢蠢欲动，打算卷土重来。”

后来的下场当然很惨，孤山和城池漂流到焉渊时，全部被打入水底不得翻身。这个诅咒是永久有效的，可惜还是算不过龙伯的祭司。一万年后他借助寻宝者的双手扳动八角鉴，把孤山又送回了人间。

水银海和丹阳石是相连的，就像个巨大的基座，把这山给固定住了。再想将它沉入海底，除非把四海颠倒过来。

崖儿半晌没有说话，隔了好一会儿才道：“我是龙伯的后人吗？”

仙君涩然看她一眼，“恐怕是的。”

既然她是龙伯的后人，那么让龙伯的山城重回人间，既说得通，又顺理成章地触犯了天规。

他抬眼向天顶看，上面的人应当正得意地观察下界的情况吧！自古以来与天斗的人，有哪一个能全身而退？挣扎了那么久，依旧落进了别人的算盘里。

他努力站起身来，“走吧，快离开这里。”

现在最好的办法，就是赶紧去等持天避难。等持天是贞煌大帝的道场，就算不看在佛母的面上，也得看在孙子的面上，请他重新出山，依仗身份地位来主持公道。

捏诀成云，正要带她腾身，突然天顶一声雷，有光点急冲下来，仿佛一支飞驰的箭。箭首排开气流，摩擦出耀眼的火光，笔直向他们奔来。崖儿见状，驱策神璧向那光点斩去。只听当当两声，神璧被弹开几丈远。一片寒光闪现后，有铁链绕身，将她五花大绑起来。

是缚仙锁，无穷长的铁链从亿万高空直坠而下，可以精准地锁住要捉拿的仙妖。一旦扣住便再也松不开了，然后铁链飞速收回，不留半点时间容人反应。

弹指之间，她消失在广袤的天宇，乘鲸的人都大喊起来：“楼主！”

仙君如箭离弦，逐光而去，剩下他们停在这荒凉的水银海上空，一时间不知该何去何从。

如果绑缚她的铁链忽然断裂，大概没人救得了她。

猛烈的风吹散了她的头发，发丝飞舞，像网一样遮挡住她的视线。

人在越升越高，天也越来越亮。她眯着眼，试图看清些什么，起先还能见九州四海快速变小，后来就茫茫然什么都看不到了。

上升的速度太快，九天上的罡风像刀一样凌迟她的身体，把她割得体无完肤。她勉强睁着眼，清晰地盯着胸前涌出的血珠失重悬浮，然后又簌簌坠落。三千烦恼丝不断在她眼前盘绕，她只能透过细小的缝隙向下看。似乎看见仙君了，然而眨眼又不见。她觉得累，吃力地闭上了眼睛。

不知过了多久，她被重重地扔在了地上。这一刻天旋地转，连身下的白玉砖好像都是软的。她听见凤鸟的清啼，还有玉玦玉璜相击的声响。手被绑住了，没有撑扶直不起身来，她狼狈地匍匐在地上，只看见周围有数不清的袍裾和云头履，飘然出尘地林立着。

“罪已至此，众卿都是亲眼所见。本君对她和紫府君的感情还是十分赞同的，他们一路披荆斩棘，走到今天当真不容易。只是这小小凡人实在太不安分，盗取琅嬛藏书在先，破了白帝政令在后，这样的人留着，不知还会生出多少祸端来。本君不想杀她，听听众卿的意思，如果有人为她求情，本君愿意酌情考虑，留她一条小命。”

结果在列的上仙们，没有一个愿意站出来为她说句公道话。并不是他们铁石心肠，是因为错已铸成，她确实要负很大的责任。龙伯后人的身份是原罪，生在她的血脉里，永远无法抹去。

孤山和春岩回来了，龙伯是个强大到十万天雷也灭不了的族群，就像蛰伏在泥土下的草籽，只要雨水丰沛，哪怕土壤被压实，它也有办法重见天日。现在的城是空城，可是再过几千年，必定又是繁荣昌盛，生生不息。

所以谁来为这个结果负责？只有这个犯下大罪的龙伯后人。

‖第一百零九章‖

璇玑佛母

天帝显得很无奈，“本君不是不愿给你机会，实在是你闯祸太多。要不是看在紫府君的面子上，根本不会留你到今天。”

这些都是冠冕堂皇的场面话，不过是为让他这位天地主宰显得更加仁义慈悲罢了。崖儿身上数不清的伤口淌出血来，染红了殿宇内的白玉砖。身上的缚仙锁有千斤重，不是常人能忍受的，她咬牙不发一语，因为倔强，绝不让那个作践你的人看见你的痛苦。

鲜血汇聚成一股红色的细流，顺着砖缝向前缓慢流淌，高贵的天帝就站在离她不远处，在血即将弄脏他的鞋履时，若无其事地移开了脚。崖儿艰难地抬起头来，“天君要杀要剐悉听尊便，但请不要有意为难，最好从重发落，给我个痛快。”

天帝哦了声，“倒是个不怕死的硬骨头。其实认个罪，服个软，本君还是可以网开一面。”

崖儿笑起来，“天君要是果真想放我一马，就不会废这么多口舌了。趁着紫府君还未到，天君动手吧。我一人做事一人当，虽然开启孤山宝藏，是转世后的齐光促成的，但我确实参与了，我不抵赖，天君只管发落就是了。”

如此桀骜的话，让天君很不痛快。他等不来这凡人的心服口服，细想想其实那几句话也不重要，遂一挥手，“押上斩仙台去吧。”

崖儿以为一个凡人上斩仙台，未免小题大做了，毕竟蝼蚁一样的性命，随便一捻就能捻得粉碎。但她不知道的是，斩仙台上斩仙，仙无非是去尽灵根，下六道轮回；而斩仙台上斩人，那么这人便连魂魄都一并斩没了，自此天上人间，再也不会以任何形式存在。

大禁有些焦急，“君上……这事是否应当从长计议？”

天帝不悦，一双利眼寒冷地望向他，道：“难道她犯下的罪过，还不够她为此赴死吗？小小凡人一再触犯天规，如果不是紫府君不问情由一味袒护，她早就该下八寒极地了。蓬山安定了上万年，因为她的出现，弄得琅嬛君仙不仙，妖不妖，这一切都是她的错。”

天帝的话当然没有人敢反驳，大禁只是担心草草处决了，紫府君回来会闹得天翻地覆。他焦躁地搓手，复又上前一步，“君上，琅嬛君现在的状况不宜受刺激啊，万一真的堕入了魔道，那……”

就无法向贞煌大帝和璇玑佛母交代了，天帝自然知道他的意思，但正因为顾忌太多，屡次让他的权威遭受挑战，也是件相当令人不快的事。他哼然一笑，凉声道：“大帝是创世真宰，他的心胸远比大禁想象的宽广。今天这人犯本君亲自监斩，回头大帝要怪罪，本君负荆请罪上等持天，听候大帝训斥。”

天君一拂袖，决然不会再接受任何劝谏。殿外的天王压刀进来押解人犯，手刚触到缚仙锁，便被一股强大的力量击得倒退了五六步。定睛一看，紫府君杀到了！他披散着头发，看人的眼神都是异样的，从殿外一步步走进来，阴沉道：“本君今天倒要看看，谁敢碰本君的夫人一根手指头！”

话说得算是很不客气了。当初天帝的选拔，并不只有少苍一个，他也是其中有力的竞争者。但因为他的出身太辉煌，加上本来性情就散淡，那个首神的位子他主动让给了少苍，自己无甚出息地甘愿驻守人间，当了个半人半仙的琅嬛君。这么多年了，自己虽然不在意，但架不住人家心有芥蒂。如何才能让少苍高兴？难道为了他的舒坦，自己就带着崖儿去死吗？他一向是求太平的，也不想挑起什么争端来，免得牵连父母。但真要把他逼到了绝境，他也不在乎闹他个日月无光。

他猖狂又不驯，一双眼狠狠望住天帝，弹指一挥，便将崖儿身上的锁链斩断了。

“天君这样对待一个身怀有孕的女人，似乎不太人道吧！且不看在她是我夫人的分上，就算是个普通人，也不忍心让她刑具加身。天君是仁德的仙君，当初你我同在祖洲炼虚合道，本君记得天君不是这样的，如何万年后的今天，你会变得这么残忍？”

这话让天帝脸色微变，那么遥远的事，尤其是他还未登上天君之位时的种种，他早就不想提及了。他并不是天界年纪最大的上神，但一定是最适合统领众仙的人。一个曾经的竞争者，以一种平起平坐的语气和他你我相称，实在让他感觉很不舒服。

但天帝毕竟是天帝，他有他的自重和骄傲，“本君执掌天界万年，一向秉公执法，从来不徇私情。本君只问府君，是否记得三万年前白帝处罚龙伯国的事？虽然我等未能有幸目睹，但对这段历史应当有耳闻。白帝下令流放龙伯，使其永世不得踏出辖地。

可惜龙伯人太不安分，才令白帝退位之前彻底灭了该族。”

紫府君还是那副宠辱不惊的样子，他扶起崖儿，让她靠在怀里，一面查看她的伤势，一面随口应答天帝，“传说自然是听过，但哪本史料上载明孤山就是龙伯山？春岩就是龙伯城？那山到处飘移，最后下沉谁又亲眼见证了？反正本君不知道孤山和龙伯国人有关……”他微顿了下，忽而抬眼直视天帝，“难道天君早就知道，却有意隐瞒？如果真是这样，那天君的目的又是什么？”

他一连串的反问，竟然令天帝无法作答了。殿上那么多人看着，他可以问得不卑不亢，天帝却需要花很大的力气，才能平复心中被冒犯的怒气。

“府君觉得本君有什么目的？引你们入套，借此陷害府君吗？”天帝微微一哂道，“府君替本君执掌人间，不论是在列诸位，还是下界地仙，皆对府君既敬且爱。府君是本君的膀臂，琅嬛维持稳定都要靠府君，难道府君觉得本君是有意针对你吗？”

可是问题恰恰就出在那个既敬且爱上。但凡位高者，没有一个愿意身侧出现能够分庭抗礼的人，尤其这人出身很好，当年呼声很高。当然那些潜在的问题，绝不能信口提及。人在矮檐下，你必须懂得给上位者留面子，除非你决定撕破脸皮背水一战。

紫府君没有接他的话，只是问：“天君已经决定杀她了？”

天帝平静地望着他，眼中有怜悯之色，“府君觉得，本君还能继续网开一面吗？上次她差点踏足八寒极地，当时府君亲口答应本君，拿到鱼鳞图后便重返蓬山，因为蓬山根基不稳，还需府君维护。且本君也叮嘱过，府君必须坚守三途六道的法则，不得在人间动用任何仙术，府君做到了吗？”天帝冷笑，扬手指向孤山方向，“先前战况之激烈，九天都能感受到震颤，一切都因你们翻转孤山所致。你们闯下了这样的弥天大祸，本君念在府君是受这妖女所惑，不打算追究府君的责任，怎么，府君觉得本君判处不公，应该将你二人同罪论处吗？”

这样闹下去，事情就变得有点大了。天帝真要是横下一条心来，至多把琅嬛搬离方丈洲，浮山要毁便毁，天大地大，未必没有比蓬山更适合安置琅嬛的地方。方丈洲不再需要紫府君时，他还以什么来要挟天帝？只是搬走琅嬛并不如想象中的简单，生手上任也不那么好接管，能够维持现状，当然对大家都有好处。

大禁看了紫府君一眼，压声道：“仙君万万不可意气用事。”

意气用事？他要是意气用事，早就没有少苍的立足之地了。他也不同他废话，直言道：“天君不能杀她，她怀着身孕，谁动了本君的儿子，便是本君的生死对头。”

天帝哦了声，“府君倒是提醒了我，她腹中怀了龙伯的后人，更加留不得。”

紫府君听后朗声笑起来，“是啊，这下可麻烦了，既是龙伯的后人，又是贞煌大帝的孙子。天君竟然只重母族，不重父族，你要拿我聂氏的血脉去惩治龙伯国，天君之心，未免昭然若揭了点吧。”

事态越来越复杂，他们闯下的祸足够问罪，但岳崖儿的肚子里又怀着聂氏的骨肉，当真不计后果处置了，于情于礼都说不过去。

众仙为难地对望，窃窃私语。

天帝现在处在进退维谷的处境，若没有人伸梯子，连台阶都不好下。

还是大禁上前，拱了拱手道：“君上，臣有个主意，既然岳崖儿怀着大帝的孙子，那何不暂且将刑期压后？等她生下孩子，再处置她不迟。这样既可严明法度，法外又容了情，就算将来大帝问起，君上也问心无愧，君上以为如何？”

但在天帝看来，这个主意可说是馊透了。一个仙胎，天知道究竟会怀多久。世上的事瞬息万变，这期间又会生出多少花样来，谁也说不准。他作为天帝，起初的一点念想，不过是想让紫府君重回原来那种无欲无求的状态，继续为他好好统领地仙，妥善看守琅嬛。可是现在事态发展不在他掌握中，他们越是反抗得厉害，便越是勾起他玉瓦同碎的决心来。

恶毒吗？并不，他占着理，仅仅是想维持首神的尊严，不被这些反叛弄得颜面尽失。再说他堂堂的天界主宰，连这点麻烦都处理不好，岂不成了笑话！

他舒了口气，“天界不是胎生的多了去了，养于莲、养于百子树的，大有人在。”

紫府君眼中寒光浮现，冷笑道：“谁让我儿子离开娘胎，养在那种冷冰冰的地方，我就让他也尝尝妻离子散的味道，反正不能本君一个人受罪。”

此言一出，殿上立刻剑拔弩张。崖儿不是没见过大场面，她从来就不惧死。既然到了这种时候，说得再多都是枉然，无非舍身一战。正要抽剑时，忽然听见外面传来一串清雅的铃音，瞬间霞光普照，一直从殿外铺陈进殿里来。

铃音是从那双玉足上飘来的，随着每一步的踏近，琅琅之声在高广的天殿中盘桓。来人一身如絮如云的偏衫，下有山水连绵的道裙，眉心一点朱砂，身后圆光十丈。胸前八珍璎珞不显奢靡，反而有法相庄严之感。所到之处，天界众仙都纷纷俯首行礼，连天帝见了，也不得不礼让三分。

崖儿没见过这样美丽娴静的人，不由看痴了。仙君倒是老神在在，漫不经心一瞥，“我娘。”

崖儿大觉意外，心道这位婆母真是太显年轻了，至多不过苏画那样的年纪。看她举手投足，尽是禅意纵横的气象。

她走到天帝面前，合十行了一礼，“冒昧前来，还请天君见谅。”

天帝忙答了礼，“佛母法驾光临，请恕本君未及远迎。”

大人物亲自到场，其实大家心中都有数，不管她开不开口，这岳崖儿是没法再审下去了。

佛母是个耿直的人，她的脾气也不兴那些弯弯绕。她看了崖儿一眼，应当是对这个儿媳相当满意的，轻轻启唇一笑，复又对天帝道：“前因后果，本座都知道了。我的孩子办事鲁莽，天君给些教训是对的，没有规矩不成方圆。原本这是天界的家务事，不当我这局外人参与，但事关我小孙孙，我还是不得不走这一趟。天君是想将孩子取出母体，放于莲花或百子树上吗？这样的做法恐怕欠妥，天君不是女人，不懂得孩子只有长在母体才是最好的。本座舍了这张老脸，向天君讨个人情，容本座为孩子的莽撞善后。”

天帝还能说什么，说不能吗，自然是不行的。他迟疑了下，道：“佛母打算如何处置？”

璇玑佛母从袖中取出一面金环来，随意往外一抛，笑道：“孤山重新打回水下，还罗伽大池碧海青天，天君看这样可行？”

众仙都向悬在半空的乾坤镜望去，那金环的法力无穷，临空重重一击，便将孤山打回了原来大小。然后金环套上山顶，向下扭转，山体和城池剧烈震动，竟被生生扳得颠倒过来。白茫茫的水银海，因金环沉进水底，开始了一波又一波的涤荡。银浪翻滚，无穷无尽。渐渐银色发生了转变，反复的冲刷下开始变清变透，最后终于还原成了以前的样子，连水纹和漩涡也和原来一模一样。

一条巨大的鱼从水底跃起来，尾鳍重重拍击水面，激起了几丈高的浪。水珠溅了满镜，众仙一凛，仿佛那水都溅到了自己脸上似的。

佛母慈眉善目地微笑，“天君看，一切可还满意？”

天帝点了点头，“佛母神通广大，本君佩服。”

璇玑佛母莞尔，“各派法门不同罢了。本座已将大池恢复了原貌，接下来还有一事相求，求天君让本座带走佳妇。她满身是伤，亟须静养，要是伤了我小孙孙根基，那可不是闹着玩的。”

天帝只得道好，“佛母请便。”

璇玑佛母招了招手，崖儿忙上前，她牵了崖儿的手，领她往殿门上去。仙君在后面快步跟上，却被佛母瞪了一眼，“你留下，让那人来接你！”

仙君脚下顿住，眼巴巴看着她们飘然而去，心里再次涌起了惨遭遗弃的酸楚。

‖第一百一十章‖

贞煌大帝

所以他这儿子算什么呢，好像一向不受待见。小时候被扔在尸林，隔上十年八年才来看他一次。现在有了孙子，儿子更加不重要了。明明可以连他一起带走的，为什么要等到“那个人”来接？难道他就不是她的儿子吗？

仙君落寞地站在那里，还是参不透自己凄惨的遭遇，也想不起来自己到底是怎么长大的。在众仙看来，一万多岁的紫府君在他母亲面前还是个孩子，佛母带走了比较关心的儿媳妇，至于闯了祸的儿子，甩手不管了，让那个冤家对头一样的孩子爹来领。

父母不和，苦的永远是孩子。连天帝都觉得他有些可怜了，剩下的烂账也是不了了之，“要不然，府君先回蓬山。”

紫府君垂首站着，“天君现在能够理解我为什么一定要保全岳崖儿了吧，就是为了给我儿子一个完整的家。”

天帝同情地点点头。

贞煌大帝和璇玑佛母之间的恩怨，沸沸扬扬闹了好几万年，其中原因，大概就是冰清玉洁的佛母，不能接受自己胡乱坏了帝君的孩子。无论谁受了委屈，都会对施加方产生刻骨仇恨，虽然大帝也是糊里糊涂，但儿子都生了，总不能推卸责任。

那么佛母把一个领走了，剩下这个呢？贞煌大帝已经隐退几万年不见踪迹了，他给自己找了个清净又不失格调的养老圣地安度晚年。当然，对于生命无穷尽的真宰来说，养老早了点，但人家就是爱过那种生活，谁也不敢有半句闲言。他会不会来把儿子领走，很难说，应该是不会的。毕竟他对紫府君过问得不多，甚至让天帝有时候都产生怀疑，对于紫府君的处置，自己一直顾忌这顾忌那，是不是过于杞人忧天了？

等下去没有意义，如今大势已定，天帝也失去了兴趣，打算让众仙散了，自己回去再和大禁杀上两盘。

恰在这时，外面传来众天王解剑的响动，还有声如洪钟的唱喏："拜见帝君。"

很快便有人到了门上，单刀赴会，连一个仙官都没带，进殿便问："本君来迟了吗？"

天帝转头看，来人素衣金冠，风姿卓然。他和紫府君眉眼极像，仙人长生不死，因此父子看上去年龄悬殊并不大。不过大帝为了显示自己已为人父，特意留了两撇胡子，结果非但不显老，更具山岳般稳重的气度。

天帝一惊，忙携众仙长揖迎接。大帝正色道免礼，然后望向儿子，"人呢？已经行刑了？"

仙君不由叹气，他爹靠不住，真是万年不变。这种救命的事上，还是佛母更靠谱些，要是全指望他，人早就死了八百回了。他掖着袖道："被佛母带走了。"

大帝不解，"那你怎么还在这儿？"

为什么……说来伤心，"佛母不要我，让我留下等帝君来领。"

"这个老婆子！"大帝眼看要发作，忽然想起众目睽睽，自己的半点失态到了这些死板的仙的眼里，都是值得大书特书的惊人举动，便悻悻然摸了摸鼻子，对天帝道，"犬子无状，犯下大错，令天君烦心了，本君代他向天君赔罪。有什么惩处，天君只管下达，他年轻体壮，吃得起苦。"

真是有这样的爹，让你哭都哭不出来。别人都是打打圆场蒙混过去，他倒好，慷慨得很，不怕他吃苦，只要不死就行。

不过大帝的这番客套话，任谁都不敢领受。既然认罚，就不会路远迢迢从等持天赶来。天帝笑得不太自然，拱手道："原本事情闹得很大，不惩确实不足以向八方交代。但佛母来后将孤山和城池重新打入水底，一切既已复原，便无需再追究了。"

大帝慢慢颔首，"那就是不罚了？"

天帝道是，"不罚了。"

大帝听了甚是满意，但为了保全天帝的面子，依旧训斥儿子，"还不快谢谢天君的宽宏大量！"

果然天下的父母都是一样的，作势打骂闯了祸的孩子，不过就是让旁观者心里舒衬一点罢了。

万把岁的紫府君，在他爹面前没有什么威仪可言，老老实实按照指示，向天君满满行了一大礼，"罪臣唐突了，请天君恕罪。"

天帝自然借坡下驴，在他肩上一拍道："方丈洲和琅嬛还需仰仗府君，但愿这次的变故，未令你我心生嫌隙。"

仙君道：“那是自然，结都解开了，安澜怎敢与正道为敌。”复又一笑，转身随大帝走出了天宫。果然背后有人，好些事情就能化险为夷。要是没有这两尊大佛，他为了维护崖儿，必定会入魔。

大帝回头看了他一眼，满脸的嫌弃，“看看你这样子，难怪你娘不要你。”

仙君很纳闷，“我怎么了？”

大帝说：“你还有脸问怎么了，脑门上的堕仙印是怎么回事？不仙不妖，不僧不道，当初我怎么会和你母亲生下你！”

这事能怨谁呢？仙君耸了耸肩，“怪你自己自控能力太差，又不是我愿意托生到你家的。帝君在引我入道的时候不是说了吗，成仙最大的好处就是能娶媳妇，现在我想娶媳妇了，结果闹得一天星斗，差点连命都丢了。”

大帝嘲笑他：“谁让你这么笨，私生活吵得人尽皆知。像我这样偷偷摸摸，这几万年不是照样过得很快乐！”

可他却摇头，“我和你不同，我想天天见到她，我不放心她一个人在人间挣扎。”

大帝听得牙酸，“你这腻腻歪歪的性格，也不知道随了谁。”

不管随了谁，现在要紧的是夫妻团聚。他手搭凉棚向东眺望，他母亲在菩提迦叶有道场，崖儿肯定是被带回那里了。不过那地方一向不许外界男人踏足，想进去恐怕不太容易。仙君看着大帝，“帝君，佛母把我妻儿带走却扔下了我，你猜是为什么？”

大帝散漫地瞥他，“因为她不待见你啊。通常老人都和第三代比较亲，她看不上你，不等于看不上小孙孙。”

仙君忽然觉得他这个爹的情商确实很有问题，难怪那么多年来，每次和佛母碰面都是铩羽而归，也没能骗得佛母进他的等持天。脑筋这么不开窍，还要学人谈情说爱，佛母的脾气实在太好了，要是换作崖儿，恐怕早就一脚把这种男人踢进罗伽大池了。他长叹一口气，“你们多少年没见了？佛母这是想你了。”

大帝嗯了声，上扬的声调，充满了不解，“想我？”

“反正我离开天宫后，第一件事就是去找妻儿。帝君和我一起去吗？要是去，见一见佛母不是顺理成章的吗？她要是把我一起带走，你扑了个空，走累了，也许又回去了。”一面说一面摇头，“这是何等了解你，又是何等无奈的一种委曲求全啊！”

大帝眨眨眼，“里面还有这么多讲究？”

仙君开始同情佛母，面对这样的男人还可以藕断丝连几万年，难道真是看在儿子的分上？他问大帝，“帝君当初是怎么和佛母走到一起的？如果换了我，我可看不上你。”办事拖拉，榆木脑袋，还自以为是，佛母究竟混得多惨才会对他青眼有加。

大帝听出了他话里的隐喻，冲他瞪眼，“聂安澜，我是你爹！”

吼声之大，震耳欲聋。仙君掏了掏耳朵，不愿再和他乘一片云，闪身让开了些。大帝便有些郁闷了，撑着腰道：“感情来了，排山倒海一样，还管那么多？你也是过来人了，你会不知道？不知道还跑到云浮去缠着人家姑娘，我都替你害臊。论不要脸，你比我不要脸，青出于蓝而胜于蓝。想当初我和你娘啊，就是三生石畔随便对视了一眼，我看她很漂亮，她看我风流倜傥……现在是因为有了你，我才特意蓄的胡子，当年我也是头光面滑的儒雅小生，正好是你母亲喜欢的那一挂。”

长辈的爱情，也许就是如此让人难以理解吧！仙君撇了下嘴，“我在云浮的所作所为你都看见了？”

大帝说是啊，“你一万多岁了才开窍，我怕你脑子里长结石，被人骗了。所以当父母的真是太辛苦了，什么都得操心。”

他正长吁短叹，仙君叫起来，“任何上仙上神都不得开天眼俯视生州，否则可违反了我定下的规矩！”

大帝简直要笑起来，“儿子给老子定规矩，你的能耐见长啊。再说我是上仙上神吗？我是创世真宰，你别不是糊涂了吧！”

仙君被堵得说不出话来，半晌才抱怨：“那我被抽筋断骨，你也眼睁睁看着？”

大帝抱着胸，眼神飘忽，“做错了事就要受罚，你小时候我就教过你。男人为了娶媳妇受点苦怎么了，不会连这个都要找爹娘吧！我们不是不帮你，是因为知道你还会闯更大的祸，好钢用在刀刃上懂不懂？不到紧要关头不现身，这是我们的信条。”

仙君哑口无言，心道真是一对好父母，非得等到千钧一发才肯出来救命，再晚一步，大概就可以直接收尸了。

大帝才不管他怎么腹诽，他比较关心儿媳妇肚子里的孩子，“我那孙儿，是男孩儿还是女孩儿？”

仙君说是男孩儿，“头一胎生男的好，将来可以照顾底下的弟妹。”

大帝觉得他说反了，“头一胎是女孩儿，才能照顾下面小的。”

仙君笑了声，“难怪你们头一个就生了我，原来并不想再要别的孩子了。”

大帝对插着袖子长叹，“没办法，体系不同，头一个还能说感孕，第二个又感一回，太说不过去了。”

尝到了爱情滋味的仙君觉得，一切难题在爱情面前都不是事儿，“你们就不能冲破世俗的偏见，勇敢地走到一起？”

大帝奇异地看了他一眼，“你是三岁吗？怎么说出这么幼稚的话！越是位高者，越是不能乱来。我要是像你一样在凡间当个芝麻官，我也乐意为所欲为。”

仙君发现他爹句句带刀，以捅他心窝子为乐。他气得厉害，又不好说什么，最后憋出一句来：“既然如此，你为什么还要招惹佛母？”

大帝说没办法，“位高者也有感情和生理需要，你单身一万年了还不明白吗？”

仙君讪讪闭上了嘴，他已经决定不到菩提迦叶绝不开口了。

差不多一炷香时间，按下云头，前面就是目的地。菩提迦叶是极乐净土，有古木参天绿草如茵，也有金顶白墙精舍莲座。大人物的道场向来规格极高，仙君对这里的记忆还停留在十几岁时，成年后就不再踏足了，母子相见也一直在尸林。

道场的入口有勇父[1]把守，他们神情肃穆，手中法器交叉，赫然挡住了大帝父子的去路，“什么人，胆敢擅闯净土！”

仙君张了张口，大帝先他一步说了句话：“本君是贞煌天一帝君，带着孩子来寻母亲。”

一万岁的孩子转头看了父亲一眼，那些勇父显然被大帝的话吓着了，一个个都显得有些无所适从。

大帝和佛母之间的千头万绪，大家当然有过耳闻，但真主上门还是头一回。放不放呢？好像不敢不放，毕竟人家连孩子都带来了。

仙君觉得有点尴尬，这也是为什么他得道后就不愿意和大帝过多来往的缘故，这个活爹，总是能够想方设法地让他丢脸。他粗喘了口气问：“佛母回来了吗？”

勇父点了点头。他说很好，“本君的妻儿随她一起回来了，本君来接他们回家。”

这样的话就中听多了，勇父不再阻拦他们，让他们顺利进入了菩提迦叶。

那厢佛母为崖儿治好了伤，正劝她好好休息，可崖儿放心不下仙君，挣扎着起身想去找他。佛母把她安置在床上，让她静心躺着，“你不必担心他，罗伽大池恢复了原貌，天帝便再也没有借口为难他了。况且大帝不会坐视不理，天帝无论如何都会卖他几分面子的。”

崖儿听后才安下心来，想想自己也确实操心得没道理，她身处的地方，没有一个手段不如她，就算出点什么事，她的能耐也救不了急。她有些不好意思，“让佛母见笑了，这段时间发生了很多事，我脑子里的弦一直绷得紧紧的。”

佛母笑道：“这根弦现在必须得放松了，你不是一个人了，你绷得紧，孩子就受

1　勇父：空行者，会飞的护法神。

累。我知道你以往的辛苦，自今日起就同前尘往事话别吧，人世间的种种，都是你的劫，功德圆满了，便能离开是非地，坐得自在心。”

厉无咎曾经也说过类似的话，他说身边出现的那些人，无论是亲人还是好友，都不过是他们行走人间的陪练，缘尽了就散，甚至不需要对他们有感情。她以前是一直看不穿的，但佛母这样说，再细思量，似乎有些道理。

佛母替她捋捋头发，温声道：“光阴荏苒啊，没想到眨眼间我也有孙辈了。我看这孩子跟着你们大风大浪吃够了苦头，降世之前经历的磨难，降世后会以同等福泽反馈给他，必定无惊无险度过一生。”她又笑了笑，“将来让他入佛吧，心无尘埃，大慈大悲，我看比入道要好……”

话还没说完，就听见外面响起了一声断喝：“你这老婆子，别想借机拉拢人！入道哪里不好？入道逍遥，不比你们不沾荤腥好？什么都别说了，我的孙子当然是随我入道，你想要人传承你的衣钵，等二胎吧。”

‖第一百一十一章‖

青山不改，绿水长流

佛母听见那声音，脸色分明有变，但碍于崖儿怀着身孕，在她面前是极尽忍耐的，只安抚一笑道："你安心静养，我去看看。"说完也不待她回答，起身便出门了。

内室到前殿有段距离，阳光透过鎏金雕花的窗格照耀进来，在白玉砖面上洒下一层淡金色的光。玉足轻俏，道裙翩翩，起先只是走得有点急，到后来便腾身向前疾奔了。冲进前殿时手里已经化出了长鞭，"啪"的一声，金银丝绞成的鞭梢重重击在来人脚边。佛母厉声呵斥："你叫谁老婆子！"

大帝吓了一跳，但依然嘴硬："叫的就是你，孙子都有了，不是老婆子是什么？"

一旁的仙君扶额，心说又来了，每次大战三百回合简直就像例行公事，不打是绝对不行的。所以这么多年来，他一直想不明白他们为什么能走到一起。既然谁和谁都不对付，老死不相往来岂不更好？

他急于进去找崖儿，但放着父母打架不管，又好像太不孝了，便掖着袖子象征性地喊："别打啦，有话好说。"

话是要说，但打照样得打。佛母的金银鞭幻化出无数的鞭影，纵横交错填满了整个空间，"你说你能带好儿子的，我信了你的邪，把儿子让给你。结果呢？你让那个所谓的天帝抽了他的仙筋，断了他的仙骨，要不是他长得结实，这刻已经死了，你还好意思来？"

大帝的轩辕剑震荡出万道剑气，只听锵锵锵一串激扫，斩落了她的无数鞭影。鞭长剑短，近身搏斗时占据了一定优势。打虽然是真打，但高高举起轻轻落下，世上哪个有风度的男人会打女人？况且这女人还给他生过孩子。

一道剑气向仙君面门袭去，他歪头避开了，望着长廊那头，有口无心地继续念叨："别打了，这么多年了，打来打去不嫌烦吗？"

可惜谁也不听孩子的话，他们照旧斗得日月无光，大帝抽空还要反驳她：“慈母多败儿，男人大丈夫就是要历练，长于妇人之手才会拖累他一生。断了筋骨有什么了不起，接起来就是了，你不是最会加持吗？”

佛母呸了一声，“我加持得再多，也不够你们消耗的。看看他，堕仙印都出来了，再有一步就入魔了。”

还是因为根正苗红的缘故，骨子里的正气最后拉了他一把。仙君想说自己很好，让佛母不要担心，结果还没开口，就被他们齐声大喝：“你不许插嘴！”于是只好悻悻保持沉默。

佛母的鞭子终于抽在了大帝肩头，衣裳破裂的声响听上去都叫人觉得疼。仙君嘶地吸了口气，想穿过那片刀光剑影，但试了几次都没成功，只好望洋兴叹。

大帝叫起来：“璇玑，你来真的？”

佛母哼笑，“难道你以为我在和你开玩笑？你这个身斜影子歪的骗子，你骗我儿入道，然后放他自生自灭，自己倒好，躲在等持天莺歌燕舞，过你不正经的日子，你把他当成什么？贞煌，你枉为人父，现在还来跟我抢孙子，你可要点儿脸吧！”

大帝简直拿这个女人没办法，她战斗力很高，过去几万年他吃够了她的苦头，每次打架都得集中起精神来，否则真会被她打得满地打滚。他费心应战，一面反唇相讥：“跟着你有什么好，不能娶媳妇，还要剃光头。男人家不近女色不沾酒肉，活着有意思吗？这样，立个契约，男孩跟我入道，女孩跟你向佛，你看怎么样？”

真是舰着狗脸说得出口，“这胎是男孩，你当我傻子吗？”

他们你来我往打得不可开交，仙君小声嘟囔着：“能不能让一让？我想进去看看我的妻儿……”

两道眼神恶狠狠杀到，吓得他把话咽了回去。然后佛母和大帝就展开了车轱辘大战，“孙子归我！”

“归我！”

“我救的归我！”

“跟我姓归我！”

“他爹是我生的，当然归我。”

“连你都是我的，不用多说了，归我。”

仙君愁眉苦脸，为有这样的父母感到绝望。他的家庭，是不正常的家庭，从小就没有什么温暖可言，自己居然没长歪，还满肚子真善美，真该好好庆贺一番。他们你争我夺的时候，他也小声参与了下，“我的儿子，凭什么让你们瓜分？谁都不给，我自己留着。”当然他也只敢这么私下反对，胆敢大声喊出来，接下来挨揍的就是他了。

不过大帝那句“连你都是我的”，好像戳中了佛母的死穴，她的攻势居然渐渐收敛了。以往也是这样，大帝在疲于应对的时候脑子转得奇快，经常有出人意表的话说出口，那句话十有八九还会触动佛母的心弦，然后用不了多久，蜜里调油的状态就要出现了。仙君有预感，并且感觉头皮开始发麻，他实在受不了了，打算借机开溜，找他心爱的女人去。

佛母和大帝的战斗不再那么密集时，他从一个缝隙里穿了过去。崖儿也从里间出来了，惶惶问他：“怎么打起来了？”

他笑了笑，“不打才不正常呢，过去一万年都是这么过来的，我早就见怪不怪了。回头想个办法逃出去，还是回蓬山好，那里安静，便于养胎。”他脉脉望着她，“孩子从回娘胎那刻开始长个子，留在这里总看着他们打打闹闹，将来教出个暴脾气。”

崖儿只管点头，“我都听你的。”

他抬手抚抚她的脸颊，“这一整天惊心动魄，身上的伤佛母给你治好了吗？还有什么不舒服吗？”

她说都很好，“佛母性情真和蔼，起先我还怕她不喜欢我。”

仙君听了，回头看了眼前殿，“佛母性情是很好，但是遇见帝君就好不起来了，每次必打，打痛快了才能好好说话。”他扶着她，慢慢挪到一边，临打算走了，见他们没完没了，乍着嗓子喊了一声，“谁的儿子谁做主，你们自己生二胎，入佛还是入道随便你们。”

大帝和佛母被他一喊，居然忘了打斗，两个人面面相觑，“他说什么？”

大帝忽然有些腼腆，“好像是让我们生二胎。啊……这孩子！”

佛母也赧然，“你先前说的等二胎，也是这个意思吧？”

所以佛母就是佛母，领悟能力极强。仙君终于明白为什么大帝当初能追上佛母了，因为佛母常常可以把他理解得很高深。这么一来二去，大帝的形象就竖起来了，真是聪明、果敢，且调得一手好情。

大帝的脑子也被激活了，经佛母一引领，发现十分可行，“我好像……就是这个意思。”

两个人瞥了眼儿子和儿媳，脸上浮起了潋滟的霞光。

仙君冲崖儿尴尬地笑，但愿她不要觉得难以融入才好。本想立刻带她回蓬山的，再一思量，似乎忘了件非常重要的事，便对大帝和佛母道：“二位生与不生，可以等我们走后仔细谈。目下我想带叶鲤认个亲，请二位答应我们的婚事。”

佛母才想起来，忙说对，“这事于女人来说太重要了，千万俭省不得。”

当然并不需要像人间那样大操大办，不过磕个头，向长辈敬杯茶，礼仪虽然不复杂，但却郑重庄严。

佛母端着茶盏微笑，眸里有淡淡的感伤，“时间过得真快，眨眼我的儿子都成亲了……”作为女人，她的前半辈子是有遗憾的，旁边这人和她一同接受新妇敬茶，但没能给她一个正当的名分。也是处境不由人，各自都能体谅。自己无非如此了，但愿儿子和儿媳圆满，将来常带小孙孙到菩提迦叶来看望她，也就心满意足了。

大帝比较实际，“我们家只有儿媳妇是凡人，老婆……”子字没敢说全，看见佛母目露凶光，嘴上立刻顿住了。

佛母对这两个字尚算满意，抿唇笑道：“大帝想说什么，接着说吧。”

大帝道：“我给她一颗不老丸，你给她加持点功德如何？就算见面礼吧，做公婆的不能太寒酸，家庭和睦很重要。”

佛母自然赞同，人要修行太麻烦了，几十年上百年地扑上去，还未必能有多大成就。他们得顾全小孙孙，孩子需要母亲照顾，要是母亲忙于修行，孩子难免受委屈。佛母对安澜还是心有愧疚的，她再关心他，也无法做到朝夕都陪着他。十年八年见一次，猛然发现他已经长大成人，那时她心里说不出是种什么滋味，酸与苦齐来，所以不愿孙儿再走他爹的老路了。

这么想着，结果加持得好像有点多了，等佛母收手，发现儿媳妇金光闪闪。她啊了声，为难地望向大帝，“怎么办呢，我失手了，儿媳妇成了我这头的人。”

大帝怨怼地看着她，“你是故意的吧？”

她想了想说是，“你不服气？”抽出金银鞭啪地一甩，“不服就再打。”

仙君见状，慌忙带着崖儿逃出了前殿，任他们人脑子打出狗脑子来，再也不想管他们了。

回去的路上崖儿还在担心，“不会出事吧？”

仙君说不会，“最后会打到床上去的。”

崖儿听了顿时脸红，这样激情澎湃的公婆，真是让人不知如何评价。

现在回头想想，一步步走到今天，也有很多匪夷所思的地方。她只是云浮的一个杀手，从小无父无母，被狼养到六岁。前半生几乎没有一天不在腥风血雨里度过，也从未想过能嫁人生子，过正常人的生活。自从遇见枞言起，一切好像开始变得玄妙，一个又一个神奇的生命闯进她的世界。不管是以什么样的面目出现，都是人生经历不可或缺的一部分。

走在宽直的长街上，长街临空，琅玕灯在将夜的天色下发出莹莹的亮。她张开双臂深深吸了口气，“回来了，以后这里就是我的家。”

仙君负手而行，嗓音里都是甜蜜的笑，“看见那十二宫了吗？”他抬手指了指，“以前你不明白要那么多宫殿做什么，以后你可能会嫌屋子太挤，还想扩建。”

崖儿只是笑，她知道他的意思，成了婚，名正言顺了，想生多少就生多少。

现在的心境，和以前真不相同，以前目的明确，每一步都要好好算计。她也曾说过，爱紫气红尘，爱繁华热闹，这缥缈仙山灵气纵横，但太过寡淡，不对她的胃口。像她这样快意恩仇的人，就应该狠狠浸泡在俗世里，每天花红柳绿，酒肉入喉。然而现在，又忽然觉得这清净地也很好，惊涛骇浪后一切归于平静，她也是有家有口的人了。也许该像她母亲一样，周旋于琐碎细腻，活得优雅且深邃。

她回过身来，就着宝珠幽幽的光看他，那眉眼澄澈，依稀还有当初寒凉的味道。她看了良久，偎进他怀里，把脸贴在他胸膛上，清雅的紫檀香慢慢萦绕过来，她闭上眼说：“真没想到，居然会是你。”

仙君道：“真相大白了，怎么样，很意外吧？”

她失笑，“确实很意外，我以为你我最后的结局，应该像苏画和大司命那样，我在人间生老病死，你在琅嬛继续当你无欲无求的守门人。”

可是尝到过甜头，谁还能真的无欲无求呢，“把你忘了吗？那孩子怎么办？让他从此没有父亲？”

她略沉吟了下，“也许等他能走路时，带他来方丈洲找你。”那时他会受到多大的惊吓，简直不可想象。她笑着，又慢慢落寞下来，“只是我已经老了，就算你认回了孩子，对我恐怕也不会有兴趣了。”她说着，居然语调哽咽，眼里泪光盈然。

这算什么，为莫须有的事也值得这样？仙君忙把她搂进怀里，“就算你变成倭瓜，我也还是要你。和孩子无关，只要你。不过你是不是太过多愁善感了，没发生的事你也哭？”

她把他以前说过的话，又照原样复述了一遍，“我有身孕了，变得喜怒无常起来，你要对我好一点，不要让我受刺激。”

仙君窒住了，果然因果循环，这么快风水就转过来了。但那又如何呢，即便她不怀身孕，女人该宠还是要宠的。

他希望她自此多休息，但崖儿显然闲不下来，自己这头的危机平安度过了，她还牵挂那头的门众。

她坐在观指堂的宝座上，指尖从峥嵘的龙首上划过。波月楼是靠杀人起家的，可惜这营生再也做不下去了。

“如果苏画和孔随风还在，这楼里至少有个主事的。”她喟然长叹，垂眼扫视在场的众人，以前乌泱泱百余，现在只剩零星十几个了，“你们喜欢之前歌舞升平的日子吗？王舍洲曾经繁荣至极，引得八方豪客竞相光顾，我记得胡不言就是那时来波月楼的。可惜卢照夜死后，那些临江的楼台都荒废了，如果重新经营起来，王舍城会迎来又一个盛世。杀人买卖波月楼不能再做了，诸位愿去愿留，都随你们的心意。”

胡不言耷拉着眉，对插着两手道：“天下无不散之筵席，我也要回丹丘去了。混不出什么名堂，只好回去继承王位，人生真是寂寞如雪。不过还是谢谢大家，嬉笑怒骂皆是情嘛，我知道大家舍不得我。将来有空到丹丘找我玩吧，我们那里没什么特产，就是美女多，到时候一人一个狐女，领回家做小妾。”

慷慨是挺慷慨，可丹丘在方诸山往南三千里，凡人这辈子都走不到那里，所以说了也是白说。

狐狸吵归吵，真到了分别的时候，大家心里也不是滋味。人越来越少了，都说杀手无情，但杀手懂得寂寞。

魑魅道：“我七岁进波月楼，家里已经没人了，波月楼就是我的家。”

魍魉自然附和，“我们大家都一样，离开这里，外面有无数的仇家在等着我们。出去死路一条，还不如紧紧团结在一起，像之前一样开酒肆舞场……”

他还没说完，阿傍就欢呼起来，“还有妓院！”开妓院是他毕生的梦想，也算是个很有出息的杀手了。

大家眨巴着眼，纷纷点头，不论好坏总是份产业。鲛王送的珍珠堆满了后面的粮仓，只要出售，转手就是大把的银子，然后按照既定计划运作起来，王舍再一次的辉煌很快就能实现。

目标明确，大家又都活过来，人生还是充满希望的。只是枞言……大家都望向他。他一直安静地坐在圈椅里，脸上带着轻轻的笑，听他们说话，自己不发表任何观点。

胡不言懂他的哀伤，喜欢的人嫁了别人，自己无可无不可，全世界哪里都不缺他这一块拼图，他是最多余的。他过去搂住了他的肩，“大鱼，你跟我去丹丘吧，我给你介绍最漂亮的姑娘。我们那儿的姑娘又媚又妖，比楼主还要有味道，怎么样？”

枞言却摇头，“多谢了，我打算回大池继续修行，八十年道行实在太浅，什么都做不了。”

胡不言有点失望，但人各有志，也不能逼迫他。

看来大家的目标都已经很明确了，那就照着计划干吧。

胡不言听见外面传来一串吠叫，站起身道：“我该走了，有人来接我了。”

众人都起身送他，出门赫然发现院子里排了两列纵队，那些狐奴狐婢还有护法长随，个个穿得花枝招展，果然一派王者气象。

一只狐狸把一顶金冠扣在胡不言的脑袋上，他扶冠回望，“看看，这是我的仪仗，品味虽然差了点，但胜在纪律良好。我没骗你们，我真是涂山氏的皇太孙……”他凄然看向崖儿，“老板，你不用担心我以后吃不饱，我有钱，一顿可以吃十只烧鸡。”

崖儿眼圈一红，叮嘱他：“以后不要到处勾引姑娘，你身手太差，闹得不好会被人杀了的。”

肺腑之言，不是熟到一定程度不能乱说。胡不言重重点了点头，“你放心，我会多带几个武功高强的随从的。”一面说一面登上了雕花的肩舆，回身拱手，“青山不改，绿水长流，有缘咱们再相见……”

金狐一族的速度奇快，他话音刚落，队伍就跑得不见踪影了。众人看着空荡荡的院子，心里升起离愁别绪来。

转身回厅堂，却见枞言没有挪动，大家驻足望向他，他浅笑，“我也该走了，诸位多保重吧。”

最后一道目光，像大池上伶然的孤月，他想装得快乐，但眼睛是冷的。

终究什么都没有，依旧孑然一身。崖儿对他总有些不舍，“枞言，其实你可以留下……”

她是好意，留下至少还有魑魅魍魉他们，可以有个伴。但……他还是摇头，“龙王鲸能活八千岁，将来我也会有我的际遇。再说……我还要去找那位姑娘，去晚了人家有了心仪的人，就不考虑我了。”

崖儿心头一阵酸楚，但不能拆穿他，只有点头。

他又看她两眼，“我走了，你和仙君好好的，看着你圆满，我就放心了。”

崖儿握了握他的手，“想起我们，可以来蓬山看看我们。”

他温雅地微笑，说好。

一步步后退，脚下缠绵，心里还是割舍不下。但再留，已经没有任何意义了，便决然化出原形冲上云霄，在波月楼上空盘旋了两圈，才恋恋向西飞去。

曲终人散，不可挽留。

崖儿回身望，波月楼的牌匾在八角雨檐下粲然生彩。这记录她一路风雨的三个字，如刀刻般镌在她心头，不死不灭。

‖番 外‖

缘分这种东西，有时候很难说清。

每个姑娘都希望自己能遇见一个盖世英雄，他开创过一个流派，拥有至高无上的权利；他生得仪表堂堂，对人热情并满含善意；他可以有点孩子气，但必须有担当；他眼里只有你，和你在一起时，他的每一道目光都追随你，他的每一个笑容都是向着你的。

璇玑猜中了大部分，但还有一小部分，至今令她伤感且唏嘘。

遥想当年……大概是三万年前，两个派系正争夺黄泉下最后一片土地的归属，轮番地视察走访，谁也不愿意让谁。本来她是无关紧要的，出马也无非是感化慰问，搞好关系。那天弘扬了一番佛法，说得口干舌燥，功成身退后便找个清静地，歇歇脚，喝口水。

环顾这地府，其实并不如想象中的阴森可怕。大概是为了抚慰初来者无所归依的心，这里的景致甚至称得上美好。玲珑曲折的石板路，两岸是一眼望不到尽头的彼岸花。天虽黄澄澄的，但不用担心被晒黑，其实真的不错。

空行母给她递过水囊，她靠在石畔喝了一口。转头看石上篆刻的名字，一排排密密匝匝，每个名字背后都隐藏着一段故事。

忽然起风了，吹起花蕊上金色的花粉，纷纷扬扬在空中勾勒出风的轨迹。

身旁的空行母轻叹：“呀，座上您看，真好看！”

她没有说话，看得有些痴迷。风吹花瓣，沙沙作响，空气里隐约也带着一点幽香。那香气旷远深邃，她从来不知道，原来曼珠沙华竟然有味道。

但也只是一瞬，她发现这香气并不是花香。曲折的来路上站着一个人，一身锦衣，戴着玉质的发冠。他有澜海一样的眼睛，望着她的时候眉眼弯弯，眸中遍洒金芒，唇角带着笑，仿佛对谁都十分友善。

她不认得他，但看他衣着打扮，知道他是那边的人。派系不同，也没什么好打交道的，她略转过身避开他的视线，只管喝她的水。再抬眼时他已经站在她面前，笑吟吟道："这块石头本君先前坐过。"

她觉得这人很古怪，坐过又怎么样呢。但她是有风度的佛母，便轻轻颔首，"本座也在此歇一歇脚。"

她的视线似乎很不屑投在他身上，这种女人既自矜又骄傲，反而引发他的挑战欲。仔细端详她，她长得很漂亮，五官精致，有丰腴之美。偏衫外露出纤长的脖颈和一弯雪臂，每个毛孔里都是救苦救难的慈悲。

"你知道男女是不能同坐一块石头的吗？"他微笑，抱着胸道。

她居然一点都不好奇，平静地说："不知道。"

这天还怎么聊下去呢，搭讪真是一门学问。他忽然生出了促狭之心，"你不想知道为什么吗？"

她沉默了好半天，最后敷衍似的应了一句："为什么？"

他开始胡编乱造："男为阳，女为阴，石为媒。石头上阴阳相交，会出大事的，你们那派从来没有这方面的传闻？"

她显然不信他的话，草草一句没有，便不再理会他了。

他有点苦恼，"和人说话的时候都不看对方，姑娘你很不懂礼貌啊。"

她不堪其扰，终于转过眼来望着他，"现在你可以说为什么了吗？"

他嬉笑，"阴阳相交还能产生什么后果，当然是会怀孕啊。"

这就是后来坐石受孕的由来。

但当时璇玑只有一个感觉，这人实在太不正经，是个登徒子。她成就果位上万年，从来没遇见过这样胆大包天的人，便寒着脸站起身道："石头让给你，告辞。"

他怔住了，说了这半天，结果她竟以为他是想霸占这块石头吗？她让座的样子仿佛碰见了个无理取闹的孩子，那种急于撇清的态度让他十分不悦。

她乘风而去，他在底下高喊："本君是贞煌大帝，敢问姑娘尊姓法号？"

结果人家根本没有搭理他，很快消失在九幽的天际。

他身边的人怕他生气，小心翼翼道："回禀帝君，她是曼荼罗佛母，名叫璇玑。"

不怕贼偷，就怕贼惦记。后来璇玑每天定时收信，只要看见有青鸟在菩提迦叶上空盘旋，十有八九就是来找她的。她无可奈何，又不能让信落入其他人手里，只得时时留意空中。信的抬头从最开始的佛母到尊者再到小友，从璇玑到妹妹再到卿卿，每次展信都能让她那颗万年不动的心颤上一颤，从来没有见过这样厚颜无耻又自作多情的人！

他信上说：“其实你也是喜欢我的吧，从第一次看到我，就被我的卓然风姿吸引。你虽然表面平静如海，但海底藏着十万惊涛，我都知道。”

璇玑腹诽不已，把信扔进了丹炉里。

第二天他的信又来了，说烧了也不能浇灭她心中炽热的火苗，将来他们有了孩子，要是个女孩，就取名叫轻焰。

这回她真的发火了，站在道场上大骂：“什么狗屁不通的人！”骂完了四下张望，他连她把信烧了都知道，肯定阴魂不散，就在附近打转。

这时一只鹤跳出来口吐人言：“骂是爱，不要随便骂人，我会误会的。约个地方野餐吧，地方你定，吃的我带。”

她抄起香炉砸过去，那鸟惊惶蹦跳，“别乱来，它只是个带口信的，你可不能滥杀无辜。”复又大喊大叫，“来吧，见一面吧。不见我就出去嚷嚷，闹得人尽皆知。”

璇玑气得瞪眼，最后只得妥协，打算把话说清楚。

见面后的第一句就是“你想干什么”，贞煌大帝一脸无辜，“不想干什么，男大当婚而已。”

她很生气，“你不知道两大派系间是禁止通婚的吗？为什么你会缠上我！”

他抿着唇，笑得有些腼腆，“因为你漂亮。”

璇玑红了脸，女人都爱听人夸她漂亮。好话扔上来，火气顿时能消一半。这回不再急赤白脸了，面对这个用信骚扰了她两个月的人，头一回平心静气地打量他。

她知道他的身份，隔壁派系开天辟地第一人。年纪就不要去计较了，少说得有个十几二十万岁。但保养得很好，还是俊俏后生的模样，往那里一站，一身秀骨，仙风荡漾。

他的派系是可以娶亲的，但自己发愿皈依的这派讲究六根清净，且两派没有通婚的先例。这不是闹着玩的，是信仰问题。所以她很明确地告诉他：“以后别再骚扰我了，我们之间不可能。”

贞煌很伤心，“可以想想办法，比如说背着人，秘密来往什么的。”

璇玑觉得他可能是个傻子，“这种掩耳盗铃的愚行，是帝君想出来的好主意？”

他说没毛病啊，“就是我的主意，遇见爱情的男人，脑子都不好使。”

璇玑转过身去，翕动着嘴唇，暗暗把他骂了个底朝天。几封信就想骗她谈情说爱，这样的人是怎么当上真宰的！

然而事实证明，他既然能创世，就能顺利拿下她。他实在太有把握，每一步都稳扎稳打，没过多久就天雷勾动地火，她一不小心还怀上了孩子。

发现身体起了变化的那一刻，她把他揍了个满头包，“你是故意的！”

贞煌束手无策，他也是第一次当爹，消息来得太突然，不知如何是好。

一神一佛托腮苦闷了会儿，璇玑说：“不要了吧。”

贞煌不答应，“这是头胎，你开什么玩笑，一定得留下。”一面小心翼翼地问她，“你想成亲吗？”

她白了他一眼，“不想。”

其实彼此都不想，毕竟地位越高，行动越是受阻。但孩子已经怀上了，留肯定得留下，剩下的问题就是想个办法名正言顺。于是感孕的消息不胫而走，约定好对孩子的照管，并且减少见面的频率，不为别的，只为维持彼此的体面。

没有人能完全活在自己的世界里，对于安澜来说，他们这样的父母确实很不够格。好在他天生异于一般的孩子，放在尸林里，他可以跟着那些修行者一起悟道。她隔一段时间会去看望他，他起先还眷恋母亲，后来渐渐独立起来，和她没有太多话说。反倒是贞煌，父子间建立起了深厚的感情，大概男孩子天生和父亲比较亲吧。

璇玑一心为安澜加持，她希望他能传承她的衣钵，但在最后关头，孩子被他爹骗走了。那个口若悬河的老骗子，骗他可以娶媳妇，让安澜高高兴兴地跟他入了道。结果万年之后的一场爱情让他伤筋动骨，那个当爹的非但不出面，还振振有词说什么男人需要历练，气得她再一次对他大打出手。

可是打归打，爱情经历万年却依然不朽。那个傻子虽然有时候说话很不中听，但他会从千里之外为她带来一朵花，小心翼翼地呵护在袍子下，送到她面前时花瓣上的露珠都未干。就是这细小的一点举动，她也会感动到以身相许，然后就又被他得逞了。

事后他摸着她的肚子，“安澜的主意很好，是时候再要一个小的了。”

她心里是愿意的，但又有些别扭，“小的和大的差了一万多，现在怀，比孙子还小呢。”

“那有什么，显得本君老当益壮。”他眉飞色舞道，“生下来正好和小孙孙做伴，将来叔侄两个有照应。”

设想是不错，但哪里是说怀就能怀的。灵胎灵根，种起来不容易，有没有命数得看天意。

结果大帝真是个说到做到的人，一年后她发现自己肚子有动静了，告诉贞煌，他很高兴，“都怀二胎了，咱们的关系瞒不住了，公开吧，我搬到菩提迦叶来。”

他会这么好，愿意倒插门？璇玑立刻警惕起来，直觉其中有诈，“为什么搬到菩提迦叶来？是不是等持天藏着什么人，不敢让我知道？”

贞煌说冤枉，“我是觉得你在菩提迦叶生活惯了，怕搬到等持天不适应……你是孕妇，一切以你舒心为重。”

他说的时候满脸真挚，但越是这样她疑心越大，“不行，我搬到等持天去。”

“这……”他吞吞吐吐，“你想好了吗？”

她两眼死死盯住他，“自然。”

贞煌暗里笑得几乎岔气，果然一孕傻三年，璇玑佛母的智商直线下降，居然看不出他是在以退为进。这下好了，搬到等持天就是他的人，将来二胎落地她还争什么？当然跟他入道。

所以怀二胎也是一个局，她就这样昂首阔步地撞了进去。贞煌觉得老大真是聪明绝顶。

璇玑挺着个大肚子的时候，米粒儿落地了，他爹给他取了个名字，叫余笙。

聂余笙？这是什么名字！大帝觉得不佳，对着大儿子一通嘲讽：“你啊，守着这么大的书库，怎么就不好好读书呢。孽余生，米粒儿懂事后会恨你的。”

安澜枯着眉道：“名字不错，还不是姓得不好。”

姓是不能更改的，好不好都得忍着。贞煌想了想道：“叫图南吧，鲲鹏图南，长大后有出息。”

于是米粒儿的名字就叫聂图南了。

当初璇玑怀第一胎的时候，贞煌很希望她能生个女儿，结果怀了个儿子。第二胎掐指一算，他拍大腿，“是个女儿！”

女儿的名字现成，就叫轻焰。兄妹俩一个带水一个带火，论文化造诣，大帝称第二，没人敢称第一，反正他自己是这么认为的。

天生具有仙根的孩子，确实各方面都要比一般孩子超前得多。图南三个月时已经开始学走路，他爹带着他在玉石长街上学步，小小的人，才只有他爹爹膝盖那么高，牵着大人的手，脚下蹒跚着，一副无所畏惧的样子。

阳光隔着蓬山终年环绕的雾气，温柔地倾泻下来，崖儿含笑站在一旁看着。安澜带孩子很有一套，自从图南降生，孩子的吃喝拉撒一应他全包了。他可以把孩子照顾得非常妥帖，连大司命看了都啧啧称奇，“君上原先是个四肢不勤的人啊。”

人总要一步一步成长，崖儿笑道：“如果哪天大司命也成亲生子，就能明白他的变化了。”

大司命听了，笑容在唇角逐渐凝固，喃喃道：“最近我常做一个梦，梦见古寺旁的一座庭院，我独自站在那里，周围一个人都没有……”

崖儿心头蹦了下，疑心那些遗忘的东西，是不是随着时间的推移，会逐渐回想起来。她只得打哈哈，“应该是以前去过的地方，当时没放在心上，过后越想越觉得静好吧！”她笑了下，“或者大司命也想有个家了，蓬山有不少女仙，你想过找个合适的吗？”

大司命谈起婚事总显得很尴尬，摇头道：“修行无止无尽，成家对修行没有助益，整天想着老婆孩子热炕头，以前的一切就都荒废了。”

所以大司命还是不太会说话啊，当着已婚人士的面，说婚姻毁修行，也只有知道他脾气的人，才不和他计较。

恰在这时天上落下来一个人，眼底泛着青灰，走路有点打飘。见了仙君和崖儿，很客气地打了招呼。

仙君回了一礼，“大禁这是怎么了？鬼上身了？”

大禁怔了下，脸上神色不大自然，笑道：“仙君说笑了，这两天机务忙，没顾得上好好休息。”一面望着图南，和煦地招招手，“小仙君真是好本事，这么小就学走路了。”

图南是听得懂的，向他露出了两颗牙的微笑，又牵着父亲的手往长街那头走去。

大禁转头看看大司命，“我有件事要麻烦大司命，请借一步说话。”

大司命领他下了九重门，往司命殿去了。

崖儿去同他们父子汇合，一人牵着一只小手，在深广的长街上慢慢踱步。

“时间过得真快，不知波月楼现在怎么样了。”她说，“明天回去看看好吗？我离开王舍洲快两年了。”

既然她说想回去，那必须是要回去的。仙君抱起图南，转头在她额上亲了一下，“你想常住都可以，波月楼是你的娘家。”

说走就走，做神仙就有这点好处，抬脚便跨过江海高山。只是蓬山离王舍有段距离，他们入夜才到王舍上空。从天上俯瞰，城池像嵌在苍黑大地上的一簇火，沿江曲折的临水游廊顺势蜿蜒，那星星点点的芒仿佛为这盛景勾勒出了一圈花边。崖儿不由惊叹，杀手果然是世上最心性执着的一群人，他们要么不做，要做便做到极致。

当初说好了，要重现王舍辉煌的，短短两年时间，果然让这遭受过重创的城池重新焕发出了生机。崖儿一家三口走在繁华的街头，胡商来了，跳胡腾的舞姬也来了，丝竹之声伴着鼎沸的人潮，一直向远处涌去。据说新选的花魁今晚出游，所经之处引发了无数女人艳羡的目光，和男人的吞咽之声。

崖儿问仙君，“要去看看吗？”

仙君立刻说不，“最好的在我身边，什么花魁，我一点都不感兴趣。”

崖儿这才一笑，见图南两眼盯着远处台上半裸的舞姬，抬手把他的眼睛蒙上了，“小小年纪不学好，眼馋吗？又饿了？”

粉雕玉琢的奶娃娃乖乖趴在了爹爹肩上，只是小手不太安分，伸过来，在他母亲胸前划拉。

一家灯火辉煌的妓院大门里被扔出来一个人，里面传出个清冷的声线，“宿妓还想赊账，你当老子是开济世堂的？下次再敢来，打断你第三条腿，滚蛋！”

地上的人连滚带爬跑了，红灯之下倚门的高个儿男子啐了一口，正想转身，忽然看见他们，既惊且喜地叫起来：“楼主！”

厅堂里的人立刻回头，扔下手上的事，纷纷跑了出来，喜不自胜地围着他们打转，“楼主回来了……呀，这小哥是谁？是我家小楼主吗？”

图南成了抢手货，被争相传抱。这些舞刀弄剑的人很少接触孩子，遇见一个便宝贝得不得了。图南是见惯了大场面的，一双大眼睛在灯下粲然发亮，他好奇地打量着不同于紫府的奢靡，忽然蹦出了一句：“我喜欢。”

大家都很惊讶，这么小的孩子居然会说话。只有孩子的母亲很困扰，他说喜欢？才多大的人就喜欢妓院，长大了还得了？

仙君却很高兴，“男子汉大丈夫，有出息！”

阿傍充分展现了作为长辈的慈爱之心，“喜欢就常来。叔叔给你留个单间，让最漂亮的姑娘喂你吃饭。”

崖儿扶住了额，后悔不该跑这一趟。以前是百无禁忌，但自从有了图南，她开始像所有母亲一样，小心翼翼地不让他接触那些不健康的东西。

图南太小，还不懂事，最可气的是仙君，他非但不教导孩子学好，居然还夸他喜欢妓院有出息！她气得狠狠瞪着他，他迟疑了下，忙扭头对图南道：“你小孩子家家，怎么能喜欢妓院呢！这是大人胡作非为的地方，你作为一个孩子，有什么可喜欢的！”

图南被骂得大哭，他们忙抱去哄了。仙君自救似的解围，“这孩子，什么时候变得这么不像话了……”

崖儿哂笑，“因为他有你这样的爹啊。你还常说大帝当爹失格，现在看来你也毫不逊色。”

夫妇俩对孩子的教育常有分歧，仙君试图辩解："我这是尊重他的爱好……"话没说完，又被瞪得咽回去了。女人生气是最麻烦的事，他们很久没有单独相处了，趁着孩子有人照看，他不由分说，抱起她便向北飞去。

生州地界上，越往北气候越寒冷，连天上的星星都蒙上了一层朦胧的雾气。他按下云头，带她落在地上，空旷的平原尽头有一棵巨大的月桂树。那树在月色下舒伸着枝叶，每一面叶片上都因露水折射出银色的光，远远看上去美得出奇。

崖儿望着那树，满心唏嘘。身后一个温暖的怀抱拥上来，轻声在她耳边说："这棵树下，是我们定情的地方。"

她自然还记得，那天她受了重伤，是他为她救治，她倚着他睡了好一阵子。彼时两个人虽有了那一层，但并没有真正确定关系，她和他靠得那么近，心里依旧紧张得怦怦急跳。将要天亮时，三言两语定了终身，他削了树枝给她绾发，那根枝丫，现在还藏在她的梳妆匣子里。

她扭过身，紧紧搂住他的脖子，"安澜……"

他嗯了声，柔软的鼻音，在她心头落下重重的分量。

已经修成了正果，再回忆往昔，倒可以放一颗平常心了。她偎在他怀里，他怅然长叹，"那时候的你，让我很惶恐。我一直患得患失，怕你看不上我。"

她失笑，"你是上仙，我只是个杀手，你有什么好担心的。"

他也笑，"不知道啊，就是担心，和身份地位无关，单单为你这个人。我喜欢你，不管你以什么为生，我就是喜欢你。"

她有意调侃他，笑道："我夺了你最宝贵的东西，你不恨我，反倒喜欢我，世上哪有你这样的人。"

"我自然恨你，恨你夺完就跑，你为什么不继续夺下去？我那时又气又恼，自请三道天雷，想让自己忘记你。可是那雷劈得我好痛啊，越痛我就记得越清楚，是谁让我遭受这一切。然后我发誓一定要找到你……"他说着，脸上热起来，赧然道，"找到你，我要报复你。"

"怎么报复？"她仰着脸问，眼神殷切，带着极大的好奇心。

"报复你……睡回来。"他说到最后简直口齿不清，"就是觉得不服气，我要主动一次。"

崖儿笑惨了，这人不声不响，原来暗中那么多戏。她揉搓他的脸，"在我之前，你真的从来没有对谁动心吗？比如……那条竹叶青？"

好好的人，做什么要对一条没有化形的蛇动心呢。他当初收留它，是因为它聪明伶俐，夏天还会制冷。只是没想到，后来的姻缘会在那里等着他，实在让人始料未及。

若要说人与蛇的相处，其实很平常，就如养着猫狗一样，他得闲时逗弄逗弄它，但大多时候彼此还是各忙各的。那小蛇通人性，在熟悉了紫府的生活后，它开始自在地到处溜达，睡觉也不在钵里头了，有时在案头，有时在他的长榻上。

他一向是个感情比较丰沛的人，对世间万物常怀有极大的好奇心。他爱养各种生灵，飞禽走兽来者不拒。但齐光和他不一样，齐光一门心思在修行上，而且他有洁癖，对气味尤其敏感。譬如香品不合他的喜好，他都会想方设法地换掉，更别说屋子里有蛇的腥膻了。

大司命是一众司命之首，他不单负责方丈洲的一切事物，也负责琅嬛君的饮食起居。齐光常出入第一宫，小蛇刚来那天，他踏进门槛便捂住了鼻子，“这是什么味道？”

仙君抖了抖袖子，把那条竹叶青抖进了钵里头，“我带了个小玩意儿回来，最近总在林子里遇见它。天这么热，它会散发寒气，你不是最怕热吗，带它去你屋子，夜里怕是要凉得盖被子。”

齐光说不要，“这个味道太难闻了，何必费心抓回来，放回原地吧。”

仙君听了，低头看那条小蛇，它睁着花椒般的红眼睛，惶然望着他。他笑了笑，道：“你不要我要，带都带回来了，养好了将来化形，让她近身侍奉你。”

齐光对他的异想天开常觉得无话可说，既然他一心要留，那就随他去吧。只是自己对蛇没有好感，那种冷血动物，根本不懂感情。因此看见安澜教它吃素，给它喝仙露，他就觉得他实在是无聊得够可以。

那条小蛇，大多时候很安分。它静静盘在钵里，除了吃东西就是睡觉，不见它有别的活动。生活很安逸，几个月过去了，却一点都没长长。他曾经怀疑它可能是蛇里的侏儒。不过胆子倒变得很大，后来也会爬出来，随意横躺在门前。有几次他进门，差点一脚把它给踩死。

人对蛇没好感，蛇对人也一样。彼此相看两相厌，差不多已经决定老死不相往来了。但仙人辟谷，没什么道行的蛇不行，它还是得吃喝。一旦安澜应邀去哪里布道，竹叶青就落了单。它啃食霜茅果，吃得两眼发白，直挺挺地躺在那里吐酸水。他看它可怜，扔了两片菜叶进去。自此小蛇对他的态度好了一点点，有时候他坐在案前写文书，它慢吞吞游过来，隔着一段距离盘在一旁，大概是在陪伴他。

渐渐地，他发现不再腥臭的蛇似乎不那么讨厌了。安澜很执着地喂它霜茅果，他就隔三岔五地给它喂点菜叶和萝卜。人和蛇相处的时间多起来，他甚至给它取了个名字，叫叶儿。

习惯了它时不时地出现在视线内，哪天不见了反倒要去找找。有一天遍寻不见，他料想这蛇恐怕是跑了。忽然听见墙角有沙沙的声响，他过去看，在香几后面发现了它。它正痛苦打滚，脑门上绽开了个口子，它使劲磨蹭，试图从那个口子里钻出来。

他这才弄明白，原来这蛇在蜕皮。而它似乎很不好意思让他看见这一幕，像个姑娘换衣裳被人撞破似的，一面扭身，一面委屈巴巴地回头看他。他倒没太在意这蛇的情绪，只是见它挣扎得辛苦，随手出了把力，替它把浮起的蛇衣拽住了。这下它终于可以使劲了，奋力从那个口子里钻出来。最后蛇蜕完整地脱落下来，小蛇扭扭捏捏拿脑袋顶顶蛇衣，一直顶到他面前。他不明白它的意思，恰好安澜进门来，见了便一笑，“收下吧，人家送给你的。”

无以为报，脱皮相赠吗？蛇的思维和人真不一样。

齐光提溜着蛇衣，有些无所适从。如果说不要，毕竟人家的一片心意；如果留下，这东西看着怪吓人的，不知怎么处理才好。

小蛇经过一场恶战，回它的钵里修养去了。齐光依旧迷茫着，安澜看着他的模样，狠狠嘲笑了一通。

但世上哪里有什么能难倒上仙的！他把蛇蜕首尾相连，捏诀一指，蛇腹是天青的底色，密集的鳞片化成了逶迤奔涌的云彩。他笑了笑，“等这小蛇能化形那天，彩云环物归原主。”

倏忽三千年了……

崖儿见他失神，还在唤他，“安澜？”

他哦了声，“什么？”

她怨怼地望着他，“你没有听我说话。”

他只是笑，“我听见了。如果那时你会化形，我也许会喜欢你，可惜你不会。我对蛇有意思，那我就该去看病了。”一面说，一面弯下身子，把头枕在她肩上，“前世的事，过去就过去了，不要再回望了。姻缘是天定的，你暗暗喜欢我多久，我就以万倍的钦慕回报你，还嫌不够吗？”

自然是不够，她说：“要百万倍、千万倍。”

他捧住她的脸，奋力在她唇上亲了一下，“把命给你也行。”